CLAUDIA KERN

HOMO SAPIENS 404

DIE VERLORENEN

cross cult

Die Taschenbuchlizenzausgabe HOMO SAPIENS 404 BAND 1: DIE VERLORENEN
beinhaltet die E-Book-Episoden 1–6 und wird herausgegeben von Amigo Grafik,
Teinacher Straße 72, 71634 Ludwigsburg.

Herausgeber: Andreas Mergenthaler und Hardy Hellstern
Autorin: Claudia Kern
Redaktion: Markus Rohde; Lektorat: Peter Thannisch, Susanne Picard und Gisela Schell
Satz: Rowan Rüster/Amigo Grafik, Patricia Lippert
Cover: Martin Frei; Umschlaggestaltung: Andreas Mergenthaler; Logo/Backcover: Sebastian Lorenz
Gedruckt von CPI Moravia Books s.r.o., CZ-69123 Pohorelice.
Printed in the Czech Republic.

ISBN: 978-3-86425-449-9 (Februar 2015)

WWW.CROSS-CULT.DE

TEIL 1

UND DANN TÖTEN SIE

»Sie haben uns aus der Welt gelöscht wie überflüssige NPCs aus einem MMO. Und nun versuchen sie, unsere Geschichte aus Wikipedia zu löschen, unsere Kultur aus YouTube und unsere Katzenfotos von Instagram. Doch das werden wir nicht erlauben. Widerstand ist nicht zwecklos, Widerstand ist Pflicht. Denkt an Picard, denkt an 300, denkt an all die Helden. Wir sind die Menschheit! Wir werden überleben. Unsere URL soll niemals ins Leere führen. Sprecht mir nach: Kein 404 für die Menschheit! Kein 404 für Menschlichkeit! Kein 404! Kein 404!«

– Nerdprediger Dan, *ASCII-Zeichen für die Ewigkeit*,
Spenden willkommen.

1

Sonnenstrahlen blitzten durch ein grünes Blätterdach. Kipling sah nach oben und erinnerte sich an die Wärme, die einst in ihnen gelegen hatte. Wenn er sich konzentrierte, konnte er sie beinahe spüren. Er sah an sich herab. Er stand mit nackten Füßen im Moos, trug nur einen Schottenrock und zwei gekreuzte lederne Munitionsgürtel über der Brust. Der Revolver an seiner Hüfte schwang bei jedem Schritt hin und her.

Interessant, dachte Kipling.

Er hörte die Frau, bevor er sie sah. Ihr Schluchzen hallte durch den Wald. Der Pfeil in seinem HUD schwang herum wie die Nadel eines Kompasses, dann zeigte er auf einen Weg, der sich zwischen zu grünen Laubbäumen hindurchwand. Kipling folgte ihm einige Minuten, bis er den Rand einer Lichtung erreichte. Darauf stand eine Frau, den Rücken an den Stamm einer großen Eiche gepresst, die Arme abwehrend ausgestreckt. Sie schluchzte laut.

Die drei Männer, die sie lauernd wie Raubtiere umkreisten, grinsten. Einer machte eine offenkundig anzügliche Bemerkung in einer Sprache, die Kipling nicht verstand. Die beiden anderen Männer lachten laut, und einer klopfte ihm auf die Schulter. Alle drei trugen speckige Lederkleidung, waren unrasiert und ungewaschen. Verrostete Schwerter und Dolche steckten in ihren Gürteln. An einem Baum lehnte eine altertümliche Muskete neben verdreckten Decken und den Überresten eines Lagerfeuers.

Kipling trat auf die Lichtung. Die Perlen, die er in seinen Bart und seine langen Haare geflochten hatte, klimperten. Die Männer wandten ihm den Rücken zu und bemerkten ihn nicht, doch die Augen der Frau weiteten sich. Ihr Blick war stumpf, aber er bildete sich ein, Hoffnung darin zu erkennen. Das half.

Er legte die Hand auf den Griff seines Revolvers und stieß einen schrillen Pfiff aus. Die Männer fuhren herum. Zwei griffen nach ihren Schwertern, der dritte lief auf die Muskete zu. Kipling fegte ihn mit einem Schuss von den Beinen. Aus den Augenwinkeln sah er die beiden anderen auf ihn zulaufen, die rostigen Schwerter hoch über die Köpfe erhoben.

Scheiße. Kipling machte einen Satz zur Seite. Haarscharf glitt eine der beiden schartigen Klingen an seiner Schulter vorbei. Er holte aus, rammte dem Kerl den Pistolengriff ins Gesicht und sprang zurück. Ein Schuss. Der Mann schrie und stürzte.

Der dritte ließ das Schwert fallen, schlug einen Haken, um aus der Schusslinie zu gelangen, und lief auf den Waldrand zu. Kipling zielte und schoss ihm in den Hinterkopf.

Es spritzte kein Blut, der Mann wurde nur nach vorn gerissen und verschwand im hohen Gras.

Kipling steckte den Revolver zurück ins Holster. An die beiden anderen Männer verschwendete er keinen Gedanken mehr. Er wusste, dass sie tot waren, denn er schoss nie vorbei.

Die Frau fiel auf die Knie. »Danke, Fremder«, stieß sie hervor. »Ohne Euch hätten diese Räuber mir Schreckliches angetan.«

Sie sprach mit russischem Akzent, obwohl sie die vollen Lippen, die braune Haut und das dichte schwarze Haar einer Südamerikanerin hatte.

Kleinigkeiten, dachte Kipling. Er blieb vor der Frau stehen. Ihr geblümtes Kleid war an einigen Stellen zerrissen, und er sah, dass sie nichts anderes trug, keinen BH, keine Unterwäsche.

»Wie kann ich Euch jemals dafür danken?«, fragte sie.

Eine Antwort war nicht nötig. Sie wusste auch so, was von ihr erwartet wurde. Auf Knien rutschte sie näher an ihn heran, legte ihre Hände auf seine Beine und schob den Schottenrock langsam nach oben. Darunter war er traditionell schottisch gekleidet. Kipling wünschte, er hätte die Berührungen spüren können.

»Darf ich heute noch mit einer Antwort auf meine Frage rechnen, Mister Jonnessey?« Die schneidend scharfe Stimme hallte über die Lichtung. Sie schien von überall her zu kommen, aus den Wäldern, durch die der Wind in AC3 rauschte, aus den Wolken, die über einen #2F7999-blauen Himmel zogen, sogar aus dem Mund der mit russischem Akzent programmierten, dreidimensional gerenderten Südamerikanerin. Etwas Göttliches lag darin.

Kipling schaltete die Simulation mit einem Zwinkern aus. Frau und Landschaft verblassten und wurden von einem grauschwarzen, spitz zulaufenden Raum ersetzt, dem Cockpit des leichten Aufklärers *Mishima.* Sie saßen zu fünft darin, obwohl das Cockpit nur für drei Personen konzipiert war. Die beiden anderen Sessel hatten sie am Boden verschweißt. Man musste sich an ihnen vorbeiquetschen, wenn man die Spitze des Raums, dort, wo sich der Platz des Piloten und die beiden schräg angebrachten Bildschirme befanden, erreichen wollte. Zum Glück musste das in der Regel nur die zierliche Rin Takahashi und Kipling nur gelegentlich, wenn einer der Bildschirme wieder einmal nicht funktionierte.

Er rückte die V-Specs, seine Virtual-Reality-Brille, zurecht und räusperte sich. »Wie lautete die Frage noch mal?«

Rin Takahashis Pilotensessel schwang mechanisch surrend herum. »Auf was genau fliegen wir zu?«

»Oh, *die* Frage. Klar.«

Arnest lachte laut und dröhnend. Er war ein Klotz von einem Mann, mit kurz geschorenem hellblondem Haar und

Muskeln, die sich wie prall gefüllte Luftballons unter seinem fleckigen, schwarzen T-Shirt abzeichneten. Er saß auf einem der beiden festgeschweißten Sessel weit weg von den Konsolen und Armaturen. Niemand wollte, dass er etwas anfasste, das mehr Feingefühl erforderte als ein Vorschlaghammer. »Hast du wieder Porn geguckt?«

Kipling spürte, wie seine Wangen heiß wurden. Er ignorierte die Frage und rieb Daumen und Zeigefinger zusammen. Die Sensoren, die er sich in die Fingerspitzen hatte implantieren lassen, interpretierten die Geste korrekt und warfen das im Hintergrund laufende Scanprogramm auf das Display der V-Specs.

»Wir fliegen auf eine Reihe von Objekten zu, mehrere Dutzend kleine und ein sehr großes«, sagte er mit Blick auf die Daten, »aber viel mehr kann ich dir erst verraten, wenn wir näher herangekommen sind.«

»Hast du ihr die gleiche Antwort nicht schon vor zehn Minuten gegeben?«, fragte Lanzo, der an der Waffenstation saß. Er war Arnests Bruder, was jedoch niemand vermutet hätte. Sein drahtiger, sehniger Körper wirkte wie der eines Marathonläufers, nicht wie der eines Schlägers. Einmal im Monat ließ er seine sorgsam gestutzten braunen Haare von Bordarzt Jourdain nachschneiden. Trotz der beengten Räumlichkeiten und dem Umstand, dass es nur ein Bad gab, war Lanzos Kleidung immer sauber und gebügelt. Wie sein Bruder trug er ausschließlich Schwarz, doch im Gegensatz zu dem sah man seinen Hemden nicht an, was er in der letzten Woche gegessen hatte.

Kipling zuckte mit den Schultern. »Die Scanner waren schon vor Omega alt, mittlerweile sind sie *ur*alt. Ihre Reichweite ist begrenzt.«

Omega, das war einer der Begriffe, die hängengeblieben waren, auch wenn niemand genau sagen konnte, weshalb. Apokalypse, Untergang, Armaggeddon – all das wäre präziser gewesen, doch Omega hatte sich durchgesetzt.

»Vielleicht sollten wir dann mal in neue investieren«, sagte Jourdain. Er saß auf dem zweiten festgeschweißten Sessel, und seine Stimme war tief und sonor wie die eines Schauspielers. Mit etwas über vierzig Jahren war er der Älteste an Bord. Seine Schläfen waren angegraut, rund um seine braunen Augen tauchten erste Falten wie Risse in der Haut auf. Er trug einen Vollbart, den er ebenso sorgsam stutzte wie Lanzo die Haare.

Kipling antwortete nicht, sondern sah Rin an. Sie hob die Augenbrauen. »Wenn ihr neue Sensoren wollt, kann ich eure Anteile gern kürzen und in die *Mishima* stecken.«

»Ich will gar nichts«, sagte Arnest rasch. »Wir kommen auch so klar.«

Jourdain neigte den Kopf. »Na ja, wir sind Geier. Bessere Scanner würden uns die Arbeit erleichtern und unseren Profit auf Dauer erhöhen. Das Opfer könnte sich lohnen.«

»Für ›könnte‹ kann ich mir nichts kaufen.« Arnest verschränkte die Arme vor der Brust.

»Er hat recht«, sagte Lanzo erwartungsgemäß. Die beiden Brüder hielten meistens zusammen. »Wir verdienen kaum genug, um die laufenden Kosten zu decken. Der Schrott, den wir in letzter Zeit gefunden haben, war entweder schon ausgeschlachtet oder nichts wert.«

Er sprach eine Sorge an, die sie alle hatten. Die Anzahl zerstörter oder verlassener Schiffe war begrenzt, und viele »Geier«, wie man die nannte, die sie ausschlachteten, verfügten über bessere Ausrüstung. Irgendwann würden sie sich der Entscheidung, die Rin ständig hinauszögerte, stellen müssen: Weiter Geier bleiben oder doch auf die dunkle Seite wechseln und Schrott nicht nur ausschlachten, sondern produzieren.

»Piraten verdienen mehr als Geier«, sagte Arnest. Es missfiel Kipling, dass sie beide den gleichen Gedanken gehabt hatten. Immerhin war er so klug gewesen, ihn nicht auszusprechen.

Rin nahm kurz die Hände von den Joysticks, die aus den

Lehnen ihres Sessels ragten. »Halt die Klappe, Arnest. Diese Diskussion ist längst beendet. Piraten sind Kannibalen. Sie ernähren sich von ihresgleichen. Auf dieses Niveau werde ich mich nicht begeben.«

Arnest beugte sich vor. Der Sicherheitsgurt spannte sich über seine Brustmuskeln. »Ich hab 'ne Idee, wie das nicht so wäre«, sagte er. Lanzo hob die Augenbrauen. Anscheinend wäre es ihm lieber gewesen, sein Bruder hätte die Idee für sich behalten. »Was, wenn wir nur Piraten jagen? Wenn das die Bösen sind, sind wir doch die Guten, richtig? Alle fänden uns geil. Wir wären wie Robin Hoodie, nur moderner.«

»Hood«, korrigierte Kipling automatisch. »Hoodie ist das, was du dir über den Kopf ziehst. Hood ist der Typ mit Pfeil und Bogen.«

Arnest schien darauf etwas erwidern zu wollen, aber Kipling ließ ihn nicht zu Wort kommen. »Die Idee ist ganz gut, abgesehen von zwei relativ offensichtlichen Problemen. Zum einen haben wir, wie du weißt, alle schweren Waffen entfernt, um mehr Platz für Fracht zu schaffen, zum anderen greifen Piraten immer in Gruppen an, das macht sie so –«

Er unterbrach sich, als Buchstaben und Zahlenkolonnen plötzlich über sein Display huschten. Der Scan war abgeschlossen.

»Aber das hat denen hier nichts gebracht.« Mit einer kurzen Augenbewegung übertrug er das Ergebnis des Scans auf den linken Bildschirm und schaltete die Außenkamera an seiner Konsole ein. Der rechte Bildschirm flackerte einen Moment lang, dann zeigte er das Bild der Kamera.

Es wurde still im Cockpit. Rin drehte ihren Sessel zurück und hob ebenso wie alle anderen den Kopf.

Vor ihnen erstreckte sich ein Trümmerfeld. Aufgerissenes Metall und verschmortes, geschwärztes Plastik trudelten durch das All. Kipling sah abgesprengte Flügel und Schiffswracks, aus denen Kabelstränge wie Gedärme hingen. Leichen trieben an ihnen vorbei. Am Rande des Bildschirms explodierte etwas lautlos. Die Stichflamme brach so schnell in sich zusammen, wie sie entstanden war. Die alte Schwarzweißkamera justierte ständig nach, so als wisse sie nicht, welchen Teil des Felds sie scharf stellen solle. Doch dann richtete sie sich neu aus, und ein gewaltiges, bläulich schimmerndes Objekt füllte auf einmal den Bildschirm aus. Wie ein Wal in einem Meer aus toten Möwen glitt es durch die Dunkelheit.

»Was sehen wir?«, fragte Rin.

Kipling scrollte durch die Zahlenkolonnen. »Die Überreste von sechs schnellen Kampfschiffen, wenn die Signaturen nicht gefälscht sind. Wahrscheinlich Piraten. Spuren von Plasma und konventioneller Munition … mehr als zwei Dutzend Leichen und Leichenteile, ein wie durch ein Wunder unbeschädigter Treibstofftank und –«

»Was ist mit dem riesigen Schiff in der Mitte?«, unterbrach ihn Lanzo hörbar ungeduldig. Kipling hatte absichtlich gewartet, weil er wusste, dass ihm nach seiner Erklärung niemand mehr zuhören würde. Als nun jedoch auch Rin auffordernd nickte, übersprang er die weiteren Einzelheiten hinsichtlich des Angreifers und kam zum Verteidiger.

»Das ist eine interessante Frage«, sagte er. »Ich habe das Schiff angepingt, so wie die anderen auch, aber es kam keine Signatur zurück.«

Arnest kniff die Augen zusammen. »Sieht aus wie ein Postschiff. Ich hab mal kurz auf einem gearbeitet, vor der ganzen Scheiße. War ein Kackjob.«

Die ganze Scheiße. So sprach Arnest immer über das, was die anderen *Omega* nannten.

Rin nickte. »Das würde auch erklären, warum das Schiff die Signaturabfrage verweigert. Wenn ich auf einem Berg wertvoller Fracht säße, würde ich das auch nicht jedem erzählen.«

»Richtig.« Kipling scrollte die Liste weiter nach unten. »Aber das Schiff hat die Abfrage nicht nur verweigert, sondern stattdessen seinen Namen zurückgeschickt. *Transportschiff Eliot.*«

Lanzo und Jourdain lachten, Arnest runzelte die Stirn. »Bescheuerter Name, aber so lustig ist der auch nicht.«

»T. S. Eliot war ein Dichter«, sagte Lanzo. »Jemand hat sich mit dem Kürzel einen Spaß erlaubt.«

»Was bedeutet«, fügte Jourdain hinzu, »dass wer auch immer dieses Schiff fliegt, es umgetauft hat. Multiplanetare Konzerne haben keinen Sinn für Humor.«

»Hatten«, sagte Kipling. Die Zeit der Konzerne war längst vorbei.

Ein Schatten glitt über Jourdains Gesicht. »Ja … natürlich.«

Es war seltsam, doch manchmal, für winzige Momente, vergaßen sie alle, was aus der Welt geworden war. Kipling passierte das meistens, wenn er aufwachte, kurz bevor er die Augen öffnete. Dann glaubte er, in seinem Bett in London zu liegen und den Autoverkehr unter seinem geöffneten Fenster zu hören, das Hupen, Bremsen und Beschleunigen einer lebendigen Welt. In diesen Sekunden, bevor er Öl roch und sich der Motorenlärm in das Wummern von Maschinen verwandelte, war er glücklich.

»Ist jemand an Bord?«, fragte Rin.

Kipling hob die Schultern. »Wenn wir bessere Scanner hätten, könnte ich dir das sagen.«

Arnest verdrehte die Augen.

»So«, fuhr Kipling fort, »weiß ich nur, dass die Antriebssektion kalt ist und Luft aus einigen kleineren Rissen in der Außenwand austritt. Keine Ahnung, ob die Lebenserhaltungssysteme noch funktionieren. Energieströme kann ich zumindest nicht wahrnehmen.« Er ließ den Blick über das Schiff gleiten. Mit seiner wuchtigen, breiten Front, dem zum Heck hin schmaler werdenden Frachtbereich und der wie eine Schwanzflosse wirkenden Antriebssektion sah es tatsächlich beinahe wie ein

Wal aus – ein Wal, in den man unzählige Harpunen getrieben hatte. Es war so groß, dass die *Mishima* mehrere Dutzend Male hineingepasst hätte. »Dieses Schiff hat seine Angreifer zurückgeschlagen, aber die Schäden sind offensichtlich. Ich kann nur nicht sagen, wie tief sie gehen.«

Rin betrachtete das Schiff einen Moment länger, dann drückte sie auf einen Knopf in ihrer Armlehne. In einer Ecke des rechten Monitors blinkte ein Mikrofon-Icon.

»*T. S. Eliot*, hier spricht Rin Takahashi, Captain des … des Bergungsschiffs *Mishima*«, sagte sie. »Benötigen Sie Hilfe?«

Stille antwortete ihr. Sie wiederholte den Funkspruch noch zwei Mal, doch es kam keine Reaktion. Nach kurzem Zögern schaltete sie das Mikro aus und schwang ihren Sessel herum. »Wir gehen rein.«

»Ja!« Arnest löste seinen Sicherheitsgurt und streckte sich nach den Handläufen unter der Decke. Die *Mishima* war zu klein, um ein eigenes Schwerkraftfeld durch Rotation zu erzeugen, und ihre Crew war zu geizig, um sich ein künstliches zu kaufen.

Wir kommen auch so klar, sagte Arnest jedes Mal, wenn jemand das Thema ansprach. Es war einer seiner Lieblingssätze, wenn es um Ausgaben jenseits von Lebensmitteln und Waffen ging.

Kipling, Lanzo und Jourdain schlossen sich ihm an, Rin richtete das Schiff neu aus. Die *Mishima* war nicht für einen Daueraufenthalt konstruiert. Es gab eine Toilette mit Waschbecken und Dusche, aber keine Kabinen. Rin schlief in einem Netz, das unter der Decke der Brücke hing, die anderen in den Gängen und dem dank fehlender Plasmakanonen vergrößerten Frachtraum. Kipling hatte sein Lager unter den Treibstoffrohren im Maschinenraum aufgeschlagen. Dorthin ließ er sich in der Schwerelosigkeit treiben und zog seinen Raumanzug an. Den Helm schloss er über seine V-Specs. Er hatte vor einiger Zeit ein

Programm geschrieben, mit dem er ihre Funktionen rein über Stimmbefehle steuern konnte.

Als er die Luftschleuse erreichte, warteten die anderen bereits auf ihn. Sie überprüften ihre Atemlufttanks, dann warteten sie auf Rin. Der Boden der *Mishima* vibrierte unter Kiplings Füßen.

»Das könnte die Beute unseres Lebens werden«, sagte Arnest. Sein roter Raumanzug wirkte ebenso wie die der anderen dünn und leicht wie Papier, aber laut Werbung war *Red Samurai* der Krieger unter der Extrembekleidung und der einzige Freund, den man im Weltraum brauchte. Dass dieselbe Firma ebenfalls Kondome herstellte, hielt Kipling für einen genialen Schachzug.

Hergestellt hatte, dachte er im nächsten Moment.

Es knallte dumpf, dann leuchtete ein Licht über der kreisrunden Luftschleuse rot auf. Sie hatten angedockt und warteten darauf, dass der Steuercomputer den Sicherheitsschlüssel des Postschiffs knackte. Kipling hatte erst ein paar Tage zuvor ein Update dafür gezogen. Er zweifelte nicht daran, dass es auch diesmal funktionieren würde.

Aus den Augenwinkeln sah er, wie Rin heranschwebte. Sie trug als Einzige einen blauen Raumanzug der Firma *Tough Protect*. *Red Samurai* empfand sie als ebenso geschmacklos wie albern, hatte sie einmal gesagt. Kipling wusste nicht, ob sie sich damit auf ihr japanisches Erbe oder den Nebenerwerbszweig der Firma bezog. Sie schlang den Arm um eine der Stangen neben der Luftschleuse und schaltete ihr Helmmikro ein.

»Ich muss es wohl nicht noch einmal sagen, aber ich werde es trotzdem tun.« Sie machte eine kurze Pause. Ihre freie Hand legte sie auf den Griff der Projektilwaffe an ihrer Hüfte. »Wir wissen nicht, was uns dort drinnen erwartet. Vielleicht hat die Crew das Schiff verlassen, vielleicht hat sie sich irgendwo versteckt. Aber vielleicht ist sie auch tot. Bereitet euch also darauf vor. Ich will keinen von euch verlieren. Es gibt schon genug Tote dort draußen.«

»Ja, Captain«, murmelte Kipling, als ihr Blick ihn traf. Dann sah er hinauf zu dem roten Licht. Er hörte seinen Atem und das leise Summen der Anzugheizung. Das HUD seiner Brille zeigte an, dass sein Puls schneller schlug als zuvor. Sein Mund wurde trocken.

Niemand sagte etwas. Nur Jourdain räusperte sich leise.

Das Licht sprang auf Grün.

Sie gingen rein.

2

Der Schlauch, der die *Mishima* und die *T. S. Eliot* miteinander verband, war so schmal, dass sie nur hintereinander hindurchschweben konnten. In den acht Monaten, die die Crew bereits zusammenarbeitete, hatte sich eine Routine herausgebildet, von der sie kaum noch abwichen. Arnest bildete die Spitze, Lanzo folgte ihm, dann Rin, Kipling und schließlich Jourdain. Aus ihren Helmlampen schossen Nadeln aus Licht in den dunklen, knapp acht Meter langen Schlauch.

Die Reihenfolge der Entbehrlichkeit, dachte Rin. Söldner fand mal überall, sogar gute wie Lanzo und Arnest, aber Ärzte, selbst schlechte ... Sie unterbrach den Gedanken. Jourdain war kein schlechter Arzt, das wäre unfair gewesen, er war nur ... *zaghaft* war ein nettes Wort dafür, *feige* ein gemeines. Jedenfalls musste man lange nach einem suchen. Jourdain hätte sich die Schiffe, auf denen er mitfliegen wollte, aussuchen können, aber er blieb auf dem, das ihn nach *Omega* gerettet hatte. Ob aus Loyalität oder Zaghaftigkeit fragte ihn Rin nicht. Sie war nur froh darüber.

Das Licht über der runden Schleusentür der *T. S. Eliot* leuchtete grün. Arnest schwebte zu dem kleinen Bullauge, das in der Mitte der Tür saß, und leuchtete mit seiner Helmlampe ins Innere. »Alles ruhig«, sagte er über Funk.

Unter dem Bullauge befand sich ein großer roter Knopf. Arnest schlug mit der Faust darauf und wich paddelnd wie ein Schwimmer ein Stück zurück. Seine Hand legte sich auf den

Griff der Pistole an seiner Hüfte. Lanzo blieb hinter ihm und hielt ihn fest.

Die Innenschleuse bestand nur aus einem kleinen leeren Raum, dessen Ende eine zweite, ebenfalls runde Schleusentür bildete. Hinter deren Bullauge herrschte Dunkelheit. Arnest ließ sich ins Innere treiben, Lanzo blieb hinter ihm, die Hände immer noch um seine Schultern gelegt. Sollte Arnest schießen müssen, würde er so nicht unkontrolliert nach hinten geschleudert werden. Mit seiner Helmlampe warf Arnest einen Blick in die Schwärze hinter dem Bullauge.

»Alles ruhig«, sagte er. Seine Stimme klang entspannt. »Keine Lebenden, keine Toten.«

Sie folgten ihm in die Innenschleuse. Jourdain drehte sich und schloss die Außentür mit einem Knopfdruck. Der Schlauch und die offen stehende Schleuse der *Mishima* verschwanden hinter Metall. Über der Innentür leuchtete eine Lampe auf und tauchte den Raum in ein dunkelrotes, ungewöhnlich starkes Licht. In ihren roten Raumanzügen sah Rins Crew aus wie Teufel, die zwischen glühendem Metall schwebten.

»Das ist so Trash-Horror gerade«, sagte Kipling auf dem allgemeinen Kanal. Durch das Visier seines Helms konnte Rin die V-Specs erkennen, die er trug. Ein winziges Licht blinkte am Rand des Gestells.

Rin wechselte mit einem Druck auf das Pad an ihrem linken Arm auf eine private Frequenz. »Filmst du uns etwa?«

»Klar«, antwortete Kipling auf derselben Frequenz. Er sagte das mit solcher Selbstverständlichkeit, dass sie nicht einmal auf die Idee kam, ihm das zu verbieten.

»Lass das nur Arnest nicht sehen«, sagte sie leise. Aus einem Grund, den niemand kannte – und das schloss vielleicht sogar seinen Bruder ein –, hatte er eine paranoide Angst davor, sein Gesicht könne im Internet auftauchen. Er hatte nie erklärt, warum.

»Ja, ich weiß.« Das Licht am Gestell von Kiplings Brille

blinkte weiter. »Sonst denkt er noch, ich will mit der Kamera seine Seele stehlen.«

Im Raum zischte es auf einmal. Rin riss erschrocken den Kopf hoch. Einen Moment lang dachte sie an einen Gasangriff, doch es war nur Luft, die in die Innenschleuse strömte und das Vakuum vertrieb.

»Der Druckausgleich funktioniert«, sagte Jourdain und hob überrascht eine Augenbraue. Er bewegte einen Arm auf und ab. »Und wenn mich nicht alles täuscht, setzt auch die Schwerkraft …«

Rin spürte plötzlich ihr eigenes Gewicht, dann schlug sie auch schon hart auf. Kipling landete neben ihr, Jourdain halb auf ihr und Arnest mit einem dumpfen Knall vor der Tür. Nur Lanzo blieb auf den Füßen. Breitbeinig und mit vor der Brust verschränkten Armen stand er da.

»Was wolltest du sagen?« Seine Worte klangen arrogant, aber er lächelte dabei und half Jourdain auf die Beine. Rin kam ebenfalls langsam hoch. Die Schwerkraft fühlte sich an, als stünde jemand auf ihren Schultern und drücke sie mit aller Kraft nach unten. Gerade mal vier Wochen waren seit ihrem letzten Besuch auf einer Raumstation vergangen, doch der Körper vergaß schneller als der Verstand.

»Hat sich jemand verletzt?«, fragte Rin. Sogar das Sprechen war mit Schwerkraft mühsamer als ohne. Zum ersten Mal in ihrem Leben bemerkte sie, dass ihre Zunge ein Eigengewicht hatte. Es war ein unangenehmes Gefühl.

Die anderen erhoben sich und schüttelten die Köpfe. Sie alle wirkten so schwerfällig wie Rin. Das rote Licht erlosch, ein grünes flackerte ein paar Mal, dann wurde es dunkel in der Schleuse. Rin schaltete ihre Lampe wieder ein.

»Ich würde empfehlen, Helme und Raumanzüge nicht abzulegen«, sagte Jourdain. »Die Energieversorgung scheint instabil zu sein.«

»Er hat recht«, sagte Rin, bevor sich einer der Besserwisser – entweder Kipling oder Lanzo – einmischen konnte. Niemand wäre auf die Idee gekommen, das fremde Schiff ungeschützt zu betreten, aber das musste man Jourdain nicht vorhalten. Er meinte es nur gut.

Arnest wandte sich der Tür zu und legte eine Hand auf den großen Knopf in ihrer Mitte. In der anderen hielt er seine Pistole. Der Lauf wies zur Decke.

»Bereit?«, fragte er.

»Bereit«, sagte Rin.

Die Tür öffnete sich zischend. Fünf Lichtkegel trafen auf die gegenüberliegende Wand und blieben zitternd hängen. Vor ihnen lag ein Gang, der von rechts nach links verlief. Lanzo und Arnest betraten ihn gleichzeitig, Rücken an Rücken, die Mündungen der Pistolen in die Dunkelheit gerichtet.

»Alles okay.« Lanzo winkte die anderen heran. »Rechts oder links?«

»Kipling?« Rin drehte sich zu ihm um und senkte den Kopf, um ihn nicht zu blenden. »Hast du schon was?«

»Zu viel.« Kiplings Augen zuckten hinter seiner grün getönten Brille. »Der Suchbegriff ›Bauplan Postschiff‹ spuckt fast zwanzigtausend Hits aus. Um das einzugrenzen, bräuchte ich idealerweise die Signatur, aber da ich die nicht bekomme, versuch ich es über eine Bildersuche.« Er seufzte. »Doch das dauert. Das Netz ist gerade saulahm, und ihr könnt euch nicht vorstellen, wie viele Leute Urlaubsbilder von irgendwelchen Fjord-Fahrten geposted haben. Wenn ich noch ein altes Ehepaar in Jack-Wolfskin-Jacken sehe, krieg ich 'nen Anfall.«

»Such weiter. Ein Bauplan wär auf diesem riesigen Schiff nicht das Schlechteste.« Rin richtete ihre Lampe in den Gang. Beide Richtungen sahen gleich aus – graue Wände, die von Lichtstrahlen aus der Dunkelheit gerissen wurden. Die Schleuse befand sich an der Steuerbordseite der *T. S. Eliot*, also musste sich die Antriebssektion links von ihnen und die Brücke rechts befinden.

»Rechts«, sagte Rin und wartete darauf, dass jemand widersprach.

Lanzo meldete sich prompt. »Zur Brücke? Sollten wir nicht lieber einen Eingang zum Frachtraum suchen? Wir wollen das Schiff ja nicht fliegen, sondern plündern.«

»Aber es plündert sich besser bei eingeschaltetem Licht und abgeschalteten Sicherheitssystemen.« Kipling schien von dem, was ihm ins Auge projiziert wurde, abgelenkt. »Auf die Systemsteuerung können wir nur von der Brücke aus zugreifen … Denke ich …«

Mit jedem Wort sprach er langsamer, was Rin nicht entging. »Was ist?«

»Nichts. Mir fällt nur gerade etwas ein. Später.«

Sie hakte nicht nach. Kipling neigte dazu, sich zu verschließen, wenn er sich zu sehr unter Druck gesetzt fühlte. »Also nach rechts zur Brücke.«

Lanzo widersprach kein zweites Mal, sondern klopfte Arnest auf die Schulter. »Geh vor.«

Der Gang war schmal. In den Wänden befanden sich keine Türen, nur kleine, auf Kniehöhe eingelassene und mit Griffen versehene Luken, die wohl zu Wartungsschächten führten. Auf jeder einzelnen befanden sich ein Barcode und eine Identifikationsnummer.

»Scheiße«, sagte Arnest. »Wenn wir Pech haben, ist unsere Reise bei der nächsten Tür zu Ende.« Er zeigte auf eine der Luken. »Ich hab doch erzählt, dass ich mal kurz auf einem Postschiff gearbeitet habe, war nur kleiner als das hier. Wir hatten da auch diese Barcodes an allen Türen. Du bekamst beim Schichtbeginn so ein Gerät, mit dem du die Codes scannen kannst. Das Gerät vergleicht die dann mit denen, die für dich an dem Tag freigegeben sind. Wenn die übereinstimmen, wird das per

WLAN ans System übermittelt, und die Tür geht auf. Wenn nicht, bleibt sie eben zu.«

»Wieso dieser Aufwand?«, fragte Jourdain.

»Wegen Leuten wie ihm«, sagte Kipling.

Arnest drehte sich um und grinste. »Ihr glaubt nicht, was auf diesen Schiffen geklaut wird, wenn man Leute wie mich lässt.«

»Ob der Aufwand noch immer betrieben wird, werden wir gleich wissen.« Lanzo deutete mit dem Kopf nach vorn. Der Lichtkegel seiner Lampe strich über Metall. »Da ist eine Tür.«

Sie blieben davor stehen. Rin betrachtete den Barcode und die Identifikationsnummer darauf. »Was sollen die Zahlen?«

»Die sind für den Notfall«, sagte Arnest, »falls das WLAN ausfällt. Dann musst du vor jeder Scheißtür stehen bleiben, deinen Chef anrufen und die Zahlen runterbeten. Gleiches Prinzip. Ich dachte nur, die hätten das ganze System abschaffen müssen. Wisst ihr das nicht mehr? Zwei Dutzend Arbeiter sind bei einem Unfall verbrannt, weil sie nicht rauskamen.«

»Da sind sie vielleicht nicht mehr zu gekommen.« Rin ließ ihren Lichtstrahl über die Tür gleiten. Es gab keinen Knopf, keinen Griff, nur glattes, matt schimmerndes Metall. »Irgend ’ne Idee, wen wir jetzt anrufen können?«

»Probieren wir es erst mal mit Gewalt.« Lanzo steckte die Waffe weg, legte beide Hände auf die Tür und versuchte, sie aufzuschieben, indem er sich gegen sie stemmte. Arnest trat neben ihn und half. Die Handschuhe, die sie trugen, waren an den Fingerspitzen aufgeraut und rutschten nicht ab.

Kipling schüttelte den Kopf. »Ich glaub nicht, dass ihr ein so ausgeklügeltes System nur mit ein bisschen Körperkraft aushe…«

Die Tür fuhr zischend auf. Lanzo stolperte und wäre beinahe mit dem Türrahmen kollidiert, aber sein Bruder zog ihn gerade noch rechtzeitig zurück.

»Körperkraft: eins«, sagte Arnest. »IT: null.«

»Gut gemacht.« Rin trat an ihm vorbei durch die offene Tür. Dahinter erstreckte sich ein weiterer ebenso grauer und kahler Gang. In diesem gab es jedoch keine Luken, sondern zwei Türen in der linken Wand. Rin ließ den Lichtstrahl über die rechte Wand gleiten. Zwischen dunklen Flecken hing ein großer Bildschirm, der das gesamte obere Drittel einnahm. FTL TRANSPORTS – WEIL ES NICHT SCHNELL GENUG MORGEN WERDEN KANN hatte sich in die Oberfläche eingebrannt. Welches Bild einmal dazu gehört hatte, konnte Rin nicht mehr erkennen.

»Ich hab mit FTL Transports mal was verschickt«, sagte Jourdain neben ihr. »Teuer und unfreundlich.«

Er räusperte sich, als er Rins Blick bemerkte. »Aber das spielt wohl keine Rolle mehr. Wollen wir die Türen öffnen?«

»Nein«, sagte sie. »Das hält nur auf. Erst zur Brücke, um den Rest kümmern wir uns später.«

Arnest übernahm erneut die Führung, Lanzo schloss zu ihm auf. Rin wollte ihnen folgen, bemerkte dann jedoch, dass Kipling zurückblieb. »Bekommst du alles mit, was hier passiert?«

»Hm?« Er sah auf. Sein Blick klärte sich, und sie wusste, dass er seine Umgebung wieder wahrnahm. »Äh … ja, natürlich. Aber ich bin gerade auf das Transkript eines IRC-Chats gestoßen, in dem ein paar Leute Cracks für die Sicherheitssysteme auf Postschiffen verlinkt haben. Wir müssen zuerst herausfinden, welcher Firma dieses Schiff früher –«

Rin unterbrach ihn. »Kipling?« Ohne ein weiteres Wort ließ sie den Lichtstrahl ihres Helms über den großen Bildschirm gleiten.

»FTL Transports«, las Kipling mit. Er schien sich mit der Hand durch die Haare fahren zu wollen, berührte aber nur den Helm. »Das hätte ich sehen müssen, oder?«

Sie nickte. »Pass besser auf. Dass wir noch keiner Gefahr begegnet sind, heißt nicht, dass es hier keine gibt. Du kennst doch die drei Schritte. Zuerst sehen die Toten, dann gehen sie, und dann –«

Sie ließ den Satz unvollendet.

»Und dann töten sie«, sagte Kipling wie ein Schüler, der die Antwort auf eine Frage auswendig gelernt hatte.

»Also pass auf.«

Du bist der zweitunentbehrlichste Mann an Bord, fügte sie in Gedanken hinzu.

»Okay, du hast recht. Tut mir leid.« Aber seine Augen zuckten bereits wieder zur Seite. Rin war sich nicht einmal sicher, dass er ihr richtig zugehört hatte. Sie sorgte dafür, dass er vor ihr blieb, und ging mit ihm zur Tür, die dieses Gangsegment abschloss. Arnest und Lanzo standen bereits davor.

»Wartet«, sagte Kipling, als sie sich gegen die Tür stemmen wollten. »Ich will mal was ausprobieren.« Er strich mit der Hand über den Barcode. »FTL Transports hat dieses Sicherheitssystem extra programmieren lassen, sich dann aber mit der Software-Firma verkracht. Ging wahrscheinlich um Geld. Einer der Programmierer war so wütend, dass er einen Exploit verkauft hat. Den daraus resultierenden Crack hab ich gerade gezogen. Ich glaub nicht, dass der Exploit vor Omega gepatched wurde, deshalb müsste er eigentlich noch funktionieren.«

»Warum machst du nicht einfach die Tür auf?« Arnest trat einen Schritt zurück. »Die Scheiße versteht eh keiner.«

»Das ist eigentlich ganz leicht zu verstehen«, sagte Jourdain. »Die Fachtermina lassen sich aus dem Kontext erschließen und …«

Arnest drehte sich zu ihm um und sah ihn einen Moment lang mit reglosem Gesichtsausdruck an.

Jourdain unterbrach sich: »Wobei das natürlich eine Frage der eigenen Interessengebiete ist und keinen Schluss auf Intelligenz oder ihr Fehlen zulässt.«

»Unsere Interessengebiete sollten sich erst mal darauf beschränken, mit möglichst viel Beute dieses Schiff zu verlassen«, sagte Rin, um die Diskussion zu beenden. »Also los, Mister Jonnessey.«

Kipling nickte und ging ein wenig in die Knie, damit der Barcode auf gleicher Höhe wie seine Augen war. »Hal, Programm FTLasscrack ausführen.«

Nichts geschah. Kipling seufzte. »Hal, sudo Programm FTLasscrack ausführen.« Er murmelte eine Kombination aus Buchstaben und Zahlen, bei der es sich nur um ein Passwort handeln konnte.

Rin wartete einen Moment, doch die Tür blieb geschlossen.

»Funktioniert's nicht?«

»Ich glaub, der Helm blockiert den Scanner. Moment.« Kipling griff mit beiden Händen an seinen Helm und löste die Verriegelung. Sein Gesicht wurde kurz in ein rotes Licht getaucht, als ihn der Raumanzug vor dem Luftaustritt warnte. Dann drehte Kipling den Helm und nahm ihn vom Kopf. »So, jetzt – whoa, Scheiße!«

Er würgte das letzte Wort hervor. Sein Gesicht verzerrte sich, und er legte den Arm über Mund und Nase. »Der Gestank –«

Rin warf einen kurzen Blick auf das Kontrollpad an ihrem Unterarm. Es zeigte eine Außentemperatur von achtzehn Grad an und normale Atemluft.

»Was für ein Gestank?«, fragte Lanzo mit einer Nervosität in der Stimme, die auch Rin spürte.

Kiplings dumpf durch den Stoff seines Raumanzugs gesprochene Antwort bestätigte ihre Befürchtungen.

»Verwesung.«

3

Die Scheiße fängt ja gut an.

Arnest hob seine Pistole und richtete sie auf die beiden geschlossenen Türen, während Kipling hinter ihm den Barcode scannte. Aus den Augenwinkeln sah er, dass sich Lanzo und Rin bereits auf das konzentrierten, was möglicherweise vor ihnen lag.

»Der Verwesungsgeruch muss nicht unbedingt von etwas in unserer Nähe ausgehen«, sagte Jourdain. »Das Klimasystem könnte ihn im ganzen Schiff verteilt haben.«

Er hatte recht, aber Arnest hatte nicht fast ein Jahr lang in dieser neuen Welt überlebt, weil er sich auf *nicht unbedingt* und *könnte* verlassen hatte. Es machte ihn nervös, dass er nicht wusste, was sich hinter den geschlossenen Türen verbarg. Ein Feind im Rücken war ein gefährlicher Feind.

Die Tür, die den Gang verschloss, öffnete sich mit leisem Zischen. Die Außenmikrofone der Helme übertrugen das Geräusch ohne jede Verzerrung, trotzdem fühlte sich Arnest in seinem Helm auf einmal eingeschlossen und isoliert. Wahrscheinlich waren sie seit der Luftschleuse durch diesen Gestank gelaufen, ohne etwas davon zu bemerken. Das war nicht gut.

Kipling trat einen Schritt zurück. »Körperkraft: eins – IT: eins.«

Arnest brauchte einen Moment, bis er verstand, dass sich das auf seine eigene Bemerkung bezog. *Ist das alles nur ein scheiß Spiel für ihn?*, dachte er.

»Wir sollten die anderen beiden Türen auch öffnen«, sagte

Lanzo und gab damit Arnests Gedanken wieder. »Nur, um sicherzugehen.«

»Nein.« Der Lichtstrahl von Rins Helm zitterte, als sie den Kopf schüttelte. »Wenn etwas dahinter ist, kommt es offensichtlich nicht raus, sonst hätte es das schon längst getan. Wir werden nichts daran ändern.«

Sie wandte sich an Kipling. »Kannst du die Tür hinter uns schließen?«

»Nein. Das ist ein Crack zum Türöffnen, nicht zum Schließen.«

Arnest erwartete, dass sein Bruder die Diskussion fortsetzen würde, aber er ging hinter Rin schweigend durch die Tür. Also sagte auch Arnest nichts. Rückwärts gehend und den Lichtstrahl in den Gang gerichtet, folgte er den anderen. Er drehte sich erst um, als die Reichweite der Lampe endete und Dunkelheit die Türen verschlang.

Sie standen in einem Gang, der aussah wie ein gespiegeltes L. Arnest leuchtete in das kurze Teilstück hinein. Es war leer und endete vor einer Tür. *Besteht denn dieses ganze verkackte Schiff nur aus Gängen und Türen?*

Es schien so, denn auch das geradeaus verlaufende Teilstück endete rund zwanzig Meter entfernt vor einer Tür. In seine linke Wand waren weitere Türen eingelassen. Lanzo war bereits vorgegangen, blieb jedoch plötzlich stehen und hob die zur Faust geballte Hand.

»Halt«, sagte er ruhig über den Helmfunk. Alle bis auf Kipling blieben stehen. Er trug seinen Helm immer noch in der Armbeuge, hatte die Anweisung also nicht gehört. Rin legte ihm die Hand auf die Schulter und zog ihn zurück. Kipling sah sie einen Moment überrascht an, doch dann schien er das Problem zu verstehen, denn er setzte seinen Helm wieder auf. Sein Gesicht flackerte kurz grün.

»Was ist?«, fragte er über Funk.

»Eine offene Tür«, sagte Lanzo. Er bewegte sich nicht. »Zweite von links. Arnest?«

»Ich geh rein.« So war es immer zwischen ihnen. Lanzo erkannte, was getan werden musste, Arnest tat es. Leute, die sie nicht gut kannten – auch schon vor *dieser ganzen Scheiße* –, glaubten, dass Lanzo ihn herumkommandierte oder ausnutzte, dabei ergänzten sie sich nur. *Gehirn und Körper*, nannte Lanzo das oft. *Das eine kann nicht ohne das andere.* Und so war es auch.

Arnest nahm die Pistole in beide Hände und richtete die Mündung zu Boden. Der Lichtstrahl seiner Lampe tanzte über die graue Wand und fiel durch die Tür in den dahinter liegenden Raum. Er riss einen schmalen Spind aus der Dunkelheit, einen Tisch an der rechten Seite, vor dem ein umgekippter Stuhl lag, einen schwarzen Bildschirm und auf der linken Seite ein Bett. Eine Wolldecke lag darauf. Der Lichtstrahl zuckte über eine längliche Wölbung, die bis zu einem eingedrückten Kissen reichte.

»Da liegt jemand drunter«, flüsterte Kipling.

»Halt die Fresse.« Aus irgendeinem Grund war es schlimmer, zu hören, dass jemand dort lag, als es zu sehen.

»Er meint es nicht so«, sagte Jourdain.

»Doch.« Arnest fuhr sich mit der Zunge über die Lippen. Kurz dachte er darüber nach, einfach zwei Kugeln in die Wölbung zu jagen, aber in dem winzigen Raum war die Gefahr von Querschlägern zu groß. Er trat an das Fußende des Betts und nahm eine Hand von der Waffe. Seine Finger schlossen sich um den Saum der Wolldecke. *Eigentum von FTL Transports – Nicht entfernen!*, stand darauf. Der Lichtstrahl zitterte.

»Sei vorsichtig«, sagte Rin.

Arnest ließ die Decke los. »Nein«. Ärger mischte sich in seine Anspannung. »Ich werde nicht vorsichtig sein. Weil ich ein verdammter Idiot bin. Ich dachte, ich pisse erst mal in den Spind und dann leg ich mich zu dem Typen ins Bett und schlaf 'ne

Stunde. Warum lasst ihr mich nicht einfach in Ruhe meinen Job machen?«

»Sorry.« Es klang so, als meinte Rin es ernst.

Arnest atmete tief durch, packte die Decke und zog sie mit einem Ruck vom Bett. Sein Lichtstrahl traf auf zusammengeknüllte Kleidung: Unterwäsche, Socken, ein paar T-Shirts und eine Jacke, an deren Ärmel ein Pfotenlogo prangte. Sonst nichts.

Die Anspannung fiel von Arnest ab. Er steckte seine Waffe in das Holster an seiner Hüfte.

»Seltsam«, sagte Lanzo. »Anscheinend sollte es so aussehen, als läge dort jemand. Aber warum?«

»Keine Ahnung.« Arnest drehte sich um. Solche Fragen interessierten ihn nur am Rande. Er hatte seine Aufgabe erledigt und …

Mit einem Knall flog die Tür des Spinds auf. Ein dunkler Umriss stürzte heraus, prallte gegen Arnest, riss ihn zu Boden.

Hände krallten sich um seine Oberarme, lange Fingernägel kratzten über Stoff und Metall und brachen knackend ab.

Die Gestalt lag schwer auf ihm. Arnest hämmerte ihr seine Faust gegen die Schläfe, einmal, zweimal, dreimal.

Er hörte Knochen knirschen, Blut und Speichel klatschten auf sein Visier und bildeten lange Schlieren.

Stimmen schrien durcheinander. Arnest beachtete sie nicht. Er brachte sein Knie mit einem Ruck hoch und versuchte, die Gestalt abzuwerfen, aber ihre Finger bohrten sich schmerzhaft in seine Muskeln.

Der Lichtstrahl zuckte wild über die Decke, doch dann – nur für eine Sekunde – traf er auf das Gesicht der Gestalt.

Trübe Augen mit Pupillen, so schwarz wie das All, starrten Arnest an. Die Haut war ledrig und eingerissen, ein Mund voller schwarz verfaulter Zähne schnappte reflexartig nach ihm. Das ehemals weiße T-Shirt war bedeckt von eingetrockneten Blutflecken.

Arnest bäumte sich auf. Sein Helm kollidierte mit dem Gesicht der Gestalt. Die Nase wurde ihr bis in den Schädel gedrückt, der Griff um Arnests Arme wurde plötzlich locker.

Er riss sich los, packte das blutverschmierte T-Shirt und warf die Gestalt von sich. Sie schlug neben ihm auf den Boden und stieß zum ersten Mal einen Laut aus, ein gurgelndes, stöhnendes Knurren.

Ihre Hände streckten sich nach Arnest aus. Eine bekam den Stoff seines Raumanzugs zu fassen, aber Arnest machte sich nicht die Mühe, sie wegzuschlagen. Stattdessen warf er sich auf die Gestalt.

Er drückte ihre Schultern gegen den Boden und hämmerte ihr erneut den Helm ins Gesicht. Immer wieder holte er mit dem Kopf aus und ließ ihn nach unten krachen, bis das Visier schwarz von Blut war und die Lampe erlosch.

Auf einmal bemerkte er die Stille. Die Stimmen in seinem Helm hatten aufgehört zu schreien. Die Gestalt regte sich nicht mehr. Arnest stand schwer atmend auf.

»So«, sagte er.

4

»Nein, ich ziehe ihn nicht wieder an. Hast du den ganzen Scheiß gesehen, der daran klebt?«

Seit fünf Minuten schon versuchte Lanzo seinen Bruder davon zu überzeugen, den grob gereinigten Helm wieder anzulegen, aber Jourdain glaubte nicht, dass ihm das gelingen würde. Also ließ er die beiden stehen und warf einen Blick in den Raum, der ihnen die erste unangenehme Überraschung dieser Mission, wenn man das Umherstolpern durch dunkle Gänge denn so nennen wollte, bereitet hatte.

Er blieb am Eingang stehen. Seine Stiefelspitzen waren nur Zentimeter vom Rand der Blutlache entfernt, in der der Tote lag. Es war ein Mann, das war leicht zu erkennen, und er musste im Leben dünn gewesen sein, denn im Tod wirkten seine Gliedmaßen wie knorrige alte Äste. Kaum Fleisch, nur Knochen und darüber rissige, teils aufgeplatzte Haut.

So werden wir alle enden, dachte Jourdain. *In unserem Blut, umgeben von Metall und Plastik. Allein.*

Ein zweiter Lichtstrahl stach in den Raum. »Arnest macht keine halben Sachen«, sagte Kipling in Jourdains Helmfunk. Der bemerkte, dass Kipling einen privaten Kanal aufgemacht hatte, und schaltete ebenfalls dorthin um.

»Nein, er ist sehr motiviert.«

Kiplings Lichtkegel machte einen Bogen um die Leiche und leuchtete stattdessen die Kleidung auf dem Bett und den Spind an. Eine Reisetasche stand auf dessen Boden.

»Was, glaubst du, ist hier passiert?«

»Auf diesem Schiff?«

»Nein, in dieser Kabine. Fangen wir erst mal klein an.«

Jourdain ließ sich gern von seinen eigenen Gedanken ablenken. »Ich glaube nicht, dass er zur Crew gehörte. Er war ein Passagier, so wie die, von denen du eben erzählt hast. Nur wollte er keine Fjorde sehen, sondern wirklich *fremde* Orte.«

»Ist nicht so gut gelaufen für ihn, aber ja, das denke ich auch.« Kipling verschränkte die Arme vor der Brust. Der Stoff seines Raumanzugs raschelte. »Was bedeutet, dass die *T. S. Eliot* oder wie auch immer sie ursprünglich hieß, vor Omega das Sonnensystem verlassen haben muss. Sonst wäre er kein Passagier gewesen, sondern ein Flüchtling, und Flüchtlinge haben normalerweise mehr als eine kleine Reisetasche dabei.«

»Vor allem, wenn sie so viel Geld haben wie dieser Mann«, sagte Jourdain, »der sich eine ganze Kabine leisten konnte.« Das Spiel regte seine Fantasie an. »Aber obwohl das Schiff vor Omega abflog, hatten sie das Problem bereits an Bord. Der Passagier hier versteckt sich in seiner Kabine und richtet das Bett so her, dass es aussieht, als würde er schlafen. Er versteckt sich im Spind in der Hoffnung, dass ihm seine Täuschung genügend Zeit verschafft, um sich nach draußen zu schleichen, sollten sie ihn überfallen.«

Der Lichtstrahl strich über die Rückwand, von links nach rechts und wieder zurück. Kipling schüttelte den Kopf. »Nein. Er war bereits infiziert, und er befürchtete, dass man ihn umbringen würde. Deshalb die Täuschung. Und er versteckte sich im Spind, weil er dachte, dass es ihn nicht erwischen würde, dass er es schaffen würde, so wie Millionen andere das auch dachten. Aber niemand kam, wahrscheinlich, weil sie andere Probleme hatten. Und unser Passagier starb und hockte in dem Spind, bis Arnest ihn aufweckte.«

»Also hatte er Angst vor den Lebenden, nicht vor den –« Jourdain ließ den Satz in der Luft hängen.

»Zombies«, beendete Kipling ihn. Sein Licht glitt kurz über Jourdains Gesicht. »Du magst das Wort nicht.«

Für jemanden, der sein Leben hinter einer Virtual-Reality-Brille verbrachte, konnte er Menschen erstaunlich gut lesen.

»Nein. Es ist respektlos. Das sind Männer und Frauen, nicht irgendwelche Monster, denen man in den Kopf schießt und sich anschließend zuprostet wie in einem Spiel.«

»Du irrst dich. Genau das sind sie.«

Im Helmlautsprecher knackte es. Auf seinem Pad sah Jourdain, dass Rin ihn und Kipling in den allgemeinen Kanal gezogen hatte. »Arnest wird seinen Helm nicht wieder anlegen«, sagte sie. Er hörte, wie sie versuchte, nicht genervt zu klingen. »Er denkt, die Schlieren auf dem Visier würden ihn zu stark behindern. Da wir aber nicht vernünftig kommunizieren können, wenn einer keinen Helm trägt, möchte ich euch bitten, eure ebenfalls abzulegen.«

»In einem beschädigten Schiff mit instabiler Energieversorgung?« Jourdain sah zu Arnest hinüber, der breitbeinig und mit blutverschmiertem Raumanzug an der gegenüberliegenden Wand des Gangs lehnte. Ein Blick reichte, um zu erkennen, dass er seine Meinung nicht ändern würde.

»So gefährlich ist das nicht«, sagte Lanzo. Jourdain fragte sich, ob er das aus Loyalität zu seinem Bruder sagte oder weil er es tatsächlich glaubte. »Wir haben das Anlegen des Helms bei plötzlichem Druckverlust tausend Mal geübt.«

»Wegen mir.« Kipling tastete nach der Verriegelung seines Helms. »Wenn wir mal wieder Geld haben, sollten wir aber vielleicht darüber nachdenken, *Red Samurai* gegen *Tough Protection* zu tauschen. Bei denen sind die Helme wenigstens nicht auf einen Anzug verschlüsselt.«

»Ich glaub nicht, dass dieses Problem häufig auftreten wird.«

Arnest sah seinen Bruder an. »Redet ihr über mich?«, fragte er leicht aggressiv.

»Nein, wir reden darüber, von deinem Anteil *Tough-Protection*-Anzüge zu kaufen.«

Jourdain lächelte über die Lüge, aber Arnest winkte ab. »Quatsch, wir kommen auch so klar.«

Nacheinander nahmen sie die Helme ab und hängten sie an die dafür vorgesehene Gürtelschlaufe. Jourdain entfernte seinen als Letzter. Der Gestank traf ihn nicht wie ein Schlag, sondern kroch wie eine klebrige Schicht über seine Haut, seine Zunge und bis in seine Kehle. Er glaubte, dass er nie wieder etwas anderes als diese beißende, ekelerregende Süße schmecken würde.

»Das ist schlimmer, als ich dachte«, sagte er. »Und der Gestank geht bestimmt nicht nur von diesem einen Toten aus. Der Mann war ja beinahe mumifiziert.«

Kipling zog ebenso wie die anderen die Lampe von seinem Helm und schob sie in eine Schlaufe auf seiner Schulter. »Ich hoffe, dass du unrecht hast. Wenn das ganze Schiff so stinkt –« Er ging in Richtung der Tür am Ende des Segments. »Neue Tür, neues Glück.«

Jourdain folgte ihm langsamer. Aus den Augenwinkeln betrachtete er immer wieder die geschlossenen Türen, die wahrscheinlich zu Kabinen wie der führten, in der sie den Passagier gefunden hatten. Er stellte sich vor, wie Menschen dahinter standen und auf die Schritte draußen lauschten, die toten Augen zur Decke gerichtet, Hände, die zu Klauen geworden waren, gegen das Metall gepresst. Er glaubte, ihr rastloses Schlurfen und Rascheln zu hören.

Niemand sollte so enden, dachte er. Aber sie alle würden es. Es war ein Gedanke, der ihn seit Monaten verfolgte, und er konnte nichts dagegen unternehmen.

»Es tut mir leid«, sagte Kipling gerade, als Jourdain an der Tür stehen blieb, »aber ich krieg sie nicht auf.«

Er klang ebenso frustriert wie verwirrt. »Ich verstehe das nicht. Es ist ja das gleiche System. Der Crack müsste funktionieren.«

»Dann muss die Körperkraft wohl wieder ran.« Arnest schob ihn zur Seite und nickte seinem Bruder zu. Gemeinsam stemmten sie sich gegen die Tür, aber sie glitt nicht zur Seite.

»Noch mal«, sagte Lanzo. »Auf drei. Eins, zwei … drei.«

Die Anstrengung war ihnen anzusehen. Arnests Gesicht wurde rot, Lanzos Halsschlagader trat hervor. Fast eine Minute lang versuchten sie, die Tür aufzuschieben, dann ließ Lanzo los und schüttelte die Arme aus. »Hör auf, das ist sinnlos. Die kriegen wir nicht auf.«

»Okay.« Arnest trat sofort einen Schritt zurück. Es erstaunte Jourdain immer wieder, wie leicht Lanzo seinem Bruder befehlen konnte, bis er schließlich auf diese Wand aus Sturheit traf, die Arnest manchmal um sich aufbaute.

»Dann die andere Tür.« Rin drehte sich um und ging mit langen Schritten voran, ohne auf die anderen zu warten. Ihr Licht hüpfte über die Wände.

Rin war einer der Gründe, aus denen Jourdain auf der *Mishima* blieb. In ihr sah er das Gegenteil von sich selbst: pragmatisch, unsentimental und stets bereit, einen Plan sofort fallen zu lassen, wenn er sich als unmöglich erwies. Er kannte niemanden, der sich schneller auf neue Situationen einstellen konnte – und auf eine neue Welt.

Er brauchte jemanden wie Rin, und das wusste er auch. Ob ihr klar war, dass sie keine Angst haben musste, ihn an ein anderes Schiff zu verlieren, konnte er nicht sagen. Erzählt hätte er ihr das nie. Das war eine Erkenntnis, die nur ihn etwas anging.

Gemeinsam bogen sie um die Ecke, gingen zur Tür und warteten, bis die anderen zu ihnen stießen. »Mann«, sagte Kipling, als er seine V-Specs auf die gleiche Höhe wie den Barcode brachte. »In dieser Ecke fängt sich der Gestank aber.«

Das stimmte. Der Verwesungsgeruch war so extrem, dass er Jourdain die Tränen in die Augen trieb. Kipling aktivierte das Programm, murmelte sein Passwort und erhob sich. Wann immer er konnte, legte er seine Armbeuge über Mund und Nase. Die Tür öffnete sich. Lichtkegel rissen Reihen von dreistöckigen Etagenbetten aus der Dunkelheit. Der Gestank war eine wabernde Wand, die Jourdain zurückprallen ließ.

»Mein Gott –«

Irgendwo vor ihnen knarrte es. Etwas schlurfte. Etwas stöhnte.

Lanzo drehte sich um. »Arnest?«

»Ich geh rein.«

5

»Warte.«

Jourdain legte Arnest die Hand auf die Schulter. »Warum versuchen wir nicht, den Bereich zu umgehen? Wir müssen uns nicht unnötig in Gefahr begeben.«

Lanzo hielt sich mit einer Antwort zurück, obwohl er sie hätte geben können. Doch das war nicht seine Aufgabe

»Das werden wir nicht«, sagte Rin. »Arnest wirft erst mal einen Blick in den Raum, dann sehen wir weiter. Die Brücke ist weiterhin unser Ziel. Zurückzugehen würde einen enorm großen Umweg bedeuten oder das Scheitern unserer Mission. Was auf diesem Schiff ist, könnte uns auf Jahre hinaus versorgen. Das ist das Risiko wert.«

Jourdain nahm zögernd die Hand herunter. »Dieser Gestank ist kein gutes Zeichen. Und die Geräusche auch nicht.«

»Ich weiß. Aber warten wir erst mal ab.«

Damit war der Befehl praktisch gegeben. Lanzo nickte Arnest zu und stellte sich in den Türrahmen, die Pistole in der Hand. Der Lichtkegel seiner Helmlampe strich über den Raum und verschaffte ihm kurze Momentaufnahmen des Inneren, die er wie Puzzlestücke in seinem Kopf zusammensetzte.

Da war ein langer gerader Gang, der den Raum in zwei Hälften teilte, keine Tür an seinem Ende, nur eine graue Wand. Metallkonstruktionen ragten rechts und links von ihm empor, zehn auf jeder Seite. Er ließ den Lichtstrahl so lange über sie gleiten, bis er erkannte, dass es sich bei ihnen um dreistöckige Etagenbetten handelte.

»Wurden hier Gefangene transportiert?«, fragte er leise und starrte weiterhin in den Raum. Arnest stand zwei Schritte entfernt von ihm im Gang und benutzte seine Lampe ebenfalls, um sich einen Überblick seiner Umgebung zu verschaffen.

»Willkommen in der dritten Klasse«, sagte Kipling. »Laut Wikipedia durften Postschiffe je nach Größe bis zu dreißig Betten für Passagiere zur Verfügung stellen, ohne die strengeren Sicherheitsauflagen, die für Passagierschiffe galten, erfüllen zu müssen. Zitat: ›Da im Gesetzestext ausschließlich von Betten, nicht etwa Personen die Rede war, interpretierten einige Logistikunternehmen ihn auf eigene Weise. Trotz zahlreicher Klagen wurde bis Omega nicht dagegen vorgegangen.‹ Zitat Ende.«

»In diesem Raum stehen zwanzig Betten, bei maximaler Auslastung wären das sechzig Personen.« Lanzo umschloss auch mit der zweiten Hand den Griff seiner Pistole. »Das gefällt mir nicht.«

Vor ihm machte Arnest einen weiteren Schritt in den Raum. Das Schlurfen und Seufzen brach ab. Lanzo wünschte sich, sie hätten noch ihre Helme aufgehabt. Dann hätten sie zumindest gefahrlos kommunizieren können. Aber so war es kaum möglich, Arnest einen Befehl zu geben. Die Toten, die Zombies, die Gegner – wie auch immer man sie nennen wollte – wurden von Geräuschen ebenso angezogen wie von Bewegungen und Blutgeruch. Die Krankheit hatte sie auf das Wesentliche reduziert: ihre Sinne und ihre Gier.

Arnest drehte den Kopf nach links. Sein Licht traf auf Metallstangen, zerwühlte Decken und ein Kopfkissen, das so blutverschmiert war, dass es schwarz wirkte. Ein zerrissenes, geblümtes Kleid lag auf dem Boden neben dem Bett. Arnest wandte den Blick ab.

Das Schlurfen kehrte zurück, lauter, schneller, zielgerichteter als zuvor. Lanzo versuchte noch, es zu orten, als Arnest sein Licht bereits nach rechts richtete.

Eine Frau taumelte ihm entgegen. Sie zog das linke Bein nach, ihr rechter Arm endete knapp über dem Ellenbogen in einem ausgefransten Stumpf. Sie hatte langes, verfilztes Haar, das ihr über die Augen hing.

Arnest war mit einem Schritt bei ihr. Er stieß ihren ausgestreckten linken Arm mit der Schulter zur Seite und packte ihren Kopf. Es knackte, als ihr Genick brach. Achtlos ließ er die Leiche zu Boden sinken.

Hervorragend, dachte Lanzo. *Viel besser als der Letzte.*

Die Stille kehrte in den Schlafsaal zurück. Lanzo trat in den Gang hinein und lauschte, während Arnest bereits bis zum Ende ging und sich zuerst nach links, dann nach rechts wandte.

»Das war's«, sagte er. Seine Stimme hallte durch den Saal. Das Keuchen, das Lanzo hinter sich hörte, verriet ihm, dass er sich nicht als Einziger erschreckt hatte. »Hier ist keiner mehr.«

»Und der Gestank?«, fragte Kipling. Er war in der Tür stehen geblieben und leuchtete nun in den Saal hinein.

Lanzo hob die Hand vor die Augen, um nicht geblendet zu werden.

»Das ist die Lüftung.«

Die anderen betraten den Saal. Sie blieben dicht zusammen, keiner verließ den Gang. Sogar die Lichter, die über die Wände zuckten, wirkten nervös.

Sie sind nicht zum Kämpfen geboren, dachte Lanzo, *sogar Rin nicht.* Ihnen fehlte etwas, das Arnest und er hatten. Es war nicht die Freude am Töten, die Söldner wie sie auszeichnete, es war die Freude daran, gut im Töten zu sein.

»Gibt es da hinten einen Ausgang?«, fragte Jourdain, so als würde er hoffen, doch noch umdrehen zu können.

»Sogar zwei, rechts und links«, sagte Arnest. »Aber beide Türen haben keine Barcodes. Die führen bestimmt nur zu den Klos.«

»Und von dort aus vielleicht woanders hin.« Rin winkte Jourdain heran. »Wir sollten uns das wenigstens ansehen, rechts zuerst. Das ist die Richtung, in die wir wollen. Kipling, hast du schon was?«

»Einen Ordner voller Bilder und ein paar Torrents mit angeblichen Bauplänen. Dürften passwortgeschützte Fakes sein, aber mit Sicherheit kann ich das erst sagen, wenn ich das Zeug gezogen habe. Bei dem miesen Netz dauert das noch ein paar Min…« Er unterbrach sich und legte den Kopf schief. »Was ist das für ein Geräusch?«

»Ich hör nichts«, sagte Arnest. Er ging bereits auf die Tür an der rechten Seite des Saals zu. Lanzo hätte ihm beinahe zugestimmt, aber er zwang sich, einen Augenblick länger zu schweigen und zu lauschen.

Und dann hörte er es. Ein leises, tausendfaches Knistern, das von überall her zu kommen schien.

»Als würde es schneien«, flüsterte Kipling.

Lanzo drehte sich langsam um sich selbst. Sein Lichtkegel fing Rin und Kipling ein, die in der Mitte des Saals standen, Jourdain, der zögernd auf sie zuging – und Staubpartikel, die wie Schneeflocken zu Tausenden durch das Licht fielen. »Was –?«

Ein plötzliches Quietschen, ein Schatten in seinen Augenwinkeln, ein lautes Klatschen, als etwas direkt vor ihm aufschlug. Dann ein zweites Klatschen, ein Stück weiter entfernt, gefolgt von einem rasselnden Stöhnen.

Lanzo wich zurück, als aus dem Schatten vor ihm eine Gestalt wurde, deren Fingernägel über seine Stiefel kratzten. Er trat ihr ins Gesicht und riss den Kopf hoch. Bleiche, tote Körper krochen über die Metallgeländer der obersten Betten, kippten nach vorn und schlugen mehrere Meter tiefer auf den Boden. Er sah mindestens ein Dutzend.

»Sie sind auf den Betten!«, schrie er.

»Zurück!« Jourdains Stimme.

»Nein, vor!«, rief Rin. »Bleibt zusammen.«

Ihr Befehl ging in einem donnernden Schuss unter. Mündungsfeuer stach in den Raum. Lanzo hörte sofort, das es sich um Arnests Waffe handelte. Er bevorzugte als Einziger ein so schweres Kaliber. Er selbst richtete seine Pistole auf den Toten, der mit schnappenden Kiefern auf ihn zukroch. Er musste sich beim Sturz aus dem Etagenbett die Beine gebrochen haben.

Lanzo jagte ihm eine Kugel in den Kopf.

Andere kamen nach ihrem Aufprall hoch, wurden immer wieder für kurze Momente ins Licht gerissen. Lanzo erwischte zwei von ihnen. Im Mündungsfeuer sah er, wie weitere von den Betten fielen. Sie mussten dort hinaufgekrochen sein, als das Fieber begonnen hatte, sie von innen zu verbrennen. Sie hatten Schutz gesucht vor dem Irrsinn, aber nun waren sie selbst zum Irrsinn geworden.

Ein Knall. Funken sprühten neben ihm von einer Metallstange. Ein Querschläger pfiff durch den Saal. »Schießt nur, wenn sie direkt vor euch sind!«, schrie Lanzo. »Sonst knallen wir uns noch gegenseitig ab.«

Eine Gestalt schlurfte von rechts auf ihn zu. Lanzo trat ihr die Beine unter dem Körper weg und schoss ihr in den Kopf. Hinter ihm wurde eine Tür aufgerissen, dann sofort wieder zugeknallt.

»Scheiße!«, rief Arnest. »Sie sind auch auf dem Klo.«

»Dann probier die andere Seite.« Aus den Augenwinkeln sah er eine Gestalt nach unten fallen. Er hörte, wie etwas polterte. Rin schrie auf. Die Gestalt musste gegen sie geprallt sein. Lanzo versuchte zu erkennen, was geschah, aber zwischen ihm und ihr befand sich fast ein halbes Dutzend Toter. Zwei von ihnen waren auf ihn zugekrochen, doch nun drehten sie um, als ahnten sie, dass die Beute hinter ihnen die leichtere war.

Lanzo sprang über sie hinweg. Der Absatz seines Stiefels zerquetschte eine ausgestreckte Hand. Er packte den Toten im

Genick, presste ihm die Mündung auf die Stirn und drückte ab. Der Körper erschlaffte.

»Rin!« Kipling richtete seine Lampe auf sie. Die Waffe, die er mit beiden Händen umklammerte, zitterte. Lanzo sah nackte Haut, ein helles T-Shirt und dazwischen den Stoff eines Raumanzugs.

»Nicht schießen, Kipling!« Er stieß zwei Tote beiseite und hörte, wie sie gegen die Betten krachten. Dem letzten rammte er seine Schulter in die Brust und sprang ihm dann mit beiden Füßen auf den Kopf. Er spürte, wie der Schädel unter ihm nachgab und musste einen Augenblick lang mit den Armen rudern, um das Gleichgewicht nicht zu verlieren. Ein Stück von ihm entfernt klatschte es erneut. *Wie viele sind denn da oben?*

Rin wirkte benommen. Sie lag auf dem Rücken, der Tote quer über ihr. Er hatte beide Hände um ihren linken Arm geschlungen und biss wieder und wieder zu. Ein zweiter Toter kroch auf sie zu. Kipling, der ihn nun erst zu bemerken schien, drehte sich zur Seite und schoss. Zwei Kugeln rissen dessen Rücken auf, erst die dritte traf den Hinterkopf.

Lanzo packte ihn an der Schulter und zog ihn zurück. »Ich habe gesagt: Nicht schießen! Geh zu Arnest. Bleib bei ihm.«

»Aber –« Die Augen hinter Kiplings Brille waren weit aufgerissen. Schweiß stand ihm auf der Stirn. »Er beißt sie.«

»Zu Arnest, los! Sie trägt einen Raumanzug. Ihr kann nichts passieren.« Doch das wusste er nicht, nicht hundertprozentig. Sie hatten oft darüber spekuliert, ob ein Raumanzug den Bissen eines Toten standhalten würde, aber ausprobiert hatten sie das nie. Lanzo packte den Toten an den Schultern und versuchte, ihn von Rin zu ziehen, aber der Mann war übergewichtig und groß. Er bewegte sich kaum, grunzte nur, als wolle er nicht von seiner Beute getrennt werden. Lanzo dachte kurz darüber nach, ihn zu erschießen, schreckte jedoch davor zurück. Wenn die Kugel den Schädel durchschlug, würde er Rin treffen.

Sie blinzelte. Die benommene Ruhe wich von ihrem Gesicht, als sie ihre Situation plötzlich erkannte. Sofort schlug und trat sie keuchend um sich.

Der Kopf des Toten zuckte herum. Mit überraschender Geschwindigkeit warf er sich vor und biss nach Rins Gesicht. Lanzo grub seine Finger in die Haare des Toten und zog ihn zurück. Rin schlug dem Mann die Fäuste in den aufgedunsenen, bläulich verfärbten Bauch, den das T-Shirt nur halb bedeckte. Es klang so, als ließe man ein nasses Handtuch fallen.

Lanzo rammte ihm das Knie in den Rücken und warf sich nach hinten. Der Tote griff mit den Klauen in die Luft, versuchte sich an etwas festzuhalten, das es nicht gab, dann krachte er zu Boden, unmittelbar neben Lanzo. Der ließ das Stück Kopfhaut, das er abgerissen hatte, angewidert fallen und schoss. Pulverdampf stieg ihm in die Augen, reizte sie zu Tränen. Der Tote bewegte sich nicht mehr.

Rin wollte sich aufsetzen, aber Lanzo kam vor ihr hoch und drückte sie mit der Hand, in der er die Pistole hielt, nach unten. Er sah Angst und Verwirrung in ihrem Gesicht. Mit der anderen Hand nahm er ihren Arm. Der Tote hatte in das Pad ihres Raumanzugs gebissen. Das Display war gesprungen, das Plastik verbogen, und Speichel bedeckte es.

»Ist da Blut?«, fragte Rin. Lanzo konnte hören, wie sehr sie sich um Ruhe bemühte.

»Nein«, sagte er und ließ sie los. »Komm.«

Die Toten, die er zur Seite gestoßen hatte, versperrten wieder den Gang. Lanzo versuchte, über ihre Köpfe einen Blick auf den hinteren Teil des Saals zu werfen, aber es waren zu viele. Er hörte Arnests Waffe donnern. Um ihm herum schlurfte und stöhnte es.

Er schob ein frisches Magazin in seine Pistole. »Bleib dicht neben mir!«

Rin blieb stehen, als er losgehen wollte. »Wo sind die anderen?«

»Kipling und Arnest sind da, wo geschossen wird. Und Jourdain –« Er hielt inne und sah sich um. Mit der freien Hand fuhr er sich durch das Gesicht. *Ich habe versagt.*

»Ich weiß es nicht.«

6

Arnest schlug die Tür hinter sich zu. »Verdammte Scheiße, was für ein Dreck!«

Er wischte sich die Hände an seinem Raumanzug ab und hinterließ dunkle Flecke. Die letzten beiden Zombies hatte er mit dem Pistolengriff erschlagen, weil er keine Zeit gehabt hatte, nachzuladen.

Kipling drehte sich um und leuchtete in den Raum. Sie standen in einer Küche. Es gab mehrere Kühlschränke, zwei Spülen, in denen sich dreckiges, verschimmeltes Geschirr stapelte, Arbeitsflächen, Kochutensilien, Mikrowellen und einen alten Herd. Vor einem der Kühlschränke breitete sich eine große, getrocknete Blutlache aus. Darin sah Kipling nackte Fußabdrücke. Draußen hämmerten die Zombies dumpf gegen die Metalltür, drinnen war es still.

Er lehnte sich an eine Wand. Seine Knie zitterten. »Was jetzt?«, fragte er und war überrascht, wie rau seine Stimme klang.

Arnest zog ein Magazin aus einer der Gürteltaschen an seinem Raumanzug und lud seine Waffe nach. »Wir warten.«

»Worauf?«

»Werden wir dann sehen.«

Darauf, dass dein Bruder dir sagt, was du tun sollst, dachte Kipling, ohne es auszusprechen. »Die anderen sind noch dort draußen.«

Arnest ging einige Schritte in die Küche hinein und sah sich um. »Die anderen interessieren mich nicht. Lanzo hat dich zu mir geschickt, also soll ich auf dich aufpassen. Er kümmert sich um den Rest.«

»Ich könnte versuchen, ihn über Helmfunk zu erreichen. Wenn er noch nahe genug ist, sollte er uns hören.«

»Probier's aus.«

Kipling zog den Helm aus der Schlaufe und setzte ihn sich auf. Die *Red-Samurai*-Anzüge, die sie fast alle trugen, gehörten zu den billigsten, die es zu kaufen gab, und hatten kein WLAN-Modul. Der Helmfunk hatte unter optimalen Bedingungen, also im All, eine Reichweite von rund dreißig Metern, in einem Schiff wie diesem wahrscheinlich deutlich weniger. Kipling drückte auf das Pad und scannte alle verfügbaren Frequenzen, dann setzte er den Helm wieder ab.

»Niemand in Reichweite.«

»Scheiße.« Arnest trat so heftig gegen einen der Kühlschränke, dass eine Delle darin zurückblieb. Er machte sich anscheinend mehr Sorgen, als er zugeben wollte. Kipling dachte kurz darüber nach, ob er ihn darauf ansprechen sollte, doch ein grün leuchtender Schriftzug in seiner V-Specs lenkte ihn ab.

Download beendet.

»Vielleicht kommen wir ja jetzt weiter.« Kipling löste nacheinander die Verschlüsse seiner Handschuhe und schraubte sie vom Raumanzug ab.

»Was machst du da?« Arnest klang nur mäßig interessiert.

»Wie du vielleicht bemerkt hast, gibt es hier keinen Ausgang.« Während er sprach, navigierte Kipling mit seinen Fingerspitzen zu dem Ordner, in dem die Torrents gespeichert waren. Er hatte vier Stück gefunden. »Die Klos sind voller Zombies, der Schlafsaal auch, wir wissen weder, wo die anderen sind, noch was wir machen sollen. Ein Bauplan des Schiffs würde uns bei der Entscheidungsfindung helfen, richtig?«

Arnest antwortete nicht.

Kipling klickte auf die erste Datei. Das Wort *Passwortge-*

schützt blinkte in großen, roten Buchstaben vor seinem Auge. Ein mit Grammatikfehlern übersäter Text forderte ihn auf, eine fragwürdig klingende Seite zu besuchen und dort für eine Wohltätigkeitsstiftung der eigenen Wahl zu spenden, dann würde man das Passwort erhalten. Kipling löschte die Datei und entpackte die nächste.

Dieses Mal leuchtete keine Warnung auf, allerdings bestanden die angeblichen Grundrisse aus einer Videodatei, die Kipling nur aus Neugier anklickte – und direkt wieder schloss.

»Oh Mann«, sagte er angewidert.

Arnest sah ihn an. »Was?«

»Jockey-Porn.«

»Was guckst du dir so eine Scheiße auch an? Ich dachte, du wolltest Baupläne suchen.«

»Ich –« Kipling setzte zu einer Erklärung an, schüttelte dann aber den Kopf. »Vergiss es.«

Die dritte Datei wollte ihn auf die gleiche Phishing-Seite locken wie die erste, die vierte ließ sich entpacken. Kipling brachte den Cursor auf den Ordner, der daraus entstanden war, und klickte darauf. *Komm schon*, dachte er. *Enttäusche mich nicht, Internet.*

Der Ordner enthielt über dreihundert Bilddateien. Kipling öffnete die erste und sah den Bauplan eines kleinen Schiffs. »Ja!«

»Hast du ihn?« Arnest wirkte deutlich interessierter als zuvor. Er schien nun doch verstanden zu haben, wie nützlich es wäre, endlich zu wissen, wo sie sich befanden.

»Nicht so schnell. Zuerst –«

Ein Knall.

Einer der Kühlschränke wackelte. Etwas warf sich von innen gegen die Tür. Arnest war mit einem Schritt dort, lehnte sich mit dem Rücken gegen die Tür und verschränkte die Arme vor der Brust. »Red weiter.«

»Ja … äh –« Kipling sammelte sich. Er hatte irgendwann einmal gelesen, dass Zecken jahrelang ohne Nahrung auf Beute warten konnten. So war es mit Zombies. Wenn sie keine Nahrung fanden, verfielen sie nach einer gewissen Zeit in eine katatonische Starre, aus der sie erst aufwachten, wenn sich ihnen Beute näherte. Es dauerte nur manchmal ein wenig. »Willst du das nicht zuerst –?«

»Eines nach dem anderen.« Arnests Stimme erbebte unter den Schlägen von der anderen Seite der Tür.

»Okay. Also … ich muss zuerst die Baupläne nach denen filtern, die zu Schiffen von FTL Transports gehören. Dann vergleiche ich die mit den Bildern der Postschiffe, die ich gezogen habe. Am Ende sollte unser Schiff als einziges übrig bleiben. Ich kann mir nicht vorstellen, dass FTL verschiedene Schiffe dieser Größe hat bauen lassen.«

»Wie lange wird das dauern?« Das Hämmern und Klopfen wurde heftiger.

»Ein paar Minuten.«

»Gut.« Arnest stieß sich ab, fuhr herum und riss die Kühlschranktür auf. Mit beiden Händen griff er hinein. Es knackte kurz, der Kühlschrank rumpelte, etwas darin fiel zu Boden. Arnest schlug die Tür wieder zu und lehnte sich daran. »Also warten wir.«

Kipling richtete seinen Blick wieder auf das, was ihm die V-Specs zeigte, und versuchte, nicht an die Zombies vor der Tür zu denken. Mit den Sensoren in seinen Fingerspitzen schob er das Programm, das die Baupläne mit den Schiffsbildern verglich, in den Hintergrund und ging ins Netz. Der vertraute Anblick der Suchleiste, die ihn auf der Startseite des Browsers empfing, hatte etwas Beruhigendes. Sie hatte Kipling durch die alte Welt begleitet und war ihm in die neue gefolgt. Wenn er sie betrachtete, fühlte er sich etwas weniger verloren.

Draußen stöhnte und polterte es, aber Kipling glaubte nicht, dass die Zombies die schwere Feuerschutztür, die sie aus der

Küche fernhielt, überwinden würden. Dazu fehlte ihnen die Koordination. Er wünschte nur, seine Kopfhörer aufsetzen zu können, um ihre Geräusche mit Musik zu übertönen, aber die hatte er auf der *Mishima* gelassen. Schließlich hatte er ja nicht geahnt, dass er auf dem Schiff festsitzen würde, mit Zombies vor der Tür – und mit Arnest. Kipling vermied es normalerweise, mit ihm allein in einem Raum zu sein. Er hatte keine Angst vor Arnest, zumindest sagte er sich das. Er wusste einfach nie, was er mit ihm reden sollte.

»Ist gut, dass wir die Zombies da draußen hören«, sagte Arnest in diesem Moment. »Das heißt, dass sie die anderen nicht verfolgen.«

»Stimmt.« Kipling fühlte sich verpflichtet, die Unterhaltung fortzusetzen, obwohl ihm nichts Relevantes einfiel. »So ... haben du und Lanzo schon immer zusammengearbeitet?«

»Nein, nicht immer.« Arnest warf ihm einen irritierten Blick zu. »Warum?«

»Nur so.«

»Das ist ’ne komische Frage in dieser Situation.«

Oh Mann. Kipling bedauerte es bereits, sie gestellt zu haben. »Ist wirklich nicht so wichtig. Das fiel mir nur gerade ein.«

»Aber warum jetzt?« Arnest machte einen Schritt auf ihn zu. »Dir ist die Frage in den letzten acht Monaten nicht eingefallen. Du hättest die mir immer stellen können, hast du aber nicht gemacht.« Er blieb vor Kipling stehen und blickte auf ihn hinunter. Seine Größe war ebenso beeindruckend wie einschüchternd. »Hast du mit Lanzo gesprochen?«

»Nein.« Kipling trat zur Seite und hob beschwichtigen die Hände. Er hatte keine Ahnung, worauf Arnest hinaus wollte. »Es war nur eine Frage, ganz ehrlich. Ich hätte dich auch fragen können, woher du stammst.«

»Düsseldorf.«

»Siehst du? Das war alles. Einfache Frage, einfache Antwort.«

Arnest schien darüber nachzudenken. Er kaute auf seiner Unterlippe. Das Schweigen zwischen ihnen zog sich in die Länge. »Aber du hast nicht gefragt«, sagte er unvermittelt, »woher ich stamme, sondern wie lange Lanzo und ich –«

Übereinstimmung gefunden.

Gott sei Dank. Kipling ließ Arnest nicht ausreden. »Hey, ich glaub, ich hab unser Schiff. Wart mal 'nen Moment.« Er öffnete das Foto, das von dem Programm identifiziert worden war, und zog es mit den Fingerspitzen auf. Es zeigte die Seitenansicht eines Schiffes aus der Flotte von FTL Transports. Die wuchtige Front, der sich nach hinten verjüngende Frachtbereich und die flossenartige Antriebssektion sahen genauso aus wie die der *T. S. Eliot.*

Kipling merkte sich die Signatur und öffnete das zweite Foto. Bevor er den Bauplan, den er darauf sah, genauer betrachtete, verglich er die Signaturen. Sie stimmten überein.

»Okay, das ist es. Gleich kann ich dir genau sagen, wo wir sind.« Er scrollte durch die große Zeichnung. Durch die halb transparente Brille konnte er auch Arnest sehen, doch der beachtete ihn kaum, sondern stand mit schräg gelegtem Kopf da.

»Was ist?«, fragte Kipling und hoffte, dass es nicht immer noch um die verdammte Frage ging.

»Die Toten«, sagte Arnest.

Auf einmal verstand Kipling, was er meinte. Ohne dass er es bemerkt hatte, war das Poltern und Hämmern vor der Tür verklungen. Es herrschte Stille. Die Zombies waren weg.

7

Was mache ich denn bloß?

Dieser Gedanke war es, der Jourdain schließlich dazu brachte, stehen zu bleiben. Er keuchte, und sein Herz schlug zu schnell. Er wusste, dass es falsch gewesen war, aus dem Schlafsaal zu rennen, aber als die Toten plötzlich aus ihren Betten gefallen waren, hatte er nicht anders gekonnt. Die Angst hatte ihn überwältigt.

Nein, korrigierte er sich. *Ich habe zugelassen, dass sie mich überwältigt.*

Das war mehr als eine Kleinigkeit, es war der Unterschied zwischen einem Tier, das seinen Instinkten ausgeliefert war, und einem Menschen, dessen Verstand sich über sie hinwegsetzen konnte. Zumindest gelegentlich.

Jourdain lehnte sich an die Wand und atmete einige Male tief durch. Er hörte keine Schritte, niemand rief nach ihm. Der Gang, in dem er stand, war leer. Er konnte sich kaum an die letzten Minuten erinnern, war sich jedoch sicher, dass er durch die offenen Türen zurück in Richtung der Schleuse gelaufen war und an ihr vorbei. Irgendwo vor ihm befand sich die Antriebssektion, aber dort würde er nicht hingehen, nicht allein. Er musste zurück.

Sie werden mich auslachen und einen Feigling nennen, dachte Jourdain. In seiner Vorstellung sah er Lanzos spöttischen Blick und hörte Rins vorwurfsvolle Worte: *Du hättest nicht weglaufen sollen. Wir achten schon darauf, dass dir nichts passiert.* Er würde nicken, lächeln und sich entschuldigen. Selbst Erniedrigung war besser als der Tod. Und er würde sterben, wenn niemand auf ihn achtete, da machte er sich nichts vor. Er war nicht geschaffen für diese neue Welt mit ihren Jockeys und …

»Ich kann das Wort nicht einmal denken«, sagte er leise. Dann zwang er sich dazu: *Zombie*.

Es war ein hässliches Wort, respektlos, menschenverachtend und brutal. Kipling betrachtete es aus genau diesen Gründen als angebracht, aber Jourdain sah eine andere Seite der Toten. Für ihn waren sie nicht Täter, sondern Opfer. Keiner von ihnen hatte sich dieses Schicksal ausgesucht.

Er setzte sich seinen Helm auf und verriegelte ihn. Frische Luft strömte wie klares, kühles Wasser in sein Gesicht und spülte den Verwesungsgestank von seiner Haut. Ein grünes Licht blinkte kurz auf und zeigte an, dass der Anzug hermetisch verschlossen war. Auf allen Funkfrequenzen herrschte Stille. Er redete sich ein, dass das nichts zu bedeuten hatte.

Jourdain drehte sich um. Der Lichtkegel seiner Lampe verlor sich in der Dunkelheit vor ihm. Zögernd machte er einen ersten, dann einen zweiten Schritt. Sein Herz schlug wieder schneller, und er spürte Schweiß auf seiner Stirn. Sein Körper wehrte sich gegen die Entscheidung seines Verstands. Die Vorstellung, zurück in den Schlafsaal zu gehen, sich noch einmal dem Gestank und der Angst zu stellen, stach heiß in seinen Magen.

Ich kann das nicht, dachte er, während er einen dritten, vierten und fünften Schritt tat. Nie zuvor hatte er sich den Toten auf diese Weise stellen müssen. Er gehörte zu den wenigen Glücklichen, die evakuiert worden waren, bevor die Jockeys das gesamte Sonnensystem zur Quarantänezone erklärt hatten. Er hatte keine Familie gehabt, hatte weder jemanden zurücklassen, noch mit ansehen müssen, wie sich ein Mensch, den man ein Leben lang geliebt hatte, in ein Ungeheuer verwandelte. Umgebracht hätte ihn beinahe eine Meuterei an Bord des Schiffes, auf dem er geflohen war, doch auch der war er entgangen, bevor es zum Schlimmsten kommen konnte. In der gestohlenen Rettungskapsel hatte er nur wenige Tage verbracht, bis ihn die *Mishima* geborgen hatte. Er hatte nicht gelitten wie die anderen. Das Schlimmste, was er fühlte, wenn er sein altes mit seinem neuen Leben verglich, war Desorientierung und Melancholie.

Jeder Schritt fiel ihm schwerer. In seinen Atemzügen und im Rascheln seines billigen Raumanzugs glaubte er das Stöhnen und Schlurfen der Toten zu hören. Seit er an Bord der *Mishima* gekommen war, hatte er nur wenige aus nächster Nähe erlebt, und wenn, dann waren sie von Arnest und Lanzo rasch beseitigt worden.

Sein Licht fiel auf die Schleuse, durch die sie an Bord gekommen waren. Dahinter befand sich der Schlauch, der die *Eliot* mit der *Mishima* verband.

Wie viele Meter trennten ihn von seinem Schiff? Zehn, fünfzehn? Es waren bestimmt nicht mehr. Jourdain richtete den Lichtstrahl in die Dunkelheit. Der Gang erschien ihm länger als zuvor, die Schwärze so undurchdringlich wie eine Wand.

Jourdain blieb stehen. War es überhaupt ratsam, allein durch dieses fremde Schiff zu laufen? Der Akku seines Anzugs stand bei fast sechzig Prozent. Was, wenn er sich verlief und irgendwann im Dunkeln strandete? Damit war doch niemandem geholfen.

Er war der Arzt der *Mishima*, er durfte sein Leben nicht so leichtfertig aufs Spiel setzen. Zögernd öffnete er die Tür zur Schleuse. Seine Argumente waren logisch, seine Handlung vernünftig, trotzdem kam es ihm vor, als würde er die anderen im Stich lassen.

Rede dir nichts ein. Wie soll ihnen jemand helfen, der nicht einmal das Wort »Zombie« aussprechen will?

Der Gedanke gab den Ausschlag. Jourdain betrat die Schleuse und zog die Tür hinter sich zu. Als sie sich verriegelte und das rote Licht, das vor dem Druckabfall warnte, aufleuchtete, kam es ihm vor, als könnte er zum ersten Mal seit Betreten der *Eliot* wieder frei atmen. Er verschränkte die Hände vor dem Körper und wartete darauf, dass sein Gewicht verschwand.

Es ist richtig, und ich werde es tun, dachte er, während er die rote Lampe betrachtete. Rin, Lanzo, Kipling, Arnest – sie alle kamen besser allein zurecht ohne ihn. Sie konnten kämpfen, mussten kämpfen, kämpften vielleicht in diesem Augenblick …

Es ist nicht richtig, und ich werde es nicht tun. Er seufzte und schlug auf den Knopf an der Tür. Es zischte kurz, dann leuchtete die Lampe grün auf. Als er in den Gang trat und das Licht in die Dunkelheit richtete, kehrten Angst und Beklemmung zurück. Doch darin mischte sich ein anderes Gefühl, eines, das er schon lange nicht mehr gehabt hatte. Stolz.

Er ging los. Der Lichtstrahl tanzte durch die Schwärze. Jourdain ließ das erste Gangsegment hinter sich. Er sah den ausgeschalteten Bildschirm an der Wand und den eingebrannten Schriftzug darauf und blieb stehen. Vor ihm geschah etwas, er spürte es mehr, als dass er es hörte. Seine Hand glitt zu der Waffe an seiner Hüfte. Seit sie das Schiff betreten hatten, war er noch nicht auf die Idee gekommen, sie zu berühren, aber nun zog er sie langsam aus dem Holster. Er richtete den Blick auf die Wände und dann, einem Instinkt folgend, zur Decke. Etwas blinkte in der hinteren Ecke des Segments, ein winziges, kaum wahrnehmbares Licht, das seine Augen wohl nur bemerkten, weil sie sich an die Dunkelheit angepasst hatten.

Ist das eine Kamera?

Ein durchdringender Pfiff stach in seine Ohren. Jourdain zuckte zusammen. Dann ein Klacken, hundertfach, tausendfach. Grelles, kaltes Licht, das ihm heller als die Sonne erschien, durchflutete den Gang. Geblendet taumelte Jourdain zurück und stieß gegen Metall. Etwas stöhnte auf der anderen Seite.

Und alle Türen öffneten sich.

8

»Wir müssen Jourdain finden.«

Rin wandte den Blick ab, als Lanzo dem letzten Toten, der zwischen ihr und der Tür stand, mit dem Griff seiner Pistole den Schädel zertrümmerte. Seine Brutalität schockierte sie immer mehr als die seines Bruders, vielleicht weil sie kontrollierter wirkte und nicht wie eine plötzliche wütende Entladung.

»Ich weiß«, sagte er leise. »Aber wir müssen Arnest und Kipling auch einen Fluchtweg verschaffen, für den Fall, dass sie dort hinten festsitzen.« Er nickte in Richtung der Tür, vor der sich die anderen Toten, ungefähr ein Dutzend, versammelt hatten. Arnests Schüsse hatten sie dort hingelockt. Die Lebenden in ihrem Rücken bemerkten sie nicht mehr.

»Was schlägst du vor?«

»Es gibt zwei Möglichkeiten.« Lanzo säuberte die Pistole mit einem Handtuch, das von einem der Bettgestänge hing. »Entweder ist Jourdain tot, dann können wir ihm nicht mehr helfen, oder er hat die Nerven verloren und ist weggelaufen. Und in dem Fall wette ich mit dir, dass er auf dem Weg zur *Mishima* ist.«

Rin nickte. »Weiter.«

»Wir locken die Toten bis zur Schleuse. Dort ist der Gang so schmal, dass sie uns nicht überrennen können. Wir erledigen sie, überprüfen, ob Jourdain tatsächlich auf der *Mishima* ist, und kommen zurück.«

»Und dann«, fuhr Rin fort, die den Plan erkannt hatte, »werden wir entweder Kipling und Arnest begegnen, weil es in der Küche keinen Ausgang gibt oder den Ausgang selbst finden, da ja der Weg zur Küche jetzt frei ist.«

Lanzo neigte den Kopf. »Was hältst du davon?«

Rin wandte sich der Rückwand des Saals zu, steckte zwei Finger in den Mund und pfiff.

Die Toten hielten inne. Köpfe zuckten hoch, Körper drehten sich schwerfällig, Füße schlurften über den Boden, den beiden Lebenden entgegen.

»Los!«, rief sie.

Sie fuhr zusammen, als sie ein sich hundertfach wiederholendes Klacken hörte.

»Wa–?«

Im gleichen Moment wurde der Saal von hellem Licht durchflutet. Rin legte sich schützend die Hand über die Augen und hörte Lanzo fluchen.

Geblendet stolperte sie durch die Tür, nahm beinahe unbewusst ihre plötzlich gut zu erkennende Umgebung wahr. Überall war Blut. Es bildete eingetrocknete Pfützen am Boden und bis zur Decke gespritzte Flecken an den Wänden. Ein Massaker hatte sich auf diesem Schiff ereignet.

»Die Türen sind auf«, sagte Lanzo. Er klang unnatürlich ruhig.

Tote taumelten aus den Kabinen im Gang, schwerfällig, ungelenk, aber nicht orientierungslos. Ihre Schritte wandten sich dem Schlafsaal zu und damit Rin und Lanzo. Sie waren noch mehrere Meter entfernt, ebenso wie die Gruppe der angelockten Toten.

»Wir sind schneller als sie«, sagte Rin, mehr zu sich selbst als zu Lanzo, »und die Türen werden sie aufhalten. Das kriegen wir hin.«

Sie lief auf die Tür zu, die zum nächsten Gangsegment führte. Lanzo folgte ihr. Die hell erleuchtete Umgebung wirkte auf sie völlig fremd, so als würde sie zum ersten Mal hindurchlaufen. Wären sie so weit vorgestoßen, wenn sie das ganze Blut gesehen hätten? Sie bezweifelte es. Arnest und Lanzo vielleicht, alle anderen wohl kaum. *Wahrscheinlich wäre das auch besser gewesen*, dachte sie – und schrie plötzlich auf, als sie sah, was sich vor ihr abspielte.

»Jourdain!«

Er lag auf dem Rücken, fünf Tote hockten über ihm wie Kojoten über der Beute. Einer versuchte immer wieder, längst abgebrochene Zähne in das Visier des Helms zu schlagen, die anderen rissen und zerrten an dem Raumanzug. Jourdain schlug mit Fäusten nach ihnen, ohne sie richtig zu treffen. Seine Beine zuckten.

»Kümmere dich darum!«, rief Lanzo. »Ich halte dir den Rücken frei!« Er begann zu schießen. Rin stellte sich nicht die Frage, wie viel Munition er wohl mitgenommen hatte.

Sie erreichte Jourdain und trat dem Toten, der in seinen Helm biss, in den Bauch. Der Mann wurde zu Boden geschleudert. Er war jung gewesen, als das Virus ihn zu einem Ungeheuer gemacht hatte, höchstens zwanzig. Auf der blutverschmierten grünen Uniform, die er trug, stand: *FTL Transports – Ihr Weg zu den Sternen*. Der Name, der daneben eingestickt war, ließ sich unter all dem Blut nicht mehr erkennen.

Rin richtete die Mündung ihrer Pistole auf das zerstörte tote Gesicht und drückte ab. Das Gesicht explodierte, der Kopf des Mannes wurde nach hinten gerissen, sein Körper erschlaffte.

Jourdain schien Rin nicht zu bemerken. Hinter dem Blut und dem Speichel, die von seinem Helm tropften, sah sie aufgerissene Augen und ein bleiches Gesicht. Er stand unter Schock.

Rin trat nach dem nächsten Toten, einer älteren Frau, in deren Brust sich ein faustgroßes Loch befand. Die Frau knurrte, als der Tritt sie am Kopf traf, und Rin bemerkte zu ihrem Entsetzen, das ein Stück Stoff zwischen ihren Zähnen hing. Ein reißendes Geräusch bestätigte ihre Befürchtung. Jourdains Raumanzug gab unter der Belastung nach.

Nicht auch noch er, dachte sie, während sie die Frau an den kurzen grauen Haaren packte und hochzog. *Ich will nicht noch jemanden verlieren.*

Die Tote schlug mit klauenartigen Händen um sich, aber Rin stand in ihrem Rücken, wo sie nicht getroffen werden konnte. Sie presste die Pistole gegen den Hinterkopf der Frau und drückte ab. Blut und Gehirn klatschten auf Jourdains Raumanzug. Die Tote sackte zu Boden.

»Beeil dich!«, rief Lanzo. »Es wird eng hier!«

Rin warf einen kurzen Blick in seine Richtung und sah Arme, Beine und Körper durch die Tür quellen. Drei Tote lagen in einer Blutlache am Boden, einem vierten schlug Lanzo gerade den Schädel ein. Doch es war nur eine Frage der Zeit, bis sie durchbrechen würden. Es waren einfach zu viele.

Eine Hand schloss sich um ihr Fußgelenk und riss daran. Rin rutschte weg und ging hart zu Boden.

Der Tote, der zuvor noch an Jourdains Anzug gerissen hatte, warf sich auf sie. Ein Schuss stanzte ihm ein kleines Loch in die Stirn und riss ihm den Hinterkopf weg, danach lag er still.

Rin stieß die junge Frau, durch deren blondes Haar altes, klebriges Blut sickerte, von sich.

Jourdain richtete sich auf. Er schien sich auf einmal der Hilfe bewusst zu sein, denn seine Faustschläge wurden kräftiger. Wieder dieses reißende Geräusch, dann ein Klicken, als der Verschluss von Jourdains rechtem Stiefel aufsprang. In seinem Helm blinkte kurz ein rotes Licht.

Rin schlug dem Toten, der seine Zähne in den Stoff um Jourdains Wade grub, ihren Pistolengriff gegen den Hinterkopf. Das schüttere braune Haar hing ihm in die Augen. Er knurrte, aber ließ nicht von dem Bein ab. Sie schlug erneut zu, dann wieder und wieder. Dickflüssiges Blut quoll aus der Wunde, der

Schädel knackte, doch der Tote schien das nicht einmal zu bemerken.

»Sie brechen durch!«, schrie Lanzo.

Seine Worte waren wie heiße Stiche in Rins Magen. Sie schluckte, presste die Pistolenmündung gegen den Kopf des Toten und hoffte das Beste. Der Schuss krachte. Jourdains Raumanzug war am linken Bein auf einmal dunkelrot verfärbt, und eine zähe Masse tropfte davon ab, während der Zombie in sich zusammensackte. Rin atmete auf, als sie keine Schmerzensschreie hörte.

Jourdain drückte den Kopf des letzten Toten nach oben. Zähne schlugen laut klackend aufeinander, Klauen gruben sich in seine Oberarme.

»Schieß!«, brüllte er.

Rin schoss. Blut spritzte auf Jourdain und über den Boden. Gemeinsam zerrten sie die Leiche eines jungen Mannes von ihm, dann zog Rin den Arzt auf die Beine. »Ich hab ihn!«

»Danke. Ich –« Hinter den Schlieren auf dem Helm war Jourdains Gesicht kaum zu erkennen. Mit zitternden Händen öffnete er den Verschluss und zog den Helm aus. Rin achtete darauf, dass er ihn an seinem Gürtel befestigte.

Lanzo tauchte neben ihnen auf. Er stützte Jourdain und zog ihn in Richtung der nächsten Tür. »Bist du verletzt?«

»Nein«, antwortete Jourdain.

Rin nahm seinen anderen Arm und legte ihn sich über die Schulter. Aus den Augenwinkeln sah sie die Toten wie Wasser aus einem gebrochenen Damm durch die Tür quellen. Sie hatte keine Ahnung, wie viele es waren, mindestens zwanzig, vielleicht mehr.

»Bist du sicher?«, fragte Lanzo. Blutspritzer bedeckten sein Gesicht und seine Hände. Er warf immer wieder einen Blick zurück.

»Ja – Ja, ich bin ganz sicher.« Jourdains Schritte wurden fester. »Nichts passiert.«

Das Stöhnen der Toten klang so nahe, dass Rin glaubte, ihre Hände im Rücken zu spüren. Sie zog Jourdain noch schneller hinter sich her.

»Lanzo?«, fragte sie. »Wie viel Munition hast du noch?«

Er zögerte, so als wolle er nicht antworten. Dann: »Nicht genug.«

Rins Mund wurde trocken.

9

»Vorsichtig«, sagte Kipling leise. Seine Augen gewöhnten sich rasch an das Licht. Ein Teil von ihm war erleichtert, weil die beklemmende, klaustrophobische Dunkelheit endlich verschwunden war, ein anderer gab zu bedenken, dass der Anblick von Blut und verwesten Körperteilen der Finsternis nicht unbedingt vorzuziehen war.

Arnest zog die Tür ein Stück weiter auf. Das lange Küchenmesser, das er aus einer der Schubladen in der Küche genommen hatte, blitzte in seiner Hand. »Spart Munition und macht keinen Krach«, hatte er gesagt. Nun richtete er sich auf und betrat den Schlafsaal. »Sie sind wirklich weg. Lanzo muss sie weggelockt haben, damit wir rauskönnen.«

Kipling folgte ihm, zuckte jedoch zusammen, als er ein rasselndes Stöhnen hörte. Ein einzelner Zombie stand zwischen zwei Betten in der Mitte des Saals. Er hielt die Arme ausgestreckt und griff mit klauenartigen Händen in die Luft. Seine Zähne schlugen aufeinander. Es war eine Frau, die ihre langen grauen Haare zu einem Zopf zusammengeflochten hatte. Sie trug einen schmutzigen schwarzen Rock und eine ehemals weiße Bluse. Jemand hatte ihr ein Stück aus dem Hals gebissen. Sie musste versucht haben, die Blutung zu stillen, denn Kipling sah die Überreste eines Verbands von ihrer Schulter hängen. Die Tote versuchte immer wieder, einen Schritt nach vorn zu machen, aber ihr Zopf hielt sie zurück. Beim Sturz aus dem Bett hatte er sich zwischen zwei Metallstangen verfangen.

»Auf dem Weg zur Schule musste ich immer an einem Schrottplatz vorbei«, sagte Arnest. »Da gab's einen Wachhund, der war auch so. Ich hatte 'ne Scheißangst vor dem.«

Kipling machte einen Bogen um die Frau. Ihre toten Augen richteten sich auf ihn, ihre Kiefer schnappten. »Du hattest mal vor etwas Angst?«

»Ich war jung.« Arnest tauchte unter den Armen der Frau hinweg, holte aus und stieß ihr das unterarmlange Küchenmesser in den Kopf. Die Frau brach zusammen. »Ist lange her.«

Kipling blieb an der Tür des Schlafsaals stehen. Nach dem Einschalten des Lichts hatten sie einige Minuten gewartet, um sicherzustellen, dass es sich dabei nicht um die Vorboten eines Angriffs handelte. Doch es war ruhig geblieben.

»Dir Türen sind auf«, sagte Arnest, als er in den Gang trat. »Hältst du das für einen Zufall?«

»Weiß nicht, wäre schon möglich. Dieses Schiff besteht aus sehr komplexen Systemen, die bei Schäden versuchen, sich zu reparieren. Es könnte sein, dass Energie von den Türen abgezogen wurde, um die Lichtversorgung wiederherzustellen. Das hängt von den einprogrammierten Prioritäten ab.«

»Also alles automatisch?«

Kipling neigte den Kopf. »Eventuell.« Als Arnest ihn fragend ansah, fügte er hinzu: »Ich kann mich wirklich nicht festlegen. Technisch ist das definitiv möglich, selbst der Kampf gegen die Piraten könnte von den Systemen geführt worden sein, aber es wäre natürlich auch vorstellbar, dass irgendwo in dem Schiff einer sitzt und auf Knöpfe drückt.«

»Würde der auf der Brücke sitzen?«

»Wäre mein Tipp.«

»Und was sagt dein Bauplan zur Brücke?«

Kipling rief das Bild auf. »Der Gang, in dem wir hier stehen, verläuft vom Bug bis zum Heck durch das ganze Schiff.« Er scrollte mit den Fingerspitzen nach oben. »Und im Bug befindet sich die Brücke.«

Arnest drehte sich ohne ein weiteres Wort um und ging an den offen stehenden Kabinen vorbei zu der Tür, an der Kiplings Crack zuvor gescheitert war.

»Wo willst du hin?«

»Zur Brücke, wohin denn sonst?«

Kipling blieb zögernd stehen. »Wir machen hier Horrorfilmfehler, Arnest. Lass uns zuerst die anderen finden, damit wir nicht getrennt durch dieses Zombieschiff laufen und nacheinander gefressen werden.«

»Du bist bei mir. Niemand wird dich fressen.« Arnest ging weiter.

Kipling fuhr sich mit der Hand durch die Haare und folgte ihm nach einem Moment. Die Vorstellung, dass sie ohne die anderen zur Brücke gingen, behagte ihm nicht. Arnest war zu impulsiv und unberechenbar, wenn Lanzo nicht bei ihm war, fast so, als wäre ihm die Verantwortung, die er dann für sich selbst übernehmen musste, zu viel. Er brauchte jemanden, der ihm Anweisungen gab.

Nur wird er auf mich nicht hören, dachte Kipling. *Ich bin für ihn wie das Internet. Er ruft mich auf, wenn er etwas wissen muss oder Porn ziehen will. Aber das hat nichts mit Respekt zu tun. Und man hört nur auf jemanden, den man respektiert.*

Hinter Arnest übertrat er die Schwelle der Tür und stand im nächsten Gangsegment. »Nicht schlecht«, sagte er, als er sich die neue Umgebung ansah.

»Kein Wunder, dass du die Tür nicht aufgekriegt hast.« Arnest war ebenfalls stehen geblieben. »Das ist der Offiziersbereich. Da haben Packer generell nichts zu suchen.«

Ein breiter, dunkler Teppich bedeckte den Boden des Gangs. An den Wänden hingen Bilder irdischer Landschaften und Sehenswürdigkeiten. Kipling spürte einen kurzen Stich, als sein Blick auf eine Luftaufnahme der Themse fiel, und sah rasch weg, doch das Bild stand bereits vor seinem geistigen Auge. Die Sonne schien darauf und der Fluss war voller Boote. Kräne ragten aus der City hervor, die Tower Bridge war hochgezogen. Hätte der Fotograf die Kamera ein klein wenig weiter nach rechts gehalten, hätte Kipling die Gegend sehen können, in der er gewohnt hatte, vielleicht sogar sein Haus.

Lass es, sagte er zu sich selbst. *Du machst es nur schlimmer.*

Um sich abzulenken, warf er einen Blick in eine der Kabinen. Sie war mehr als dreimal so groß wie die im Passagierbereich und gut eingerichtet. Auf dem breiten Bett lag ein Federbett, keine einfache Wolldecke, und der Schreibtisch sah aus, als wäre er aus echtem Holz. Es gab eine kleine Sitzecke, und durch eine offen stehende Tür konnte Kipling das Bad sehen. Nichts war zerstört, nirgendwo entdeckte er Blut. Die Kabine war vom Chaos, das den Rest des Schiffs erfasst hatte, verschont geblieben.

In der zweiten Kabine saß ein Mann vorn übergebeugt am Schreibtisch. Er trug nur weiße Unterwäsche, um den Kopf, der auf der Holzplatte lag, hatte sich eine Lache aus eingetrocknetem Blut gebildet. Eine Pistole lag neben seinem schlaff herabhängenden Arm auf dem Boden.

»Kluger Mann«, sagte Arnest.

Die letzten beiden Kabinen waren so leer und unangetastet wie die erste. Abgesehen von einigen persönlichen Dingen ihrer früheren Bewohner unterschieden sie sich nicht voneinander.

Kipling rief den Wikipedia-Eintrag auf, den er schon zuvor überflogen hatte. »Hier steht, dass die Besatzungen großer Postschiffe meistens aus dreißig Personen bestanden, inklusive Wachpersonal und fünf Offizieren.« Er stutzte. »Wenn hier fünf Offiziere dienten, warum gibt es nur vier Kabinen? Wurde der Captain getrennt untergebracht?«

»Keine Ahnung.« Arnest klang desinteressiert. Er wandte sich von den Kabinen ab und ging auf die Tür am Ende des Gangs zu. »Was kommt jetzt?«

»Die Offiziersmesse«, sagte Kipling. »Laut Wikipedia diente sie den Passagieren der ersten Klasse auch als –« Er unterbrach sich, als Arnest sich einfach abwandte. »Ist ja auch egal.«

Die Tür stand offen. Dahinter lag ein großer rechteckiger Raum mit mehreren Tischen, die von künstlichen Grünpflanzen umgeben waren. An der linken Seite standen Getränkeautomaten, in denen kein Licht brannte und eine breite Theke, auf der wohl früher das Tagesbuffet gestanden hatte. Der Innenarchitekt hatte sich Mühe gegeben, dem Saal den Anschein eines Restaurants zu geben, doch die kalte Zweckmäßigkeit einer Kantine hatte er nicht überdecken können.

Nichts war zerstört. Seit Betreten des Offizierstrakts hatte Kipling keinen Hinweis darauf entdeckt, dass die Zombies bis in diesen Teil des Schiffs vorgedrungen waren.

Vielleicht war der Offizier, der sich erschossen hat, doch nicht so klug, dachte er.

»Hör mal«, sagte Arnest.

Seine Worte zogen eine Melodie in Kiplings Bewusstsein, die er zwar schon im Gang wahrgenommen, aber nicht registriert hatte, vielleicht, weil sie ihm so vertraut war. Sie kam aus in den Grünpflanzen versteckten Lautsprechern.

»See You In Nashville?«, fragte er ungläubig. »Dieser Scheißsong verfolgt mich wirklich überallhin.«

Arnest drehte sich zu ihm um. »Das ist kein Scheißsong, das ist unsere Hymne, Mann. Du solltest dir die Hand aufs Herz legen und mitsingen.«

»Du kannst gern mitsingen, aber ich mach diesen Mist nicht mit. Nur weil es das letzte Stück war, das je auf der Erde im Radio gelaufen ist, heißt das noch lange nicht, dass es jeder toll finden muss.«

Er wollte weitergehen, aber Arnest legte ihm die Hand auf den Arm. Er wirkte nicht nur beleidigt, sondern verärgert. »Google den Scheiß doch mal. Das war nicht nur das letzte Stück, es lief wochenlang auf diesem Sender. Selbst als die Stromversorgung längst zusammengebrochen war, konntest du es noch hören.«

»Weil irgendein armes Schwein wahrscheinlich ganz allein in diesem Sender saß und den Generator mit Benzin gefüttert hat.« Kipling kannte all die Theorien über die angeblich neue Hymne der Menschheit. Das Internet war voll davon. »Der Song hat keine geheime Botschaft, und dass vor ›See You In Nashville‹ noch nie jemand von der Trevor Reilly Banjo Experience gehört hatte, ist nicht Teil einer Verschwörung.«

»Du weißt nicht alles, Kipling.« Arnest ließ seinen Arm los. »Wenn wir wieder auf der *Mishima* sind, schicke ich dir mal ein paar Links. Dann wirst du's schon kapieren.«

Das bezweifle ich, dachte Kipling. Trotzdem nickte er. »Wenn wir ungefressen rauskommen, werde ich sie lesen, das verspreche ich dir.«

»Okay.« Arnest setzte zu einem Schritt an, drehte sich aber dann noch mal um. »Und du hast den Song wirklich in keiner Playlist?«

»Nein.« Das war gelogen. Die Melodie war eingängig, und der Text rief eine gewisse Sentimentalität hervor, die Kipling manchmal brauchte, doch nach der kurzen Diskussion konnte er das schlecht zugeben.

Arnest schüttelte den Kopf. Leise, aber trotzig sang er mit, während sie langsam durch die Messe gingen und sich umsahen.

»When everything's done and all is gone –«

When life, you feel it, is not for long, ergänzte Kipling in seinen Gedanken.

»Then don't be scared, girl, don't you cry –«

Take that old car and leave with pride.

»Till one day you reach that sacred hill. That's the day I'll see you in – Was haben wir denn da?« Arnest blieb neben einem Tisch stehen, der von plastikgrünen Kletterpflanzen eingerahmt war. »Kipling?«

»Ja?« Er schüttelte die Melodie ab, bog eine der Pflanzen zur Seite und hob die Augenbrauen.

»Machen deine Systeme ab und zu mal Pause, um Rührei mit Speck zu essen?«

Kipling schüttelte den Kopf. Die Normalität des Anblicks verstörte ihn mehr, als er sich erklären konnte. Ein Teller mit einem halb aufgegessenen Frühstück, eine Tasse Kaffee und ein paar Scheiben Toast, die in eine Serviette eingeschlagen waren, um sie warm zu halten. Nichts war verschimmelt, nichts eingetrocknet.

Arnest zog seine Pistole. »Hier ist jemand.«

10

Die Bilder verfolgten ihn. Jourdain ließ sich von Rin und Lanzo mitziehen. Ihm war vage klar, dass sie in die Richtung gingen, aus der er gekommen war, doch wenn er versuchte, sich auf seine Umgebung zu konzentrieren, schob sich immer das Bild des Toten vor seine Gedanken, der in seinen Helm biss. In seinen Augen hatte Jourdain keinen Hass gesehen, nicht einmal Schmerz, als ein Zahn nach dem anderen zersplittert und abgebrochen war, nur Leere. Es war, als hätte er in ein tiefes schwarzes Loch geblickt. In diesen Augen war nichts Menschliches, nichts Animalisches, nichts Lebendiges.

Ich habe mich geirrt, dachte er. *Sie sind weder Täter noch Opfer. Sie sind der Tod.*

Lanzo blieb stehen und schoss zwei Kugeln in die wogende Menge der Toten, die sich hinter ihnen durch den Gang schob.

Jourdain schüttelte den Kopf und zwang sich zur Konzentration. Er stand immer noch unter Schock, das spürte er. Sein Atem ging stoßweise, Schweiß stand auf seiner Stirn und er zitterte vor Kälte.

»Jourdain?«

Er wusste nicht, wie oft Rin schon seinen Namen genannt hatte. »Ja?« Seine Stimme klang heiser.

»Ist wirklich alles in Ordnung?«

»Ja … ja.« Ihm wurde klar, dass seine Beteuerungen wesentlich überzeugender klangen, wenn er nicht nur ein Wort wiederholte, also rang er sich ein Lächeln ab und fügte »Das ist nur der

Schock. Mach dir keine Sorgen« hinzu.

Lanzo ergriff wieder seinen Arm. »Weiter«, sagte er, aber Rin hielt ihn auf.

»Weiter wohin?« Sie schoss in die Menge. Ein Toter fiel, zwei andere stolperten über ihn. »Wir müssen Jourdain zum Schiff zurückbringen. Er steht das nicht durch.«

»Ich werde meinen Bruder nicht im Stich lassen. Er und Kipling haben allein keine Chance.«

»Wir auch nicht.« Rins nächster Schuss traf die Brust einer uniformierten Frau. Sie wurde zurückgeworfen, kam aber sofort wieder hoch.

Der Gang war so schmal, dass ihn die Toten wie erschöpfte Soldaten in Zweierreihen entlangschlurften, aber Jourdain kam es nicht so vor, als nähme ihre Zahl ab. Er blinzelte, als aus den Händen, die seine Arme hielten, auf einmal Klauen wurden, die an dem Stoff rissen. Erst als er den Kopf schüttelte, ließ das Gefühl nach.

»Bringt mich nicht auf die *Mishima*«, sagte er. »Ich würde mir das nie verzeihen.«

Er löste sich aus dem Griff der anderen. Er musste all seinen Willen aufbringen, um in ihren Gesichtern nicht die Augen der Toten zu sehen. »Tu mir das nicht an, Rin.«

Sie wichen weiter zurück. Rin zögerte, als sie sich der Schleuse näherten, doch dann ging ein Ruck durch ihren Körper, und sie nickte. »Okay. Lanzo, wie viele Kugeln hast du noch? Lüg mich nicht an.«

»Vier.«

»Ich habe sechs. Jourdain?«

»Ich –« Er tastete nach der Pistole, doch seine Finger fanden nur ein leeres Holster. Er musste die Waffe während des Kampfes verloren haben.

Während des Kampfes?, fragte eine böse Stimme in seinem Kopf. *Du hast auf dem Rücken gelegen und auf den Tod gewartet.*

»Schon gut.« Rin reichte Lanzo ihre Pistole. »Du bist der bessere Schütze. Gib die Kommandos. Ich kümmere mich um Jourdain.« Er wollte widersprechen und erklären, dass sich niemand um ihn kümmern müsste, aber die Umgebung verschwamm einen Moment vor seinen Augen und er zog es vor, zu schweigen.

Rin zog ihn den Gang hinunter. Jourdain drehte den Kopf, als zwei Schüsse fielen, und er sah, wie Tote fielen und Lanzo sich auf die, die über sie stolperten und zu Boden gingen, stürzte. Er hielt Pistolen in beiden Händen und schlug auf deren Schädel ein. Dann sprang er zurück und folgte Rin ein paar Schritte in den Gang hinein.

»Das ist eine gefährliche Taktik«, dachte Jourdain. Nein, er musste es gesagt haben, denn Rin antwortete darauf.

»Es ist die einzige, die wir haben.«

Der Gang verlief gerade, es gab keine Türen in den Seiten, nur die Wartungsluken zogen an Jourdain vorbei.

Hinter ihm fielen erneut zwei Schüsse, kurz darauf hörte er Lanzos Schritte. Pulverdampf mischte sich in den schwächer werdenden Verwesungsgestank, aber auch noch etwas anderes, der Geruch nach verschmortem Metall und verbranntem Plastik.

»Riechst du das?«, fragte Jourdain.

Rin nickte. »Das Schiff hat die meisten Treffer in der Antriebssektion abbekommen, und der nähern wir uns jetzt.« Sie wurde auf einmal langsamer. »Was ist denn das?«

Jourdain kniff die Augen zusammen. Es fiel ihm so verdammt schwer, sich zu konzentrieren. Ständig wollte sein Blick abgleiten und sich in Kleinigkeiten verlieren, die keine Bedeutung hatten, in einem blinkenden Licht an Rins Anzug oder einem Schatten im Gang.

Licht? Da gab es etwas, das er vergessen hatte, das er den anderen hatte sagen wollen. »Rin –«

Doch sie hörte ihm nicht zu. Das, was er hatte ansehen wollen, bevor er abgelenkt worden war, zog ihre Aufmerksamkeit auf sich. Jourdain schloss fest die Augen und öffnete sie wieder. Auf einmal sah er alles klar vor sich. Keine zehn Meter vor ihnen endete der Gang in einer grauen, leicht durchschimmernden Masse. Die Wände, die sie umgaben, Boden und Decke waren schwarz verfärbt, so als sei ein Feuer über sie hinweggefegt und habe sich dann zurückgezogen.

»Scheiße«, flüsterte Rin neben ihm. Dann rief sie laut: »Lanzo, der Gang hat sich versiegelt. Wir sitzen fest.«

Lanzo stand nur Sekunden später neben ihnen. Sein Blick zuckte zwischen der grauen Masse und den herantaumelnden Toten hin und her. »Es sind zu viele. Kommen wir da irgendwie durch?«

»Nein. So ein Gang versiegelt sich nicht einfach so. Dahinter ist entweder Vakuum oder ein Feuer. Wir –« Sie unterbrach sich. »Der Wartungsschacht. Wenn sich die Türen öffnen lassen, dann vielleicht auch die Luken.«

Sie lief ein paar Schritte nach vorn und zog am Griff einer Luke. Sie schien nicht damit gerechnet zu haben, dass sie sich so leicht öffnen würde, denn sie taumelte zurück, als die Metallabdeckung aufschwang. Dahinter sah Jourdain einen schmalen Gang, der an Leitungen und bunten Kabeln entlangführte.

»Kommt!« Rin kletterte bereits hinein.

Jourdain spürte einen Stoß im Rücken und hörte mehrere Schüsse. Mit zitternden Knien stieg er über den Rand der Luke hinweg.

Lanzo drängte sich hinter ihm in den Schacht. Hände streckten sich nach ihm, aber er schoss ein weiteres Mal und zog die Luke mit einem Knall zu.

Die Hände der Toten prallten gegen Metall. Ihre Schläge hallten durch den halbdunklen, in regelmäßigen Abständen von kleinen Lampen erhellten Schacht.

»Wir gehen zurück und holen die anderen«, sagte Rin über den Lärm hinweg. »Und dann will ich von diesem verdammten Schiff runter. Irgendwelche Einwände?«

Lanzo schwieg. Der Schacht war so schmal, dass seine Schultern die Leitungen auf der einen und die Wand auf der anderen berührten.

»Okay.« Rin drehte sich um und ging los. Jourdain folgte ihr.

»Hinkst du?«, fragte Lanzo hinter ihm.

Erst als er das hörte, bemerkte Jourdain das leichte Ziehen in seiner Wade. Er konnte nicht sagen, wie lange er es schon gespürt hatte. Er tastete kurz mit den Fingern danach. Sie stießen durch einen Riss in seinem Anzug auf die ebenfalls eingerissene Hose, die er darunter trug, und auf nackte Haut.

»Ich habe mich wohl beim Einstieg durch die Luke ein bisschen vertreten«, sagte er, während er bereits weiterging.

Die Hand wischte er sich am Anzug ab. Die Fingerspitzen waren warm, feucht und ein wenig klebrig.

Das ist nichts, dachte er. *Gar nichts.*

11

»Aufzug oder Treppe?«

Arnest betrachtete die Metallwendeltreppe, die rechts neben dem Aufzug nach oben führte. Die Offiziersmesse lag hinter ihnen, die Brücke laut Bauplan über und vor ihnen. »Treppe«, sagte er. »Ich halte mich nicht gern in einer Metallkiste auf, deren Bewegungen ich nicht kontrollieren kann.«

»So wie ein Raumschiff?«, fragte Kipling.

Ich weiß nicht, was ich darauf antworten soll, dachte Arnest. So ging es ihm oft, wenn er mit Kipling sprach, deshalb vermied er es, oft mit ihm zu sprechen.

Er entschied sich, die Frage zu ignorieren, und ging langsam die Wendeltreppe hinauf. Sein Zeigefinger berührte den Abzug der Pistole. Er bemühte sich nicht, leise zu sein. Wer auch immer in dieser Messe gefrühstückt hatte, wusste längst, dass Fremde an Bord waren. Die Frage war nur, was er dagegen unternehmen würde.

Die Wendeltreppe endete in einem kleinen Vorraum, dessen einzige Dekoration aus dem Logo von FTL Transports bestand. Hinter Arnest befand sich der Fahrstuhl, vor ihm eine geschlossene breite Metalltür. Es gab weder einen Barcode darauf noch eine Zahlenfolge.

Rechts neben der Tür war ein kleiner Knopf in der Wand eingelassen, der grünlich leuchtete. Er sah aus wie eine altmodische Türklingel.

Arnest streckte den Finger aus, um daraufzudrücken.

Er kam sich ein wenig albern dabei vor.

»Warte«, sagte Kipling plötzlich. »Es hat sich etwas geändert.«

»Was?«

»Die Erklärung wird etwas länger, aber hör mir bitte zu, denn das ist wichtig.« Er fuhr sich mit der Zunge über die Unterlippe. Manchmal glaubte Arnest, dass Kipling Angst vor ihm hatte, nur den Grund dafür konnte er sich nicht erklären. »Als wir im Schiff ankamen, haben wir beschlossen, zur Brücke zu gehen, weil man nur von hier aus auf die Schiffssysteme zugreifen kann, richtig?«

Arnest hob die Schultern.

»Okay. Dann hast du die Sache mit den Türabfragen erzählt, die über WLAN laufen. Und da begann ich mich zu fragen: Was, wenn alles hier über WLAN läuft, also die gesamte Befehlskette zwischen den Systemen? Aber es konnte nicht dasselbe WLAN sein, das die Türen kontrolliert, weil das ja gelegentlich down war. Das würde niemand bei schiffsweiten Systemen riskieren, und die ständigen Anfragen würden das System sowieso auslasten.« Er blinzelte, als würde ihm gerade etwas einfallen. »Du weißt, wie das Internet funktioniert?«

Arnest öffnete den Mund, um ihm zu antworten, dass er kein Idiot sei, aber es war wohl eine dieser rhetorischen Fragen gewesen, die er meistens nicht erkannte, denn Kipling redete einfach weiter.

»Die Google-Gates, die überall verstreut sind, bringen uns allen WLAN, aber je weiter du von einem Gate entfernt bist, desto schwächer ist das Signal. Das kann sich ein solches Schiff nicht leisten, also kam mir die Idee, dass es sein eigenes Gate haben muss, unabhängig vom WLAN, das die Türabfragen weiterleitet. Und –«

Bla bla bla. Arnest versuchte zuzuhören, aber es kam ihm vor, als würde er durch einen Wasserfall laufen: Er wurde nass, doch die einzelnen Tropfen konnte er nicht unterscheiden. Er sah zurück zur Tür und zu dem Knopf, der ihn zu locken schien. Die Aussicht, das gesetzte Ziel vor seinem Bruder zu erreichen, spornte ihn an. Er ließ sich gern von ihm sagen, was er tun sollte, aber ab und zu gefiel es ihm auch, selbst das Kommando zu übernehmen. Und wenn es nur das über Kipling war.

»… und dann habe ich das geheime WLAN gefunden, das ist keine zwei Minuten her«, sagte der in diesem Moment. »Ich glaube, dass ich darüber in das Schiffssystem eindringen und es übernehmen kann. Ich werde das Schiff kontrollieren, und der, der glaubt, hier den Zauberer von Oz geben zu müssen, wird nicht einmal mehr eine Tür öffnen können. Das wird vielleicht ein, zwei Stunden dauern, aber dafür muss sich niemand in Gefahr begeben.«

Was würde Lanzo tun?, fragte sich Arnest. Wahrscheinlich genau das, was Kipling vorgeschlagen hatte. Doch die Tür mit ihrem verlockenden Knopf war direkt vor ihm, so nahe, so …

»Scheiß drauf.« Er streckte den Arm aus und drückte den Knopf. Zischend öffnete sich die Tür.

Vor ihm lag die Brücke der *T. S. Eliot*.

Sie war zweistöckig. Die untere Ebene, auf der sich Arnest und der zögernd eintretende Kipling befanden, bestand aus mehreren in zwei Reihen angeordneten Arbeitsstationen, an denen niemand saß. Nur an einer, der ersten, die an der Spitze stand wie ein General vor seinen Truppen, blinkten LEDs. Die anderen waren dunkel und anscheinend nicht in Betrieb.

Über Arnests Kopf zog sich eine Galerie entlang, die die gesamte Breite der Brücke einnahm, doch was seinen Blick festhielt, war der gewaltige, sich über beide Stockwerke erstreckende Bildschirm. Er war in zahlreiche Segmente unterteilt, zeigte Bilder, die außerhalb des Schiffs aufgenommen wurden und in seinem Inneren.

Arnest sah die *Mishima* unter ihnen und einen Gang, in dem einige Zombies auf eine Wartungsluke einschlugen. Eine zweite, größere Gruppe entfernte sich von ihnen, wohin, konnte er nicht sagen.

Die Luft roch frisch. Der Verwesungsgestank war vollständig verschwunden. Die beiden toten Männer, die er zwischen den Arbeitsstationen entdeckte, konnten also noch nicht lange dort liegen. Er hoffte, dass sie sich gegenseitig umgebracht hatten, obwohl das bei zwei Kopfschüssen wohl unwahrscheinlich war. *Also ist dieser Jemand, den wir suchen, bewaffnet.*

Arnest drehte sich zu Kipling um. »Und diese geile Brücke wolltest du dir nur in deiner Brille ansehen?«

»Das habe ich nicht gemeint. Ich –«

»Willkommen, check«, sagte eine Stimme über ihnen.

Arnest riss seine Waffe hoch und ging vorsichtig einige Schritte zurück. Zuerst sah er das Geländer der Galerie, dann den Mann, der dahinter stand.

Er war groß, wenn auch nicht so groß wie Arnest, und schlank. Die grau-schwarze FTL-Uniform, die er trug, wirkte zu weit, so als hätte er in letzter Zeit viel Gewicht verloren. Er hatte kurze dunkle Haare und einen Vollbart, der Arnest an Jourdains erinnerte. Sein Gesicht wirkte distanziert, neugierig, misstrauisch – freundlich? Arnest fiel es schwer, zu erkennen, was genau er sah. Für solche Feinheiten hatte er Lanzo, doch der war nicht da.

Der Mann rückte das Headset, das er trug, zurecht. »Check«, sagte er in das Mikrofon.

12

»Check.«

Kipling machte ein paar Schritte in den Raum und sah zu dem FTL-Offizier auf der Galerie empor, der beide Hände auf das Geländer gelegt hatte und sie betrachtete.

»Mein Name ist Kipling Jonnessey«, sagte er. »Das ist Arnest. Unser Raumschiff, die *Mishima*, hat an deins angedockt, aber wir sind keine Pi…«

»Check«, unterbrach ihn der Offizier.

»…raten«, fuhr Kipling mit einem Stirnrunzeln fort. *Wieso macht er das?* »Wir haben mit denen, die dich angegriffen haben, nichts zu tun.«

»Ich weiß. Check. Ich heiße John Auckland, die *Eliot* ist mein Schiff.«

»Mit allem, was darauf ist?«, fragte Arnest. Er hielt die Waffe weiterhin auf Auckland gerichtet.

»Mit allem, was darauf ist.«

Stille breitete sich in der Brücke aus. Kipling betrachtete die Bildschirme aus den Augenwinkeln und sah, dass es der kleinen Zombiegruppe gelungen war, eine der Wartungsluken zu öffnen. Nun standen sie scheinbar ratlos vor dem Schacht, als könnten sie die neue Situation, die sie selbst geschaffen hatten, noch nicht verarbeiten.

»Check«, sagte Auckland.

»Wenn du noch einmal ›Check‹ sagst …«, Arnest klang genervt und frustriert, eine bei ihm explosive Mischung, »… dann komm ich hoch und ramm dir das Mikro in den Hals!«

»Das würde ich nicht tun.«

»Er hat recht.« Kiplings Gedanken überschlugen sich. Er hob den Kopf und sah Auckland an. »Dein ›Check‹ ist wie eine Totmannschaltung, richtig? Wenn du das Wort nicht in regelmäßigen Abständen sagst, dann – Was passiert dann?«

»Check. Dann wird das Kühlsystem in der Antriebssektion ausgeschaltet. Was danach passiert, könnt ihr euch denken.«

»Rumms«, sagte Arnest. Und ließ die Waffe langsam sinken.

»Check.«

Kipling atmete nervös durch. Die Aussicht, nur ein Wort von einer Katastrophe entfernt zu sein, löste dumpfen Schmerz hinter seinen Schläfen aus. »Du siehst nicht auf die Uhr?«

»Ich habe ein gutes Zeitgefühl.« Auckland strich sich mit einer Hand über seinen Bart. Sie war blutverschmiert. »Und du kannst die Versuche, in das WLAN der *Eliot* einzudringen, aufgeben. Selbst, wenn dir das gelingen würde – was ich nicht glaube –, könntest du mit dem Root-Login nichts anfangen. Check.«

»Da bin ich anderer Meinung.« Kipling versuchte, seine Worte nicht persönlich zu nehmen. »Ich könnte dich aus deinem eigenen Schiff aussperren.«

»Nicht bei einer Stimmverschlüsselung.«

»Was hat er gemacht?« Arnest hob seine Waffe wieder.

Kipling drehte sich zu ihm um. »Er hat die Systeme auf seine Stimme verschlüsselt. Das heißt, dass selbst ein Zugang übers Terminal unmöglich ist. Niemand außer ihm kann auf diesem Schiff Befehle geben.«

»Check.«

»Die Totmannschaltung ist eine vorübergehende Sache, nehme ich an.«

Auckland nickte.

»So eine Stimmverschlüsselung ist gefährlich. Wenn du dich aus dem Server aussperrt, ist dieses Schiff praktisch erledigt.«

»Aber sie macht mich auch unentbehrlich. Und Unentbehrlichkeit erleichtert das Überleben. Check.«

Arnest sah zur Galerie empor. In seinen Augen lag ein lauernder Ausdruck. »Apropos Überleben«, sagte er. »Wie lange wird das wohl noch gut gehen mit der Wunde, die du da hast? Wo ist sie? In deiner Seite?«

»Du bist ein guter Beobachter.« Auckland trat einen Schritt zurück und Kipling sah, was das Geländer bislang verdeckt hatte: einen handgroßen Blutfleck an der linken Seite der Uniformjacke.

Du bist doch nicht so überlegen, wie du dich gibst, dachte er. *Wie können wir das nutzen?*

»Check.«

Zu seiner Überraschung kam Arnest ihm zuvor. »Wie wär's damit? Du hörst mit dieser Totmannscheiße auf, und unser Arzt kümmert sich um deine Wunde. Dann sehen wir weiter.«

»Ihr habt einen Arzt dabei?«

»Ja.«

»Ist er Teil einer Gruppe? Zwei Männer, eine Frau?«

»Ja.« *Er hat sie also gesehen*, dachte Kipling erleichtert. Im Gegensatz zu Arnest vertraute er nicht völlig auf Lanzos Fähigkeiten, alle, die ihm anvertraut waren, am Leben zu erhalten. »Wo sind sie?«

»Check.« Auckland sprach einen kurzen Befehl in sein Mikrofon. Auf der Bildschirmwand vergrößerten sich zwei Bilder: das der kleinen Zombiegruppe, die vor dem Wartungsschacht stand, und das der zweiten, größeren Gruppe, die langsam in Richtung Schleuse schlurfte. »Sie sind im Wartungsschacht.«

Kipling betrachtete die beiden Bilder einen Moment lang. Die größere Gruppe bestand aus fast zwanzig Toten und schien den Geräuschen zu folgen, die Lanzo und die anderen im Schacht machten. Ein Zombie aus der kleineren Gruppe, die an der Luke geblieben war, schob sich gerade dort hinein. Kipling schluckte. Der Anblick machte ihn nervös. »Und das wird gut gehen?«

»Check.«

»Klar«, sagte Arnest. »Lanzo weiß, was er tut. Er umgeht die lahmarschigen Zombies, kommt am Anfang des Gangs raus und ist alle Sorgen los. Ich geh ihn und die anderen abholen. Wär gut, wenn der Chef hier ein paar Türen zumachen könnte, damit das Pack uns nicht hinterherläuft, o…«

»Nein«, unterbrach ihn Auckland. »Check.«

Arnest hob seine Waffe. »Ich hol jetzt meinen Bruder ab, du Arschloch, verstanden?«

Kipling verzog das Gesicht, aber Auckland blieb ruhig. Mit einem Befehl zog er eines der kleineren Bilder groß. Darauf waren Schemata des Schiffs zu sehen, unter anderem auch eines der Wartungsschächte. Kipling brauchte eine Sekunde, bis er den entdeckt hatte, den Rin, Lanzo und Jourdain gerade benutzten, und eine weitere, um das Problem zu erkennen.

»Etwas blockiert den Schacht«, sagte er. »Sie werden nicht durchkommen.«

»Check. Wahrscheinlich Trümmer. Tut mir leid.«

»Komm.« Arnest beachtete Auckland nicht mehr. »Wir müssen zu ihnen.«

Er schlug Kipling auffordernd auf die Schulter, doch der bewegte sich nicht. Er hatte den Tonfall in Aucklands Stimme gehört und erkannte nun auch, was er bedeutete. »Das kriegen wir nicht mehr hin«, sagte er. »Sieh dir das doch an.«

»Check.«

Die große Gruppe Zombies war zum Stehen gekommen. Einige begannen an einer Luke zu reißen, andere schlugen ungeschickt mit Fäusten auf das Metall.

Kipling nahm die V-Specs ab, und die Welt war auf einmal ungefiltert. Real. Schrecklich. »Sie sind dahinter.«

Die Luke löste sich an einer Ecke aus ihrer Halterung. Arnest fuhr mit einem Schrei herum und riss die Waffe hoch. »Das ist deine Schuld!«

Auckland wich nicht einmal zurück. Kipling machte einen Satz nach vorn, prallte gegen Arnest und ging zusammen mit ihm zu Boden. Es knallte. Funken sprühten aus der Arbeitsstation, in die die Kugel eingeschlagen war.

»Check«, sagte Auckland.

Mann, bist du kaltschnäuzig. Kipling drückte Arnest mit seinem ganzen Gewicht zu Boden. »Hör auf! Denk an die Totmannschaltung! Ich glaube, ich kann was machen, okay?« Er sah zu Galerie hinauf, als Arnest unter ihm ruhiger wurde. »Aber dafür brauche ich ein schnelles Netz. Ich muss in dein WLAN.«

Auckland musterte ihn aus grauen Augen. »Check.«

13

»Scheiße!«

Rin schlug mit den Fäusten gegen eines der schweren Rohre, die sich vor ihr im Gang verkeilt hatten. Aus einem war eine ölig riechende Flüssigkeit ausgetreten. »Wir kommen nicht weiter.«

Sie drehte sich um. »Wir müssen hier raus. Eine andere Wahl haben wir nicht.«

Jourdain sah sie teilnahmslos an, Lanzo legte den Kopf schief und lauschte auf das Hämmern und Stöhnen der Zombies. »Sie haben uns fast eingeholt. Wir können ihnen nicht entkommen.«

»Aber hier bleiben können wir auch nicht.« Rin schaltete ihre Helmlampe an und leuchtete an Jourdain und Lanzo vorbei ins Halbdunkel des Schachts.

Aus dem einen Zombie, der es geschafft hatte, durch die Luke zu kriechen, waren bereits zwei geworden. Der Lichtstrahl traf ein bleiches, von tiefblauen Adern durchzogenes Männergesicht. Hände schlugen nach dem Licht wie nach einer Fliege.

Draußen nahm das Hämmern zu. Die Zombies wussten, wo sie waren.

Rins Herz begann zu rasen, Panik stieg so plötzlich in ihr auf, dass sie beinahe geschrien hätte. Die Wände des Schachts, so klaustrophobisch eng, schienen sie zu erdrücken. Sie bekam keine Luft mehr.

Hart biss sie sich auf die Unterlippe. Der Schmerz trieb die Panik zurück, wenigstens ein bisschen. Rin spuckte ihr eigenes Blut aus.

»Wir werden hier nicht sterben«, sagte sie. »Nur, damit das klar ist.«

»Nein. Wir werden kämpfen, und wir werden siegen. Wie immer.«

Sie wusste, dass Lanzo log, sie hörte es im neutralen Tonfall seiner Stimme, trotzdem halfen ihr die Worte. Sie bückte sich, hob zwei schwere Rohrstücke auf und drückte eines davon Jourdain in die Hand. »Kämpfe.«

Er blinzelte. »Ja.«

Lanzo wandte sich den Zombies zu, die durch den Schacht auf sie zutaumelten. »Den Rest müsst ihr übernehmen.«

»Kein Problem«, sagte Rin. Sie hörte die Lüge in ihrer eigenen Stimme. Ein dünner Lichtstrahl fiel in den Schacht. Finger umschlossen das verbogene Metall der Luke und rissen daran. Das Stöhnen und Knurren wurde lauter.

Jourdain räusperte sich. »Ich möchte noch etwas –«

Ein lautes Knacken, das durch das ganze Schiff zu hallen schien, unterbrach ihn.

»Verlasst nicht den Schacht.« Die dunkle, leicht verzerrt klingende Männerstimme hallte aus einem, wie Rin vermutete, schiffsweiten Interkom. »Setzt eure Helme auf und schließt die Raumanzüge. Und einen schönen Gruß von Kipling. Es tut ihm leid.«

»Was?«, stieß Rin hervor.

»Nicht hinterfragen, handeln.« Lanzo setzte seinen Helm bereits auf.

Jourdain griff nach dem seinen, hob aber auf einmal den Kopf. »In meinem Anzug ist ein Riss.«

Scheiße. Rin spürte ihren Herzschlag bis in die Kehle. Sie fragte Jourdain nicht nach dem Versiegelungsspray, das sogar bei Billiganzügen wie *Red Samurai* mitgeliefert wurde, sondern zog einfach ihres aus dem Gürtel. »Wo? Ich helfe dir.«

Jourdain riss es ihr aus der Hand. Rin hob die Augenbrauen

über die unerwartet heftige und aggressive Geste, verdrängte das jedoch sofort wieder. Mit beiden Händen griff sie nach ihrem Helm und versiegelte ihn. Als das grüne Licht aufleuchtete, stieß sie den Atem aus.

Vor ihr kam Jourdain wieder hoch. Er hatte sich das Spray auf die Wade gesprüht. »Wie lange, bis es wirkt?«, fragte er. Die Angst schien den Dämmerzustand, in dem er sich befunden hatte, vertrieben zu haben.

»Ein paar Sekunden.« Sie hoffte, dass die Zeit reichte.

»Festhalten«, sagte die unbekannte, ruhige Stimme über das Interkom.

Ein Knall, ein Ruck, der Rin gegen die Kabel und Leitungen schleuderte, dann kreischte Metall so laut, dass Rin unwillkürlich die Hände gegen ihren Helm presste.

Mit einem zweiten Knall wurde die Luke abgesprengt. Luft zischte, und sie wurde auf einmal vom Boden hoch auf die Luke zu gerissen. Ihr Magen schien bis in ihre Kehle zu springen.

Jemand packte ihre Knöchel. Sie schrie. Es fühlte sich an, als würden ihr die Beine ausgerissen.

»Ich halte dich!«, schrie Jourdain über den Helmfunk.

Sie hing mit dem Oberkörper aus der Luke. Vor ihr wirbelten Tote durch den Gang und ins All hinaus. Scharfe, gezackte Metallränder, nur das war von der Wand des Gangs übrig geblieben, so als habe jemand ein riesiges Messer genommen und ihn aufgeschnitten. Dahinter sah Rin Schwärze und die Trümmer der Piratenschiffe.

Blut tropfte von den Metallrändern, tropfte und bildete auf einmal kleine Kugeln, die wie rote Seifenblasen durch den Gang trudelten.

Es wurde still. Nichts riss mehr an Rin, sie war auf einmal schwerelos.

»Alles okay?«, fragte Lanzo über Funk.

»Ja.« Ihr Herz hämmerte immer noch in ihrer Kehle, doch

die Angst schwand. Der Gang war leer, die Toten verschwanden sich überschlagend und taumelnd in der Schwärze des Alls. »Wir haben es geschafft.«

Ihr Körper wollte lachen, jubeln, jemanden umarmen, aber Rin zwang sich zur Ruhe. »Danke, Jourdain«, sagte sie. »Du kannst loslassen.«

Sie schwebte aus der Luke, drehte sich um und half Jourdain heraus. Das Adrenalin schien ihm gutzutun. Sein Gesicht wirkte nicht so blass wie zuvor, seine Augen waren lebendig.

Lanzo folgte als Letzter. Er schwebte an ihr vorbei zu dem Riss in der Wand. Schaum tropfte bereits aus der Decke und begann, die Ränder zu verschließen.

»Willst du wissen, was passiert ist?«, fragte Lanzo. Er winkte Rin heran.

Vorsichtig näherte sie sich der Kante. Ihr Blick glitt suchend durch das Trümmerfeld und blieb schließlich an dem Schlauch hängen, der in sich zusammengefallen aus der Schleuse ragte. An seinem Ende befand sich – nichts.

Die *Mishima* war verschwunden.

14

Der Anblick war beinahe majestätisch.

Die *Mishima* riss sich von der Nabelschnur, die sie mit der *Eliot* verband, los und flog in einer eleganten Kurve auf das größere Schiff zu. Sie trudelte einen Moment lang, dann fing sie sich. Ihr rechter Flügel kratzte über den Rumpf der *Eliot* und stieß hinein wie ein Messer. Funken sprühten, der Flügel knickte nach hinten weg und wurde in einer lautlosen Explosion abgerissen. Leichen rasten wie Geschosse an ihm vorbei, einige kollidierten mit der *Mishima*, die sich wie ein getroffenes Tier auf die Seite legte und im Schatten der *Eliot* verschwand.

Kipling hielt das Video an. »Willst du es noch mal sehen?«, fragte er.

»Nein.« Rin wandte sich von ihm ab und wischte sich mit dem Handballen die Tränen aus den Augen. Fast ein Jahr lang war das Schiff ihr Zuhause gewesen. Es fühlte sich an, als habe sie das letzte Stück Heimat, das ihr noch geblieben war, verloren.

Sie spürte Kiplings Hand auf ihrer Schulter. »Es tut mir leid.«

»Das sollte es nicht.« Sie riss sich zusammen und drehte sich wieder um. »Wenn du das Schiff nicht ferngesteuert hättest, wären Lanzo, Jourdain und ich jetzt tot.«

Wochenlang hatte Kipling sie gebeten, einen SSH-Zugang zu den Schiffssystemen einrichten zu dürfen. Sie hatte ihm das nur gewährt, damit er aufhörte, sie ständig deswegen zu nerven. Und nun hatte sie dank dieses Zugangs ihr Leben behalten und die *Mishima* verloren.

Sie lehnte sich an eine der Arbeitsstationen und betrachtete die Brücke der *Eliot*. John Auckland lag auf dem zurückgeklappten Sessel einer Arbeitsstation und wurde von Jourdain behandelt. Er hatte die Selbstzerstörungssequenz deaktiviert, trug aber immer noch das Headset, mit dem er das Schiff beherrschte.

Lanzo und Arnest standen etwas abseits unter der Galerie und redeten leise miteinander. Sie hatten die beiden toten Piraten in eine der Kabinen gebracht und waren erst einige Minuten zuvor zurückgekehrt. Auckland sah hin und wieder zu ihnen hinüber.

»Warum hast du die Türen aufgemacht?«, fragte sie. In der neuen Welt siezte sich niemand mehr.

Er drehte den Kopf. »Ich musste Energie umleiten, damit das Licht und die Kameras wieder funktionieren. Das Türsystem bot sich an.«

»Und du hast dir keine Sorgen wegen der Zombies gemacht?«, fragte Kipling.

»Nein. Solange es keinen – au!« Auckland zuckte zusammen.

»Entschuldigung.« Jourdain schüttelte den Kopf, als wäre er mit sich selbst unzufrieden. Rin sah, wie bleich seine Haut war und wie tief seine Augen in den Höhlen lagen. Der Stress hatte ihn mitgenommen.

»Schon gut.« Aucklands Blick kehrte zu Rin zurück. »Solange es keinen Reiz gibt, bleiben sie eigentlich, wo sie sind. Dass ihr an Bord wart, wurde mir erst klar, als die Kameras wieder funktionierten. Und das war, kurz bevor Kipling und Arnest auf die Brücke kamen.«

Es war eine einfache, logische Erklärung, aber Rin glaubte, etwas Unehrliches darin zu hören. Aus den Augenwinkeln bemerkte sie, dass Lanzo aufmerksam zuhörte. Er wirkte misstrauisch.

»So.« Jourdain zog die Einweghandschuhe aus und legte sie neben den Verbandskasten auf den Boden. »Die Wunde ist gesäubert und genäht. Antibiotika sind an Bord, wie du sagst, also sollte es keine weiteren Komplikationen geben.«

Er stand auf. Rin sah, dass er sich an den Arbeitsstationen abstützte, als er zu dem Sessel ging, an dem er seinen Raumanzug abgelegt hatte. Schwer setzte er sich hin.

Wir müssen auf ihn aufpassen, dachte sie. *Er ist der unentbehrlichste Mann an* – Sie fuhr sich mit der Hand durch die Haare, als die Realität sie mit einem Schlag einholte. Sie hatten kein Schiff mehr, die Grundlage ihres gemeinsamen Lebens trudelte zertrümmert irgendwo durch das All. *Was sollen wir nur machen?*

»Es tut mir leid wegen eures Schiffs«, sagte Auckland in diesem Moment, während er seine Uniformjacke über dem Verband zuknöpfte. »Sobald die *Eliot* flugtüchtig ist, werde ich euch zur nächsten Raumstation bringen. Ich habe etwas Geld, und im Frachtraum findet ihr bestimmt auch Sachen, die ihr gebrauchen könnt. Mehr kann ich für euch nicht tun.«

Er stand vorsichtig auf, verzog das Gesicht und hinkte die Treppe hinauf. »Überlegt euch, wie viel Geld ihr braucht. Wenn es machbar ist, werde ich es euch geben.«

»Du willst das Schiff weiter allein fliegen?«, fragte Kipling.

Auckland drehte sich um. Er lächelte, bevor er antwortete. »Ich will es nicht *mit euch* fliegen.«

Er brachte die letzten Stufen hinter sich und verschwand im hinteren Bereich der Galerie. Kurz darauf zischte eine Tür.

»Zing«, sagte Kipling.

Lanzo und Arnest kamen heran. Rin schüttelte den Kopf und verschränkte die Arme vor der Brust. »Nett. Was meint ihr?«

»Ich meine, dass er uns umbringen wollte«, sagte Arnest. »Also haben wir das Recht, das auch zu versuchen.«

»Das stimmt nicht. Das ist sein Schiff. Wir sind unberechtigt eingedrungen. *Er* war im Recht, nicht wir.«

»Ich bin mir nicht sicher, dass das sein Schiff ist, Rin.« Kipling sprach leise und sah immer wieder zur Galerie hinauf, als hätte er Angst, dass Auckland zuhören könnte.

»Was willst du damit sagen?«, fragte sie.

Er zählte die Argumente an seinen Fingern ab. »Er hat weder Rang noch Funktion genannt, als er sich vorgestellt hat. Seine Uniform ist zu groß, dafür sitzt unten in einer Kabine ein dicker Selbstmörder in Unterwäsche, und – ich glaube nicht, dass sein Name John Auckland ist.« Er drehte die Augen nach links und nahm die V-Specs ab. Sein Gesicht sah ohne die Brille ungewohnt aus.

»Ich habe ein Foto von den beiden toten Piraten gemacht«, fuhr er fort. »Sieh es dir an.«

Rin setzte die Brille auf. Die 3D-Aufnahme wirkte extrem realistisch. Sie sah die beiden toten Piraten vor sich am Boden liegen. Einer trug eine schwarze Jacke und eine ebenfalls schwarze Lederhose, der andere eine Jeans und ein buntes T-Shirt. Die Baseballkappe, die ihm vom Kopf gerutscht war, schien ein Werbegeschenk zu sein, denn darauf stand in geschwungenen Buchstaben:

I ate at John's Diner, Auckland, NZ

Rin nahm die Brille langsam ab. »Und jetzt?«

15

Die Welt verschwamm, die Gespräche um ihn herum wurden zu einem bedeutungslosen Murmeln. Blut rauschte in seinen Ohren, ihm war so kalt wie noch nie zuvor in seinem Leben. Die Wunde in seiner Wade schmerzte nicht mehr, doch die Kälte, die aus ihr emporstieg, kroch bis in sein Gehirn. Seine Gedanken wurden zu Eis. Sein Ich war eine Schneeflocke, die in einem Sturm, den er nicht mehr bändigen konnte, tanzte. Er versuchte, sie zu greifen, aber ihm fehlte die Kraft.

Er war geblieben, solange er konnte, doch nun musste er gehen. Die Erkenntnis befreite und erleichterte ihn. Er schloss die Augen. Alles wurde schwarz. Die Kälte verging. Sein Blut schwieg.

Jourdain de Sauveterre starb.

Die Gier erwachte.

TEIL 2

MIT DIESER WAFFE

»Ich sehe, was ihr euch antut, und es treibt mir die Tränen in die Augen. Ihr geißelt euch, ihr fragt euch, wieso ihr so leiden müsst. Ihr redet von der Strafe irgendeines Gottes oder von dem Virus irgendeiner Regierung. Aber wir leben nicht in Dawn of the Dead. *Wir leben in der Realität. Hier gibt es nur einen Schuldigen – und der stammt nicht von dieser Welt.«*

– Nerdprediger Dan, *ASCII-Zeichen für die Ewigkeit*

1

»Scheiße!«

Arnest sprang zurück. Mit der Schulter prallte er gegen seinen Bruder und hörte, wie der erschrocken den Atem ausstieß. Kipling machte einen Satz zur Seite, Rin stand einfach nur da, mit geöffnetem Mund und einem Gesichtsausdruck, der rasch von Überraschung zu Trauer wechselte.

»Jourdain?«, flüsterte sie.

Nicht mehr, dachte Arnest.

Jourdain machte einen unsicheren Schritt auf ihn zu. Seine Haut war bleich, die Arme zuckten, und sein Kopf rollte von einer Seite zur anderen, als hätte er keine Kontrolle über seine Bewegungen. Arnest hatte so etwas schon ein Dutzend Mal beobachtet. Es war, als müsse das Virus, sobald es die Leiche übernahm, sich erst in diesem neuen Körper zurechtfinden. Das dauerte meistens nur ein paar Sekunden.

Jourdain … *Nein, nenne ihn nicht bei seinem Namen. Es macht dich schwach, wenn du daran denkst, dass dieses Ding einmal einen Namen gehabt hat.* Der Tote zitterte, dann straffte er sich. Der Blick aus seinen leeren Augen richtete sich auf Kipling. Die Kiefer schlugen aufeinander, dann schwang der ganze Körper langsam herum und setzte sich in Bewegung. Seine Füße schlurften über den Metallboden.

»Oh Mann, Jourdain«, sagte Kipling leise. Seine Hand legte sich auf die Pistole, die an seiner Hüfte hing, aber Arnest kam ihm zuvor.

»Ich mach das schon.«

In seiner virtuellen Realität war Kipling ein hervorragender Schütze, in der, die er sich mit allen anderen teilte, traf das nicht zu. Niemand konnte vorhersagen, ob seine Kugel den Toten oder eine der Arbeitsstationen treffen würde. Schlechte Schützen und Raumschiffbrücken vertrugen sich nicht gut.

Arnest hob seine Waffe. Er konnte sich nicht daran erinnern, sie gezogen zu haben, aber die Bewegung war längst zu einem Instinkt geworden. Er dachte darüber kaum mehr nach als über das Atmen. »Möchte jemand noch was sagen, bevor ich …« Er hob die Schultern. »Ihr wisst schon.«

»Schieß endlich.« Tränen standen in Rins Augen. Ihre Stimme zitterte. »Mach ein Ende.«

»Ich finde es nur schade, dass das Letzte, was man über ihn sagt, ›Oh Mann, Jourdain‹ ist. Da muss uns doch was Besseres –«

»Schieß«, sagte Lanzo ruhig.

Arnest schoss.

Die Kugel traf den Toten über dem Ohr. Er wurde herumgerissen, Blut spritzte über den Boden und die Arbeitsstation neben ihm. Arnest ließ die Waffe sinken, noch bevor der Tote zusammenbrach und reglos liegen blieb. Er hatte Jourdain gemocht, aber das traf auf eine Menge Leute zu, denen er seit Beginn der ganzen Scheiße in den Kopf geschossen hatte. Nicht alle waren Tote gewesen. Vielleicht fiel es ihm deshalb leicht, den Verlust eines Menschen, auch wenn der ein Freund gewesen war, abzuhaken. Andere, so wie Rin, die nun neben dem Toten in die Knie ging und ihm die Augen schloss, konnten das nicht.

»Wir brauchen wohl einen neuen Arzt«, sagte er.

Kipling fuhr sich mit beiden Händen durch das Gesicht und lachte bitter. »Wozu brauchen wir einen Arzt, wenn wir kein Schiff haben?«

Arnest setzte zu einer Antwort an, doch sein Bruder legte ihm die Hand auf den Arm. *Wir stehen auf einem, oder?*, hatte er sagen wollen, nun dachte er es nur. *So ein Schiff ist viel zu groß für einen, aber optimal für fünf.* Sein Blick fiel auf den toten Jourdain, und er verzog das Gesicht. *Vier.*

Vielleicht hakte er Verluste doch nicht so schnell ab, wie er glaubte.

Über ihm zischte eine Tür. Auckland musste den Schuss gehört haben. Arnest steckte die Waffe ein und verschränkte die Arme vor der Brust. *Noch ist es zu früh.*

Neben ihm nickte Lanzo knapp, so als wisse er genau, was Arnest gerade dachte.

2

»Das mit eurem Arzt tut mir leid«, sagte Auckland.

»Ja.« Rin stand am Bullauge der Schleuse und beobachtete, wie Jourdains Körper durch das Trümmerfeld trudelte. Das kalte weiße Licht einer weit entfernten Sonne schuf Schatten, in denen er immer wieder verschwand. Nach einer Weile tauchte er nicht mehr daraus auf. Sie wandte sich ab.

Kipling setzte seine V-Specs auf und räusperte sich. »Also dann …« Er ließ den Satz in der Luft hängen, so als wisse er nicht, wie er fortfahren solle. Die Stille zog sich in die Länge.

Es war kein Gebet gesprochen worden während der kurzen Beerdigung, niemand hatte Jourdain einige letzte Worte gewidmet. Stumm hatten sie ihn und die Toten, die bei dem Zusammenstoß mit der *Mishima* nicht ins All gerissen worden waren, verabschiedet. Es kam Rin so vor, als hätten sie all die Worte, die sie hätten sagen können, schon bei anderen, viel zu ähnlichen Gelegenheiten verbraucht. Sie hatten keine mehr.

»Also dann«, nahm Auckland schließlich Kiplings Satz auf, »sollten wir aufbrechen. Die Reparatursysteme haben getan, was sie konnten, der Antrieb hat erste Belastungstests bestanden. Trotzdem werden wir wohl fast eine Woche bis zur Station NG27 brauchen.«

»NG27?« Kipling hob die Augenbrauen. »Warum nicht MY59? Der Zoo liegt viel näher.«

Zoo. Wieder eines dieser Worte, die aus dem Nichts aufgetaucht sind und sich rasend schnell verbreitet hatten. Die

Jockeys hassten den Begriff, aber sie hassten ›Jockeys‹ auch. Keinen Menschen interessierte das.

Auckland schloss die äußere Schleuse mit einem Knopfdruck. »Wir fliegen NG27 an.«

»Das hast du schon gesagt.« Arnest machte einen Schritt auf ihn zu. »Wir möchten wissen, weshalb.«

Rin spürte die plötzliche Spannung zwischen ihm und Auckland. »Wir sind Gäste hier«, sagte sie. »Und so werden wir uns auch benehmen, okay?«

Arnests Blick zuckte zu ihr herüber, dann zu seinem Bruder. Auf ihn musste es so wirken, als fiele sie ihm in den Rücken, dabei hatten sie keine Wahl und mussten Aucklands Entscheidung akzeptieren. Er trug das Headset, mit dem er die gesamten Schiffssysteme kontrollieren konnte. Sich mit ihm zu streiten, würde zu nichts führen. Sie waren ihm ausgeliefert.

»Okay.« Arnest wich demonstrativ zurück. »Ich hab nur gehört, dass es eine Menge Haie auf NG27 gibt. Man muss den Ärger ja nicht rausfordern.«

»Das werde ich nicht.« Auckland ging an ihm vorbei den Gang hinunter, in Richtung der Antriebssektion. Er bewegte sich steif, und Rin konnte sehen, dass er Schmerzen hatte. *Hoffentlich hat Jourdain seine Wunde gut versorgt*, dachte sie. *Wenn ihm etwas passiert, haben wir ein Problem.*

»Kommt«, sagte er, ohne sich umzudrehen. »Ich will euch etwas zeigen.«

Er ging schneller, vielleicht absichtlich, um ihnen einen Moment Privatsphäre zu verschaffen, den Arnest auch direkt nutzte. »Da stimmt was nicht, Rin. Warum fliegen wir nicht MY59 an, wenn die näher liegt?«

»Laut Wikipedia sind sogar drei Zoos nicht so weit von uns entfernt wie NG27«, sagte Kipling. »Ich versuche gleich mal, mit jemandem von dort zu chatten. Könnte ja sein, dass es auf NG27 etwas Besonderes gibt.«

»Gut.« Rin sah Arnest an. »Wir werden vorsichtig sein, aber dazu gehört auch, dass du Auckland nicht unnötig provozierst.«

»Ich halte es für keine Provokation, nach unserem Ziel zu fragen«, sagte Lanzo.

»Es ist mir egal, zu welchem Zoo wir fliegen. Und wenn wir ein paar Tage länger Zeit zum Nachdenken haben, kommt mir das sogar ganz gelegen.« Rin wandte sich ab und folgte Auckland. Aus den Augenwinkeln sah sie, dass Arnest den Mund öffnete, als wolle er etwas sagen, aber Lanzo ihn mit einer Geste zurückhielt.

Das Thema ist noch nicht durch, dachte sie. Auch sie vertraute Auckland nicht, aber im Gegensatz zu Arnest und Lanzo hatte sie akzeptiert, dass sie von ihm abhängig waren. Solange er sich ihnen gegenüber fair verhielt, würde sie weder versuchen, sein Schiff zu stehlen, noch ihn irgendwie anders zu hintergehen. Sie glaubte, dass Kipling das ähnlich sah, aber bei Lanzo und Arnest war sie sich nicht sicher.

Nein, das war falsch. Sie *war* sich sicher, dass die Gedanken der beiden nur um die Frage kreisten, wie sie die *T. S. Eliot* in ihren Besitz bringen konnten. Befehle würden sie nicht davon abhalten, einzig die Erkenntnis, dass das unmöglich war. Rin hoffte, dass Lanzo diese Einsicht haben würde, bevor etwas geschah.

Vor ihr duckte sich Auckland unter den Resten des gehärteten Schaums hindurch, der am Vorabend noch den Gang verschlossen hatte. Der Schaum war eine der wenigen Erfindungen, die die Menschheit zur Raumfahrt beigesteuert hatten. Bakterien darin sorgten dafür, dass er sich nach einem erfolgten Druckausgleich selbst zerfraß.

Auckland blieb vor einer Tür in der rechten Seitenwand des Gangs stehen. »Ich habe übrigens den Exploit gepatched«, sagte er, während er die Hände in die Taschen seiner grauen Cargohose steckte. »Die Türen lassen sich jetzt nur noch über einen

Barcodeleser oder die Sprachsteuerung öffnen.«

Er zog schmale, stumpfsilbrige Metallringe hervor und warf sie ihnen einzeln zu. Rin fing ihren und drehte ihn zwischen den Fingern. Er war leicht und an der Oberfläche angeraut. »Öffnen die alle Türen?«, fragte sie.

»Natürlich nicht.« Auckland schien zu bemerken, wie hart seine Stimme klang, denn er fügte freundlicher hinzu: »Das wäre zu gefährlich. Einige Bereiche der *Eliot* sind noch voll mit Toten.«

Sie glaubte nicht, dass das der wahre Grund war, behielt das aber für sich. Zu ihrer Überraschung sagte auch sonst niemand etwas.

Auckland öffnete die Tür und trat in den kurzen Gang dahinter. Er endete vor einer Tür, neben der in großen schwarzen Buchstaben *CARGO II* stand. »Ich nehme an, dass ihr ursprünglich nach diesem Raum gesucht habt. Die *Eliot* war voll beladen und auf dem Weg zu den äußeren Kolonien, als es losging. Sie konnte ihre Fracht nicht mehr zustellen.«

Die Tür zog sich mit einem Zischen in die Wand zurück. Rin hielt unwillkürlich die Luft an, als sie sah, was sich hinter dem unscheinbaren Namen *CARGO II* verbarg. Die Halle, die sie betrat, war drei Stockwerke hoch und größer als die *Mishima*. Kisten stapelten sich in Regalen, die bis zur Decke reichten und mit Metallgittern gesichert waren. Zwischen ihnen führten breite Gänge hindurch, auf denen Buchstaben und Zahlen standen, die wohl zur Orientierung dienten. Greifarme hingen an langen Schienen von der Decke, aber es gab auch Leitern, die zu den höher gelegenen Regalböden führten. An jedem Regal befand sich ein Bildschirm. Rin konnte nicht einmal annähernd schätzen, wie viele Kisten in dem Raum untergebracht waren, aber es mussten Tausende sein.

»Heilige Scheiße«, sagte Arnest neben ihr leise. »Hier sieht's aus wie bei Ikea.«

Seine Stimme hallte von den Wänden wider. Kipling ging in die Halle und drehte sich langsam um sich selbst. Dann sah er Auckland an. »Hast du die Bundeslade schon gefunden?«

»Nein, aber vielleicht sollte ich danach suchen.« Auckland lächelte. Er wirkte wie jemand, der einen großen Schatz zu lange allein gehütet hatte und nun froh war, ihn endlich teilen zu können.

»Und all das hast du monatelang vor Piraten und Gangs versteckt?«, fragte Lanzo. Auch er konnte den Blick nicht von den Regalen nehmen. »Kann nicht leicht gewesen sein.«

»Das All ist groß. Ich habe mich von den wichtigsten Handelsrouten ferngehalten, und wenn ich doch einmal jemandem begegnet bin, hab ich behauptet, das Schiff wäre leer.«

»Und das haben sie geglaubt?«

»Sie haben den Waffen geglaubt, die auf sie gerichtet waren.«

Arnest blieb neben dem ersten Regal stehen und steckte die Hand durch das Metallgitter. Seine Finger liebkosten eine der Kisten. »Also wissen nur du und jetzt wir davon, richtig?«

Rin hätte ihn am liebsten geschlagen.

Das Lächeln verschwand aus Aucklands Gesicht. »Sollte ich das als Problem betrachten?«

»Nein«, sagte Rin. »Arnest drückt sich manchmal nur etwas unglücklich aus.«

Sie nickte ihm aufmunternd zu. »Stimmt doch, oder?«

»Ja.« Arnest ließ die Kiste los und steckte die Hände tief in die Hosentaschen. »Is' nich' so meine Stärke, das mit den Worten. Ich kann andere Dinge besser.«

Er versuchte zu lächeln, was sein Gesicht beinahe Angst einflößend verzerrte. Aucklands Blick glitt von ihm über Lanzo und Kipling und blieb schließlich an Rin hängen. Sie versuchte, sich selbst und die anderen durch seine Augen zu sehen. Kipling, der sich hinter seinen V-Specs verbarg, Lanzo mit seinem kalten militärischen Auftreten, der wie ein mörderischer Psychopath grinsende Arnest und sie selbst, die sich ständig für ihre Begleiter entschuldigte.

Ich würde uns auch nicht die Schlüssel zum Schiff geben, dachte sie.

Auckland rückte sein Headset zurecht. »Auf den Touchscreens an den Seitenwänden der Regale könnt ihr sehen, was sich in den jeweiligen Kisten befindet. Ihr müsst den Artikel nur antippen, den Rest erledigen die Roboter. Nehmt euch, was ihr braucht und kommt zur Brücke.«

Er wollte gehen, aber Kipling hielt ihn mit einer Geste auf. »Wieso heißt diese Halle *Cargo II*? Gibt es auch *Cargo I*?«

Auckland nickte. »Das hier ist der kleine Frachtraum. Der große ist unter uns. Er erstreckt sich vom Bug bis zum Heck.«

»Vom Bug bis zum …« Kipling sprach den Satz nicht zu Ende. Die Vorstellung, dass sich unter seinen Füßen eine Halle verbarg, die fast dreimal so groß wie diese war, schien ihn zu überwältigen.

Arnest dachte pragmatischer. »Und was ist da drin?«

»Ich weiß es nicht. Die *Eliot* hat anfangs Flüchtlinge aufgenommen. Die Kranken und Toten wurden von der Crew dort unten eingesperrt.«

»Der Crew?«, fragte Lanzo.

Auckland lächelte knapp, so wie jemand, der wusste, dass seine Lüge längst aufgeflogen war, dem das aber egal war. »Uns.«

3

Hyperraum. Impulsgeschwindigkeit. Materie-Antimaterie-Antrieb. Das waren Worte, die man nicht hatte erfinden müssen, weil die Science-Fiction das längst getan hatte. *Die Realität hat die Sprache star-trekifiziert*, dachte Kipling, während er mit übereinandergeschlagenen und an einer Arbeitsstation abgestützten Beinen auf der Brücke saß. Zwar gab es keine Dilithiumkristalle und auch keinen Warpkern, dafür aber einen Bubble-Antrieb, der wie eine Kugel aussah und so groß wie ein Auto war und dessen Anzeige Kipling auf dem kleinen Bildschirm betrachtete, der in die Station eingelassen war.

»Sieht so aus, als würde er durchhalten«, sagte er. Sechs Mal schon hatten sie den Hyperraum verlassen müssen, weil die Temperatur des Antriebs auf kritische Werte angestiegen war. Die schwarze Kugel, die er auf dem Bildschirm sah, wirkte ruhig, aber Kipling wusste, dass in ihrem Inneren gewaltige Energien tobten. Die Strahlung, die bei der kontrollierten Kollision von Materie und Antimaterie entstand, war so groß, dass der Antrieb in einem hermetisch abgeschlossenen Raum am Ende eines Schiffes saß. Reparaturen und Wartungsarbeiten führten Roboter entweder ferngesteuert oder selbstständig durch. Darin bestand momentan das Problem der *Eliot*, denn einer der vier Roboter funktionierte nicht mehr. Ein zweiter drehte sich nur im Kreis und behinderte die beiden anderen, die zumindest sporadisch versuchten, ihrer Arbeit nachzugehen. Kipling nahm an, dass ihre Steuereinheit beschädigt war. Bei den Schäden, die das

Schiff davongetragen hatte, überraschte ihn das nicht. Mit genügend Materialien wären die Roboter in der Lage gewesen, sich eine neue Steuereinheit auszudrucken, aber daran mangelte es noch.

»Es ist nicht mehr weit.« Auckland schwang seinen Pilotensessel nicht herum, auch wenn er nur wenig zu tun hatte. Im Hyperraum gab es weder Hindernisse, noch Kurse, die gesetzt und eingehalten werden mussten. Sogar das graue Wabern, das Kipling auf dem riesigen Bildschirm vor sich sah, war nichts anderes als eine von der Software eingespielte Animation. Die Raumfalte, durch die sie sich bewegten, lag jenseits ihrer Sinne. Man konnte darin weder etwas sehen, noch hören. Es war, als würde man hinter die Kulissen des Universums treten und auf blankes Holz starren.

»Ich könnte dir ein paar vernünftige Animationen ziehen«, sagte Kipling, als sich die Stille wieder einmal in die Länge zog. Er war mit Auckland allein auf der Brücke. Die anderen hatten sich in die Offizierskabinen, die sie für diese wenigen Tage bewohnen durften, zurückgezogen. Kipling hatte den Anschluss verpasst, und nun war es ihm unangenehm, die Brücke ebenfalls zu verlassen. Das wäre ihm wie eine Flucht vorgekommen. Nicht, dass Auckland seine Anwesenheit zu schätzen schien. Seit sie allein waren, hatten sie keine zehn Worte miteinander gewechselt.

»Auf der *Mishima* hatte ich den Roadrunner laufen, diesen Vogel aus den alten Warner-Cartoons«, fuhr er fort. »Arnest kann stundenlang über den lachen, aber ich hätte auch noch das Sternenfeld aus *Star Trek* im Angebot, das Wagenrennen aus *Ben Hur*, der aus den Sechzigern, nicht dieses beschissene 3D-Remake, und jede Menge Rennszenen aus der Ich-Perspektive. Du kannst dir gern was aussuchen.«

Nun schwang Auckland seinen Sessel doch herum. »Trägst du diese Brille immer?«

Kipling hatte die Frage schon so oft gehört, dass er sich eine passende Antwort dafür überlegt hatte. »Ich trage sie nur dort, wo es Internet gibt.«

»Es gibt überall Internet.«

»Dann hast du ja deine Antwort.« Das klang feindseliger, als er beabsichtigt hatte. Er seufzte. »Sorry, war nicht so gemeint. Die Leute interpretieren da alles Mögliche hinein, aber ich brauche die V-Specs, um meinen Job vernünftig erledigen zu können. Das geht nur mit Informationen, und die findet man nun mal im Netz.«

»Und was für Informationen brauchst du im Moment?«

Weiß er, was ich tue? Der Gedanke machte Kipling nervös, aber er verwarf ihn fast sofort wieder. Er war kein Noob, er wusste, wie man eine Verbindung absicherte. »Ich lese zwei Artikel über ungewöhnliche Hitzebildung in Bubble-Antrieben«, log er, »und ziehe die ersten drei Staffeln *Scrubs*, die jemand gerade seedet. Tut mir leid wegen der Bandbreite.«

»Kein Problem.«

Auckland schwang den Sessel zurück. Die kurze Unterhaltung war anscheinend beendet. Kipling zuckte mit den Schultern und konzentrierte sich wieder auf das, was die V-Specs ihm zeigten. Das Foto, das er beim Frühstück heimlich von Auckland gemacht hatte, glich er über eine automatische Bildersuche bereits seit Stunden mit allen ab, die das Programm im Netz finden konnte, bislang ohne Ergebnis. Er holte ein IRC-Chatfenster in den Vordergrund. Die Frage, die er dort gestellt hatte, war längst durch eine nicht enden wollende Reihe von Links zu Hacks, Cracks, Exploits, Warez und Goldcoin-Phishing-Sites verdrängt worden, also stellte er sie noch mal:

›*Suche Infos zu …*‹

»Du wirst nichts finden«, sagte Auckland, ohne sich zu ihm umzudrehen.

»Was?«

»Du bist in meinem WLAN. Ich weiß, was du suchst, und du wirst nichts finden.«

Scheiße! Kipling schloss mit einem Fingerschnippen Browser und IRC-Fenster. »Keine Ahnung, wovon du redest. Ich habe jede Menge über Hitzeentwicklung bei Bubble-Antrieben gefunden.«

Er will mich verunsichern, dachte er währenddessen. *Er kann unmöglich sehen, was ich mache. Das ist ein Trick.*

Aber was, wenn es kein Trick war, wenn der Mann, den er ausspionieren wollte, ihn die ganze Zeit über beobachtete? Er konnte das nicht vollständig ausschließen, denn egal, wie gut er war, dort draußen gab es Leute, die besser waren. Auckland musste nur einen von denen gefunden haben. Zeit genug hatte er gehabt. Sie waren schon seit Tagen unterwegs.

Kipling schob eine Hand unter seine Brille und rieb sich die Augen. *Ich zensiere mich selbst.* Aber er konnte nicht anders. Das Risiko war zu groß. Mit einer resignierenden Geste öffnete er ein Fenster. Der Download-Balken stand bei achtundneunzig Prozent. »Willst du ein paar Folgen *Scrubs* gucken?«

»Wir sind fast da.« Die Lautsprecher auf der Brücke knackten, dann hörte Kipling die Computerstimme, die bislang nur in Aucklands Kopfhörer übertragen worden war.

»Hyperraumaustritt in zehn, neun, acht …«

»Ist das etwa die mitgelieferte Stimme?«, fragte Kipling. Es tat ihm gut, an etwas anderes als das zu denken, was wahrscheinlich nur Verfolgungswahn war. »Die benutzt kein Mensch.«

»Drei, zwei, eins … Austritt erfolgt.«

Es gab keinen Ruck, nur die Stimmlage des Schiffes änderte sich. Aus einem dumpfen Dröhnen wurde ein freundlicher klingendes Summen, als der Unterlichtantrieb ansprang. Das graue Wabern wich von dem Bildschirm, so als würde eine Brise es davonwehen. An seine Stelle trat das vertraute Schwarz des Alls und weit entfernt das sich langsam drehende Rad von Raumstation NG27.

Ein Chatfenster ging in Kiplings V-Specs auf. ›*Hab deine Frage gesehen. Was willst du wissen?*‹

Er schloss es sofort wieder.

4

»Gehen Sie nacheinander an der Wand entlang. Halten Sie Ihre Papiere bereit.«

Die gepresst klingende Stimme hallte aus den Lautsprechern durch den langen Gang. Obwohl Lanzo weder Kameras noch Geräte sah, wusste er, dass sie beobachtet und gescannt wurden. Automatische Systeme überprüften ihre Körpertemperatur, die Herzgeschwindigkeit und die kleinen Plastikkarten, die sie in der Hand hielten. Lanzo drehte seine zwischen den Fingern. Die Jockeys hatten sie ursprünglich an die Menschen ausgegeben, die sich während Omega außerhalb des Sonnensystems aufgehalten hatten und deshalb nicht von dem Virus befallen waren. Der Chip darin enthielt Namen und Geburtsdatum des Trägers, ein Foto und einen genetischen Fingerabdruck. Ohne die MyCard, wie die Jockeys sie nannten, konnte man ihre Stationen und Raumschiffe nicht betreten. Effektiv war das nicht, denn die Karten ließen sich so leicht fälschen, dass die Menschen sie als LieCards bezeichneten. Die Jockeys wussten das, etwas dagegen unternommen hatten sie jedoch noch nicht.

Eines Tages werden sie uns ganz aussperren, dachte Lanzo. *Spätestens, wenn Zombies ein Massaker auf einer Station anrichten.*

Dass das noch nicht passiert war, hielt er beinahe für ein Wunder.

Sie blieben vor der schweren Metalltür stehen, die sie von der Station trennte. Irgendwo im Verwaltungsbereich betrachtete ein Jockey die Daten, die ihm das System geliefert hatte, und entschied, ob er die Tür öffnen oder weiterhin geschlossen halten sollte. Niemand sagte ein Wort, alle warteten stumm auf seine Entscheidung. Vier der fünf LieCards waren gefälscht, das wusste Lanzo, und er ging fest davon aus, dass Aucklands auch nicht echt war.

Es klickte. Die beiden Türhälften verschwanden zischend in Boden und Decke. Scharfer Raubtiergeruch schlug Lanzo entgegen.

»Willkommen im Zoo«, sagte Kipling hinter ihm.

Sie standen auf einer ringförmigen Galerie in einem der oberen Stockwerke von NG27. Türen führten zu Büros, deren Zweck Schilder in über einem Dutzend Sprachen verrieten. Englisch war die einzig menschliche unter ihnen. In den Stockwerken über den Büros befanden sich die Wohneinheiten der Jockeys, darunter Geschäfte und Restaurants und weit unterhalb schließlich der den Menschen vorbehaltene Bereich. Breite Stege führten von den Galerien zu einer transparenten Röhre in der Mitte der Station. Darin waren Fahrstühle untergebracht.

»Meine Fresse.« Kipling rieb Daumen und Ringfinger aneinander. »Ohne Adblock würde ich hier durchdrehen.«

Lanzo sah nur leere, graue Wände, die Werbung, die dort eingespielt wurde, war den Trägern der immer populärer werdenden V-Specs vorbehalten. Früher einmal hatten menschliche Konzerne dort ihre Produkte angepriesen, mittlerweile nutzten sie örtliche Geschäftsleute.

»Eine unserer größten Errungenschaften besteht darin, dass wir den Jockeys Werbung gebracht haben«, sagte Kipling. »Kein Wunder, dass sie uns nicht leiden können.«

»Es gibt viele Gründe, weshalb sie uns nicht mögen.« Auckland trat neben Lanzo. Er hatte die Uniformjacke von FTL Transports abgelegt. Stattdessen trug er nun eine kurze hellgraue Jacke über dem weißen T-Shirt und der dunklen Cargohose. Ihre Waffen hatten sie alle auf der *Eliot* zurückgelassen.

Mit ihnen hätten sie die Station nicht betreten dürfen.

»Wir mögen sie ja auch nicht«, sagte Lanzo.

Auckland neigte den Kopf.

Auf der Verwaltungsebene war nur wenig los. Zwei Wölfe standen vor einem der Büros und unterhielten sich, in einiger Entfernung entdeckte Lanzo einen Strauß, der mit wippendem Gefieder zu den Fahrstühlen eilte. »Wir sollten hier nicht so herumstehen. Das fällt auf.«

»Zu spät.«

Er sah sofort, was Rin meinte. Eine Patrouille Haie verließ gerade eines der Büros und wandte sich ihnen zu. Sie waren zu dritt und trugen kugelsichere Westen über ihren schwarzen Uniformen. Schlagstöcke und Pistolen baumelten von ihren Gürteln. Ihre Stiefelsohlen knallten auf den Metallboden.

»Scheiße«, sagte Arnest leise.

Die Haie blieben vor ihnen stehen. Sie hatten graue, schuppige Köpfe, die spitz zuliefen, und ein breites Maul voller gefährlich aussehender dreieckiger Zähne. Der Vorderste streckte seine Hand aus. »Papiere.«

Lanzo gab ihm wortlos seine MyCard, drückte sie aber nicht dem Hai in die Hand, sondern der Kreatur, die in dessen Nacken saß und ihre verkümmerten Beine über die Schultern des Hais hängen ließ. Sie war so groß wie ein vierjähriges Kind, aber fast fleischlos. Dunkle Haut spannte sich über die Knochen, das Gesicht war hager, der Kopf kahl. Aus großen, runden Augen betrachtete sie die Karte, während sie sich geistesabwesend an der durchscheinenden Nabelschnur kratzte, die von ihrem Hals bis in den Nacken des Wirtskörpers reichte. Eine trübe Flüssigkeit schwamm darin.

Die Jockeys bezeichneten sich als symbiotische Lebensform, Lanzo nannte sie Parasiten.

Nach einem Moment zog das Wesen ein kleines Gerät aus einer der Satteltaschen und steckte die Karte hinein. Es hatte einen niedrigen Rang, das verriet Lanzo der einfache Ledersattel, auf dem es saß. Die von hohen Beamten und Offizieren waren meistens reich verziert.

»Seid ihr zum ersten Mal hier?«, fragte das Wesen, während es auf das Ergebnis des Scans wartete.

»Ja, Sir«, sagte Lanzo. Menschen hatten Jockeys seit Omega zu siezen, umgekehrt ließ man ihnen diese Höflichkeit nur selten zukommen.

Sie wissen, dass sie mit uns machen können, was sie wollen, dachte Lanzo.

»Dann hoffentlich auch zum letzten Mal.« Der Jockey lachte so schrill, dass es in den Ohren stach. Die beiden anderen stimmten ein. Alle drei trugen die gleichen Uniformen wie ihre stummen, den leeren Blick ins Nichts gerichteten Wirtskörper. Haie liebten Uniformen.

»Können wir gehen, Sir?«, fragte Lanzo.

Der Anführer der Jockeys zog die Karte aus seinem Gerät und reichte sie ihm. »Fürs Erste.« Er legte die Hände auf die Schultern seines Wirts. »Aber wir werden euch im Auge behalten. Wenn ihr Ärger macht, werdet ihr von NG27 verbannt. Es gibt hier schon genug Unruhestifter.«

Sein Englisch klang abgehackt. Im Gegensatz zu den jüngeren Jockeys war er nicht mit dieser neuen Lingua Franca aufgewachsen.

»Wir wollen nur in Ruhe unseren Geschäften nachgehen, Sir«, sagte Lanzo, während er sich vorstellte, wie er den Jockey mit seiner eigenen Nabelschnur erdrosselte.

»Das wird sich zeigen.«

Die Haie wandten sich ab und marschierten mit lauten Schritten auf die Fahrstühle zu.

»Es gibt hier schon genügend Unruhestifter«, wiederholte Auckland, als sie außer Hörweite waren. Der Satz war ihm also auch aufgefallen.

Lanzo drehte sich zu ihm um. »Interessante Formulierung, oder? Jockeys spielen Zwischenfälle mit Menschen ja normalerweise herunter, aber der hier hat uns praktisch damit begrüßt. Was soll das wohl heißen?«

Das war keine rhetorische Frage. Er hoffte, dass Auckland darauf antworten würde. *Ich will wissen, wie du denkst.* Aber Arnest kam ihm zuvor. »Das heißt, dass hier ein paar Leute den Jockeys auf die Fresse hauen, und wenn das stimmt, will ich dabei sein.«

»Viel Glück dabei«, sagte Auckland. Er nahm das Headset ab, schob es zusammen und steckte es in die Beintasche seiner Hose. »Ich werde eine Werkstatt suchen. Die Außenschäden müssen repariert werden. Und Materialien für die 3D-Drucker brauche ich auch.«

Lanzo sah ihm nach, wie er zu den Fahrstühlen ging.

»Und was machen wir jetzt?«, fragte Kipling.

Rin zuckte mit den Schultern. »Ich werde zum offiziellen Broker gehen, mal sehen, ob es dort was für uns gibt.«

»Ich arbeite für keinen Jockey«, sagte Arnest. Lanzo wusste, dass er sich nicht umstimmen lassen würde. Arnest hatte nur wenige Prinzipien, aber eines davon war, dass er kein Geld von Jockeys nahm – zumindest nicht, wenn sie es ihm freiwillig gaben.

»Lass mich doch erst herausfinden, was auf dem Markt angeboten wird. Ablehnen können wir die Jobs immer noch.«

»Ich wollt's nur gesagt haben.«

»Hast du.« Rin klang frustriert, was Lanzo ihr nicht verübeln konnte. Sie versuchte, eine Lösung für alle zu finden, und sie wusste, dass sie das nur konnte, wenn sie ihren Prinzipien nicht so treu blieb wie Arnest. Ob sie dazu bereit war, bezweifelte er.

»Sieh du dich im Netz um«, fuhr sie an Kipling gewandt fort. »Vielleicht weiß da ja jemand was.«

»Alles klar.«

Lanzo nickte Arnest zu. »Und wir werden das Zeug aus dem Frachtraum verkaufen. Das sollte wenigstens ein bisschen Geld bringen.«

Der Rucksack, den Arnest trug, war voll mit V-Specs und anderen Gadgets, die sie in einer Kiste gefunden hatten. Wäre es nach Lanzo gegangen, hätten sie die ganze Kiste mitgenommen, aber Rin war nicht bereit dazu gewesen. Kipling hatte einmal gesagt, sie wäre *rechtschaffen gut*, eine Anspielung auf irgendein Rollenspiel, von dem Lanzo noch nie gehört hatte. Doch er hatte auch so verstanden, was damit gemeint war.

Sie ist unser Gewissen, dachte er. *Aber manchmal ist ein Gewissen hinderlich.*

Er betrachtete die anderen. Dank der Kleidung, die sie sich ausgesucht hatten, wirkten sie nicht so verzweifelt, wie sie waren. Markennamen, die noch vor einem Jahr den Wohlstand ihrer Träger verkündet hätten, prangten an den Taschen ihrer Cargohosen und den Krägen ihrer kurzen Jacken. Arnest und Lanzo trugen Schwarz, Rin eine Mischung aus gedeckten Farben, nur Kipling hatte sich für eine Jacke in – wie er sagte – Sternenflotten-Rot entschieden. Er stach aus der Gruppe hervor wie Klatschmohn aus einem Feld. Sie alle blieben noch unschlüssig stehen, so als würden sie in der kurzzeitigen Trennung auf der Station eine Vorschau auf ihr zukünftiges Leben sehen. Sie würden nicht zusammen auf einem neuen Schiff anfangen können, das war Lanzo klar, nicht, wenn sie ihrem Gewissen folgten.

»Komm.« Arnest schlug ihm so hart auf die Schulter, dass Lanzo einen Schritt nach vorn stolperte. »Lass uns ein paar Idioten abziehen.«

Gemeinsam gingen sie am Geländer entlang auf die Fahrstühle zu.

Lanzo bemerkte aus den Augenwinkeln eine Bewegung und sah nach unten. Schwarz uniformierte Haie, die Schilde und Schlagstöcke in den Pranken hielten, liefen über eine der Galerien. Es waren über zwanzig. Weiter unten, am Boden der Station, wurden Rufe laut. Lanzo konnte sie nicht verstehen, und durch die Netze, die man überall gegen Selbstmörder gespannt hatte, konnte er auch nicht sehen, was dort unten vorging.

»Klingt nach Ärger«, sagte Arnest, der neben ihm stehen geblieben war.

Lanzo nickte.

5

»Freiheit! Gleichheit! Internet!«

Je tiefer Rin gelangte, desto lauter wurden die Rufe. Als sie das Büro des Brokers erreichte, zu dem sie sich durchgefragt hatte, war aus ihnen bereits ein Sprechchor geworden. Einige Menschen und auch Jockeys blieben stehen und sahen über das Geländer nach unten, die meisten gingen weiter, so als würden sie nichts von den Rufen mitbekommen. Zu ihnen gehörte auch Rin. Was in diesem Zoo geschah, ging sie nichts an. Sie wollte nur so schnell wie möglich zurück ins All.

Mit den anderen, dachte sie.

Die Schlange vor dem Büro des Brokers war lang. Mehr als ein Dutzend Menschen standen dort und warteten, dass einer der beiden Schreibtische frei wurde. Die Warane, die hinter altmodischen Computermonitoren saßen, fertigten sie routiniert ab. Die Gespräche endeten meistens schon nach wenigen Minuten mit einem Kopfschütteln und einer herrischen Geste, die die Menschen aufforderte, den Platz auf dem Stuhl frei zu geben.

Rin stellte sich ans Ende der Schlange. Fast die Hälfte der Leute, die vor ihr standen, trugen V-Specs und starrten ins Nichts, so wie sie es auch von Kipling kannte. Ihre Kleidung war so abgerissen, dass Rin unwillkürlich die Hand über das Logo ihrer Jacke legte. Die meisten Menschen, denen die Flucht von der Erde geglückt war, besaßen kaum noch mehr als das, was sie am Leib trugen. Sie waren von Schleppern ausgenommen und von Piraten gejagt worden. Der menschliche Exodus hatte einige wenige sehr reich und die meisten anderen zu Bettlern gemacht.

Das Zwitschern eines Vogels riss Rin aus ihren Gedanken. Im ersten Moment glaubte sie, es würde sich um den Benachrichtigungston irgendeiner App handeln, doch dann sah sie, dass die Frau vor ihr einen kleinen Käfig in der Hand hielt. Der gelbe Vogel, der darin saß, zwitscherte laut und legte den Kopf schräg.

»Hallo«, sagte Rin leise.

Die Frau drehte sich zu ihr um. Sie hatte ein eingefallenes, verlebtes Gesicht und kurzes graublondes Haar. Rin glaubte, dass sie nicht so alt war, wie sie aussah.

»Das ist Erik. Er ist ein Kanarienvogel.« Die Frau hielt den Käfig hoch und drehte ihn so, dass der Vogel Rin ansah.

»Hallo, Erik«, sagte Rin, weil sie glaubte, dass das von ihr erwartet wurde. »Nett, dich kennenzulernen.«

Erik zwitscherte.

»Du bist neu hier?«, fragte die Frau.

»Gerade angekommen.«

»Und du willst schon wieder weg.« Die Frau ließ den Käfig sinken. »Kann ich gut verstehen. Dieser Zoo ist ein Drecksloch.«

Jemand lachte laut. Rin hielt das für einen Kommentar auf die Worte der Frau, doch dann sah sie, dass der Mann, der gelacht hatte, V-Specs und Kopfhörer trug. Die Schlange rückte vor.

»Demonstrieren die Leute deshalb dort unten?«

Die Frau winkte ab. »Sie demonstrieren, weil sie Idioten sind. Wenn man sich mit den Jockeys anlegt, endet das böse. Das sollte doch mittlerweile jeder kapiert haben.«

»Was wollen sie denn von den Jockeys?«

»Das spielt keine Rolle. Sie werden es nicht bekommen.« Die Frau klang so verbittert, dass sie fast schon boshaft wirkte. »Und bis das alles ausgestanden ist, muss ich Erik überallhin mitnehmen, weil es da unten nicht mehr sicher ist.«

Ihre Stimme wurde auf einmal weich. »Er ist das Einzige, was mir geblieben ist.«

Rin wusste nicht, was sie darauf sagen sollte.

»Der Nächste.« Die Stimme des Jockeys bewahrte sie vor einer Antwort.

Die Frau drehte sich um und ging auf den rechten der beiden Schreibtische zu. Vor dem linken saß ein älterer Mann, der gerade auf den Waran dahinter einredete. Rin fing nur Fetzen von dem auf, was er sagte.

»Drei Kinder … meine Frau ist … brauche dringend einen … was ich kriegen kann.«

Doch der Waran ging nicht einmal seine Listen durch. Er schüttelte nur immer wieder den Kopf, eine Geste, die die Jockeys von den Menschen übernommen hatten. Schließlich stand der Mann sichtlich frustriert auf. »Arschloch!«, schrie er und stürmte aus dem Büro.

»Der Nächste.«

Rin setzte sich auf den alten weißen Plastikstuhl, der vor dem Schreibtisch stand. Er war so niedrig, dass sie den Rücken durchdrücken musste, um über den Rand des Monitors hinwegsehen zu können. Der Blick des grauen Reptils war leer, der des Wesens auf seinem Rücken gelangweilt.

»Tätigkeit«, fragte es.

Sie achtete sorgsam darauf, dem Wesen ins Gesicht zu blicken. Unter Jockeys galt es als äußerst unhöflich, das Tier, auf dem sie hockten, zu beachten, geschweige denn anzusprechen.

»Pilotin, Sir.«

Die Langeweile verschwand aus dem Gesicht des Jockeys. »Kannst du das beweisen?«

»Ich gebe Ihnen gern einen Link zu den Scans meiner Zertifikate. Es ist alles online. Ich bin vollständig ausgebildet und habe acht Jahre Flugerfahrung.«

Die Klauen des Reptils flogen über die Tastatur. »Das macht die Vermittlung sehr einfach. Ich weiß von mindestens zwölf Schiffen, die –«

»Es geht nicht nur um meine Vermittlung«, unterbrach ihn Rin, »sondern auch um die meiner Crew. Wir sind zu viert. Ich, ein Techniker, zwei ... Sicherheitsoffiziere.«

Das Tippen endete abrupt. »Es sollen alle zusammen vermittelt werden?«

»Ja.«

Die Freundlichkeit verschwand aus dem Gesicht des Brokers. Er kratzte sich mit seiner kleinen Hand an der Nabelschnur und seufzte. Das Reptil unter ihm verharrte reglos, so wie ein Roboter auf Standby. »Du hast die Dienste eines Brokers noch nie in Anspruch genommen, oder?«

Rin schüttelte den Kopf.

»Dann sollte ich ein paar Dinge klarstellen.« Er verschränkte die Arme auf dem Kopf des Reptils. »Wir arbeiten gern mit euch. Ihr lernt schnell, seid billig und vertragt praktisch jede Nahrung, die man euch vorsetzt. Aber bei all den Vorteilen ist es auch nicht ganz ungefährlich, Menschen einzustellen. Man muss euch im Auge behalten. Jeder Captain weiß das. Deshalb wird keiner vier Menschen anheuern, die als Crew zusammengearbeitet haben, vor allem nicht, wenn zwei von ihnen euphemistisch als Sicherheitsoffiziere bezeichnet werden. Niemand will eine zweite rote Fracht.«

Rote Fracht. Rin wusste, worauf er sich bezog. Keine zwei Monate nach Omega hatte die überwiegend menschliche Besatzung eines Frachters gemeutert und das Schiff übernommen. Über YouTube hatten sie ihre Forderungen verbreitet: gleiche Bezahlung wie die Jockeys, Anspruch auf ärztliche Versorgung und einen Koch. Rin erinnerte sich an die Bilder, die Kipling auf den Brückenbildschirmen eingespielt hatte. Menschen, so traumatisiert und verzweifelt wie sie selbst, die drei gefesselte Wölfe festhielten. Ihre Forderungen waren nicht überzogen gewesen, deshalb hatte Rin damals geglaubt, die Jockeys würden darauf eingehen oder zumindest Verhandlungen aufnehmen.

Doch sie hatten beides nicht getan. Stattdessen hatten sie die zweiundzwanzig Sprungtore, die ihre Systeme miteinander verbanden, abgeschaltet und so den gesamten interstellaren Verkehr zum Erliegen gebracht. Obwohl jedes Schiff mit einem eigenen Antrieb ausgestattet war, brauchten sie die Sprungtore zur Kursberechnung. Millionen hatten festgesessen.

Ihre Furcht und ihr Hass hatten sich in den Kommentaren zu den Videos entladen, und die Meuterer, die zuvor noch als Helden gefeiert worden waren, hatten sich auf einmal in die Bösen verwandelt. »Größter Shitstorm aller Zeiten«, hatte Kipling das genannt. Während online noch darüber diskutiert worden war, wie man sich verhalten solle, hatten die Jockeys die Schiffe, die sie vor der Schließung der Tore in Position gebracht hatten, auf den Frachter zugeflogen. Das letzte Video, das die Meuterer online gestellt hatten, zeigte sie neben den Leichen der Wölfe. Dass sie sich danach das Leben genommen und die Jockeys auf mehr als ein Dutzend Zombies gestoßen waren, wusste Rin nur aus Gerüchten. Die Jockeys hatten das offiziell nie zugegeben.

Und sie fragen sich, weshalb wir sie hassen.

Der Broker hielt ihr Schweigen für Zustimmung. Die Finger des Reptils hackten wieder auf die Tastatur ein. »Ich verstehe, wie schwer eure Lage ist. Jahrtausendelang wart ihr die Herren eurer Welt. Das ist jetzt vorbei. Je schneller ihr das begreift und euch anpasst, desto … ah. Hier ist ein Schiff, das einen Piloten und einen Techniker sucht. Vierhundert Goldcoins die Woche, minus meiner Provision von fünfzehn Prozent. Soll ich die Anfrage starten?«

Vierhundert Goldcoins war nicht mal ein Drittel des Solds, den ein Jockey für die gleichen Tätigkeiten erhielt. Rin rieb sich müde die Augen. Vom Boden der Station drangen die lauter werden Sprechchöre zu ihr herauf. »Freiheit! Gleichheit! Internet!«

»Nein«, sagte sie. »Ich werde meine Crew nicht zerschlagen,

nur weil die Kommandanten Ihrer Schiffe Menschen so beschissen behandeln, dass sie Meutereien fürchten müssen.«

Sie stand auf. Eine Wut, von deren Existenz sie nicht einmal etwas geahnt hatte, stieg in ihr empor. »Und ich werde auch nicht für diesen Hungerlohn arbeiten. Wie sollen wir uns an eure Welt anpassen, wenn für uns andere Regeln gelten als für euch? Wenn eure Piloten für zwölfhundert arbeiten und wir für vierhundert? Wie –«

»Vierhundert?«, unterbrach sie ein Mann, der am Ende der Schlange stand. »Ich mach den Job für vierhundert.«

Ein anderer hob die Hand. »Ich auch!«

Der Jockey lehnte sich zurück. In seiner Stimme schwang keine Schadenfreude mit. »Sie verstehen, wie die Welt funktioniert, du nicht. Ein paar Wochen auf dieser Station werden das ändern. Dann wirst du darum betteln, für vierhundert Goldcoins arbeiten zu dürfen.«

Das werde ich nicht. Niemals.

Er wandte den Blick von ihr ab. »Der Nächste.«

»Fuck you«, sagte Rin, ohne zu wissen, ob sie damit den Broker, die Menschen um sie herum, die sich für einen Hungerlohn erniedrigten, oder – wie Arnest es formuliert hätte – *diese ganze Scheiße* meinte. Niemand reagierte. Dem Broker hatte man wahrscheinlich schon Schlimmeres ins Gesicht gesagt, die Menschen waren mit anderen Dingen beschäftigt, und *der ganzen Scheiße* war ohnehin egal, was Rin von ihr hielt.

Frustriert drehte sie sich um und wollte das kleine Büro verlassen, prallte jedoch im nächsten Moment zurück. Haie in kugelsicheren Westen und schwarzen Rüstungen stürmten an ihr vorbei. Mit Schlagstöcken schlugen sie rhythmisch auf ihre Kunststoffschilde.

»Ich hab doch gewusst, dass das nicht gut ausgehen wird«, sagte die Frau mit dem Vogelkäfig hinter ihr. Der Kanarienvogel zwitscherte.

6

»Lol!«

Kipling erkannte erst, dass er das laut ausgesprochen hatte, als die Kellnerin, die den Nebentisch abwischte, ihn ansah. Er zog die Kopfhörer aus den Ohren. »Scrubs«, sagte er.

»Geile Serie.« Sie war jünger als er und hübsch. Die dunklen Haare hatte sie zu Dutzenden kleiner Zöpfe geflochten, und auf der weißen Kellnerinnenschürze, die sie über den schwarzen Jeans trug, stand *NG27 Café*. Die Jockeys waren nicht gerade berühmt für ihre Kreativität. »Aber ich hab nur die erste Staffel. Die anderen Torrents waren tot.«

Kipling schloss den Mediaplayer mit einer Augenbewegung und lächelte. »Ich kenne einen sehr lebendigen mit allen Folgen. Wenn du mir deinen Nick gibst, kann ich dir den Link PMen.«

»Netter Versuch.« Aber sie erwiderte sein Lächeln, wenn auch vorsichtig und ein wenig misstrauisch. Kipling war der einzige Gast in dem kleinen Café. Die anderen Tische waren leer, nur hinter der Theke an der Wand stand ein Jockey und starrte vor sich hin. Es saß auf einem Wolf mit schuppiger Haut und lang gezogener, halb geöffneter Schnauze. Die Kopfform hatte die Menschen dazu gebracht, diesen Stamm *Wölfe* zu nennen. Fell hatten sie nicht.

»Meine Absichten sind ehrenwert«, behauptete er. »Es geht mir um die Erhaltung wichtiger Kulturgüter. Je mehr Seeder daran arbeiten, desto besser.«

Während er das sagte, rief er kurz den IRC-Chat auf, in dem

er nach Jobs gefragt hatte. Es gab zwei Antworten, eine von einem Spammer, die andere von jemandem, der sich Blackflag nannte. Man musste kein Genie sein, um zu erkennen, auf welche Weise er sich sein Geld verdiente. Kipling löschte beide Antworten, dann hob er wieder den Blick. »Und?«

Die Kellnerin zögerte, setzte zu einer Antwort an, wurde aber von einem Sprechchor, der durch die Station hallte, unterbrochen. »Freiheit! Gleichheit! Internet!«

Die Lautstärke, die auf den unteren Ebenen herrschte, war Kipling bereits beim Betreten der Station aufgefallen, ebenso die verstärkte Präsenz von Haien. »Was ist hier eigentlich los?«, fragte er.

Die Kellnerin schüttelte mit einem kurzen Blick auf den Jockey leicht den Kopf. Die bunten Perlen, die sie in ihre Zöpfe geflochten hatte, klimperten. Kipling nickte und schob seine leere Tasse in die Mitte des Tischs. »Ich hätte gern noch einen Tee.«

»Klar. Rot oder schwarz?« Sie hängte das Tuch über einen Stuhl und kam heran. »Sag rot«, flüsterte sie, als sie sich nach vorn beugte und die Tasse nahm.

»Rot.« Er senkte ebenfalls die Stimme. »Mein Nick ist Kipling1701.«

Ihre Mundwinkel zuckten, aber sie sagte nichts darauf. Stattdessen richtete sie sich auf und drehte den Kopf. »Ran'Shalun, können Sie kurz nachsehen, ob wir noch roten Tee haben?«

Der Wolf ging in die Hocke und verschwand hinter der Theke. »Hier ist keiner mehr«, sagte er. »Du musst welchen aus dem Lager holen.«

Die Kellnerin wandte sich wieder an Kipling. »Willst du solange warten?«

»Für roten Tee sehr gern. Ich kann mir die Zeit ja mit *Scrubs* vertreiben.«

Sie legte die Schürze ab. Darunter trug sie ein UK-Subs-

T-Shirt, ob aus Notwendigkeit oder Überzeugung konnte Kipling nicht sagen.

»Bin gleich wieder da«, sagte sie und verließ das Café.

Kipling sah ihr nach. Es waren nur wenige Menschen und Jockeys auf der Ebene unterwegs, deshalb verlor er die Kellnerin erst aus den Augen, als sie um eine Ecke bog. Unter ihm wurden die Sprechchöre lauter. Immer mehr Stimmen kamen hinzu. Kipling hörte ihre Wut und wenig später das Stampfen von Stiefeln und ein rhythmisches Trommeln.

Die Haie kommen, dachte er.

Ein Chatfenster ging vor seinem Auge auf. In der linken oberen Ecke befand sich die Animation einer kleinen Tastatur, über die Finger huschten. Rechts oben stand der Name der Person, die gerade tippte. ›T4sh4Y4r‹. Deswegen hatte sie also auf seinen Usernamen reagiert. Kipling grinste und projizierte aus seinen V-Specs eine Tastatur auf den Tisch vor sich. Die Animation stoppte, dann tauchten Buchstaben im Chatfenster auf.

T4sh4Y4r: ›Ich hab nicht veil Zeit. Willst du wissen, was hier los ist?‹

Sie war weder eine besonders schnelle, noch eine besonders gute Tipperin, doch im Vergleich zu Kipling waren das die wenigsten. Seine Finger flogen über die Tischoberfläche. Er sah nicht einmal hin, bevor er die Enter-Taste drückte.

Kipling1701: ›Klar, hau rein. Erstklassiger Username übrigens. Old School. Darf ich dich Tasha nennen? :)‹

T4sh4Y4r: ›Lol, ja. MAnn, bist du schnell. Benutzt du Spracherkennung?‹

Kipling1701: ›Nee, Finger. Aber erzähl.‹

T4sh4Y4r: ›Mom, dauert ein bisschen.‹

Kipling1701: ›K.‹

Die Finger bewegten sich über die animierte Tastatur. Kipling nutzte die Zeit, um T4sh4Y4r seinen Kontakten hinzuzufügen und die Anzeige in Tasha zu ändern. Dann öffnete er seinen Dateimanager und schickte ihr den Link zum *Scrubs*-Torrent. *Ich halte meine Versprechen.*

Tasha: ›Okay, das ist so. Unsere Siedlung ist ein ziemliches Dteckloch, zu wenig Klos für zu viele Leute, kaum fließend Wasser etc. Wir nennen sie Kalkutta. :)‹

Tasha: ›Den Jockeys ist sie ein Dorn im Auge. Sie wollen sie schon seit Mionaten platt machen und uns auf andere Stationen verteilen. Angeblich wegen den unsanitären Zuständen, in Wirklichkeit haben sei Angst, weil wir so viele sind. Bis jetzt haben sie sich nicht getraut, was zu unternehmen, aber der Vater von unserem Stationschef ist auf dem Weg hierher. Will sich wohl ansehen, wie sein Sohn den Laden schmeißt. Und der kriegt jetzt Schiss wegen Kalkutta und greift durch. Er will uns zwingen, die Seidlung aufzugeben, aber das machen wir nicht mit. Wir haben das gleiche Recht, hier zu sein, wie die Jockeys. Freiheit. Gleichheit. Internet.‹

Tasha: ›Und so. :)‹

Die animierten Finger hingen reglos über der Tastatur.

Kipling1701: ›Welchem Klan gehören der Stationschef und sein Vater an?‹

Tasha: ›Oktopus.‹

Tasha: ›Hey, cool. Danke für den Scrubs-*Link!‹*

Oktopus. Das war ungewöhnlich. Auf der Liste seiner Jockey-Begegnungen, die Kipling seit Omega führte, tauchten nur zwei Oktopoden auf, und die waren Passagiere auf einem Transportschiff gewesen, dem die *Mishima* Aluminium verkauft hatte. Es schien – und ein kurzer Blick in die Wikipedia bestätigte die Vermutung –, als würden sie ihre Heimatplaneten nur ungern verlassen. Bei den Jockeys wurden sie als Philosophen, Politiker und Strategen geschätzt.

Kipling1701: ›Kennst du den Namen von dem Oktopus, der hierher unterwegs ist?‹

Tasha: ›Mom, muss ich nachsehen.‹

Die Finger verharrten. Dann, einen Moment später, tippten

sie wieder lautlos.

Tasha: ›Seit ein paar Jahren heißt er Onas'Ramun ay Sin'Dolf.‹

Kipling1701: ›Ein wichtiger Mann.‹

Die Namen der Jockeys waren für Menschen ein Mysterium, das für endlose Diskussionen und Spekulationen sorgte. Sie änderten sie scheinbar willkürlich, und es gab keine Unterscheidung zwischen männlichen und weiblichen. Viele junge Jockeys waren dazu übergegangen, online englische Nicks anzunehmen, weil sie angeblich glaubten, so ihre Identität besser ausdrücken zu können. Das behaupteten sie zumindest immer, aber Kipling war sich ziemlich sicher, dass es in Wirklichkeit um Sex ging. Man wollte wissen, mit welchem Geschlecht man sprach.

Tasha: ›Woher weißt du das?‹

Kipling1701: ›Weil er zwei durch Kleinbuchstaben verbundene Namen benutzt. Das ist so ungefähr das Einzige, worauf sich alle Sprachwissenschaftler vor Omega einigen konnten. Zwei Namen plus Kleinbuchstaben gleich wichtig.‹

Tasha: ›Nicht so wichtig wie das Lebne der Menschen hier auf der Station.‹

Kipling1701: ›+1.‹

Tasha: ›Ich bring dir deinen Tee. Bis gleich.‹

Tasha: ›:)‹

Kipling1701: ›cu :)‹

Er schloss das Chatfenster – und zuckte erschrocken zusammen, als er auf einmal bemerkte, dass er nicht mehr allein am Tisch saß. »Whoa!«

Lanzo hob die Augenbrauen. Arnest grinste. »Wir wollten dich nicht bei den Pornos stören.«

»Ich …« Kipling seufzte. »Vergiss es. Habt ihr das Zeug verkauft?«

»Inklusive Rucksack«, sagte Lanzo. »Ein Händler hat uns alles abgenommen, sogar zu einem halbwegs vernünftigen Preis, nachdem Arnest sein Missfallen ausgedrückt hat.«

»Ich hab ihm gesagt, ich würde ihm seine hässliche Wolfsfresse in den Rachen rammen, wenn er nicht ein paar Goldcoins drauflegt.«

»Du bist ein wahrer Künstler.« Kipling sah über Arnests Schulter, wie Tasha das Café betrat. Sie trug eine Metalldose mit einem außerirdischen Aufdruck in beiden Händen.

»Dein Tee kommt gleich«, sagte sie. Ihr Blick glitt misstrauisch über Arnest und Lanzo. »Wollt ihr auch was?«

Lanzo schüttelte den Kopf. »Nein, danke, wir bleiben nicht lange.«

»Und diesen Jockey-Scheiß trinken wir eh nicht«, fügte sein Bruder hinzu. »Widerliche Brühe.«

Ran'Shalun hinter der Theke sah auf. Sein Gesichtsausdruck war unleserlich. Tasha hob nur die Schultern und ging in den hinteren Bereich des Cafés.

»Das stimmt nicht«, sagte Kipling, so laut, dass beide ihn hören mussten. Jockeys nahmen Kritik an ihren Delikatessen und Traditionen sehr persönlich, und er hatte keine Lust, auf einmal vor den Schilden der Haie zu stehen. »Roter Tee schmeckt einzigartig. Ihr solltet ihn mal probieren.«

»Einzigartig scheiße«, murmelte Arnest.

»Ein anderes Mal.« Lanzo beugte sich vor und stützte die Ellbogen auf den billigen braunen Kunststofftisch. »Hast du was von Rin gehört?«

Kipling überprüfte sein Nachrichtenfenster. »Nein. Sie redet bestimmt noch mit einem Broker.«

»Du weißt, dass nichts dabei herauskommen wird.« Das war eine Feststellung, keine Frage.

Kipling zögerte, bevor er antwortete. Er ahnte bereits, worauf das Gespräch hinauslaufen würde, aber zu lügen hätte das Unvermeidliche nur hinausgeschoben. »Ja, das weiß ich. Niemand heuert gleichzeitig vier Leute an.« Er überprüfte kurz den Chatraum, in dem er nach Jobs gefragt hatte. Ein Dutzend

Antworten, aber geboten wurden nie mehr als zwei Positionen. »Sogar Piraten nicht. Aber deren Angebote würde Rin sowieso niemals annehmen.«

»Sie ist nicht wie wir«, sagte Lanzo. Es dauerte einen Moment, bis Kipling erkannte, dass er in dieses *wir* einbezogen wurde.

»Was soll das heißen?«, fragte er.

»Dass wir bereit sind, Dinge zu tun, die falsch sind, um zu erreichen, was wir wollen.« Lanzo sah Kipling eindringlich an. »Wir wollen nicht getrennt werden und einzeln auf irgendwelchen Kähnen arbeiten, auf denen man niemandem trauen kann. Wir haben etwas Besseres verdient.«

Arnest nickte. »Und es ist ja nicht so, als wäre das sein Schiff, richtig? Der hat es doch auch nur geklaut.«

»Ihr wollt Auckland die *Eliot* wegnehmen?«

Lanzo neigte den Kopf. »Wir wollen erst einmal wissen, ob es möglich wäre, das zu tun. Sieh es als Gedankenspiel.«

Kipling betrachtete das minimierte Chatfenster, das am linken Rand seines Displays rhythmisch blinkte. Die Frage, die darin auf ihn wartete, hatte er noch nicht beantwortet. »Das tue ich.«

»Ha!« Arnest schlug mit der flachen Hand auf den Tisch. Es knallte so laut, dass alle im Café zusammenzuckten, auch der Besitzer. »Du hattest die gleiche Idee wie wir.«

Lanzo legte ihm die Hand auf den Arm. »Ich glaube, dass Kipling das wirklich nur als Gedankenspiel betrachtet, nicht als Vorbereitung auf einen möglichen … Coup.«

Sein Blick richtete sich wieder auf Kipling. »Du kannst damit weitermachen wie bisher. Ich bitte dich nur, mir die Antwort zu sagen, wenn du sie gefunden hast. Dann können wir über alles Weitere reden. Okay?«

Alles Weitere … Er wusste, was das hieß, aber er brachte es nicht über sich, abzulehnen. Lanzo, Arnest und Rin waren die einzige Familie, die er hatte. Von ihnen getrennt zu werden, auf sich gestellt zu sein, war eine Vorstellung, die er seit der Zerstörung der *Mishima* zu verdrängen versuchte. Leute wie er wurden gesucht, er hätte ein neues Schiff gefunden, aber Leute wie er wurden auch schnell Opfer der Arnests in dieser Welt.

Ein lautes Klirren bewahrte ihn vor einer Antwort. Kipling drehte den Kopf und sah, dass Tasha vor der Theke stand. Die Teetasse musste ihr aus der Hand gerutscht sein, denn sie lag in Scherben vor ihr auf dem Boden. Eine rötliche Pfütze bildete sich darum. Etwas Rundes, die Saat des Baums, die dem Tee seine Farbe und seinen Geschmack gab, rollte unter einen Stuhl.

»Sie haben mir versprochen, dass ich früher gehen kann!«, schrie Tasha.

Auf der anderen Seite der Theke hob Ran'Shalun eine Klaue. »Da war mir noch nicht klar, was du vorhast. Ich würde mein Gesicht verlieren, käme heraus, dass meine Angestellte mit diesem Abschaum demonstriert.«

»Das ist kein Abschaum. Das sind meine Freunde, und wir kämpfen um unsere Existenz.«

»Deine Existenz hängt von dem Geld ab, das ich dir jede Woche zahle.« Ran'Shalun öffnete das Maul. Es sah aus, als würde er gähnen, aber Kipling wusste, dass das ein Zeichen seiner Verärgerung war. »Hol einen Lappen und mach hier sauber. Ich werde darauf verzichten, dir den Preis der Tasse vom Lohn abzuziehen.«

Tasha ballte die Fäuste. Ihre Hände zitterten vor Wut. »Du kannst deine scheiß Kohle behalten. Ich arbeite nicht mehr für dich.«

Sie griff in ihren Nacken, erkannte dann jedoch, dass sie ihre Schürze nicht mehr trug. Mit zwei langen Schritten erreichte sie den Tisch, auf dem sie sie abgelegt hatte, riss sie herunter und spuckte darauf. »Leck mich am Arsch!«

Aus dem Stand sprang Ran'Shalun in die Höhe und landete

auf der Theke. Auf Kipling hatte er bisher wie ein älterer, etwas zerbrechlicher Mann gewirkt, doch nun strahlte er auf einmal die Eleganz und Aggression eines Raubtiers aus. Er fletschte die Zähne. »Du hast Respekt zu zeigen, Mensch.«

Er machte einen Satz nach vorn. Tasha wich zurück, als er lautlos vor ihr aufkam. Ihre Füße verfingen sich in der Schürze, und sie wäre beinahe gestolpert. »Lass mich in Ruhe.«

Kipling hatte nicht einmal bemerkt, dass er aufgesprungen war. Er stand auf einmal neben dem Tisch, unschlüssig, was er tun sollte. Lanzo und Arnest saßen ihm ruhig gegenüber, so als ginge sie die Auseinandersetzung nichts an. Was ja auch der Fall war. Trotzdem fragte Kipling: »Wollt ihr nicht – ich weiß nicht – ihr helfen oder so?«

»Wer hat dir erlaubt, mich zu duzen?« Ran'Shalun richtete sich auf die Hinterläufe auf. Sein Schwanz peitschte. »Du wirst jetzt sofort den Tee aufwischen.«

»Sie wird tun, was sie will«, sagte Lanzo. »Sie arbeitet nicht mehr für dich.«

Arnest erhob sich schweigend und legte die Hand auf die Lehne des Plastikstuhls. Kipling trat einen Schritt zurück.

Der Jockey drehte sich im Sattel seines haarlosen Wolfs. »Raus aus meinem Café, oder ich hole –«

Weiter kam er nicht. Der Stuhl, den Arnest in diesem Moment warf, traf den Wolf mitten ins Gesicht. Tier und Reiter heulten auf, Blut tropfte aus der Nase des Wolfs. Arnest setzte nach, rammte ihm die Schulter in die Seite und warf ihn zu Boden. Klauen schlugen nach ihm, trafen aber nur Luft. Kipling packte Tasha am Arm und zog sie zurück.

Der Wolf warf sich herum. Mit beiden Hinterläufen keilte er aus und traf Arnest an der Brust. Stoff riss, als sich die Klauen in die Jacke gruben.

»Scheiße, die war neu!«

Arnest packte einen Hinterlauf mit beiden Händen und

drehte ihn. Er versuchte, dem Wolf den Fuß zu brechen, doch der machte die Drehung mit und stieß sich mit den Händen vom Boden ab. Die Klauen seines freien Laufs kratzten nur Zentimeter am Gesicht seines Gegners vorbei. Arnest ließ den Hinterlauf los, bevor Ran'Shalun es noch einmal probieren konnte. Zum ersten Mal seit Beginn des Kampfes sah Kipling Sorge in seinem Gesicht. Er hatte Ran'Shalun wohl unterschätzt, denn der kam nun geschmeidig vom Boden hoch und setzte zum Sprung an.

Ein Stuhl prallte von seinem Rücken ab und ließ ihn taumeln. Kipling fuhr herum und sah, wie Lanzo den Arm sinken ließ. Arnest nutzte seine Chance. Er wirbelte herum, sein gestrecktes Bein traf den Wolf gegen die Brust und warf ihn zu Boden.

Wie ein Wrestler in einem von diesen alten Videos stieß Arnest sich ab, landete auf dem Wolf und hämmerte ihm den Ellenbogen in den Magen. Der Wolf krümmte sich zusammen, sein Reiter übergab sich.

Hier kommt der Undertaker, dachte Kipling, als Arnest mit beiden Fäusten auf Ran'Shalun einschlug. Blut und Speichel spritzten. Der Wolf trat und schlug noch einen Moment um sich, doch dann sackte der Reiter in seinem Sattel zusammen, und auch sein Tier wurde still.

Arnest richtete sich auf. »Dämlicher Köter.«

»Ist er tot?«, fragte Tasha mit zitternder Stimme.

»Nein.« Arnest packte den Wolf an den Schultern und zog ihn hinter die Theke. »Ich bin doch nicht blöd.«

Obwohl Kipling diese Selbsteinschätzung nicht wirklich teilte, wusste er, was damit gemeint war. Ein zusammengeschlagener Jockey war ein Problem der Haie, ein toter Jockey hätte die ganze Station in den Ausnahmezustand versetzt.

»Gibt es hier Kameras?«, fragte Kipling.

Tasha schüttelte den Kopf, und die Perlen in ihren Zöpfen

klimperten erneut. »Nein, die kann Ran'Shalun sich nicht leisten.«

»Gut. Wir müssen –«

Sie ließ ihn nicht ausreden. »Danke«, sagte sie. »Euch allen. Die meisten Leute hätten mich mit dem Arschloch allein gelassen.«

Lanzo ging zur Theke. »Wir mögen nun mal keine Arschlöcher. Außerdem kann Arnest die Übung gebrauchen, wie man gesehen hat.«

»Das ist unfair. Der Kerl sieht bei Weitem nicht so fit aus, wie er ist.« Arnest zog eine Schublade auf und hielt die V-Specs hoch, die darin gelegen hatten. »Können wir was damit anfangen?«

»Nein«, sagte Kipling nach einem kurzen Blick darauf. »Das ist alter Schrott. Aber du kannst mir den ID-Chip geben.«

Bei seinen V-Specs handelte es sich um ein Modell, das nur an Entwickler verkauft worden war. Es war mit einigen Besonderheiten ausgestattet, unter anderem einem zweiten ID-Slot, auf den er von seinem eigenen Konto aus zugreifen konnte, ohne vorher umzuloggen. Für Entwickler war das praktisch, für Hacker ein Traum. Sobald man das Passwort des fremden ID-Chips gecrackt hatte, standen einem alle Türen offen – vor allem die, die zu den Goldcoin-Konten führten.

Kipling fing den Chip auf, den Arnest ihm zuwarf, und steckte ihn in den zweiten Slot. Er würde sich später damit beschäftigen. »Hat er sonst noch irgendeine Möglichkeit, Hilfe zu holen?«

»Nein, er benutzt nur seine V-Specs.« Tasha schob die Stühle wieder an den Tisch und zeigte auf die Tür. »Ich kenne den Code und kann abschließen. Bis seine Stammgäste morgen zum Frühstück kommen, dürfte nichts auffallen. Und wahrscheinlich müsst ihr euch auch danach keine Sorgen machen. Ihr wisst ja, wie schlecht Jockeys Menschen voneinander unterscheiden können.«

Jeder wusste das. Es gab ganze YouTube-Kanäle mit Videos, in denen Jockeys berühmte Persönlichkeiten beschrieben und Menschen versuchten, sie zu erraten. Jockeys hielten sich endlos an Kleinigkeiten wie der Form der Augen und der Faltenbildung um die Mundwinkel auf, aber wenn man sie nach simplen Dingen wie Haarfarbe oder Alter fragte, konnten sie nicht antworten. Selbst an das Geschlecht erinnerten sie sich nicht immer. Sie waren daran gewöhnt, das Offensichtliche – das Tier unter dem Reiter – zu ignorieren und sich auf das zu konzentrieren, was halb hinter ihm verborgen war. Vielleicht richteten sie ihren Blick deshalb so oft auf einen Punkt hinter dem Menschen. Kipling fragte sich manchmal, ob die Leere, die sie dort sahen, für sie so verstörend war wie der Reiter für den Menschen.

An der Außenwand des Cafés gab es einen kleinen Touchscreen, in den Tasha einige Zahlen eingab. Zwei Hälften einer schweren Metalltür fuhren aus Boden und Decke und schlossen sich mit einem Knall. Lanzo klopfte mit den Fingerknöcheln dagegen und hob die Augenbrauen. »Dein Ex-Boss hat wohl Angst vor Einbrechern.«

Tasha trat an das Geländer und sah nach unten. Sprechchöre hallten durch die Station. Kipling fiel auf, dass das Trommeln verstummt war.

»Mak'Uryl, der Stationskommandant, lässt diese Türen nach und nach auf ganz NG27 einbauen«, sagte sie. »Damit will er bei Aufständen Leben und Besitz der Jockeys schützen. Er kriegt langsam Angst vor uns.«

»Die Mächtigen neigen dazu, um sich zu schlagen, wenn sie Angst bekommen.« Kipling stellte sich neben sie. Die kleinen Gruppen, die er zuvor auf der untersten Ebene der Station gesehen hatte, waren zu einer großen Menge verschmolzen, die sich langsam nach vorn bewegte.

»Sollen sie es versuchen. Wir sind bereit.« Tasha drehte sich um. »Ich gehe jetzt runter. Habt ihr Lust, mitzukommen? Wir können jeden gebrauchen.«

»Nein«, sagte Lanzo. »Wir haben unsere eigenen Prob…«

»Quatsch«, unterbrach ihn Arnest. »Wir haben doch nichts zu tun, bis … diese eine Sache – du weißt schon – geklärt ist. Vielleicht können wir ein paar Haien auf die Fresse hauen.«

»Ich halte das für keine gute Idee.«

»Ich schon.« Arnest verschränkte die Arme vor der Brust. Kipling kannte diesen Tonfall nur zu gut. Er war nicht bereit, über seine Entscheidung zu diskutieren.

Lanzo wusste das ebenfalls. Er räusperte sich. »Soll die Mehrheit entscheiden. Ich bin dagegen, du dafür. Kipling?«

»Ich …« Er nahm den Blick von der Menge. Die Vorstellung, dort hinunterzugehen, behagte ihm nicht. Er sah sich selbst als jemanden, der am Rand der Tanzfläche stand, die wogende Masse betrachtete und ironische Tweets über sie absetzte. Das war seine Rolle außerhalb der virtuellen Welt: ein Beobachter, kein Teilnehmer.

Doch aus den Augenwinkeln sah er Tasha. Er gestand sich ehrlich ein, dass ihr Protest ihn nicht sonderlich interessierte. Kalkutta würde irgendwann fallen, egal, wie hart ihre Verteidiger kämpften, aber wenn er dafür noch ein wenig Zeit mit ihr verbringen durfte, würde auch er ein paar Mal »Freiheit, Gleichheit, Internet« rufen. Er mochte sie.

»Ich bin dafür.«

Lanzo wirkte überrascht, Arnest grinste und klopfte Kipling auf die Schulter, weit vorsichtiger, als er es zuvor bei seinem Bruder getan hatte, so als befürchte er, etwas kaputt zu machen.

Tasha lächelte. »Folgt mir.«

Als sie an Kipling vorbeiging, berührte ihre Hand ganz kurz die seine. Er wusste nicht, ob das Zufall oder Absicht war.

Er wollte Tasha folgen, aber Lanzo hielt ihn mit einem Blick zurück. »Du denkst an die Frage, über die wir gesprochen haben?«

»Natürlich.« In Wirklichkeit hatte er seit Beginn des Kampfes nicht mehr daran gedacht. Schuldbewusst rief er das blinkende Chatfenster auf.

DetroitKid: ›Hab deine Frage gesehen. Was willst du wissen?‹, stand dort.

Er antwortete über die interne Tastatur, die er mit den Chips in seinen Fingerkuppen bedienen konnte. Das war zwar deutlich langsamer als das Tippen auf einer projizierten Tastatur, aber er konnte währenddessen Tasha zu den Aufzügen folgen.

Kipling1701: ›Sorry für die Verzögerung. Wurde aufgehalten. Weißt du, wie man eine Stimmverschlüsselung knacken kann? $$, wenn's klappt.‹

Er tippte auf die Entertaste. Seine Nachricht tauchte im Chatfenster auf. Der Cursor blinkte abwartend. Auf der animierten Tastatur in der linken Ecke des Fensters bewegten sich Finger.

7

»Der Stationskommandant will euch vertreiben, um seinen Vater zu beeindrucken?«, fragte Rin.

Die Frau mit dem Kanarienvogel, ihr Name war Bridget, nickte. »Und das wird er auch tun, egal, wie sehr diese Idioten da unten rumschreien. Er hat Haie, Pistolen, Gas … Er hat alles, und wir haben nichts.«

Rin sah den Haien hinterher. Sie ließen sich Zeit, nahmen nicht die Aufzüge, sondern benutzten die Treppen zwischen den Ebenen, um nach unten zu gelangen. Das Trommeln ihrer Schlagstöcke hallte durch die Station.

Das dient alles der Einschüchterung, dachte Rin. *Sie wollen nicht verhandeln, sie wollen unterdrücken.*

»Ich würde eigentlich ganz gern auf eine andere Station ziehen«, fuhr Bridget fort. »Raus aus dem Dreck, vielleicht in ein kleines Zimmer mit eigenem Klo. Die soll es woanders geben.«

»Aber nicht für uns«, sagte Rin.

»Woher willst du das wissen?« Bridget winkte ab, als wollte sie die Antwort gar nicht hören. »Ach, ihr jungen Leute lasst euch immer so schnell aufhetzen. Nicht alles, was die Jockeys tun, ist böse.«

»Nur das –« Rin unterbrach sich, als sie Auckland aus einem der Aufzüge treten sah. Er achtete weder auf das Trommeln der Haie, noch auf die Sprechchöre, die von unten heraufdrangen. Mit langen Schritten ging er über die Galerie, so wie ein Mann, der ein klares Ziel hatte. Er kam genau auf Rin zu, aber noch sah er sie nicht.

So soll es auch bleiben, dachte sie und trat rasch einige Schritte in einen schmalen Gang neben dem Brokerbüro. Er führte nur zu zwei Türen, die beide geschlossen waren. Etwas genervt bemerkte sie, dass Bridget ihr folgte. Sie hatte bei Rin angedockt wie ein Shuttle an ein Schiff. Sie zum Abflug zu bewegen, würde nicht ganz einfach sein.

»Keine Lust, dem Ex zu begegnen?«, fragte Bridget.

Rin ignorierte sie.

»Ich hatte auch mal so einen Kerl, der nicht kapiert hat, dass es zwischen uns aus war. Monatelang hat er auf mich gewartet, wenn ich von der Arbeit kam, mich ein Dutzend Mal am Tag angerufen und so weiter. Irgendwann hab ich ihm die Bullen auf den Hals geschickt, danach war Ruhe. Ich glaube, er war in Dublin, als die Stadt gekeult wurde.«

Keulen. Das Wort brachte die Erinnerung an Interviews mit hilflosen Politikern und überforderten Generälen zurück. Sie hatten es verwendet, wahrscheinlich, weil irgendeine PR-Firma ihnen erklärt hatte, dass ›Präventivkeulung der Bevölkerung‹ weniger barbarisch klang als ›Präventivermordung‹. Genutzt hatte es nichts.

»Was soll's. Er war eh ein Arschloch. Ich verstehe bis heute nicht, wieso ich mich mit ihm eingelassen habe. Klar, er sah gut aus, so ein Typ wie dieser Schauspieler … Wie hieß er noch gleich? Der aus den Komödien, der was mit der einen Prinzessin hatte?«

Draußen ging Auckland vorbei. Rin traf eine Entscheidung. Sie drehte sich um. »Weißt du eigentlich, dass es Tierquälerei ist, so einen Vogel allein zu halten?«

»Erik braucht keinen anderen Vogel. Er hat doch mich. Außerdem singen Kanarienvögel nur, wenn man sie allein hält.«

»Weil sie einsam sind.« Rin machte einen Schritt auf sie zu und hoffte, dass sie bedrohlich wirkte. »Das ist eine Schweinerei. Man sollte dir Erik wegnehmen.«

Bridget legte schützend beide Arme um den Käfig. Sie wirkte auf einmal so verängstigt, dass Rin ihre Worte bedauerte. Der Vogel, der aufgeregt von einer Stange zur anderen hüpfte, war alles, was ihr geblieben war.

»Hau ab!« Bridget wich bis an die Wand des Gangs zurück. »Was bist du nur für eine schreckliche Frau!«

Rin hob halb entschuldigend die Hände, drehte sich um und ging zurück auf die Galerie. Sie war sich sicher, dass Bridget sie nicht noch einmal ansprechen würde.

Suchend sah sie sich um.

Auckland war groß, und nach einem Moment entdeckte sie ihn zwischen einigen abgerissen wirkenden Männern, die wahrscheinlich auf dem Weg zum Broker waren. Er schob sich an ihnen vorbei.

Rin ging schneller, um den Abstand zu ihm zu verkürzen, aber nicht so schnell, dass sie zu ihm aufschließen würde. Sie wollte wissen, wohin er unterwegs war. Auf der Ebene war viel los. Haie marschierten in Zweierpatrouillen über die Galerie, die Menschen, die ihnen begegneten, duckten sich und wichen aus, als hätten sie Angst, geschlagen zu werden. In den Nischen saßen Bettler und streckten Passanten Kartenleser entgegen. Seit Omega gab es kein Bargeld mehr, zumindest nicht für Menschen, denen es verboten war, die Währung der Jockeys zu benutzen. Was man nicht direkt tauschen konnte, wurde mit Karten, auf die man Goldcoins geladen hatte, gekauft.

Die Jockeys hatten zu diesem Zweck Automaten in ihren Stationen aufgestellt, aber die Kommission, die sie verlangten, war so hoch, dass die meisten auf inoffizielle Goldcoin-Händler zurückgriffen.

Vor einem von ihnen, einem im Gesicht und an den Armen tätowierten Jugendlichen, blieb Auckland stehen. Rin drehte sich rasch zur Seite und tat so, als würde sie die Auslage eines Gebrauchtwarenladens betrachten. Aus den Augenwinkeln sah sie, wie Auckland kurz mit dem Jungen sprach, dann zog der ein altes Pad aus der Jacke.

Die Transaktion dauerte nicht mal eine Minute. Der Handel mit Goldcoins war illegal, aber die Jockeys gingen nur selten dagegen vor. Für jeden Händler, den sie einsperrten, tauchten zwei neue auf.

Auckland nickte dem Jungen zu, steckte seine Karte in die Innentasche seiner Jacke und ging weiter, allerdings langsamer als zuvor. Seine Schritte wirkten nicht mehr zielgerichtet, er schlenderte über die Galerie, so als wolle er Zeit totschlagen. Die beiden Prostituierten, die ihn nacheinander ansprachen, ignorierte er, aber vor einem alten Bettler mit wirrem weißem Haar blieb er stehen und ließ sich das Lesegerät geben. Langsam navigierte er durch den Touchscreen.

Er weiß, dass er verfolgt wird. Die Erkenntnis kam Rin so plötzlich, dass sie beinahe laut geflucht hatte. Eine andere Erklärung für sein Verhalten konnte sie sich nicht vorstellen. Auckland wirkte auf sie nicht wie jemand, der einen Schaufensterbummel genoss.

»Shit, H, Dope, Stones«, sagte eine Stimme plötzlich.

Rin zuckte zusammen und drehte den Kopf. Neben ihr stand ein vielleicht sechzehnjähriges Mädchen, dessen Gesicht ebenso tätowiert war wie das des Goldcoin-Händlers. Sein Blick war trüb.

»Meth?«, fügte es nach einem Moment hinzu. »Oder Alk?«

»Nein, danke. Frag jemand anderes.«

»Okay.« Das Mädchen schlurfte davon wie eine alte Frau. Dass es Rin nicht stärker bedrängt hatte, wies daraufhin, dass es auf der Station mehr als genug Kundschaft gab. Viele Menschen betrachteten die neue Welt am liebsten durch einen Schleier.

Rin drehte sich wieder zurück. Der Bettler saß allein in seiner Nische, Auckland war verschwunden.

Scheiße. Sie stellte sich auf die Zehenspitzen und sah sich um. In diesem Teil der Galerie gab es mehrere kleine Garküchen, vor denen sowohl Menschen als auch Jockeys anstanden. Andere saßen an Plastiktischen, aßen Fleischspieße, frittiertes Gemüse und dünne Fladenbrote aus *Pak*, dem reisähnlichen Grundnahrungsmittel der meisten Jockeys. Auckland konnte sie nirgends entdecken, doch als er sie ansprach, war sie nicht einmal überrascht. Sie hatte geahnt, dass das passieren würde.

»Warum folgst du mir?«

Rin zögerte. Unter ihr verstummte das Trommeln der Haie. Im ersten Moment wollte sie lügen, wollte behaupten, dass sie ihm gar nicht gefolgt war und nur zufällig den gleichen Weg genommen hatte wie er.

Albern, dachte sie dann jedoch und atmete durch. »Ich bin dir gefolgt, weil ich wissen wollte, wohin du gehst. Deshalb folgt man Leuten normalerweise.«

Ihre Ehrlichkeit schien ihn zu überraschen. Er hob die Augenbrauen. »Wohin ich gehe und was ich tue, betrifft dich nicht. Die Schäden an der *Eliot* sollten in ein paar Tagen repariert sein. Danach werden wir uns wahrscheinlich nie wiedersehen.«

»Weil du dieses riesige Schiff lieber allein fliegst als mit uns zusammen.« Sie trat zwei Schritte zur Seite, um einen Mann vorbeizulassen, der einige Kisten auf einem Karren hinter sich herzog.

Auckland lehnte sich neben ihr mit dem Rücken ans Geländer. »Das ist nichts Persönliches.«

»Oh, doch, das ist sogar sehr persönlich.« Ihre Stimme wurde lauter. Der Frust, der sich seit ihrer Ankunft aufgestaut hatte, suchte nach einem Ventil. »Weil du dich weigerst, uns eine Chance zu geben, wird meine Crew auseinandergerissen. Niemand heuert vier Menschen zusammen an, und wir haben nicht mal annähernd genug Geld, um uns ein neues Schiff zu leisten. Kipling, Arnest und Lanzo sind meine Freunde. Ich erwarte nicht, dass du verstehst, was das bedeutet, aber für mich bedeutet es alles. Und dass du diese Freundschaft zerstörst, nehme ich sehr persönlich.«

Er verschränkte die Arme vor der Brust und schwieg. Sie konnte sehen, dass sie nicht zu ihm durchdrang.

»Ich habe eben eine Frau getroffen«, fuhr sie fort, »die einen Kanarienvogel in einem Käfig dabeihatte. Als ich sie fragte, warum er allein ist, sagte sie: ›Weil er sonst nicht singt.‹ Dass es trotzdem falsch ist, interessiert sie nicht. Sie …«

Rin zögerte, als sie Aucklands verwirrten Gesichtsausdruck bemerkte.

»Ich weiß nicht genau, wo du damit hinwillst«, sagte er. »Bin ich der Vogel in der Geschichte oder die Frau?«

»Du bist … Also, was ich damit sagen will …« Sie hatte den Faden verloren. »Du bist weder –«

Ein lauter Gongschlag unterbrach sie. Er hallte über die Galerie und ließ die Gespräche um sie herum verstummen. Die Gäste in den Garküchen sahen von ihrem Essen auf, Menschen und Jockeys traten aus den Geschäften oder blieben lauschend in den Gängen stehen. Die Sprechchöre, die Rin kaum noch wahrgenommen hatte, brachen mitten im Wort ab.

»Achtung«, sagte eine Stimme aus versteckt angebrachten Lautsprechern in den Wänden. »Dies ist eine Anweisung von Stationskommandant Mak'Uryl. Die Siedlung auf Ebene null, die den Spitznamen ›Kalkutta‹ trägt, wird hiermit nach Paragraph 735b der interstellaren Rechtsprechung und in Übereinstimmung mit den allgemeinen Geschäftsbedingungen von NG27 für illegal erklärt.«

Wütende Rufe schallten von unten empor. Menschen sahen einander fassungslos an, sogar die Jockeys wirkten überrascht.

»Den Bewohnern der Siedlung wird eine Frist von sechzig Erdminuten zugestanden, um ihren Besitz zu packen und sich bei den Sicherheitskräften zu melden. Dann wird man sie zu den bereitgestellten Schiffen eskortieren. Nach Ablauf der Frist wird die Siedlung geräumt. Alles, was sich zu diesem Zeitpunkt noch darin befindet, wird als Abfall eingestuft und entsorgt. Diese Anweisung ist nicht anfechtbar. Ich wiederhole: Diese An…«

Der Rest seiner Worte ging in wütenden Schreien und Rufen unter. In den Garküchen sprangen die Menschen auf. Einige warfen ihre Teller gegen die Wand. Überall klirrte und knallte es.

Auckland zog Rin zur Seite, als eine Gruppe Wölfe plötzlich an ihnen vorbeigaloppierte. Sie spürte seinen Atem an ihrem Ohr.

»Weg hier!«, rief er über den Lärm hinweg. »Zur *Eliot.*«

»Nicht ohne die anderen.« Sie riss sich von ihm los, als er sie mitziehen wollte, und lief zu der Nische, die der Bettler gerade verließ. Er hatte die Faust erhoben und schrie zwei Wölfe und einen Waran an. »Ihr Schweine! Ihr verdammten Schweine!«

Die Jockeys wichen zurück. Der Waran wurde von einer Suppenschüssel, die aus einer Garküche flog, am Kopf getroffen. Sie zerplatzte, Nudeln rutschten wie dicke weiße Würmer über sein Gesicht. Die beiden Wölfe packten ihn unter den Armen und flohen. Ein Stuhl flog über ihre Köpfe hinweg und blieb auf der anderen Seite des Geländers in einem Netz hängen.

Rin presste sich in die Nische und zog ihr Pad aus der Jackentasche. Die alte Decke, auf der sie stand, stank nach Urin. Auckland folgte ihr. »Der Kommandant scheint die Aktion nicht mit den Zivilisten abgesprochen zu haben«, sagte er. Seine Hand tastete nach der Waffe, die er auf dem Schiff zurückgelassen hatte, und ballte sie zur Faust. »Die Jockeys sind davon ebenso überrascht worden wie wir.«

»Er wollte wohl nicht, dass etwas durchsickert.« Rin gab ihr Passwort ein. ›Willkommen‹, meldete das Pad und entsperrte den Bildschirm. Sie drückte auf das Nachrichten-Icon und sah, dass Kipling online war. *Natürlich*, dachte sie. Er war immer online.

›*Wo bist du?*‹, tippte sie ein. Menschen liefen an der Nische vorbei. Irgendwo nicht weit entfernt von ihr zerplatzte klirrend eine Scheibe.

›*Wo ich nicht sein sollte*‹, antwortete Kipling nur Sekunden später. ›*In Kalkutta. Arnest und Lanzo sind ebenfalls hier.*‹

»Scheiße«, sagte Rin.

»Was ist los?«, fragte Auckland. Er drehte ihr den Rücken zu und schirmte sie mit seinem Körper ab wie ein Leibwächter.

»Sie sind in der Siedlung.«

»Kommen sie da raus?«

›*Könnt ihr raus?*‹, tippte Rin.

›*Keine Ahnung.* ‹

›*Bin unterwegs.*‹

›*Nein! Warte!*‹

Rin steckte das Pad ein. »Sie wissen nicht, ob sie rauskommen. Ich gehe zu ihnen.« Sie wollte sich an Auckland vorbeizwängen, aber er ließ sie nicht durch.

»Wenn du da runtergehst, erreichst du nur, dass vier Leute festsitzen anstatt dreien«, sagte er. »Komm mit auf die *Eliot*, bevor die Jockeys die ganze Station abriegeln.«

»Damit du mich allein auf der nächsten Station absetzt?« Rin schüttelte den Kopf. »Meine Freunde sind dort unten, John, nicht auf der *Eliot*. Das hast du sehr deutlich gemacht.«

Er drehte den Kopf und sah sie an. Sie konnte den Ausdruck in seinen Augen nicht deuten.

»Lass mich vorbei«, sagte sie.

Auckland zögerte einen Moment, dann gab er den Weg frei.

Sie passte eine Lücke im Strom der Menschen ab, bevor sie die Nische verließ. Auf der Galerie herrschte Chaos. Der Boden war mit Scherben bedeckt, Plünderer liefen mit ihrer Beute an Rin vorbei. Die meisten hielten irgendwelchen Krempel in den Händen, den sie aus den Auslagen hinter den zerstörten Scheiben gestohlen hatten. Zwei Männer trugen einen Sessel zu den

Fahrstühlen. Was sie damit anfangen wollten, wussten sie wahrscheinlich selbst nicht.

Rin blieb nahe der Wand, aus Angst, jemand könne mit ihr kollidieren und sie zu Boden werfen. Sie glaubte nicht, dass die zwischen Panik und Wut schwankende Menge auf sie Rücksicht genommen hätte. Einige Menschen waren bereits über das Geländer geschleudert worden und hingen wie Fische in den Netzen. Ihre Hilferufe gingen im Lärm unter.

Rund zwanzig Meter von ihr entfernt entdeckte Rin eine Treppe. Ein Wolf galoppierte darauf zu, verfolgt von einigen tätowierten Jugendlichen. Das Mädchen, das versucht hatte, Rin Drogen zu verkaufen, gehörte auch zu ihnen. Sie warfen mit allem, was ihnen in die Hände fiel, nach dem Wolf, aber er war zu schnell. Sie würden ihn nicht erwischen, da war sich Rin sicher.

»Wir nehmen die Treppe«, sagte sie. »Der Fahrstuhl ist mir zu gefährlich. Wenn die Haie ihn abschalten, sitzen wir fest.«

Als eine Antwort ausblieb, drehte sie sich um und blickte in fremde Gesichter. Ein Teil von ihr war überzeugt gewesen, dass Auckland ihr folgen würde, obwohl er das nicht gesagt hatte. Doch nun erkannte sie, dass sie sich geirrt hatte. Er war nicht mitgekommen.

Sie war allein.

8

KURZ ZUVOR

Die Haie standen einfach nur da. Kipling ging nervös an ihnen vorbei. Sie trugen kugelsichere Westen und Rüstungen aus schwarz glänzendem Kunststoff. In den Händen hielten sie Schilde und Schlagstöcke, die Helme, die vor allem ihren Hinterkopf und die Schläfen schützten, ließen das breite Maul mit den beeindruckend spitzen Zähnen frei. Die Reiter in ihren Sätteln waren ebenfalls gepanzert. Die Visiere ihrer Helme waren verspiegelt, die Gitter, die davor saßen, sollten sie vor Wurfgeschossen schützen. In vier Reihen standen sie vor dem Eingang von Kalkutta. Kipling schätzte, dass es fast hundert waren.

Tasha streckte ihnen den Mittelfinger entgegen, während sie Kipling, Arnest und Lanzo zum Eingang führte. Kalkutta breitete sich fast in der gesamten untersten Ebene aus. Eine Barriere aus gestapelten leeren Fässern, verrosteten Kisten und Müll rahmte eine chaotische Ansammlung von Frachtcontainern und Verschlägen aus Plastikplanen ein. Der Geruch nach Schweiß, Fäkalien und Essensresten hing in der Luft. Die Klimaanlagen der Station versagten im Kampf gegen den Gestank.

»Wie viele Leute leben hier unten?«, fragte Kipling.

Tasha hob die Schultern. »Das weiß niemand so genau, aber tausend sind es mindestens.«

Sie nickte den Wachen an der einzig offenen Stelle der Barriere zu. Die vier Männer, die mit Baseballschlägern bewaffnet waren und barfuß gingen, musterten Kipling und die anderen kurz, hielten sie aber nicht auf. Um sie herum arbeiteten andere an den Barrikaden. Zwei Frauen spannten selbst gemachten Stacheldraht über einige Fässer, ein Mann verschweißte Metallstücke; er schützte sich vor dem gleißend hellen Licht und den sprühenden Funken mit einer Sonnenbrille und einem Stück Stoff, das er vor sein Gesicht gebunden hatte. In Anbetracht der Haie auf der anderen Seite der Barrikaden wirkten diese Vorbereitungen auf Kipling ebenso lächerlich wie heroisch.

Sie folgten Tasha durch ein Labyrinth winziger Gassen. Der Sprechchor der Demonstranten, die sich irgendwo vor ihm befinden mussten, war so laut, dass man sich kaum unterhalten konnte. Sogar das Zwitschern der Vögel, die überall in ihren Käfigen saßen, ging darin unter. Unbemerkt von den anderen schaltete Kipling die Kamera seiner V-Specs ein und richtete sie auf seine Umgebung. Die Türen der meisten Frachtcontainer standen offen. Ihm schlug abgestandene Luft entgegen. Einige Menschen lagen auf alten Matratzen und starrten ins Nichts, andere saßen auf billigen Gartenstühlen und tranken *Blindschleiche*, einen Schnaps, der aus Pak gewonnen wurde. Seinen Namen hatte er unerfahrenen Brennern zu verdanken, die nicht wussten, was sie taten und ihre Kunden zu einer langsam beginnenden, aber schließlich vollständigen Blindheit verdammten. Kipling zählte drei Destillen auf seinem Weg durch Kalkutta, aber doppelt so viele Menschen, die mit milchig weißen, toten Augen unter Plastikplanen saßen. Ein paar Kinder spielten im Müll.

»Willkommen in Bartertown«, murmelte er.

Die Gassen endeten in einem großen Platz, dem einzigen Teil von Kalkutta, der aussah, als habe man ihn geplant. Dort hatten sich die Demonstranten versammelt. Sie streckten die Arme in die Luft und hoben die Köpfe, während sie ihre Parolen riefen, so als würden sie hoffen, man würde sie bis in das weit über ihnen liegende Büro des Stationskommandanten hören. Tasha hatte gesagt, dass mindestens tausend Menschen in Kalkutta lebten, aber Kipling glaubte, dass es weit mehr waren.

Allein auf dem Platz, so schätzte er, hatten sich fünfzehnhundert versammelt.

Tasha ging an der Menge vorbei auf einen Frachtcontainer zu, vor dem die blaue Fahne der Vereinten Nationen wehte. Die Tür war geschlossen. Zwei Männer, die selbst gebastelte Speere aus Plastikstangen und großen Glasscherben hielten, standen davor. Tasha unterhielt sich kurz mit ihnen, dann öffnete sie die Tür und winkte Kipling und die anderen hinein. Er duckte sich unter der schlaff hängenden Fahne hindurch und betrat den Container.

Hinter ihnen schlossen die Wachen die schwere Metalltür. Der Sprechchor wurde leiser. Kipling schaltete die Kamera ab und sah sich um. Stablampen, die man in die Ecken gestellt hatte, erhellten den Raum. An einer Wand hing neben einem Fenster, das zum Platz hinauszeigte, ein verblichenes Poster von Che Guevara, darunter stand eine Vase mit Plastikblumen. Kisten stapelten sich an der Rückwand. Davor sah Kipling ein Feldbett und einen Tisch, an dem drei Männer und eine Frau saßen. Zwei der Männer trugen V-Specs, der dritte und die Frau hielten Pads in den Händen. Er schätzte sie alle auf Mitte bis Ende zwanzig.

Die Frau hatte kurz geschnittene blonde Haare, zwei der Männer, der eine schwarz, der andere weiß, hatten sich die Köpfe rasiert. Der vierte hatte längere dunkle Haare und sah dem Poster an der Wand auffällig ähnlich. Als er sich erhob und lächelte, wusste Kipling, dass er vor dem Anführer der Proteste stand. Der Mann strahlte Charisma und Entschlossenheit aus.

»Das ist Che«, sagte Tasha mit einem Blick auf ihn. Sie zeigte zuerst auf die Frau, dann auf den Schwarzen und zuletzt den Weißen. »Und das sind Rosa, Martin und Fidel. Sie leiten unsere Bewegung erst seit ein paar Wochen, aber seitdem ist alles viel organisierter.«

»Und das sind natürlich eure richtigen Namen«, sagte Lanzo.

»Natürlich.« Ches Lächeln wurde breiter.

Arnest runzelte die Stirn. »Warum sollten das nicht ihre richtigen Namen sein?«

»Nicht jetzt.« Lanzo räusperte sich. Kipling sah, dass Arnest nachhaken wollte, und schüttelte den Kopf. Zu seiner Überraschung hörte Arnest auf ihn und schwieg.

Tasha stellte ihn und die anderen vor. »Sie haben Ran'Shalun zusammengeschlagen und mich gerettet. Ich dachte mir, dass ihr sie kennenlernen wollt.«

Che ging um den Tisch herum. Er schüttelte zuerst Kipling, dann Lanzo und Arnest die Hand. Sein Händedruck war nicht so fest wie erwartet. »Damit seid ihr unsere Brüder, unsere Genossen. Dass Menschen es wagen, sich gegen die Tyrannei der Jockeys zu erheben, ist selten. Fidel, hol noch ein paar Stühle. Ich möchte mit diesen heldenhaften Revolutionären sprechen.«

Die anderen schienen seinen Enthusiasmus nicht zu teilen. »Ist das wirklich der richtige Zeitpunkt?«, fragte Rosa. »Wir sind doch gerade –«

Che ließ sie nicht ausreden. »Um neue Genossen kennenzulernen, gibt es keinen falschen Zeitpunkt. Fidel? Stühle?«

»Ich kümmere mich darum.« Nach einem kurzen Blickwechsel mit Martin stand Fidel auf und verließ den Container. Der Sprechchor wurde laut, dann wieder leise.

»Wieso rufen sie das?«, fragte Kipling. »Ich verstehe Freiheit und Gleichheit, aber wieso Internet? Das WLAN deckt doch die ganze Station ab.«

»Ja, aber Mak'Uryl drosselt es hier seit ein paar Wochen. Wir surfen nur noch mit einem Mbit. Ganz abschalten kann er es nicht, weil es auch hier unten Geräte gibt, die über WLAN miteinander kommunizieren.«

Kipling überprüfte die Geschwindigkeit seiner V-Specs. Die Nadel hing bei einem Mbit und bewegte sich nicht weiter. »Das ist unmenschlich.«

»Das ist nur die neueste Schikane auf einer sehr, sehr langen Liste«, sagte Tasha. Sie lehnte sich neben dem Fenster an die Wand und verschränkte die Hände hinter dem Rücken. »Mak'Uryl versucht alles, um uns loszuwerden.«

»Macht mich jetzt nicht blöd an, okay?« Arnest kratzte sich am Kinn. »Also, ich bin echt kein Jockey-Fan, aber ich kann ihn schon verstehen. Einen solchen Saustall würde ich auf meiner Station auch nicht haben wollen. Räumt hier doch mal auf und sagt den Leuten, dass sie nicht auf die Straße scheißen sollen. Das ist ja widerlich.«

»Niemand wird dich für die Wahrheit anmachen«, sagte Che. Kipling bemerkte, dass Martin und Rosa hinter ihm abwechselnd auf ihre Pads tippten, so als würden sie Nachrichten austauschen.

Ches Finger bewegten sich ebenfalls. Er kommunizierte mit ihnen, während er redete. »Es ist widerlich, aber wir können nichts dagegen tun. Mak'Uryl vertritt den Standpunkt, dass Kalkutta auf NG27 nur geduldet wird. Da er es offiziell nicht als Teil der Station anerkennt, muss er auch keine Ressourcen dafür freigeben. Wir dürfen unseren Müll nicht zu den Recyclinganlagen bringen, und die einzigen Waschräume hier unten sind die des Wartungspersonals. Zehn Toiletten für über tausend Menschen. Wenn er könnte, würde er uns die Luft abstellen.«

Arnest schüttelte den Kopf. »Arschloch. Und was macht ihr dagegen, außer rumzulaufen und irgendwas zu schreien?«

»Viel mehr können wir nicht machen.« Che wirkte abgelenkt. Kipling wusste, wie schwer es war, auf die Informationen, die von den V-Specs geliefert wurden, zu reagieren und gleichzeitig auf die reale Umwelt. *Worüber redet er mit den anderen?*, fragte er sich. Die Atmosphäre, die in dem Frachtcontainer herrschte, wirkte auf ihn angespannt. Lanzo schien das ebenfalls zu bemerken, denn er stand mit dem Rücken zur Wand und musterte Martin und Rosa.

»Ihr habt die Haie vor der Siedlung ja gesehen«, sagte Che.

»Sie versuchen nicht zum ersten Mal, uns einzuschüchtern, aber es waren noch nie so viele da wie heute. Mak'Uryl will die Konfrontation erzwingen, um vor seinem Vater gut auszusehen. Wenn wir als erste Gewalt einsetzen, werden wir die Unterstützung vieler junger Jockeys verlieren, die über das Internet von unserer Not erfahren haben. Wir hoffen, dass sie uns helfen werden.«

»Ihr hofft auf Jockeys?« Arnest verzog das Gesicht. »Vergesst es, ihr kommt auch so klar.«

Kipling wurde von einer Bewegung vor dem Fenster abgelenkt. Etwas Großes mit einem grün schimmernden Panzer ging daran vorbei. »Was ist das denn?«

Er trat neben Tasha und sah hinaus.

Die Gestalt, die sich auf vier unmöglich dünnen Beinen fortbewegte, schien durch die Menge zu gleiten. Sie war über zwei Meter groß. Ihre Arme endeten in Scheren, an deren Spitzen schlanke fingerartige Gliedmaßen saßen. Der Körper war geformt wie ein Tropfen. Zwischen den Schultern und dem langen Hals saß eine Reiterin auf einem goldbesetzten leichten Sattel. In den Facettenaugen des Wesens spiegelten sich die Lichter der Station. Es sah aus wie eine Gottesanbeterin.

Tasha warf einen Blick aus dem Fenster und seufzte. »Das ist Ama'Ru en Rahlyn od Fir, Humanmedizinerin und selbsternannte Menschenrechtsaktivistin. Sie ist vor ein paar Monaten auf die Station gekommen, nachdem sie im Netz von unseren Problemen gehört hat. Seitdem geht sie uns mit ihren Fragen über unsere Kultur auf die Nerven.«

»Das ist nicht fair«, sagte Che. »Sie behandelt die Menschen hier umsonst.«

»Wenn sie das nur mit geschlossenem Mund tun würde.«

Martin lachte. Das war der erste Laut, den Kipling von ihm hörte. Er nahm den Blick nicht von der Gottesanbeterin. Die Eleganz, mit der sie sich bewegte, ihre völlige Fremdheit faszinierten ihn. Er hatte noch nie so einen Jockey gesehen. »Sie hat *drei* Namen?«

»Wahrscheinlich kann Mak'Uryl sie deshalb nicht einfach aus dem Zoo werfen«, sagte Tasha. »Sie ist –«

Ein Gongschlag, so laut, dass er sogar den Sprechchor übertönte, ließ die Plastikblumen in der Vase vibrieren. Martin und Rosa sprangen auf. Die Demonstranten verstummten.

»Achtung! Dies ist eine Anweisung von Stationskommandant Mak'Uryl. Die Siedlung auf Ebene null, die den Spitznamen ›Kalkutta‹ trägt, wird hiermit nach Paragraph 735b der interstellaren Rechtsprechung und in Übereinstimmung mit den allgemeinen Geschäftsbedingungen von NG27 für illegal erklärt.«

»Scheiße!« Martin schlug mit der Faust auf den Tisch. »Das ist zu früh.«

»Was ist zu früh?«, fragte Lanzo, während die Stimme den Bewohnern befahl, ihre Sachen zu packen und zu den Schiffen zu gehen.

Che beachtete ihn nicht. »Wir haben genug Zeit. Mak'Uryl wird nicht ohne seinen Vater anfangen. Das ist ein Bluff.«

›*Wo bist du?*‹ Die Frage blitzte plötzlich vor Kiplings Auge auf. Er antwortete rasch.

»Zeit wofür?« Lanzos Stimme klang schärfer, aber bevor Che antworten konnte, krachte die Tür des Frachtcontainers gegen die Wand. Fidel stolperte herein und ließ die Plastikstühle, die er getragen hatte, achtlos fallen. »Die Haie rücken vor!«

›*Bin unterwegs*‹, stand vor Kiplings Auge.

›*Nein! Warte!*‹

9

Er zuckte zurück. Die Zähne des Hais schnappten vor seinem Gesicht zu. Arnest rammte ihm den mit Nägeln und Glasscherben gespickten Knüppel zwischen die Beine und hörte, wie er auf Metall traf. Der Hai zuckte nicht einmal zusammen.

Er packte den Knüppel an seinem Griff und versuchte, ihn Arnest aus den Händen zu reißen. Der ließ los. Es war ein alter Trick, aber er funktionierte auch dieses Mal. Der Hai stolperte nach hinten und prallte gegen die Wand der Gasse. Der Reiter auf seinem Rücken schrie auf, als sein Hinterkopf mit dem Metall kollidierte. Für eine Sekunde wirkten beide orientierungslos.

Hab dich, dachte Arnest. Er bückte sich nach dem Knüppel, packte den Griff mit beiden Händen und schlug zu. Blut spritzte über sein Gesicht, der Schrei des Reiters verstummte. Lautlos sackte der Hai in sich zusammen. Arnest zog den Knüppel schwer atmend aus seinem Hals und hob den Schlagstock auf, den der Hai hatte fallen lassen. Den Schild ignorierte er. In den engen Gassen hätte der ihn nur behindert. Er widerstand der Versuchung, nach einem neuen Gegner zu suchen, sondern blieb erst einmal stehen und lauschte auf die Geräusche des Kampfes. Die Protestbewegung hatte sich auf diesen Moment vorbereitet, das musste er Che und den anderen lassen.

Nachdem Fidel die Nachricht vom Vorrücken der Haie überbracht hatte, waren keine fünf Minuten vergangen, bis die Kisten vom hinteren Teil des Containers auf den Platz getragen worden waren. Die kruden, selbst gemachten Waffen, die sich darin befunden hatten, waren mit der Anweisung, sich auf keinen offenen Kampf einzulassen, an die Demonstranten verteilt worden – zumindest an die, die auf dem Platz geblieben waren. Die meisten waren geflüchtet, saßen nun wahrscheinlich zitternd vor Angst in ihren Containern und hofften, dass andere für sie kämpften.

Pussies, dachte Arnest und spuckte aus. »Hey, Lanzo!«, rief er dann. »Wie sieht's aus?«

Sein Bruder, Kipling und Tasha gehörten zu den Einheiten, die Che auf die Dächer der Container geschickt hatte. Bewaffnet mit Bruchstücken von Asteroiden, die Tagelöhner von Bergbauschiffen gestohlen hatten, stellten sie sich den Haien entgegen. Das Ziel war, einen koordinierten Angriff zu verhindern und den Gegner in die Gassen zu locken.

»Beschissen.« Lanzo trat an den Rand des Dachs und sah zu ihm herunter. »Uns geht die Munition aus. Und bei dir?«

»Okay«, sagte Arnest mit einem Blick auf den toten Hai. »Das war Nummer drei.«

»Wenn einer wie du in jeder Gasse stehen würde, könnten wir die Schlacht gewinnen, aber so ...« Lanzo ließ den Satz unvollendet. Stattdessen bückte er sich, hob einen Stein auf und warf ihn in Richtung der Barrikaden.

»Was machen wir jetzt?«, rief Arnest über das Krachen, Poltern und die Schreie, die zu ihm durchdrangen, hinweg. »Abhauen?«

Lanzo warf einen zweiten Stein. Er wirkte wütend und frustriert. »Dann müssten wir uns durchkämpfen. Die Haie haben die Siedlung eingekesselt.«

»Schaffen wir das?«

»Ich weiß es – Scheiße! Sie brechen durch!«

Arnest hörte es im gleichen Moment. Das triumphierende Heulen der Haie, das Knallen von Stiefeln auf Metall, die Schreie der Demonstranten.

Dann tauchten die Haie auch schon vor ihm auf. Zu sechst

quetschen sie sich in die Gasse. Sie war so schmal, dass nur zwei von ihnen nebeneinander gehen konnten. Steine prasselten von den Dächern auf sie nieder, aber die vier hinteren hatten die Schilde über den Kopf gehoben und schützten damit sich selbst und die beiden, die vor ihnen gingen. Sie sahen aus wie römische Legionäre.

»Zurück!«, schrie Lanzo, aber Arnest hatte sich bereits umgedreht. Er sprang über den Hai, den er erschlagen hatte, und lief los. Seinen Gegnern den Rücken zuzudrehen, machte ihn nervös, auch wenn er wusste, dass sie keine Schusswaffen dabeihatten. Die Gefahr, dass die Aufständischen sie ihnen in den schmalen Gassen abnahmen und auf sie selbst richteten, war ihnen wohl zu groß gewesen.

Vor ihm bogen andere Menschen in die Gasse, bremsten ab, als sie seine Verfolger sahen, und liefen dann in die gleiche Richtung wie er. Überall knallten Stiefel. Menschen schrien und rannten. Aus dem Kampf war eine Treibjagd geworden. Wo sie enden würde, erkannte Arnest erst, als er den großen Platz erreichte. Er war voller Menschen, die ihre Posten verlassen hatten und sich nun mit verängstigtem Flackern im Blick umsahen. Dutzende Verletzte lagen im hinteren Bereich auf dem Boden. Ama'Ru Irgendwas, die Jockey, bewegte sich mit einer grazilen Eleganz zwischen ihnen, die Arnest fast schon geisterhaft erschien. Er schüttelte sich.

»Blockiert die Gassen!«, rief Che. Er stand auf einer großen Kiste und schwenkte die Fahne der Vereinten Nationen. »Sie dürfen uns nicht überrennen!«

Aber das werden sie, dachte Arnest, während er nach Kisten griff und sie in der Gasse stapelte. Seine Verfolger waren zurückgefallen und kamen nicht näher. Er sah ihre Helme in einiger Entfernung im Licht der Stationsbeleuchtung schimmern. Lanzo kletterte von einem der Container neben ihm und half beim Stapeln der Kisten.

»Sie haben uns da, wo sie wollen«, sagte er. »Jetzt können sie sich Zeit lassen.«

Arnest hob den Kopf. Jockeys standen auf den Galerien und beobachteten, was unter ihnen geschah. Einige hielten Pads über das Geländer und filmten. Überall blitzte es. Arnest senkte den Kopf rasch wieder. Er wollte nicht, dass sie sein Gesicht aufnahmen.

»Keine Angst!«, rief Che und stellte die Fahnenstange neben sich auf die Kiste. »Es ist noch nicht vorbei.«

»Das erklär uns mal.« Es war Kiplings Stimme. Arnest drehte sich um und sah, dass er und Tasha nur wenige Meter von ihm entfernt standen. Er hatte sie nicht bemerkt.

»Wenn die Zeit reif ist«, sagte Che. Die Unterbrechung schien ihm nicht zu passen.

»Ich glaube nicht, dass sie noch sehr viel reifer werden kann. Du musst uns sagen, was wir tun sollen.«

»Er hat recht«, sagte Lanzo leise. »Die Leute konzentrieren sich auf ihre Angst, wenn man ihnen nichts zu tun gibt.«

Che setzte zu einer Antwort an. »Ich –«

Ein plötzliches Raunen ging durch die Menge. Blicke richteten sich auf einen Punkt über der Siedlung, Zeigefinger wurden ausgestreckt. Arnest legte die Hand über die Augen, so als wolle er sich vor einem hellen Licht schützen, bevor er aufsah und den Blicken folgte.

Auf der drittniedrigsten Galerie standen zwei Jockeys – Oktopoden. Er kannte sie nicht, aber es musste sich um den Stationskommandanten Mak'Uryl und seinen Vater Onas Wasauchimmer handeln. Ihre Tentakel wanden sich wie Schlangen auf dem Boden, ihre schwarze Haut wirkte feucht, so als wären sie gerade aus dem Meer gestiegen. Die große Blase, aus der ihr Kopf bestand, wippte auf und ab. Das Gesicht darin hing so tief, dass sie kaum über das Geländer blicken konnten. Ihre Augen waren tiefblau. Ein Dutzend mit

Gewehren bewaffnete Haie umgaben die beiden.

Che zeigte auf den Kommandanten. »Arschloch … Arschloch … Arschloch …«

Er streckte die Faust hoch. Seine Stimme wurde lauter, rhythmischer. Die Menge nahm den Ruf auf. »Arschloch! Arschloch!«

Nun hatten die Menschen etwas zu tun. All ihre Wut legten sie in dieses eine Wort. Es brach sich an den Wänden und stieg durch die Station empor.

Die Oktopoden hörten ungerührt zu. Sie verzogen keinen Muskel, der Ausdruck in ihren Augen blieb distanziert und kühl. Nur ihre Tentakel peitschten hin und her.

Tasha hatte sich den Rufen der Menge angeschlossen, aber Kipling wirkte abgelenkt und spielte mit seiner Brille. Nach einem Moment kam er auf Arnest und Lanzo zu. Er musste schreien, um sich verständlich zu machen. »Ich weiß, dass das nicht der günstigste Zeitpunkt ist, aber ich habe die Antwort auf eure Frage. Sie lautet Ja.«

»Arschloch! Arschloch!«

»Was?«, schrie Arnest zurück. Er hatte keine Ahnung, wovon Kipling sprach.

Lanzo legte ihm die Hand auf den Arm.

»Er kann die Stimmverschlüsselung knacken«, sagte er. »Wir können die *Eliot* fliegen.«

»Arschloch! Arschloch!«

Arnest trat gegen eine Kiste. »Was uns im Moment auch echt weiterbringt.«

»Ich nehm heute jede gute Nachricht, die ich kriegen kann«, sagte Lanzo. »Es gab schon genug schlechte.«

»Arschloch! Arschloch!«

Ein Knall. Der Kopf des älteren Oktopoden wurde auseinandergerissen, der Körper kippte zur Seite und verschwand hinter der Brüstung.

Wie in Zeitlupe drehte sich Mak'Uryl um. Sein Gesicht und die graue Uniform, die er trug, waren voll von Blut und einer sirupartigen schwarzen Flüssigkeit.

Haie drängten sich um ihn. Einige zogen ihn vom Geländer weg, andere legten ihre Gewehre an die Schulter und richteten sie auf die Menge. Die roten Punkte ihrer Zielerfassungssysteme tanzten über die Köpfe. Jockeys schrien und wichen von den Geländern zurück.

Die Rufe der Menschen verstummten. Reglos starrten sie in die Gewehrmündungen. In ihren Gesichtern las Arnest den gleichen Gedanken, den er auch hatte.

Sie werden uns alle umbringen.

10

Als der Schuss fiel, befand sich Rin keine zwanzig Meter von den Oktopoden entfernt. Sie sah, wie der Kopf des Älteren aufplatzte wie ein mit Wasser gefüllter Ballon, sah, wie sein Körper erschlaffte und der Stationskommandant sich umdrehte. Einen Sekundenbruchteil lang trafen sich ihre Blicke. Sie bemerkte keine Gefühle darin, nur eine kalte Ruhe, so als betrachte sie einen Bergsee an einem Wintertag. Dann wurde der Kommandant auch schon von Wachen umringt.

Rin wich zurück und versuchte, in den Schatten der Treppe zu verschwinden. Scherben knirschten unter ihren Füßen. Sie sah keinen anderen Menschen auf der Galerie, nur Jockeys, vor allem Wölfe, die sich verängstigt umsahen, so als erwarteten sie weitere Schüsse, und Haie, die ihre Gewehre auf die Menge richteten. Dort unten war es still geworden. Die Haie hatten fast alle Bewohner auf dem Platz zusammengetrieben, doch Rin fiel auf, dass sie sich nun zurückzogen.

Eine kleine Gruppe nahm an den zerstörten Barrikaden Aufstellung, alle anderen liefen nach oben. Neben Rin donnerten Schritte die Treppe hinunter. Haie, die mehrere Gewehre in den Händen hielten, liefen an ihr vorbei und stellten sich ans Geländer. Von unten kamen weitere hinzu. Sie nahmen ihre Gewehre entgegen und legten an.

Rin ballte die Fäuste. Sie spürte ihren Herzschlag bis in die Schläfen. Kipling, Arnest und Lanzo waren dort unten und sie allein hier oben. Sie konnte ihnen nicht helfen, nicht gegen hundert Gewehre.

Außer wenn ich … Die Idee stand plötzlich in ihrem Kopf. Rin steckte ihr Pad in die Seitentasche ihrer Cargohose und riss sich die Jacke vom Körper. Mit den Ärmeln hob sie eine lange, spitze Scherbe auf. Sie hoffte, dass sie damit gefährlich und verrückt aussah. Sie zwang sich, nicht über die Idee nachzudenken, sondern einfach zu handeln, also löste sie sich aus den Schatten und lief ein paar Stufen der Treppe hinauf. Über ihr war alles frei.

»Ich war's!«, schrie sie. »Ich hab ihn umgebracht. Freiheit! Gleichheit! Internet!«

Haie fuhren herum. Laserpunkte glitten über Wände und über Jockeys, die hastig zur Seite sprangen.

Rin folgte der Treppe bis zum Ende und rannte über die Galerie. Die Jockeys dort hatten sich hinter Säulen und unter den Tischen einer Bar versteckt, kamen nun aber langsam hoch. Sie stellten sich ihr nicht in den Weg. Vielleicht reichte die Scherbe, die sie vor sich hielt, um sie abzuschrecken.

Hinter ihr polterten Schritte die Treppe hinauf. Die Haie kamen näher, doch Rin glaubte nicht, dass sie schießen würden. Die Gefahr, statt ihr einen Jockey zu treffen, war zu hoch.

»Auf Ihre Posten!« Die Stimme, die zu ihr heraufdrang, klang befehlsgewohnt und autoritär. Sie ahnte, dass sie Mak'Uryl gehörte. »Ignorieren Sie die Ablenkung. Sie hat das nicht getan.«

Die Schritte verstummten. Rin sah zurück. Dutzende von Haien waren die Treppe hinaufgepoltert, blieben nun aber zögernd stehen.

»Sofort!«

Ein Ruck schien durch die Wachen zu gehen. Sie drehten sich um. Es herrschte Chaos, weil die, die auf die Treppe wollten, von denen aufgehalten wurden, die bereits darauf standen. Doch der Stau dauerte nur wenige Sekunden, dann verschwanden die Haie wieder auf der unteren Ebene.

Rin blieb allein zurück. Die Scherbe in ihrer Hand fühlte sich auf einmal lächerlich an, die Idee dumm und kindisch. Natürlich war niemand darauf reingefallen. Was hatte sie sich nur dabei gedacht?

»Schlampe.« Ein Waran stieß das Wort hervor. Mit beiden Händen griff er nach einem Plastikstuhl und hielt ihn abwehrend vor sich. Er sah aus wie ein Dompteur aus einem dieser alten Zirkusfilme.

Rin machte einen Schritt nach hinten, als sie sah, dass auch andere Stühle nahmen und auf sie zukamen.

»Ja, Schlampe«, sagte eine Straußenfrau mit schwarz-weißem Gefieder. »Du wolltest diesen Mördern helfen. Du bist nicht besser als sie.«

Fünf Jockeys näherten sich Rin. Sie stachen mit den Stuhlbeinen nach ihr und trieben sie immer weiter zurück. Andere kamen hinzu, aufgestachelt von dem, was sie sahen.

Ein Wolf fletschte die Zähne. Die Straußenfrau zog die Schuhe aus und zeigte lange Klauen.

Rin spürte auf einmal das Geländer im Rücken. Es gab keinen Ausweg. Sie versuchte nicht, mit den Jockeys zu reden oder um ihr Leben zu betteln. Die Mordlust in ihren Augen war jenseits aller Worte.

Der Waran stach mit dem Stuhl nach Rin. Sie wich zur Seite aus, genau in den Schlag eines Wolfs hinein. Das Stuhlbein traf sie in die Seite. Sie musste die Zähne zusammenbeißen, um nicht zu schreien.

»Du bist jetzt schon tot.« Die Straußenfrau kratzte mit ihren Krallen über den Boden.

Vielleicht, dachte Rin. Sie fuhr herum und sprang.

Das Netz, das ihr von der anderen Seite des Geländers so nahe erschienen war, wirkte auf einmal unendlich weit entfernt. Der Magen sprang ihr in Kehle, sie hörte wütende Schreie über sich und zog die Knie an.

Mit der Schulter prallte sie auf das Netz. Die Maschen schnitten schmerzhaft durch das T-Shirt in ihr Fleisch. Sie schrie auf, als ein Stuhl neben ihr landete, hochfederte und auf sie rutschte.

Rin versuchte, auf die Beine zu gelangen, aber das Netz gab zu stark nach. Einige Menschen auf dem Platz unter ihr hoben die Köpfe, waren wohl durch ihren Schrei auf sie aufmerksam geworden. Rin sah Kiplings Gesicht zwischen ihnen. Er stieß Lanzo an und zeigte nach oben.

Erleichtert bemerkte Rin, dass sie die Scherbe nicht losgelassen hatte. Halb hockend, halb liegend stieß sie das Glas zwischen die Maschen, schnitt in sie hinein wie mit einem Messer. Die erste riss, dann die zweite und dritte.

Rote Lichter tanzten plötzlich wie Glühwürmchen über ihre Hände und die Arme hinauf. Rin erstarrte. Die Haie befanden sich direkt über ihr, und einige von ihnen hatten ihre Gewehre auf sie gerichtet. Die anderen beachteten sie nicht.

Mak'Uryl blieb hinter seinen Wachen, aber Rin konnte seine Stimme trotzdem deutlich hören. »Schießen Sie nur, wenn Sie sicher sind, dass Sie ihre Köpfe treffen. Ich will keinen einzigen Zombie da unten sehen.«

»Ja, Sir!« Die Haie antworteten gleichzeitig. Ein Offizier hob die Hand.

Rins Mund wurde trocken. Einer der Laserpunkte stach ihr ins Auge, und sie sah rasch weg. Sie spürte, wie die Maschen unter ihr aufplatzten und sie langsam tiefer rutschte, als das Netz seine Spannung verlor, aber sie achtete nicht mehr darauf. Mit ihrem Sprung hatte sie den Tod um ein paar Minuten hinausgezögert, doch nun war es vorbei.

Der Offizier senkte die Hand. »Schussfreigabe erfolgt.«

»Lasst sie los!«, schrie jemand auf dem Platz.

11

»Lasst sie los!« Che sprang von seiner Kiste. Martin und Fidel, die vor einem Frachtcontainer gestanden hatten, rissen dessen Tür auf, und eine Wolke aus gelben und roten Vögeln schoss heraus und flatterte in die Luft empor. Es waren Hunderte, vielleicht sogar Tausende, und über ihre kleinen Körper tanzten Laserpunkte.

Kipling legte den Kopf in den Nacken und schaltete die Kamera ein. Auf der anderen Seite des Platzes öffneten Aufständische die Käfige, die Bewohner, die zur Umsiedlung bereit gewesen waren, zusammen mit Koffern und Taschen dort abgestellt hatten. Eine Frau schrie: »Nein, nicht Erik!«

Eine zweite Welle flatterte empor. Die Vögel waren so klein, dass sie durch die Maschen der Netze passten. Sie umschwärmten Rin, so als könnten sie es nicht fassen, dass ein Mensch einfach so in der Luft saß.

Die Soldaten ließen die Gewehre sinken. Die Vögel störten ihre Zielerkennung, sie hatten kein freies Schussfeld.

»Schneid das Netz durch!«, schrie Arnest.

Lanzo schüttelte den Kopf. Er wirkte beeindruckt. »Das ist so verdammt genial.«

Kipling hörte einen kurzen Aufschrei. Vögel flatterten erschrocken zur Seite, als Rin durch die Maschen des Netzes rutschte und fiel. Mit einem lauten Knall schlug sie auf dem Dach eines Containers keine zehn Meter von Kipling entfernt auf.

»Rin!« Er lief zum Container und kletterte die Metallleiter hinauf, die damit verschweißt war. Hinter ihm rief Che: »Wir brechen aus! Bleibt nicht stehen! Lasst euch nicht einkesseln. Solange wir uns bewegen, werden sie nicht schießen!«

Rin schob den Kopf über den Rand des Containers. Sie grinste. Adrenalin ließ ihre dunklen Augen glänzen. »Wer hatte die Idee mit den Vögeln?«

»Erzähl ich dir später. Bist du okay?«

»Ja.«

Kipling half ihr die Leiter hinunter. Lanzo, Tasha und Arnest warteten bereits auf sie. Menschen liefen an ihnen vorbei und rissen die Barrikaden ein, die sie so kurz zuvor errichtet hatten. Wie ein aufgeputschter Mob rannten sie mit Knüppeln und Speeren in den Händen auf nicht einmal zwei Dutzend Haie zu. Sie hatten den Tod vor sich gesehen und überlebt, und nun ergriffen sie das Leben mit beiden Händen. Niemand würde sie aufhalten.

»Kommt«, rief Lanzo über ihr Johlen hinweg. »Nutzen wir das Chaos.«

Sie schlossen sich der Menge an. Kipling stützte Rin auf den ersten Metern, aber dann wurden ihre Schritte sicherer, und er ließ sie los. Vögel flatterten um sie herum und bildeten Schwärme hoch über ihren Köpfen. Kipling hatte so etwas noch nie gesehen. »Ist das nicht fantastisch?«

Tasha lachte. »Sie sind frei. Natürlich ist das fantastisch.«

Die Menge erreichte den Eingang. Die Haie bildeten einen Wall mit ihren Schilden, aber die Menschen rannten sie einfach um. Einige stürzten, Menschen wie Haie, und wurden niedergetrampelt. Ihre Schreie gingen im Lärm unter. Es fiel kein einziger Schuss.

»Weiter!«, schrie Che, als der Schwung der Menge ins Stocken geriet. Er schwenkte seine Fahne. »Die Treppe hinauf. Nicht stehen bleiben! Wir holen uns Mak'Uryl!«

Euphorische Rufe antworteten ihm. Kipling lief die Stufen

hinauf. Er sah Jockeys auf den oberen Galerien, die in Panik flohen. Menschen, die sich in Lüftungsschächten oder hinter Wartungsluken versteckt haben mussten, kamen hervor und jagten sie. Aus dem Protest drohte ein Massaker zu werden.

In einem Film wären wir die Ungeheuer und irgendwo unter den Jockeys befände sich der Held, dachte Kipling. Die Vorstellung ernüchterte ihn. »Lasst die Zivilisten in Ruhe!«, rief er, aber niemand beachtete ihn. Nur Arnest schüttelte stumm den Kopf.

Die Galerie, auf der Mak'Uryl und die Soldaten gestanden hatten, war leer. Frustriert fingen einige an, die Einrichtung eines Restaurants zu zertrümmern. Arnest sprang auf einen Tisch. »Zu den Büros! Wir übernehmen die Station.«

Die Menge johlte. Mit einem neuen Ziel vor Augen stürmte sie die Treppe hinauf. Arnest stieg vom Tisch und hob die Schultern. »Da wollen wir doch sowieso hin, oder? Dann können sie uns auch den Weg frei kämpfen.«

Doch das mussten sie nicht. Mit jeder Ebene, die sie hinter sich brachten, ohne Soldaten zu sehen, wurde Kipling nervöser. Mak'Uryl hatte sich mit seinen Leuten zurückgezogen, soviel war ihm klar. Die Frage war nur, wohin.

Sein Fuß verfing sich in etwas. Er stolperte und wäre beinahe gestürzt, wenn Tasha nicht seinen Arm festgehalten hätte. Als er nach unten sah, entdeckte er eine blaue Fahne, die zusammengeknüllt am Boden lag.

Ches Fahne. Er ließ seinen Blick über die Menge gleiten, die vor ihm die letzte Treppe zur Verwaltungsebene hinauflief. Vögel flatterten um ihre Köpfe. Weder Che noch einen der anderen drei Revolutionäre konnte er unter ihnen entdecken. *Das heißt gar nichts*, dachte er. *Das sind über fünfhundert Leute*. Trotzdem wurde er noch nervöser als zuvor.

Die Gänge vor den Büros waren leer, die Türen geschlossen. Die Menge lief nicht mehr, sondern ging nur noch. Ihre Rufe wurden leiser.

»Das gefällt mir nicht«, sagte Lanzo nun auch. Rin nickte.

Die ersten Menschen fingen an, mit ihren Knüppeln gegen die Metalltüren zu schlagen, aber sie verursachten noch nicht einmal Dellen.

Tasha sah sich um. »Wo ist Che?«

»Das frage ich –«

Eine Sirene heulte auf. Kipling zuckte zusammen. Es knackte in den Lautsprechern, dann hörte er Mak'Uryls kalte, dunkle Stimme. »Ihr habt sechzig Sekunden Zeit, um euch zu ergeben.«

Die Menge grölte und lachte. Mittelfinger wurden in die Luft gestreckt. Als der Lärm nachließ, fuhr Mak'Uryl fort: »Werft eure Waffen über die Brüstung und setzt euch mit hinter dem Kopf verschränkten Händen auf den Boden. Niemandem wird etwas geschehen.«

»Fuck you!«, brüllten einzelne. Niemand warf seine Waffe weg.

»Warten die Soldaten hinter den Türen?«, fragte Tasha. Sie fuhr sich mit der Zunge über die Lippen.

»Fünfzig Sekunden.« Eine Computerstimme übernahm für Mak'Uryl. Sie klang fast wärmer als er.

»Er wird sich nicht auf einen Nahkampf mit euch einlassen«, sagte Lanzo nachdenklich. »Eine Station voller Zombies wäre ein Albtraum.«

»Nicht, wenn er in Lockdown geht.« Kipling sah den Ablauf so klar vor seinem geistigen Auge, als wäre ihm selbst die Idee gekommen. »Er sperrt uns in diesem Segment ein und wartet, bis wir verdurstet sind. Da hinten sind überall Luftschleusen. Er kann die Zombies, die übrig bleiben, einfach ins All befördern.«

»Das ist …« Rin suchte nach dem richtigen Wort.

»Barbarisch? Ja, aber das würde ich machen, wenn ich ein mordgeiler Oktopus wäre.«

»Vierzig Sekunden.«

»Lässt sich der Mittelbereich abriegeln?«, fragte Tasha.

Kipling schüttelte den Kopf. »Ich wüsste nicht, wie. Beim Lockdown schließen sich Türen zwischen den Segmenten. Die Brüstungen werden bis zur Decke ausgefahren. Es geht darum, die Bewohner bei einem Druckabfall zu schützen. Im Mittelbereich lebt ja niemand. Normalerweise.«

Tasha fuhr herum. »Klettert in die Netze!«, schrie sie. »Wir müssen nach Kalkutta. Die Station geht in Lockdown.«

Einige drehten sich verwirrt zu ihr um. »Was?«

»Er will uns verdursten lassen! Macht schon!«

»Dreißig Sekunden.«

Die Menge kam in Bewegung. Kipling sah, dass Tasha sich ihr anschließen wollte, und ergriff ihren Arm. »Komm mit uns«, sagte er. »Das kann hier nur böse enden.«

»Nein.« Sie strich seine Hand sanft beiseite. »Das ist der Kampf, den ich gewählt habe, und ich werde ihn bis zum Ende durchstehen.«

»Aber das –«

»Wir müssen weg.« Arnest packte Kipling an der Schulter und zog ihn hinter sich her. Sein Griff war so fest, dass er sich nicht herauswinden konnte. Hilflos wurde er mitgezogen.

Tasha kletterte über die Brüstung und drehte sich ein letztes Mal zu ihm um. »Und danke für *Scrubs*.«

Dann sprang sie.

Beinahe entsetzt erkannte Kipling, dass er hinterhergesprungen wäre, hätte ihn Arnest nicht in den Gang gezogen, der zur *Eliot* führte. Er versuchte, den Gedanken abzuschütteln.

»Zwanzig Sekunden.«

Rin hämmerte mit der Faust gegen die Tür. »John! Lass uns rein.«

»Er ist nicht drin«, sagte Kipling. »Sonst würde ich ihn im WLAN sehen.«

Er hatte seine eigene Verbindung bereits aktiviert und startete den Crack, den DetroitKid ihm geschickt hatte. Der Code nutzte eine Hintertür in der kommerziellen Verschlüsselungs-Software, die für Geheimdienste gedacht gewesen war. Vor seinem Auge ging ein kleines Fenster auf. Dateien wurden kopiert.

»Fünfzehn Sekunden.«

»Wie lange dauert das denn noch?« Arnest ging unruhig auf und ab.

»Moment.« Der Cursor blinkte in Kiplings Terminal. Seine Finger flogen über die virtuelle Tastatur.

Er drückte die Enter-Taste und hielt den Atem an. *Komm schon, zufälliger Internetfreund. Lass mich nicht im Stich.*

Es klickte. Die Tür öffnete sich.

»Geht doch!« Arnest betrat die Schleuse der *Eliot.* Lanzo und Kipling schlossen sich ihm an.

»Zehn Sekunden.«

Rin kam als Letzte herein, blieb aber in der Tür stehen. »Wir können ihn doch nicht einfach hier zurücklassen.«

Lanzo neigte den Kopf. »Wir können ihn auch nicht –«

»Da ist er«, unterbrach ihn Kipling.

Auckland bog um die Ecke des Gangs. Er rannte, aber seine Schritte waren ungleichmäßig, und er presste eine Hand auf seine Seite.

»Fünf Sekunden.«

»Das schafft er nicht«, sagte Lanzo. Sein Tonfall war neutral.

Kipling fuhr sich mit der Hand über die Augen. »Zehn Goldcoins, dass er es schafft.«

»Okay.«

»Drei Sekunden.«

Auckland war nur noch wenige Schritte von der Tür, die in den Gang führte, entfernt. »Komm schon!«, rief Kipling. Er spürte plötzlich heißen Atem an seinem Ohr.

»Schließ die Tür«, flüsterte Arnest so leise, dass nur er es hören konnte.

»Zwei.«

»Was?« Kipling sah ihn ungläubig an.

»Eins.«

Auckland warf sich nach vorn.

Rin zog laut den Atem ein. Für einen Sekundenbruchteil sah es so aus, als würden die Türhälften, die aus Decke und Boden schossen, Auckland die Beine zerquetschen, doch er zog sie im letzten Moment an und schlug hart auf. Einige Meter rutschte er über den Boden, dann blieb er mit schmerzverzerrtem Gesicht liegen. Sirenen heulten laut.

Rin und Lanzo liefen nach draußen und halfen ihm auf. Kipling drehte sich zu Arnest um. Er konnte das Gesagte nicht ignorieren. »Was sollte das?«

»Ich wollte nicht, dass mein Bruder eine Wette verliert«, sagte Arnest ruhig.

Bevor Kipling darauf antworten konnte, betraten die anderen die Schleuse. Auckland tastete nach dem Headset in seiner Beintasche und setzte es mit zitternden Fingern auf. Er atmete schwer.

»Startmanöver Delta Zwei.«

Die Tür schloss sich. Der Antrieb erwachte mit einem leisen Summen zum Leben. Kipling spürte, wie sich das Schiff unter ihm bewegte, und dachte an Tasha.

Auckland öffnete die Innenschleuse. »Ich weiß nicht, welche Schäden die Mechaniker bereits repariert …« Er brach den Satz ab. Etwas schien ihm auf einmal klar zu werden, denn er drehte sich um. »Wie seid ihr hier reingekommen?«

Kipling hob beinahe entschuldigend die Schultern.

Auckland nahm das Headset ab. »Ich verstehe.«

12

»Nett«, sagte Rin.

Sie hatte gewusst, dass Auckland in der Kabine schlief, die sich hinter der Brücke befand, aber sie hatte nicht gewusst, dass sie aus einem Schlafzimmer und einem Wohnraum bestand. Die Möbel waren aus echtem Holz, an den hellen Wänden hingen Gemälde, Teppiche bedeckten den Boden. Hätte es ein Fenster gegeben, wäre sie nicht einmal auf die Idee gekommen, dass sie sich auf einem Raumschiff aufhielt. Die Kabine wirkte wie eine Suite in einem Fünf-Sterne-Hotel.

»Ich weiß. Und nein, sie gehört mir, und ich tausche nicht.« Auckland lehnte an einem kleinen Schreibtisch und drehte geistesabwesend das Headset, das darauflag, zwischen den Fingern. »Nehmt Platz.«

Rin setzte sich neben Kipling auf das Sofa, Lanzo auf die Lehne eines Sessels. Arnest blieb neben der Tür stehen. Das Schiff hatten sie auf eine Irrfahrt durch verschiedene Systeme geschickt, um ihre Spuren zu verwischen.

Auckland räusperte sich. Er wirkte unsicher, so als zweifle er selbst an dem, was er sagen wollte. »Ich habe euch hergebeten wegen dem, was heute passiert ist. Ihr habt euch Zugang zu meinem Schiff verschafft und –«

»Wenn wir das nicht getan hätten«, unterbrach ihn Kipling, »und du nur eine Sekunde später aufgetaucht wärst, säßen wir jetzt im Lockdown und würden wahrscheinlich sterben.«

»Lass ihn ausreden«, sagte Rin. Sie hatte den Eindruck, dass das Gespräch nicht in die Richtung verlaufen würde, die Kipling annahm.

»Ich weiß.« Auckland schob das Headset zur Seite. »Was ich sagen wollte, ist das: Ihr hättet mir die Tür vor der Nase zuschlagen können, aber das habt ihr nicht getan.«

Kipling warf Arnest einen kurzen Blick zu. Rin fragte sich, ob das etwas zu bedeuten hatte.

»Ich will es kurz machen. Wenn ihr wollt, könnt ihr unter einer Bedingung auf der *Eliot* bleiben.«

»Warum?«

»Welche Bedingung?«

Lanzo und Rin stellten ihre Fragen gleichzeitig.

»Warum?« Auckland fuhr sich mit der Hand über den Bart, und Rin erkannte, dass dies der Teil seiner Entscheidung war, den er selbst nicht verstand. »Keine Ahnung. Ich habe heute eine verworrene Geschichte über einen Kanarienvogel gehört, der … Ist egal. Jedenfalls glaube ich, dass die *Eliot* ein besseres Schiff wäre, wenn nicht nur einer auf ihr fliegt. Reicht das?«

»Ja«, sagte Lanzo.

»Zur Bedingung. Die ist ganz einfach. Die *Eliot* ist *mein* Schiff. Ich habe das letzte Wort. Okay?«

»Okay«, sagte Rin und hätte beinahe laut geseufzt, als Arnest die Hand hob.

»Ich habe auch eine Bedingung.« Er sah seinen Bruder an. »Ist ja nicht so, als ob wir Bettler wären. Wenn wir an Bord sind, bringt ihm das ja auch was.«

»Das stimmt.« Lanzo nickte ihm aufmunternd zu.

Arnest kratzte sich am Kopf. »Ich will wieder die Animation mit diesem Roadrunner im Hyperraum, sonst bin ich nicht dabei.«

Rin lachte, auch Lanzo und Auckland grinsten. Nur Kipling blieb ernst, was sie wunderte. Die Animation auf der *Mishima* war seine Idee gewesen, und normalerweise freute er sich, wenn jemand seine Ideen annahm.

Zwischen den beiden stimmt etwas nicht, dachte sie.

Auckland bekam nichts davon mit. »Gut, das hätten wir erledigt. Alkohol?«

Die Spannung der letzten Tage fiel so plötzlich von Rin ab, dass ihr schwindelig wurde. Sie und ihre Crew hatten ein neues Zuhause. Sie hatte es geschafft.

»Oh Gott, ja«, sagte sie.

13

Kipling ließ die anderen feiern. Er hatte nachgeschlagen, wann es sozial akzeptabel war, eine Party zu verlassen, und hatte die Stoppuhr entsprechend auf sechzig Minuten gestellt. Doch da Auckland schon nach einer knappen halben Stunde auf die Brücke zurückkehrte, hatte er nur noch fünf weitere Minuten gewartet, bevor er sich ebenfalls verabschiedete.

Seitdem lag er auf dem Bett in seiner Kabine und scrollte durch seine Filmsammlung. Zwei Terabyte, davon allein fünfzig Gig Porn, aber er fand nichts, was er sehen wollte.

In einem kleinen Fenster ließ er das Video von der Ermordung des Oktopoden laufen. Er hatte es auf YouTube hochgeladen. Offizielle Nachrichten gab es schon lange nicht mehr, zumindest keine, die nicht von den Jockeys zensiert wurden. Also machte man sich seine eigenen.

200.000 Hits in einer Stunde, dachte er. *Nicht schlecht.*

Gelangweilt betrachtete er die Kommentare. Die üblichen Spammer und Trolle, ein paar politische Äußerungen, nichts Ungewöhnliches. Doch ein Kommentar erregte seine Aufmerksamkeit.

›Geiler Schuss! Ich war früher bei der Armee, und wenn ich das richtig sehe, gibt's nur ein Gewehr, das so einen Schaden anrichtet. Wer auch immer den Kill für sich verbuchen kann, hat ihn mit dieser Waffe erzielt. Wir brauchen mehr davon!! :)‹

Kipling klickte auf den Link. Er führte ihn zu dem Bild eines futuristisch aussehenden stumpfgrauen Kunststoffgewehrs.

JP-89-STEALTH Hochgeschwindigkeits-Scharfschützengewehr stand darunter. Anscheinend war es eines der letzten, das von der US-Armee entwickelt worden war.

Kipling konnte sich nicht vorstellen, dass sich die Demonstranten so etwas leisten konnten. Sie hatten ja sogar die Steine gestohlen, mit denen sie nach den Haien geworfen hatten.

Eine Nachricht riss ihn aus seinen Gedanken. Er hatte Ran'Shaluns Karte in seinem Slot fast vergessen, aber nun meldete sein Passwortsniffer, dass Ran'Shaluns Username Ran und sein Passwort ›passwort123‹ war.

Vollidiot, dachte Kipling, während er dessen mageres Goldcoin-Konto leer räumte und die privaten Dateien öffnete.

Die Nachrichten scrollte er nur durch, doch dann stieß er auf einen Ordner, der ›Kamera‹ hieß. Als Kipling ihn öffnete, wurde ihm sofort klar, was das bedeutete. Ran'Shalun hatte Tasha zwar gesagt, er könne sich eine Kamera nicht leisten, aber das war eine Lüge gewesen. Er hatte heimlich eine hinter der Kasse anbringen lassen. *Du kleiner Drecksack.*

Die meisten Aufnahmen, die sich in der Datei befanden, zoomte er durch. Ran'Shalun war nicht an Tashas Gesicht interessiert gewesen, sondern an dem, was ihre Finger taten. Steckte sie die Karte in das Lesegerät des Cafés oder in ein eigenes, das hatte er herausfinden wollen. Und so war auf den meisten Aufnahmen nur ihr Rücken zu sehen.

Kipling wollte schon aufgeben, doch auf dem siebzehnten oder achtzehnten Video drehte sie sich auf einmal um und griff nach einem Salzstreuer. Sie lächelte.

Er drückte auf Pause und betrachtete ihr lächelndes Gesicht. Vielleicht hatte der Gast, der nach Salz gefragt hatte, etwas Witziges gesagt, vielleicht war sie an diesem Tag einfach nur gut gelaunt gewesen.

Er speicherte das Bild ab und schob es an den linken Rand seiner V-Specs. Dann öffnete er das Nachrichtenfenster.

›*Tasha?*‹

Kipling wartete. Die Fingeranimation verharrte reglos über der Tastatur.

›*Tasha?*‹

›

›

›

TEIL 3

SIE HABEN KEINE WAHL

»Wie gehen wir eigentlich miteinander um, seit wir in diese neue, kranke Welt geschleudert wurden? Helfen wir unseren Nächsten und nicht ganz so Nächsten? Strecken wir die Hand aus, wenn einer von uns fällt, um ihm aufzuhelfen? Nein, das tun wir nicht. Wir trampeln aufeinander herum. Wir boxen unsere Nächsten zur Seite, wenn wir glauben, dass uns das einen kleinen Vorteil verschaffen könnte. Wir gehen scheiße miteinander um. Menschen im All – das sollte *Star Trek* sein, nicht *Death Race 2000.* Denkt darüber nach, wenn ihr das nächste Mal einem hungernden Flüchtling den Mittelfinger ins Gesicht streckt oder ihm das Schiff unter dem Hintern wegkapert. Seid *Star Trek*, Leute. Wenn ihr das nicht seid, haben die Jockeys schon gewonnen.«

– Nerdprediger Dan, *ASCII-Zeichen für die Ewigkeit*

1

#NG27 auf Platz fünf der Twitter-Trends, #JagtsieausdemZoo auf Platz sechs, über eine Million Hits des Videos, das die Ermordung von Onas'Ramun ay Sin'Dolf, Vater des Stationskommandanten Mak'Uryl zeigte, mehr als sechstausend Kommentare – das waren die Neuigkeiten, die Kipling auf dem Willkommensbildschirm seiner V-Specs sah, als er erwachte und sich die Brille aufsetzte.

Ach, du Scheiße, dachte er. In den letzten sechs Stunden war das Thema explodiert. Die Kommentare und Tweets verrieten ihm, wie die Menschen darauf reagierten. Viele nannten Onas'Ramuns Ermordung einen ersten Schritt auf dem richtigen Weg, andere fragten sich, ob die Jockeys Menschen nun ganz aus ihren Stationen aussperren würden. Eine wesentlich kleinere Gruppe zweifelte an der Echtheit des Videos und warf Kipling Propaganda vor. Und dann gab es da noch die Verschwörungstheoretiker, die das Ganze für einen Trick der Jockey-Elite hielten, die damit angeblich versuchte, ihr Volk gegen die Menschen aufzuhetzen.

In Foren, auf Plattformen, in Chaträumen, überall wurde über die Ereignisse auf NG27 diskutiert. Nur die Jockeys schwiegen. Weder der Anschlag noch der Aufstand auf NG27 waren bislang offiziell bestätigt worden.

Kipling klickte auf einen Jockey-Nachrichtenkanal, der in englischer Sprache sendete. Die Hauptnachricht dort drehte sich um ein Festival der Kulturen, das auf irgendeiner Raumstation stattfand. Menschen hielten alten Schmuck in die Kameras oder selbst genähte Decken. Einer zeigte stolz ein Gemälde, auf dem mehrere Hunde Billard spielten. Ab und zu schwenkte die Kamera zu Jockeys herum, die mit gönnerhaftem Blick von den großen kulturellen Leistungen sprachen, die die Menschen hervorgebracht hatten.

Unwillkürlich fragte sich Kipling ob die Azteken, als sie vor den spanischen Conquestadores gekniet hatten, wohl das Gleiche gefühlt hatten wie er in diesem Moment: eine Mischung aus ohnmächtiger Wut, ungläubigem Staunen und Fremdschämen.

Es hätte ihn nicht gewundert.

Er blinzelte die Nachrichten weg und holte das Chatfenster nach vorn, das er in der Nacht zuvor als letztes geschlossen hatte. ›*Tasha?*‹ stand dort immer noch fragend. Der Cursor blinkte, doch die Finger hingen reglos über der Tastatur-Animation. Tasha hatte noch nicht geantwortet.

Niemand hat geantwortet, dachte Kipling. Obwohl Tausende die Aufständischen von NG27 baten, sich zu melden, blieb es still. Nur die üblichen Idioten und Trolle, die sich danach sehnten, im Rampenlicht zu stehen, posteten. Sie flogen immer nach nur wenigen Minuten auf und wurden unter Beschimpfungen zurück in die Anonymität gejagt.

Diese Stille gab Kipling Hoffnung. Er konnte sich nicht vorstellen, dass es den Jockeys trotz Lockdown gelungen war, alle Aufständischen zu töten oder gefangen zu nehmen. Viel wahrscheinlicher war, dass sie das öffentliche WLAN ausgeschaltet hatten und die Station nun über ein internes betrieben. Doch das würden sie nicht lange durchhalten. Die Geschäftsleute und andere Jockey-Zivilisten, die auf NG27 lebten, hingen vom WLAN ebenso ab wie alle anderen. Früher oder später würden sie die Öffnung des Netzes erzwingen. Mak'Uryl hoffte wahrscheinlich, dass es ihm bis dahin gelingen würde, die Aufständischen zum Schweigen zu bringen. Die übliche Taktik der Jockeys, ihre Gegner zu diffamieren und zu isolieren, würde dieses Mal allerdings nicht aufgehen. Es waren einfach zu viele.

Eine Nachricht öffnete sich lautlos vor seinem Auge. ›*Bist du wach?*‹ Sie stammte von Rin.

›*Ja*‹, antwortete er.

›*Gut. Dann komm mal rauf zur Brücke. Ich glaub, hier stimmt was nicht.*‹

›*Kann ich noch duschen?*‹

›*Ich bitte sogar darum. :)*‹

Er seufzte und schlug die Decke zurück. Mit den implantierten Chips in seinen Fingerkuppen wischte er die offenen Fenster zur Seite, bis nur das Standbild, das die Überwachungskamera in dem kleinen Café auf NG27 von Tasha aufgenommen hatte, zu sehen war.

Er schob es in die Mitte seines Sichtfeldes und ging ins Bad.

2

Sie alle schliefen zu den unterschiedlichsten Zeiten, Tag und Nacht waren Konzepte, die in der ewigen Dunkelheit des Alls längst ihre Bedeutung verloren hatten. Anfangs hatte Rin noch versucht, sich selbst einen Rhythmus aufzuerlegen, aber das Leben auf der *Mishima* war zu chaotisch und unvorhersehbar gewesen. Irgendwann hatte sie resigniert. Seitdem schlief sie so wie die anderen auch: Ein paar Stunden, wann immer sie konnte. Sie hatte sich so sehr daran gewöhnt, dass sie nach spätestens vier Stunden aufwachte, selbst wenn sie ein wenig verkatert war wie an diesem – sie nannte es trotzdem Morgen.

Arnest lachte leise vor sich hin. Er saß an einer der ausgeschalteten Arbeitsstationen und hatte die Füße hochgelegt. Grinsend sah er den Cartoons zu, die lautlos über die gewaltige Wand aus Bildschirmen flackerten. Coyote jagte den Roadrunner, so wie jedes Mal, aber der war zu schlau, um sich fangen zu lassen. Arnest schien die Boshaftigkeiten zu genießen, die der Roadrunner sich ausdachte, während Rin Mitleid mit dem Koyoten hatte. Er würde sein Ziel nie erreichen, aber egal, wie oft er auch scheiterte, er versuchte es doch immer wieder.

Er ist ein Don Quichote, dachte sie und gähnte. Arnest schlug sich auf die Schenkel, als der Koyote unter einem riesigen Amboss begraben wurde. Sie waren allein auf der Brücke. Auckland und Lanzo hatten sich in ihre Kabinen zurückgezogen. Wenn man nicht darüber nachdachte, wirkte es wie ein Vertrauensbeweis, dass Auckland ihnen die Brücke überließ, aber sie befanden sich im Hyperraum, wodurch das Schiff praktisch mit Autopilot flog. Rin war sich sicher, dass Auckland seine Kabine verlassen würde, bevor sie in den Normalraum zurückkehrten.

Sie drehte den Pilotensessel, in dem sie saß, als sich hinter ihr die Tür zur Brücke zischend öffnete und Kipling eintrat. Er trug ausgewaschene Jeans und ein blaues T-Shirt, das ihm zu groß war. Seine nassen Haare hinterließen dunkle Tropfen auf dem Stoff.

»Was ist los?«, fragte er.

»Ich bin mir nicht sicher.« Rin schwang den Sessel wieder herum und drückte auf einen Knopf. Roadrunner und Coyote verschwanden von den Bildschirmen, an ihre Stelle trat eine lange Reihe von Zahlen und einige Diagramme.

»Hey«, sagte Arnest mit zusammengezogenen Augenbrauen. »Ich wollte das sehen.«

»Später.« Rin zeigte auf eines der Diagramme. »Sehen diese Energiewerte nicht irgendwie seltsam aus?«

Kipling trat an eine der Arbeitsstationen und setzte sich auf die Armlehne des Sessels. Die Augen hinter den V-Specs glitten über Diagramme und Zahlen. Rin bemerkte, dass er die Finger bewegte, so als gäbe er etwas auf einer nur für ihn erkennbaren Tastatur ein. Dann nickte er. »Die sind zu hoch. Zeig mir mal das Sprunglog.«

Rin brauchte einige Sekunden, um sich in dem fremden System zu orientieren. »Hier ist es.«

Neben den Diagrammen erschien eine endlos wirkende, mit einem Zeitstempel versehene Auflistung von Befehlen. Die Logdateien zeichneten die Kommunikation zwischen allen Systemen auf, die an der Vorbereitung und der Ausführung eines Hyperraumsprungs beteiligt waren. Tausende Befehle, Abfragen und Berechnungen glitten in rascher Folge durch das Terminalfenster. Ab und zu blitzte das Wort ›Warnung‹ zwischen ihnen auf.

Arnest gähnte und streckte sich. »Dauert das noch lange?«

Kipling ignorierte ihn. Normalerweise hätte er mit einem Spruch geantwortet, und dass er das nicht tat, verriet Rin, dass zwischen den beiden wirklich etwas nicht in Ordnung war. Sie hatte das schon vorher vermutet.

Ich sollte Kipling darauf ansprechen, dachte sie. Lanzo lachte oft über das, was er als ihr übersteigertes Harmoniebedürfnis bezeichnete. Sobald sie Spannungen wahrnahm, griff sie ein. Sie empfand das als logisch, denn nur Leute, die sich verstanden, konnten sich auch aufeinander verlassen.

»Aha«, sagte Kipling auf einmal. Es beeindruckte Rin, dass er in der Logdatei mehr sah als ein Wirrwarr aus Buchstaben und Zahlen. »Ich weiß, was los ist.«

Über ihnen öffnete sich eine Tür. »Und das wäre?«

Rin sah auf. Auckland ging langsam die Treppe zur Brücke hinunter. Er war vollständig angezogen und wirkte nicht so, als habe er geschlafen.

»Hast du uns etwa zugehört?«, fragte Arnest.

»Natürlich. Ihr seid auf meiner Brücke. Alles, was hier gesprochen wird, geht mich etwas an.«

»Und was ist mit dem Rest des Schiffs?«, fragte Rin.

Er hob die Schultern und blieb hinter einer der Arbeitsstationen stehen. »Hängt davon ab.«

Bevor Rin nachhaken konnte, fuhr er fort. »Also, was ist los?«

»Sieh dir mal die Energiewerte in dem Diagramm links oben an«, sagte Kipling. »Achte nur auf die rote Linie. Was fällt dir auf?«

»Sie sind zu hoch.«

»Genau. Und achte jetzt mal in der Logdatei rechts im Terminal auf alles, was hinter dem Wort ›Warnung‹ steht.«

Es wurde still auf der Brücke. Auckland betrachtete die Befehle und runzelte die Stirn. »Das sind Berechnungen, die Sekunden vor dem Sprung neu erstellt werden mussten. Das erklärt den gestiegenen Energieverbrauch, aber ich verstehe nicht, was daran so bemerkenswert ist.«

Kipling rückte seine Brille zurecht und erhob sich. Rin konnte sehen, dass er in das ging, was sie seinen Wikipedia-Modus nannte. *Das kann eine Weile dauern.*

»Ihr wisst ja ungefähr, was kurz vor einem Sprung passiert«, sagte Kipling. »Position und Kurs werden anhand der Sprungtore berechnet, ebenso die Dauer des Hyperraumaufenthalts. Das passiert bei jedem Sprung aufs Neue, selbst wenn man, nachdem man von A nach B geflogen ist, zurück nach A will. Das Weltall ist nicht statisch, alles ist in ständiger Bewegung. Das gilt besonders für den Hyperraum, den niemand von uns – und da schließe ich die Jockeys mit ein – wirklich versteht. Würde man mit den Berechnungen des Flugs von A nach B von B nach A reisen wollen, könnte niemand sagen, wo man herauskäme. Vielleicht mitten im Nichts, außerhalb der Reichweite der Sprungtore, vielleicht auch in einer Sonne oder einem Planeten. Deshalb –«

Arnest schnarchte theatralisch laut.

Kipling fuhr herum. »Wenn du dich nicht benehmen kannst, dann verlass die Brücke. Du findest im Frachtraum bestimmt einen Kauknochen, mit dem du spielen kannst.«

Die Wut, die in seiner Stimme mitschwang, schockierte Rin. Noch nie zuvor hatte er so mit einem anderen Crewmitglied gesprochen. Arnests Augen weiteten sich. Er sprang so rasch aus seinem Sessel auf, dass die Armlehnen knirschten. »Was hast du gesagt?«

»Du hast mich schon verstanden.«

Auckland griff nicht ein, aber sein Blick glitt von einem der beiden Männer zum anderen. Die linke Hand hatte er in die Hosentasche gesteckt. Darin befand sich wahrscheinlich das zusammengeklappte Headset, mit dem er jeder Zeit die alleinige Kontrolle über das Schiff wiedererlangen konnte.

Rin stand auf. »Würdest du deinen Bruder holen, Arnest?«, fragte sie freundlich. »Das, was hier besprochen wird, betrifft ihn auch.«

»Ich will, dass er sich entschuldigt.«

»Darüber reden wir, wenn Lanzo hier ist, okay? Kipling hat es bestimmt nicht so gemeint.«

Sie sah Kipling von der Seite an. Die Wut wich aus seinem Gesicht, und er wirkte auf einmal nervös, so als würde ihm langsam klar, dass er zu weit gegangen war.

Er räusperte sich. »Wo war ich stehen geblieben? Ach ja, bei den Berechnungen, die bei jedem Sprung aufs Neue ausgeführt werden müssen. Aber es gibt auch Konstanten, Dinge, die das System einmal berechnet und dann nie wieder.«

Rin hörte kaum zu. Ihre Aufmerksamkeit richtete sich auf Arnest, der unschlüssig im Raum stand. Er schien nicht zu wissen, wie er sich verhalten sollte.

»Was für Konstanten?«, fragte Auckland. Er ging auf Kiplings Taktik ein und wandte Arnest sogar den Rücken zu, so als hätte dieser die Brücke bereits verlassen.

»Zum Beispiel die Abmessungen des Schiffs. Sie bestimmen über die Größe der Blase, die vom Antrieb erschaffen werden muss, aber im Allgemeinen ändern sie sich nicht. Das System berechnet sie also einmal und speichert das Ergebnis dann für weitere Sprünge ab.«

Arnest schien eine Entscheidung getroffen zu haben, denn er setzte sich in Bewegung. Rin entging nicht, dass Auckland sich anspannte, als er hinter seinem Rücken vorbeiging. Kipling beobachtete Arnest aus den Augenwinkeln, sprach jedoch weiter. »Aus Sicherheitsgründen wird kurz vor dem Sprung noch einmal alles überprüft, inklusive der Konstanten. Wenn sich da etwas geändert hat, kommt es zu Warnungen, wie ihr sie in der Logdatei seht.«

Die Tür zischte. Arnest hatte die Brücke verlassen.

»Was sollte das denn?«, unterbrach ihn Rin. »Wieso hast du ihn so angemacht?«

Kipling schob eine Hand unter seine Brille und rieb sich die Augen. »Ich hab überreagiert, tut mir leid.«

»Was ist zwischen dir und ihm vorgefallen?« Rin hatte das Gefühl, dass sie sich vor Auckland rechtfertigen musste, was ihr nicht gefiel.

»Dafür haben wir jetzt wirklich keine Zeit«, sagte Kipling. »Ich klär das mit ihm, aber lass mich erst mal zum Wesentlichen kommen, bevor wir in fünf Minuten den Hyperraum verlassen.«

Auckland nickte. »Dann fahr fort.«

»Laut dieser Logdatei wurde eine Unregelmäßigkeit bei der Überprüfung der Konstanten festgestellt. Abmessungen und Masse der *Eliot* mussten neu berechnet werden. Versteht ihr, was das bedeutet?«

»Ja.« Rin sah unwillkürlich zum Bildschirm, obwohl sie wusste, dass sie dort nichts finden würde. »Jemand fliegt huckepack.«

»Und zwar in einem getarnten Schiff, sonst hätten die Sensoren ihn bemerkt.« Auckland beugte sich vor und berührte die Kunststoffplatte seiner Arbeitsstation mit der flachen Hand. »Auckland 108756B. Start Full Stern Punkt Stern.«

Rin zuckte zusammen, als sämtliche Arbeitsstationen auf der Brücke plötzlich zum Leben erwachten. Bildschirme erhellten sich, Software wurde gestartet. Virtuelle Tastaturen, Icons und Kacheln wurden auf die dunklen Kunststoffoberflächen projiziert.

»Cool«, sagte Kipling sichtlich beeindruckt. »Austauschbare Funktionen. Navigation, Waffensysteme, Schiffsbetrieb … Man holt sich einfach die, die man gerade braucht.«

»Wenn man die entsprechende Freigabe hat.« Auckland berührte einige Kacheln. »So wie ihr jetzt. Nur die manuelle Schiffssteuerung ist ausgenommen. Dafür benötigt man die Joysticks in den Armlehnen des Pilotensessels.«

Rin drehte den Kopf. »Willst du auf meinen Platz, John?«

»Nein.« Er lächelte. »Ich habe den Verdacht, dass du der bessere Pilot von uns beiden bist. Und je nachdem, wer sich an uns gehängt hat, werden wir einen guten Piloten vielleicht –«

Der Brückencomputer unterbrach ihn. »Achtung. Eintritt in Normalraum in neunundfünfzig, achtundfünfzig, sieben –«

Er sprach mit der weiblichen ruhigen Stimme des Computers aus *Star Trek: The Next Generation.*

Auckland hob die Augenbrauen.

»Klingt doch schon viel besser als die mitgelieferte Stimme, oder?«, fragte Kipling. Er wirkte verlegen. »Wenn dir die nicht gefallen sollte, hätte ich auch noch Yoda oder –«

»Nein, danke«, sagte Auckland knapp.

Kipling schloss den Mund und setzte sich.

»Dreiundfünfzig, zweiundfünfzig …«

3

»Ich hätte ihm auf die Fresse hauen sollen!«

Arnest trat gegen das Bett. Es war mit dem Boden verschraubt und bewegte sich nicht, aber der Knall und der kurze Schmerz, der durch seinen Fuß zuckte, beruhigten ihn.

Lanzo, der mit einem Pad in der Hand am Schreibtisch gesessen hatte, stand auf. Arnest konnte nicht verstehen, dass er so gelassen blieb.

»Er hat mich beleidigt«, fügte er hinzu.

Lanzo legte das Pad auf die Tischplatte. »Und was hast du vorher zu ihm gesagt?«

»Nichts! Ich hab nur geschnarcht.«

»Geschnarcht?«

Arnest breitete die Arme aus. Er hatte auf einmal den Eindruck, dass *er* angeklagt wurde, nicht Kipling. »Es war ein blöder Witz, okay? Kipling erzählte irgendeine langweilige Scheiße, und da hab ich angefangen zu schnarchen, weil es eben so langweilig war. Und dann hat er das gesagt.«

»Du hast wirklich nicht mehr gemacht?«, fragte Lanzo mit einem Blick, der erkennen ließ, dass er das nicht ganz glaubte.

»Nein. Ehrenwort.« Er fuhr sich über den fast kahl geschorenen Kopf. »Ich wollte, dass Kipling sich entschuldigt, aber er hat das nich' gemacht, und Rin hat nur das Thema gewechselt und mich zu dir geschickt.«

Lanzo wirkte nun ebenso verwirrt, wie Arnest sich fühlte. »Und das hast du einfach so getan?«

»Ja, schien wichtig zu sein.«

»Was schien wichtig zu sein?«

Die ständigen Fragen gingen Arnest auf die Nerven. »Keine Ahnung, irgendwas mit Logdateien und Energiewerten. Ich hab den Scheiß –«

Lanzo ließ ihn nicht ausreden. »Komm.« Mit langen Schritten verließ er die Kabine und schlug den Weg zur Brücke ein. »Wir gehen jetzt zusammen auf die Brücke. Du wirst kein Wort mehr über die Sache verlieren.«

»Aber …« Arnest sprach nicht weiter, als sein Bruder den Kopf schüttelte.

»Lass mich mit Kipling reden. Ich kläre das. Dafür bin ich schließlich da, richtig?«

»Okay.« Arnest wusste, dass es ihm manchmal schwerfiel, das Verhalten von Menschen richtig einzuschätzen. Er konnte genau erkennen, ob jemand vorhatte, eine Waffe zu ziehen oder in welche Richtung ein Faustschlag gehen würde, aber wenn man ihn fragte, ob jemand traurig oder fröhlich war, gab er nicht immer die richtige Antwort. Vielleicht war das auch diesmal passiert. Vielleicht hatte Kipling nur einen Witz machen wollen, denn er nicht verstanden hatte, aber irgendwie glaubte er das nicht. Er hatte die Spannung gespürt, die plötzlich die anderen erfasst hatte. Sie hatte Kipling ebenso gegolten wie ihm. Und Spannung konnte er sehr gut erkennen. Sie schmeckte nach Ozon und prickelte auf der Haut.

Sie stiegen in den Fahrstuhl. Die Türen schlossen sich.

»Kein Wort«, wiederholte Lanzo. »Tu so, als hättest du das alles nur geträumt.«

Arnest nickte. Er beschloss, gar nichts zu sagen.

»Zwanzig, neunzehn, achtzehn …«, sagte eine weibliche Computerstimme, als sie die Brücke betraten. Kipling, Rin und Auckland drehten sich zu ihnen um. Auf Arnest wirkte Kiplings Gesichtsausdruck normal.

»Was ist los?«, fragte Lanzo. Er setzte sich an eine der erleuchteten Stationen.

»Jemand hat sich an uns dran gehangen«, sagte Rin. Sie legte die Hände auf die Joysticks. »Das Schiff ist getarnt.«

»Soll ich die Waffen übernehmen?« Das war auch Lanzos Aufgabe auf der *Mishima* gewesen.

»Die leichten.« Auckland schob mit den Fingern einige Kacheln auf seiner Station zur Seite, bis sie verschwanden. »Die schweren steuere ich. Es wird erst auf mein Kommando geschossen, verstanden?«

»Verstanden.«

Niemand beachtete Arnest. Er blieb einen Moment unsicher stehen, dann setzte er sich an eine Station. Nur Sekunden später erloschen die Lichter vor ihm, die Kacheln und Icons verschwanden.

»Ist nichts persönliches«, sagte Auckland.

Arnest nickte. Er betrachtete die Bildschirme, die voll von Diagrammen und Fenstern waren, deren Inhalt er nicht verstand. Es hatte ihn nie gestört, dass andere ihn für dumm hielten. Lanzo sagte immer, dass sie das nur dachten, weil sie ihn nicht kannten. Doch er fühlte sich auf einmal dumm, dumm und nutzlos. Der Rest der Crew arbeitete an ihren Stationen. Sie taten wichtige Dinge, während er nur wie ein Klotz zwischen ihnen saß und seine vernarbten Fingerknöchel knetete.

Aus den Augenwinkeln betrachtete er Kipling. Er war wütend auf ihn, aber ein Teil dieser Wut richtete sich nun auch auf ihn selbst.

Hätte ich doch nur die Schnauze gehalten, dachte er. Wenn er nicht deutlich gemacht hätte, dass er nichts von dem verstand, was um ihn herum passierte, hätten ihm Auckland und Rin vielleicht eine kleine Aufgabe gegeben, irgendwas, damit er sich nicht so nutzlos gefühlt hätte. Doch nun ignorierten sie ihn.

Die Computerstimme beendete ihren Countdown. »Zwei, eins. Eintritt in Normalraum erfolgt.«

Auf den Bildschirmen tauchten Sterne auf. Das Wummern unter seinen Füßen wurde von einem leisen Summen abgelöst. Das war der Unterlichtantrieb, das hatte ihm Kipling mal erklärt. Und er hatte es behalten. Er war wohl doch nicht so dumm wie alle glaubten.

»Waffensysteme fahren hoch«, sagte Auckland. »Sind hochgefahren.«

»Scan läuft.« Kipling tippte auf der virtuellen Tastatur. »Ein Schiff zu tarnen, erfordert sehr viel Energie. Dabei entsteht Hitze, die sich messen lassen …« Er unterbrach sich. »Aber das wird nicht nötig sein. Das Schiff enttarnt sich.«

Kipling machte eine Handbewegung, als wolle er ein Staubkorn wegwischen. Die Bildschirmwand vor Arnest teilte sich neu auf, und er sah den Umriss eines kleinen, flachen Schiffs. Es flackerte einen Moment lang, so als gehöre es nicht in diese Welt, dann stabilisierte es sich.

»Sagt Hallo zur *U.S.S. John Henry*«, fuhr Kipling fort. »Ein Aufklärer. Normalerweise zwei Mann Besatzung, nur leichte Waffen, ungewöhnlich großer Frachtraum für die Schiffsklasse. Er hängt an Steuerbord, neben unserem Heck.«

»Zielsysteme haben ihn erfasst«, sagte Lanzo. Seine Finger schwebten über dem Touchscreen, so als warte er nur auf die Schussfreigabe. Im Gegensatz zu Arnest liebte er es, seine Gegner aus der Ferne zu erledigen.

»Nicht schießen.« Aucklands Stimme klang warnend. »Er funkt uns an.«

Er räusperte sich und drückte auf einen Knopf in seiner Armlehne. »*John Henry*, hier ist die *T. S. Eliot*. Es ist üblich zu fragen, wenn man mitgenommen werden möchte.«

In den Brückenlautsprechern knackte es. »*Eliot*, hier ist die *John Henry*. Tut uns leid, sollten wir eure Gefühle verletzt haben, aber wir hatten es eilig. Meine Genossen und ich fühlten uns auf NG27 nicht mehr willkommen.«

Arnest vergaß, was er sich vorgenommen hatte, und öffnete den Mund. »Che?«

4

»Che?«, fragte Auckland, nachdem er die Funkverbindung unterbrochen hatte.

Kipling nickte. »Che, Fidel, Rosa und Martin. Drei Kommunisten und ein Bürgerrechtler, wenn man ihren Namen glauben darf. Sie haben vor ein paar Wochen die Leitung der Proteste übernommen. Als daraus ein Aufstand wurde, verschwanden sie auf einmal. Ich hatte mich schon gefragt, was aus ihnen geworden ist.«

Auckland stand auf und sperrte seine Station mit einer Handbewegung. »Wahrscheinlich haben sie den Lockdown der Station vorhergesehen, so wie wir auch. Mal sehen, was sie wollen.«

Er hatte der *John Henry* unter der Bedingung, dass Che die *Eliot* allein betreten würde, erlaubt, anzudocken. Nur Lanzo hatte Bedenken geäußert. Kipling konnte seine Gründe nachvollziehen. Auch er hatte auf der Station den Eindruck gehabt, dass die vier etwas verbargen.

»Wir sitzen hier auf einem verdammt großen Schatz«, sagte Lanzo nun. »Jeden Streuner mit einer traurigen Geschichte an Bord zu lassen, ist eine schlechte Idee.«

»So wie euch?« Auckland schien zu bemerken, wie scharf seine Stimme klang, denn er milderte die Frage ab. »Keine Sorge, ich weiß, was ich tue, Lanzo. Du wirst auf der Brücke bleiben, Kipling ebenfalls. In den Gängen sind überall Kameras, ihr werdet also sehen, wenn etwas schiefläuft. Rin, Arnest, ihr kommt mit mir.«

»Alles klar.« Arnest sprang auf wie ein Hund, der sich auf seinen Spaziergang freute. Einen Moment lang bedauerte Kipling, wie er ihn behandelte, doch dann dachte er wieder an das, was Arnest gesagt hatte, und das Gefühl verschwand.

Er legte die Bilder der Gangkameras auf die Bildschirmwand und das der *John Henry* daneben. Die Sensoren waren auf das kleine Schiff gerichtet. Sobald dort etwas geschah, würde er es bemerken. Bis auf Lanzo verließen alle die Brücke. Es wurde still.

Gleich wird er es ansprechen, dachte Kipling, aber Lanzo ließ sich Zeit. Er ordnete die Symbole auf seinem Touchscreen neu an, experimentierte mit der Zielerfassung und beobachtete Auckland und die anderen auf ihrem Weg zur Schleuse.

»Was hat er zu dir gesagt?«, fragte er schließlich, ohne den Blick von den Bildschirmen zu nehmen. »Es geht doch nicht nur um diese dumme Schnarcherei, oder?«

»Nein.«

»Worum dann?«

Kipling seufzte. Am liebsten hätte er die Unterhaltung abgebrochen, aber wusste, dass er sie früher oder später führen musste. Lanzo würde so lange darauf beharren, bis er es tat.

»Erinnerst du dich an unsere im Nachhinein echt asoziale Wette, ob Auckland es bis ins Schiff schaffen würde oder nicht?«, fragte er.

»Ja. Ich schulde dir noch zehn Goldcoins.«

»Es geht mir nicht um das scheiß Geld, sondern um deinen Bruder. Er wollte, dass ich die Tür schließe, damit du die Wette nicht verlierst.« Es überraschte Kipling, wie wütend ihn die Erinnerung machte. Er konnte nicht begreifen, dass jemand, den er für einen Freund gehalten hatte, bereit gewesen war, einen Menschen wegen zehn Goldcoins zum Tode zu verurteilen.

Lanzo nahm den Blick von den Kameras. Er wirkte weder überrascht noch entsetzt.

»Arnest«, sagte er, »würde für mich, für Rin und für dich sterben.«

Kipling verdrehte die Augen, aber Lanzo fuhr fort: »Das meine ich ernst. Wenn jemand sagen würde: ›Spring in diesen Abgrund, oder ich werde Kipling töten‹, würde er springen, und zwar ohne auch nur eine Sekunde zu zögern. Wenn du sagen würdest: ›Gib dem Fremden da hinten fünf Goldcoins, damit er nicht verhungert‹, würde er dich auslachen und das Geld versaufen.«

Lanzos Blick glitt kurz zurück zu den Bildschirmen. Rin und die anderen hatten die Schleuse erreicht und warteten nun auf Che.

»Mein Bruder teilt die Menschen in zwei Gruppen ein. Familie, das sind alle, die er bis zum Tod verteidigen und beschützen würde, und den Rest. Ob sie leben oder sterben, interessiert ihn nicht.«

»Er hat Tasha geholfen.«

»Weil ich ihn darum gebeten habe. Von sich aus hätte er das nie getan.«

Kipling sah Lanzo zweifelnd an. »Wenn das stimmt, dann ist dein Bruder ein sehr kranker Mensch.«

»Nein, er braucht nur jemanden, der ihn anleitet und ihm erklärt, was richtig und was falsch ist.«

Er schien Kiplings Blick richtig zu deuten, denn er zuckte mit den Schultern und lächelte. »Ich weiß, aber er hat ja niemanden außer mir.«

Die Bilder der Überwachungskameras zeigten, wie sich die Schleusentür öffnete und Che heraustrat. Er war allein. Die anderen sprachen einen Moment mit ihm, dann nickte Auckland und zeigte in Richtung der Brücke.

»Sie sind auf dem Weg zu uns«, sagte Kipling. Seine Gedanken kreisten um das, was Lanzo gesagt hatte. Es erklärte die Gleichgültigkeit, mit der Arnest vielen auf Kipling schockierend wirkenden Ereignissen begegnete, aber auch die bedingungslose Loyalität, mit der er zu seinem Bruder stand.

»Wenn man einmal auf seiner Familienliste steht«, sagte er und versuchte, möglichst beiläufig zu klingen, »bleibt man dann immer darauf, egal, was passiert?«

»Keine Ahnung. Warum fragst du?«

»Nur so.« Er dachte an die Auseinandersetzung zwischen sich und Arnest. Sich ihn zum Feind zu machen, erschien ihm als eine schlechtere Idee als je zuvor. »Sag ihm, dass die Angelegenheit von mir aus erledigt ist, okay?«

»Okay.«

Täuschte er sich, oder wirkte Lanzo erleichtert? Er schien freier zu atmen und saß aufrechter, so als drücke ihn nichts mehr nieder. *Merkwürdig.*

Die anderen verschwanden aus dem Blick der Überwachungskameras. Nur Sekunden später öffneten sich die Fahrstuhltüren. »Kipling und Lanzo kennst du ja schon«, sagte Auckland, als er und die anderen eintraten.

Che winkte ihnen zu. »Hi, Genossen.«

»Hi.« Kipling drehte sich zu ihm um. »Haben deine Kumpel es auch geschafft?«

»Ja. Martin, Fidel und Rosa sind auf der *John Henry*. Wir sind gerade noch weggekommen.«

»Im Gegensatz zu euren Anhängern«, sagte Kipling. Er dachte an Tasha. »Manche würden das als ›im Stich lassen‹ bezeichnen.«

»Na ja ...« Che verstummte und strich sich eine dunkle Haarsträhne aus dem Gesicht. Er wirkte viel jünger als auf der Station. Kipling schätzte, dass er knapp zwanzig Jahre alt war. Sein Charisma hatte er nicht verloren, aber ohne seine Begleiter fehlte ihm die Selbstsicherheit eines Anführers. »Ist alles nicht so, wie's aussieht.«

»Warum setzt du dich nicht und fängst von vorn an.« Rin zeigte auf die abgedunkelte Station.

Che setzte sich auf die Armlehne des Sessels und faltete die Hände vor dem Körper. Er räusperte sich. Arnest blieb am Fahrstuhl stehen, so als wolle er einen Fluchtweg blockieren. Die anderen setzten sich.

»Also, wir vier gehören zu der Flotte, deren Plätze damals verlost wurden, wisst ihr noch?«

Kipling hob die Augenbrauen. »Ich dachte, die Lotterie sei ein Fake gewesen.«

»Nee, die war schon echt, aber es haben sich viele eingekauft. Deshalb sind auch fast nur Noobs an Bord. Schauspieler, Politiker, Banker, Wirtschaftsbosse … Alles Leute, die keinen Plan vom Leben im All haben. Wenn wir nicht auch Mechaniker und Ingenieure dabeihätten, wären wir schon längst verreckt.«

»Wie viele seid ihr?«, fragte Lanzo.

»Dreitausend, oder so. Wir waren mal zehntausend, aber wir haben ’ne Menge Schiffe an die Zombies verloren.« Er schwieg und sein Blick richtete sich ins Nichts. Kipling kannte das. Ab und zu wurden sie alle von ihren Erinnerungen heimgesucht.

»Die ersten Monate waren echt die Hölle«, sagte Che dann. »Irgendwann wurde uns klar, dass wir so nicht weitermachen konnten.«

»Wer ist wir?« Auckland beugte sich vor. »Wie seid ihr organisiert?«

Che verzog das Gesicht. »Ich hatte doch die Politiker erwähnt, oder? Wir haben eine Präsidentin, mehrere Minister, fünfzig Abgeordnete und insgesamt sechzehn Staaten, einen für jedes Schiff. Die Polizei darf alles, die Bürger nichts. Deswegen bin ich Kommunist. Nieder mit den Unterdrückern.«

Er hob die linke Faust.

Kipling sah, wie Aucklands Mundwinkel zuckten. Rin und Lanzo wandten sich ab, damit Che ihr Grinsen nicht bemerkte, nur Arnest beobachtete ihn ungerührt.

Es wurde still auf der Brücke. Che errötete und ließ die

Faust wieder sinken. »Die da oben kamen auf die Idee, sich mal die Anweisungen der Jockeys genau anzusehen. Dabei stellten sie fest, dass uns nur verboten ist, auf Planeten, Monden und so weiter zu landen, die zum Territorium der Jockeys gehören. Aber nicht alles in Reichweite der Sprungtore gehört dazu.«

Rin sah Kipling an. »Ist das wahr?«

»Kann ich rausfinden.«

Che winkte ab. »Nicht nötig, das haben Anwälte überprüft. Jedenfalls haben wir am Arsch der Welt ein System gefunden, das alle Voraussetzungen erfüllt. Und dort wollen wir jetzt einen Mond besiedeln.«

Die Idee hat was, dachte Kipling. Der Menschheit war die einzige Heimat genommen worden, die sie je gekannt hatten. Wenn sie eine neue fanden, und sei es nur ein Mond am ›Arsch der Welt‹, konnten die Verletzungen, die dieser Verlust gerissen hatte, vielleicht endlich heilen.

»Was hat NG27 mit all dem zu tun?«, fragte er.

Che schwang seinen Sessel zu ihm herum. Je länger er redete, desto stärker brachen die Eigenschaften, die Kipling auf der Station bemerkt hatte, durch. Er gewann mit jedem Satz an Selbstsicherheit.

»Momentan haben wir zwei große Probleme: Geld und Maschinen. Die Präsidentin hat mehrere Schiffe ausgesandt, um das Nötigste zu kaufen, vor allem industrielle 3D-Drucker und Solaranlagen. Wir sollten Leute organisieren, die das nötige Know-how mitbringen. Aber als wir auf NG27 ankamen und ich die Proteste sah, kam mir eine andere Idee. Warum eine neue Heimat errichten, wenn man den Jockeys einfach eine wegnehmen kann?«

»Ihr habt geglaubt, dass ihr die Station übernehmen könntet?«, fragte Lanzo ungläubig.

»Oh Mann«, sagte Arnest.

»Moment, so unwahrscheinlich war das gar nicht.« Che stand

auf und hob die Hände, als wolle er die anderen beschwichtigen. »Wir hatten über zweitausend echt angepisste Leute, und auf NG27 leben nicht mal fünfhundert Jockeys, die meisten davon Zivilisten. Zahlenmäßig sah es ganz gut aus. Als es losging, dachten wir, dass wir die Jockeys einfach überrennen würden, aber dann zogen sie sich immer weiter zurück.«

Kipling nickte. »Und da wurde euch klar, dass ein Lockdown bevorstand.«

»Uns war klar, dass *irgendwas* bevorstand, also sind wir abgehauen. Wir hatten Angst, dass die Jockeys die *John Henry* bis in unser System verfolgen würden. Unser Antrieb ist zu schwach für mehrere Sprünge hintereinander.«

»Aber dann habt ihr uns gesehen und euch drangehängt«, sagte Auckland. »Für die Jockeys seid ihr damit einfach verschwunden. Keine Signatur, keine Energiespuren. Keine Verbindung zu dem System, das ihr geheim halten wollt.«

Che grinste. »Nicht schlecht für ein paar Kommunisten und einen Menschenrechtler, oder? Aber wir haben uns nicht nur deshalb an euch gehängt.« Er setzte sich wieder auf die Lehne. »Wir möchten euch ein Angebot machen.«

»Ich höre.«

»Euer Schiff sieht von außen nicht ganz so gut aus«, sagte Che. Kipling bekam den Eindruck, dass er sich seine Worte genau zurechtgelegt hatte. »Ich nehme an, dass ihr es auf NG27 reparieren wolltet, aber nicht mehr dazu gekommen seid. Wir haben Mechaniker, die euch helfen würden und die notwendigen Materialien.«

»Und im Gegenzug?«, fragte Auckland.

»Im Gegenzug überlasst ihr uns Kipling.«

Kipling zuckte zusammen. »Was?«

»Nicht für immer, wir sind ja keine Sklavenhalter.« Che lächelte breit. Er schien zu glauben, dass er die Situation völlig unter Kontrolle hatte. »Wir hatten der Präsidentin versprochen, dass wir jemanden finden würden, der ihr für diese Schwachsinnsidee, die sie seit Wochen mit sich rumträgt, ein einbruch- und hacksicheres Bezahlsystem programmiert. Ich möchte sie ungern enttäuschen.«

Auckland strich sich nachdenklich über den Bart. »Ich habe ein Gegenangebot«, sagte er. »Wieso fliegen wir nicht einfach zur nächstbesten Station und lassen euch hier verrotten, so wie ihr es mit euren Leuten auf NG27 getan habt?«

In seiner Stimme lag kalte Wut.

Das Lächeln verschwand aus Ches Gesicht. Auckland stand auf und blickte auf ihn herunter. »Um mich mit Abschaum wie dir einzulassen, brauche ich ein wesentlich besseres Angebot. Du hast zehn Minuten Zeit, um dir eines zu überlegen.«

Er drehte sich um, ging zwei Stufen auf einmal nehmend die Treppe hinauf und verschwand in seiner Kabine. Kipling war sich sicher, dass er die Tür zugeschlagen hätte, wenn das möglich gewesen wäre.

Che fuhr sich mit beiden Händen durch die Haare. »Ihr wollt uns doch nicht wirklich hier zurücklassen, oder?«, fragte er. Seine Selbstsicherheit war verschwunden. »Es sind mindestens sechs Sprünge bis nach Hause, also zwei Wochen. Wir haben nicht mal Vorräte für eine.«

»Warum sollte uns das interessieren?« Lanzo warf einen Blick auf seine Konsole. »Neun Minuten.«

Hilfe suchend sah Che zuerst Rin, dann Kipling an. »Könnt ihr nicht mit ihm reden? Ihr wart doch auch da unten, ihr wisst, wie chaotisch alles war.«

»Ja, wir waren dort«, sagte Kipling. Die Wendung, die das Gespräch genommen hatte, bereitete ihm eine gewisse Genugtuung. »Und wir haben vier feige Schweine gesehen, die sich vor ihrer Verantwortung gedrückt haben.«

»Ich weiß nicht, was ich euch noch anbieten kann. Wir haben doch nichts.« Ches Schultern sackten nach unten. Seine Stimme zitterte, als hielte er mühsam Tränen zurück. Obwohl ein solcher Zusammenbruch zu der Situation gepasst hätte, wirkte er auf Kipling merkwürdig aufgesetzt.

»Nur mal so«, sagte er. »Was für eine Schwachsinnsidee ist das, für die deine Präsidentin das Bezahlsystem braucht?«

»Spielt das noch eine Rolle?«

»Sag's mir trotzdem.«

Che zog die Nase hoch. »Ich hab euch doch erzählt, dass sich all diese ehemals reichen Leute in die Flotte eingekauft haben. Darunter ist auch ein Musiker. Präsidentin Gonzales glaubt, dass Leute bezahlen werden, um sich ein live gestreamtes Konzert mit ihm anzusehen.«

Kipling glaubte das nicht, aber mit einem hatte Che recht: Es spielte wirklich keine Rolle mehr. In fünf Minuten würde Auckland ihn vom Schiff werfen.

»Was denn für ein Musiker?«, fragte Rin.

»Trevor Reilly.«

»Was?« Arnest nahm die Beine von der Konsole und machte einen Schritt auf Che zu. »Willst du mich verarschen? Trevor Reilly, *der* Trevor Reilly von der Trevor Reilly Banjo Experience gibt bei euch ein Konzert?«

Che sah auf. In seinen Augen blitzte es, als er seine Chance erkannte. »Willst du ihn kennenlernen? Ist ein echt netter Kerl. Ihr könntet einen trinken gehen oder so.«

»Fuck, ja!« Arnest drehte sich zu seinem Bruder. »Ich will dahin, Lanzo. Ist mir egal, wie ihr es macht, aber ich will dahin.«

»Dann ist das mein Angebot.« Che richtete sich auf. »Alles, was ich eben gesagt habe, plus einer Privataudienz mit dem großen Trevor Reilly, Sänger und Komponist von ›See You in Nashville‹.«

Kipling schüttelte langsam den Kopf. Rin lehnte sich in ihrem Pilotensessel zurück und legte die Hände wie einen Trichter um den Mund.

»John!«, rief sie.

5

Der Gasriese füllte fast die gesamte Bildschirmwand. Gewaltige Wirbelstürme aus rotbraunen Schlieren kollidierten unablässig miteinander. Blitze, die Hunderte Kilometer lang sein mussten, zuckten zwischen ihnen hindurch. Rin sah Wolken, die im Licht der weit entfernten Sonne wie Diamanten funkelten, aus der Atmosphäre aufsteigen und zerplatzen. Der Planet befand sich in Aufruhr.

Im Gegensatz zu dem auf den Karten nur mit einer langen Nummer versehenen Planeten, wirkte der Mond, der vor ihm hing, wie ein gelassener, stoischer Beobachter. Das Eis, das seine Oberfläche, bedeckte, schimmerte bläulich. Er war mit schwarzen Flecken, Kratern, die dunkles Gestein und Staub ausgespuckt hatten, übersät. Sie sahen aus wie aufgeplatzte Geschwüre.

Rin steuerte die *T. S. Eliot* in einem breiten Bogen auf die dem Gasriesen zugewandte Seite des Mondes. Ein halbes Dutzend Schiffe hingen dort über einer Siedlung aus gedrungenen, dunklen Metallgebäuden, die an den Schleusen miteinander verbunden waren. Die Tagseite begann nur wenige Kilometer weiter. Als Rin tiefer ging, sah sie dort eine Solaranlage, die kaum größer als die *Eliot* sein konnte.

Die Schiffe, aus denen die Siedlung bestand, waren hell erleuchtet. Dicht gedrängt standen sie nebeneinander, wie Vieh im Winter.

»Ich habe selten etwas so Trostloses gesehen«, sagte Kipling und verlieh damit Rins Gedanken Worte.

Sie wollte ihm zustimmen, aber Auckland kam ihr zuvor. »Wir werden angefunkt.«

Er drückte auf seinen Touchscreen und schaltete die Lautsprecher an.

»*T.S Eliot*, willkommen in Atlantis«, sagte eine Stimme mit freundlicher Routine. »Bitte folgen Sie der *John Henry* zu Ihrem designierten Landeplatz.«

»*T. S. Eliot* an Atlantis, verstanden.« Auckland schaltete den Lautsprecher ab.

Rin drehte sich zu ihm um. »Hat der uns gerade gesiezt?«, fragte sie.

»Und«, fügte Kipling hinzu, »haben die wirklich ihre Siedlung, die mitten im Eis liegt, nach einer Stadt benannt, die im Meer versunken ist?«

Auckland reagierte auf beide Bemerkungen nur mit einem Schulterzucken. Seit Rin ihn dazu überredet hatte, Ches Angebot anzunehmen, waren nur wenige Worte zwischen ihnen gefallen. Er versuchte zwar, seine Verärgerung zu verbergen, doch das gelang ihm nicht. Der Einzige, der nichts davon bemerkte, war Arnest. Er saß an seiner abgedunkelten Station und pfiff leise vor sich hin. Rin glaubte, die Melodie von ›See You in Nashville‹ in den schrägen Tönen zu erkennen.

Die *John Henry*, die vor ihr auf den Mond zuflog, wackelte mit den Flügeln und ging tiefer. Wie ein Rochen glitt sie durch die dünne Atmosphäre. Rin spürte, wie sich die Joysticks selbstständig unter ihren Händen bewegten, und ließ sie los. Sie kannte das Schiff noch nicht gut genug, um die Automatik auszuschalten und eine manuelle Landung zu versuchen. Der Unterlichtantrieb schaltete sich ab, die Schubdüsen sprangen heulend wie die Turbinen eines Flugzeugs an. Die Schwerkraft des Mondes war zwar laut Kipling gerade mal ein Sechstel so hoch wie die auf der Erde, trotzdem hatte ein Schiff von der Größe der *Eliot* damit zu kämpfen. Es schaukelte einen Moment von einer

Seite zur anderen, dann fing es sich und setzte neben einem der äußeren Gebäude auf. Das Heulen erstarb.

Che erwartete sie bereits auf der anderen Seite der Schleuse. Er stand zusammen mit einer jungen Frau, die Rin für Rosa hielt, in einem Gang, der nach abgestandener Luft und Maschinenöl roch.

»Die Präsidentin erwartet uns bereits«, sagte er. »Kommt mit.«

Der Gang knickte nach rechts ab, und auf einmal glaubte Rin, in einem Wohnhaus zu stehen. An den Metalltüren auf der rechten und linken Seite hingen Nummern, an manchen auch Namensschilder. Einige waren mit aufgemalten Mustern oder Blumen verziert, auf einer stand: ›FROHE OSTERN!‹ Daneben hingen bunte Plastikeier.

»Ist Ostern?«, fragte Arnest.

»Einer glaubt das zumindest«, sagte Che. Er tippte eines der Eier mit dem Finger an, bevor er weiterging. Rin folgte ihm schweigend. Wären die Gerüche nicht gewesen, hätte sie geglaubt, auf der Erde zu sein. Es war ein desorientierendes, verstörendes Gefühl, das sie trotz aller Versuche nicht ganz abschütteln konnte.

Den anderen schien es ähnlich zu gehen, denn niemand sagte ein Wort. Nur Kipling räusperte sich schließlich und fragte: »Sind eure Luftreiniger nicht in Ordnung?«

»Wir schalten sie nur aller fünf Stunden ein, um Energie zu sparen.«

Rin hob die Augenbrauen. »Warum schaltet ihr nicht die künstliche Schwerkraft ab. Die verbraucht doch viel mehr.«

Rosa drehte sich zu ihr um. Sie hatte blass wirkende blaue Augen. »Die meisten Leute auf den Schiffen sind vor diesem Flug noch nie im All gewesen. Die Gefahr von Unfällen und ihr wisst schon was, wäre viel zu groß.«

Ihr wisst schon was. Einer der zahlreichen Euphemismen für

Zombies. Außer Kipling kannte Rin niemanden, der das Wort gern aussprach.

»Ah, Zombies«, sagte er, als habe er ihre Gedanken gehört. »Gegen Zombies in Schwerelosigkeit zu kämpfen, stelle ich mir auch alles andere als angenehm vor.«

Rosa warf ihm einen irritierten Blick zu, so als würde sie sich fragen, wie sie diesen enthusiastisch ausgesprochenen Kommentar auffassen solle. »Genau«, sagte sie dann zögernd. »Deshalb ziehen wir die Energiekosten vor.«

Durch eine Schleuse gelangten sie in das nächste Schiff. Es war größer, wirkte aber spartanischer. Der große Frachtraum, in den Che sie führte, sah aus wie eine Notunterkunft während einer Naturkatastrophe. Jedem Menschen, der dort lebte, stand nur eine kleine Zelle zur Verfügung, die mit gespannten Bettlaken oder improvisierten Wänden aus Karton und Plastik von den anderen getrennt wurde.

Rin bemühte sich, die Privatsphäre der Menschen zu wahren und nicht in ihre Zellen zu sehen, trotzdem bemerkte sie, dass viele leer waren. »Hier ist nicht viel los.«

»Die meisten arbeiten«, sagte Rosa. »Jeder, der etwas beitragen kann, wird gebraucht. So eine Siedlung baut sich nicht von allein.«

In ihrer Stimme schwang ein altkluger Tonfall mit, der Rin störte. »Und wieso leben sie so viel schlechter als die in dem anderen Schiff?«

»Darüber hat das Los entschieden.«

Che nickte. »Natürlich leben die Reichen nicht hier. Meine Genossen und ich wollen dafür sorgen, dass ein Rotationsprinzip eingeführt wird, damit sich das ändert.«

»Lebst du hier?« Das war die erste Frage, die von Auckland kam.

»Nein.« Che antwortete, ohne ihn anzusehen. »Aber ich setze mich sehr für diese Leute ein.«

Er nickte einer älteren Frau zu, die zwei kleine Kinder bei der Hand genommen hatte und ihnen entgegenkam. »Hallo, Genossin Margaret.«

»Joan«, sagte die Frau und ging kopfschüttelnd weiter.

»Du lebst deine Rolle so richtig aus, oder?«

Rin hörte die Ironie in Kiplings Tonfall. Che anscheinend auch, denn er fuhr herum. »Ich versuche nur klarzukommen, so wie –«

»Zombie!« Das in Panik hervorgestoßene Wort unterbrach ihn. »Zombie!«

Ein Schrei, der von überall her zu kommen schien, hallte durch den Saal. Rin griff nach ihrer Waffe und sah sich suchend um. Che wollte losrennen, aber Arnest zog ihn am Arm zurück.

»Wir bleiben alle zusammen«, sagte er, während Auckland und Lanzo Laken herunterrissen, um sich einen Überblick zu verschaffen.

Der Schrei wurde zu einem Kreischen, dann einem Gurgeln. Andere Schreie mischten sich hinein. Rin hörte laute Schritte auf dem Metallboden. Die Frau, die ihnen gerade noch entgegengekommen war, zog die Kinder nun hinter sich her in die andere Richtung. Angst verzerrte ihr Gesicht. Die Kinder, zwei Mädchen, weinten.

Der Ausgang, auf den sie zuliefen, war noch vierzig oder fünfzig Schritte entfernt. Menschen stolperten vor ihnen in den Gang. Einige rissen Bettlaken und Decken von den Wäscheleinen, über die man sie gehängt hatte, aber niemand versuchte, diese Anstrengungen zu koordinieren. Die meisten der rund zwanzig Menschen liefen in Panik auf den Ausgang zu.

»Warte, Joan!«, rief Rin der Frau hinterher, aber die beachtete sie nicht. Nur eines der Mädchen drehte den Kopf.

Blut spritzte plötzlich über eines der Laken kurz vor dem Ausgang. Die ersten Flüchtenden wichen zurück, doch andere schoben sie nach vorn, direkt in den Weg eines jungen Mannes, der in den Gang taumelte. Eine Hand presste er sich auf den Hals. Blut quoll zwischen den Fingern hindurch. Seine Haut war so blass, dass sie transparent wirkte, und der Schock, unter dem er stand, verlieh ihm einen starren, leblosen Blick.

»Runter!«, schrie Lanzo. Er war auf einen alten Klappstuhl gestiegen und richtete seine Waffe abwechselnd auf den Mann und die Gestalt, die nun aus der Zelle schlurfte. Es war eine alte Frau mit tief in den Höhlen liegenden Augen. Kanülen steckten in ihren Armen. Sie zog dünne Schläuche hinter sich her und trug ein Nachthemd.

Bringen sie die Kranken etwa nicht separat unter?, dachte Rin. *Das ist Wahnsinn.*

Der junge Mann brach zusammen. Menschen sprangen zurück, um ihm auszuweichen. Der Zombie, der ihm gefolgt war, streckte die Arme aus und versuchte, nach ihnen zu greifen.

»Sie sind alle unbewaffnet«, sagte Auckland.

»Und ich hab kein freies Schussfeld.« Lanzo ließ die Waffe sinken und sprang vom Stuhl. »Wir müssen ran.«

»Müsst ihr nicht.« Rosa hob eine Hand. »Die Polizei wird jeden Moment hier sein. Sie weiß, was zu tun ist.«

»Wir auch.« Arnest ließ Che los und schob Rosa zur Seite. Wie ein Footballspieler auf dem Weg zur Endlinie pflügte er sich durch die Menschen. Rin und die anderen folgten ihm. Sie achtete darauf, in der Mitte der Gruppe zu bleiben, weil sie zu klein war, um über ihre Köpfe zu blicken.

Wieder ein Schrei, die Menge wogte zurück. Dann auf einmal eine männliche Stimme. »Ganz ruhig. Bleiben Sie zurück!«

»Das sind tatsächlich zwei Polizisten«, sagte Auckland.

»Zurück! Gehen Sie zurück! Bleiben Sie ganz ruhig!« Die Stimme selbst klang alles andere als ruhig.

»Warum schießen sie nicht?«, fragte Rin, aber Auckland zuckte nur mit den Schultern. Er schien ebenfalls nichts erkennen zu können.

»Schießt doch!«, schrie nun auch eine Frau. »Er steht auf.«

Rin vermutete, dass sie den jungen Mann meinte.

Ein Knall, dann ein hohes Pfeifen, als die Kugel abprallte und zum Querschläger wurde. Auckland zog Rin zu Boden. Funken sprühten hoch über ihr an der Wand. Jemand keine drei Meter von Rin entfernt zuckte einmal kurz und sackte zusammen. Der Schuss hatte ihn getroffen.

»Seid ihr bescheuert?«, brüllte Arnest. Er stieß Menschen zur Seite und ging neben dem Toten, der aus gebrochenen Augen die Decke anstarrte, in die Hocke. Er presste die Mündung seiner Waffe auf dessen Stirn und drückte ab. Die Menge schrie auf, als wäre sie getroffen worden. Blut floss über den Boden.

»So macht man das«, sagte Arnest und stand auf.

Auf einmal hatten sie Platz vor sich. Rin sah den gebissenen Mann, der schwerfällig auf die Beine kam. Der Schuss hatte ihm die linke Gesichtshälfte weggerissen, war aber nicht ins Gehirn eingedrungen. Die alte Frau stand nur einen Meter entfernt von ihm in einem Gewirr aus Wäscheleinen und Laken. Sie hatte sich darin verfangen und kam weder vor noch zurück.

»Ich kümmere mich um sie«, sagte Rin. Auckland nickte.

Die beiden Polizisten, Männer mittleren Alters, die schwarze Kleidung und eine Armbinde mit der Aufschrift ›POLIZEI‹ trugen, wirkten überfordert. Einer fuhr sich mit der Zunge über die Lippen. »Werfen Sie die Waffe weg«, sagte er an Arnest gewandt. »Mischen Sie sich nicht ein.«

»Leck mich!«

Arnest ging auf den männlichen Zombie zu und trat ihm die Beine unter dem Körper weg. Er setzte ihm den Stiefel auf die Brust und schoss. Blut und Fleisch spritzten, die Beine des Zombies zuckten noch einmal kurz, dann lag er still.

Rin blieb vor der alten Frau stehen, die nun die Arme ausstreckte, um nach ihr zu greifen. Doch sie hing in den Wäscheleinen fest und konnte sich kaum bewegen.

Ruhe in Frieden, dachte Rin, als sie ihre Waffe hob. Ein Schuss. Die alte Frau wurde von ihren Fesseln aufgefangen und blieb mit vorgebeugtem Oberkörper und gesenktem Kopf stehen. Blut lief aus ihrer Stirnwunde auf den Boden.

»Waren das alle?«, fragte einer der beiden Polizisten.

Ein paar Menschen nickten. Rin steckte ihre Waffe ein und ging zu den anderen zurück. »Nette Begrüßung«, sagte sie. »Vielleicht hätten wir doch nicht –«

Der zweite Polizist unterbrach sie. »Nur noch mal zur Klarstellung«, rief er laut in den Raum hinein. »Zivilisten haben sich von den Untoten fernzuhalten. Deren Erledigung ist unsere Aufgabe.«

»Dann nehmt die auch wahr«, sagte Auckland mit einem Blick auf den Toten, der von dem Querschläger getroffen worden war.

»Was wollen Sie damit sagen?«, fragte der etwas jüngere der beiden Polizisten.

Bevor Auckland antworten konnte, trat Che vor. »Das sind Besucher auf dem Weg zur Präsidentin. Sie kennen unsere Bräuche nicht.«

Der Polizist zögerte einen Moment, aber dann gab er den Weg mit einer knappen Geste frei.

Bräuche, dachte Rin, als sie Che und Rosa folgte. Seit Omega war erst ein knappes Jahr vergangen, und schon trieb die Menschheit auseinander. Sie sah es in den Diskussionsforen und Chaträumen im Internet ebenso wie ein paar Tage zuvor auf NG27. Die Erde, die einzige Gemeinsamkeit, die sie alle miteinander verbunden hatte, war ihnen genommen worden. An ihre Stelle musste etwas Neues treten, sonst würden sie den Jockeys die Arbeit abnehmen und sich irgendwann gegenseitig zerfleischen.

Vielleicht brauchen wir so etwas wie Atlantis.

Sie blieben vor einer großen Metalltür stehen. Zwei schwarz

gekleidete Polizisten nickten Che zu. Einer von ihnen legte seine Hand auf einen Touchscreen neben der Tür und öffnete sie damit.

»Willkommen auf Atlantis«, sagte eine weibliche, autoritär klingende Stimme. »Hauptstadt der neuen Welt.«

6

Große Worte, dachte Kipling, *passend zu einem ebenso großen Büro.*

Der Raum, den er und die anderen betraten, musste einmal aus mehreren bestanden haben, das verrieten die Schweißspuren an Boden und Decke. Wände waren entfernt worden, um ihm die Größe zu geben, die er nun besaß.

Auf dem Boden lagen rote Perserteppiche, es gab einen langen Konferenztisch mit gepolsterten Stühlen, Bücherregale an den Wänden und einen antik aussehenden Kronleuchter unter der Decke. Ein breites Fenster nahm fast die gesamte Rückwand ein. Im ersten Augenblick hielt Kipling es für einen Bildschirm, doch dann erkannte er, dass die vernarbte bläulichweiße Mondoberfläche dahinter und der Gasriese, der wirbelnd und kochend über den Horizont ragte, keine Projektion war, sondern die reale Aussicht. Die Energie, die man benötigte, um eine Auskühlung des Büros zu verhindern, musste beträchtlich sein.

Dafür stinkt es im Rest der Siedlung, dachte Kipling.

Eine Frau erhob sich von dem breiten geschwungenen Sessel, der hinter einem passenden, scheinbar aus Massivholz angefertigten Schreibtisch stand, und kam ihnen lächelnd entgegen. Sie war kleiner als Rin, aber deutlich breiter. Das dichte rotbraune Haar fiel in Locken bis auf ihre Schultern. Sie trug ein graues Kostüm und eine silberne Halskette, an der ein Kreuz hing. Ringe funkelten im Licht des Kronleuchters an ihren Fingern. In einer Hand hielt sie ein Pad.

»Mein Name ist Mariana Estefanía Gonzales, Präsidentin von Atlantis.«

Rin erwiderte ihr Lächeln. »Ich heiße Rin. Das sind Kipling, John, Lanzo und Arnest. Hallo, Mariana. «

Kipling wandte das Gesicht ab, damit niemand sein Grinsen sehen konnte.

Gonzales zog kaum merklich die Augenbrauen zusammen. »Sie können das natürlich nicht wissen, Sie sind ja neu hier, aber wir auf Atlantis haben uns vorgenommen, die Errungenschaften unserer Zivilisation hochzuhalten. Dazu gehören Demokratie, Recht und Ordnung, Kultur … und Umgangsformen.«

»Wir sind *alle* neu hier«, sagte Rin. »Und was du als Umgangsformen bezeichnest, ist für uns eine Unterwürfigkeit, die nur Jockeys von uns verlangen.«

Che nickte. »Sie hat recht. Die Jockeys zwingen uns, sie zu siezen. Deshalb ist das auf den Stationen so verhasst.«

»Aber wir sind hier nicht auf einer Station, Carlos.«

»Mein Name ist Che, Mom.«

Mom? Ist er ihr Sohn?

Gonzales seufzte leise. Sie schien diese Diskussion nicht zum ersten Mal zu führen. »Nur weil du das ständig wiederholst, wird es nicht wahr.« Sie zeigte auf den Konferenztisch. »Wollen wir uns setzen?«

Kipling hatte damit gerechnet, dass sie am Kopfende Platz nehmen würde, und das tat sie auch. Er und die anderen gruppierten sich um den Tisch. Der Stuhl, auf den er sich setzte, war weich gepolstert und aus echtem Holz.

»Wir sind Zombies auf dem Weg hierher begegnet«, sagte Rin. »Kommt das öfter vor?«

Mariana legte ihr Pad neben sich auf den Tisch. »Das ist leider unvermeidlich, wenn man die Größe der Siedlung bedenkt. Wir haben hier Menschen jedes Alters und aus allen Schichten. Kranke, Gesunde, Kinder und Erwachsene. Gelegentlich stirbt jemand, dann müssen unsere Sicherheitskräfte eingreifen, aber insgesamt überleben wir.«

»Nein, das tut ihr nicht.« Auckland sah sie mit einer seltsamen Mischung aus Mitgefühl und Abneigung an. »Ihr habt seit Omega zwei Drittel eurer Bevölkerung verloren. Das nennt man nicht Überleben, das nennt man Sterben.«

Mariana blinzelte überrascht. Sie brauchte einige Sekunden, um sich zu sammeln. »Wir haben Probleme, das gebe ich zu, aber wir kommen immer besser mit ihnen zurecht. Unsere Pläne für die Zukunft beinhalten den Bau weiterer Behausungen und neuer Luft- und Solaranlagen. In einem Jahr werden Sie Atlantis nicht mehr wiedererkennen.«

Auckland beugte sich vor. »In einem Jahr wird es Atlantis nur noch geben, wenn ihr anfangt, eure Kranken zu isolieren, die Bevölkerung zu bewaffnen und Wachen aufstellt, die die Schleusen schließen, sobald Zombies gesichtet werden. Sonst –«

Es knallte, als Mariana mit der flachen Hand auf den Tisch schlug. »Ich werde mir von Ihnen nicht vorschreiben lassen, wie ich meine Siedlung zu führen habe! Ich bin Ihnen für Ihre Hilfe dankbar, Ihren Rat brauche ich nicht.«

»Mom«, sagte Che vorsichtig. »Darüber haben wir doch –«

»Und deinen erst recht nicht!« Als es still wurde, atmete sie tief durch und fuhr sich mit der Hand durch die Haare. »Entschuldigen Sie meine klaren Worte, aber wir haben die Vor- und Nachteile Ihrer Vorschläge lange diskutiert und sind zu der Überzeugung gelangt, dass wir unseren Einwohnern ein normales Leben ermöglichen wollen, soweit das geht. Und dazu gehört auch, dass das Gewaltmonopol beim Staat liegt und nicht beim Einzelnen. Das wäre Anarchie.«

Niemand antwortete darauf. Nur Auckland schüttelte stumm den Kopf.

Mariana tat so, als würde sie das nicht bemerken, und zog ihr Pad heran. »Also dann. Das Abkommen, das mein Sohn mit

Ihnen getroffen hat, sieht vor, dass wir Reparaturen an Ihrem Schiff durchführen. Haben Sie eine Liste, die ich meinen Technikern weiterleiten kann?«

Kipling hörte dem Gespräch nicht mehr zu. Er erkannte allmählich ein Muster im Verhalten der Präsidentin. Sie siezte, obwohl sie geduzt wurde, umgab sich mit teuren Möbeln, die man problemlos an reiche Jockeys hätte verkaufen können, und arbeitete in einem Büro mit Aussicht.

Sie verdrängt die Realität, dachte er, *aber niemand hier hat den Mut, ihr das zu sagen.*

Sein Blick fiel auf die Bücherregale an der Wand. Zwischen Vasen und irgendwelchem Kram standen auch einige Bücher. Neugierig schaltete Kipling die Kamera seiner V-Specs ein und zoomte heran.

Eine Bibel. Eine ungelesen aussehende Ausgabe von Shakespeares Werken. Ein paar Krimis. Und dazwischen *Roter Mars*, zerfleddert und mit etlichen Zetteln versehen.

Die glauben doch nicht wirklich, dass sie diesen Mond terraformen können?

»Mr. Kipling?«

Er schaltete die Kamera ab, bevor er den Kopf drehte. »Kipling ist mein Vorname.«

Mariana lächelte gezwungen. »Sie wissen, was von Ihnen erwartet wird?«

»Grob.«

»Gut. Dann wird mein Sohn alles Weitere mit Ihnen klären. Das war schließlich seine Idee.«

»Wirklich?«, fragte Kipling. An Bord der *Eliot* hatte das ganz anders geklungen.

»Das Bezahlsystem war meine Idee«, sagte Che rasch, »nicht das Konzert.«

Arnest räusperte sich. In der vornehmen Umgebung wirkte er wie ein Fremdkörper. »Wo wir grad bei dem Konzert sind …«

Mariana warf einen Blick auf ihr Pad. »Ah ja, die Privataudienz bei Trevor Reilly. Er wurde darüber bereits informiert und freut sich sehr, Sie kennenzulernen.« Sie sah auf. »Rosa, wären Sie so freundlich, Mr. Arnest –«

»Nur Arnest.«

»… zu Mr. Reilly zu begleiten?«

»Natürlich.« Rosa lächelte und ging zur Tür. »Hier entlang.«

Arnest stand auf, strich über die Falten seines schwarzen Hemds und folgte ihr. Er wirkte so verlegen und nervös, dass Kipling unwillkürlich lächeln musste.

An der Tür blieb Arnest stehen und drehte sich noch einmal um. »Soll ich ihn irgendwas von euch fragen?«

Die anderen winkten ab, nur Kipling hob die Hand. »Ja, du kannst ihn von mir fragen, ob er vorhat, auch mal einen guten Song zu schreiben.«

»Du bist vielleicht ein Arschloch, Mann«, sagte Arnest, grinste jedoch dabei. Kipling hatte ihn selten so gut gelaunt gesehen. »Bis später.«

Die Tür schloss sich hinter ihm und Rosa.

»Sie pflegen einen interessanten Umgangston untereinander«, sagte Mariana. »Als Kommandant würde ich so etwas nicht zulassen.«

Auckland zuckte mit den Schultern. »Dann ist es wohl gut, dass du die *Eliot* nicht kommandierst.«

Er stand auf. »Wenn das alles ist …«

»Warten Sie.« Mariana schob ihr Pad zur Seite. Ihr Blick bezog alle am Tisch mit ein. »Ich weiß, wie Atlantis auf Sie wirken muss. Sie halten das, was wir hier versuchen, für einen albernen Traum, nicht wahr?«

Niemand antwortete. Kipling dachte an das Buch im Regal und nickte langsam. Mariana entging das nicht. Sie wandte sich an ihn. »Vielleicht haben Sie recht, aber dieser Traum vereinigt uns und gibt uns Stärke. Er hat uns den Glauben an die Zukunft zurückgegeben. Niemand sonst, den wir in diesem schrecklichen Jahr getroffen haben, kann von sich das Gleiche behaupten.«

Sie sah die anderen nacheinander an. »Wenn wir morgens aufstehen, hoffen wir, dass wir an diesem Tag unsere Welt ein klein wenig besser machen werden, und manchmal, wenn wir abends schlafen gehen, haben wir das sogar geschafft. Was hoffen Sie, wenn Sie morgens aufstehen? Hoffen Sie überhaupt? Und wenn nicht, wofür leben Sie? Was hält Sie davon ab, sich eine Waffe an den Kopf zu halten und abzudrücken?«

Ihre Worte berührten etwas in Kipling, obwohl er sich dagegen sträubte. Rin wandte das Gesicht ab und sah aus dem Fenster. In ihren Augen spiegelten sich die Wirbel des Gasriesen. Lanzo starrte auf die Tischplatte.

Auckland schob die Hände in die Hosentaschen. Kipling erwartete eine Antwort auf Marianas Fragen, aber er sagte nur: »Ich werde am Schiff auf die Techniker warten. Kommt jemand mit?«

»Ja, ich.« Lanzo stand auf. Er wirkte erleichtert.

Che sah Kipling an. »Ich würde dir gern die Hardware zeigen, mit der du arbeiten wirst.«

»Klar.« Es tat gut, Marianas Worte zu verdrängen. »Rin, hast du Lust auf langweiligen Technobabble und einen Raum, in dem man an jeder Metalloberfläche eine gewischt bekommt?«

Rin seufzte. »Wenn es sein muss.«

Aber er sah ihr an, dass sie ebenso wie alle anderen nur weg von den Fragen wollte, die unbeantwortet im Raum hingen. Als er auf die Tür zuging, sah er aus den Augenwinkeln, wie Mariana sich zurücklehnte und die Hände vor ihrem Bauch verschränkte. Sie sah aus wie jemand, der eine Saat gesetzt hatte und nun nur darauf warten musste, dass sie aufging.

7

»Du musst nicht nervös sein«, sagte Rosa. »Trevor ist ein netter Kerl.«

»Ich bin nicht nervös.«

»Okay.«

Seit fast zehn Minuten gingen sie durch ein Labyrinth aus Gängen, Räumen und Schleusen. Einmal hatte Arnest den Eindruck, dass sie im Kreis gegangen waren, aber er verwarf den Gedanken. Er war zu abgelenkt, um genau auf seine Umgebung zu achten.

Als Rosa sich abwandte, um zwei Jugendliche zu begrüßen, die ihnen entgegenkamen, blieb Arnest kurz stehen und roch an seinen Achselhöhlen. *Alles in Ordnung*, dachte er.

Methodisch hatte er seine Checkliste vor dem Austritt aus dem Hyperraum abgearbeitet. Duschen, Rasieren, frische Unterwäsche suchen (und finden), Socken wechseln, saubere Kleidung anziehen und nach dem Zähneputzen mit Mundwasser gurgeln. Das letzte Mal hatte er sich so aufgetakelt, als ihm Lanzo einen Besuch in einem Elite-Bordell in Lagos spendiert hatte. Das war lange vor Omega gewesen.

Heißt das, dass ich schwul bin? Der Gedanke tauchte plötzlich in seinem Kopf auf. Er dachte darüber nach, fand aber keine Antwort. Er wünschte, Lanzo hätte ihn begleitet.

»Arnest?«

Er zuckte zusammen. »Was?«

»Können wir weitergehen?«

»Ja.«

Er fühlte sich auf einmal seltsam unwohl in seiner frisch gewaschenen, gut riechenden Kleidung. Normalerweise wechselte er sie nur, wenn Lanzo ihm das sagte, doch an diesem Tag hatte er das aus eigenem Antrieb getan. Sogar Rin hatte ihn darauf angesprochen und gesagt, wie gut er aussähe. Das bereitete ihm Sorgen. Konnte es sein, dass er sein Leben lang eine Lüge gelebt hatte und nun erst die Wahrheit herauskam? Er versuchte, die Frauen zu zählen, mit denen er geschlafen hatte, war aber zu unkonzentriert.

Wo ist Lanzo, wenn ich ihn brauche?

»Wir sind da«, sagte Rosa.

Sie standen vor einer Tür in einem freundlich aussehenden, hell gestrichenen Gang. Ein goldener Plastikstern hing daran, auf den jemand ›See You in Nashville :)‹ gekrakelt hatte.

Rosa bemerkte seinen Blick.

»Das war ein Geschenk von einem Fan.« Rosa klopfte an die Tür. »Rosa und Arnest!«, rief sie.

Der Mann, der die Tür öffnete, war nicht Trevor Reilly, sondern einer der schwarz gekleideten Bullen. Er musterte Arnest kurz, dann zog er die Tür ganz auf.

»Kommen Sie rein.«

Die Kabine, die Arnest betrat, war groß und mit hellen Teppichen ausgelegt. Musikinstrumente hingen über einem Ledersofa neben Plakaten, die Konzerte der Trevor Reilly Banjo Experience bewarben. Der letzte Termin der Tour hätte in Nashville stattfinden sollen, einen Monat nach Omega. Arnest wusste das, weil er Karten dafür gekauft hatte.

Auf dem Couchtisch stand ein Eiskübel, in dem mehrere Flaschen Bier steckten. Das Eis hatte die gleiche Farbe wie das rund um die Siedlung.

»Einen Moment!«, rief eine Stimme aus dem Nebenzimmer. Die Tür, die dorthin führte, stand offen. Durch sie sah Arnest das Fußende eines Betts. Er wandte sich rasch ab und musterte stattdessen die beiden Bullen, die auf beiden Seiten des Eingangs standen. Ihre Blicke machten ihn nervös, und er fragte sich, ob sie ihn für schwul hielten.

»Entschuldige, ich wollte dich nicht warten lassen, aber man hat mir leider zu spät Bescheid gesagt.«

Trevor Reilly trat aus seinem Schlafzimmer. Er war ein kleiner, drahtiger Mann mit dem ledrigen Gesicht eines Cowboys. Das weiße Fransenhemd, das er trug, war an den Säumen blau abgesetzt. In die große Gürtelschnalle seiner Jeans war ein Banjo eingestanzt. Seine spitzen Cowboystiefel waren frisch poliert.

»Hi«, sagte er und streckte die Hand aus. »Ich bin Trevor Reilly.«

Arnest ergriff seine Hand. »Ich bin nicht schwul.«

Trevor blinzelte. Die beiden Bullen warfen sich einen kurzen Blick zu.

»Und mein Name ist Arnest.«

»Beides nützliche Informationen.« Trevor ließ seine Hand los und ging zum Couchtisch. »Willst du 'n Bier?«

»Klar, sonst gibt's ja nur noch diese Pak-Pisse zu saufen.«

»Die musst du hier zum Glück nicht trinken«, sagte Trevor und zog zwei Flaschen aus dem Eiskübel. Er öffnete sie mit der Gürtelschnalle und reichte eine an Arnest weiter. Sie war so kalt, dass seine Hand schmerzte, aber das sagte er nicht. Er war zu sehr damit beschäftigt, sich innerlich zu treten. Er fühlte sich unwohl, und alles, was er sagte, klang falsch, so als höre er jemandem zu, der so tat, als sei er Arnest.

Ich hätte nie um dieses Treffen bitten sollen, dachte er.

Trevor stieß mit ihm an. Das Bier war zu kalt und schmeckte nach nichts. Arnest rülpste. Einer der Bullen verzog sichtbar angewidert das Gesicht, der andere kicherte. Arnest hätte ihnen am liebsten aufs Maul gehauen, aber er riss sich zusammen. Er hatte Lanzo versprochen, sich zu benehmen, was bisher allerdings nicht ganz so gut lief.

»Also«, sagte Trevor, als sich die Stille in die Länge zog. »Was willst du wissen?«

»Ich …« Er hatte nicht darüber nachgedacht. Die einzige Frage, die ihm einfiel, war die, die ihm Kipling mit auf den Weg gegeben hatte. *Keine gute Idee.*

Arnest sah sich um, versuchte irgendwas in der Kabine zu finden, auf das er Trevor ansprechen konnte, ohne sich zu blamieren. Sein Blick glitt über die Plakate, das Banjo an der Wand und blieb schließlich an den beiden schwarz gekleideten Männern hängen.

»Was machen die Bullen hier?«, fragte er.

»Das habe ich zwar nicht gemeint«, sagte Trevor, »aber die Frage ist gut.« Er setzte sich auf die rechte Lehne der Couch und nahm einen Schluck Bier. »Hast du jemals von der Nashville-Jockey-Theorie gehört?«

Arnest schüttelte den Kopf.

»Du weißt wahrscheinlich, dass ›See You in Nashville‹ der letzte Song war, der von einem irdischen Radiosender gespielt wurde.«

»Das weiß doch jeder.«

»Manche Leute glauben, dass der Song den Jockeys als Signal diente. Sobald sie ihn auf einer bestimmten Frequenz hörten, wussten sie, dass die Zeit gekommen war, das Sonnensystem abzuriegeln.«

Arnest kratzte sich nachdenklich. »Und was hast du damit zu tun? Ist doch nich' deine Schuld, wenn dein Song irgendwo gespielt wird.«

»Die Theorie geht weiter. Diese Leute glauben, dass ich ein Jockey bin, der auf die Erde geschickt wurde, um das Virus zu verbreiten. Wenn man sie fragt, sehen Jockeys, die man nicht nach der Geburt mit einem Tier verbindet, so aus wie ich.«

Er breitete die Arme aus. Weiße Fransen hingen nach unten. »Kannst du das glauben?«

»Nee.« Arnest sah die Bullen an. »Glaubt ihr diese Scheiße etwa?«

Die beiden Männer wirkten verwirrt. »Warum sollten wir?«, fragte der Ältere.

»Weil ihr ihn hier einsperrt wie einen Verbrecher.«

Trevor stand auf. »Nein, Arnest, du missverstehst das. Sie bewachen mich, weil ein paar von den Irren, die an diese Verschwörungstheorie glauben, in der Siedlung leben. Präsidentin Gonzales hat Angst, dass mir etwas zustoßen könnte.«

»Ach so. Dann können sie jetzt abhauen. Ich bin keiner von den Irren.«

Die beiden Männer verschränkten die Arme hinter dem Rücken. »So einfach ist das nicht«, sagte der Jüngere. »Wir haben einen Auftrag zu erfüllen. Tun Sie einfach so, als wären wir nicht da.«

»Ist ein bisschen schwer, wenn ihr so vor meiner Nase steht.«

Arnest hatte Bullen noch nie leiden können. Aufgeblasene Wichtigtuer, die andere herumkommandieren wollten, was anderes waren sie nicht. Wenn es etwas gab, das ihn mit der neuen Welt versöhnte, dann war es die Abwesenheit von Bullen. Jedenfalls bisher.

»Er hat recht«, sagte Trevor zu seiner Überraschung. »In dem Abkommen ist von einem privaten Treffen mit mir die Rede. Wenn ihr im Zimmer seid, ist das nicht sehr privat.«

»Es geht nicht anders«, sagte der jüngere Bulle.

»Doch. Ich fühle mich von Arnest nicht bedroht und möchte mit ihm allein reden. Sonst könnte er behaupten, wir hätten unsere Seite des Abkommens nicht erfüllt, und welcher Rattenschwanz an Problemen da dranhängt, könnt ihr euch selbst denken.«

Arnest nickte. »Genau das werde ich behaupten.«

Die beiden Bullen sahen sich an. Arnest konnte nicht erkennen, was sie stumm miteinander ausmachten, doch schließlich nickte der Ältere und drückte auf den Türöffner. »Zehn Minuten.«

Die Männer verließen die Kabine. Hinter ihnen schloss sich die Tür. »Ich glaub da echt nicht dran«, sagte Arnest. »Das ist keine Verarsche.«

»Ich weiß.« Trevor zeigte zur Decke und tat dann so, als würde er sich mit dem Zeigefinger die Kehle durchschneiden. Arnest hatte keine Ahnung, was das zu bedeuten hatte, aber er nickte, um nicht wie ein Idiot zu wirken.

»Sie tun ihre Pflicht«, fuhr Trevor fort. »Nimm ihnen das nicht übel.«

Er stellte die halb leere Bierflasche auf den Couchtisch und ging in Richtung Schlafzimmer. »Willst du ein Autogramm? Ich hab noch ein paar von den limitierten CDs, die zusätzlich zu den Downloads für Sammler angeboten wurden.«

»Ja klar, gern.« Arnest trank sein Bier aus und griff nach der zweiten Flasche. Ohne die Bullen fühlte er sich wohler und entspannter. »Ich hatte Karten für das Abschlusskonzert deiner Tour in Nashville.«

»Das tut mir leid«, antwortete Trevor aus dem Nebenzimmer. »Willst du dein Geld zurück?«

Arnest lachte laut. »Nee, schon gut. Ist nur schade, dass ich dich und die Band nie live gesehen habe. Was ist eigentlich aus den anderen geworden?«

Trevor kam zurück ins Wohnzimmer. Er hielt eine CD in der Hand, die er Arnest reichte. »Sie sind tot.«

»Scheiße.« Arnest drehte die CD zwischen den Fingern. Auf der Vorderseite waren vier Männer und eine Frau abgebildet, die fast identische weiße Fransenkleidung trugen. Sie hockten auf und vor der Motorhaube eines alten Chevys, im Hintergrund stand ein heruntergekommenes Haus, dessen Fenster mit Brettern vernagelt waren. ›The Trevor Reilly Banjo Experience – Songs for the Guilty‹ stand in geschwungenen Buchstaben quer über dem Cover. Darunter hatte Trevor in einer krakeligen Handschrift etwas hinzugefügt.

Arnest runzelte die Stirn, als er es vorlas. »›Hol mich hier raus.‹ Ist das aus einem deiner Songs?«

Trevors Augen weiteten sich entsetzt. Im gleichen Moment öffnete sich die Tür. Die beiden Bullen stürmten herein, die Waffen im Anschlag. Die Mündungen richteten sich auf Arnest.

»Hände hoch! An die Wand!«

Er zögerte einen Moment und wägte seine Chancen ab. Die Männer wirkten nervös, ihre Zeigefinger berührten den Abzug. Langsam nahm er die Hände hoch.

Ich baue heute wirklich nur Scheiße.

8

»Ihr müsst erst mal euer WLAN vernünftig absichern«, sagte Kipling. »Da kommt ja jedes Script Kiddie rein.«

Sie standen in einem Raum, den Che als ›Computerbasis‹ und Kipling als ›Müllhalde‹ bezeichnet hatte. Überall stapelte sich Hardware, aber die meisten Geräte waren nicht eingeschaltet. Nur an wenigen flackerten Lichter. Ein dumpfes, elektrisches Brummen lag in der Luft.

»So schlimm?«, fragte Che.

Kipling legte den Kopf schräg und starrte ins Nichts. Seine Augen zuckten von einer Seite zur anderen, seine Fingerspitzen berührten einander. Wenn er so tief in die Welt seiner V-Specs eindrang, wirkte er auf Rin immer ein wenig verrückt.

»Schlimmer«, sagte er. »Eure Firmware ist Pre-Omega und ungepatched. Wenn ich euer Bezahlsystem darauf aufsetze, können wir auch gleich einen Willkommensbildschirm machen und ›Bedient euch ruhig. Mit freundlichen Grüßen, Atlantis‹ darauf schreiben.«

»Scheiße.« Che strich sich eine Haarsträhne aus dem Gesicht und wollte sich an einen der Metalltische lehnen, zuckte aber im nächsten Moment zusammen. »Au.«

Statische Elektrizität, dachte Rin. Kipling hatte sie ja gewarnt. Sie schob die Hände tief in die Jackentaschen und beschloss, nichts anzufassen.

»Das kriegen wir schon hin, aber es wird etwas dauern. Wann soll das Konzert stattfinden?«

»So bald wie möglich«, sagte Che. Auch er steckte die Hände in die Taschen.

Rin hob die Augenbrauen. »Solltet ihr nicht zuerst Werbung machen? Trevor Reilly ist ein großer Name, aber wenn niemand weiß, dass er auftritt, kann auch keiner spenden.«

»Das meinte ich ja mit ›sobald wie möglich‹.« Es klang nicht so, als habe Che wirklich darüber nachgedacht. »Ein paar Tage Werbung müssen sein, aber da sollen die Leute auch schon bezahlen können, versteht ihr?«

»Warum sollten sie bezahlen, obwohl sie gar nicht wissen, ob sie etwas dafür bekommen?«, fragte sie. »Jeder kann doch eine Seite machen und behaupten, dass Trevor Reilly ein Konzert geben wird.«

Che trat unruhig von einem Fuß auf den anderen. »Dann nimmt Trevor halt eine Grußbotschaft auf oder so. Uns fällt schon was ein. Hauptsache, das Programm steht bis dahin.«

Rin bemerkte den Blick, den Kipling ihr zuwarf. Auch ihr erschien die Idee unausgegoren, und sie bekam den Eindruck, dass Che sich weit mehr für das Programm interessierte als das Konzert.

»Also, bis wann kannst du alles fertig haben?«, fragte er.

Kipling schob den Zeigefinger unter den Bügel der V-Specs und strich sich über das Nasenbein. »Es gibt eine Menge Open-Source-Lösungen, die ich als Grundlage verwenden kann, aber mit all den anderen Dingen wird das schon zwei, drei Tage dauern.«

Che verzog das Gesicht. »Das ist ziemlich lang.«

»Ist auch ziemlich viel Arbeit.«

»Aber wenn du damit fertig bist, wird niemand sehen, wo wir sind und an wen die Spenden gehen, richtig?«

Es war das dritte Mal, dass Che danach fragte. Schon auf dem Weg zum Computerraum hatte er das angesprochen.

»Richtig«, sagte Kipling. »Ich werde ein paar Proxies zwischenschalten, das sollte reichen.«

»Und das ist hundertprozentig sicher?«

Kipling schüttelte den Kopf. »Nichts ist hundertprozentig sicher, Che. Aber es wird so sicher sein wie möglich.«

Auch diese Antwort schien ihm nicht zu gefallen. Er wirkte nervös und fast schon ängstlich.

»Du wirst niemanden finden, der besser ist als Kipling«, sagte Rin, um ihn zu beruhigen. »Er weiß, was er tut.«

»Ich will nur nicht, dass die Jockeys uns finden.«

»Ich dachte, ihr hättet den legalen Status der Siedlung prüfen lassen?«, fragte sie.

»Haben wir, aber wer weiß, ob die nicht einfach auftauchen und alles in Schutt und Asche legen. Sind doch Jockeys, oder? Die können machen, was sie wollen.«

Das stimmte nicht. Jeder wusste, dass sich die Jockeys beinahe sklavisch an ihre Gesetze hielten. Die Quarantäne des Sonnensystems und die Regelung, die es den Überlebenden verbot, besiedelte Welten anzufliegen, wurden von vielen zwar als unmenschlich betrachtet, aber sie waren legal. Eine Station auf einem toten Mond zu vernichten, war es nicht.

Che musste ihre Zweifel bemerkt haben, denn er setzte zu einer Erklärung an. »Also nicht wirklich in Schutt und Asche, aber –«

Ein leiser Piepton unterbrach ihn. Che zog seine V-Specs aus der Jackentasche und setzte sie auf. »Tut mir leid«, sagte er nach einem Moment, »aber ich muss gehen. Ihr kommt allein klar, oder?«

Kipling nickte. »Wäre nett, wenn du dafür sorgen könntest, dass man uns was zu essen bringt. Wir werden noch eine Weile hier sein.«

»Mach ich.« Die Tür schloss sich hinter ihm. Kipling schob Hardware beiseite und setzte sich auf einen der Tische. Dass er keine gewischt bekam, verwirrte Rin.

»Ich habe vielleicht eine plus zehn auf Paranoia«, sagte er,

»aber hier stimmt doch irgendwas nicht. Jockeys, die angeblich Stationen angreifen? Ein Konzert ohne Werbung? Ches Beharren auf einem anonymen Bezahlsystem?«

»Und den Stream, der sich ja auch orten ließe, hat er nicht einmal angesprochen«, ergänzte Rin. Sie sah Kipling an. »Ich glaube nicht, dass es ein Konzert geben wird.«

»Ich auch nicht. Aber wofür braucht er dann ein Bezahlsystem?« Kipling trommelte mit den Fingern auf dem Tisch. »Ich habe seine Mutter eben mal gegoogelt. Vor Omega war sie CEO irgendeines Finanzunternehmens. Sie gehörte zu den zwanzig reichsten Frauen Südamerikas, aber geboren wurde sie in einem Slum. Wer sich einmal so hochgeboxt hat, wird es auch ein zweites Mal versuchen.«

»Du hältst das für Abzocke?«, fragte Rin.

»Du nicht?«

Sie neigte den Kopf. »Das würde schon Sinn ergeben, aber wer soll abgezogen werden, und vor allem wie? Kein Mensch würde auf diesen Spendenaufruf für Trevor Reillys Konzert reinfallen.«

Kipling zwinkerte zwei Mal. »Das wäre doch eine Frage, die Arnest Reilly stellen könnte. Gibt es dieses Konzert oder nicht? Online ist er. Ich schicke ihm kurz eine Nachricht.«

»Sein Pad liegt garantiert in seiner Kabine.« Sie alle baten Arnest immer wieder, das Pad mitzunehmen, wenn sie das Schiff verließen, aber er *vergaß* es fast jedes Mal. Kommunikation stand nicht auf der recht kurzen Liste seiner Stärken.

»Und?«, fragte Rin nach einem Moment.

»Er antwortet nicht.« Kipling stand vom Tisch auf und ging zur Tür. »Ich hole mir erst mal was zu trinken. Che wirkt auf mich nicht wie ein besonders fürsorglicher Arbeit –«

Die Tür fuhr zurück. Er unterbrach sich. Über seine Schulter sah Rin zwei schwarz gekleidete Männer mit Armbinden, die den Gang blockierten.

»Kann ich Ihnen helfen?«, fragte einer der beiden.

Kipling antwortete zögernd. »Ich wollte was zu trinken besorgen.«

»Sie müssen uns nur sagen, was Sie brauchen, dann sorgen wir dafür, dass Sie es auch bekommen.«

Rin stellte sich neben Kipling. »Und wenn wir etwas vom Schiff bräuchten?«

Der Mann musterte sie ruhig. »Dann würde sich das bestimmt zu einem späteren Zeitpunkt arrangieren lassen.«

Ohne ein weiteres Wort schloss er die Tür. Rin starrte einen Moment auf das graue Metall, dann drehte sie sich zu Kipling um. Der Gedanke, dass man sie absichtlich getrennt haben könnte, stand auf einmal in ihrem Kopf.

»Kontaktiere die anderen«, sagte sie.

Er nickte und zwinkerte zwei Mal.

9

»Glaubst du Ches Geschichte?«

»Nein«, sagte Lanzo. Sie nahmen denselben Weg zurück, den sie gekommen waren. Ihre Stiefelsohlen knallten auf den Metallboden. Ihm fiel auf, dass sie unbewusst in einen schnellen Gleichschritt verfallen waren.

»Warum nicht?«, fragte Auckland.

»Er sollte angeblich Personal und Ressourcen für diese Siedlung besorgen, beschließt aber dann spontan, sich zum Anführer einer Protestbewegung aufzuschwingen? Kein Widerspruch von seinen Freunden. Niemand hier pfeift ihn zurück. Das ergibt keinen Sinn.«

»Sehe ich auch so.«

Sie bogen um eine Ecke und betraten den Schlafsaal, in dem sich der Zombie-Zwischenfall ereignet hatte. Der Geruch nach Desinfektionsmitteln hing in der Luft. Zwei Frauen und ein Mann hockten am Boden und wischten Blutflecke weg. Die Leichen hatte man anscheinend schon abtransportiert, zumindest waren sie nirgendwo zu sehen.

Eine der Frauen sah auf, senkte aber sofort wieder den Kopf, als Lanzos Blick den ihren traf. Sie wirkte verängstigt.

Kein Wunder, nachdem was sich hier abgespielt hat, dachte er. »Also sind wir uns einig, dass er lügt?«

»Ja.«

Sie verließen den Saal und betraten die Schleuse, die zum nächsten Schiff führte. Der Geruch nach Desinfektionsmittel verschwand und wurde von abgestandener öliger Luft abgelöst.

»Dann sollten wir herausfinden, was er verbirgt.«

Auckland blieb stehen und sah sich kurz in der leeren Schleuse um. »Wie stellst du dir das vor?«

»Sein Schiff hat direkt neben unserem angedockt. Einen so glücklichen Zufall sollte man ausnutzen.«

»Und wenn seine Freunde noch an Bord sind?«

Lanzo lächelte. »Ich bin sicher, dass sie sich gern mit uns unterhalten würden.«

Auckland erwiderte sein Lächeln nicht, sondern wandte sich nur ab und ging weiter. »Backbord oder Steuerbord?«, fragte er nach einem Moment.

»Backbord.«

Sie schwiegen, als ihnen vier Polizisten entgegenkamen. Die Männer musterten sie, hielten sie aber nicht auf. Sie passierten die Tür, deren Aufschrift ihnen ›FROHE OSTERN‹ wünschte, und bogen in den nächsten Gang ein. Die *Eliot* hatte an der Schleuse angedockt, die an seinem Ende lag, aber es gab auch mehrere Abzweigungen auf der linken und rechten Seite. Lanzo nahm an, dass sie zu weiteren Schleusen führten.

»Eine von denen muss es sein«, sagte er. »Ich tippe auf die zweite von rechts.«

»Okay.«

Er zuckte zusammen, als Auckland ihn plötzlich an der Schulter packte und in einen der Gänge zerrte. Instinktiv schoss seine Hand nach oben, doch im letzten Moment bremste er den Schlag ab und stieß den Atem aus.

Da waren Stimmen. Auckland musste sie einen Sekundenbruchteil vor ihm gehört haben.

»… wenigstens mal was essen gehen. Ich kann den Fraß an Bord nicht mehr ertragen.«

»Che wird einen Anfall kriegen, wenn er davon erfährt.«

»Wir holen uns doch nur was. Dauert ein paar Minuten.«

Die Stimmen kamen näher. Lanzo erkannte sie sofort wieder. Sie gehörten Martin und Fidel, Ches angeblichen Mitrevolutionären. Er presste seinen Rücken an die Wand des Gangs.

»Ich weiß jetzt schon, dass das schiefgehen wird«, sagte Martin.

Fidel seufzte überlaut. »Dann geh zurück. Ich kann dir was mitbringen.«

»Ob ich dich gehen lasse oder mit dir gehe, ist egal. Ärger kriege ich sowieso.«

»Dann hör auf zu heulen und komm.«

Die beiden jungen Männer gingen keine fünf Schritte von Lanzo entfernt vorbei. Ihre Stimmen wurden leiser und verstummten schließlich ganz.

»Kennst du die?«, fragte Auckland.

»Ches Kumpel. Sie waren wirklich noch auf dem Schiff.«

»Und hatten anscheinend die Anweisung, dort auch zu bleiben.«

Sie traten zurück in den Gang. Die zweite Abzweigung führte zu einer offen stehenden Schleuse. Dahinter sah Lanzo die Tür der *John Henry*. Ein rotes Licht blinkte an ihrem Touchpad.

»Scheiße, die haben das Schiff abgeschlossen. Wir –« Er unterbrach sich, als etwas an seinem Oberschenkel vibrierte, und zog sein Pad aus der Seitentasche. Aus den Augenwinkeln sah er, dass Auckland die gleiche Bewegung machte.

»Sie haben Rin und Kipling festgesetzt«, sagte er.

Lanzo nickte. Er hatte die Nachricht ebenfalls bekommen. *›Seid ihr in Gefahr?‹*, tippte er.

›Nein‹, antwortete Kipling. *›Nur hungrig. :)‹*

Auckland las über seine Schulter mit. »Frag ihn, ob er uns Zugang zu Ches Schiff verschaffen kann.«

Lanzo sah auf. »Du willst ihnen nicht helfen?«

»Kipling sagt, dass er nicht in Gefahr ist.«

Kaltschnäuzig, aber richtig, dachte Lanzo. Er hätte die gleiche

Entscheidung getroffen, Rin mit Sicherheit nicht.

Er stellte Kipling die Frage. Der Cursor blinkte über eine Minute lang, dann kam die Antwort. ›*Bei diesem Schiffstyp gibt es einen Notfallcode, mit dem man ein dreimal falsch eingegebenes Passwort zurücksetzen kann. Wenn der nicht geändert wurde, lautet er #0000AAAA$. Und von Rin soll ich schönen Dank fürs Hängenlassen ausrichten. Von mir übrigens auch.*‹

»Wenn ich den eingebe«, sagte Lanzo, als er das Pad zurücksteckte, »wird Ches Passwort nicht mehr funktionieren. Damit wären wir praktisch aufgeflogen.«

»Gib ihn ein.«

Er tippte den Code ein, dann zweimal das neue Passwort. Das rote Licht wechselte auf Grün, die Tür öffnete sich. Sie standen im Cockpit eines kleinen Schiffs. Der Raum war schmal und rechteckig. In den Wänden angebrachte Röhren tauchten ihn in ein hartes weißes Licht. Es gab je eine Konsole für den Piloten und den Navigationsoffizier und zwei dahinter ausgeklappte Notsitze. Unter der Decke hingen Netze, in denen Che und die anderen wohl geschlafen hatten. Abfall bedeckte den Boden. Lanzo trat die Packungen von sich selbst erhitzenden Fertiggerichten und Papiere von Schokoriegeln zur Seite.

»Wie kann man in so einer Schweinerei nur leben?«, fragte er angewidert.

»Frag deinen Bruder.« Auckland blieb vor der Tür in der Rückwand des Cockpits stehen. Seine rechte Hand lag auf dem Griff der Pistole, die von seiner Hüfte hing. Die linke schwebte über dem Türöffner

Lanzo tastete ebenfalls nach seiner Waffe. Er war sich nicht sicher, aber er glaubte, Geräusche hinter der Tür zu hören, ein leises Kratzen wie von Katzenkrallen auf hartem Boden.

Auckland zog seine Waffe und richtete die Mündung auf den Boden. Lanzo stellte sich auf die andere Seite, sodass er den Bereich überblicken konnte, der in Aucklands totem Winkel lag.

Sie mussten sich nicht absprechen, sie wussten auch so, was zu tun war.

Er nickte Auckland zu. Der berührte den Türöffner.

Das Erste, was Lanzo auffiel, als die Tür in der Wand verschwand, war der Geruch. Nicht unangenehm oder abgestanden wie in der Siedlung, nicht metallisch wie im Rest des Schiffs, sondern ein wenig süßlich und – Lanzo suchte nach dem richtigen Wort – *klar*. Es roch wie ein kalter Wasserfall.

Der große Raum war dunkel. Nur das Licht, das aus dem Cockpit ins Innere fiel, erhellte ihn. An einer Wand hingen mehrere mit Gurten festgezurrte Kanister, daneben stand eine Toilette, die mit Haltegriffen versehen war. Kisten, die mit Netzen vom Rest des Raums abgetrennt wurden, stapelten sich an der Rückwand. In den Lücken zwischen ihnen herrschte Dunkelheit.

Das Kratzen war verstummt. Stille legte sich über den Raum.

»Komm ins Licht«, sagte Auckland.

Einen Moment lang geschah nichts, dann raschelte es in einer dunklen Ecke. Lanzo schwang seine Waffe herum. Sein Zeigefinger berührte den Abzug. Er sah Bewegung in der Dunkelheit. Etwas Großes, unmöglich Dünnes richtete sich bis zur Decke auf und trat einen kratzenden, zögernden Schritt vor. Das Licht des Cockpits traf auf Facettenaugen und Hände wie Hummerscheren. Schmale, lange Finger ballten sich zu Fäusten.

»Seid ihr hier, um mich zu töten?«, fragte die Jockey. Es war die Gottesanbeterin, die Lanzo auf der Station gesehen hatte.

Auckland ließ die Waffe sinken, bis die Mündung auf den Boden zeigte.

»Ich weiß es nicht«, sagte er.

10

Die Kabine war voller Menschen. Sechs Cops bildeten einen Halbkreis um Arnest und Trevor, die unter Werbeplakaten an der Wand saßen. Mariana Gonzales stand mit vor der Brust verschränkten Armen vor ihnen. Che hielt sich im Hintergrund. Er trug V-Specs.

»Ich hätte Sie nicht für so dumm gehalten«, sagte Mariana.

Arnest hob die Schultern. Der Kabelbinder, mit dem man seine Hände hinter dem Rücken gefesselt hatte, schnitt ihm in die Haut. »Ich hab's halt nicht kapiert.«

»Ich sprach nicht mit Ihnen, sondern mit Mr. Reilly.« Sie warf ihm nur einen kurzen Blick zu, bevor sie sich wieder abwandte. »Haben wir Ihnen nicht mehr gegeben, als Sie jemals erwarten durften? Wieso beißen Sie die Hand, die Sie füttert?«

»Weil das nur eine von zwei Händen ist«, sagte Trevor. Auch er war gefesselt. »In der anderen halten Sie eine Peitsche. Und wie wir alle wissen, schrecken Sie nicht davor zurück, sie einzusetzen.«

»Sie haben einen unangenehmen Hang zur Dramatik, Mr. Reilly.«

»Und Sie zur Diktatur.«

Arnest verstand nur Bruchstücke des Gesprächs, aber er hörte auch kaum zu. Rhythmisch spannte er die Muskeln in seinen Unterarmen an und drückte gegen den Kabelbinder. Es war nicht das erste Mal, dass man ihn mit solch schmalen, aber stabilen Plastikbändern gefesselt hatte. Er wusste, wie man sich daraus befreite. Angenehm war das allerdings nicht.

»Sie begreifen anscheinend nicht, wie eine Meritokratie funktioniert«, sagte Gonzales.

Arnest zog scharf die Luft ein, als ihm das Plastik die Haut aufriss und in sein Fleisch stach. Trevor schien den Laut misszuverstehen, denn er sah Arnest an und nickte.

»So habe ich auch reagiert. Unsere Präsidentin hier glaubt, dass eine Gesellschaft, in der sich die Stellung des Einzelnen allein nach seinem Geld richtet, wäre erstrebenswert. Wir haben eine Elite, die oben auf ihren Schiffen lebt, dann Leute wie mich, die zwar für ihren Platz in der Flotte bezahlt haben, aber nicht so viel wie die da oben, und schließlich die Lotteriegewinner. Sie schuften zwölf Stunden am Tag und leben eingepfercht in umgebauten Frachträumen. Schöne neue Welt.«

Ist mir doch scheißegal, dachte Arnest, während Blut warm über seine Finger lief. Er war schon immer der Ansicht gewesen, dass jeder so behandelt wurde, wie er es verdiente.

»Ich hab dir gesagt, dass das schiefgehen würde, Mom.« Che musste sich auf die Zehenspitzen stellen, um seine Mutter über die Schultern der Bullen hinweg anzusehen. »Du kannst die Bedürfnisse der Leute nicht auf Dauer ignorieren.«

Sie winkte ab. »Du bist zu sentimental. Wer hart arbeitet, kann hier alles erreichen. Ich wünschte nur, du würdest dir das auch mal zu Herzen nehmen.«

Der Kabelbinder rutschte ein Stück über Arnests glitschig gewordene Haut. Er biss die Zähne zusammen, um sich den Schmerz nicht anmerken zu lassen.

»Was soll das denn heißen?«, fragte Che wütend. »Wir haben uns den Arsch aufgerissen, damit du kriegst, was du willst.«

»Aber es hat nicht ganz gereicht, oder? So wie immer.« Mariana brachte Che zum Schweigen, als der den Mund öffnete, um noch etwas einzuwenden. »Darüber unterhalten wir uns später. Wir haben dringendere Angelegenheiten zu regeln.«

Sie wandte sich an Trevor. »Das, was Sie gerade getan haben, könnte man als Verrat bezeichnen. Ihre Privilegien sind gestrichen. Sie werden ab sofort in einem der Schlafsäle leben. Ihr neuer Schichtleiter wird sich mit Ihnen in Verbindung setzen.«

»Warum lassen Sie mich nicht einfach gehen?«, fragte er.

»Weil Ihr Name untrennbar mit ›See You in Nashville‹ verbunden ist. Dass Sie in unserer Siedlung leben, bringt uns Prestige. Und Prestige ist wichtig.«

»Damit Sie mehr Menschen auf diesen Drecksmond locken können?«

Arnest blendete das Gespräch aus und konzentrierte sich auf den Kabelbinder. Seine linke Hand war nass und klebrig, die Plastikschlaufe schnitt in das Fleisch unter seinen Knöcheln. In seinen Fingern pochte und kribbelte es, als sich das Blut dort staute.

»Den Nerd würde ich gern hierbehalten«, sagte Mariana, und Arnest bemerkte, dass sie nun über die Crew der *Eliot* sprach. »Für den Rest habe ich keine Verwendung. Wir können …«

»Oh Mann.« Im ersten Moment glaubte Arnest, Ches Ausruf würde sich auf die Worte seiner Mutter beziehen, doch dann fuhr er fort: »Martin hat sich aus der *John Henry* ausgesperrt. Er hat dreimal das falsche Passwort eingegeben. Wie kann man nur so blöd sein?«

Mariana drehte sich zu ihm um. »Ist ihm das schon mal passiert?«

Che schüttelte den Kopf. »Er merkt sich so was eigentlich sehr gut.«

»Dann ist nicht er der Blöde, sondern wir alle.« Mariana fuhr sich mit beiden Händen durch die Haare. »Mr. Frumm«, wandte sie sich an einen der Cops. »Sagen Sie dem Kontrollraum, dass sie die *John Henry* scannen sollen. Ich will wissen, wie viele Personen an Bord sind.«

»Ja, Ma'am.« Der Bulle zog ein kleines Pad aus der Tasche

seiner Weste und tippte etwas darauf ein. »Scan läuft«, sagte er nach einem Moment.

Schweigend warteten sie. Die Schmerzen in Arnests Hand wurden beinahe unerträglich, aber er wagte nicht, sich zu bewegen. Die Bullen wurden nicht mehr abgelenkt. Die Gefahr, dass er aufflog, bevor er sich befreien konnte, war zu groß.

Ein kurzer Piepton. Frumm sah auf das Pad. »Der Scan ist abgeschlossen, Ma'am. Es befinden sich drei Personen an Bord.«

»Was?«, stieß Che hervor. »Wieso drei?«

»Weil offensichtlich jemand in dein Schiff eingedrungen ist«, sagte Mariana. »Und ich habe auch so eine Ahnung, wer das sein könnte.«

Wer denn?, wollte Arnest fragen, schluckte die Worte aber hinunter, als ihm die Antwort klar wurde.

Mariana sah ihn an. »Mister wie auch immer Sie heißen mögen, Sie werden jetzt Ihre Leute kontaktieren und ihnen ausrichten, dass sie die *John Henry* sofort zu verlassen und sich den Behörden zu stellen haben. Sollten sie das nicht tun, werden Sie sterben.« Sie nickte einem der Cops zu. »Mr. Frumm, stellen Sie ihm Ihr Pad zur Verfügung, damit er sich einloggen kann.«

Frumm blieb breitbeinig vor Arnest stehen. In seinen polierten schwarzen Stiefeln spiegelte sich eine Wandlampe. Er war ein kräftiger junger Mann, doch seinen breiten Körperbau verdankte er eher Fett als Muskeln.

»Benutzername und Passwort«, sagte er.

Arnest sah zu ihm hoch. »Fick dich und Arsch lecken.«

Die Stiefelspitze traf ihn unter dem Kinn. Arnest wurde zurückgeschleudert und krachte mit dem Hinterkopf gegen die Wand. Einen Augenblick lang verschwamm die Welt um ihn herum.

»Hey!«, rief Trevor empört. »Lassen Sie ihn in Ruhe!«

Niemand beachtete ihn. Der Bulle trat noch einen Schritt

vor. Sein Schatten fiel dunkel über Arnest. »Benutzername und Passwort?«

Der Kabelbinder kratzte über Arnests Knöchel. Der Schmerz trieb ihm die Tränen in die Augen. Sie liefen ihm über die Wangen und tropften auf sein Hemd.

Der Bulle grinste. »Nicht so leicht, tough zu sein, wenn man auf die Fresse kriegt, oder?«

Er tippte auf das Pad. »Also noch mal. Benutzername und Passwort?«

Arnest spannte sich an. Er glaubte, jeden Muskel zu spüren und jede Sehne. Seine verletzte Hand pochte, und er nahm den Schmerz ebenso in sich auf wie die Wut und den Frust über seine eigene Dummheit.

Dann ließ er alles los.

Er stieß sich vom Boden ab. Frumms Augen weiteten sich, als er sah, dass sich Arnest befreit hatte, aber er konnte nicht mehr reagieren. Arnest rammte ihm sein Knie zwischen die Beine, riss ihn herum, als er sich zusammenkrümmen wollte, und hielt ihn aufrecht. Es knallte ohrenbetäubend. Frumms Körper erbebte unter zwei Einschüssen. Der Bulle, der die Kugeln abgefeuert hatte, ließ entsetzt die Waffe sinken.

Arnest zog Frumms Pistole aus dem Holster und schoss dem Bullen, der ihm am nächsten stand, in den Kopf. Der Mann prallte gegen das Sofa und rutschte zu Boden.

»Raus!« Che packte Mariana und zog sie zur Tür. Zwei Bullen schlossen sich ihnen an, deckten Mutter und Sohn mit ihren Körpern. Arnest erwischte einen von ihnen unter der Schulter, doch der zweite fing seinen Kameraden auf und zerrte ihn mit nach draußen.

Der Bulle, der seinen Kollegen erschossen hatte, stand reglos da, die Waffe zu Boden gerichtet. Er war jünger als die anderen, vielleicht gerade mal achtzehn, und so blass, dass man die Adern in seiner Schläfe erkennen konnte.

Arnest legte auf ihn an, doch dann sah er aus den Augenwinkeln, dass Trevor ihn anstarrte. Er steckte die Waffe in den Gürtel. »Verpiss dich.«

Die Pistole des Bullen polterte zu Boden. Er fuhr herum und lief aus der Kabine. Arnest ließ Frumms Leiche fallen und stieg über sie hinweg. Seine Ohren klingelten.

»Hast du ein Messer?«, fragte er.

Trevor schluckte und nickte. »Im Schreibtisch«, sagte er heiser.

Es war nur ein stumpfes Taschenmesser, aber es reichte, um den Kabelbinder zu durchtrennen. Arnest zog Trevor auf die Füße und griff nach der Pistole, die der junge Bulle fallen gelassen hatte. »Wir müssen zur *Eliot.*«

»Ich …« Trevor zögerte.

»Was ist? Willst du hierbleiben?« Arnest hob Frumms Pad auf und loggte sich ein. Dann sah er aus der Tür. Der Gang zu beiden Seiten war leer, aber er war sich sicher, dass das nicht so bleiben würde. »Entscheide dich – jetzt.«

Ein Ruck schien durch Trevor zu gehen. »Nein, ich will nicht hierbleiben.«

Er nahm eines der Banjos ab, die an der Wand hingen, und schlang es sich über den Rücken. »Warten wir auf was?«

Seine Stimme zitterte, aber Arnest wusste es zu schätzen, dass er versuchte, Mut zu zeigen. Er grinste. »Ist wie in einem deiner Songs, oder?«

Trevor setzte zu einer Antwort an, schüttelte dann aber den Kopf. »Nein«, sagte er. »Eigentlich nicht.«

Arnest lachte laut, steckte das Pad ein und zog beide Pistolen. »Los geht's.«

11

Lanzo fuhr sich mit der Zungenspitze über die Lippen. Die Bildschirme vor den Konsolen im Cockpit waren dunkel, es gab kein einziges Fenster in der *John Henry*, nicht einmal ein Bullauge in der Schleuse. Er fühlte sich unwohl und eingesperrt, und es machte ihn nervös, dass er nicht wusste, was außerhalb des Schiffs geschah.

Auckland schien das nicht zu kümmern. Er hatte seine Waffe eingesteckt und musterte die Jockey mit offensichtlicher Faszination.

»Ich hab so eine wie dich noch nie gesehen«, sagte er.

»Das höre ich oft.« Sie machte einen kleinen Schritt auf ihn zu, aber er wich zurück. Ihr Kopf mit den Facettenaugen und Mandibeln hing einen halben Meter über ihm. »Mein Name ist Ama'Ru en Rahlyn od Fir.«

»John. Das ist Lanzo.« Er sah zu ihr hinauf. »Was machst du hier?«

Die langen Zangen, in denen ihre Arme endeten, öffneten und schlossen sich langsam. Lanzo hatte den Eindruck, dass sie genauso scharf waren, wie sie aussahen.

»Ich bin eine Geisel«, sagte sie mit dieser merkwürdig klaren Stimme, die wie Wasser zu fließen schien. »Che hat mich entführt. Ich verstehe nur nicht, warum.«

»Du warst auf NG27?«

»Ja«, antwortete Lanzo an ihrer Stelle. »Tasha sagte, sie sei eine Menschenrechtlerin, die ihnen allen auf den Sack geht. Jetzt will Che Kohle mit ihr erpressen. Ende der Geschichte. Können wir jetzt gehen?«

»Wieso bist du so nervös?«, fragte Auckland. Es klang nicht einmal herablassend.

Lanzos Geste umfasste das ganze Schiff. »Weil wir blind und taub sind für das, was draußen passiert. Und weil wir vielleicht unser Leben riskieren, nur um uns anzuhören, wie ungerecht sich eine Jockey von den Menschen behandelt fühlt.«

»Ich rede nicht über Gefühle«, sagte Ama'Ru, »sondern über Unverständnis. Che war wochenlang auf der Station. Ich habe ihm vertraut. Er hätte mich zu jeder Zeit entführen können, wenn er das aus welchem Grund auch immer gewollt hätte. Warum hat er so lange gewartet?«

»Die wirklich wichtige Frage ist, warum wir so lange warten.« Lanzo ging zur Tür. »Komm schon, John. Martin und Fidel können jeden Moment zurückkehren.«

Auckland nahm den Blick nicht von der Jockey. »Und was machen wir mit ihr?«

»Nichts. Sie ist nicht unser Problem.«

Er war erleichtert, als Auckland sich endlich zögernd abwandte. »Kümmern wir uns um Kip…«

Ein Hämmern unterbrach ihn. Die schwere Metalltür des Schiffs erbebte unter den Schlägen. Lanzo drehte sich um. »Ich habe gesagt, dass das passieren würde, oder?«

Auckland antwortete nicht. Er ging zum Pilotensitz und drückte auf einige Knöpfe an der Konsole. Es war ein altes Schiff, das weder mit Touchscreens noch virtuellen Arbeitsstationen ausgestattet war. Die beiden Bildschirme flackerten kurz, dann zeigte der eine die helle, von Kratern übersäte Mondoberfläche. Auf dem anderen sah Lanzo den Gang vor der Schleuse. Bewaffnete Uniformierte näherten sich dem Schiff. Ihnen kam ein grau gekleideter Mechaniker entgegen, der einen Vorschlaghammer in den Händen hielt. Wahrscheinlich hatte er damit versucht, die Tür zu öffnen.

Er unterhielt sich mit den Uniformierten, erklärte ihnen anscheinend etwas. Lanzo wünschte, er hätte hören können, worüber sie sprachen. Nach einem Moment tauchte ein zweiter Trupp Uniformierter auf. Einer von ihnen hielt ein Schweißgerät in der Hand, zwei andere trugen sichtlich nervös eine kleine Kiste zwischen sich. Lanzo ahnte, was sich darin befand.

»Scheiße«, sagte Auckland leise. »Sie haben Sprengstoff.«

Ama'Ru beugte sich unter der Tür zwischen Laderaum und Cockpit hindurch. Die Decke war so niedrig, dass sie nicht aufrecht stehen konnte. »Es tut mir leid, wenn ihr wegen mir Unannehmlichkeiten habt.«

»Nicht wegen dir.« Auckland setzte sich auf den Platz des Piloten und nahm den Joystick in die Hand. »Das ist ganz allein meine Schuld.«

Die Uniformierten stellten die Kiste ab. Zwei verschwanden im toten Winkel der Kamera, ein anderer kratzte sich am Kopf und betrachtete das Schiff, als sei er nicht sicher, dass ihr Plan funktionieren würde.

Auckland drückte auf einen Knopf. Am Rande des Bildschirms leuchtete ein kleines Mikrofon-Icon auf.

»An die Personen, die sich im Schleusengang zur *John Henry* aufhalten.« Die Uniformierten sahen auf. Einige tasteten nach ihren Waffen. »Sie haben zehn Sekunden Zeit, um den Bereich zu räumen. Sollten Sie das nicht tun, wird dieses Schiff starten, ohne die Schleusen zu schließen.«

Die ersten Männer liefen bereits in den Gang hinein, bevor er zu Ende gesprochen hatte. Sie ließen die Kisten stehen und das Werkzeug liegen. Die anderen folgten ihnen langsamer, so als würden sie noch über eine Lösung nachdenken. Aber es gab keine. Die Zeit war zu kurz.

»Keine schlechte Idee«, sagte Lanzo. Wenn das Schiff abhob, bevor die Schleusen geschlossen waren, würde der plötzliche

Druckabfall die Männer ins All reißen. Wie weit er sich ausbreiten würde, hing von den Sicherheitssystemen der einzelnen Schiffe ab. Im schlimmsten Fall würde er die ganze Siedlung erfassen.

»Sie werden wiederkommen.« Auckland legte den Sicherheitsgurt an. »Haltet euch fest.«

Lanzo rutschte in den Sitz neben ihm und schnallte sich ebenfalls an. Aus den Augenwinkeln sah er, dass sich Ama'Ru in den Türrahmen stellte. Es gefiel ihr nicht, dass sie sich in seinem Rücken aufhielt.

Mit einem Knopfdruck schloss Auckland die Außenschleuse. Dröhnend erwachte der Antrieb zum Leben. Es klang wie auf der *Mishima*, und einen Moment lang vermisste Lanzo das kleine Schiff mehr, als er sich eingestehen wollte.

»Ich lasse die anderen nicht zurück«, sagte er. »Wenn du das vorhast, dann lass mich aussteigen.«

»Ich habe das nicht vor.«

Die *John Henry* hob ab. Lanzos Magen sackte nach unten, als das Schiff kurz beschleunigte und dann ebenso plötzlich abbremste. Sein Sicherheitsgurt spannte sich. Auf den Bildschirmen sah er die *Eliot* neben sich auftauchen. Sie war so nahe, dass er mit angehaltenem Atem auf die Kollision wartete. Doch die blieb aus. Die *John Henry* landete an der Schleuse der *Eliot*.

»Mit dem bisschen Sprengstoff kommen sie nicht durch unsere Tür«, sagte Auckland, als er den Sicherheitsgurt löste und den Antrieb abschaltete. »Sag den anderen, wo wir sind.«

»Okay.« Lanzo stand auf und folgte Auckland zur Tür. Es dauerte einige Sekunden, bis das Licht an der Schleuse von Rot auf Grün sprang. Hinter ihm raschelte es.

»Was ist mit mir?«, fragte Ama'Ru.

Lanzo schwieg. Das war nicht seine Entscheidung.

Auckland öffnete die Tür. Die kühle Luft der *Eliot* hüllte sie ein. »Du kannst hier bleiben oder mitkommen. Wenn du hierbleibst, werden die Jockeys dich wahrscheinlich auslösen, so wichtig, wie du bist. Du könntest in ein paar Tagen zuhause sein. Wenn du mitkommst … Wer weiß.«

»Wieso hältst du mich für eine wichtige Person?«, fragte sie.

»Du hast drei Namen.«

Ein Geräusch, als würde Wind durch Blätter fegen. Erst als Lanzo sich umdrehte und den Gesichtsausdruck der Jockey sah, wurde ihm klar, dass sie lachte.

»Ihr wisst nichts darüber, wie wir unsere Namen vergeben«, sagte sie.

»Dann bist du nicht wichtig?«, fragte Auckland.

Sie antwortete nicht, sondern faltete ihren langen Insektenkörper auseinander und betrat mit ihnen die *Eliot*.

Lanzo verzog das Gesicht. *Großartig* …

12

»Au! Verdammt noch mal.«

Rin schüttelte ihre Hand aus. Seit sie angefangen hatten, die Tür des kleinen Raums mit Tischen, Stühlen und Computerteilen zu verbarrikadieren, hatte sie mindestens ein Dutzend Mal den scharfen Schmerz statischer Elektrizität gespürt.

»Was ist los?«, fragte Kipling.

Sie kam sich albern vor. »Nichts. Ich kriege nur ständig eine gewischt.«

»Kennst du etwa den Trick nicht?«

»Es gibt einen Trick?«

»Der Trick, William Potter, ist, dass einem der Schmerz egal ist.« Er grinste.

»Wer ist William Potter?«, fragte Rin verwirrt, während sie sich auf den Tisch setzte, den sie gerade vor die Tür geschoben hatte.

»Lawrence von Arabien?« Kipling sah sie fragend an. »Die Streichholzszene?«

Als sie den Kopf schüttelte, seufzte er. »Ich zieh dir den mal, wenn wir wieder auf dem Schiff sind. Obwohl, wenn das so weitergeht, haben wir locker drei Stunden Zeit, um den hier zu sehen.«

Rin hoffte, dass er sich irrte. Die Zeit verging mit quälender Langsamkeit. Sie wusste, dass draußen etwas geschah, denn sie hatten kurz laute Rufe gehört, doch seitdem herrschte Stille.

»Hast du noch mal versucht, irgendwen zu erreichen?«, fragte sie.

Kipling nickte. »Es meldet sich niemand. Kommunikation ist nicht gerade unsere …« Er unterbrach sich und hob die Hand. Sein Blick richtete sich ins Nichts. »Da ist Lanzo. Er sagt, dass er und Auckland auf der *Eliot* sind. Sie haben eine Jockey-Geisel befreit. Krass. Wir sollen versuchen, irgendwie zu ihnen zu gelangen … Sehr witzig, wie denn? Und er will wissen, wo Arnest ist.«

Er tippte etwas auf die Metallplatte eines Tischs. »Ich sage ihm, dass wir nicht wissen, wo Arnest ist, und keinen Plan haben, wie wir hier rauskommen sollen.«

»Rosa hat Arnest doch zu Trevor Reilly gebracht«, sagte Rin. »Wenn wir sie finden …«

»Ja, aber wir sitzen ja alle fest.« Kipling zögerte, dann tippte er erneut etwas ein. »Wenn Arnest sein Pad dabeihätte … Hm, Lanzo weiß das nicht. Egal, probieren wir es aus. Vielleicht hört er einfach nicht, dass ich versuche, ihn anzuchatten. Aber das kann man ändern.«

»Und wie?«, fragte Rin. Es fiel ihr schwer zu unterscheiden, was Kipling zu ihr sagte und was er laut murmelte, während er mit Lanzo chattete.

»Ich hacke mich in seinen Account.« Er neigte den Kopf. »Hacken ist zu viel gesagt. Ich kenne sein Passwort.«

Rin sah ihn scharf an. »Kennst du meins etwa auch?«

»Wenn es 12345 ist, dann ja«, sagte Kipling langsam. Er schien sich bereits auf etwas anderes zu konzentrieren. »So, Weckruf läuft, Musik ist an, volle Lautstärke, Webcam und Mikro … Scheiße!«

»Was ist?«

»Warte, ich teile Video und Audio mit dir.«

Rin zog ihr Pad aus der Tasche. Ein Fenster hatte sich darauf geöffnet. Sie wurde gefragt, ob sie die Verbindung zulassen wolle, und darauf hingewiesen, dass audiovisuelle Kommunikation Bandbreite verschwendete und deshalb nach maximal drei

Minuten gekappt werden müsste. Solche Beschränkungen gab es fast überall. Sie tippte auf ›Einverstanden‹.

Nur eine Sekunde später hörte sie Schüsse. Die Webcam zeigte ihr das verwackelte Bild einer Decke, dann plötzlich füllte Arnests runder Kopf den Bildschirm.

»Mach die Scheiße aus, Kipling!«, rief er über den Lärm hinweg. »Ich bin beschäftigt.«

»Wo bist du?«, fragte Kipling.

»Keine Ahnung. Wir wollten zum Schiff, aber die Scheißbullen haben uns den Weg abgeschnitten.«

Wir?, fragte sich Rin.

Jemand tauchte hinter Arnest auf. »Sie kommen von beiden Seiten!«

»Fuck.« Arnest lehnte das Pad ohne ein weiteres Wort an einen Pfeiler und sprang auf. Er schien sich in einer Art Lager zu befinden. Rin sah Regale an den Wänden, die aber größtenteils leer waren. Ein umgeworfener Tisch diente Arnest und einem zweiten Mann als Deckung. Der Mann trug ein Banjo auf dem Rücken.

Es gab zwei Türen, eine vor dem Tisch und eine rechts von ihm. Aus beiden blitzte Mündungsfeuer auf. Arnest schoss nicht zurück. Rin nahm an, dass er Munition sparen wollte.

Die Schüsse fielen schneller. Männer mit Helmen und kugelsicheren Westen tauchten im Sekundentakt in den Türen auf.

»Sie wollen den Raum stürmen«, sagte Rin. Sie biss sich auf die Unterlippe. Kipling starrte reglos in seine V-Specs.

Arnest schien ebenfalls erkannt zu haben, welchen Plan seine Gegner verfolgten, denn er reichte dem Mann neben sich eine seiner Pistolen. »Du schießt auf die rechte Tür, verstanden? Nur auf die rechte.«

»Okay.« Der Mann nickte nervös.

»Das ist Trevor Reilly«, sagte Kipling. »Abgefahren.«

Arnest ging in die Hocke. Er klopfte Reilly auf die Schulter, dann sprang er auf und hievte den Tisch hoch. Mit einem wütenden Schrei, den Tisch wie einen Schild hochkant vor sich aufgerichtet, stürmte er auf die eine Tür zu, während Reilly die andere mit Schüssen eindeckte.

Der Bildschirm wurde schwarz. ›Übertragung unterbrochen. Zeit abgelaufen.‹

Kipling schlug mit der Faust auf den Tisch. »Scheiße!«

Rin konnte nicht mehr länger still sitzen. Sie stand auf und ging im Raum auf und ab. Er wirkte auf einmal so klein, dass sie kaum atmen konnte. »Ich halte das nicht aus«, sagte sie. »Wir müssen etwas tun.«

»Aber was?« Kipling hob die Schultern. »Unsere Optionen sind begrenzt. Wir sind beide keine Arnests, also können wir Ausbrechen vergessen. Ich kann mich ins WLAN der Siedlung hacken, aber das ist nur gut für ein bisschen Poltergeist. Türen auf, Türen zu. Licht an, Licht aus. So ein Kinderkram.«

Rin blieb stehen. Ihr Blick fiel auf ihr Pad und dann auf Kiplings V-Specs. »Vielleicht ist Kinderkram genau das, was wir jetzt brauchen.«

Er sah sie fragend an.

13

Keuchend ließ Arnest den Tisch fallen. Einen Bullen hatte er niedergetrampelt, einen zweiten so heftig gerammt, dass er sich nicht mehr rührte, der dritte lief durch den Gang davon. Arnest schoss nicht auf ihn, sondern bückte sich und hob die fallen gelassenen Pistolen auf. Der Bulle, dem sie gehört hatten, atmete noch. Er änderte das nicht.

»Weiter«, sagte er. Trevor ließ sich mitziehen, warf aber immer wieder einen nervösen Blick zurück.

»Sie folgen uns nicht«, sagte er, als sie eine Biegung erreichten. Auch der Gang vor ihnen war leer.

»Wäre besser, wenn sie es täten.« Arnest nahm ihm die Waffe aus der Hand und überprüfte das Magazin. Zwei Patronen steckten noch darin. Zusammen mit denen in den anderen Pistolen blieben ihm noch zwanzig Schuss. Er glaubte nicht, dass das reichte. In dieser verdammten Siedlung wimmelte es von Bullen.

»Warum wäre das besser?« Trevor war atemlos. Schweiß stand ihm auf der Stirn. Er hatte Angst.

»Weil wir ihnen dann einen Schritt voraus wären. So warten sie wahrscheinlich irgendwo auf uns.«

Sie liefen an Türen vorbei. Arnest legte seine Hand auf jedes einzelne Touchpad, aber keine öffnete sich. »Wieso ist hier keiner?«, fragte er.

»Das sind die Unterkünfte für Lotteriegewinner, die sich hochgearbeitet haben. Da das fast keinem gelingt, stehen sie größtenteils leer.«

Arnest hielt Trevor mit einer Handbewegung auf, als der um eine Ecke biegen wollte, und sah sich zuerst um. Es war niemand da.

Das ist nicht gut, dachte er, ohne es auszusprechen. »Während die Schlafsäle voll sind«, sagte er stattdessen. »Ihr seid doch bekloppt, dass ihr euch das bieten lasst.«

»Die Leute haben Angst, dass es woanders noch schlechter sein könnte. Sie haben keine Wahl.«

Idioten. Jeder hat eine Wahl. Er blieb an einer Abzweigung stehen. »Rechts oder links?«

»Um zu den Schiffen zu kommen, links. Aber dann müssen wir durch den Speisesaal.«

»Und wenn wir rechts gehen?«

»Da kommt nicht mehr viel. Ein Schlafsaal und der Frachter, der zu einem Gewächshaus umgebaut werden soll. Da wird aber nicht gearbeitet, weil der Regierung das Geld ausgegangen ist. Heißt es zumindest.«

»Ich dachte, die ganzen Reichen wären hier.«

»Als es noch das alte Geld gab, *waren* sie reich, und diese ganze Meritokratie beruht auf dem, was einmal war.«

Arnest zögerte einen Moment, bevor er sich für eine Richtung entschied. »Links.«

Der Gang sah so aus wie alle anderen und war ebenso leer. Sie stiegen durch eine Schleuse, dem einzigen Hinweis darauf, dass sie ein Schiff verließen und ein anderes betraten. Arnest hielt es für verrückt, eine Flotte in eine Siedlung zu verwandeln. Häuser konnten nicht fliehen, wenn etwas schiefging, und er hatte die Erfahrung gemacht, dass immer etwas schiefging.

Er sah eine große offen stehende Tür und dahinter einen Saal. Leere Tische standen darin und Bänke, an denen niemand saß. An der Wand auf der gegenüberliegenden Seite der Tür befand sich ein großer schwarzer Bildschirm. Er zog beide Pistolen. »Was immer auch passiert«, sagte er leise, »bleib hinter mir.«

Trevor nickte. An seiner Schläfe pochte eine Ader.

Arnest zuckte zusammen, als plötzlich Metall quietschte. Er fuhr herum und sah, wie sich die Schleuse zwischen den Schiffen schloss. Es gab keine Abzweigungen in dem Gang, keine Türen. Der einzige Weg führte nach vorn, in den Saal.

»Das wird nicht gut ausgehen, oder?«, sagte Trevor.

Nein, dachte Arnest und betrat den Speisesaal.

Sie standen auf der Galerie, die den Saal umgab. Auf den Treppen und hinter hastig errichteten Barrikaden sahen sie fünfzig oder sechzig schwarz gekleidete Männer und Frauen, deren Gesichter hinter verspiegelten Helmen nicht zu erkennen waren. Scharfschützen richteten ihre Gewehre auf Arnest, Laserpunkte tanzten über seine Brust.

Niemand sagte etwas. Er hörte nur ein gelegentliches, angespanntes Husten und das Quietschen von Sohlen auf dem Metallboden.

Ruhig ging er seine Möglichkeiten durch. Zurückweichen, sich aus dem Schussfeld bringen und das Unvermeidliche noch ein paar Minuten hinauszögern, das war das Erste, was ihm einfiel. Er hätte wahrscheinlich noch ein paar Bullen mitnehmen können, doch was hätte das gebracht. Nach vorn stürmen und versuchen, mit den letzten Schüssen Gonzales zu erwischen, die umgeben von Bullen neben einem Getränkeautomaten stand, das war Möglichkeit Nummer zwei. Er bezweifelte jedoch, dass er sie erwischen würde.

Bleibt Möglichkeit drei, dachte Arnest. Er ging in die Hocke und legte beide Pistolen auf den Boden. Dann stand er mit erhobenen Händen auf. Die Laserpunkte folgten ihm. Trevor hob ebenfalls die Hände.

»Sie überraschen mich«, sagte Mariana. »Ich hätte gewettet, dass Sie kämpfend untergehen würden.«

Er schwieg.

Sie wandte sich an Trevor. »Mr. Reilly, treten Sie zur Seite.

Mit Ihnen wird sich ein Gericht befassen.«

»Nein, ich bleibe.« Seine Stimme zitterte so sehr, dass sie beinahe brach.

»Sei kein Idiot«, sagte Arnest leise. »Geh.«

»Nein. Du hast recht. Wir hätten uns das alles nicht gefallen lassen dürfen.«

»Wie Sie wollen«, sagte Mariana. »Arnest, Sie wurden in einem Schnellverfahren in Abwesenheit zum Tode verurteilt. Das Urteil wird sofort vollstreckt.«

In den letzten Tagen auf der Erde hatten er und Lanzo oft über den Tod geredet, dass sie jeder ihre letzte Kugel aufsparen wollten, um sich selbst zu erschießen, bevor sie selbst zu Ungeheuern wurden.

Wir dachten, wir würden zusammen sterben, aber wir werden beide allein sein.

»Macht schon!«, schrie er.

»Hi«, sagte Kipling. Der große Bildschirm flackerte und zeigte sein lächelndes Gesicht. »Mein Name ist Kipling Jonnessey, herzlich willkommen bei ›Findet die Kolonie‹. Unser Ziel heute ist ein kleiner Mond, der einen Gasriesen mit der Kennung YCG-24J umkreist. Die Menschen, die sich darauf niedergelassen haben, möchten ihn gern für sich behalten, aber wir finden das sehr egoistisch. Teilen sollte in unserer neuen Welt eine Selbstverständlichkeit sein, gerade mit unseren Freunden, den Jockeys. Die werden sich übrigens bestimmt freuen, wenn sie erfahren, dass es Ama'Ru en Rahlyn od Fir – ich hoffe, dass ich das richtig ausspreche – gut geht. Angeblich hat sie jemand entführt oder so, um Geld für die Siedlung zu erpressen. Aber das ist sicherlich nur ein großes Missverständnis.«

Er hörte auf zu lächeln. »Nur ein Klick, dann geht dieses Video online. Ich nehme an, dass ihr wisst, wie ihr das verhindern könnt.«

Das Bild wurde schwarz. ›Übertragung unterbrochen. Zeit abgelaufen.‹

Was war das eine knappe Scheiße, dachte Arnest. Er atmete tief durch und versuchte, sich seine Erleichterung nicht anmerken zu lassen. Sein Blick richtete sich auf Mariana.

»Und?«, fragte er.

Sie sah sich um, doch keiner der Menschen, die sie umgaben, wagte es, etwas zu sagen. Alle starrten hinter ihren Helmen nach vorn und warteten auf ihre Entscheidung.

»Woher wissen wir …« Marianas Stimme versagte. Sie räusperte sich. »Woher wissen wir, dass Sie das Video nicht trotzdem hochladen werden?«

Wäre es nach Arnest gegangen, würden sie genau das tun, aber das sagte er nicht. Stattdessen versuchte er, sich in Lanzo hineinzuversetzen und die Antwort zu geben, die ihm eingefallen wäre.

»Weil wir keine Arschlöcher sind. Hier gibt's Unschuldige.«

Er glaubte sich selbst nicht, doch Mariana presste die Lippen zusammen und nickte. »Wir werden uns Ihrer Erpressung beugen und die Toten, die Sie zurücklassen, betrauern, ohne dass ihnen Gerechtigkeit widerfahren wird. Sie und Ihre Kumpane haben freies Geleit.«

Arnest nahm die Hände herunter. Die Laserpunkte verschwanden von seinem Körper, die Scharfschützen sicherten ihre Gewehre.

Mariana wandte sich ab und verließ in einer Traube aus schwarzen Uniformen den Saal.

Schlampe, dachte Arnest.

14

Die Schubdüsen der *Eliot* sprangen an. Langsam erhob sich das Schiff in die dünne Atmosphäre. Atlantis blieb unter ihnen in einer Wüste aus Eis und Felsen zurück.

Rin betrachtete die Schiffe, die über der Siedlung hingen. Die Elite der Flotte befand sich darin, Menschen, die sich erst auf den Mond begeben würden, wenn Atlantis ihren Ansprüchen genügte. Sie bezweifelte, dass das jemals geschehen würde.

Hinter ihr stritt sich Lanzo mit seinem Bruder. »Ich fliege nicht auf einem Schiff mit einer verdammten Jockey!«, brüllte Arnest. »Entweder sie oder ich!«

Rin drehte sich zu Ama'Ru um. Die Gottesanbeterin stand allein neben der Treppe. Die Finger an ihren Zangen bewegten sich wie Algen im Meer. Die Jockey, die zwischen Hals und Kopf auf ihrem Sattel saß, hörte scheinbar unbeteiligt zu. Seit sie die Brücke betreten hatte, schwieg sie, ebenso wie Auckland, wie Rin auffiel, der an einer Konsole lehnte und gedankenverloren Icons hin und her schob.

Trevor Reilly saß an einer dunklen Arbeitsstation und drehte sein Banjo zwischen den Knien. Mehr hatte er nicht mitgenommen. Kipling stand neben Rin und beobachtete den Streit.

»Wir nehmen sie nur bis zur nächsten Station mit«, sagte Lanzo ruhig. »Sie kann bis dahin in einer der Kabinen bleiben, dann musst du sie nicht sehen.«

»Aber sie wird trotzdem hier sein.« Arnest trat wütend gegen einen Sessel. »So eine Entscheidung kann man doch nicht einfach über unsere Köpfe hinweg treffen.«

Rin sah zu Auckland herüber. Sie rechnete damit, dass er etwas sagen würde, aber er schien nicht einmal zuzuhören.

Ama'Ru machte einen wippenden Schritt zur Seite. Der Kopf der Gottesanbeterin legte sich schräg, Rin wusste nicht, weshalb.

»Sie sieht aus wie ein Spezialeffekt, oder?«, sagte Kipling leise. »Selbst Google kennt diese Art Jockey nicht.«

»Die Entscheidung musste getroffen werden.« Lanzo wirkte genervt. »Und du warst nun mal nicht da.«

»Und was hättet ihr getan, wenn ich Nein gesagt hätte?« Arnest sah sich um und bezog die anderen auf der Brücke mit ein. »Leute, das ist eine Scheiß-Jockey. Wisst ihr, was ich denke? Ich –«

»Es ist mir egal, was du denkst.« Auckland verschob weiter Icons auf seiner Konsole. »Ich entscheide, wer auf der *Eliot* fliegt, niemand sonst. Leb damit oder verlass das Schiff.« Er wartete Arnests Antwort nicht ab. »Trevor, sag mir, ob du hierbleiben willst oder ob wir dich absetzen sollen. Ama'Ru …« Er machte eine kurze Pause und sah auf. »Das gilt auch für dich.«

Arnest zog scharf die Luft ein, schwieg jedoch. Die Gottesanbeterin neigte den Kopf zur anderen Seite. Rin wusste nicht, ob das Überraschung, Zustimmung oder Dankbarkeit symbolisieren sollte.

Auckland verließ die Konsole. Er schien zu seiner Kabine gehen zu wollen, blieb dann aber stehen und drehte sich um.

»Lanzo«, sagte er. »Hol diese Schiffe vom Himmel. Zerstör ihre Antriebe.«

»Was?«

»Sie wollen auf einem Mond leben? Dann sollen sie auch auf einem Mond leben.«

Rin sah Kipling überrascht an. Lanzo setzte sich ohne Widerspruch an seine Konsole und gab einige Befehle ein. »Zielerfassung steht. Schussfreigabe auf Kommando.«

»Erfolgt.«

Plasmabolzen schossen rötlich glühend durch das All. Antriebssektionen explodierten lautlos, Schiffe kippten in majestätischer Langsamkeit dem Mond entgegen. Rin versetzte sich unwillkürlich in die Piloten, die an Bord um die Kontrolle über ihre Schiffe kämpften. Schubdüsen sprangen an, Kurse wurden berechnet, Landegebiete anvisiert. Das Trudeln der Schiffe verwandelte sich in einen sanften Abstieg. Es sah aus, als würden sie an unsichtbaren Fallschirmen hängen. Die Hitze der Schubdüsen ließ das Eis schmelzen, sodass die Schiffe in tiefen Pfützen aufsetzten. Wasser flog wie in Zeitlupe empor und verwandelte sich in Schnee, der als Wolke über den Schiffen hing.

»Was ist mit der *John Henry*?«, fragte Lanzo.

»Sie nicht. Sie sollen dort unten leben, nicht sterben.«

Die Gottesanbeterin bewegte sich. Rin bemerkte nervös, dass Arnest nach seiner Waffe tastete.

»Ankläger, Richter, Gott«, sagte Ama'Ru mit einer Stimme, die wie klares Wasser klang. »Wollt ihr das sein?«

Auckland sah sie an. »Warum nicht? Ihr seid es doch auch.«

15

Die Brücke war dunkel und leer. Kipling hatte das Licht auf ein Minimum zurückgefahren und sich an eine der Konsolen gesetzt. Cartoons flackerten lautlos über die Bildschirmwand. Er war müde, aber zu unruhig, um sich hinzulegen.

Daten glitten über seine V-Specs. Er hatte sich so viel wie möglich aus dem WLAN der Siedlung gezogen. Persönliche Daten, Chatlogs, Goldcoin-Accounts, Fotos und Videos. Das meiste löschte er, ohne es anzusehen. Ihn interessierten weder Schichtpläne noch die Menüangebote im Speisesaal. Er filterte die Informationen nach Namen, zuerst Che, dann Carlos, schließlich alles, in dem der Begriff ›NG27‹ auftauchte.

Aus Zehntausenden Treffern wurden Tausende. Che hatte oft mit seiner Mutter gesprochen. Seine Nachrichten waren lang und voll von unhaltbaren Behauptungen über das, was er angeblich erreicht hatte. Mariana hatte präzise, kalt und kurz geantwortet, meistens nicht mehr als mit einem ›Okay‹ oder ›Mal sehen‹. Vor Kiplings Augen entstand das Bild einer Mutter-Sohn-Beziehung, die von Enttäuschungen geprägt war. Che wollte sich beweisen, Mariana wollte, dass er tat, was sie ihm sagte. Beides schien nicht passiert zu sein.

Er scrollte stundenlang durch die Nachrichten, die beide ausgetauscht hatten. Sein Blick wurde müde, seine Konzentration ließ nach. Doch dann riss ihn ein Wort, gefolgt von Ausrufezeichen, plötzlich aus seiner Lethargie.

›*NEIN!!!*‹

Kipling ließ sich den gesamten Thread anzeigen. Es ging um die Maßnahmen, die Che ergriffen hatte, um vor der geplanten Entführung möglichst großes Chaos zu erzeugen.

›*Und wenn alles nicht ausreicht*‹, stand dort vor Marianas panisch wirkender Reaktion, ›*haben wir immer noch Zombies. :)*‹

Kipling fuhr hoch. Er stieß sich die Knie an, als er aus dem Sessel sprang, bemerkte den Schmerz jedoch kaum.

»John!«, rief er zur Galerie hinauf. Gleichzeitig öffnete er das Chatfenster, in dem seine Frage ›Tasha?‹ immer noch unbeantwortet stand.

Über ihm polterte es. Die Tür zu Aucklands Kabine öffnete sich. »Was?«

»Zombies! Auf NG27 sind Zombies.«

TEIL 4

NUR EINE KUGEL

»Erinnert ihr euch an *Planet der Affen*? Ihr wisst ja, wie der ausgeht. Charlton Heston stellt fest, dass er sich nicht auf einem anderen Planeten befindet, sondern auf seinem eigenen, nur so weit in der Zukunft, dass er kaum noch wiederzuerkennen ist. So geht es mir manchmal, wenn ich durch die YouTube-Kanäle zappe und mir all die Videos von diesen Jockey-Kids ansehe. Es gibt mittlerweile mehr Jockeys im Netz als Menschen. Sie sind die neuen Affen. Das ist jetzt ihre Welt, nicht mehr die unsere, und meine größte Angst ist, dass sie uns eines Tages ganz daraus aussperren werden.«

– Nerdprediger Dan, *ASCII-Zeichen für die Ewigkeit*

1

»Auf NG27 sind Zombies.«

Kipling nahm seine V-Specs ab und drehte sie zwischen den Fingern. Rin hatte ihn selten so nervös erlebt.

Sie saßen in Aucklands Kabine, nur Trevor Reilly und Ama'Ru fehlten.

»Woher weißt du das?«, fragte Lanzo. Der Schatten eines Barts bedeckte seine Wangen, und er wirkte unausgeschlafen. Im Gegensatz zu Arnest, der nur bunt gestreifte Shorts und ein ausgebleichtes T-Shirt trug, war er vollständig angezogen.

»Als Rin und ich in dem Raum mit dem Computerschrott eingesperrt waren, habe ich aus Langeweile alle Daten gezogen, die ich finden konnte. Dabei waren auch Logs der Chats zwischen Che und seiner Mutter. Er hat damit angegeben, dass er Zombies auf der Station versteckt habe.«

»Könnte es sein, dass es nichts weiter als Angeberei war?«, fragte Auckland. Auch er wirkte verschlafen. Sein Haar war zerzaust, und das Hemd steckte nicht richtig in der Hose. »Wieso sollte er ein so großes Risiko eingehen?«

»Weil er nicht wusste, ob der Protest als Ablenkung ausreichen würde«, sagte Kipling. »Ich habe mir alle Logs angesehen. Mariana und Che wollten nicht Ama'Ru entführen, sondern Onas'Ramun.«

Lanzo beugte sich vor. »Den Vater des Stationskommandanten? Mit dem hätten sie eine Menge Geld erpressen können.«

»Vor allem Jockey-Geld, nicht unsere Monopoly-Währung.«

Kipling legte die V-Specs vor sich auf den Tisch, ließ sie aber nicht los. »Doch dann wurde er ermordet.«

Rin sah den Ablauf vor ihrem geistigen Auge. »Sie mussten improvisieren, und da sie nicht auf der Station bleiben konnten, griffen sie sich eine Jockey, deren Name wichtig klang. Sie entführten sie und ließen die Zombies zurück.«

Kipling nickte und sah Auckland an. »Wir sollten Ama'Ru das sagen.«

»Später. Diese Angelegenheit geht erst mal nur uns etwas an.«

Uns. Das Wort überraschte Rin. Es suggerierte, dass Auckland in ihnen eine Crew sah und die anderen nicht nur als ein paar Streuner, die er aufgelesen hatte und nun nicht mehr loswurde.

»Hast du versucht, jemanden auf NG27 zu kontaktieren?«, fragte sie.

»Das war das Erste, was ich versucht habe«, antwortete Kipling, »aber ich kann Tasha nicht erreichen.«

»Wer ist Tasha?« Die Frage kam von Auckland. Er war bei dem Protest auf der Station nicht dabei gewesen.

Arnest grinste. »So eine kleine Niedliche, der Kipling an die Wäsche will.«

Rin schloss resignierend die Augen. Sie kannte niemanden, der mit solcher Treffsicherheit wie Arnest das Falsche zum falschen Zeitpunkt sagte.

»Halt die Fresse«, hörte sie Kipling erwartungsgemäß sagen. »Sie ist eine Freundin, und ich will ihr helfen.«

Als sie die Augen wieder öffnete, setzte Kipling gerade seine V-Specs auf. Mit ihnen erschien er ihr vertrauter als ohne.

»Du willst, dass wir nach NG27 fliegen?« Lanzo stieß den Atem aus. »Wir sind gerade noch da rausgekommen, und ich hatte nicht den Eindruck, dass es für deine Freundin und ihren Aufstand so gut lief.«

Kipling schien den Einwand vorhergesehen zu haben, denn er antwortete, ohne zu zögern. »Das stimmt, aber du hast nicht verfolgt, was seitdem passiert. NG27 ist der meistbenutzte Hashtag auf Twitter, es gibt Chaträume und Channel, die sich mit nichts anderem befassen. In den offiziellen Nachrichten wird darüber geschwiegen, aber ein Jockey hat erzählt, dass sein Vater mit seinem Frachter an NG27 angedockt hat und automatisch betankt und entladen wurde. Aber auf die Station hat man ihn wegen ›technischer Probleme‹ nicht gelassen. Wenn ihr mich fragt, ist dieser Aufstand noch längst nicht beendet.«

»Oder er besteht jetzt aus Zombies«, sagte Arnest.

»Nein. Das hätten die Jockeys ausgeschlachtet. Was auch immer auf NG27 geschieht, passt ihnen nicht.«

»Das macht es nicht ungefährlicher, dorthin zu fliegen«, sagte Lanzo. Er strich sich mit der Hand über die Bartstoppeln an seinem Kinn, dann schüttelte er den Kopf. »Ich bin dagegen. Wir würden uns auf ein unüberschaubares Risiko einlassen, nur weil du hoffst, einer Person helfen zu können, die vielleicht schon längst tot ist.«

»Wir sind nach Atlantis geflogen, damit Arnest den Sänger seines Lieblingssongs treffen konnte. Auf NG27 werden wir *tatsächlich* gebraucht.« Kipling sah Auckland an, als er das sagte, nicht Lanzo.

Arnest kratzte sich am Arm. »Wo er recht hat …«

Es wurde still in der Kabine. Die *Eliot* war Aucklands Schiff, und sie alle hatten akzeptiert, dass er das letzte Wort hatte. *Na ja*, dachte Rin, *wir akzeptieren das meistens.*

Auckland rieb sich mit Daumen und Zeigefinger müde die Augen, dann seufzte er. »Ich werde es nie schaffen, dieses Schiff zu reparieren.«

Kipling sprang auf. »Heißt das, wir fliegen hin?«

»Ja.«

»Okay. Cool. Danke. Wir sollten nicht mehr als zwei Tage

brauchen, um dorthin zu gelangen. Ich geb den Kurs ein, in Ordnung?«

Die Tür schloss sich bereits hinter ihm, als er die Frage beendete. Die Antwort wartete er nicht ab.

Die anderen standen ebenfalls auf. »Ich halte das für keine gute Idee«, sagte Lanzo. »Das ist leichtsinnig, gefährlich und wahrscheinlich sehr dumm.«

»Ach, Quatsch.« Arnest grinste und schob seinen Bruder zur Tür hinaus. »Wir werden schon klarkommen, so wie immer.«

Rin fragte sich unwillkürlich, ob er den Verlust der *Mishima* und Jourdains Tod bereits vergessen hatte oder ob das bei ihm unter ›klarkommen‹ fiel. Ein Teil von ihr beneidete ihn um die Fähigkeit, manche Dinge einfach abzuschütteln.

»Warte«, sagte Auckland, als sie Arnest und Lanzo nach draußen folgen wollte. Sie drehte sich um. Die Tür schloss sich.

»Du hast nicht gesagt, was du davon hältst.«

Sie hob die Schultern. »Du hattest deine Entscheidung schon getroffen. Ich wollte die Diskussion nicht unnötig in die Länge ziehen.«

»Ich möchte deine Meinung trotzdem hören.« Er lehnte sich an den Schreibtisch und verschränkte die Arme vor der Brust.

Rin dachte einen Moment über ihre Antwort nach. »Lanzo hat recht«, sagte sie schließlich. »Es ist gefährlich, leichtsinnig und dumm, nach NG27 zu fliegen. Wir haben keine Ahnung, was uns dort erwartet.«

»Du bist also dagegen?«

»Nein.« Es fiel ihr schwer, ihre Gedanken in Worte zu fassen. »Wir haben alle so viel verloren, dass es uns manchmal fast um den Verstand bringt. Aber Kipling hat etwas gefunden. Das ist … bemerkenswert und wichtig. Ich halte es für unsere Pflicht, ihm dabei zu helfen, es zu bewahren.«

»Tasha.«

Sie nickte.

»Ich verstehe.« Er hielt ihren Blick einen Moment fest. »Was hast *du* verloren?«

Er hatte noch nie eine persönliche Frage gestellt, keinem von ihnen. Bisher schien es ihm genügt zu haben, ihre Namen zu kennen.

»Was ich verloren habe?«

»Ja.«

Rin lächelte bitter. »Tokio.«

2

EIN JAHR ZUVOR

Die Presse nannte sie den ›Schwarm‹. Zu Hunderttausenden stolperten, taumelten, schlurften und krochen die Toten der Stadt entgegen. Aus dem Cockpitfenster des Bombers sahen sie aus wie eine gewaltige Masse aus fauligem Fleisch, die sich durch kleine Orte und Felder wälzte.

»Bleiben Sie in Warteposition«, sagte General Shichiro Wakahisa in Rins Helmfunk. Er klang unsicher und nervös. Eine Woche zuvor war er noch Hauptmann gewesen, doch das Virus verschonte auch das Oberkommando der japanischen Streitkräfte nicht. Massenbeförderungen hatten dazu geführt, dass Wakahisa auf einmal die Sterne eines Generals auf den Schultern trug und Rin Takahashi einen alten amerikanischen Bomber flog.

»Verstanden«, sagte sie und wandte sich an ihren Waffenoffizier. »Es ist noch nichts entschieden.«

Takumi Ueda nickte. Er war gerade mal zwanzig Jahre alt, klein und dünn. Der Helm saß locker auf seinem Kopf, so als müsse er erst noch hineinwachsen. Sein Adamsapfel hüpfte auf und ab. Er war ebenso nervös wie Wakahisa. »Sie werden sich bald entscheiden müssen.«

Ja, dachte Rin. In der Ferne sah sie die grauen Hochhäuser von Tokios Vorstädten. Ihre Umrisse flimmerten und waberten. Die Rauchsäule eines ungelöschten Feuers stieg zwischen ihnen empor. Es war ein heißer Sommertag, feucht und ein wenig diesig.

Die Mauer, die hinter den Vorstädten entstand, konnte Rin

aus dieser Entfernung nicht ausmachen. Das Militär, das seit der Auflösung des Parlaments Japan regierte, bezeichnete sie als ›Operation Burgwall‹. Tausende Freiwillige halfen bei ihrem Bau. Ursprünglich hatte man Soldaten dafür abgestellt, doch die wurden inzwischen eingesetzt, um die Bewohner der Vorstädte davon abzuhalten, in die völlig überfüllte Schutzzone zu fliehen.

Und der Schwarm wälzte sich weiter auf sie zu.

Er war in den Kleinstädten des Nordens entstanden. Die ersten Aufnahmen, die Flüchtlinge mit V-Specs und Pads gemacht hatten, zeigten einige Hundert Tote, die eine Straße entlangstolperten. Einen Tag später waren daraus Tausende geworden. Es war ein Phänomen, das man nirgendwo sonst auf der Welt beobachtete. Wissenschaftler sprachen von einem perfekten Sturm, einer Mischung aus dem instinktiven Verhalten der Toten, die auf Geräusche und Bewegungen reagierten, und der tief verankerten japanischen Sehnsucht nach einem Platz in der Gruppe.

Es dauerte fast drei Tage, bis die Bedrohung, die der Schwarm darstellte, offensichtlich wurde. Man bombardierte ihn, überschüttete ihn aus Flugzeugen mit Benzin und zündete ihn an, schickte ihm Tausende Soldaten entgegen, doch es war alles umsonst. Für jeden Toten, den man vernichtete, wurden zwei neue von dem Schlurfen und Stöhnen des Schwarms angelockt.

Nun waren die Bomben aufgebraucht, die meisten Soldaten tot und Benzin zu wertvoll, um bei weiteren sinnlosen Angriffen verschwendet zu werden. Geblieben waren die längst noch nicht abgeschlossene ›Operation Burgwall‹ und der Grund dafür, dass Rin Kreise über dem Schwarm zog.

›Operation Brandrodung‹. Sie wusste nicht, wer auf den Namen gekommen war, nur was er beinhaltete: eine einzelne russische Wasserstoffbombe, angebracht unter dem Rumpf eines Bombers, den die Amerikaner bei der Flucht aus ihrer Basis zurückgelassen hatten. Die Sprengkraft von vier Millionen Tonnen TNT gegen einen Schwarm von vierzig-, vielleicht fünfzigtausend Toten. Rin wusste nicht, ob das reichen würde.

»Worauf warten die denn noch?«, fragte Ueda. »Der Schwarm kommt immer näher.«

Die Masse der Toten wälzte sich durch eine Kleinstadt, keine zwanzig Kilometer von Tokios Stadtrand entfernt. Rin hatte zu den Piloten gehört, die die Bewohner über Megafone zur Evakuierung aufgerufen hatten, auch wenn sie nicht gewusst hatten, ob es dort überhaupt noch jemanden gab, der ihre Worte hätte verstehen können. Die Straßen waren verlassen gewesen, die Fenster und Türen der Häuser geschlossen und teilweise mit Brettern vernagelt. Nur einige Tote waren aus Geschäften und Hauseingängen auf den Gehsteigen aufgetaucht und hatten ungeschickt nach den hoch über ihnen kreisenden Hubschraubern geschlagen. Auf Rin hatten sie wie wütende Pantomimen gewirkt.

Sie überprüfte ihre Instrumente. »Der Wind steht günstig. Er sollte die Strahlung über das Land, nicht über die Stadt wehen.«

»Wenn der Schwarm noch ein paar Kilometer näher kommt, wird das keine Rolle mehr spielen. Dann liegen die Vorstädte auf dieser Seite Tokios im Explosionsradius.« Ueda wischte sich die Hände an seiner Hose trocken. Sie waren so verschwitzt, dass sie dunkle Flecke auf dem olivgrünen Stoff hinterließen. »Das Oberkommando muss die Entscheidung bald fällen.«

Es knackte in Rins Kopfhörern. Ueda zuckte zusammen. »Hier spricht General Wakahisa. Antworten Sie mit ›Ja‹, wenn Sie mich laut und deutlich verstehen, Leutnant Takahashi.«

»Ja, ich verstehe Sie, General.«

»Sie haben grünes Licht für ›Operation Brandrodung‹. Ich wiederhole: Sie haben grünes Licht. Bitte bestätigen.«

Rin spürte ihren Herzschlag bis in die Kehle. »Bestätigt. Erbitte Zielkoordinaten für Gojira.«

Der Codename, den das Oberkommando der Wasserstoffbombe gegeben hatte, erschien ihr passend: eine schreckliche Macht, die nach Zerstörung strebte, sie aber dennoch vielleicht retten würde.

Oder das Unvermeidliche zumindest etwas aufschiebt, fügte sie in Gedanken hinzu. Ein gelbes Licht blinkte in ihrem HUD. Die Zielkoordinaten waren übermittelt. Rin leitete die Datei an Ueda weiter und lud sie in ihren Zielcomputer.

»Das kann nicht sein«, sagte Ueda plötzlich an seinem Platz schräg hinter ihr.

Rin betrachtete die Karte. Die Koordinaten lagen mitten in Chofu, einer der Vorstädte, die sie durch ihr Cockpitfenster sehen konnte.

»General Wakahisa«, sagte sie über Funk. »Erbitte Überprüfung der Zielkoordinaten.«

»Einen Moment, Leutnant«, kam die Antwort, dann, nur wenige Sekunden später: »Die Koordinaten sind korrekt.«

Rin spürte Uedas Blick in ihrem Rücken. »General, diese Koordinaten liegen mitten in Chofu. Der Schwarm ist noch nicht bis dorthin vorgedrungen.«

»Das ist richtig.«

Sie drehte sich zu Ueda um, der ihren Blick mit einem hilflosen Kopfschütteln erwiderte.

»General«, versuchte sie es erneut, »bitte bestätigen Sie, dass das Oberkommando befiehlt, Gojira auf Chofu abzuwerfen.«

»Bestätigt.« Die Antwort kam ohne Zögern.

»Das ist doch Irrsinn«, flüsterte Ueda. »In Chofu und den benachbarten Vorstädten leben über eine Million Menschen.«

»Genau deshalb wollen sie Chofu zerstören.« Auf einmal begriff Rin, weshalb die Operation ›Brandrodung‹ genannt wurde. So wie man einen Wald niederbrannte, um ein außer Kontrolle geratenes Buschfeuer aufzuhalten, so wollten die Generäle dem Schwarm seine Nahrung nehmen. Wer sich im Zentrum der

Explosion aufhielt, würde einfach verdampfen. Es würde nichts übrig bleiben, das das Virus reanimieren konnte. Das Oberkommando, das sich auf einen Flugzeugträger vor der Küste Japans zurückgezogen hatte, hoffte wohl, den Freiwilligen auf diese Weise genügend Zeit für die Vollendung der Mauer zu geben und gleichzeitig ein Anschwellen des Schwarms zu verhindern.

»Sie opfern eine Million, um zehn Millionen zu retten«, sagte Ueda leise. Er war offenbar zu der gleichen Schlussfolgerung gekommen wie Rin. »Kein Wunder, dass sie das geheim gehalten haben. Stellen Sie sich mal das Chaos vor, wenn etwas davon durchgesickert wäre.«

»Aber dann hätten die eine Million wenigstens eine Wahl gehabt.«

»Haben Sie die Zielkoordinaten eingegeben?«, fragte Wakahisa über Funk.

Ueda nickte auf Rins fragenden Blick. Er hatte die Lippen zusammengepresst, aber sie sah Entschlossenheit in seinem Blick. »Ja, General«, sagte sie.

»Ist Gojira scharf?«

Ueda drückte auf einige Knöpfe. In Rins HUD leuchtete ein rotes Licht auf.

»Bombe ist scharf.«

»Fliegen Sie Zielkoordinaten an. Abschussfreigabe ist hiermit erfolgt.« Wakahisas Stimme wurde weicher. »Alles Gute.«

»Verstanden.«

Der General beendete die Verbindung. Rin zog den Steuerknüppel zur Seite und flog in einer engen Kurve auf Chofu zu. Nach den Raumjägern, auf denen sie ausgebildet worden war, fühlte sich das schwere Flugzeug träge und langsam an.

Sie war wie betäubt. Mechanisch folgte sie dem Kurs und achtete auf die Instrumente, aber in Gedanken sah sie nur die Bombe, die unter dem Rumpf des Bombers hing. Lange Krallen hielten Gojira und die Rakete, die sie zu ihrem Ziel befördern würde. Irgendwo an ihrer schlanken, weiß und schwarz lackiertem Metallhülle verriet ein Licht, dass sie bereit war, das zu tun, wozu sie vor Jahren konstruiert worden war. Tod und Zerstörung waren ihr Schicksal, der Grund für ihre Existenz.

Und wir werden dafür sorgen, dass sie dieses Schicksal erfüllt, dachte Rin. Sie drückte den Steuerknüppel nach unten. Der Bomber ging tiefer.

»Was machen Sie da?«, fragte Ueda. »Aus dieser Entfernung können wir sie nicht abwerfen.«

»Ich weiß.« Die Hochhäuser von Chofu kamen näher. »Ich will mir ansehen, was wir zerstören.«

»Sie machen es sich nur schwerer«, sagte Ueda ruhig.

Rin drehte sich zu ihm um. »Es sollte schwer sein.«

Vor ihr breitete sich die graue Vorstadt aus. Hochhäuser, die wenigsten mit mehr als zehn Stockwerken, standen eng nebeneinander, durchzogen von Straßen, auf denen kein Auto mehr fuhr. Verlassene Wagen standen auf den Gehwegen oder quer auf der Fahrbahn. Rin flog so tief, dass sie offen stehende Autotüren sehen konnte. Ampeln schalteten stumpfsinnig von Rot auf Grün und wieder auf Rot. Von einer der zahlreichen Fußgängerbrücken hing ein Mann an einem langen Elektrokabel. Er hatte sich das Leben genommen, aber nicht dem Virus. Seine Beine zuckten, seine Hände tasteten nach dem Kabel, das um seinen Hals hing.

»Lebt hier überhaupt noch jemand?«, fragte Ueda. Rin hatte nicht bemerkt, dass er seinen Platz verlassen und sich neben sie gestellt hatte.

Sie nickte in Richtung einiger Hochhäuser, die eine kleine Siedlung bildeten. Auf dem schmalen, von Beton eingepferchten Grünstreifen schlurften Zombies ziellos umher, doch aus den Fenstern über ihnen hingen japanische Fahnen und Bettlaken, auf die Bewohner ›WIR LEBEN! HELFT UNS!‹ geschrieben hatten. Der Lärm des Bombers lockte sie nun heraus. Sie zogen die Bettlaken zur Seite und winkten. Auch auf den Dächern tauchten Menschen auf. Sie schwenkten die Arme über dem Kopf, um sich bemerkbar zu machen. Rin konnte ihre Gesichter nicht erkennen, aber es waren Lebende, keine Toten.

»Haben Sie Familie in Chofu und Umgebung?«, fragte Ueda.

»Nein.« Ihre Eltern und ihr Verlobter waren bereits zwei Wochen zuvor in eine der Schutzzonen an der Küste geflohen. Damals hatten viele Zivilisten noch geglaubt, die Armee würde die Bedrohung in den Griff bekommen, aber Rin hatte die Wahrheit geahnt: Die Städte würden fallen, den einzigen Schutz würden hermetisch abgeriegelte Lager bieten, die von Soldaten und Milizen bewacht wurden. Und selbst zwei von denen waren bereits überrannt worden.

»Und Sie?«

Ueda schüttelte den Kopf. »Meine Familie lebt in Kioto. Oder lebte. Ich habe seit zehn Tagen keinen Kontakt mehr zu ihnen.«

»Das tut mir leid.«

Ein Knacken in ihren Kopfhörern. »Wie ist Ihr Status, Leutnant?«

»Abschuss steht unmittelbar bevor.«

»Verstanden. Melden Sie sich bei erfolgtem Abschuss.«

»Jawohl.«

Sie zog den Steuerknüppel zur Seite. Der Bomber neigte sich nach rechts, und sie glaubte zu sehen, dass die Menschen auf den Dächern und in den Fenstern verzweifelter winkten.

»Sie sind bereits tot«, sagte Ueda. »Wir erweisen ihnen einen Gefallen, wenn wir es nicht unnötig verlängern.«

Es klang so, als müsse er sich selbst davon überzeugen.

Rin schwieg. Unter ihr glitten Felder vorbei und dann der gewaltige, breit aufgefächerte Schwarm.

Ueda kehrte zurück auf seinen Platz und legte den Sicherheitsgurt an. »Die Entfernung sollte reichen«, sagte er nach einem kurzen Blick auf seine Instrumente. Sein Adamsapfel hüpfte auf und ab. »Ich hoffe nur, dass sich der Wind nicht dreht.«

»Sonst bringen wir noch die Falschen um.«

Er antwortete nicht darauf. »Zielkoordinaten sind erfasst. Abschuss in neun, acht, sieben …«

Rin dachte an die winkenden Menschen, an den Schwarm, der sich auf sie zuwälzte, an Gojira und den Eid, den sie bei ihrer Rekrutierung abgelegt hatte. Sie hatte geschworen, das japanische Volk zu beschützen und zu verteidigen, nicht eine Million davon zu ermorden. Die Toten waren ihr Feind, nicht die Menschen, die verzweifelt auf Hilfe warteten. Wenn sie tat, was man von ihr verlangte, dann war sie nicht besser als der Bürgermeister von Dublin, der zugesehen hatte, als die Einwohner seiner Stadt *gekeult* worden waren.

»Vier, drei …«

Rin traf ihre Entscheidung. Mit einem Knopfdruck löschte sie die Zielvorgabe, mit einem zweiten schaltete sie die manuelle Zielerfassung ein. Ein rotes Fadenkreuz erschien in ihrem HUD, Ueda brach den Countdown ab.

»Was machen Sie da?«

Hoffentlich das Richtige, dachte Rin, während sie den Bomber zu einer steilen Kurve zwang. Der Schwarm tauchte vor ihr auf. Das Fadenkreuz richtete sich auf die breite Spitze und dann mitten in ihn hinein.

Rin hörte, wie Ueda hinter ihr seinen Sicherheitsgurt löste. Mit dem Daumen öffnete sie die Abschussverriegelung an ihrem Steuerknüppel. Sie biss sich auf die Lippe, als sie den Knopf darunter drückte. Ein Ruck ging durch den Bomber, dann schoss die Rakete laut fauchend nach vorn, auf den Schwarm zu.

Rin vollendete die Steilkurve und beschleunigte. Ueda fluchte laut, als er sich an seinen Sitz klammern musste, um nicht herausgeschleudert zu werden. Der Schwarm befand sich nun hinter dem Bomber, weit genug weg, hoffte Rin.

»Statusmeldung, Leutnant«, sagte Wakahisa über Funk.

Rin antwortete nicht, aber Ueda schrie in sein Mikrofon. »Sie versaut es! Sie bringt –«

Ein Knall, scharf und kurz wie ein Peitschenschlag. Dann ein tiefes, dumpfes Grollen, das Rins Magen vibrieren ließ. Die Druckwelle traf den Bomber im gleichen Augenblick. Rin spürte, wie das schwere Flugzeug einen gewaltigen Satz nach vorn machte. Metall knirschte, die Turbinen heulten auf. Warnmeldungen tauchten in ihrem HUD auf.

Rin ignorierte sie. Ihre ganze Konzentration galt dem Flugzeug, das sich plötzlich nach vorn neigte und ins Trudeln geriet. Ueda schrie hinter ihr auf, als der Boden im Cockpitfenster auftauchte. Rin zog den Steuerknüppel mit aller Kraft nach hinten und beschleunigte den Bomber. Der Boden kam ihr immer schneller entgegen, der Höhenmesser warf rot leuchtende Warnmeldungen auf ihr HUD.

Komm schon! Wie weit war der Boden noch entfernt? Dreißig Meter? Zwanzig? Der Lärm der Turbinen übertönte Uedas Schreie und ihren eigenen keuchenden Atem. Dann – auf einmal – sackte Rins Magen nach unten. Sie spürte, wie die Tragflächen auf Luftwiderstand stießen. Die Kraft, mit der sie den Steuerknüppel zurückriss, griff.

Das Heulen der Turbinen wurde zu einem Dröhnen. Der Boden schwankte vor dem Fenster, nur eine Sekunde später sah Rin den Horizont. Die blinkenden Warnhinweise verschwanden aus ihrem HUD. Erleichtert stieß sie die Luft aus und schob den Steuerknüppel nach vorn, bis der Bomber eine stabile Höhe erreicht hatte. Dann schwenkte sie ihn herum.

Der Atompilz stieg vor ihr in die Höhe, weiß und irgendwie majestätisch. Seine Spitze breitete sich aus wie ein Regenschirm, sein Stamm schob sie immer weiter in den Himmel hinein. Helle Wolken wirbelten über einen Boden aus grauem Staub. Felder, Bäume und Straßen waren verschwunden. Die obersten Erdschichten schienen bei der Explosion verbrannt zu sein. Nur noch Asche war geblieben.

»Wo ist der Schwarm?«, fragte Ueda. Er stand hinter Rin und klammerte sich an die Rückenlehne ihres Sitzes.

Sie flog den Bomber um den Atompilz herum, sorgfältig darauf achtend, dass sie nicht in ihn hineingeriet.

Das muss gereicht haben, dachte sie. Nichts konnte eine solche Explosion überstehen.

Eine Weile lang sah es fast so aus, als hätte sie recht. Die Wolken lösten sich immer weiter auf und enthüllten eine Ebene aus Asche und Staub. Eisregen, der aus den oberen Atmosphärenschichten fiel, verdampfte lautlos darauf.

Rin schluckte nervös. »Da unten hat nichts –«

»Da sind sie.« Uedas Stimme stach wie ein Messer in ihren Magen. Einen Moment lang wurde Rin übel. Sie musste sich dazu zwingen, in die Richtung zu blicken, in die er zeigte.

Tote stolperten und krochen aus den Wolken heraus. Die meisten hatten schwere Verbrennungen davongetragen und waren nackt, aber sie bewegten sich immer noch. Rin nahm an, dass es sich um Nachzügler handelte, die zu weit vom Explosionsherd entfernt gewesen waren. Es waren höchstens zehntausend, ein Bruchteil des ursprünglichen Schwarms, aber immer noch zu viele.

Wir bräuchten nur noch eine Bombe, dachte Rin, *dann könnten wir Tokio retten.*

Doch sie hatten keine. Die Russen, so hieß es, hätten selbst die eine nur aufgegeben, weil sie wissen wollten, ob der Plan der Japaner funktionieren würde.

Nun würden sie es wohl nie erfahren.

Rin spürte eine kalte Pistolenmündung im Nacken. »Leutnant Takahashi«, sagte Ueda mit zitternder Stimme, »ich nehme Sie hiermit wegen Hochverrats unter Arrest.«

Sie schaltete den Autopiloten ein, stand auf und verneigte sich tief vor ihm. »Ich bekenne mich schuldig.«

»Wollen Sie darüber reden?«, fragte Auckland, als sich die Stille in die Länge zog.

Rin öffnete die Tür. »Nein.«

3

»Wenn es euch nichts ausmacht, würde ich lieber an Bord bleiben«, sagte Trevor.

Kipling nickte. Er hatte nichts anderes erwartet. Sie saßen zusammen an einem langen Tisch in der Messe, aßen aus Trockenei und Wasser angerührte Eier und Speck, der aus etwas bestand, das wahrscheinlich nie gelebt hatte. Kipling ertränkte beides in Tabasco, um überhaupt etwas zu schmecken.

»Du bist Gast auf diesem Schiff«, sagte Auckland. »Niemand wird dich zu irgendetwas zwingen.«

Er drehte den Kopf und sah Ama'Ru an, die etwas abseits von ihnen an der Wand stand. Sie hielt in den Händen eines der kleinen Pads, die die Jockeys bevorzugten. Die Gottesanbeterin unter ihr wippte leicht auf und ab, so als wäre sie ungeduldig. Kipling hatte sich schon oft gefragt, ob die Tiere, die von den Jockeys übernommen wurden, zumindest einen Teil ihrer Persönlichkeit behielten, aber wann immer er einen Jockey online danach fragte, antwortete ihm nur Schweigen.

»Du bist auch unser Gast«, fuhr Auckland fort, »aber –«

Ama'Ru ließ ihn nicht ausreden. »Aber du wirst mich nicht auf die Station mitnehmen, auch wenn ich das wünschen sollte.«

»Worauf du einen lassen kannst«, sagte Arnest.

Trevor beugte sich zu ihm herüber. Sie saßen nebeneinander. »Ich bin mir nicht sicher, ob sie das können.«

Arnest lachte laut. Ihm schien das geschmacklose Essen als Einzigem nichts auszumachen. Auf seinem Teller stapelten sich dünne Baconstreifen, und er aß bereits die zweite Portion Eier. Er trank sogar die dunkelbraune Brühe, die der Getränkeautomat ausgab, wenn man auf den Knopf mit dem Aufdruck ›Kaffee‹ drückte.

Auckland beachtete ihn nicht. »Gut. Dann verstehen wir uns ja.«

Ama'Ru richtete ihre Aufmerksamkeit wieder auf ihr Pad, so als interessierte sie die Unterhaltung nur am Rande.

»Möchtest du etwas essen?«, fragte Kipling spontan.

Ama'Ru wandte ihm nicht nur ihr Gesicht zu, sondern drehte auch das der Gottesanbeterin in seine Richtung. *Oder vielleicht drehen sie beide ihre Köpfe*, dachte Kipling. Das hätte bedeutet, dass nicht nur die Jockey, sondern auch ihr Tier ihn verstand.

Sie sind so fremd.

»Nein, danke«, sagte Ama'Ru. »Wir ziehen frische rohe Nahrung vor.«

Kipling hob die Augenbrauen. »Wir? Die Jockeys, die ich kenne, verwenden nie den Plural, wenn sie von sich und ihrem Tier sprechen.«

»Du kennst uns nicht.« Ama'Ru wandte sich wieder ihrem Pad zu.

Nette Abfuhr. Kipling räusperte sich und griff verlegen nach der Tabasco-Flasche.

»Ich möchte, dass auch du hierbleibst«, sagte Auckland zu Rin.

Sie öffnete den Mund, wahrscheinlich, um ihm zu widersprechen, aber er redete einfach weiter: »Zum einen möchte ich unsere Gäste nicht allein auf der *Eliot* zurücklassen, zum anderen sollte jemand an Bord sein, der mit dem Schiff im Notfall fliehen kann.«

»Dann bleib du doch hier.«

Aus den Augenwinkeln sah Kipling, wie Ama'Ru kurz den Blick hob, so als würde sie der Ausgang des Gesprächs nun doch interessieren.

»Nein«, sagte Auckland, und Ama'Ru senkte den Blick wieder.

Einen Moment schien Rin die Entscheidung nicht akzeptieren zu wollen, dann aber gab sie zögernd nach. »Okay.«

»Kipling …«

»Vergiss es. Ich komme mit.«

»Natürlich kommst du mit.« Auckland schob seinen Teller von sich. Er hatte nicht einmal die Hälfte der Portion gegessen. »Ich wollte wissen, ob du noch irgendwas von der Station gehört hast.«

»Nein, da unten herrscht Stille.« Kipling scrollte kurz durch seinen Twitter-Feed. »Die meisten glauben, dass Mak'Uryl das öffentliche WLAN gesperrt hat und dass es ein zweites, privates gibt, über das die Stationscomputer miteinander kommunizieren.«

»Das ist richtig«, sagte Ama'Ru zu seiner Überraschung. »Diese Sicherheitsvorkehrung gibt es auf all unseren Stationen.«

Lanzo legte seine Gabel neben den fast leeren Teller und sah sie an. »Er hat also Kontakt zur Außenwelt?«

»Davon gehe ich aus.« Ama'Ru konzentrierte sich weiter auf ihr Pad.

»Warum haben die Jockeys dann noch nicht eingegriffen?« Lanzo sprach damit Kiplings Gedanken aus.

»Weil Mak'Uryl Hilfe entweder nicht anfordern möchte oder nicht anfordern kann.« Ama'Ru tippte mit ihren langen, schmalen Fingern auf dem Touchscreen. »Hierarchien funktionieren bei uns anders als bei euch. Mak'Uryl herrscht über NG27 wie ein …«

Sie unterbrach sich, suchte wohl nach dem richtigen Wort.

»Tyrann?«, fragte Kipling.

Ama'Rus Lächeln ließ ihr Gesicht auf einmal seltsam menschlich wirken. »Ich wollte König sagen. Niemand wird sich einmischen, solange er das nicht wünscht.«

Kipling konnte sich das kaum vorstellen, schließlich hingen

nicht nur Menschen- und Jockeyleben davon ab, was auf der Station geschah, es ging auch um wirtschaftliche Interessen. In den Blicken der anderen am Tisch sah er, dass sie die Aussage ebenso anzweifelten wie er.

»Gibt es noch etwas, das du uns sagen möchtest?«, fragte Lanzo.

»Nein. Aber ich würde euch bitten, frische Lebensmittel von der Station mitzubringen, solltet ihr welche finden.«

»Schreib doch direkt einen Einkaufszettel.« Arnest stieß kopfschüttelnd den Atem aus, aber Auckland sah Ama'Ru an.

»Wir werden sehen, was möglich ist.« Er stand auf und nahm seinen Teller. »Macht euch fertig. Wir verlassen den Hyperraum in dreißig Minuten.«

»Und räumt euren Mist weg«, fügte Lanzo hinzu, als er sich ebenfalls erhob. »Jeder ist für seinen Platz verantwortlich.«

Er sprach zu allen, aber Kipling war klar, dass er Arnest meinte, der ungerührt weiteraß und zwischen zwei großen Gabeln Rührei nur »Ja, ja« murmelte. Die Mischung aus Fürsorge und Strenge, die Lanzo ihm gegenüber zeigte, erinnerte mehr an einen Vater als an einen Bruder.

»Schon gut«, sagte Trevor. »Lasst ruhig alles stehen. Wenn ich schon nicht mitkomme, kann ich hier wenigstens aufräumen.«

»Danke, Kumpel.« Arnest klopfte ihm auf die Schulter, ohne den Blick von seinem Teller zu nehmen. Wenn das, was Lanzo Kipling vor Kurzem anvertraut hatte, stimmte und Arnest die Menschen wirklich nur in Familie und Mir-doch-scheißegal einteilte, dann war Trevor bereits in die erste Gruppe aufgestiegen. Laut Lanzo gehörten er und Rin ebenfalls dazu, Auckland jedoch nicht. Die Kriterien, nach denen Arnest die Einteilung vornahm, waren Kipling rätselhaft.

»Kann ich dich kurz sprechen?«, fragte Rin, als Kipling in den Gang zu den Kabinen trat.

»Klar.«

Sie blieb vor ihm stehen. In der Messe lachte Arnest laut über etwas, das Trevor gesagt hatte.

Rin schloss die Tür, und das Lachen verstummte. »Deckt das WLAN der *Eliot* auch die Station ab?«

Kipling dachte einen Moment darüber nach und schüttelte den Kopf. »Einen Teil ja, aber nicht alle Bereiche. Dafür ist das Signal zu schwach.«

Als er Rins Blick bemerkte, fügte er hinzu: »Ich werde mich bei dir melden, wann immer es geht. Mach dir keine Sorgen.«

»Ich mach mir jetzt schon Sorgen«, sagte Rin. »Wir waren bisher immer zusammen. Du, Arnest, Lanzo, ich …« Sie verzog das Gesicht. »Jourdain. Ich will das nicht ändern.«

»Niemand reißt die Band auseinander, Rin. Aber wir brauchen einen Piloten auf der *Eliot*. Außerdem muss jemand auf unsere Gäste aufpassen.«

»Ich weiß.« Kipling konnte sehen, wie sie sich zusammenriss, und auf einmal wurde ihm klar, dass sie Jourdains Tod am härtesten getroffen hatte. Acht Monate lang hatte sie das Kommando über die *Mishima* geführt, acht Monate, in denen kein Besatzungsmitglied gestorben war. Das war eine Leistung, die nur wenige Schiffe vorweisen konnten. Vielleicht glaubte sie, dass ihr Glück nun aufgebraucht war.

»Jourdain war nicht der Anfang einer Serie«, sagte Kipling. »Er war eine Ausnahme, okay?«

Rin ging nicht darauf ein. »Meld dich einfach, Kipling. Ich muss wissen, was da unten passiert.«

Sie zwang sich zu einem Lächeln. »Und drück mir die Daumen, dass Trevor nicht auf die Idee kommt, sein Banjo rauszuholen und ›See You in Nashville‹ zu spielen. Ich hasse den Song.«

Kipling erwiderte ihr Lächeln. »Jeder außer Arnest hasst ihn.« Dass er ihn trotzdem auf seiner Playlist hatte, verschwieg er.

Manche Illusionen mussten erhalten bleiben.

Rin wurde still. Kipling legte ihr die Hand auf den Arm. »Es wird alles gut gehen.«

Sie sah ihn an, als wüsste sie bereits, dass das eine Lüge war. »Mal sehen«, sagte sie dann auch, wandte sich ab und ließ Kipling stehen.

Er dachte kurz darüber nach, ihr zu folgen, entschied sich aber dagegen. Er würde ihr die Sorge nicht nehmen können, und er vermutete, dass sie das auch gar nicht wollte. Rin fühlte sich immer noch wie ihre Kommandantin. Sich Sorgen zu machen, gehörte zu ihrem Job.

Kipling betrat seine Kabine und blieb unsicher stehen. Dreißig Minuten bis zum Eintritt in den Normalraum, hatte Auckland gesagt. Er wusste nicht, wie man sich eine halbe Stunde auf den Besuch der Station vorbereiten sollte, aber wenn er sich Arnest und Lanzo dabei vorstellte, dachte er unwillkürlich an die Bewaffnungsszenen aus klassischen Actionfilmen der Achtziger: Maschinenpistolen raus, Magazine mit schwarzem Klebeband zusammenkleben, Messer in den Stiefel stecken, dunkle Streifen auf die Wangen malen und so weiter.

Seine eigenen Vorbereitungen fielen etwas spartanischer aus. Er tauschte den Akku seiner V-Specs aus und steckte einen Ersatz in die Innentasche seiner sternenflottenroten Jacke. *Fertig*, dachte er.

Er wusste, dass die Nervosität albern war. Zehn Tage waren seit ihrer Flucht von NG27 vergangen, so viel konnte seitdem dort geschehen sein. Die Station war in Lockdown gegangen, Tasha und die Aufständischen hatten versucht, über die Netze, die zwischen den Ebenen gespannt waren, in ihre Siedlung am Boden der Station zu fliehen. Ob sie es geschafft hatten, konnte er nicht sagen.

Bald werde ich es wissen, dachte er. Der Cursor blinkte immer noch hinter dem fragenden ›*Tasha?*‹, das unbeantwortet in dem Chatfenster in der unteren Ecke seiner V-Specs stand. Er hatte es nicht über sich gebracht, es zu schließen.

›*Ich bin auf dem Weg*‹, tippte er nun darunter, obwohl er sicher war, dass sie es nicht sehen würde. ›*Hab keine Angst.*‹

Er runzelte die Stirn und löschte den letzten Satz. ›*cu*‹ schrieb er stattdessen einfach und drückte die Enter-Taste. Die Worte erschienen im Chatfenster.

Um sich die Zeit zu vertreiben, zappte er durch seinen Download-Ordner. Er hatte eine Vorliebe für Fernsehserien entwickelt, je älter, desto besser. Nachts, wenn er nicht schlafen konnte, ließ er sie ohne Ton laufen und betrachtete die makellosen Schwarzweiß-Gesichter in ihrer makellosen schwarz-weißen Welt. Larry Hagman, der die bezaubernde Jeannie anlächelte, ein sprechendes Pferd in einem Stall, das bessere Witze machte als sein Besitzer, und ein Collie, der Timmys kleine Welt in jeder Folge rettete. Eltern, Kinder, Tiere, Probleme, die sich in fünfundzwanzig Minuten lösen ließen, und ein fröhliches Lachen kurz vor dem Abspann. Manchmal wünschte sich Kipling, er könnte in diese Welt eintauchen und in ihr verschwinden.

Das Wummern des Bubble-Antriebs verstummte. Der Eintritt in den Normalraum war erfolgt. Kipling blinzelte. Die dreißig Minuten waren schneller vergangen, als er erwartet hatte. Er verließ die Kabine und machte sich auf den Weg zur Brücke.

Die anderen hatten sich dort bereits versammelt, als Kipling eintraf. Rin saß an der Pilotenkonsole, Lanzo und Auckland an den Waffenstationen, die anderen standen abwartend im Hintergrund.

Bei Arnests Anblick musste Kipling ein Grinsen unterdrücken. Er trug hochgeschnürte Springerstiefel, schwarze Cargohosen, eine Scharfschützenweste mit prall gefüllten Taschen, eine umgedrehte Baseballkappe und einen Schlagstock in einer Schlaufe auf dem Rücken. Die Pistole, die in einem Holster an seiner rechten Hüfte steckte, sah nach einem großen Kaliber aus, eine kleinere hatte er in den Gürtel geschoben.

»Wo hast du das ganze Zeug her?«, fragte Kipling. »Gibt's an Bord einen Wars'R'Us?«

Arnest grinste und breitete die Arme aus. Die Ironie ging völlig an ihm vorbei. »Cool, oder? Die Sachen hab ich im Frachtraum gefunden. Die waren für eine Militärbasis auf dem Mars bestimmt.«

»Mit der geilen Ausrüstung kannst du die Zombie-Apokalypse ganz allein aufhalten«, sagte Trevor.

Lanzo warf dem Country-Sänger einen kurzen, aber missbilligenden Blick zu. »Selbstüberschätzung kann eine tödliche Schwäche sein, wenn man Zombies gegenübersteht.«

Arnest winkte ab. »Verderb uns den Spaß nicht, Lanzo. Das Zeug ist cool, und das weißt du.«

Kipling wandte sich von den dreien ab und betrachtete die Bildschirmwand. Die Station hing vor ihnen im All, ähnlich wie zehn Tage zuvor und doch ganz anders. Die Andockpunkte waren leer, kein Schiff flog auf NG27 zu oder von ihr weg, und abgesehen von den blinkenden Positionslampen waren nur die Ebenen der Station beleuchtet, die oberhalb des Andockrings lagen. Alles darunter wirkte düster, grau und verlassen.

»Andockgenehmigung erteilt«, sagte eine Stimme, die aus den Brückenlautsprechern drang. Auckland musste eine entsprechende Anfrage gestellt haben. »Flieg… Sie … Hang… neun an. Hal… Sie Pap… …reit.«

»Das klingt nicht sehr gesund«, sagte Kipling. Er bezweifelte, dass Funkstörungen für die Aussetzer der Computerstimme verantwortlich waren. Es schien Probleme mit den Systemen auf der Station zu geben, um die sich anscheinend niemand kümmern wollte oder konnte.

Auckland stand auf. »Rin, die Brücke gehört dir.« Er zog den kleinen Metallring vom Finger, der darüber bestimmte, welche

Türen der Träger auf dem Schiff öffnen konnte. Jedem von ihnen hatte er einen gegeben, auch den Gästen. Nun legte er seinen auf die Konsole.

»Lasst sie hier«, sagte er zu Kipling, Arnest und Lanzo. »Das ist sicherer.«

Alle drei streiften ihre Ringe ab und legten sie auf die Konsole. Die dumpfe Nervosität, die Kipling die ganze Zeit über gespürt hatte, wurde zu einem Stechen in seinem Magen. Es ging los.

Gemeinsam gingen sie zum Aufzug.

»Passt auf euch auf«, sagte Rin, dann schlossen sich die Fahrstuhltüren auch schon.

Sie fuhren schweigend nach unten und brachten den Weg zur Schleuse ebenso schweigend hinter sich.

»Dieses Schiff braucht einen Soundtrack«, sagte Kipling, als sie vor der Tür standen und darauf warteten, dass das Licht von Rot auf Grün sprang.

»Braucht es nicht«, sagte Auckland.

Das Licht wurde grün, der Druckausgleich war erfolgt. Arnest öffnete die Tür der Innen-, dann die der Außenschleuse. Warme, abgestanden riechende Luft schlug ihnen entgegen. Kipling kam sich vor, als beträte er ein Haus, in dem schon lange kein Fenster geöffnet worden war.

Der Gang, den sie betraten, sah aus wie bei ihrem ersten Besuch, aber die Computerstimme, die sie aufgefordert hatte, ihre Papiere bereitzuhalten, fehlte. Ohne das Licht, das aus der *Eliot* nach draußen drang, wäre es dunkel gewesen.

An der Tür zur Station blieben sie stehen. Arnest und Lanzo zogen ihre Pistolen, Aucklands Hand schwebte über dem Türöffner.

»Bereit?«

Die anderen nickten.

Kipling zuckte zusammen, als die beiden Türhälften zischend in Boden und Decke verschwanden. Die Notbeleuchtung tauchte die Station, die vor ihnen lag, in ein diffuses rotes Licht. Der scharfe Raubtiergeruch, der zehn Tage zuvor noch in der Luft gehangen hatte, war verschwunden. Es war niemand zu sehen.

Kipling verließ den Schleusengang als Letzter. Hinter ihm schloss sich die Tür.

»Wir werden versuchen, nach unten zu kommen«, sagte Auckland leise. »Arnest, du übernimmst die Spitze. Kipling, du bleibst hinter mir.«

Arnest sah sich zu Lanzo um, der ihm mit einem knappen Nicken antwortete. Kipling öffnete den Mund, um zuzustimmen, doch im gleichen Moment blinkte das Chatfenster in seinen V-Specs und sprang in die Mitte des Displays.

Tasha: ›Nein! Komm nicht her!!! Bleib weg!‹

Kipling schluckte. »Äh, Leute …«

4

Arnest blieb ungeduldig stehen, während Kipling hinter ihm mit seinen V-Specs spielte.

»Wieso meldet sie sich nicht?«, fragte Lanzo. »Sie schickt diese Warnung und geht zwei Sekunden später offline? Das ergibt doch keinen Sinn.«

»Hängt davon ab, wie schlecht der Empfang hier ist«, sagte Kipling. »Tasha könnte die Nachricht schon vor zwanzig Minuten geschickt haben und sich mittlerweile in einem Bereich ohne Internet aufhalten. Oder meine Nachricht an sie braucht auch länger als normal. Es gibt viele Erklärungen dafür.«

»Was heißt das jetzt?«, fragte Arnest. Das Gerede ging ihm auf die Nerven. »Gehen wir weiter oder nicht?«

»Wir gehen weiter.« Auckland deutete mit dem Kinn auf den langen Gang, der rechts von ihnen an geschlossenen Bürotüren vorbeiführte. »Da hinten ist die Treppe.«

»Die wurde doch beim Lockdown abgeriegelt«, sagte Lanzo.

»Ebenso wie die Galerie, aber ich sehe hier keine Barrikaden mehr. Wir versuchen es.«

Das rote Licht ließ die Konturen weich erscheinen. Arnest warf einen Blick über die Brüstung der Galerie und sah Gegenstände, die sich in den Netzen, die dort gespannt worden waren, verfangen hatten: Plastikstühle, zerbrochenes Geschirr, sogar einige Schuhe und eine Jacke, aber keine Toten, weder Leichen noch Zombies. Das enttäuschte ihn fast schon.

Er wandte sich von der Brüstung ab und betrachtete die Türen. Die meisten waren zerkratzt und eingedellt, aber nur wenige standen offen. Wahrscheinlich hatten die Menschen, die ihre Wut an ihnen ausgelassen hatten, irgendwann die Geduld verloren.

Arnest zog seinen Schlagstock aus der Rückenschlaufe und schob eine der angelehnten Türen vorsichtig auf. Lanzo blieb hinter ihm, Auckland deckte Kipling, der mehr auf seine V-Specs als seine Umgebung achtete.

Das bringt ihn noch mal um, dachte Arnest.

In dem Büro hinter der Tür herrschte Chaos. Am Boden lag ein Monitor mit aufgeplatztem Display neben umgeworfenen Sitzgelegenheiten, die Arnest nur entfernt an Stühle erinnerten. Bilder, die eine außerirdische Landschaft mit meterhohen braunen Farnen zeigten, waren aus ihren Rahmen gezogen und zerrissen worden. Er seufzte, als sein Blick auf den Tisch an der Rückseite des Büros fiel.

»Was ist?«, fragte Lanzo hinter ihm.

»Da hat einer auf den Schreibtisch geschissen.«

»Immerhin eine klare Aussage.« Kipling berührte den Bügel seiner V-Specs mit Daumen und Zeigefinger. »Das WLAN der Station ist übrigens wirklich down. Ich komm noch in das von der *Eliot* rein, aber ich weiß nicht, wie es weiter unten aussehen wird.«

»Muss ja ein echter Albtraum für dich sein.« Arnest zog die Tür zu. »Kipling ohne Internet, das ist wie …«

Er dachte über einen passenden Vergleich nach, aber ihm fiel keiner ein. »Als kann man nicht atmen oder so«, schloss er lahm.

»Sehr eloquent.« Kipling wollte sich an ihm vorbeischieben, wurde jedoch von Auckland mit einer Geste aufgehalten.

»Bleib zurück. Die beiden gehen vor.«

Hinter den anderen angelehnten Türen, die Arnest öffnete, sah es ebenfalls aus wie in dem zerstörten Büro, nur die ›klare Aussage‹ fehlte. Die Aufständischen mussten sich auf dieser Ebene ausgetobt haben. Die Frage war nur, wohin sie verschwunden waren.

»Die Treppe haben sie jedenfalls nicht genommen«, sagte Arnest, ohne den anderen seinen Gedankengang zu erklären. »Die ist abgeriegelt.«

Sie waren mittlerweile nahe genug herangekommen, um trotz des diffusen Lichts das schwere Metallschott zu sehen, das diese Ebene von den anderen trennte.

Auckland drehte sich zu Kipling um, aber der schüttelte den Kopf. »Ich muss erst mal das geheime WLAN finden, wenn es das überhaupt gibt.«

»Wie lange wird das dauern?«

»Ich weiß es nicht genau. Vielleicht ein paar –«

»Hallo«, sagte eine helle Stimme.

Arnest fuhr herum und riss die Pistole hoch. Die Mündung richtete sich auf ein Mädchen, das keine zehn Meter von ihm entfernt stand. Wangen und Stirn waren mit geschwungenen dunklen Linien tätowiert, die weißblond gefärbten kurzen Haare standen wirr vom Kopf ab. Es trug abgeschnittene Jeans und eine schwarze Lederjacke, deren Taschen aufgerissen waren.

Wo, zur Hölle, kommt die her?, dachte Arnest. Er war sich sicher, dass er sie bemerkt hätte, wäre sie in einem der Büros gewesen, und dass sie sich von hinten angeschlichen hatte, war unmöglich. Zu oft hatten sie sich umgedreht.

Auckland legte seine Hand auf Arnests Arm und drückte ihn nach unten, bis die Pistolenmündung auf den Boden zeigte. »Hallo«, sagte er.

Das Mädchen zeigte keine Angst, noch nicht einmal Neugier. Mit stumpfem Blick musterte es Arnest und die anderen.

Sie ist high, dachte er.

»Mein Name ist Kryystal, mit K und zwei Ypsilon. Ich mag, wie das aussieht, wenn man es schreibt.«

»Aha.« Auckland schien nicht zu wissen, was er darauf antworten sollte. Er räusperte sich. »Können wir mit jemand anderem reden?«

»Am besten jemandem, der sich das Gehirn noch nicht weggeknallt hat«, murmelte Arnest. Lanzo stieß ihm den Ellenbogen in die Rippen.

»Nein«, sagte Kryystal. »Ich bin die Einzige, die mit euch reden will.«

»Die Einzige?« Schärfe schlich sich in Aucklands Stimme. »Dann gibt es hier noch andere?«

Kryystal nickte. »Ja, aber die wollen nur euer Schiff.«

»O Mann, Kryystal –«

Kipling stieß die Luft aus. Arnest hob seine Waffe und drehte sich gleichzeitig mit Lanzo um. Die zweite, männliche Stimme hatte nahe geklungen, aber auf der Galerie sah er niemanden.

Doch dann tauchte plötzlich eine Hand auf der Brüstung auf, und im nächsten Moment schwang sich ein Junge auf die Galerie. Seine Jeans war ebenso zerrissen wie die von Kryystal, das Gesicht und die nackten Arme waren tätowiert. Und in seinem Gürtel steckte eine Pistole.

»Die Netze«, sagte Lanzo leise, ohne den Blick von dem Jungen zu nehmen.

Arnest nickte. Dort mussten sich beide versteckt haben, und wer wusste, wie viele noch.

Der Junge breitete die Arme aus. »Sorry wegen Kryystal. Sie sollte nicht gleich mit der Tür ins Haus fallen.«

»Und was sollte sie stattdessen tun?«, fragte Auckland.

»Euch kennenlernen. Herausfinden, ob ihr einen Dreckskahn fliegt oder ein Schiff, auf dem wir alle …« Er klatschte in die Hände. Arnest wich unwillkürlich zurück, als rund fünfzig abgerissen gekleidete Gestalten über die Brüstung kletterten. Es waren größtenteils Jungen, und Arnest schätzte keinen älter als achtzehn. Die Hälfte von ihnen war mit Pistolen bewaffnet, die anderen mit Messern und Knüppeln. Alle Gesichter waren tätowiert.

»… Platz finden«, beendete der Junge vor ihnen seinen Satz.

In seinen Augen blitzte es triumphierend. »Ich schlage vor, dass ihr die Waffen fallen lasst.«

Einen Moment herrschte Stille. Die Jugendlichen, die wohl alle zur gleichen Gang gehörten, wirkten arrogant und selbstsicher. Sie hielten ihre Waffen in den Händen, aber Arnest sah, dass sie nicht glaubten, sie auch einsetzen zu müssen.

Auckland verschränkte die Hände hinter dem Rücken. »Arnest?«

Arnest wartete darauf, dass aus der Frage ein Befehl wurde, und als das nicht geschah, sah er Lanzo an, der auffordernd nickte. *Tue, was du am besten kannst*, schien sein Blick zu sagen.

Okay. Er nahm die Waffe hoch. Alle Mündungen und Klingen richteten sich auf ihn.

»Verpisst euch«, sagte er, »oder ich erschieße das Mädchen.«

Kryystal blinzelte. »Was? Marv, was hat er gesagt?«

Das Grinsen verschwand von dem Gesicht des Jungen, der gesprochen hatte, aus Arroganz wurde Nervosität. »Ihr … « Er fuhr sich mit der Zunge über die Lippen. »Wenn ihr Kryystal etwas antut, bringen wir euch um.«

Arnest ignorierte ihn und legte seinen Zeigefinger an den Abzug.

»Ich zähle bis drei.«

Marv ging vor ihm auf und ab. Unter dem schmutzig weißen Unterhemd, das er trug, spannten sich die Muskeln an. »Dann bring sie doch um!«, schrie er plötzlich. »Ist mir scheißegal!«

Auckland sah ihn schweigend an.

»Eins«, sagte Arnest.

»Marv?«, fragte Kryystal. »Was passiert bei drei?«

»Zwei.«

»Hey!« Marv hob abwehrend die Hände. »Nicht so schnell, verdammt noch mal. Lass mich nachdenken.«

»Dr…«

»Okay!«, brüllte Marv. Speichel flog von seinen Lippen. »Scheiß auf euer Dreckschiff. Haut ab!«

Die Jugendlichen hinter ihm gerieten in Bewegung. Einige murrten laut, andere tuschelten, aber niemand wagte es, sich Marv entgegenzustellen.

Noch, dachte Arnest. Er wusste, wie Gangs funktionierten. Jemand würde versuchen, die Schwäche, die Marv gerade zeigte, auszunutzen.

»Von der Brüstung weg«, befahl er. »Stellt euch nebeneinander an die Wand.«

»Tut verdammt noch mal, was er sagt.« Marv trat als Erster zurück. Die anderen folgten ihm, wenn auch langsamer und zögerlicher. Auckland ging auf Kryystal zu, die stehen geblieben war und nicht zu wissen schien, was von ihr erwartet wurde. Er nahm sie bei der Hand und ging ohne ein Wort zu sagen zur Brüstung. Sie ließ sich mitziehen.

»Wo willst du mit ihr hin?«, rief Marv. »Euer Schiff ist da hinten.«

»Wir gehen nicht zu unserem Schiff.« Auckland stieg über die Brüstung und half Kryystal auf die andere Seite.

»Halt dich gut fest«, sagte er leise. Dann nickte er Arnest zu, der ebenso wie Kipling und Lanzo über die Brüstung kletterte.

»Ihr wollt nach unten?« Arnest sah Marv nicht mehr, hörte nur noch seine sich überschlagende Stimme. »Da sitzt ihr fest, ihr Idioten. Ich werde kommen und euch für diese Nummer den scheiß Arsch aufreißen.«

Arnest hörte ihm nicht zu. Er klemmte sich die Pistole zwischen die Zähne und kletterte an den Maschen der Netze nach unten, den Blick auf die Brüstung gerichtet. Sie schnitten ihm in die Finger, aber er war zu angespannt, um darauf zu achten.

Im Netz hängend waren sie ungeschützt, und er rechnete jeden Moment damit, dass Gesichter über ihm auftauchen und sich Waffen auf ihn richten würden.

Was für eine Scheiße, dachte er.

Auf diese Weise brachten sie mehrere Ebenen hinter sich, bevor Auckland Kryystal über eine Brüstung half.

»Was soll ich denn hier?«, fragte sie ihn, während sie sich umsah.

»Marv wird dich holen.«

Sie lächelte. »Er ist nett zu mir.«

»Natürlich ist er das.«

Er wandte sich von ihr ab und hangelte sich an den Maschen zu Arnest und den anderen herüber. Unter ihnen zeichneten sich im blutroten Licht die Konturen von Frachtcontainern und Verschlägen ab.

»Hervorragende Arbeit«, sagte er und streckte die Hand aus.

Arnest schlug ein. Es tat gut, von jemandem gelobt zu werden, der nicht sein Bruder war.

Ein helles, weißes Licht blendete ihn auf einmal. Es strich über sein Gesicht und blieb irgendwo neben ihm hängen.

»Kipling?«, rief eine Stimme fragend von unten.

»Tasha?«

Arnest verdrehte die Augen.

5

Kipling machte einen Schritt auf Tasha zu und wollte die Arme ausbreiten, um sie zu umarmen, zögerte dann jedoch. Täuschte er sich, oder wirkte ihr Gesicht abweisend? Sie lächelte ihn zwar an, aber lag da nicht etwas in ihrem Blick, das Distanz forderte?

Mission abbrechen, dachte er und fror in der Bewegung ein. Mit der einen halb angehobenen Hand rückte er seine V-Specs zurecht, die andere streckte er aus. »Hi.«

Tasha blinzelte. War sie überrascht? Erleichtert? Enttäuscht? Er wünschte, er hätte es gewusst.

»Hi«, sagte sie. Ihr Händedruck war fest und kurz. »Ihr hättet nicht kommen sollen.«

»Das ist uns aufgefallen.« Kipling sah sich um. Sie hatten die Netze hinter sich gebracht und waren am Boden der Station angekommen. Kalkutta hatte sich seit seinem letzten Besuch kaum verändert. Es waren nur weniger Menschen zu sehen, und der Geruch nach Fäkalien und Müll war stärker geworden. Überall flogen Kanarienvögel umher. Zwei mit Speeren und Knüppeln bewaffnete Wachen standen auf einem Frachtcontainer und warfen misstrauische Blicke nach oben. Niemand hatte sich die Mühe gemacht, die von den Haien eingerissenen Barrikaden wieder aufzubauen. Ihre Trümmer machten einige der schmalen Gassen praktisch unpassierbar, aber auch darum kümmerte sich niemand.

Sie haben aufgegeben, dachte Kipling

»Sag's ihr.« Arnest nickte ihm auffordernd zu. Er und Lanzo

standen einige Schritte entfernt und beobachteten angespannt ihre Umgebung, so als würden sie jeden Moment damit rechnen, dass die Türen von Frachtcontainern aufspringen und Zombies heraustaumeln würden. Auckland sah sich auf dem Platz, auf dem die Demonstranten nur zehn Tage zuvor um ihr Leben gekämpft hatten, um. Der Müll und der Gestank schienen ihn anzuwidern, und Kipling fiel ein, dass er ja noch nicht in Kalkutta gewesen war. Für ihn war die Verwahrlosung der Menschen auf NG27 neu.

»Was sollst du mir sagen?«, fragte Tasha.

Kipling fuhr sich mit der Hand durch die Haare. Das Überbringen von schlechten Nachrichten gehörte nicht zu seinen Stärken. »Es geht um Che und die anderen. Ich weiß, dass du …«

»Hast du sie gesehen?« Tasha wirkte nervös. »Alle machen sich Sorgen, weil sie seit den Protesten nicht mehr aufgetaucht sind.«

»Ja … äh, ja, es geht ihnen gut, aber das ist nicht das, worüber ich mit dir reden will. Che hat … er ist …« Kipling hielt inne, als er Tashas ebenso ängstlichen wie verwirrten Blick bemerkte. Er wusste nicht, wie er fortfahren sollte.

Arnest seufzte laut. »Jesus, dieses Herumgeeiere hält ja kein Mensch aus.« Er stemmte die Hände in die Hüften. »Che ist ein Arschloch. Er hat euch benutzt und Zombies auf der Station versteckt. Die müssen wir finden, sonst werdet ihr alle sterben.«

Er sah Kipling an. »Fertig. War das jetzt so schwierig?«

Kipling schüttelte den Kopf. Tasha atmete tief durch. »Zombies«, sagte sie. »Und ich dachte, es könnte nicht noch schlimmer werden.«

Es überraschte ihn nicht, dass sie die Behauptung einfach hinnahm. Sie alle hatten sich längst daran gewöhnt, dass nichts so war, wie sie einmal geglaubt hatten, und dass jedes Weltbild nur auf jemanden wartete, der es umwarf.

Wir sind zynisch geworden, dachte Kipling.

Auckland stieg über ein paar tote Vögel hinweg, die zwischen leeren Plastiktüten am Boden lagen. »Wer hat hier das Sagen?«, fragte er.

Tasha hob die Schultern. »Niemand. Che war unser Anführer. Er hat dem Protest ein Gesicht gegeben. Niemand könnte seinen Platz einnehmen.«

»Jeder könnte es«, sagte Lanzo. »Ich vermute eher, dass es niemand will.«

Kipling stimmte ihm insgeheim zu. Che hatte auf ihn nicht gerade wie ein großer Stratege gewirkt. Er wandte sich wieder an Tasha. »Was ist hier eigentlich passiert? Wie konnte in nur zehn Tagen aus der Rebellion gegen das Imperium Herr der Fliegen werden?«

»Wir haben unseren Luke Skywalker verloren, aber Darth Vader ist geblieben. So ungefähr musst du dir das vorstellen.«

Es machte ihn irrational stolz, dass sie die Anspielung verstanden hatte.

»Konkreter«, fragte Auckland.

Tasha setzte sich auf eine Kiste. Dass sie voll von weißem Vogelkot war, schien sie nicht zu stören.

»Nachdem ihr uns vor dem Lockdown gewarnt hattet, sind wir in die Netze gesprungen. Die meisten schafften es, die Galerien zu verlassen, bevor die Stahlbarrieren herunterfuhren und alles abgeriegelt haben. Wir wussten nicht, dass sich die Bloodriders oben versteckt hatten und nun festsaßen.«

»Bloodriders?«, fragte Kipling.

»Eine der beiden Gangs, die den Handel mit Drogen und Goldcoins auf der Station in der Hand haben. Sie hatten sich nicht an den Protesten beteiligt. Marv, der Anführer der Bloodriders, sagte, ihm sei es egal, wer hier etwas zu sagen hätte, solange er ungestört seinen Geschäften nachgehen könne.«

»Kluger Junge«, sagte Arnest.

Tasha sah ihn zweifelnd an, bevor sie fortfuhr. »Die Bloodriders waren da oben drei Tage eingeschlossen, ohne dass wir etwas davon wussten. Erst als Mak'Uryl die Stahlwände an den Brüstungen hochfahren ließ, bemerkten wir sie.«

Sie warf einen Blick nach oben, so als würde sie ihre Erinnerung dort sehen. »Sie waren so wütend. Sie schrien uns an und warfen Kot über die Brüstung. Seitdem terrorisieren sie uns.«

Lanzo runzelte die Stirn. »Wieso sind sie auf euch wütend und nicht auf die Jockeys?«

»Weil sie uns die Schuld am Lockdown geben, zu dem es ja ohne die Proteste nie gekommen wäre. Vor dem Aufstand haben die Jockeys die Gangs in Ruhe gelassen, weil sie ihre Drogen ja nur an Menschen verkaufen. Ihr Ziel waren die Demonstranten. Aber jetzt sitzen wir alle im gleichen Boot.«

Kipling sah ebenfalls nach oben. »Nur auf unterschiedlichen Decks.«

Tasha lächelte knapp. »So könnte man es sagen. Die Bloodriders kontrollieren alles, von den Wohnebenen der Jockey bis zu der Ebene über Kalkutta. Sie trauen sich nicht, die Siedlung anzugreifen, dafür gibt es hier zu viele Menschen, aber sie tun alles, um uns das Leben zur Hölle zu machen. Ständig werden Leute verletzt, weil sie von herabfallenden Schrauben oder anderen Gegenständen getroffen werden, die so klein sind, dass sie durch die Maschen schlüpfen. Und was ein Kackregen ist, erklärt sich wohl von selbst.«

Leider, dachte Kipling. »Du weißt nicht, warum Mak'Uryl nur die Galerien geöffnet hat, aber die Treppen weiterhin abgeriegelt hält, oder?«

»Nein. Da hat jeder seine eigene Theorie. Ich glaube, dass er Angst hat, seine eigene Station mit Zombies zu verseuchen. Die Bloodriders hielten sich ja auf mehreren Ebenen auf. Er hat die Lage nicht unter Kontrolle.«

»Er könnte das Gleiche mit den Türen machen, die nebenbei bemerkt das Einzige sind, das euch vor den Bloodriders bewahrt«, sagte Lanzo. »Solange sie die Netze benutzen müssen, werdet ihr jeden Angriff auf eure Siedlung rechtzeitig bemerken. Aber wenn die Treppen wieder frei wären …«

Er ließ den Satz unvollendet und neigte den Kopf.

Arnest sah ihn an. »Was dann? Wären sie am Arsch?«

»Ja.«

Tasha fuhr sich mit beiden Händen durch die Haare. Die Perlen, die sie in ihre kleinen Zöpfe geflochten hatte, klimperten. »Ich hab mich viel wohler gefühlt, bevor ihr gekommen seid.«

»Das kann ich verstehen.« Auckland schob die Hände tief in seine Hosentaschen. »Tasha, ich weiß, dass du hier nicht das Kommando führst, aber jemand muss uns helfen, Suchmannschaften zusammenzustellen und diese Zombies zu finden. Wir können das nicht allein.«

Kipling bemerkte, wie Tasha vor der Aufgabe zurückschreckte. Am liebsten hätte er ihre Hand gedrückt, um ihr Mut zu machen, aber er hatte Angst, dass sie das albern finden würde.

»Jemand anderes«, sagte sie, »würde das bestimmt besser –«

Auckland ließ sie nicht ausreden. »Wir reden nicht mit jemand anderem, sondern mit dir. Du kennst uns … ein paar von uns … und die Leute hier. Wir brauchen dich.«

»Du kriegst das hin«, sagte Kipling. Er setzte sich neben sie auf die Kiste. Seine Hand schwebte über der ihren, aber er berührte sie nicht. »Mach dir keine Gedanken. Die Leute werden auf dich hören.«

Tasha rieb sich über die Augen. »Ich glaube das nicht, aber okay, wenn ihr unbedingt wollt, versuche ich, Leute für euch zu finden. Ich kann aber nicht versprechen, dass sie nüchtern sein werden.«

Auckland nickte. »Wir brauchen außerdem einen Kontakt zu den Bloodriders. Die Zombies können überall sein, nicht nur hier unten. Sie müssen ihr Territorium ebenfalls absuchen.«

»Na, dann viel Spaß«, sagte Arnest. »Wir hätten beinahe die Freundin von deren Boss umgebracht.«

»Ihr habt *was?*«, fragte Tasha mit geweiteten Augen.

»Das war ein Bluff.« Kipling warf Arnest einen warnenden Blick zu, den der natürlich ignorierte.

»Quatsch, Bluff. Ich hätt's gemacht, wenn die uns blöd gekommen wären.«

»Sind sie aber nicht«, sagte Kipling rasch und dann leiser zu Tasha: »Er meint es nicht so.«

»Okay …« Sie klang zweifelnd.

»Wie dem auch sei.« Auckland übernahm wieder die Führung der Diskussion. »Marv hat gesehen, dass wir unser Wort halten. Er ist ein Geschäftsmann. Wenn man ihm klarmacht, dass er an Tote nichts verkaufen kann, wird er schon mitspielen. Wir –«

»Vorsicht!«, schrie einer der Männer, die auf den Frachtcontainern Wache standen.

Bitte kein Kackregen, dachte Kipling, während er Tashas Arm ergriff und sie zur Seite zog. Doch das, was er aus den Augenwinkeln nach unten fallen sah, war so groß, dass es auf- und abwippend über ihm in den Maschen hängen blieb.

Ein zweiter, ebenso großer Schatten folgte, dann ein Geräusch, so als würde Wasser aus einer Dusche tropfen.

Die Männer richteten ihre Taschenlampen nach oben. Die Lichtkegel rissen Netze und einige Plastikstühle aus dem düsterroten Licht und gaben ihnen einen Moment lang ihre Farbe zurück.

»Ach, du Scheiße«, sagte Kipling leise, als das Licht schließlich zwei Gestalten traf, die mit ausgebreiteten Armen in den Maschen hingen. Ihre Augen starrten ins Nichts. Blut fiel in einem ständigen Strom aus ihren durchschnittenen Kehlen auf den Boden vor Kipling und den anderen.

Es waren die Leichen von Marv und Kryystal.

»Spielt mit euren neuen Freunden!«, rief eine dunkle Stimme von einer der Galerien. »Niemand beleidigt die Bloodriders.«

Andere Stimmen riefen »Bloodriders forever!«, bis daraus ein Chor wurde, der durch die Station hallte. »Bloodriders forever!«

Auckland strich sich mit der Hand über den Bart. Das Blut der beiden Leichen bildete eine Pfütze vor seinen Stiefeln.

»Tasha«, sagte er. »Wie war das mit der anderen Gang?«

6

Für Rin gab es kaum etwas Schlimmeres als Warten.

Sie saß auf der Brücke, den Blick auf die große Bildschirmwand gerichtet und die Beine übereinandergeschlagen. Ein Teil der Wand zeigte die Umgebung von NG27, so wie die Kameras der *Eliot* sie einfingen. Alles war ruhig. In der Ferne schimmerte ein breiter Asteroidengürtel, der wahrscheinlich den Grund für den Bau der Station darstellte. Laut Wikipedia bauten die Jockeys dort Erze ab. Schiffe sah Rin jedoch keine.

Auf der anderen Hälfte der Wand lief lautlos eine der alten Fernsehserien, die sich Kipling immer zog und auf seinen Server stellte. Ein schwarz gekleideter maskierter Mann, der eine Peitsche schwang, beschützte eine Frau vor irgendwelchen Uniformierten. Als der letzte floh, fiel ihm die Frau um den Hals, und der Maskierte lachte mit einer auf Rin fast schon manisch wirkenden Energie.

Die Fahrstuhltüren öffneten sich hinter ihr. Trevor trat auf die Brücke. »Ist das Zorro?«, fragte er.

Rin drehte sich mit ihrem Sessel und nickte. »Ich glaube schon.« Aus den Augenwinkeln sah sie das Wort ›ENDE‹ und dann die Namen längst gestorbener Schauspieler. »Willst du eine Folge sehen? Ich kann auch den Ton einschalten.«

»Nicht nötig.« Er sah sich um. »Gut, sie ist nicht hier.«

Es war leicht zu erraten, wen er meinte. »Sie wollte in ihre Kabine.«

Trevor setzte sich an eine der dunklen Konsolen. »Ich hoffe, da bleibt sie auch.« Er blinzelte, so als wäre er von der Abscheu in seinem eigenen Tonfall überrascht. »Versteh mich nicht falsch«, sagte er, »das ist euer Schiff, und wen ihr mitnehmt, geht nur euch etwas an.«

»Aber?«, fragte Rin, während sie zum wiederholten Male einen Blick auf das immer noch leere Chatfenster ihres Pads warf.

Trevor zog an einer Franse seines weißen Hemds. »Ich hasse die Jockeys«, sagte er schließlich so beiläufig, als würde er über das Wetter sprechen. »Und ich meine das nicht abstrakt wie in ›Ich hasse Sardellen auf der Pizza‹, sondern völlig ernst. Wenn es hier einen Knopf gäbe, mit dem man die Jockeys aus dem Universum löschen könnte, ich würde ihn drücken. Mehr noch: Ich würde dich auf Knien anflehen, ihn drücken zu dürfen.«

Er sah auf und lächelte. »So, jetzt ist es raus.«

Im ersten Moment wollte Rin abwiegeln und entgegnen, dass jeder die Jockeys hasste und dass er sich in der Schlange derer, die einen solchen Knopf drücken würden, wohl hinten anstellen müsse. Doch die Ruhe, mit der er von seinem Hass gesprochen hatte, bestürzte sie ebenso wie das offene Lächeln, mit dem er sie jetzt ansah.

»Warum?«, fragte sie.

»Du machst Witze, oder? Omega? Der menschliche Exodus?«

Rin warf wieder einen Blick auf ihr Pad. »Dann gehörst du also zu denen, die glauben, dass die Jockeys für das Virus verantwortlich sind.«

»Natürlich sind sie das.« Trevor beugte sich vor. »Die Jockeys haben unsere Kultur jahrelang studiert. Sie wussten, welche Wirkung ein Zombievirus haben würde. Nichts anderes wäre in der Lage gewesen, uns nicht nur zahlenmäßig, sondern auch moralisch in die Knie zu zwingen. Wir verstehen vielleicht nichts von Viren, aber jeder von uns weiß, was Zombies sind. In der Sekunde, als der erste Nachrichtensprecher das Wort in den Mund nahm, war es aus.«

Er zählte die Effekte an den Fingern einer Hand ab. »Selbstmorde, Hamsterkäufe, Plünderungen, Panik, der Zusammenbruch unserer Zivilisation. Das war es, was die Jockeys erreichen wollten, und das haben sie auch geschafft.«

Rin kannte die Theorien und die Argumente, die dafür sprachen. Nur das Fehlen eines schlüssigen Beweises hielt sie davon ab, sich Trevors Meinung anzuschließen.

»Noch sind wir hier«, sagte sie.

»Aber wir werden immer weniger.« Trevor lehnte sich wieder zurück. »Welche Frau will schon schwanger werden, wenn das Risiko besteht, dass der Fötus stirbt und sie von innen auffrisst?«

Sie hörte keinen Vorwurf in seiner Stimme, keine Aufforderung an sie, die Zukunft der Menschheit zu sichern.

Er ist kein Arschloch, dachte sie. *Er ist nur ein Mensch, der Jockeys hasst.*

»Tut mir leid«, sagte Trevor. »Ich hätte damit nicht anfangen sollen, aber es hatte sich aufgestaut. Wenn ich sehe, wie Ama'Ru durch dieses Schiff stolziert, als würde es ihr gehören –«

Rin unterbrach ihn. »Das tut sie nicht, und das weißt du auch. Ihr seid beide unsere Gäste. Wenn dir ihre Anwesenheit hier nicht passt, dann geh ihr aus dem Weg, aber versuch nicht, andere gegen sie aufzuhetzen.«

»Das wollte ich nicht.« Trevor hob beschwichtigend die Hände. Er schien fortfahren zu wollen, doch dann hörte er ebenso wie Rin das Zischen der Fahrstuhltüren und stand auf, ohne sich umzudrehen. »Wir können uns später weiter unterhalten. Ich brauche frische Luft.«

Er ging an Ama'Ru vorbei zum Fahrstuhl und verließ die Brücke. Sie sah ihm nach, bevor sie sich mit ihrer Gottesanbeterin umdrehte. »Er ist ein Fanatiker«, sagte sie. »Ich erkenne es in seinem Blick.«

Rin seufzte. »Er hasst Jockeys. Damit nimmt er unter Menschen nicht gerade eine Außenseiterposition ein.«

Ama'Ru musterte sie aus Jockey- und Facettenaugen. »Ich finde deine Offenheit merkwürdig.«

»Und ich finde es merkwürdig, mit einem Wesen zu reden, das auf einem Rieseninsekt reitet. Wir werden beide damit leben müssen.«

»Das ist kein Reiten, sondern eine …« Ama'Ru hielt inne, als Rin die Hand hob. »Du möchtest diese Erklärung nicht hören?«

»Nein.«

Der Insektenkörper streckte sich. Rin fragte sich, was das zu bedeuten hatte.

»Gut«, sagte Ama'Ru, »dann würde ich gern über etwas anderes reden. Darf ich?«

Bei einem Menschen hätte Rin den Tonfall einschätzen können, um zu erkennen, ob sich dahinter Ärger oder eine ehrlich gemeinte Frage verbarg. Aber Ama'Rus bergseeklare Stimme verriet so etwas nicht.

Oder ich kann es einfach nicht wahrnehmen, dachte Rin. Sie nickte. »Worum geht's?«

Ama'Ru blieb vor ihr stehen. Ihre Beine knickten nach hinten weg, bis ihr Hinterleib den Boden berührte und ihre Beine aussahen wie die einer richtigen Heuschrecke. Sie richtete den Vorderleib auf, als wäre sie eine Kobra, die zustoßen wollte. Die Zangen faltete sie ineinander. Rin bemerkte, wie scharf sie waren.

»Was machst du da?«, fragte sie und versuchte, ihre plötzliche Nervosität zu verbergen.

»Mich setzen. Menschen ziehen doch eine Unterhaltung auf Augenhöhe vor, oder?«

Meistens, dachte Rin, die den Facettenaugen nun so nahe war, dass sie sie hätte anfassen können. Ein merkwürdig vertrauter Geruch ging von Ama'Ru aus, so wie frisch gemähtes Gras, das in der Sonne trocknet.

»Ja«, sagte sie, als ihr klar wurde, dass sie auf die Frage noch nicht geantwortet hatte.

»Dann würde ich nun gern von dir wissen, ob Che irgendetwas über meine Entführung gesagt hat. Ich denke seit Tagen darüber nach, kann mir aber nicht erklären, wieso er das getan hat. Ich habe versucht, die Menschen in der Siedlung, die sie Kalkutta nennen, zu unterstützen und –«

»Du warst nicht sein Ziel«, sagte Rin. »Er wollte Onas'Ramun entführen, und als das aus offensichtlichen Gründen nicht mehr ging, griff er sich die erstbeste Jockey, die er finden konnte. Und das warst du.«

Ama'Ru schwieg einen Moment lang. »Onas'Ramun ay Sin'Dolf«, sagte sie dann. »Wie lange wisst ihr das schon?«

Rin spürte auf einmal den Drang, sich zu rechtfertigen. »Noch nicht lange. Kipling hat die Information in einem von Ches Chatlogs gefunden. Wir wollten es dir sagen, aber irgendwie hat es wohl jeder vergessen.«

»Diese Information war sehr wichtig für mich.«

»Tut mir leid.« Rin zuckte mit den Schultern. »Das war keine Absicht.«

Sie wollte noch etwas hinzufügen, sah dann jedoch das Blinken ihres Pads. Das Chatfenster sprang in den Vordergrund des Displays.

Kipling: ›Hi, Mom. Sind gut angekommen. Wetter super, Hotel top, gehen jetzt schwimmen.‹

Kipling: ›:)‹

»Ist das eine Nachricht von deinen Freunden auf der Station?«, fragte Ama'Ru.

Rin nickte. Sie zog das Pad auf ihre Knie und tippte eine Antwort.

›Ich will ALLES wissen.‹

Die animierten Finger in der linken oberen Ecke ihres Chatfensters bewegten sich. Ama'Ru faltete sich auseinander. »Das ist privat. Soll ich gehen?«

Rin schüttelte den Kopf. »Nein. Du kennst dich auf der Station besser aus als wir. Vielleicht fällt dir etwas auf.«

Sie wusste, wie schnell Kipling tippte, trotzdem dauerte es fast zwei Minuten, bis der Text auf ihrem Display erschien. Sie las ihn durch, dann gab sie Ama'Ru eine Zusammenfassung. »Und jetzt wollen sie Suchtrupps bilden und mit der anderen Gang sprechen. Ich nehme an, die soll vermitteln. Kipling hat sich nicht genauer ausgedrückt.«

»Es wäre besser, wenn sie nicht mit dieser Gang sprächen«, sagte Ama'Ru, während sie sich von Rin abwandte.

»Warum nicht?«

Keine Antwort. Die Gottesanbeterin ging mit wippenden Schritten an der Treppe vorbei.

»Warum nicht?«, fragte Rin lauter.

Die Fahrstuhltüren schlossen sich hinter Ama'Ru. Rin war allein auf der Brücke. Sie schüttelte den Kopf und tippte ihre Nachricht ein.

›Ama'Ru sagt, ihr solltet besser nicht mit der Gang sprechen.‹

Kipling: ›Hat sie gesagt, warum?‹

›Nein. Ich glaube, sie ist beleidigt, weil wir mit ihr nicht über die Entführung gesprochen haben.‹

Kipling: ›Ups. :(‹

Kipling: ›Ich geb's weiter. Das Internet saugt hier unten. Die Verbindung bricht ständig ab. Also mach dir keine Sorgen, wenn du eine Weile nichts hörst, okay?‹

›…‹

Kipling: ›Versuch's wenigstens. :)‹

Kipling: ›cu‹

Rin legte das Pad beiseite. Kurz dachte sie darüber nach, Ama'Ru zu folgen, doch dann entschied sie sich dagegen. Das, was die Jockey versuchte, war ein Machtspiel, mehr nicht. Sie war es nicht gewohnt, von Menschen abhängig zu sein, und versuchte, ihre Hilflosigkeit mit kryptischen Ratschlägen zu überspielen.

Ama'Ru würde uns nicht ins offene Messer laufen lassen, dachte Rin. *Nicht, nachdem wir sie gerettet haben.*

Sie war sich fast sicher, dass sie recht hatte.

7

»Und sie hat nicht gesagt, weshalb wir nicht mit der Gang sprechen sollten?«, fragte Lanzo.

»Nein.« Kipling rückte seine V-Specs zurecht. »Sie ist anscheinend sauer wegen der Entführungsgeschichte.«

Oh Gott, wie ich diese scheiß Jockeys hasse, dachte Arnest.

Neben ihm zeigte Tasha auf, als wäre sie in der Schule.

»Ich glaube, ich weiß, was Ama'Ru meint«, sagte sie. »Die Fear Devils –«

»Fear Devils?«, fragte Kipling. »Was ist das denn für ein bescheuerter Name?«

Tasha lächelte. »Darüber lachen alle, aber natürlich nicht, wenn sie in der Nähe sind. Jedenfalls geht seit Langem das Gerücht, dass sie als Spitzel für die Jockeys arbeiten und deshalb unter ihrem Schutz stehen. Sie klauen alles, was sie finden können, aber sie werden fast nie verhaftet. Ihr Chef Gonzo –«

Kipling unterbrach sie erneut. »Gonzo? Ist das eine Comedy-Gang?«

»Lass sie ausreden, Kipling«, sagte Auckland, bevor es Arnest etwas drastischer formulieren konnte.

»Sorry.«

»Schon gut.« Tasha legte Kipling kurz die Hand auf den Arm, und er zuckte zusammen, als stünde sie unter Strom. »Also, Gonzo hat einen Pakt mit den Bloodriders geschlossen. Seine Leute beklauen sie nicht, dafür kommen sie billig an Drogen. Die Bloodriders trauen ihm. Wenn einer sie davon überzeugen kann, da oben nach Zombies zu suchen, dann er.«

»Wo ist dieser Gonzo?«, fragte Auckland.

»Hier in der Siedlung. Die Fear Devils haben sich dem Protest angeschlossen.« Tasha stand auf. »Ich kann ihn holen.«

»Das wäre gut.«

»Ich komme mit«, sagte Kipling. »Wenn es dir nichts ausmacht.«

Natürlich macht es ihr nichts aus, du Vollidiot, dachte Arnest, als er ihnen hinterhersah. Er hätte das beinahe laut ausgesprochen, aber Lanzo zeigte in diesem Moment nach oben.

»Bevor wir weitermachen«, sagte er, »möchte ich nur fragen, ob ich der Einzige bin, der unser kleines Problem bemerkt hat?«

»Nein. Aber ich wollte nicht, dass Tasha es bemerkt. Sie ist zu nervös.«

Arnest legte den Kopf in den Nacken. »Was denn für ein … oh.« Die Leichen von Marv und Kryystal lagen nicht mehr still. Sie wanden sich im Netz und versuchten sich zu erheben. Ihre Hände rutschten immer wieder durch die Maschen, wenn sie sich abstützen wollten, zwei halb verschmorte Plastikstühle waren auf sie gerutscht.

Das hatten die Bloodrider also gemeint, als sie sagten: ›Spielt mit euren neuen Freunden.‹

Wichser.

»Kannst du sie von hier aus erwischen?«, fragte Lanzo.

In der Notbeleuchtung waren Entfernungen schwer zu schätzen, aber da die Zombies im untersten Netz hingen, konnten sie höchstens zehn Meter von ihm entfernt sein.

»Ja«, sagte Arnest, »aber nicht mit dem ersten Schuss. Das Licht ist zu schlecht. Und wenn's ganz blöd läuft, zerreißen die Kugeln das Netz, und die Zombies klatschen mit dem ganzen Müll da hinten in die Siedlung.«

Er griff an seinen Stiefelschaft und zog ein langes Messer mit gezackter Klinge heraus. »Ich regle das anders.«

»Brauchst du Hilfe?«, fragten Lanzo und Auckland gleichzeitig.

»Von euch?« Arnest lachte und steckte das Messer zurück in den Schaft. »Fragt noch mal, wenn ich achtzig bin.«

Er lief zu dem Frachtcontainer, auf dem die beiden Wachen auf Klappstühlen saßen, und kletterte die Leiter hinauf. Die beiden Männer schienen die Zombies noch nicht bemerkt zu haben, denn sie sahen ihn irritiert an. Zwischen ihnen stand eine Plastiklasche mit Blindschleiche, einem trüben Pak-Schnaps.

»Steh mal auf«, sagte Arnest zu dem kräftigeren der beiden Männer. Als der nur die Stirn runzelte, zog er ihn von dem Stuhl.

»Was soll'n das?«, fragte der andere mit schwerer Stimme. Er war betrunken.

Kein Wunder, dass sie nichts mitkriegen, dachte Arnest, während er den Stuhl an die richtige Stelle zog und daraufstieg. Das Netz endete unmittelbar über ihm. Er spannte sich an und sprang. Seine Finger schlossen sich um den verstärkten Rand. Sein Gewicht zog diese Seite des Netzes ein Stück nach unten, aber die Zombies blieben in ihrer Kuhle liegen. Zusammen waren sie schwerer als er.

Arnest zog sich nach oben und kroch über die Maschen, bis er sicher war, dass er nicht zurückrutschen würde. Schwankend stand er auf. Er musste die Arme ausbreiten, um nicht das Gleichgewicht zu verlieren. Bei jedem Schritt sackte er einen halben Meter nach unten.

»Da ist einer!«, rief eine Stimme von oben. »Es geht los!«

Andere Stimmen gesellten sich dazu, Arnest hörte sie johlen. Ein Pappteller segelte neben ihm durch die Luft.

»Jetzt geht's los! Jetzt geht's los!«, grölten die Stimmen im Chor. Arnest hob den Kopf und sah Dutzende Gesichter über sich auf den Galerien. Er fühlte sich wie in einer Arena.

»Lass dich nicht ablenken!«, rief Lanzo. »Denk nur an die Zombies.«

Arnest schüttelte sich. Unter ihm verließen Leute ihre Container und Verschläge, aufgeschreckt durch den Lärm. Die beiden Zombies waren noch fünf, sechs Meter von ihm entfernt. Der, der einmal Marv gewesen war, hatte es geschafft, auf Kryystals Rücken zu gelangen und versuchte, aufzustehen.

»Jetzt geht's los!«

Arnest zog sein Messer. Er blendete die Stimmen ebenso aus wie die Menschen, die ihn in der Siedlung und von den Galerien beobachteten, zwang sich, nur die Zombies zu sehen. Marv stand auf Kryystals Rücken und streckte ihm die Arme entgegen, als wollte er Arnest umarmen. Seine Zähne schlugen aufeinander.

Kryystal versuchtem ebenfalls hochzukommen, konnte aber nur Arme und Beine bewegen. Es sah aus, als würde sie schwimmen.

Marv machte einen unsicheren Schritt nach vorn. Sein Bein sackte tief in das Netz ein. Er stöhnte und stolperte, verlor aber zu Arnests Überraschung nicht das Gleichgewicht. Er war noch frisch und beweglicher als die meisten Zombies, denen Arnest begegnet war.

Er ließ Marv kommen. Ein Schritt, ein zweiter, ein Stöhnen, in dem sich Gier und Frustration zu mischen schienen. Nur noch zwei Meter trennten ihn von Arnest.

Der drückte seine Füße in das Netz, brachte es zum Schwingen wie ein Trampolin. Die ersten Schwingungen überstand Marv taumelnd und schlingernd, doch dann kippte er nach vorn.

Arnest sprang ihm mit einem Satz in den Rücken. Er hörte Knochen knacken, drehte das Messer und rammte es Marv in den Hinterkopf. Das Knirschen des Schädels ging im Grölen seines Publikums unter. Sie schrien so laut, dass er nicht hören konnte, was Lanzo unter ihm rief. Arnest streckte den Galerien den Mittelfinger entgegen.

Er zog die Klinge aus der Leiche, wischte sie an deren Kleidung ab und drehte sich zu Kryystal um.

Ihr Gesicht war direkt vor ihm.

»Scheiße!«

Arnest wich zurück. Zähne schnappten vor ihm zu, Kryystals Fingernägel kratzten über seinen Stiefel. Er trat zu. Seine Sohle traf ihr Gesicht und warf sie nach hinten. Blut tropfte aus ihrer Nase. Arnest brachte seine Beine unter den Körper und stieß sich ab. Er landete auf ihr, spürte ihre spitzen Knochen durch das Leder ihrer Jacke. Eine Hand krallte sich in seinen Arm. Er schlug sie beiseite und hob das Messer.

Kryystal erschlaffte plötzlich unter ihm, so als würde das Virus, das sie übernommen hatte, wissen, dass es vorbei war. Ein Blick aus trüben Augen traf den seinen. Eine Zunge glitt über aufgesprungene Lippen.

Arnest rammte Kryystal das Messer tief in den Mund. Er spürte, wie sich ihr Körper verkrampfte, dann lag sie still. Es floss kaum Blut. Der Schnitt durch die Kehle hatte ihr fast alles genommen.

Keuchend zog Arnest sein Messer heraus und richtete sich auf. Die Menge über ihm wurde still.

»Arschlöcher!«, schrie er.

Niemand antwortete. Nur unter ihm in der Siedlung räusperte sich jemand.

»Leute!«, rief eine Stimme, die er nicht kannte. Er kniff die Augen zusammen und versuchte zu erkennen, wem sie gehörte.

Es war ein Jugendlicher, der zwischen Kipling und Tasha stand und die Hände vor dem Mund zum Trichter geformt hatte.

»Leute«, wiederholte er. »Das geht so nicht. Wir müssen reden.«

»Worüber?«, rief eine Stimme von oben zurück. Es war dieselbe, die zum Spiel mit den ›neuen Freunden‹ aufgefordert hatte.

»Ein Problem, das uns alle betrifft.« Der Jugendliche – Arnest nahm an, dass es sich um Gonzo handelte – zeigte auf ihn.

»Wenn du runterkommst, Killface, bleibt er oben. Als Geisel, okay?«

»Okay.«

»Was?« Arnest ging auf die Knie. Die beiden Leichen rutschten auf ihn zu. »Lanzo, was ist hier los?«

»Mach dir keine Sorgen, es ist alles in Ordnung. Die Bloodriders brauchen nur ein Pfand.«

»Ich soll das verschissene Pfand sein?« Aus den Augenwinkeln sah Arnest, wie jemand mit der Leichtigkeit eines Affen an ihm vorbeikletterte. »Lanzo?«

»Entspann dich.« Lanzo wandte sich ab, schien sich aber dann an etwas zu erinnern, denn er sah noch mal auf. »Gute Arbeit übrigens.«

»Ja, ja.« Arnest ließ sich mit dem Rücken ins Netz fallen. Kryystals Leiche rutschte gegen ihn, und ihr Arm fiel auf seine Brust.

Er schob ihn angewidert weg. Von den Galerien richteten sich Pistolenmündungen auf ihn.

Arnest schloss die Augen. Zum ersten Mal seit er denken konnte, bedeutete ihm das Lob seines Bruders nichts.

8

»Zombies?«, fragte Killface. »Auf NG27? Ich glaub dir kein Wort.«

Gonzo zuckte mit den Schultern. Im Gegensatz zu dem neuen Anführer der Bloodrider war er weder tätowiert, noch wie ein Gangmitglied gekleidet. Jeans und T-Shirt waren sauber, die Haare kurz geschnitten und gewaschen.

Wenn man ein Dieb ist, will man nicht wie einer aussehen, dachte Kipling. Er gehörte zu der kleinen Gruppe Menschen, die sich um die beiden Gangchefs versammelt hatten und die Verhandlungen verfolgten. Killface und Gonzo saßen auf Kisten in der Mitte des Platzes. Ein Einmachglas mit Blindschleiche, das keiner von beiden bisher angerührt hatte, stand zwischen ihnen.

Killfaces Hände und Arme waren voll mit Blutspritzern. Kipling ahnte, weshalb. Er hatte Marv und Kryystal eigenhändig umgebracht, um den Platz an der Spitze der Bloodriders zu übernehmen.

»Du musst mir nicht glauben«, sagte Gonzo nach einem Moment, »aber du musst dir überlegen, was passiert, wenn ich recht habe. Irgendwo, hinter irgendeiner Tür lauert ein Haufen Zombies. Stell dir vor, du machst die Tür auf, weil du aufs Klo willst oder so und – BUMM!« Er schrie das Wort so laut, dass alle Umstehenden zusammenzuckten und Killfaces Hand zu dem Messer an seiner Hüfte rutschte. »Du bist tot.«

Gonzo räusperte sich. »Die Frage, die du dir also stellen solltest, lautet nicht ›Glaube ich ihm?‹, sondern ›Kann ich es mir leisten, ihm nicht zu glauben?‹.«

»Er ist gut«, flüsterte Tasha.

Kipling nickte. Der Unterschied zwischen Gonzo und Killface war nicht zu übersehen. Der eine hatte sich und seine Talente der neuen Welt angepasst, der andere stolperte geblendet von Drogen und falscher Macht hindurch. Es war klar, wer die Verhandlungen beherrschte.

Killface nickte langsam, so als hätte er eine Entscheidung getroffen, dann zeigte er nach oben. »Okay, wir durchsuchen unser Territorium. Aber ich will, dass er mitkommt.«

Lanzo hob überrascht die Augenbrauen. »Arnest? Wieso?«

»Weil der Typ ein Tier ist, Mann.« Killface drehte sich zu ihm um. »Hast du nich' gesehen, wie der die Zombies umgehauen hat? So einen brauchen wir da oben.«

»Hast du das gehört, Arnest?«, rief Lanzo.

»Ja. Wenn's sein muss.«

»Dann ist alles klar.« Gonzo streckte die Hand aus, und Killface ergriff und schüttelte sie.

Das lief besser als erwartet, dachte Kipling, während der Anführer der Bloodriders den Platz verließ und sich zurück in die Netze schwang. Arnest schloss sich ihm an, ohne noch einen Blick nach unten zu werfen. Kipling hatte den Eindruck, dass er über irgendetwas verärgert war.

Auckland nickte Gonzo zu. »Danke für deine Hilfe.«

»Kein Problem. Wenn es hier wirklich Zombies gibt, ist damit ja allen gedient. Ich werde meinen Leuten sagen, dass sie sich für die Suchtrupps bereithalten sollen.«

Er wollte sich abwenden, aber Kipling hielt ihn auf. »Warum nennst du dich Gonzo?« Die Frage beschäftigte ihn, seit er den Namen des Anführers der Fear Devils erfahren hatte. »Deine Nase ist nicht außergewöhnlich groß.«

»Nee, Gonzo war nicht der Typ mit der Riesennase, sondern

der, der immer die Buchstaben verkaufen wollte. ›Pssst … genau‹, du weißt schon.«

»Schlemiehl«, sagte Lanzo, bevor Kipling antworten konnte.

Gonzo drehte sich zu ihm um. »Was?«

»Der Hehler mit dem Trenchcoat hieß Schlemiehl. Gonzo war der mit der Nase.«

»Echt jetzt?«

Kipling und Lanzo nickten.

»Ah … shit. Und ich war mir so sicher.« Gonzo hob die Schultern. »Ich hätte wohl mal googeln sollen. Seid so nett und tratscht das nicht rum, okay?«

Wieder nickten beide. Gonzo wandte sich ab. »Ich schick euch dann meine Leute.«

Als er außer Hörweite war, erlaubte sich Kipling das breite Lächeln, das er sich vorher verkniffen hatte. »Du guckst Sesamstraße?«

»Ich war mal ein Kind, auch wenn dir die Vorstellung vielleicht schwerfällt«, sagte Lanzo steif. »Können wir jetzt weitermachen?«

»Ich bitte darum.« Auckland trat wieder zu ihnen. Nicht zum ersten Mal fiel Kipling auf, dass er sich aus allen persönlichen Gesprächen heraushielt. »Wir brauchen die Suchtrupps für Kalkutta und den Rest dieser Ebene.«

»Bin dabei.« Tashas Hand streifte Kiplings, ob zufällig oder absichtlich, wusste er nicht. »Kommst du mit?«

»Ja, okay, warum nicht?« Er verzog das Gesicht, als er ihr folgte. Wieso war er nur so verkrampft, wenn er mit ihr redete? Beinahe instinktiv öffnete er seinen privaten Twitter-Account, um die Frage seinen Followern zu stellen, doch dann bemerkte er, dass er offline war. Das blinkende gelbe Dreieck, unter dem ›Verbindung fehlgeschlagen‹ stand, verursachte ihm ein mulmiges, unangenehmes Gefühl, so als würde er sich plötzlich allein in einem dunklen Raum wiederfinden.

»Waren wir nicht eben noch online?«, fragte er.

»Immer nur sekundenweise«, sagte Tasha. Sie sah sich in dem Müll, der die Gassen bedeckte, um und fand einen verrosteten, kaputten Eimer, den sie aufhob. »Ich habe mir so ein Tool aus dem Netz gezogen, mit dem man WLANs knacken kann, aber das funktioniert nicht richtig. Ich fliege immer wieder raus.«

Kipling vergaß seine Hemmungen und fasste Tasha am Arm. »Soll das heißen, dass du in das geheime WLAN der Station kommst?«

»Wie schon gesagt, sekundenweise.« Sie bückte sich nach einem Stück Metall. »Sonst hätte ich dir doch keine Nachricht senden können.«

Das mulmige Gefühl verwandelte sich in Aufregung. »Schick alle Infos, die du hast, und das Tool an meinen Chat-Account. Den Nick kennst du ja.«

»Lass mich doch erst mal –«

»Nein, Tasha, jetzt. Das ist wichtig.«

Sie zögerte einen Moment, dann stellte sie die gefundenen Sachen ab und zog ihr Pad heraus. Ihre Geräte waren einander so nahe, dass sie auf direktem Weg kommunizieren konnten.

Im Gegensatz zu mir und Tasha, dachte Kipling.

Ein Icon blitzte kurz in seinem Display auf. Die Übertragung war abgeschlossen. »Danke«, sagte er.

Sie lächelte und nahm Eimer und Stange wieder in die Hand. »Was liegt denn so dringendes an? Deine Torrents laufen auch ohne dich.«

»Du wirst schon sehen«, sagte Kipling, während er bereits die Dateien durchscrollte. Das Tool, das Tasha ihm geschickt hatte, war mit Trojanern verseuchter Müll, und es sprach nicht gerade für die Jockeys, dass es ihr getarntes WLAN aufgespürt hatte.

Sie sind in dieser Welt genauso fremd wie wir im All, dachte er. Man durfte nicht vergessen, dass sie bis zum Kontakt mit der Menschheit kein Internet gekannt hatten.

Kipling zuckte zusammen, als Tasha mit der Stange rhythmisch auf den alten Eimer schlug. Rost rieselte wie roter Schnee zu Boden. »Kommt auf den Platz!«, rief sie. »Es gibt wichtige Neuigkeiten! Kommt alle!«

Menschen traten aus Containern und Verschlägen. Die meisten wirkten noch abgerissener und resignierter als vor dem Aufstand, so als hätte der Lockdown sie der letzten Hoffnung beraubt.

Aber sie folgten Tasha trotzdem, wahrscheinlich, weil sie nichts Besseres zu tun hatten.

Als sie ihre Runde abgeschlossen hatten und auf den Platz gingen, wurden sie von fast zweihundert Menschen begleitet. Es fiel Kipling schwer, sich auf seine Umgebung zu konzentrieren, die Dateien in seinem Display lenkten ihn ab.

Tasha blieb in der Mitte des Platzes stehen. »Wünsch mir Glück«, flüsterte sie Kipling ins Ohr, dann stieg sie auf dieselbe Kiste, von der Che seine Anhänger zehn Tage zuvor zum Kampf aufgefordert hatte. Doch die Atmosphäre war eine andere. Die Menschen schwangen keine selbst gemachten Waffen und riefen auch keine Parolen. Schweigend und abweisend standen sie da.

»Ich habe mit Che gesprochen«, rief Tasha.

Kipling blinzelte überrascht. Seine V-Specs missverstanden das als Befehl und schalteten die Kamera ein. Im ersten Moment wollte er sie mit einer Geste wegwischen, doch dann ließ er sie laufen.

»Er ist stolz auf das, was wir geleistet haben, auf unseren Zusammenhalt und unseren Protest. Er –«

»Wo ist er?«, unterbrach sie eine Frau mit verlebtem Gesicht.

»An einem sicheren Ort. Die Jockeys verfolgen ihn, aber sie werden ihn nicht kriegen. Macht euch keine Sorgen um ihn. In Gedanken ist er bei uns.«

Ein Raunen ging durch die Menge. Kipling war sich nicht

sicher, ob die Zuhörer Tasha glaubten. Einige schüttelten den Kopf oder sprachen leise miteinander.

Die Frau meldete sich erneut. »Er hat uns im Stich gelassen und ist abgehauen. Und jetzt sitzen wir in der Scheiße.«

Zaghafter Applaus antwortete ihr.

»Das stimmt nicht. Er ist immer noch unser Anführer. Er kämpft für uns, auch wenn ihr es nicht seht.«

»Blödsinn!«, rief ein älterer Mann. Er wandte sich ab und verschwand in einer Gasse. Einige folgten ihm.

Kipling schluckte. »Wartet!«, rief er. »Tasha sagt die Wahrheit. Che hat mich und meine Freunde hierher geschickt, damit wir euch warnen können.«

»Wovor?«, rief jemand, den er in der Menge nicht ausmachen konnte.

»Zombies«, sagte Tasha. »Irgendwo auf NG27 sind Zombies.«

»Was?« Aus dem Raunen wurden laute Rufe und verängstigte Fragen. Eine wurde gleich mehrfach gestellt: »Wo kommen sie her?«

Kipling spielte kurz mit der Idee, die Jockeys zu beschuldigen, verwarf sie jedoch. Die Lüge erschien ihm zu heikel.

»Wir wissen es ni…«

»Jockeys«, unterbrach ihn Tasha. Sie hatte offensichtlich nicht seine Hemmungen. »Die Jockeys haben Zombies auf die Station gebracht, um die Evakuierung zu rechtfertigen, aber unser Aufstand hat sie überrascht, und jetzt sitzen sie ebenso fest wie wir.«

Damit hatte sie die Menge auf ihre Seite gezogen. »Tod den Jockeys!«, schrien die ersten, und Kipling bemerkte, dass manche ihre Pads und V-Specs eingeschaltet hatten und Tashas Rede mitfilmten. Die Lichtverhältnisse waren zwar schlecht, aber Tasha würde trotzdem zu erkennen sein. *Das ist nicht gut.*

»Was ist hier los?«

Kipling drehte den Kopf. Auckland stand neben ihm und betrachtete die aufgeputschte, wütende Menge.

»Die gute Nachricht: Wir werden keine Probleme haben, Suchtrupps zusammenzustellen. Die schlechte: Tasha hat gerade eine neue Verschwörungstheorie ins Leben gerufen.«

Auckland hob die Schultern. »Damit kann ich leben.«

Du hast ja auch nicht gehört, was sie gesagt hat, dachte Kipling. Er schaltete die Kamera ab, auch wenn ihm die vielen roten Punkte, die er in der Menge sah, verrieten, wie sinnlos das war. Sobald die Station wieder über Internet verfügte, würde jemand die Rede hochladen. Es gab nichts, was er dagegen tun konnte.

9

›Kipling?‹

›Hallloooo?‹

Nichts. Der Anblick der animierten Finger, die reglos über der Tastatur hingen, frustrierte Rin. Sie schloss das Chatfenster und scrollte lustlos durch den Video-Ordner, den Kipling für sie freigegeben hatte. Fernsehserien, ein paar alte Filme, Musikvideos aus den Neunzigern, keine Pornos. Sie war sicher, dass es dafür einen separaten Ordner gab; Arnest hatte einmal so etwas angedeutet. Dass Kipling sich vor ihr dafür zu schämen schien, fand sie fast schon süß.

Rin legte das Pad zur Seite. Sie fand nichts, das sie interessierte, und ahnte, dass sie die Konzentration, einer Handlung zu folgen, ohnehin nicht hätte aufbringen können. Ihre Gedanken kreisten nur um die Frage, was gerade auf NG27 geschah.

Das sind alles erwachsene Menschen, dachte Rin. *Sie kommen auch ohne mich klar.*

Doch die Ungewissheit blieb.

Ein Fenster sprang plötzlich auf der Bildschirmwand auf. Rin sah ein Ausrufezeichen und Buchstaben in leuchtend roter Schrift: ›ACHTUNG! UNBEFUGTER ZUTRITT!‹

Was?

Sie nahm die Füße von der Konsole und rief die Logdateien auf, aber mehr als diese Meldung fand sie nicht. Kein Hinweis darauf, wo der Zutritt erfolgt sein sollte oder wer sich ihn verschafft hatte.

Sie drückte auf ein Icon und wählte auf die Frage des Computers die Kabinen von Trevor und Ama'Ru aus. »Kommt sofort auf die Brücke«, sagte sie. »Es ist dringend.«

Trevor meldete sich sofort. »Unterwegs.«

Aus Ama'Rus Kabine antwortete ihr nur Stille.

Rin scrollte sich auf der Suche nach dem Scanner durch eine ihr endlos erscheinende Anzahl von Menüs. Das Betriebssystem der *Eliot* war komplex, und sie hatte ihm bislang nicht genügend Zeit gewidmet. Erschwerend kam hinzu, dass zum Zeitpunkt von Omega drei große Softwarehersteller um die Vorherrschaft auf dem Markt gekämpft hatten und jeder versucht hatte, seine eigenen Standards und Begriffe durchzusetzen. Sie fand den Scanner erst, als Trevor bereits atemlos auf die Brücke trat und »Ist was passiert?« fragte.

»Guck auf die Bildschirme«, sagte sie, ohne den Blick von ihrem Touchscreen zu nehmen. Es gab Dutzende Optionen. Sie ließ die meisten einfach auf dem vorbestimmten Wert stehen und schaltete den Scanner ein.

»Unbefugter Zutritt?« Trevor blieb neben ihr stehen. »Werden wir überfallen?«

»Ich weiß es nicht. Hast du Ama'Ru gesehen?«

»Nein. Ich war in meiner Kabine.«

Der Scan verlief mit quälender Langsamkeit. Rin lehnte sich in ihrem Sitz zurück und sah zu, wie sich der Balken langsam füllte. Trevor trat von einem Fuß auf den anderen. »Was machen wir jetzt?«

»Erst mal die *Eliot* auf Lebensformen scannen.« Sie bemerkte Trevors Nervosität und sah auf. »Eigentlich kann niemand auf das Schiff gelangt sein. Die Schleusen sind verschlossen. Man würde eine Menge schweres Werkzeug und viel Zeit brauchen, um sie mit Gewalt zu öffnen. Weit mehr Zeit, als seit unserer Ankunft vergangen ist. Wahrscheinlich handelt es sich um einen Fehlalarm. So etwas kam auf der *Mishima* ständig vor.« Als er sie fragend ansah, fügte sie hinzu: »Meinem alten Schiff.«

»Und wenn es kein Fehlalarm ist?«

»Warten wir erst mal ab.« Der Balken, der den Fortgang des Scans zeigte, hing bei neunundneunzig Prozent. *Mach schon*, dachte Rin, als könnte sie ihn mit Gedankenkraft dazu bringen, das letzte Prozent auch noch zu füllen. Sie war angespannter, als sie Trevor zeigen wollte. Die *Eliot* war immer noch ein fremdes Schiff für sie. Ob man es auf anderen Wegen als durch die Schleusen betreten konnte, wusste sie nicht. Sie bezweifelte es allerdings.

Mit einem letzten Ruck füllte sich der Balken. Ein neues Fenster ging auf und zeigte ihr das Ergebnis des Scans: Lange Zahlenkolonnen, die keinen Sinn für sie ergaben, und dann die beruhigende Zahl ›3‹ unter dem Punkt ›Lebensformen‹.

Neben ihr atmete Trevor auf. Er hatte ihr über die Schulter gesehen. »Also ein Fehlalarm.«

»Wahrscheinlich«, sagte sie, tastete aber trotzdem nach der Pistole an ihrer Hüfte. »Ich werde mich zur Sicherheit mal umsehen, okay?«

»Nimmst du mich mit? Auf der Brücke kann ich eh nichts tun.«

Sie nickte und loggte sich aus ihrer Station aus. Der Fahrstuhl brachte sie nach unten in den hell erleuchteten leeren Speisesaal. In der Luft hing ein leichter Geruch nach Desinfektionsmitteln. Der Getränkeautomat brummte leise.

»Wer füllt den eigentlich auf?«, fragte Trevor, als sie daran vorbeigingen.

Rin dachte einen Moment darüber nach. »Keine Ahnung, aber das ist eine interessante Frage.«

Er lächelte. »Du kennst dich hier richtig gut aus, oder?«

»Die *Eliot* ist Aucklands Schiff«, sagte Rin. »Wir fliegen erst seit ein paar Wochen Wochen auf ihr.«

»Oh, ihr geht so vertraut miteinander um, dass ich dachte, ihr würdet euch schon länger kennen.«

»Bis auf Auckland waren wir alle zusammen auf der *Mishima.*« Rin blieb an der Tür des Speisesaals stehen und warf einen Blick in den Gang. Er war leer.

»Ist bestimmt nicht leicht, wieder Befehle entgegenzunehmen, wenn man sie einmal gegeben hat«, sagte Trevor. »Ich war Bassist bei einer Country-Band, bevor ich die *Trevor Reilly Banjo Experience* gegründet habe. Ich könnte das Mikro nicht so einfach abgeben, wenn du verstehst, was ich meine.«

Sie drehte sich zu ihm um. »Was soll das?«

Die Schärfe in ihrer Stimme schien ihn zu überraschen. »Ich weiß nicht, was du meinst.«

»Zuerst versuchst du, mich gegen Ama'Ru aufzuwiegeln und jetzt gegen John. Was versprichst du dir davon?«

Er hob die Hände. »Ich war wirklich Bassist, das kannst du googeln. *Louisiana Beer Bellies*. Scheiß Name, aber gute Musik. Ich dachte, ein Kommando zu verlieren wäre so ähnlich, als wenn man nach seiner eigenen Band wieder bei anderen spielen müsste. Mehr steckt nicht dahinter, ganz ehrlich.«

Sie wusste nicht, ob sie ihm das glaubte, doch ein Geräusch lenkte sie von der Frage ab. Irgendwo vor ihr polterte etwas. Sie legte den Zeigefinger auf die Lippen und trat in den Gang. Trevor blieb so dicht hinter ihr, dass sie seinen Atem hören konnte.

»Ich bin unbewaffnet«, flüsterte er.

Sie zog die Pistole aus dem Holster. »Ich nicht«, antwortete sie ebenso leise.

Die Türen, die zu den Kabinen der Crew führten, waren geschlossen. Rin ging an ihnen vorbei in das nächste Gangsegment hinein. Dort, in den deutlich spartanischeren Passagierunterkünften, waren ihre Gäste untergebracht. Rin hielt die Pistole in beiden Händen und richtete die Mündung nach unten. Geschlossene Türen, ein leerer Gang, dann plötzlich ein Schatten, der lang und dünn auf den Boden fiel. Jemand hielt sich vor dem großen Schlafsaal auf.

Rin hob die Waffe und entsicherte sie. »Ich weiß, dass du da bist. Komm raus.«

Der Schatten zitterte und wurde länger. »Es tut mir leid«, sagte Ama'Ru. »Habe ich etwas falsch gemacht?«

Die Gottesanbeterin trat mit ihren wippenden Schritten in den Gang. Die Jockey auf ihrem Rücken neigte den Kopf.

Rin atmete tief durch, sicherte ihre Waffe und steckte sie ein. »Wir hatten einen Alarm auf der Brücke. Unbefugter Zutritt.«

»Den habe wohl ich ausgelöst.« Ama'Ru winkte Rin heran und bog wieder um die Ecke. »Ich entschuldige mich dafür.«

Rin folgte ihr. Vor der geschlossenen Tür des Schlafsaals standen ein Bett, ein Spind, ein Schreibtisch und darauf ein Stuhl.

»Ich hatte nicht vor, das alles hier stehen zu lassen«, sagte Ama'Ru, »aber die Bereiche, zu denen ich Zutritt habe, schließen den Raum hinter dieser Tür wohl nicht ein.«

Sie nahm ihren Ring in die Hand. Ihre Finger waren so schmal, dass sie ihn nicht überstreifen, sondern an einer Kette um den Hals tragen musste. »Dem Lageplan in meiner Kabine zufolge befindet sich dort nur ein Schlafsaal. Ich habe versucht, die Tür zu öffnen, um dort alles unterzustellen. Das hat wohl den Alarm ausgelöst.«

»Wieso hast du deine Kabine ausgeräumt?«, fragte Rin verwirrt.

»Ich wollte sie besser an unsere Bedürfnisse anpassen.«

»Indem du alle Möbel entfernst?«

»Wir haben sehr wenige Bedürfnisse.«

Aus den Augenwinkeln sah Rin, wie Trevor den Kopf schüttelte, so als würde er ihr kein Wort glauben. Sie ging nicht darauf ein. Stattdessen hielt sie ihre Hand vor den Türscanner und öffnete den Schlafsaal. »Soll ich dir beim Tragen helfen?«

»Nein«, sagte Ama'Ru. Sie schob die Scheren unter das Bett

und hob es mit beinahe spielerischer Leichtigkeit hoch. »Wir sind stärker, als wir aussehen.«

Ihre Stimme klang wie eine Brise, die durch Laub fuhr.

Sie lacht uns aus.

10

»Ey, guck mal, wie geil.«

Arnest drehte sich um. Leet, ein rund sechzehnjähriger Junge mit breiten Schultern und kurzen, schwarzen Haaren hielt ein Stück Stoff mit fast einem Dutzend Löchern hoch. Ein Preisschild klebte daran.

»Is' das 'ne Jockey-Unterhose oder was?« Leet stülpte sich den Stoff über den Kopf und schob seine Hände durch zwei der Löcher. »Verlassen Sie sofort dieses Geschäft. Menschenabschaum ist hier nicht erwünscht.«

Arnest lachte laut. Dieser Auftrag machte mehr Spaß, als er erwartet hatte. Man hatte ihm zwei Jungen zur Durchsuchung der Galerie zugeteilt, Leet und Killfaces kleinen Bruder Maxdeath, den aber alle nur Maxi nannten, was ihn sichtlich störte.

›Pass auf Maxi auf‹, hatte Killface zu ihm gesagt, als sie durch die Netze geklettert waren. ›Mehr will ich nicht von dir.‹

Momentan stand Maxi vor dem Kleidungsgeschäft, das Arnest und Leet aufgebrochen hatten. Er glaubte, dass er dort Wache schob, in Wirklichkeit wollte Arnest verhindern, dass er ihm in die Schusslinie lief, sollten sie doch noch auf Zombies treffen.

Er glaubte allerdings nicht mehr daran. Seit Stunden arbeiteten sie sich mehr oder weniger methodisch durch die Ebenen und brachen eine Tür nach der anderen auf, gefunden hatten sie jedoch nichts.

Das stimmt nicht ganz, dachte Arnest, als er das Gewicht

des Rucksacks auf seinem Rücken spürte. Sie hatten zwar keine Zombies gefunden, aber jede Menge Plunder, den sie unter sich aufteilten. Anfangs hatten sie noch alles mitgenommen, was ihnen interessant oder wertvoll erschien, mittlerweile waren die Rucksäcke schwerer und sie wählerischer geworden. Vieles von dem, was sie am Anfang als Beute betrachtet hatten, war längst in den Netzen oder auf dem Boden gelandet.

Leet zog den Stoff von seinem Kopf. »Hier ist es langweilig. Nächste Tür?«

»Klar.« Arnest steckte seinen Schlagstock ein, dann verließen er und Leet das Geschäft. Maxi drehte sich zu ihnen um. Er hielt eine Maschinenpistole mit langem Lauf, so wie die Jockeys sie bevorzugten, in beiden Händen. Arnest vergewisserte sich mit einem Blick, dass sie gesichert war.

»Ich würd' dich gern was fragen«, sagte Maxi. Er sah aus wie zwölf, versuchte aber, älter zu wirken. Die Lederjacke, die er trug, war abgewetzt, in einer Tasche steckte ein schlecht gedrehter Joint.

»Was denn?«, fragte Arnest, während er seine Ausrüstung vor dem nächsten Geschäft abstellte. Trotz der Jockey-Schneidbrenner war das Aufbrechen der Türen langwierig und unangenehm.

»Warum machst du nich' bei uns mit? Killface sagt, du hast es drauf. Wenn du ihn fragst, könntest du bestimmt Bloodrider werden.«

»Da hat er recht«, sagte Leet.

Arnest setzte den Schneidbrenner an. »Ich fühl mich geehrt, Jungs, aber ich bin nicht gern lang an einem Ort. Macht mich nervös.«

Der Laser schnitt tief in das Metall der Tür. Arnest wandte das Gesicht ab, um sich vor der Hitze zu schützen.

»Aber da draußen ist es viel schlimmer als hier«, sagte Maxi. »Wir haben wenigstens unser Territorium und so.«

»Territorium?« Arnest grinste. »Du weißt doch gar nicht, was das Wort bedeutet.«

Maxi verschränkte die Arme vor der Brust. Die Maschinenpistole baumelte von seiner Schulter. »Das heißt, was uns gehört.«

Aber uns gehört nichts mehr, dachte Arnest. Die paar Hundert Meter Stahl und Plastik konnten die Bloodriders nur deshalb Territorium nennen, weil die Jockeys es ihnen erlaubten. Laut sagte er: »Stimmt. Ihr habt euch hier ganz schön was aufgebaut. Und mit der Bewaffnung steht ihr verdammt gut da.«

Leet hob seine Maschinenpistole hoch. »Geil, ne? Wir haben den Stützpunkt der Haie auf Ebene drei aufgebrochen. Hat zwei Tage gedauert, aber war jede Minute und jede kack Brandblase wert.«

»Gibt's davon mehrere?«, fragte Arnest. Die Metallklammern, mit denen die Tür vor ihm zusammengehalten wurde, glühten bereits rot.

»Nich' auf den allgemein zugänglichen Ebenen«, sagte Leet. »Vielleicht haben sie oben in den Jockey-Bereichen noch einen, kann ich mir aber nich' vorstellen.«

»Wäre ja auch zu schön gewesen.« Arnest schaltete den Schneidbrenner ab und stand auf. Funken sprühten, als er mit der dicken Sohle seines Stiefels gegen die erste Metallklammer trat. Glühendes Metall fiel zu Boden.

Er ging wieder in die Hocke und wandte sich der zweiten Klammer zu. »Wie macht sich Killface denn so als neuer Chef?«

Maxi streckte stolz das Kinn vor. »Er ist der beste Chef auf der Welt. Alle sind froh, dass er diesen Loser Marv gekillt hat. Der hatte keine Eier.«

»Killface ist cool«, behauptete auch Leet. »Und das sag ich nich' nur, weil Maxi sein Bruder ist.«

»Mann, Leet, ich heiße Maxdeath.«

Irgendwann vielleicht mal, dachte Arnest.

Der Junge sah ihn an. »Hast du auch einen Bruder?«

»Ja.« Er wollte nicht über Lanzo reden.

»Ist er so cool wie Killface?«

»Nein.«

Die Metallklammer glühte. Das Gewicht der Tür verformte sie bereits. Arnest schaltete den Schneidbrenner ab.

»Wie ist er dann?«, fragte Leet.

»Gemein«, sagte Arnest und trat zu. Die untere Hälfte der Tür verschwand mit einem Knall im Boden und …

Im gleichen Moment schlug etwas gegen seine Beine und riss ihn zu Boden.

Arnest warf sich herum und trat nach dem Gegner auf der anderen Seite des Eingangs. »Haut ab!«, schrie er den beiden Jungen zu. Sie wichen halbherzig zurück. Maxdeaths Finger krampften sich um den Griff der Maschinenpistole.

Etwas Dunkles, Schweres landete auf Arnest. Beißender Raubtiergeruch schlug ihm ins Gesicht. Seine Arme wurden nach unten gedrückt, Klauen bohrten sich schmerzhaft in die Muskeln.

Arnest rammte seinem Gegner die Stirn ins Gesicht. Ein Schrei, aber der Griff lockerte sich nicht. Blut tropfte aus einer langen Schnauze auf Arnests Brust.

Ran'Shalun?, dachte Arnest überrascht, als sein Gegner über ihm den Kopf hob. Er hatte ganz vergessen, dass sie Tashas ehemaligen Chef in seinem Café eingesperrt hatten. Und genau diese Tür hatte er nun geöffnet.

Arnest wollte ein zweites Mal mit der Stirn zuschlagen, aber der Wolf wich aus. Der Jockey auf seinem Rücken schrie irgendwas in seiner eigenen, unverständlichen Sprache. Mit scharfen Reißzähnen schnappte sein Tier nach Arnests Kehle, verlor aber das Gleichgewicht, als ihn ein Tritt in die Seite traf. Fauchend fuhr der Wolf herum. Leet stolperte erschrocken zurück.

Arnest stieß mit dem Knie nach Ran'Shalun und befreite

sich endgültig von seinem Gewicht. Der Wolf rollte sich ab, kam geschmeidig auf die Beine und setzte zum Sprung an. Arnest stieß sich vor ihm ab und rammte ihm die Schulter in die Brust.

Die Wut über seinen Bruder entlud sich in Schlägen. Er traf die Arme des Wolfes, den Bauch, das Gesicht und den Unterleib. Die Hälfte seiner Angriffe wurde abgeblockt, aber das kümmerte ihn nicht. Es ging ihm um den Kampf, und je länger der dauerte, desto besser. Er war so auf sich selbst konzentriert, dass er die Gefahr erst bemerkte, als es zu spät war.

Ran'Shalun spannte sich plötzlich an, sprang aus dem Stand nach oben, und Arnests Schlag traf nur Luft. Von seinem eigenen Schwung getrieben, stolperte er nach vorn. Er wusste, dass der Wolf hinter ihm gelandet war, auch wenn er ihn nicht hörte.

Scheiße.

Er drehte sich um. Ein aufgerissenes Maul schoss auf sein Gesicht zu –

Tak-Tak-Tak-Tak-Tak

Der Wolf tanzte unter den Einschlägen der Maschinenpistole. Rote Flecke explodierten auf seiner Brust, als Kugeln Gewebe und Knochen durchschlugen und wieder austraten. Eine von ihnen pfiff so dicht an Arnest vorbei, dass er ihr Zupfen an seinem Ärmel zu spüren glaubte. Er ließ sich fallen. Der Wolf brach im gleichen Moment zusammen.

Tak-Tak-Tak-Tak-Tak

Die Maschinenpistole zuckte wie etwas Lebendiges in Maxis Händen. Er rang mit ihr, so als wolle er sie bezwingen, aber sie spie weiter Mündungsfeuer und Kugeln. Funken sprühten aus Metallwänden, Querschläger heulten über die Galerie.

»Lass den Abzug los!«, brüllte Arnest, während er die Leiche des Wolfs packte und sie über sich zog. »Hör auf zu schießen!«

Er sah, dass Maxi die Maschinenpistole wegwerfen wollte, aber sie hing an einer Schlaufe um seinen Hals. Anstatt auf dem

Boden zu landen, schwang sie vor seiner Brust hin und her. Die Schüsse brachen ab. Es wurde still.

Arnest schob die Leiche von sich und stand auf. Einige Schritte von ihm entfernt lag Leet am Boden. Aus gebrochenen Augen blickte er zur Decke. Kugeln hatten seine Brust zerfetzt. Arnest zog seine Pistole, blieb über ihm stehen und schoss ihm in den Kopf.

Maxdeath sackte in sich zusammen. Er würgte. Seine Augen waren geweitet, sein Gesicht war blass. Auf den anderen Ebenen und Galerien traten nun Bloodriders an die Brüstung, die wegen der Schüsse in Deckung gegangen waren.

Arnest sah den Jungen an und schüttelte den Kopf. »Du fängst an, dir deinen Namen zu verdienen.«

11

»Alles in Ordnung?«, rief Lanzo zu den Galerien hinauf. Wie viele andere war auch er bei den ersten Schüssen in einen der Frachtcontainer gesprungen.

»Ja, ja«, antwortete Arnest.

»Habt ihr Zombies?«

»Nein, nur Idioten.«

Lanzo hörte die Verärgerung in seiner Stimme. Er wusste, dass seine Entscheidung, Arnest als Pfand abzugeben, zum Teil dafür verantwortlich war, aber das ließ sich momentan nicht ändern. Er würde später mit ihm darüber reden.

»Können wir weitermachen?«, fragte Auckland.

Lanzo nickte. Tasha hatte die untere Stationsebene in Sektoren aufgeteilt und jedem Suchtrupp einen zugewiesen. Die meisten Trupps bestanden aus Gruppen von vier oder fünf Bewaffneten, nur Auckland und Lanzo hatten auf Begleitung verzichtet.

›Brauchen wir nicht‹, hatte Lanzo gesagt, und Auckland hatte genickt, wahrscheinlich weil sie beide niemanden im Rücken haben wollten, den sie nicht kannten.

Oder zu kennen glauben, dachte Lanzo.

Sie durchkämmten Sektor W, der sich fast am anderen Ende der Station befand, mehr als hundert Meter von Kalkutta entfernt. Leere Frachtcontainer standen in Reihen nebeneinander. Die meisten waren verschweißt, damit sich niemand dort eine Behausung schaffen konnte, aber einige standen offen. Beim ersten Durchgang hatten sich Lanzo und Auckland auf sie konzentriert, beim zweiten würden sie sorgfältiger vorgehen.

Sie arbeiteten schweigend und effizient. Lanzo zog die Türen der verschlossenen, aber unversiegelten Container auf, Auckland richtete Taschenlampe und Pistole ins Innere. Ab und zu schreckten sie Vögel auf, die sich auf den Dächern der Container niedergelassen hatten, und gelegentlich entdeckten sie provisorische Toiletten, ansonsten blieb es ruhig.

Lanzo beobachtete Auckland aus den Augenwinkeln. Die Art, wie er seine Pistole hielt, wie er sich umsah, wenn die Schatten zwischen den Containern dunkler wurden, wie er sich bewegte – all das war ihm vertraut.

»Army, Navy oder Air Force?«, fragte er, als sie einen weiteren leeren Container mit einem weißen Kreidekreuz markierten.

»Hm?«

Du hast mich schon verstanden, dachte Lanzo. »Ich habe gefragt, wo du gedient hast.«

Auckland blieb vor dem nächsten Container stehen, löste die Verriegelung und nickte Lanzo zu. »Army«, sagte er währenddessen, »aber nur kurz. Und du?«

Er riss die Tür auf. Das Licht von Lanzos Taschenlampe traf auf Metallwände und einen aufgerissenen Pappkarton. »Hier und da, aber vor allem im privaten Sektor.«

Auckland schloss die Tür und machte ein Kreidekreuz darauf. »Dein Bruder auch?«

Lanzo wollte ihm antworten, aber eine kurze Vibration seines Pads unterbrach ihn. Er zog es aus der Seitentasche seiner Hose. »Wir haben Netz«, sagte er nach einem Blick darauf.

»Von der *Eliot*?«

»Nein, von der Station.« Ein Chatfenster öffnete sich auf dem Display. »Und da ist auch schon Kipling. ›Ratet, wer sich ins WLAN gehackt hat?‹, schreibt er. ›Ihr seid auch drin, sonst niemand.‹«

Auckland steckte die Kreide in seine Jackentasche. »Frag ihn, ob er auf die Stationssysteme zugreifen kann.«

»Moment.« Lanzo steckte seine Waffe ein und tippte umständlich Buchstaben ein. Er war stolz darauf, jede Schusswaffe, die je auf der Erde konstruiert worden war, handhaben zu können, aber an einer Tastatur fühlte er sich wie ein – wie hätte Kipling das genannt? – Noob. »Schreibt man Stationssysteme mit Doppel-S?«

»Ja.«

Lanzo schickte die Nachricht ab. Die Antwort erschien nur wenige Sekunden später. »›Lol, nein‹«, las er vor. »›So schnell geht das nicht. Aber wenn ihr wollt, sorge ich dafür, dass es so aussieht, als könnte ich es. Okay?‹«

Auckland dachte einen Moment darüber nach, dann nickte er. »Das soll er machen.«

›OK‹, tippte Lanzo. Er ging zur nächsten unverschweißten Tür und löste die Verriegelung. »Hast du einen Plan?«

»Eine Idee. Wenn wir –«

Etwas drückte von innen gegen die Tür. Lanzo warf sich dagegen, und der Druck verschwand, nur um im nächsten Moment vielfach stärker zurückzukehren. Die Tür prallte auf Lanzos Schulter, etwas stöhnte laut. Auckland tauchte neben ihm auf und stemmte sich mit dem Rücken gegen die Tür. Seine Sohlen rutschten über den glatten Boden.

Lanzo zog seine Pistole. Er spürte das Hämmern der Fäuste auf der anderen Seite bis in seine Knochen. »Wir haben sie gefunden«, sagte er. »Auf drei?«

Auckland schüttelte den Kopf. »Wir töten sie lautlos.«

»Wieso?«

»Weil aus der Idee gerade ein Plan geworden ist.«

Also gut, dachte Lanzo. Er steckte seine Pistole ein und zog ebenso wie Auckland ein Messer aus dem Stiefelschaft. Die Klinge war fast so lang wie sein Unterarm und glänzte rot im

Licht der Notbeleuchtung.

»Okay?«, fragte er.

Auckland nickte. Lanzo stieß sich von dem Container ab und fuhr herum. Hinter ihm flog die Tür auf. Eine alte, nur mit einem Nachthemd bekleidete Frau taumelte ihm entgegen, gefolgt von zwei ausgemergelten Männern mit schütterem Haar, die Zwillinge hätten sein können. Einem war die Hose bis auf die Knöchel gerutscht. Er schlurfte und stolperte hinter den anderen beiden her. An der Rückwand des Containers regten sich weitere Gestalten, die Lärm und Licht aus ihrer Lethargie gerissen hatten.

Lanzo zählte sie, während er und Auckland zurückwichen. Sie waren zu sechst. Mit seiner Pistole hätte er sie innerhalb von Sekunden erledigt, das Messer machte den Kampf zu einer Herausforderung.

»Los geht's«, sagte er. Auckland machte einen Satz nach vorn, stieß die Frau zur Seite und riss den Mann, dem die Hose auf den Knöcheln hing, von den Beinen. Lanzo stoppte die Frau mit einem Tritt. Als sie zu Boden ging, rammte er ihr das Messer in den Hinterkopf. Es knackte laut.

Vor ihm fiel auch der andere Zwilling. Der tiefe Schnitt in seiner Stirn, aus dem ihm schwarzes, zähflüssiges Blut in die Augen tropfte, verriet, wo Aucklands Klinge ihn getroffen hatte.

Lanzo sprang über ihn hinweg und lief in den Container. Darin roch es nach Eisen und Tod. Die drei anderen Zombies stolperten ihm entgegen. Sie streckten die Arme aus, ihre Zähne schlugen unkontrolliert aufeinander. Es waren drei Männer, zwei von ihnen jung, der dritte alt. Einstichnarben bedeckten die Arme der Jüngeren, das Gesicht des Alten war voller Geschwüre.

Alle drei konzentrierten sich auf Lanzo, wahrscheinlich, weil er den Container als Erstes betreten hatte. Er trieb den alten Mann mit einem Tritt zurück, musste dann aber einem der Jüngeren ausweichen, der plötzlich herumschwang. Kalte Finger streiften seine Wange. Der Zombie stolperte und fiel ihm entgegen. Lanzo wollte zurück und prallte mit dem Rücken gegen die Metallwand. Der Container war eng. Die Finger des Zombies krallten sich in seine Stiefel. Ein tiefes Stöhnen drang zu ihm empor. Er riss das Knie nach oben und trat so lange auf den Schädel unter ihm, bis die Finger erschlafften.

Aus den Augenwinkeln sah Lanzo, dass Auckland irgendwie vor ihn geraten war und nun die Arme des alten Mannes zur Seite schlug. Der zweite Jüngere, der ein zerrissenes Ramones-T-Shirt trug, drehte sich langsam zu ihm um. Lanzo stieg über die Leiche vor ihm und zog den Zombie am T-Shirt zurück. Der Mann schlug nach ihm, schneller, als er erwartet hatte. Er musste den Kopf zurücknehmen und verlor das Gleichgewicht.

Scheiße.

Er stürzte auf harte Knochen und nach Urin stinkende Jeans. Das Gesicht des Zombies, ausgemergelt und blass, tauchte über ihm auf. Lanzo sah braun verfärbte Zähne und fast schwarzes Zahnfleisch. Eine geschwollene Zunge fuhr über aufgesprungene Lippen.

Der Zombie ließ sich fallen. Im letzten Moment riss Lanzo sein Knie hoch und fing den Sturz des Gegners damit ab. Mit dem anderen Bein holte er aus und trat zu, schleuderte den Zombie von sich auf den Boden. Mit einem Satz war er bei ihm. Seine Klinge bohrte sich in den Kopf des Untoten.

Lanzo kam hoch und blinzelte sich den Schweiß aus den Augen. Vor ihm warf Auckland den alten Mann herum und stieß ihm das Messer ins Genick. Der Zombie rutschte an der Wand nach unten, und Auckland hockte sich neben ihn, um seine Waffe herauszuziehen.

Lanzo hielt den Atem an, als er die Gestalt sah, die dicht hinter ihm den Kopf hob. Es war der Zombie, dem die Hose auf den Knöcheln hing. Sie hatten ihn beide vergessen. Sein aufgerissener Mund war nur Zentimeter von Aucklands Arm entfernt.

Wenn ich nichts tue, dachte Lanzo, *gehört das Schiff uns.*

Der Zombie röchelte. Auckland fuhr herum, und Lanzo schleuderte sein Messer. Es bohrte sich in die Schläfe des Zombies und ließ ihn erschlaffen.

Auckland sah auf. »Danke.«

Es klang zögerlich, so als würde er ahnen, was sich hinter ihm abgespielt hatte.

»Nichts zu danken«, sagte Lanzo und lächelte.

12

»Nichts«, sagte Kipling. »Hier sind keine Zombies.«

Sie suchten Kalkutta bereits zum zweiten Mal ab, aber er war sich mittlerweile sicher, dass sie nichts finden würden. Die Bloodriders auf den Galerien hatten bereits aufgegeben und plünderten nur noch Geschäfte und Restaurants. Ab und zu warfen sie etwas in die Netze, um das sich dann Bewohner von Kalkutta stritten wie Tauben um Brotkrumen.

Tasha schloss einen Verschlag, in den sie hineingesehen hatte, und lehnte sich gegen dessen Wand. »Und jetzt?«

Kipling hob die Schultern. »Keine Ahnung.«

Er konnte sich nicht vorstellen, dass Che gelogen hatte, aber ihnen gingen die möglichen Verstecke aus. Nur Lanzo und Auckland hatten sich noch nicht zurückgemeldet, aber da er keine Schüsse gehört hatte, ging er davon aus, dass auch sie nichts gefunden hatten.

»Was ist mit den Wohnebenen der Jockeys?«, fragte er.

»Möglich, aber nicht sehr wahrscheinlich«, sagte Tasha. »Es gibt da einige Unterkünfte, die für menschliche Dienstboten bestimmt waren, aber Mak'Uryl hat sie schließen lassen, als die Proteste anfingen. Ich weiß nicht, ob Che und –«

»Mak'Uryl!«

Der laute Ruf unterbrach sie.

Auckland?, dachte Kipling überrascht.

»Mak'Uryl!«

»Komm mit«, sagte er. Erst als Tasha ihm folgte, bemerkte

er, dass er ihre Hand ergriffen hatte. Sie wehrte sich nicht dagegen.

Sie erreichten den Platz, auf dem Auckland stand, umringt von anderen Menschen, die ebenfalls von den Rufen angelockt worden waren.

Kipling entdeckte Lanzo und blieb neben ihm stehen. »Was macht er da?«

Lanzo schüttelte den Kopf. Entweder konnte oder wollte er nicht antworten.

»Ich weiß, dass du mich hören kannst«, rief Auckland. Er ging langsam auf und ab. »Hast du unsere Suche nach den Zombies verfolgt? Wenn ja, dann ist dir klar, dass sie nicht hier unten sind, sondern bei dir dort oben.«

Einige lachten laut. »Geschieht ihm recht!«, rief eine Frau.

»Die Sache ist die«, fuhr Auckland fort. »Wir wissen nicht, wie viele es sind. Vielleicht einer oder zehn oder … hundert? Aber da wir deine Stationssysteme gehackt haben, können wir dafür sorgen, dass du ihnen begegnest. Wir können die Türen da oben öffnen. Alle Türen. Möchtest du das?«

Er blieb stehen, schob die Hände in die Hosentaschen und sah nach oben. Stille breitete sich in der Station aus. Selbst die Bloodriders hatten ihre Plünderungen unterbrochen und standen schweigend an den Brüstungen.

»Möchtest du das?«, brüllte Auckland plötzlich, und Kipling sah in seinem Gesicht die gleiche Wut wie beim Abschuss der Schiffe über Atlantis.

Es knackte im Lautsprechersystem der Station. »Nein.«

Die Menschen auf dem Platz rissen die Fäuste hoch. Applaus, Jubel, Beleidigungen, alles ging ineinander über und vermischte sich zu tosendem Lärm, der Kipling einhüllte.

»Haben wir es geschafft?«, schrie Tasha darüber hinweg.

»Keine Ahnung.« Er wagte es kaum, sie anzusehen. Er befürchtete, dass sie die Angst in seinem Blick entdecken und fragen würde, warum er sich nicht mit den anderen freute.

Weil ich weiß, dass alles ein Bluff ist, dachte er. *Und weil ich weiß, wie schnell er auffliegen kann.*

Er drehte sich zu Lanzo um. »Ihr hättet mir das sagen müssen«, rief er ihm ins Ohr.

»Ich wusste selber nichts davon«, rief Lanzo zurück. »Aber es scheint ja zu funktionieren.«

Scheint. Das war das Wort, das Kipling Angst machte.

Mit einem Knall, der dutzendfach von den Wänden widerhallte, verschwanden die Schotts zwischen den Treppen in Decke und Boden. Die Menge geriet in Bewegung und stürmte die Stufen hinauf, wie auch schon zehn Tage zuvor. Kipling ließ sich von Tasha mitziehen. Er spürte ihren Enthusiasmus und sah die Hoffnung in ihrem Blick, doch ihm selbst war übel. Wenn nur einer der Jockeys auf die Idee kam, die Logdateien der Stationssysteme zu überprüfen, würde alles auffliegen.

Die Menge wurde langsamer und ruhiger, je näher sie dem Aufgang zu den Jockey-Ebenen kam. Vor der geschlossenen Tür blieb sie schließlich stehen. Tasha ließ Kiplings Hand los und stellte sich auf die Zehenspitzen.

»Tut ihnen nichts«, rief sie. »Zeigt ihnen, dass wir besser sind als sie. Che will es so.«

»Ich habe meine Leute im Griff«, rief Gonzo zurück. »Killface?«

»Ja, ich auch.« Er klang enttäuscht.

Kipling drehte sich um und sah Arnest in der Menge auftauchen. Er war so groß und breit, dass er die anderen Menschen mühelos zur Seite schieben konnte. Neben Kipling blieb er stehen.

»Übernehmen wir jetzt die Station oder was?«, fragte er.

Bevor Kipling antworten konnte, öffnete sich die Tür zum Aufgang. Die Menschen wurden still, als sie die Jockeys sahen, die zu Dutzenden auf der Treppe standen. Warane, Haie, Wölfe, Strauße, dicht nebeneinander, so als hofften sie, Schutz in der Menge zu finden, und vor ihnen, allein und unbewaffnet, Mak'Uryl.

Die Tentakel seines Oktopus krochen wie Schlangen über den Boden, aber er selbst saß reglos im Sattel. Sein Blick glitt über die Menge. Kipling hatte den Eindruck, dass er nach Auckland suchte, der sich ebenso wie Lanzo im Hintergrund hielt.

»Wer hat das Sagen?«, fragte er schließlich ruhig.

Niemand antwortete ihm. Die meisten sahen zu Boden, so als würden sie hoffen, dass jemand anderes vortreten würde.

Arnest seufzte. »Na, wenn keiner will –«

»Ich«, sagte Tasha und trat vor. Die Perlen in ihren Haaren klimperten. »Ich habe hier das Sagen.«

Kipling biss sich auf die Unterlippe. Er ließ die Haie nicht aus den Augen, aber sie drängten sich so dicht zusammen, dass er nicht sehen konnte, ob einer von ihnen eine Waffe bei sich hatte.

Um eine Bewegung zu töten, muss man ihr den Kopf abschlagen, dachte er. Und seit ein paar Sekunden war Tasha dieser Kopf.

»Gut«, sagte Mak'Uryl. »Dann werde ich mit dir –«

»Mit Ihnen«, unterbrach ihn Tasha. Kipling sah, wie angespannt sie war.

Die Tentakel zuckten. »Dann werde ich mit ... Ihnen verhandeln«, sagte Mak'Uryl. Er presste die Worte hervor. »Ich gehe davon aus, dass Sie uns bis dahin Unversehrtheit zusichern?«

»Selbstverständlich. Wir werden die Ebene räumen. Sie und die anderen Joc...« Tasha unterbrach sich. »Sie und Ihre Mitarbeiter werden hinten in den Frachträumen untergebracht. Es wird Ihnen nichts geschehen.«

Gonzo hob die Hand. »Die Fear Devils kümmern sich darum. Wir bewachen die Jockeys.«

Er und rund dreißig Jugendliche lösten sich aus der Menge.

Mak'Uryl sagte kein weiteres Wort mehr, sondern ließ sich

und seine Leute von ihnen eskortieren. Wie eine Prozession zogen sie an den Menschen vorbei, die sie eher verwundert als hasserfüllt beobachteten. Kipling atmete erst auf, als sich die Tür zu den Frachträumen hinter dem Letzten schloss.

Die gleiche Erleichterung erfasste auch die Menge. Menschen umarmten sich auf einmal, lachten und machten Witze über die Jockeys. Anscheinend hatte nicht nur Kipling damit gerechnet, dass Mak'Uryl einen letzten Angriff wagen würde.

Er lächelte, als Tasha seine Hände ergriff und drückte. »Wir haben es geschafft.« Adrenalin ließ ihre Augen funkeln. »Ich hätte nie … Ich kann … « Sie lachte. »Ich weiß nicht, wo ich anfangen soll. Wir müssen einen Katalog zusammenstellen. Wir brauchen einen Rat aus Menschen und Jockeys, der die Station regiert. Und freie Wahlen und –«

»Anwälte«, sagte Auckland. Kipling wusste nicht, wie lange er und Lanzo bereits neben ihm standen. »Die Jockeys werden mit euch ein Abkommen schließen wollen. Verliert nicht am Verhandlungstisch, was ihr euch mit Schweiß und Blut erkämpft habt.«

»Anwälte?« Tasha lächelte nicht mehr. »Wo sollen wir die hernehmen?«

»Atlantis«, sagte Kipling. »Da sollte es genug von denen geben, und mittlerweile haben ein paar garantiert keinen Bock mehr auf Gonzales' Ayn-Rand-Fantasien.«

Lanzo nickte. »Er hat recht. Wenn wir da keine Anwälte finden, wo sonst?«

Um sie herum löste sich die Menge nach und nach auf. Die Fear Devils räumten die Ebene, so wie sie versprochen hatten. Arnest hob die Augenbrauen. »Sollten die sich nicht lieber um die Zombies kümmern?«

»Es gibt keine Zombies dort oben.« Auckland ging bereits auf die Schleuse zu. Lanzo folgte ihm, dann zögernder auch Arnest.

»Was?« Tasha sah Kipling an. »Aber wo sind sie denn?«

Er schüttelte den Kopf. »Ich weiß es nicht, aber ihr seid bestimmt nicht in Gefahr. Wir können später chatten, okay?«

Ihr Daumen strich über seinen Handrücken. Er räusperte sich. »Weißt du, ich –«

»Kipling!«, rief Lanzo. »Wir warten.«

»Sorry.« Er lächelte – verkrampft, wie er befürchtete – und wandte sich ab.

Ihr Daumen rutschte von seiner Hand. Dass sie noch etwas hatte sagen wollen, fiel ihm erst auf, als sich die Schleusentüren hinter ihm schlossen.

Später.

13

»Also nach Atlantis«, sagte Rin, während sie den Kurs bereits eingab. Mit Unterlichtgeschwindigkeit entfernte sich die *Eliot* von NG27. Die Station wurde auf der Bildschirmwand langsam kleiner.

»Die werden sich nicht freuen, uns zu sehen.« Trevor saß an einer dunklen Konsole, so weit wie möglich von Ama'Ru entfernt, die sich im Hintergrund der Brücke hielt. Die anderen saßen an erleuchteten Stationen und betrachteten ebenso wie Rin die Station.

»Im Gegenteil«, sagte Auckland. »Ich glaube, sie werden sich sogar *sehr* freuen, uns zu sehen.«

Er wirkte zufrieden, aber obwohl Rin nichts sagte, teilte sie die Ansicht, die Kipling beim Betreten der Brücke geäußert hatte. Er hätte den anderen sagen müssen, was er vorhatte. Das zu verschweigen, war gefährlich und fast schon arrogant gewesen.

Er glaubt, dass wir ihn brauchen, aber er uns nicht, dachte sie.

Kipling streckte sich. Das rote Licht an seinen V-Specs leuchtete. Er filmte den Abflug von der Station. »Sie werden jedenfalls wissen, *weshalb* wir kommen«, sagte er. »Was gerade auf NG27 passiert, geht durch das ganze Netz. Seht euch mal Twitter an. Da wird über nichts anderes mehr geredet. Die ersten Schiffe sind schon auf dem Weg hierher. Und wenn man bedenkt, dass nur eine Kugel das alles ausgelöst hat …«

»Wie meinst du das?«, fragte Auckland.

Kipling setzte sich auf. »Denk mal drüber nach. Der Schuss

auf Onas'Ramun hat die Protestbewegung gerettet. Die Jockeys wurden abgelenkt, und dann ging es erst richtig los. Das ist Chaostheorie. Ein Stück Blei, im richtigen Moment mit der richtigen Geschwindigkeit von der richtigen Person abgefeuert, verändert die Welt.«

»Sein Name«, sagte Ama'Ru ruhig, »war Onas'Ramun ay Sin'Dolf.«

»Wen interessiert's?«, murmelte Trevor.

Arnest nickte. »Mich jedenfalls nicht.«

»Es sollte euch interessieren.« Ama'Ru überstreckte den Kopf. Was sie damit ausdrücken wollte, wusste Rin nicht. »Ihn Onas'Ramun anstatt Onas'Ramun ay Sin'Dolf zu nennen, ist so, als würde ich zu Kipling Helga sagen.«

Kipling hob leicht amüsiert die Augenbrauen. »Wie kommst du auf Helga?«

»Ich wollte die größtmögliche Distanz zu deinem richtigen Namen schaffen. Ist mir das gelungen?«

Er lachte. »Ja.«

Rin drehte sich zu ihr um. »Also wenn wir dich Ama'Ru nennen, fühlst du dich eigentlich nicht angesprochen?«

»Ihr bezeichnet damit eine andere Person, das ist richtig.« Ihr Blick richtete sich auf die Bildschirmwand. »Was ist das?«

Rin schwang ihren Sessel zurück und sah sofort, was sie meinte. Dutzende kleiner Lichter tanzten auf einmal um die Station wie Insekten. Dann sammelten sie sich und schossen in Richtung des Asteroidengürtels davon.

»Rettungskapseln«, sagte Auckland. Seine Zufriedenheit verschwand. Angespannt beobachtete er die Bildschirme. »Die Jockeys fliehen.«

Ama'Ru kam näher heran. »Ich hatte euch gebeten, den Fear Devils nicht zu trauen.«

»Wir sollten zurückfliegen.« Kipling stand nervös auf. Seine Finger bewegten sich. Rin nahm an, dass er Tasha kontaktierte.

»Nein«, sagte Lanzo. »Ganz im Gegenteil. Die Sensoren melden Objekte, die aus dem Hyperraum auftauchen.« Sein Blick zuckte hektisch über die Meldungen auf seiner Konsole. »Fünfzehn, zwanzig, dreißig …«

Er sah auf. »Das ist eine ganze Flotte.«

Rin zuckte zusammen, als Schiffe auf den Bildschirmen auftauchten. Sie rasten an der *Eliot* vorbei, kamen ihr dabei so nah, dass eine Warnsirene aufheulte und vor Kollisionen warnte. Es waren Jockey-Schiffe, das sah Rin an ihren elegant geschwungenen Formen und den tollkühn erscheinenden Manövern ihrer Piloten. Spielerisch wirbelten sie um die *Eliot* herum, so als wollten sie testen, wie nahe sie ihr kommen konnten, ohne an ihrem Rumpf zu zerschellen. Dann, plötzlich, bildeten sie eine Formation und schossen auf die Station zu.

»Wir sollten wirklich abhauen, Auckland«, sagte Lanzo.

»Nein.« Er stand aufrecht vor seinem Sitz, die Hände an die Ränder der Konsole gepresst. »Wir warten.«

Rin hörte, wie Trevor den Atem ausstieß, als sich die erste Raketensalve aus den heranfliegenden Schiffen löste und in die Station einschlug. Lautlos explodierten sie an den Rändern, dort, wo die *Eliot* nur Minuten zuvor noch gelegen hatte. Trümmer wurden ins All gerissen, Lichter flackerten und erloschen. Die nächste Salve schlug tiefer ein, und Rin musste einen Moment lang geblendet die Augen schließen, als sich ein gleißend heller Feuerball in alle Richtungen ausbreitete.

Als sie wieder zum Bildschirm sah, schlug die dritte Salve ein – und die Station brach auseinander. Stichflammen schossen aus Hunderten Lecks, der untere Teil von NG27 wurde von gewaltigen Explosionen zerrissen, der obere geriet ins Trudeln. Funken sprühten kilometerweit ins All, brachten Trümmer, Gegenstände und Leichen mit sich. Die letzten Lichter verschwanden im Dunkel, zurück blieben Feuer, die der restliche Sauerstoff anfachte, und unzählige kleine Explosionen.

Die Flotte drehte ab. Ein Teil sprang in den Hyperraum, der Rest steuerte den Asteroidengürtel an, wahrscheinlich, um die Rettungskapseln aufzunehmen.

Rin bemerkte erst, dass sie weinte, als sie Salz auf ihren Lippen schmeckte. Sie wischte sich mit dem Handrücken über die Augen.

»Rin …« Aucklands Stimme brach. Er räusperte sich. »Bring uns hier weg.«

»Nein«, sagte Kipling.

Rin drehte sich zu ihm um.

Er stand reglos da, die Hände in den Stoff seiner Hose gekrallt. Das rote Licht an seinen V-Specs blinkte. »Jeder soll das sehen. Jeder soll das sehen. Jeder –«

Er wiederholte den Satz immer und immer wieder. Auckland widersprach ihm nicht.

Und so sahen sie zu, wie die Feuer erloschen und NG27 langsam mit dem All verschmolz, bis nichts blieb außer Dunkelheit.

»Jeder soll das sehen.«

TEIL 5

HINTER DIR

»Ich stelle mir die Menschheitsgeschichte vor wie ein Buch. Im Prolog richtet sich der erste Affe auf und betrachtet die weite Steppe und das wogende Gras. Dann folgen ein paar Hundert Kapitel, in denen wir uns vermehren, uns gegenseitig umbringen und unsere E-Mails lesen. Im vorletzten Kapitel kommen die Jockeys, im letzten Omega. Wir leben im Epilog, in diesen paar Zeilen kurz vor dem Wort ›Ende‹. Wir sehen es schon vor uns, aber weil das Buch so geil ist, lesen wir immer langsamer, kosten jeden einzelnen Buchstaben aus. Zurückblättern können wir nicht, die Geschichte ist erzählt, wir können nur noch nach vorn gehen, dorthin, wo die Buchstaben E und N und D und E uns bereits erwarten.«

– Nerdprediger Dan, *ASCII-Zeichen für die Ewigkeit*

1

Rin konnte nicht schlafen. Sie lag auf dem breiten Bett in ihrer Kabine, den Kopf auf ihre Armbeuge gestützt, das Pad vor sich und lauschte dem Wummern des Hyperraumantriebs. Stundenlang hatte sie an nichts anderes als die Zerstörung von NG27 gedacht, doch nun war nur noch Leere in ihr. Sie konnte nicht mehr denken, aber sie konnte auch immer noch nicht schlafen.

Sie seufzte und drehte sich auf den Rücken. Das Licht des Pads ließ ihre Umgebung grau und unwirklich erscheinen, ein wenig wie die alten Schwarz-Weiß-Serien, die Kipling auf seinen Server stellte. Der Gedanke an ihn ließ sie nach ihrem Pad greifen und die Freundesliste öffnen. Neben seinem Namen leuchtete ein grüner Punkt, er war also online.

Natürlich ist er das, dachte Rin. Sie hatten seit der Explosion kein Wort miteinander gewechselt, er hatte irgendwann nur stumm die Brücke verlassen und war in seine Kabine gegangen. Sie war ihm nicht gefolgt, war zu gefangen in ihrem eigenen Käfig aus Wut und Trauer gewesen, um an ihn zu denken. Doch in diesem Moment spürte sie auf einmal das Bedürfnis, mit ihm zu sprechen. Von allen an Bord war er der Einzige, den sie als ›Freund‹ bezeichnet hätte. Sie wollte wissen, wie es ihm ging.

Rin tippte auf seinen Namen. Ein Feld klappte auf und zeigte ihr die Statusmeldung, die sich darunter befand. Anstelle von ›Verfügbar‹, ›Beschäftigt‹ oder ›Bitte nicht stören‹, stand dort nur ein Link. Rin tippte ihn an und nach einer kurzen Verzögerung öffnete sich ein Browserfenster. YouTube. Der Titel des Videos, das ein User namens 4815162342 hochgeladen hatte, lautete ›Die Keulung von NG27‹, eine klare Anspielung auf die sogenannte ›Keulung von Dublin‹, dem vielleicht beschämendsten Ereignis im Kampf der irdischen Behörden gegen das Virus. Es war das Video, das Kipling während der Zerstörung der Station aufgenommen hatte, das sah Rin sofort. Sie ließ es nicht laufen. Die Bilder hatten sich wie mit Klingen tief in ihr Gedächtnis eingeritzt. Die Narben, die sie hinterließen, würden sie ein Leben lang an diese wenigen Sekunden erinnern.

Rin scrollte durch die Seite. Gerade mal eine Stunde war das Video alt, aber es war bereits über drei Millionen Mal aufgerufen und über dreihunderttausend Mal geteilt worden.

Das sind nicht nur Menschen, dachte Rin, *das sind auch Jockeys.* Sie überlegte kurz, ob sie sich die Kommentarsektion überhaupt ansehen sollte. Wenn Menschen und Jockeys im Netz aufeinanderstießen, eskalierten die Gespräche rasch. In diesem extremen Fall erwartete sie Häme von der einen und Morddrohungen von der anderen Seite.

Doch die Kommentarsektion war leer.

Rin scrollte nach oben, aber Kipling – sie war sich sicher, dass er sich hinter 4815162342 verbarg – hatte die Kommentare nicht abgeschaltet. Menschen wie Jockeys konnten posten, aber von den drei Millionen hatte es kein einziger getan.

Sie setzte sich auf und öffnete Twitter. Der letzte Tweet in ihrer Timeline lag mehr als dreißig Minuten zurück, seitdem herrschte auch dort Stille. Einer Eingebung folgend suchte sie nach einem User namens ›NG27‹ und fand einen Account, der eine Stunde zuvor eröffnet worden war, aber bereits mehr als eine Million Follower hatte. Nur ein einziger Tweet war darüber abgesetzt worden, ein Link, der sie wieder zurück zu dem YouTube-Video führte.

Rin schloss den Browser und ging in die Chaträume, in denen sich Piloten trafen, um über ihre Schiffe zu reden, Tipps zu geben oder um Hilfe zu bitten. Zweihundert User waren online, aber niemand sagte etwas. Die Stille verstörte Rin. Es war, als hielte das gesamte Netz kollektiv den Atem an.

Was passiert hier?, fragte sie sich. Sie hatte das Gefühl, dass niemand das wusste.

Sie öffnete wieder ihre Freundesliste, doch das Licht neben Kiplings Namen leuchtete rot. Er war entweder offline oder hatte eine andere Identität angenommen. Sie legte das Pad beiseite.

Was tust du gerade? Die Frage hielt Rin für den Rest der Nacht wach.

2

»Hast du keinen Hunger?«

»Nein.« Arnest schob seinen Teller, auf dem ein halb gegessenes Sandwich mit Dosenfleisch und scharfem Senf lag, von sich weg. Abgesehen von ihm und Trevor war die Kantine leer. Lanzo, Kipling, Rin und die Jockey hatten sich in ihre Kabinen zurückgezogen, Auckland hielt auf der Brücke Wache.

»Stört es dich, wenn ich …«, fragte Trevor mit einem Blick auf den Teller.

Arnest zuckte mit den Schultern. Er hatte sich das Sandwich nur gemacht, weil er das Gefühl gehabt hatte, seine Hände beschäftigen zu müssen. Gebracht hatte das nichts. Er spürte den Drang immer noch.

»Wenigstens müssen wir jetzt nicht nach Atlantis zurückkehren«, sagte Trevor kauend. »Die Anwälte braucht ja keiner mehr.«

»Stimmt.« Es war Arnest egal, wohin sie flogen. Wahrscheinlich wollte Auckland sie erst einmal nur von der Station wegbringen, aber er hatte nicht zugehört, als darüber geredet wurde. Er dachte nur an NG27. Wenn er die Augen schloss, sah er die Explosion der Station auf der Innenseite seiner Lider, so als hätte sie sich dort eingebrannt.

»Hör auf damit«, sagte Trevor leise. Er hielt das Sandwich in beiden Händen, hatte aber nur einen Bissen genommen. Senf quoll zwischen den beiden Fleischscheiben hervor.

»Womit?«, fragte Arnest.

»Dem Brüten. Die Station ist zerstört, daran wirst du nichts ändern, auch wenn du tagelang nachdenkst.«

»Hm.«

Trevor schwieg, so als ahne er, dass Arnest Zeit brauchte, um zu erklären, was in ihm vorging. Im Hintergrund sprangen die Kühlaggregate in einer der Vorratskammern summend an.

Arnest kratzte sich am Kopf. Er war es nicht gewohnt, anderen seine Gedanken zu schildern und es fiel ihm schwer, sie in Worte zu fassen. »Das weiß ich«, sagte er. »Aber ich kann trotzdem nich' aufhören, daran zu denken. Das ist wie so'n animiertes Gif, weißt du? Die man manchmal im Netz findet? Kinder, die von der Schaukel auf die Fresse fliegen und so'n Zeug. Und das wiederholt sich so lange, bis man sie wegklickt. Nur kann ich NG27 nich' wegklicken. Das is' hier drin.« Er tippte sich an die Schläfe. »Und da will's nich' raus.«

»Was fühlst du, wenn du daran denkst?«, fragte Trevor, während er das Sandwich hinlegte und sich die Krümel von den Händen wischte.

»Keine Ahnung. Vielleicht …«

»Wut?«

Das war nicht das Wort, das Arnest gesucht hatte, aber es drückte zumindest ein Gefühl aus, das er verstand, im Gegensatz zu dem, was in ihm vorging. »Ja. Fühlt ja wohl jeder.«

»Ich bin nicht wütend«, sagte Trevor. »Ich bin erleichtert.«

»Was?« Arnest sah ihn verständnislos an. »Wieso das denn?«

»Weil jetzt endlich alle begreifen, was die Jockeys wirklich sind.« Trevor beugte sich vor und stützte die Ellenbogen auf die Tischplatte. »Ich habe manchmal an meinem Verstand gezweifelt, wenn ich mit Leuten geredet habe. Vor Omega sagten alle, wie toll es sei, dass sie ihre Technologie mit uns teilen. Kannst du dich noch an die Jockey-Partys erinnern?«

»Klar. Ich war sogar mal auf einer.« Das war ein seltsamer Abend gewesen. Menschen hatten sich als Jockeys verkleidet,

Pak gegessen und Bier getrunken, während sie außerirdischer Musik lauschten, die für Arnest wie das Rauschen eines schlecht eingestellten Radiosenders geklungen hatte. Eine Soziologiestudentin hatte Gedichte vorgetragen und war schließlich mit ihm ins Bett gegangen, nachdem Lanzo behauptet hatte, er und sein Bruder würden einer Organisation angehören, die Austauschstudenten für einen Jockey-Planeten suchte.

»Dann weißt du ja, wie das damals war«, sagte Trevor. »Selbst nach Omega haben viele die Jockeys noch verteidigt. ›Sie konnten doch nicht anders handeln.‹ ›Sei still. Wir brauchen sie mehr als sie uns.‹ Und so weiter. Damit ist Schluss. NG27 hat bewiesen, dass die Jockeys kein Interesse haben, mit uns zusammenzuleben. Sie wollen uns ausrotten. Das Virus war erst der Anfang.«

Er lehnte sich zurück. Die Rückenlehne seines Stuhls knarrte. »Und da das jetzt auch der Letzte kapiert haben dürfte, können wir endlich handeln. Deshalb bin ich erleichtert.«

Arnest nickte. Auch er glaubte, dass die Jockeys hinter dem Virus steckten, auf vielen Webseiten hatte er Beweise dafür gefunden. Und nun wollten sie vollenden, was sie angefangen hatten. In das Gefühl, das er nicht beschreiben konnte, mischte sich jetzt tatsächlich ehrliche, heiße Wut. »Ich will den Jockeys für NG27 den Arsch aufreißen.«

Trevor lachte. »Du glaubst nicht, wie froh ich bin, das zu hören. Ich dachte schon, die ganze *Eliot* sei voll von Jockey-Liebhabern.«

»Lanzo hasst sie auch. Wenn wir irgendwas starten, ist er garantiert dabei.« Arnest dachte einen Moment lang nach. »Wir haben ein Schiff, gute Leute und genug Fracht, um eine kleine Armee einzukaufen. Das is' mehr als die Rebellen in *Star Wars* hatten und die haben's auch gepackt.«

Die Vorstellung, die Stationen und Schiffe der Jockeys in die Luft zu jagen wie den Todesstern, ließ seinen Magen kribbeln.

Lanzo musste unbedingt von seiner Idee erfahren. Endlich hatte er ein Ziel gefunden, für das es sich lohnte, die ganze Scheiße überlebt zu haben.

»Die schleppten aber auch keinen Feind auf ihrem Raumschiff mit«, sagte Trevor.

Arnest fragte sich kurz, wen er damit meinte, dann wurde es ihm klar. »Ama'Ru? Die weiß glaub ich selbst nich', auf welcher Seite sie steht.«

»An ihrer Stelle würde ich mich genauso verhalten.« Trevor sah sich um, als wolle er sichergehen, dass sie allein waren. »Ist doch schon ein komischer Zufall, dass sie ausgerechnet auf NG27 war, oder? Und jetzt hält sie den Ball ganz flach. Steht immer nur auf der Brücke herum, hört zu und tippt auf ihr Pad. Hast du dich mal gefragt, was sie da eigentlich tippt?«

Das hatte Arnest nicht. Er erkannte auf einmal, dass er sich vieles nicht gefragt hatte. *Warum lassen wir zu, dass sich eine Jockey frei auf unserem Schiff bewegt?*, war eines davon.

»Glaubst du, dass sie eine Spionin ist?«, fragte er leise.

»Sie ist eine Jockey, oder?« Trevor hob die Schultern. »Es ist ganz natürlich, dass sie zu ihren eigenen Leuten hält. Du und ich würden das nicht anders machen.«

Da hat er recht. Arnest betrachtete seine großen, vernarbten Hände. Ihm gingen so viele Gedanken durch den Kopf, dass er nicht wusste, wo er anfangen sollte. Er brauchte Lanzo, um Ordnung in das Chaos zu bringen. »Wir müssen mit den anderen reden.«

»Nicht wir, du.« Trevor lächelte. »Ich bin nur Gast hier. Wenn ich was sage, würde es so aussehen, als wolle ich mich aufspielen. Aber wenn du ein Meeting anberaumst …«

»Ein Meeting?« Er konzentrierte sich auf diesen Gedanken und das Chaos löste sich auf, ganz ohne Lanzos Hilfe. »Gute Idee. Das mache ich.«

Das Gif der explodierenden Station verschwand. Sein

Magen knurrte laut. »Isst du das noch?«, fragte Arnest.

Trevor schob ihm den Teller immer noch lächelnd herüber. »Hau rein.«

3

Ein Meeting? Rin stand auf und streckte sich. Sie musste irgendwann wohl doch eingeschlafen sein, denn Aucklands Stimme hatte sie hochschrecken lassen. Über das Interkom hatte er die Crew gebeten, zu einem von Arnest anberaumten Meeting in seine Kabine zu kommen.

Seit Omega hatte Rin gelernt, dass alles, was man glaubte, sich jederzeit als falsch erweisen konnte, trotzdem war sie sich sehr sicher, dass Arnest das Wort ›Meeting‹ in seinem ganzen Leben noch nicht benutzt hatte. Es war ein Wort für klimatisierte Büros und Konferenzräume, an dessen Wänden Flipcharts lehnten, nicht für Männer, die mit Sturmgewehren durch die flimmernd heißen Straßen eines gescheiterten Staats liefen.

Rin zog ihre Stiefel an und verließ die Kabine. Kipling befand sich einige Schritte vor ihr. Er blieb stehen, als er das Geräusch der sich schließenden Tür hörte, drehte den Kopf und wartete, bis Rin zu ihm aufgeschlossen hatte.

»Arnest hat ein Meeting anberaumt«, zitierte er Aucklands Interkom-Nachricht. »Ich hätte mir nicht träumen lassen, dass ich diesen Satz mal hören würde.«

»Ich auch nicht.«

Gemeinsam gingen sie weiter. Rin musterte Kipling verstohlen aus den Augenwinkeln. Er hatte sich umgezogen, sich rasiert und geduscht, aber sie bezweifelte, dass er geschlafen hatte. Hinter den V-Specs sah sie dunkle Ringe unter seinen Augen. Er war blass.

»Wie geht's dir?«, fragte sie leise, als sie vor dem Aufzug stehen blieben.

Kipling sah sie nicht an. »Gut.«

»Du hast das Video gepostet.«

Die Aufzugtüren öffneten sich. Sie traten ein.

»Es verändert jeden, der es sieht«, sagte Kipling. »Menschen wie Jockeys.«

»Woher weißt du das? Vor ein paar Stunden war alles still im Netz.«

Sie erreichten die Brücke. Als sie die Treppe hinaufgingen, sagte Kipling: »Jetzt reden sie. Und vielleicht nicht nur das.«

Rin wollte ihn bitten, das zu erklären, aber er ging schneller und betrat Aucklands Kabine durch die offen stehende Tür. Arnest und Lanzo waren bereits da. Lanzo saß auf einer Armlehne des Sofas, Arnest ging auf und ab. Auckland lehnte mit dem Rücken an seinem Schreibtisch. Eine halb volle Kaffeetasse stand neben ihm. Rin schloss die Tür mit einem Druck auf das Touchpad an der Wand.

Auckland hob den Kopf und sah Arnest auffordernd an. »Und?«

»Wir müssen was tun. Also gegen die Jockeys. Die haben uns gefickt, jetzt ficken wir zurück, okay?« Arnest stemmte die Fäuste in die Hüften. »Gorillamäßig.«

»Guerilla«, sagte Lanzo.

»Ist doch scheißegal. Ihr wisst, wie ich das meine.«

Es klang nach einer Idee, auf die Arnest allein gekommen sein könnte, aber Rin ging das Wort ›Meeting‹ nicht aus dem Kopf. »Wie stellst du dir das vor?«, fragte sie.

»Wir fangen damit an, dass wir die scheiß Jockey vom Schiff werfen. Dann –«

»Nein.«

Arnest drehte sich wütend zu Auckland um. »Lass mich doch erst mal ausreden, verdammt noch mal.«

»Wozu? Ich lehne ja schon den ersten Schritt deines Plans ab.«

»Du willst, dass die Jockey an Bord bleibt? Bist du bescheuert?«

Auckland schwieg. Arnest sah zuerst Rin, dann Kipling und schließlich Lanzo an. Er schien zu erwarten, dass einer von ihnen für ihn Partei ergreifen würde, aber als niemand etwas sagte, schüttelte er den Kopf. »Seid ihr etwa alle Jockey-Liebhaber?«

Wieder ein Wort, das er in Rins Gegenwart noch nie benutzt hatte, dabei hatten sie sich oft über die Jockeys unterhalten.

Lanzo räusperte sich. »Es geht nicht darum, was wir von Ama'Ru halten, sondern um Aucklands Veto. Er will, dass sie an Bord bleibt, also bleibt sie an Bord. Ende der Diskussion.«

Arnest wirkte ebenso fassungslos wie enttäuscht. Er hatte sich sein Meeting wohl anders vorgestellt. »Wie kannst du das sagen? Sie ist eine Jockey! Diese Arschlöcher haben NG27 zerstört und wir lassen sie hier herumstolzieren. Das ist doch nicht normal!«

»Sie ist unser Gast«, sagte Auckland.

»Sie ist der Feind!« Arnest atmete tief durch und strich sich mit der Hand über das kurz geschorene Haar. Als er weitersprach, klang seine Stimme ruhig. »Wir sollten sie foltern, bis ihr Blut von den Wänden tropft, ihr den Kopf abschlagen und das alles auf YouTube stellen. So führt man Krieg, ihr Vollidioten. Man fängt irgendwo an und mordet und schlachtet und tötet, bis kein Feind mehr übrig ist.«

Er wartete nicht ab, ob jemand darauf antwortete, sondern verließ ohne ein weiteres Wort die Kabine. Einen Moment später polterten seine Schritte die Treppe hinunter.

»Haben wir ein Problem?«, fragte Auckland, als sich die Tür schloss.

»Nein«, sagte Lanzo. »Arnest musste das nur loswerden. Er würde nichts …« Er suchte nach dem richtigen Wort. »… unternehmen, ohne es mit mir abzusprechen.«

»Er hat dieses Meeting einberufen, ohne es mit dir abzusprechen«, warf Rin ein.

»Ein Meeting und ein Guerillakrieg sind zwei verschiedene Dinge.« Lanzo erhob sich. »Wenn das alles ist, würde ich –«

»Sollten wir nicht über das reden, was er gesagt hat?«, unterbrach ihn Kipling. Er und Rin waren die Einzigen, die noch saßen. »Nicht, dass ich Ama'Ru den Kopf abschlagen möchte, aber es ist vielleicht wirklich keine so gute Idee, sie hier frei herumlaufen zu lassen. Wir wissen nichts über sie.«

Auckland trank einen Schluck Kaffee. »Der Ring, den sie trägt, öffnet nur wenige Türen und sie besitzt keine Freigabe für die Konsolen auf der Brücke. Sie kann keinen Schaden anrichten. Warum sollten wir sie in eine Zelle stecken, wenn sie bereits im Gefängnis sitzt?«

»Zu ihrem eigenen Schutz?«, fragte Rin.

»Ich habe doch gesagt –«, setzte Lanzo an, aber sie ließ ihn nicht ausreden.

»Ich meine nicht Arnest, sondern Trevor. Er hasst die Jockeys, und ich weiß nicht, zu was er in der Lage ist.«

»Zu nichts, deshalb redet er so viel.«

»Ich glaube, dass du ihn unterschätzt, Lanzo.« Sie dachte wieder an die Worte, die Arnest benutzt hatte. »Trevor versucht, deinen Bruder zu beeinflussen, und wenn ich mir anhöre, was er gerade gesagt hat, dann gelingt ihm das auch.«

»Ich habe meinen Bruder unter Kontrolle.«

Mehr sagte Lanzo dazu nicht. Rin sah Kipling an, aber der schien der Unterhaltung nicht mehr zu folgen, sondern sich stattdessen auf seine V-Specs zu konzentrieren.

NG27 treibt uns auseinander, dachte Rin plötzlich. Sie reagierten nicht wie eine Crew darauf, sondern wie fünf Individuen, die sich zufällig auf dem gleichen Schiff befanden. Sie glaubte, das Problem mit einem Namen benennen zu können: Auckland. Er führte sie nicht an, er nahm sie nur mit.

Sie drehte den Ring, der ihr, so wie auch Ama'Ru, nur den Zugang zu von Auckland ausgewählten Bereichen des Schiffs ermöglichte. *Wir sitzen alle in seinem Gefängnis.*

Auckland stellte die Kaffeetasse neben sein Pad, das auf dem Schreibtisch lag. »Wo wir gerade hier sind«, sagte er, ohne auf Arnest und Trevor einzugehen, »können wir über unser nächstes Ziel reden. Ich möchte endlich das Schiff reparieren lassen, bevorzugt an einem Ort ohne Jockeys. Irgendwelche Einwände?«

»Nein«, sagte Lanzo. Auch Rin schüttelte den Kopf.

»Kipling?«

»Wegen mir.«

Sie hatte nicht den Eindruck, dass er zugehört hatte.

»Gut«, sagte Auckland. »Dann werde ich –«

Er unterbrach sich, als das Display seines Pads aufleuchtete. Kurz warf er einen Blick darauf, dann drehte er es um, sodass die mattgraue Rückseite nach oben zeigte. Er besaß noch eines der alten Pads mit nur einem Display. Wäre Kipling nicht von dem, was er in seinen V-Specs sah, abgelenkt worden, hätte er wahrscheinlich darüber gelästert. So bewegte er nur die Fingerspitzen und schwieg.

»Dann wirst du was?«, fragte Rin an Auckland gewandt.

»Nichts.« Er wirkte ebenso abwesend wie Kipling. »Ich werde ein paar Stunden schlafen. Rin, übernimmst du die Brückenwache? Der neue Kurs ist bereits eingegeben, du musst ihn nur noch aktivieren.«

»Okay.« Sie öffnete die Tür und verließ die Kabine. Lanzo und Kipling folgten ihr.

»Habt ihr das gesehen?«, flüsterte Rin, als sie die Treppe hinter sich ließen. »Er hat eine Nachricht bekommen.«

»Wahrscheinlich nur die Benachrichtigung, dass irgendein Porn-Torrent durch ist«, sagte Kipling, ohne sich die Mühe zu geben, leiser zu sprechen. »Leute wie er haben keine Freunde.«

Lanzo lächelte, doch als er Rin ansah, wurde er ernst. »Nicht alles ist eine Verschwörung. Es ist gefährlich, so zu denken.«

Ja, das ist es, dachte sie. Doch ebenso gefährlich war es, alles zu verharmlosen. Und sie befürchtete, dass sie genau das taten.

4

»Hast du was gesucht?«, fragte Trevor.

Arnest schloss die Tür zu seiner Kabine und sah sich um. Der Boden war mit schmutziger und sauberer Kleidung bedeckt, die Bettwäsche zerwühlt. Die Schubladen und Schranktüren standen offen, auf dem Schreibtisch lagen einige Waffen neben alten Socken, die Arnest benutzte, um sie zu reinigen.

»Nein. Wieso?«, fragte er.

»War nur 'ne Frage.« Trevor stieg über einen Teller mit angetrockneten Essensresten – Chili con carne mit Reis – hinweg. Sein Fuß stieß gegen eine leere Bierdose, die unter das Bett rollte. »Also, wie ist es gelaufen? Da du in der Kantine nicht darüber reden wolltest, nehme ich an, nicht besonders gut.«

»Beschissen ist es gelaufen«, sagte Arnest. Er wurde wütend, wenn er an den herablassenden Tonfall seines Bruders dachte und Rins mitleidigen Blick. »Sie haben mir nich' mal richtig zugehört. Als ich sagte, dass wir die scheiß Jockey vom Schiff werfen sollen, hat Auckland ›Nein‹ gesagt und das war's. Arrogantes Arschloch.«

Trevor stand mitten im Zimmer, so als habe er Angst, eine falsche Bewegung zu machen und gegen irgendetwas zu stoßen. »Reg dich nicht auf. Er ist der Captain. Sein Wort ist Gesetz auf diesem Schiff, so ist das nun mal. Selbst mit Lanzo auf deiner Seite –«

»Auf meiner Seite?« Arnest unterbrach ihn. »Einen Scheiß war er.«

Er machte einen Schritt auf Trevor zu. »Geh mal weg, ich muss pissen.«

Trevor trat rasch an eine relativ freie Stelle nahe der Wand. Arnest ging an ihm vorbei ins Bad. Er machte sich nicht die Mühe, die Tür zu schließen.

»Lanzo hat Auckland zugestimmt und gesagt, damit sei die Diskussion beendet. Ich verstehe meinen eigenen Bruder nich' mehr.«

Er wollte zurück in seine Kabine gehen, dann fiel ihm ein, dass Trevor ihn sehen konnte. Also zog er ab und wischte sich die Hände an der Hose ab.

Er soll mich ja nicht für ein Schwein halten, dachte er.

»Willst du was trinken?«, fragte er. »Ich hab Bier aus dem Frachtraum im Kühlschrank.«

Trevor schüttelte den Kopf. »Nein, danke.« Er verschränkte die Arme vor der Brust. »Was meinst du, weshalb dein Bruder so reagiert hat?«

»Keine Ahnung.« Arnest nahm sich ein Bier aus dem Kühlschrank und schlug den Kronkorken an der Schreibtischkante ab. Sein Blick fiel auf die beiden großkalibrigen Pistolen, die auf der Tischplatte lagen.

»Hast du meine Waffen angefasst?«, fragte er scharf.

»Was?« Trevor wich zurück. »Nein, Natürlich nicht. Das würde ich mir nie herausnehmen.«

Überrascht bemerkte Arnest, dass Trevor Angst vor ihm hatte. Das war ihm unangenehm. »Hey«, sagte er ruhiger. »Ich will dich deswegen nicht ankacken, aber auch wenn's hier aussieht wie Sau, bei meinen Waffen halte ich Ordnung. Die liegen so, dass ich sie mit einem Sprung vom Bett aus erreichen kann. Warte, ich zeig's dir.«

Er schob den Teller mit dem Fuß beiseite und streckte sich auf dem Bett aus. Das Kopfkissen roch nach Schweiß und Bier. »Stell dir vor, ich schlafe, okay?«

Trevor nickte.

»Jetzt kommt irgendein Arschloch zur Tür rein. Und ich …«

Er warf sich zur Seite, machte eine Rolle über den Boden und kam vor dem Schreibtisch hoch. Seine linke Hand fiel auf den Griff der Glock, Zeigefinger am Abzug, aber seine rechte landete auf der Tischplatte, fast fünf Zentimeter von der zweiten Waffe entfernt.

»Siehst du? Die würde ich nie so hinlegen.«

»Mein Gott, bist du schnell«, sagte Trevor. Er klang beeindruckt, was Arnest mit Stolz zur Kenntnis nahm.

»Gelernt ist gelernt.« Er zog die zweite Glock näher zu sich heran. »Ist nich' schlimm, dass du sie angefasst hast. Sind geile Waffen, aber frag das nächste Mal, in Ordnung?«

»Ich hab sie nicht –«

Arnest legte den Zeigefinger auf die Lippen. Trevor verstummte.

Klack-Klack-Klack. Die leisen Geräusche näherten sich von der anderen Seite der Tür und Arnest stellte sich vor, wie dünne Insektenbeine über den Metallboden des Korridors staksten.

»Das ist Ama'Ru«, flüsterte er. »Ich hab sie schon öfter draußen vorbeigehen hören.«

Die Schritte kamen näher, dann verstummten sie plötzlich. Ama'Ru schien genau vor der Tür zu Arnests Kabine stehen geblieben zu sein. Seine Hand schwebte über dem Türöffner.

»Was hast du vor?«, fragte Trevor leise.

Er hatte nicht darüber nachgedacht, aber nun kam ihm eine Idee. »Ich werde mit ihr reden. Sie soll mir erklären, wie sie zu NG27 steht. Sollte ja nicht so schwer sein.«

Draußen setzte sich Ama'Ru wieder in Bewegung. Das *Klack-Klack-Klack* ihrer Schritte entfernte sich.

»Das würde ich nicht tun«, sagte Trevor. »Sie wird dich nur anlügen, um dich zu verwirren. Du weißt doch, wie die Jockeys sind.«

»Ich lasse mich nicht so leicht verwirren.« Arnest öffnete die Tür und trat in den Gang. Ama'Ru hatte sich bereits von seiner Kabine entfernt, und obwohl sie das Zischen der Tür hören musste, drehte sie sich nicht um.

Du hast wohl keinen Bock, mit mir zu reden, dachte Arnest. Er wollte sie rufen, doch bevor er dazu ansetzen konnte, bog Kipling aus der Mensa in den Gang ein. Arnest schloss den Mund und wartete ab. Von allen an Bord war Kipling derjenige, der durch die Zerstörung von NG27 am meisten verloren hatte. Es interessierte Arnest, wie er auf Ama'Ru reagieren würde.

Die Jockey blieb stehen, als sie Kipling sah. Die Finger an den Zangen der Gottesanbeterin zuckten, die Reiterin überdehnte in einer seltsam anmutenden Geste den Kopf. Es sah beinahe so aus, als müsse sie niesen.

Kipling ging an ihr vorbei, ohne sie anzusehen, den Blick starr nach vorn gerichtet. Die Jockey drehte sich nicht zu ihm um, sondern stakste nach einem Moment, der auf Arnest zögerlich wirkte, weiter in Richtung Kantine.

»Was ist los?«, fragte Trevor, der hinter ihm stand und nicht erkennen konnte, was im Gang geschah.

»Er ist einer von uns«, sagte Arnest leise. »Er hasst die verdammten Jockeys jetzt so wie wir.«

Als Kipling an ihm vorbeigehen wollte, packte Arnest seinen Arm und zog ihn in die Kabine. Kipling wirkte überrascht, wehrte sich aber nicht.

»Wir müssen reden«, sagte Arnest und schloss die Tür.

5

Das gefällt mir nicht, dachte Lanzo, als Arnest zusammen mit Trevor die Brücke betrat. Der Sprung in den Normalraum stand unmittelbar bevor, doch in den achtzehn Stunden, die sie im Hyperraum verbracht hatten, war Arnest kein einziges Mal zu ihm gekommen. Dabei hatte Lanzo fest damit gerechnet, dass er das tun würde, so wie immer, wenn sie sich über irgendetwas gestritten hatten und ein wenig Zeit vergangen war.

Aber nicht nach diesem Streit.

»Sprung in Normalraum in drei … zwei … eins …«, sagte Rin. Das wabernde Grau verschwand und wurde durch die Schwärze des Alls ersetzt. »Wiedereintritt erfolgt.«

»Wo ist denn Ama'Ru?«, fragte Arnest, als er und Trevor neben der Treppe stehen blieben.

Auckland wandte sich von seiner Konsole ab. »In ihrer Kabine, nehme ich an. Warum?«

»Nur so.«

Trevor murmelte etwas. Arnest lachte.

Iago flüstert seine Lügen in Othellos Ohr, dachte Lanzo. Seit Trevor an Bord gekommen war, fungierte er für Arnest als eine Mischung aus Alleinunterhalter und bestem Freund. Der Einfluss, den Lanzo auf seinen Bruder hatte, schwand mit jedem Witz, jeder Anekdote und jedem geteilten Bier. Er war sich längst nicht mehr sicher, seinen Bruder so unter Kontrolle zu haben, wie er Rin gegenüber behauptet hatte. Und nur er wusste, wie gefährlich das war.

Ich muss etwas unternehmen.

Ein Fenster öffnete sich auf dem Display seiner Konsole. »Ein Schiff namens *Destination Moon* funkt uns an«, sagte er. »Die übermittelte Signatur passt zum Namen.«

»Auf den Lautsprecher.« Auckland setzte sich in seinem Sitz auf. »Hier spricht John Auckland, Captain der *T. S. Eliot*. Ich nehme an, dass ihr uns erwartet habt, *Destination Moon*.«

»Haben wir, *Eliot*. Lustiger Name übrigens.«

»Danke.«

Arnest verdrehte die Augen. Als Trevor ihn fragend ansah, sagte er: »Mich haben alle verarscht, weil ich den Witz nicht kapiert habe.«

»Ich kapiere ihn auch nicht.«

Und ob du ihn kapierst, dachte Lanzo. Doch die Antwort schien seinem Bruder zu gefallen.

»Ich habe euch unsere Koordinaten übermittelt«, sagte die Stimme aus dem Lautsprecher. Sie sprach mit einem breiten, australischen Akzent. »Mein Name ist Bob Swanson. Wir hatten, glaube ich, gechatted.«

»Ja.«

Lanzo bemerkte, dass Rin den Kopf hob. Das war dann wohl die Erklärung für die Nachricht, die Auckland bekommen hatte. Er wünschte, alles ließe sich so schnell aufklären.

Das Schiff drehte sich langsam, als Rin den neuen Kurs eingab und die beiden Joysticks in ihren Armlehnen bewegte. Sie hätte auch den Autopiloten einschalten können, aber wie die meisten guten Piloten zog sie es vor, das Schiff auf solch kurzen Strecken manuell zu fliegen. Sie gab nicht gern die Kontrolle ab, weder an Maschinen noch an andere Menschen.

Es gab nur einen einzigen Planeten in diesem namenlosen System, eine marsähnliche Welt mit endlosen Wüsten, Kratern und einer dünnen Atmosphäre. Lanzo schaltete die Sensoren ein, als sie daran vorbeiflogen.

»Irgendwas Interessantes?«, fragte Kipling.

Er schüttelte den Kopf.

Die *Destination Moon* hing in einem stationären Orbit an der Nachtseite des Planeten. Sie war ein großes Schiff, wahrscheinlich ein Frachter, der einmal im Asteroidengürtel des Sonnensystems abgebaute Erze transportiert hatte. Ein Dutzend kleinerer Schiffe umkreiste ihn wie Monde einen Planeten.

»Wir schicken ein Shuttle«, sagte Swanson über Funk. »Nehmt es nicht persönlich, aber wir hatten schon das eine oder andere Problem mit Schiffen, die wir andocken ließen.«

»Piraten?«, fragte Auckland.

»Lebende und tote.«

Nach einem Moment öffnete sich ein Tor im Rumpf der *Destination Moon* und ein kleines, keilförmiges Schiff schoss heraus. Schubdüsen blitzten auf, als es abbremste und sich dabei drehte, bis es parallel zur *Eliot* im All schwebte.

»*Shuttle Eins* erbittet Andockfreigabe.«

Lanzo schaltete den Funk stumm und sah Auckland an. »Zwei Menschen an Bord. Das Schiff ist unbewaffnet.«

Auckland nickte und Lanzo öffnete den Kanal wieder. »Freigabe erfolgt.«

Ein Schlauch schob sich aus dem Shuttle, auf die Schleuse der *Eliot* zu. Auckland stand auf und ging zum Fahrstuhl. »Arnest, Lanzo, ihr kommt mit zur Schleuse.«

»Kann Trevor auch mit?«, fragte Arnest.

Sag nein, dachte Lanzo, aber Auckland hob nur die Schultern. »Warum nicht.«

Der Druckausgleich war bereits erfolgt, als sie die Schleuse erreichten. Hinter dem Bullauge warteten zwei Männer, die Lanzo kurz musterte: Ein übergewichtiger, asiatisch aussehender Mann und ein deutlich schlankerer und größerer Weißer. Beide trugen die billigen roten Raumanzüge der Firma Red Samurai. Die Helme hatten sie sich unter den Arm geklemmt.

Auckland öffnete die Schleusentür und nickte dem Weißen zu. »Bob Swanson? John Auckland.«

Der Asiate hob die Hand. »Ich bin Bob Swanson, das ist Daniel Messner.«

»Entschuldigung«, sagte Auckland. Er klang verwirrt.

Swanson seufzte. »Das passiert mir ständig, keine Sorge. Mein Vater war Australier, meine Mutter Koreanerin. Dad sagte, wenn ich schon nicht aussähe wie er, sollte ich wenigstens so klingen. Deshalb Bob –«

Er unterbrach sich und warf einen Blick über Aucklands und Lanzos Schultern. »Oh mein Gott, ist das Trevor Reilly?«

Arnest grinste. »Und ob er das ist. Cool, oder?«

Lanzo wurde zur Seite gedrückt, als Swanson sich an ihm und Auckland vorbeizwängte und Trevors Hand ergriff. »Mehr als cool. Es ist mir eine Ehre, dich kennenzulernen. Ohne ›See You in Nashville‹ hätte ich die Wochen nach Omega nicht überlebt. Dieses Banjo-Solo in der Mitte des Songs … ich weiß nicht, wie oft ich das gehört habe.«

Trevor schüttelte seine Hand. »Das bedeutet mir sehr viel, Bob. Das Solo wollte die Plattenfirma ursprünglich übrigens nicht, aber der ganze Song wird davon zusammengehalten, wenn du mich fragst.«

Er lächelte mit auf Lanzo falsch wirkender Bescheidenheit. »Aber ich will mich nicht in den Vordergrund spielen. Ihr habt ja Wichtigeres zu besprechen.«

»Allerdings«, sagte Lanzo steif. Er bemerkte den kurzen Blick, den Arnest ihm zuwarf.

»Ja, die Reparaturen, natürlich.« Swanson strich sich über das glatte, schwarze Haar. »Ich fang mich gleich wieder.« Er drehte sich zu seinem Begleiter um. »Ich denke, wir können auf den Rest der Sicherheitsvorkehrungen verzichten. Das sind keine Piraten und besonders krank sehen sie auch nicht aus.«

Daniel nickte, wenn auch zögernd. »Wie viele Leute sind denn an Bord?«, fragte er mit deutschem Akzent.

»Sechs Menschen, eine Jockey«, sagte Auckland. Die Zombies im abgeriegelten, zweiten Frachtraum erwähnte er nicht.

»Eine Jockey?« Bob riss den Blick mühsam von Trevor los. »Und wie geht ihr mit der um?«

Auckland öffnete den Mund, aber Arnest kam ihm zuvor. »Wir lassen sie herumlaufen, als ob ihr das scheiß Schiff gehören würde, anstatt sie aus der Schleuse zu werfen, so gehen wir mit ihr um.«

Lanzo schloss einen Moment lang die Augen. Um ihn herum wurde es still. Er hörte, wie Auckland tief durchatmete, dann räusperte sich Bob.

»Ja, wir haben unser eigenes Jockey-Problem. Kommt doch nachher rüber auf die *Moon*. Wir essen was und reden über die Reparaturen. Bis dahin habe ich mir die Außenschäden angesehen.«

Daniel setzte bereits seinen Helm auf. Auckland nickte. »Einverstanden.«

»Und«, sagte Bob, »Trevor ist natürlich besonders herzlich eingeladen. Wir haben hier nicht viel Unterhaltung, außer dem, was wir aus dem Netz ziehen, deshalb ...«

Er sprach den Satz nicht zu Ende. Trevor lächelte. »Ich verstehe. Ich werde mein Banjo mitbringen.«

»Hervorragend.« Bob setzte seinen Helm ebenfalls auf. »Trevor Reilly, Daniel«, hörte Lanzo ihn sagen, bevor Auckland die Tür schloss. »Das ist doch nicht zu fassen.«

Ja, nicht zu fassen, dachte er. Die anderen wandten sich bereits ab und machten sich wieder auf den Weg zur Brücke, aber er blieb stehen und wartete, bis das Shuttle abgelegt hatte. Die Vorstellung, einen Abend mit Trevor Reilly und seinen Fans verbringen zu müssen, war alles andere als angenehm. Er beschloss, Auckland zu bitten, ihn als Brückenwache einzuteilen.

Es war besser so.

Sein Pad vibrierte in der Seitentasche seiner Hose. Lanzo nahm es heraus und bemerkte überrascht, dass Arnest ihm eine Nachricht geschickt hatte.

Arnest: ›Sei nich so arschich zu Trevor. Er hatt dir nichts getahn.‹

Lanzo chattete fast nie mit seinem Bruder. Ein Grund war Arnests katastrophale Rechtschreibung, ein anderer, dass sie beide sehr langsam tippten. Und da sie sowieso meistens nicht weit voneinander entfernt waren, lohnte sich der Aufwand nicht.

›Können wir uns unterhalten?‹, tippte Lanzo ein.

Arnest: ›Nein.‹

›Du vertraust Trevor zu sehr. Lass dich nicht von ihm manipulieren.‹

Als er die Nachricht abschickte, ahnte er bereits, dass das ein Fehler war. Er fuhr sich mit der Zunge über die Lippen und wartete auf die Antwort.

Arnest: ›So wi du mich mahnipuliers?‹

›Ich will dir nur helfen.‹

Arnest: ›Du komandiers mich rum! Das macht Trevor nich.‹

›Doch. Du merkst es nur nicht.‹ Lanzo löschte die Nachricht, ohne sie abzuschicken. Der Chat ging in eine Richtung, die ihm nicht gefiel. Sie zwang ihn dazu, sich selbst mit Trevor zu vergleichen – Trevor, der witzig war und Arnest in allem bestätigte, während er seinen Bruder nur ständig zurechtwies und ihn davon abhielt, das zu tun, was er wollte.

Weil ich es muss, dachte er. Seine Finger berührten die Tastatur.

›Niemand kennt dich so gut wie ich. Trevor kann dich nicht vor dir selbst beschützen, ich schon. Hör auf mich. Du weißt, was passiert, wenn du das nicht tust.‹

Er ahnte, wie hart der letzte Satz Arnest treffen würde. Seit es geschehen war, hatten sie nicht mehr darüber gesprochen. In seinen Gedanken war es für Lanzo *Der Tag, an dem ich meinen Bruder kennenlernte*. Für den Rest der Welt war es *Die Keulung von Dublin.*

6

VIERZEHN MONATE ZUVOR

»Doppelter Sold«, sagte Arnest grinsend, »und eine Woche Urlaub in einer Schutzzone.«

Er beugte sich über Lanzo. Seine Hundemarken baumelten vor dessen Gesicht. Es war laut in dem großen Schlafsaal. Soldaten, die schwere Stiefel und grüne Uniformen trugen, stemmten Gewichte im hinteren Teil des Raums oder lagen wie Lanzo auf ihren Feldbetten. Manche spielten mit ihren Pads, andere unterhielten sich. Mit hundert Männern war der Saal deutlich überbelegt.

Lanzo nahm den Blick nicht von seinem Pad. »Wenn sie so was anbieten, heißt das Geisterbahn, das solltest du mittlerweile wissen.«

»Na und?« Arnest ließ sich nicht beirren. »Wäre doch nicht unsere erste Fahrt.«

»Aber vielleicht die letzte.«

›Geisterbahn‹, so nannten sie die Patrouillen durch von Zombies infizierte Straßenzüge. Dabei folgte jede Einheit einem genau vorgeschriebenen Weg, um die Fälle von ›Friendly Fire‹ zu reduzieren. Und wie in einer Geisterbahn wusste man nie, aus welchem Schatten der nächste Horror stolpern würde. Es waren gefährliche, aber auch monotone Missionen.

»Quatsch. Solange wir uns gegenseitig den Rücken freihalten, kann uns nichts passieren. Das scheiß Virus ist erst seit zwei Tagen in der Stadt, so schlimm wird's nicht werden.«

»Zwei Tage sind eine Ewigkeit«, sagte Lanzo. Er setzte sich

auf. Ebenso wie Arnest trug er eine Uniform mit dem Logo von ›Extreme Solutions‹, einer kommerziell orientierten Eingreiftruppe, wie es in der Rekrutierungsbroschüre geheißen hatte. Er selbst zog den Begriff ›Söldner‹ vor. Ursprünglich hatte die irische Regierung sie angeheuert, um Flüchtlinge aus Großbritannien an der Landung zu hindern, aber die stellten nun das geringste Problem dar. Das Virus hatte die Insel erreicht. Der Horror, den Lanzo aus Kapstadt und Johannesburg kannte, würde sich wiederholen.

»Ich stehe so kurz vor meinem Offizierspatent«, sagte er und hielt dabei Daumen und Zeigefinger ein paar Millimeter auseinander. »Wenn ich das erst mal habe, kann ich dafür sorgen, dass wir den Wachen in der Schutzzone von Madagaskar zugeteilt werden. Die haben Häfen und Flughäfen längst geschlossen, das wird ein lauer Job. Bis dahin werde ich mein Leben nicht riskieren, nur damit du mehr saufen und mehr vögeln kannst.«

Arnest sah ihn an. Der Wind, der durch das geöffnete Fenster fuhr, zerzauste seinen Vollbart und Haare, die gerade noch kurz genug waren, um nicht zu einer Verwarnung zu führen.

»Aber es gibt nichts mehr außer saufen, vögeln und sterben«, sagte er mit ungewohntem Ernst. »Lass uns das Beste draus machen.«

»Ich werde mich nicht freiwillig melden.«

Arnest zuckte mit den Schultern. »Brauchst du auch nicht. Ich hab dich schon eingetragen.«

Grinsend wich er zurück, so als erwarte er, dass Lanzo nach ihm schlagen würde.

»Du hast was?«

»Das wird Eierschaukeln, Lanzo. Stell dich nicht so an.«

Zwei Stunden später saßen sie auf der Ladefläche eines Armeelasters. Es war bereits dunkel. Regen klatschte von außen gegen die Planen, es roch nach Meer und in der kalten Frühjahrsluft konnte Lanzo seinen Atem vor dem Gesicht sehen.

»Du bist ein Arschloch«, sagte er zum vielleicht zehnten Mal zu Arnest, aber der winkte nur ab.

»Das Wetter klart bestimmt noch auf.« Er wirkte gut gelaunt. Die Aussicht auf Geld und Urlaub spornten ihn an.

Lanzo warf einen Blick aus dem offenen Heck des Lasters. Sie näherten sich Dublin über die Autobahn aus dem Landesinneren. Zehn LKWs waren in der Kaserne losgefahren, aber an fast jeder Auffahrt warteten weitere. Der Konvoi war mittlerweile so lang geworden, dass sich die Scheinwerfer wie eine leuchtende Schlange über die Hügel zogen. Kein ziviles Fahrzeug war auf der Autobahn unterwegs. Lanzo nahm an, dass sie gesperrt worden war.

Hier geht's nicht nur um eine Geisterbahn, dachte er, als er Hubschrauber mit auf den Boden gerichteten Suchscheinwerfern über sich vorbeifliegen sah. *Das ist viel größer.*

»Ziemlich viel Aufwand für eine Geisterbahn«, sagte auch Arnest.

Ein Soldat, der ihnen gegenübersaß, hob den Kopf. Logo und Rangabzeichen auf seiner Uniform wiesen ihn als Corporal einer Söldnerarmee namens ›Kills & Gains‹ aus. »Unsere gesamte Artillerie ist heute Mittag ausgerückt. Wenn ihr mich fragt, will Irland das Chaos nutzen, um Großbritannien anzugreifen.«

Der Mann, der neben ihm saß, ein Sergeant, schüttelte den Kopf. »Das ist das Bescheuertste, was ich je gehört habe.«

»Dann sagen Sie mir, was hier los ist«, sagte der Corporal, aber niemand antwortete ihm. In den Blicken der Soldaten, die in dem Laster saßen, sah Lanzo die gleiche Nervosität, die er auch spürte.

Das war eine ganz schlechte Idee, Arnest.

Der Konvoi wurde langsamer. Durch die Heckklappe sah Lanzo Soldaten, die Leuchtstäbe schwangen, um die LKWs einzuweisen. Sie trugen Regencapes, von denen Wasser tropfte und schrien Befehle. Der Laster, in dem Lanzo und Arnest saßen, hielt an. Soldaten öffneten die Heckklappe und Lanzo sprang auf den dunklen, im weißen Licht der Scheinwerfer funkelnden Asphalt. Einheiten liefen in Zweierreihen an ihm vorbei, über ihm kreisten Hubschrauber.

Lanzo sah sich um. Sie standen am Rand eines großen Parks, der von Flutlichtanlagen erhellt wurde. Raketenabschussanlagen wurden in Stellung gebracht, mobile Kräne errichteten Barrikaden aus Beton. Der Park befand sich im Norden der Stadt. Lanzo sah die Lichter Dublins vor sich und dahinter das schwarze Meer. Wind wehte ihm Regentropfen ins Gesicht. Ihm war kalt.

»Was zur Hölle ist denn hier los?«, fragte Arnest.

Lanzo zuckte mit den Schultern. »Sieht aus wie die Vorbereitungen für eine großangelegte Offensive.«

»Gegen Großbritannien, so wie der Typ gesagt hat?«

»Das bezweifle ich.«

Es knackte in seinem Helmfunk. »Sergeant, sammeln Sie Ihre Leute«, sagte die Stimme von Leutnant Murtada Boulos, einem Marokkaner. »Ich übermittele Ihnen die Koordinaten.«

»Ja, Sir«, antwortete Lanzo. Er schloss das Visier seines Helms und wechselte auf den Kanal, der seiner Einheit vorbehalten war. »Okay, Jungs. Es geht los. Wir treffen uns hier.«

Er leitete die Koordinaten weiter. Neben ihm schloss auch Arnest sein Visier. Die Helme, die sie trugen, waren erst wenige Wochen zuvor ausgegeben worden. Sie verfügten über verschlüsseltes WLAN, GPS, Wärmebildkameras und Nachtsichtgeräte. Lanzo konnte die Positionen seiner Männer jederzeit auf einer Karte abrufen, die sich als Overlay über sein Visier legte.

Die Koordinaten führten ihn und Dutzende anderer Einheiten, die den gleichen Weg nahmen, zu den Barrikaden, die von den Kränen errichtet worden waren. Offiziere erwarteten sie dort, unter anderem Lieutenant Boulos.

»Bravo-Einheit vollständig angetreten, Sir«, meldete Lanzo

nach einem Blick auf die Karte. Arnest und die anderen Männer hatten hinter ihm Aufstellung genommen. Aus den Augenwinkeln sah er, dass weiter entfernt Maschinengewehre entlang der Barrikaden aufgebaut wurden.

»Hier spricht General Lancaster«, sagte eine dunkle Stimme in seinem Helmfunk. Lanzo nahm unwillkürlich Haltung an, ebenso wie sämtliche Männer und Frauen, die er von seiner Position aus sehen konnte. Der General wandte sich gleichzeitig an alle Einheiten.

Lancaster fing damit an, dass er sie für ihren freiwilligen Einsatz lobte und noch einmal die Bedrohung, die das Virus darstellte, verdeutlichte.

Als ob wir das nicht wüssten, dachte Lanzo, während er nervös auf den eigentlichen Befehl in dieser Ansprache wartete. Als der General eine Pause machte, ahnte er, dass es so weit war.

»Wir haben Dublin entlang der M50 komplett von der Außenwelt abgeriegelt. Die Marine sichert die Küste. In sechzig Sekunden werden Artillerie und Luftwaffe mit dem Beschuss der Stadt beginnen.«

Die Soldaten wurden unruhig. Viele sahen einander an oder drehten sich zu ihren Kameraden um. Lanzo verstand auf einmal, weshalb die gesamten Streitkräfte aus Söldnern und nicht aus regulären Einheiten der irischen Armee bestand. Sie hätten wahrscheinlich gemeutert.

»Ihre Aufgabe«, fuhr der General fort, »Ihre essenzielle Aufgabe besteht darin, die Überlebenden zu neutralisieren. Ich möchte noch einmal betonen, wie wichtig es ist, dass niemand innerhalb des festgelegten Radius überlebt. Das Virus hat sich in Dublin festgesetzt. Um das Land zu retten, müssen wir die Stadt opfern. Möge Gott uns beistehen.«

Lanzo bemerkte, dass sein Funk stumm geschaltet worden war. Er konnte darauf nicht antworten, selbst wenn er es gewollt hätte. Er drehte sich um und sah über seine Männer hinweg zu einem kleinen Hügel jenseits der Artilleriestellungen. Dort hatte man ein Kommandozelt errichtet. Lanzo zoomte näher heran. Ein Mann in Uniform, den er für Lancaster hielt, stand inmitten von Anzugträgern unter einem wasserdichten Vordach. Lanzo erkannte einen der Männer. Es war James O'Dowd, der Bürgermeister von Dublin. Er hielt ein digitales Fernglas in beiden Händen, sah aber nicht hindurch.

Der Kapitän will wohl nicht mit seinem Schiff untergehen, dachte Lanzo.

Nur Sekunden später hörte er das Heulen von Düsenjägern und das hohe Pfeifen ihrer Raketen. Gleichzeitig gingen alle Lichter in Dublin aus. Eine schwarze Ebene breitete sich vor Lanzo aus, die nicht mehr vom Meer zu unterscheiden war. Erst die Explosionen rissen die Stadt wieder aus der Dunkelheit. Wie Feuerwerk schossen die Einschläge von Raketen hoch in den Himmel, zuerst eine, dann zwei, dann mehr als ein Dutzend. Der Boden bebte unter Lanzos Füßen. Der Wind trieb graue Wolken über den Park, die nach Asche und Schwefel rochen.

»Sergeant«, sagte Boulos in seinem Helm. »Lassen Sie Ihre Leute an die Maschinengewehre treten. Schussfreigabe erfolgt durch Sie.«

Er wollte widersprechen, sich wehren, darauf hinweisen, wie irrsinnig dieses Unterfangen war, aber als die Stummschaltung seines Funks aufgehoben wurde, sagte er nur: »Ja, Sir.«

Als er den Befehl weitergab, hörte er in den Stimmen seiner Leute die gleiche resignierte Akzeptanz. Es waren keine Iren unter ihnen, wahrscheinlich kannten sie niemanden, der in Dublin lebte. Sie hatten zu oft getötet, um sich über Fremde Gedanken zu machen.

»Wollen wir den Scheiß echt machen?«, fragte Arnest auf einem privaten Kanal.

Lanzo hätte ihn beinahe daran erinnert, wer die Verantwortung dafür trug, dass sie in diesem Park standen, aber dann schwieg er. Arnest hatte das ebenso wenig ahnen können wie er.

»Ja, wir machen den Scheiß«, sagte er dann. Er dachte an sein Offizierspatent und die Schutzzonen auf Madagaskar. »Und zwar so gut wir können.«

Fast eine halbe Stunde verging, bevor die ersten Überlebenden auftauchten. Allein oder in kleinen Gruppen stolperten sie durch die Dunkelheit. Manche von ihnen trugen Reisetaschen, die meisten hatten jedoch nicht mehr als die Kleidung, in der sie ihre Häuser verlassen hatten. Sie winkten und schrien, hatten wohl noch nicht begriffen, dass sie genau auf die zuliefen, die für ihr Leid verantwortlich waren. Lanzo sah Männer, Frauen, Kinder, sogar Haustiere. Noch waren keine Zombies unter ihnen, doch das würde sich ändern.

Als die ersten vom Flutlicht aus Nacht und Rauch gerissen wurden, gab er den Befehl. »Feuer.«

Niemand zögerte. Alle führten den Befehl aus. Das Hämmern der Schüsse übertönte die Schreie. Menschen wurden von Kugeln herumgerissen und zurückgeworfen, Köpfe und Rümpfe explodierten. Diejenigen, die in den ersten Salven nicht fielen, drehten sich um und liefen zurück in das Inferno, aus dem sie gerade erst gekommen waren. Der Artilleriebeschuss hatte aufgehört, aber die Feuer waren geblieben. Lanzo hörte keine Sirene, kein Löschzug rückte aus. Eine Explosion nach der anderen mischte sich in die Schüsse und Schreie, Gebäude brachen mit tiefen Seufzern zusammen.

»Nachrücken«, befahl Boulos in Lanzos Helm. »Folgen Sie den Wegmarkierungen.«

Also doch noch Geisterbahn, dachte er, wenn auch anders, als er sich das vorgestellt hatte.

An der Spitze seiner Leute kletterte er über die Barrikaden. Sie alle trugen Maschinenpistolen und schossen auf ihrem Weg durch den Park Toten und Verletzten in den Kopf. Der eigentliche Aufräumtrupp würde ihnen noch folgen, doch erst mal war es wichtig, keine Zombies im Rücken zu haben, auch wenn das ihren Vormarsch deutlich verlangsamte.

Der Weg, den Lanzo auf seiner Karte sah, führte sie durch ein Wohngebiet mit Reihenhäusern und schmalen Straßen, viele davon Sackgassen. Die meisten Häuser brannten, Dächer waren eingestürzt, der Regen verdampfte in den Flammen und wurde zu Nebel, der tief über der Straße hing.

»Schaltet die Wärmebildkameras ein«, befahl Lanzo. Nebel und Rauch verdichteten sich so sehr, dass er kaum weiter als einen Meter sehen konnte. Scheinwerfer stachen plötzlich aus dem Nebel hervor, unmittelbar vor ihm. Er warf sich zur Seite und eröffnete das Feuer aus seiner Maschinenpistole. Ein schwarzer Mini schoss nur Zentimeter an seinen Füßen vorbei und krachte in eine Mauer. Arnest riss die Fahrertür auf und schoss hinein. Lanzo konnte nicht sehen, was er traf, aber Blut spritzte von innen über die Windschutzscheibe.

»Erledigt«, sagte Arnest.

Sie schwärmten aus. Rasch etablierten sie eine Routine. Die brennenden und zerstörten Häuser ignorierten sie, die anderen wurden durchsucht. Hin und wieder bemerkte Lanzo, dass einer seiner Männer sich Schmuck oder Geld einsteckte, aber er sagte nichts. Was sie in dieser Nacht stahlen, würde niemand vermissen.

Sie fanden nur wenige Überlebende, zumeist ängstlich zusammengekauerte Familien, die um ihr Leben bettelten. Die leeren Parkbuchten vor den Häusern verrieten Lanzo, dass die meisten wahrscheinlich schon vor dem Angriff die Stadt verlassen hatten. Er fühlte sich besser, wenn er daran dachte.

Fünf Stunden lang durchkämmten sie das Wohngebiet. Wie viele sie töteten, konnte Lanzo nicht sagen, wahrscheinlich Hunderte. Er hasste jeden einzelnen Schuss, den er abgab, jeden Schrei, den er hörte, jeden Blick aus brechenden Augen. Trotzdem machte er weiter. Etwas anderes konnte er nicht tun.

Irgendwann bemerkte er, wie still Arnest geworden war. »Alles in Ordnung?«, fragte er auf ihrem privaten Kanal.

Arnest antwortete nicht, nur sein Helm senkte und hob sich kurz. Er nickte.

»Wir haben es gleich geschafft«, sagte Lanzo

Der Rendezvouspunkt mit den anderen Einheiten lag unmittelbar vor ihnen in einem kleinen Industriegebiet. Es gab ein paar Firmen dort, einen Supermarkt und einen McDonalds. Alles war dunkel. Nur der Feuerschein, der über der Stadt lag, tauchte die Gebäude und den Parkplatz, der sie verband, in ein unwirklich rotes Licht.

»Scheiße«, sagte Lanzo leise, als er einen Blick auf die Scheiben des McDonalds warf. Er sah Gesichter dahinter, Menschen, die sich dort vor den Raketen und den Soldaten versteckt hatten.

»Der ganze Laden ist voll«, sagte Arnest. Er wechselte das Magazin seiner Maschinenpistole. »Was wollen die denn da?«

»Wohin sollen sie sonst gehen? Raus können sie nicht, in ihren Häusern bleiben auch nicht. Bleibt nicht viel übrig.«

Lanzo schaltete auf den allgemeinen Kanal um. Ihm wurde plötzlich übel. *Steh das durch*, dachte er. *Sie hätten eh keine Chance. Wir tun ihnen einen Gefallen.*

Er wünschte, er hätte das glauben können.

»Laden umzingeln und auf meinen Befehl schießen«, sagte er. Die Männer schwärmten aus. Im Inneren brach Chaos aus. Niemand versuchte, zu fliehen, stattdessen schoben sie Tablettwagen vor die Türen und warfen Tische um, mit denen sie wohl die Fenster verbarrikadieren wollten.

»Feuer«, befahl Lanzo.

Scheiben zerplatzten unter Hunderten Kugeln, Blut klatschte über die Wände, Menschen schrien. Tische und Stühle wurden auseinandergerissen, Querschläger rasten funkensprühend durch die Luft. In der Küche brach ein Feuer aus. In den Gestank nach Schießpulver und Tod mischte sich der nach Frittenfett.

Arnest schrie neben Lanzo auf einmal wütend auf. Mit der Faust schlug er gegen den kurzen Lauf seiner Maschinenpistole, rüttelte an ihr und richtete sie wieder auf das Fenster. Nichts geschah. Die Waffe hatte Ladehemmung.

»Ruhig bleiben«, sagte Lanzo, der sehen konnte, wie sehr die Hände seines Bruders zitterten. Aber es war zu spät. Mit einem Schrei warf Arnest die Maschinenpistole auf den Asphalt, zog sein Messer aus dem Stiefelschaft und lief los – in den Kugelhagel hinein.

»Feuer einstellen!«, rief Lanzo. »Hört auf!«

Die Schüsse verstummten. Arnest machte einen Hechtsprung durch eines der zerstörten Fenster, rollte sich ab und kam mit dem Messer in der Hand hoch. Trotz des Feuers und der Schreie der Verletzten und Verängstigten konnte Lanzo sein wütendes Brüllen hören, als er sich den Helm vom Kopf zog. Er klang wie ein Tier.

Und dann warf er sich nach vorn. Er stach und schlug um sich, unkontrolliert und wild. Zwei Männer versuchten, ihn zu Fall zu bringen, doch er rammte dem einen das Messer in die Kehle und hieb es dem anderen ein Dutzend Mal in die Brust.

»Sergeant?«, sagte eine Stimme verunsichert auf dem allgemeinen Kanal. »Was machen wir denn jetzt?«

Lasst ihn, war sein erster Gedanke, aber er sprach ihn nicht aus. Obwohl es ihnen hätte egal sein sollen, ob die Menschen in dem Fast-Food-Restaurant durch Kugeln oder Stiche starben, war es das nicht. Das, was sie in den letzten Stunden getan hatten, war Krieg – hässlich, brutal, vielleicht sinnlos, aber kontrolliert. Doch das, was Arnest tat, war …

Lanzo schreckte vor dem Wort zurück. *Wahnsinn.*

»Ich kümmere mich darum.« Glasscherben knirschten unter seinen Sohlen, als er den McDonalds durch den Eingang betrat. Es stank nach Blut, verkohltem Grillfleisch und Urin. Überall lagen Leichen, Wände und Boden hatten sich rot gefärbt.

Niemand außer Arnest bewegte sich noch. Er hockte auf den Leichen und stach mit solcher Wut auf sie ein, dass er Fleisch aus den Körpern riss. Lanzo hatte seinen Jähzorn schon oft erlebt, aber was er nun sah, ging weit darüber hinaus. Diese Nacht hatte etwas in Arnest beschworen, das sich vielleicht nie wieder bezwingen lassen würde.

Lanzo zog seinen Helm ab. »Arnest?«

Sein Bruder drehte sich nicht um. Er hockte auf einem dicken Mann, der im Todeskampf seine Finger um ein Tischbein gekrallt hatte.

»Arnest?« Lanzo blieb hinter seinem Bruder stehen. Jeder Stich, den er hörte, klang nass. »Ich nehme dir jetzt das Messer ab, okay?«

Vorsichtig streckte er die Hand aus und berührte Arnests Schulter – und sprang zurück, als der plötzlich herumfuhr. Das Messer verfehlte seine Brust nur klapp.

Arnests Augen waren weit aufgerissen, die Augäpfel das einzig Weiße in seinem roten Gesicht. Blut tropfte aus seinen Haaren und seinem Bart, lief in langen Bahnen über seine Wangen. Seine Arme sahen aus, als hätte er sie bis zu den Ellenbogen in rote Farbe getaucht.

Er streckte die Hand aus. »Hilf mir«, stieß er rau hervor. »Ich kann nicht aufhören. Ich … kann … nicht … aufhören.«

Er stieß die Klinge in die Leiche einer älteren Frau. Vor Erschöpfung konnte er kaum noch den Arm heben. Lanzo ging vor ihm in die Hocke. Mit einer Hand wand er ihm das Messer aus den Fingern, die andere legte er um Arnests Schultern.

»Sieh mich an«, sagte er.

Es dauerte einen Moment, doch dann hob Arnest den Kopf.

»Es ist vorbei. Du hast aufgehört. Ich bin bei dir.«

Sein Bruder klammerte sich an ihn. In seinen Augen flackerte es, so als erkenne er langsam, was er getan hatte.

»Verfluchte Scheiße …«, sagte er. Seine Stimme brach.

Er muss hier raus, dachte Lanzo. Mühsam zog er Arnest auf die Füße. »Komm.«

»Nein. Knall mich ab. Ich bin ein verdammtes Ungeheuer.«

»Das bist du nicht.« Lanzo zog ihn mit sich. Er rutschte auf Blut aus, fing sich aber, bevor er stürzen konnte. »Du bist mein Bruder und ich werde dafür sorgen, dass so etwas nie wieder passiert. Hast du das verstanden? Du wirst das nie wieder tun.«

Arnest sackte in sich zusammen, so als sei etwas in ihm zerbrochen. Lanzo konnte ihn kaum halten.

»Versprich mir das, Lanzo.«

»Ist versprochen. Ich werde auf dich aufpassen. Du musst keine Angst haben.«

Auf dem Weg zum Eingang hob er seinen Helm auf. »Niemand hat was gesehen«, sagte er auf dem verschlüsselten Kanal seiner Einheit. »Verstanden?«

Alle nickten.

Doch jemand hatte etwas gesehen. Nur eine Stunde nachdem Lanzo seinen Befehl gegeben hatte, tauchte ein Foto des blutverschmierten Arnests, der mit einem Messer ausholte, auf einer Nachrichtenseite auf. Bis zum nächsten Morgen hatten es alle großen Seiten übernommen. Arnest gab der Keulung von Dublin ihr verdient hässliches Gesicht.

»Sie werden mich umbringen«, sagte er abends, als sich die Tür seiner Arrestzelle hinter ihm schloss.

Lanzo schüttelte den Kopf. »Nein. Sie brauchen jeden Mann. Dein Gesicht ist bekannt, dein Name nicht. Haare ab, Bart ab, dann wartet ein neues Leben auf uns in Afrika.«

»Madagaskar?«

»Somalia.« Er hatte jeden Gefallen einfordern müssen, um wenigstens das zu erreichen.

»Oh.« Arnest sah ihn an. Nervös fuhr er sich mit der Zunge über die Lippen. »Und du bleibst bei mir, damit ich nich' wieder … du weißt schon.«

»Für immer.« Lanzo streckte seine Hand durch die Gitterstäbe.

Arnest ergriff sie. »Für immer.«

7

»›Du weißt, was passiert, wenn du das nicht tust‹«, las Trevor vor. Er hatte Arnest während des kurzen Chats mit seinem Bruder über die Schulter gesehen. »Was meint er damit?«

»Nichts.« Arnest warf das Pad auf sein Bett. »Ist nur so ein Witz zwischen uns.«

»Das klingt aber nicht wie ein Witz.«

Arnest antwortete nicht darauf. Der Satz hallte in ihm nach, so als hätte Lanzo ihn laut ausgesprochen. Sie redeten nie über das, was in Dublin geschehen war, trotzdem dachte Arnest jeden Tag daran. Manchmal wachte er nachts auf und roch das Blut.

»Ich will mich nicht zwischen dich und deinen Bruder stellen«, sagte Trevor. »Wenn Lanzo das denken sollte, tut es mir leid. Du hast mich aus Atlantis geholt und bist mein Kumpel, aber deshalb muss er nicht eifersüchtig sein.«

»Du glaubst, dass er sich so scheiße benimmt, weil er eifersüchtig ist?« Die Vorstellung erschien Arnest merkwürdig.

»Vielleicht.« Trevor lehnte sich an den Schreibtisch. »Wenn Leute eifersüchtig sind, versuchen sie alles, um den anderen an sich zu ketten. Bestechung, Drohungen, irgendwelche alten Geschichten, um Schuldgefühle zu erzeugen ... Ich hatte mal was mit einer Sängerin, die mir zuerst ein Auto geschenkt hat und dann behauptete, ich hätte mit ihrer Schwester darin gevögelt. Die war so irre.«

Arnest nickte geistesabwesend. Manches von dem, was Trevor sagte, passte auf seinen Bruder, nur mit dem Unterschied, dass nicht Lanzo verrückt war, sondern er.

Aber was, wenn ich nicht mehr dieser Verrückte bin?, dachte Arnest. Schließlich war das, was Lanzo als seinen ›Berserker‹ bezeichnete, nur einmal über ihn gekommen. Seitdem hatte er ihn des Öfteren tief in seinem Inneren gespürt, doch die Ketten, die ihn dort hielten, saßen fest und ließen sich nicht mehr zerreißen. Lag das daran, dass Lanzo auf ihn achtete oder beherrschte Arnest den Berserker längst?

Was, wenn Lanzo mich verarscht?

»Soll ich mal mit ihm reden?«, fragte Trevor.

»Nein. Ich regle das.«

»Okay, du kennst ihn besser als ich. Da wäre noch eine Sache. Nimm mir das bitte nicht übel, aber …« Trevor zögerte.

Arnest sah ihn an. »Aber?«

»Dein Hemd.«

Er sah an sich herunter und roch an seinen Achselhöhlen. »Was ist damit?«

»Wie wäre es, wenn du ein frisches anziehen würdest?«

Quatsch, das hab ich doch erst … wollte er sagen, doch dann fiel ihm ein, dass er nicht wusste, wenn er es das letzte Mal gewechselt hatte. Er warf einen Blick in den Schrank, fand nichts Passendes und sah dann unter das Bett.

»Ist das besser?«, fragte er, als er ein anderes schwarzes hervorzog.

»Wenn es frisch ist, dann ist es besser.« Trevor lächelte. »Ich vergesse so was auch immer.«

»Na ja, wenn's einem keiner sagt …« Arnest unterbrach sich.

Klack-Klack-Klack-Klack-Klack

»Da ist sie wieder«, sagte er. Die Schritte klangen schnell, so als würde Ama'Ru rennen. Mit dem Hemd in der Hand ging Arnest zur Tür.

Klack-Klack-Klack-Klack-Klack

»Sprich sie nicht an«, flüsterte Trevor. »Das gibt nur Ärger.«

Arnest schlug auf den Öffner. Zischend öffnete sich die Tür.

»Hey, Jockey!«, rief er in den Gang, bevor er aus seiner Kabine trat. »Ich will mit dir reden.«

Verwirrt blieb er stehen. Der Gang vor ihm war leer und still. Die Schritte, die nur Sekunden vorher noch so geklungen hatten, als liefe Ama'Ru gerade an der Kabine vorbei, waren verhallt.

Arnest drehte sich um. Auch auf der anderen Seite des Gangs war niemand.

»Du hast die Schritte doch gehört, oder?«, fragte er.

Trevor nickte.

Arnest lauschte noch einmal in den Gang hinein, dann schüttelte er den Kopf.

Wo zum Teufel ist die hin?

8

»Ich möchte euch begleiten.«

Ama'Ru stand in der Tür zu ihrer leeren Kabine. Herausgerissene Seiten aus alten Magazinen, die sie in den offen stehenden Passagierkabinen gefunden haben musste, und Papierfetzen bedeckten den Boden. Die Luft, die Rin entgegenschlug, war heiß und trocken.

Auckland musste das ebenfalls bemerken, kommentierte es aber nicht. »Ich halte das für keine gute Idee«, sagte er.

Trevor nickte. Arnest verschränkte abweisend die Arme vor der Brust. Er hatte sich ein frisches schwarzes Hemd angezogen, was Rin für ein kleines Wunder hielt. Sie waren auf dem Weg zur *Destination Moon*. Nur Lanzo und Kipling fehlten. Beide hatten sich freiwillig für den Wachdienst auf der Brücke gemeldet.

»Ist das nur deine Meinung«, fragte Ama'Ru, »oder verbirgt sich dahinter ein Befehl? Anders gefragt: Bin ich eine Gefangene oder ein Gast?«

Rin sah Auckland an. Die gleiche Frage hatte sie sich auch schon gestellt.

Er wich aus. »Ich werde dir nicht verbieten, mitzukommen, aber …«

»Warum nicht?«, fragte Arnest.

»Aber«, sagte Auckland schärfer, »ich kann dort für deine Sicherheit nicht garantieren. Du weißt ja, was passiert ist.«

»Das tue ich.« Die Mandibeln der Gottesanbeterin bewegten sich. Rin sah kleine bunte Fetzen in ihrem Mundwinkel hängen.

»Dir klebt Papier am Mund«, sagte sie. »Isst du das?«

Ama'Ru drehte den Kopf. »Natürlich nicht. Ich schreddere es. Der Boden hier ist sehr hart.«

»Deshalb die Möbel«, sagte Rin.

»Sie liegen uns nicht.« Ama'Ru wandte sich wieder Auckland zu. »Gibt es außer der Sicherheit sonst noch etwas, das gegen meinen Aufenthalt auf dem anderen Schiff spricht?«

»Wie wäre es damit, dass wir dich nicht dabeihaben wollen?«, fragte Arnest. Provozierend streckte er das Kinn vor.

»Es reicht«, sagte Auckland. »Sie kann mitkommen, wenn sie will, und wenn dir das nicht passt, kannst du hierbleiben.«

»Du würdest eher sie mit –« Er unterbrach sich, und Rin sah, dass Trevor ihn kurz am Arm berührte. »Ach, vergiss es. Gehen wir. Ich hab Hunger.«

Sie legten den Weg zur Schleuse schweigend zurück. Rin musterte verstohlen die Jockey, die auf der Gottesanbeterin saß. Der Blick ihrer großen, fast lidlosen Augen glitt von Auckland zu Arnest und wieder zurück, so als dächte sie über etwas nach. Dann, so unerwartet, dass Rin zusammenzuckte, sah Ama'Ru sie an.

»Links oder rechts?«, fragte sie.

»Was?«

»Das Papier an meinem Mund.«

»Rechts«, sagte Rin. »Also dein rechts.«

»Danke.« Ama'Ru hob einen Arm und wischte sich mit der Zange über den Mund. Der bunte Papierfetzen fiel zu Boden. »Ich möchte mich nicht lächerlich machen.«

Auckland blieb an der Schleuse stehen, öffnete sie und drehte sich zu den anderen um. »Benehmt euch, okay?«

Er benutzte den Plural, aber jeder wusste, dass er Arnest damit meinte. Der zuckte nur mit den Schultern.

Eine ausfahrbare Metallröhre verband die *Eliot* mit der *Destination Moon*. Die Außenschleuse auf der anderen Seite war bereits geöffnet, die innere Tür verschwand in der Wand, als sie das Schiff betraten. Dahinter stand Bob Swanson. Er trug Flip-Flops, Shorts und ein buntes Hemd, das sich über seinen Bauch spannte. Sein breites Lächeln fiel einen Moment lang in sich zusammen, als er Ama'Ru entdeckte, dann kehrte es zurück.

»Willkommen«, sagte er.

Auckland trat auf ihn zu und streckte die Hand aus, aber Trevor kam ihm zuvor. Er ergriff Bobs Hand und schüttelte sie. »Vielen Dank für die Einladung. Wir wissen das sehr zu schätzen.«

»Wir haben zu danken. Wir hatten noch nie jemand Berühmtes an Bord.« Bob zeigte auf das Banjo, das Trevor auf dem Rücken trug. »Alle sind schon sehr gespannt.«

»Ich werde versuchen, sie nicht allzu sehr zu enttäuschen«, sagte Trevor lächelnd. Er warf einen Blick in den kahlen grauen Gang hinter der Schleuse. »Ein schönes Schiff hast du hier.«

»Warte erst mal, bis du alles gesehen hast.« Bob klopfte ihm auf die Schulter und führte ihn nach draußen. »Komm. Ich zeige dir, wo du nachher auftreten wirst.«

Er schien seine anderen Gäste vergessen zu haben. Arnest folgte ihm und auch Rin schloss sich an.

»Das wird ein langer Abend«, sagte sie und dann, an Ama'Ru gewandt. »Du wirst dir vielleicht noch wünschen, du wärst auf der *Eliot* geblieben.«

Die Jockey legte nur den Kopf schräg. Rin war sich nicht sicher, ob sie verstanden hatte, was damit gemeint war. Aber Auckland hatte es verstanden, denn er nickte. »Allerdings.«

Sie folgten den anderen durch den Gang in den Wohnbereich des Schiffs. Obwohl Bob seine Erklärungen exklusiv an Trevor richtete, bekam Rin genug davon mit, um sich einen Eindruck verschaffen zu können.

Bei der *Destination Moon* handelte es sich tatsächlich um ein Frachtschiff, das Rohstoffe, vor allem Erze, aus dem Asteroidengürtel zurück zur Erde transportiert hatte. Nach Omega hatten Bob und Daniel, die das Schiff zusammen kommandierten, die Ladung nach und nach verkauft und die leeren Frachträume zu Unterkünften umgebaut.

»Wie ihr seht«, sagte Bob, als er am Eingang des ersten Frachtraums stehen blieb, »ist es hier nicht sehr luxuriös.«

Der Raum sah aus wie ein Gefängnis. Ein langer, schmaler Gang führte zwischen fensterlosen Metallwänden hindurch. Alle drei Meter gab es eine Tür. Treppen führten in einen identisch aussehenden zweiten und dritten Stock. Zwischen den Geländern auf beiden Seiten hatte man Leinen gespannt, an denen Wäsche hing. Rin hörte Musik und Stimmen aus den Unterkünften. Einige Türen standen offen und sie sah lang gezogene rechteckige Räume dahinter, die größer waren, als sie angenommen hatte. Ein kleines Kind winkte ihr aus einem Laufstall zu und sie winkte zurück.

»Wie viele Menschen leben hier?«, fragte sie.

Bob drehte sich zu ihr um. »Zweihundertzwölf. Wir haben Platz für sechshundert, aber noch nicht die Ressourcen, um sie zu versorgen. Wir arbeiten daran.«

In Gedanken verglich Rin die *Destination Moon* mit Atlantis. Schiff wie Station waren spartanisch eingerichtet und versorgten die Menschen mit kaum mehr als dem Nötigsten, aber während die Bewohner von Atlantis deprimiert gewirkt hatten, lächelten die Leute, denen sie auf dem Schiff begegnete. Bob grüßte sie mit Namen und blieb stehen, wenn jemand mit Trevor sprechen wollte. Die Freundlichkeit wirkte ehrlich, nicht erzwungen wie bei Che und seiner Mutter.

Sie ließen den Wohnbereich hinter sich und blieben an einem Rolltor stehen. »Das ist das Herz unserer kleinen Flotte«, sagte Bob, »und der Grund, weshalb wir so gut hier draußen überleben können. Ladies and Gentlemen, unser Garten.«

Er berührte das Touchpad an der Wand und ließ das Rolltor

nach oben fahren. Rin hielt den Atem an, als sie die langen Reihen von Gemüsebeeten und Obstbäumen sah, die sich durch die ganze Halle erstreckten. UV-Lampen hingen von der Decke. Sie wandte ihnen das Gesicht zu und genoss die Wärme auf ihrer Haut. Sie schloss die Augen. Es roch nach Erde und Gras und wenn da nicht das Metall unter ihren Sohlen gewesen wäre, hätte sie geglaubt, zu Hause zu sein. Nicht in einer bestimmten Stadt, nicht in einem Land, sondern auf dem Planeten, den sie zurückgelassen hatte. Das war die einzige Heimat, die sie alle je gehabt hatten.

»Jeder reagiert so, wenn er zum ersten Mal hier reinkommt«, sagte Bob leise. »Da begreift man erst, wer man eigentlich ist.«

Rin öffnete die Augen und sah, dass auch die anderen stehen geblieben waren. Trevor strich beinahe ehrfürchtig über die Blätter einer Maispflanze, Auckland hockte neben ihm und ließ Dreck durch seine Finger rinnen. Sogar Arnest schien die Stimmung zu spüren.

»Ist etwas davon zu verkaufen?«, fragte Ama'Ru und riss damit alle aus ihren Gedanken.

Bob nickte. »Ja. Wir produzieren mittlerweile einen ganz ordentlichen Überschuss. Da können wir später drüber reden.«

»Sehr gut. Ich nehme auch das, was für euch Abfall ist.«

»Okay.« Bob musterte die Jockey einen Moment lang, bevor er sich abwandte und die Tour fortsetzte. Rin folgte ihm langsam. Am liebsten hätte sie sich zwischen die Beete gesetzt und ihren Duft eingeatmet. Sie beneidete die beiden Männer, die am anderen Ende der Halle den Boden beharkten.

Über eine enge Wendeltreppe gelangten sie auf die Ebene oberhalb der Frachträume.

»Hier ist die Werkstatt«, sagte Bob und zeigte auf ein Tor, hinter dem Männer und Frauen in Overalls an großen Maschinen standen. Der Geruch nach Erde wurde von dem nach Öl abgelöst. Metall schlug laut auf Metall.

»Wir haben vier industrielle 3D-Drucker«, rief Bob über den Lärm hinweg. »An den ersten Teilen für die *Eliot* wird bereits gearbeitet.«

Auckland sah ihn an. »Ihr seid schnell.«

Bob lächelte. »Fünf Sterne bei über neuntausend Bewertungen bekommt man nicht einfach so.«

Er wandte sich wieder an Trevor. »Da vorne ist der Saal, in dem du nachher auftreten wirst, wenn dir das nicht zu unangenehm ist. Mit den großen Konzertsälen der Erde kann er nämlich nicht mithalten.«

»Ich bin so lange in Kneipen aufgetreten, dass er mir bestimmt wie ein Palast vorkommen wird.«

Sie blieben in der offenen Tür stehen. Der Speisesaal war größer als die Kantine der *Eliot*, aber ihm haftete der gleiche Geruch nach altem Öl und verbranntem Toast an. Fast alle Tische waren besetzt. Rin sah Männer und Frauen in den gleichen Overalls wie die in der Werkstatt, Familien mit Kindern und Leute in Laborkitteln oder Zivil.

Bob legte seinen Arm um Trevors Schultern und führte ihn in den Saal. Rin hatte den Eindruck, dass er dessen Berühmtheit wie teuren Schmuck trug.

»Was habe ich euch gesagt?«, rief er. »Trevor Reilly!«

Die Menschen an den Tischen erhoben sich und applaudierten. Manche jubelten oder riefen: »Danke, Bob!«

Trevor hob beschwichtigend die Hände und tat so, als wäre ihm die Aufmerksamkeit unangenehm. »Bitte hört auf. Lasst euch von mir nicht beim Essen stören. Wir sehen uns –«

Ein Teller zerplatzte neben ihm an der Wand. Trevor duckte sich. Blaue Scherben regneten auf sein Fransenhemd.

»Jockey-Arschloch!«, schrie jemand ganz hinten im Saal, den Rin nicht sehen konnte. Arnest schien ihn jedoch gesehen zu haben, denn er stürmte los und sprang auf einen der Tische. Die Sohlen seiner Stiefel klatschten in Teller voll mit Kartoffelpüree und Erbsen, stießen Wassergläser und Karaffen um. Es klirrte laut, die Menschen, die an dem Tisch gestanden hatten, wichen zurück.

»Halt!«, rief Auckland, aber Arnest beachtete ihn nicht. Mit langen Sätzen, so wie ein Hochspringer beim Anlauf, brachte er die Tische hinter sich, streckte die Arme aus und warf sich nach vorn. Er kollidierte mit einem jungen Mann, der Jeans und ein weißes T-Shirt trug. Gemeinsam gingen sie zu Boden.

Arnest richtete sich auf. Der Mann lag unter ihm und versuchte, sein Gesicht mit den Armen zu schützen, doch die Fäuste, mit denen Arnest auf ihn einschlug, durchbrachen seine Deckung mühelos.

»Arnest!«, rief nun auch Rin. »Hör auf.«

Er reagierte nicht.

Auckland bahnte sich einen Weg durch die Menge, die sich nun zu dem Kampf umdrehte, so als wäre die Berühmtheit, die mit ihnen im Saal stand, bereits vergessen. Rin konnte weder Arnest noch seinen Gegner sehen, hörte nur das Klatschen von Schlägen und lautes Stöhnen.

»Er bringt ihn noch um«, sagte Bob. Er schien nicht zu wissen, was er machen sollte.

»Wird er nicht.« Rin legte mehr Überzeugung in ihre Worte, als sie fühlte. Im gleichen Moment erreichte Auckland Arnest und riss ihn von seinem Gegner weg. Er duckte sich unter einem Faustschlag, nutzte Arnests Schwung und schleuderte ihn gegen die Wand. Dann sah er den Mann am Boden an.

»Verschwinde!«

Die Menge teilte sich und machte dem jungen Mann im weißen T-Shirt Platz. Jetzt war es blutverschmiert, sein Gesicht war geschwollen. Blut tropfte aus seiner gebrochenen Nase. Auckland presste Arnest mit der Schulter gegen die Wand, um ihn von einem zweiten Angriff abzuhalten, aber Rin konnte sehen, dass das nicht mehr nötig war. Arnest stand ruhig da.

Nur seine Brust hob und senkte sich rasch.

»Geh in die Krankenstation, Louis«, sagte Bob, als der verletzte Mann an ihm vorbeitaumelte. »Und morgen früh will ich dich in meinem Büro sehen.«

Auckland ließ Arnest zögernd los, dann sagte er etwas, das Rin nicht verstehen konnte und kehrte zum Eingang zurück. Arnest zog eine Serviette von einem der Tische. Er wischte sich das Blut von den Händen und folgte Auckland.

»Das war … brutal«, sagte Bob, als beide vor ihm stehen blieben.

»Hätte ja sein können, dass der Kerl 'ne Knarre hat.« Arnest warf die Serviette auf den Boden. Die Menschen im Saal tuschelten aufgeregt miteinander.

Auckland wandte sich an Trevor. »Irgendeine Idee, was das sollte?«

»Du hast doch gehört, was er gerufen hat. ›Jockey-Arschloch.‹ Arnest hatte ich davon schon auf Atlantis erzählt. Im Netz kursiert eine Verschwörungstheorie, in der behauptet wird, dass ich ein Jockey sei.«

»Absurd«, sagte Ama'Ru. Sie hatte den Kampf teilnahmslos beobachtet.

»Klar.« Trevor zuckte mit den Schultern. »Aber ihr wisst ja, wie das Netz sein kann.«

Bob räusperte sich. »Unter diesen Umständen ist es vielleicht besser, das Konzert abzusagen. Das wird jeder hier verstehen.«

»Wegen eines Tellers? Ich bin schon mit ganz anderen Sachen beworfen worden.« Trevor lächelte und sah Arnest an. »Außerdem habe ich den besten Bodyguard, den man sich wünschen kann. Der hat garantiert alles unter Kontrolle.«

»Richtig«, sagte Arnest. »Ich hab alles unter Kontrolle.«

Sein Tonfall ließ Rin aufhorchen. Er klang nicht so selbstsicher wie sonst, sondern besorgt, fast schon nervös. *Alles okay?*, wollte sie ihn fragen, doch da klatschte Bob bereits in die Hände.

»Freunde!«, rief er in den Saal hinein. »Gute Nachrichten. Das Konzert wird wie geplant stattfinden.«

Die Leute applaudierten, Trevor verneigte sich und winkte ihnen zu. Als sie den Speisesaal verließen, sah Rin aus den Augenwinkeln, wie Auckland sein Pad hervorzog. Das Display leuchtete.

Er warf einen Blick darauf und steckte es wieder ein.

9

»Du musst nicht hierbleiben«, sagte Lanzo.

»Hm?« Kipling zuckte zusammen. Er war bereits zum vierten oder fünften Mal eingenickt.

»Geh schlafen. Eine Brückenwache reicht.«

Kipling richtete sich in seinem Sitz auf und schob die Hände unter die V-Specs, um sich die Augen zu reiben. »Ich wollte dir Gesellschaft leisten.«

»Es ist nicht sehr interessant, jemandem beim Schlafen zuzusehen.«

»Stimmt auch wieder.« Kipling blieb sitzen. »Rin hat sich gemeldet. Trevor rockt gerade die *Destination Moon,* schreibt sie.«

Lanzo sagte nichts darauf, sondern tat so, als interessiere er sich für die Sensorenwerte, die sich seit Stunden nicht verändert hatten.

»Alles dabei«, fuhr Kipling fort. »Ein paar Oldies, ›See You in Nashville‹, Fangirls in der ersten Reihe und Slips, die auf die Bühne fliegen.«

Als Lanzo immer noch nicht antwortete, lächelte er. »Du kannst ihn echt nicht leiden, oder?«

»Nicht besonders.« Er befürchtete, dass Kipling das Thema vertiefen würde, deshalb fragte er rasch: »Wie betrunken ist Arnest schon?«

»Moment.« Kiplings Fingerspitzen bewegten sich. Er wartete einen Moment, dann sagte er: »Er ist nüchtern und passt auf Trevor auf. Es gab wohl einen Zwischenfall.«

Lanzo sah auf. Sein Mund wurde trocken. »Was ist passiert?«

»Ich frag mal.«

Die Zeit verstrich quälend langsam. Lanzo zwang sich dazu, entspannt und ruhig zu wirken.

»Jemand hat Trevor mit einem Teller beworfen. Arnest hat den Typen zusammengeschlagen. Jetzt fungiert er als Trevors Bodyguard. Wenn er schwul wäre, könnte das der Beginn einer großen Liebe sein, aber erzähl ihm bloß nicht, dass ich das gesagt habe.«

Lanzo grinste, obwohl ihm nicht danach zumute war, und stand auf. »Ich denke, ich werde ihm das gleich sagen.«

»Was?« Kipling wurde nervös. »Mach keinen Scheiß.«

»Natürlich nicht.« Lanzo blieb vor den Fahrstuhltüren stehen. »Ich will mir nur mal ansehen, wie dieses Konzert läuft, wenn es dir nichts ausmacht.«

»Auf einmal?«

»Ich hab nichts Besseres zu tun. Schaffst du es, eine halbe Stunde wach zu bleiben?«

»Das packe ich schon.«

Lanzo stieg in den Aufzug und fuhr nach unten. Er wusste, dass Kipling ihm kein Wort geglaubt hatte, aber darauf konnte er keine Rücksicht nehmen. Das Verhalten seines Bruders machte ihm Sorgen. Dass er jemanden wegen etwas, das nach einer Kleinigkeit klang, zusammenschlug, war nicht ungewöhnlich, dass er nüchtern blieb, um auf jemanden aufzupassen, schon. Wenn Arnest Verantwortung tragen musste, ging das selten gut.

Es war still in dem großen Schiff. Irgendwo unter ihm gab es einen Frachtraum voller Zombies, ein Problem, dem sich Auckland anscheinend nicht stellen wollte. Lanzo hatte ihn schon einige Male darauf angesprochen, war jedoch immer wieder vertröstet worden. Lanzo hielt die Zombies für eine tickende Zeitbombe, Auckland hielt sie für ein Problem, das man vor sich herschieben konnte.

Wir werden ja sehen, wer recht behält, dachte Lanzo. Ausnahmsweise hoffte er, dass er es nicht sein würde.

Klack-Klack-Klack-Klack-Klack

Er blieb stehen. Das Geräusch war ihm vertraut, trotzdem überraschte es ihn. Er hatte geglaubt, dass Ama'Ru sich noch auf der *Destination Moon* aufhielt.

Klack-Klack-Klack-Klack-Klack

Die Schritte kamen aus dem Seitengang, der zu dem großen Schlafsaal führte. Ama'Ru hatte dort die Möbel aus ihrer Kabine verstaut. Wahrscheinlich hatte sie erkannt, dass es ohne sie doch zu unbequem war.

Wahrscheinlich.

Lanzo zögerte. Er hatte Omega nicht überlebt, weil er sich auf Wahrscheinlichkeiten und Annahmen verlassen hatte. Wenn etwas Unerwartetes geschah, ging er dem nach.

Der Seitengang war leer, aber die Tür zum Schlafsaal stand offen, dahinter war es dunkel. Auch das war unerwartet. Wenn man auf der *Eliot* eine Tür öffnete, ging normalerweise das Licht in dem Raum an.

»Ama'Ru?«, fragte er in die Dunkelheit.

Keine Antwort.

Lanzo zog seine Waffe. Er hielt sich im Winkel zwischen Wand und Tür, versuchte, kein Ziel abzugeben. Ein Teil von ihm fand das albern, ein anderer lebenswichtig.

Klack-Klack-Klack-Klack-Klack

Die Schritte kamen aus dem Schlafsaal. Sie folgten schneller aufeinander als sonst, Ama'Ru schien zu laufen. Lanzo gab sich einen Ruck und betrat den Saal. Zwischen dem ersten Bett und der Wand kauerte er sich hin.

Ich hätte sie nicht rufen sollen, dachte er. Damit hatte er ihr die Initiative überlassen. Sie konnte entscheiden, ob sie antwortete oder schwieg und zwang ihn damit, darüber zu rätseln, was die Stille bedeutete.

Seine Augen gewöhnten sich an die Dunkelheit. Die Möbel, die Ama'Ru in dem Saal lagerte, standen unberührt an der Wand. Die nach dem Zombiekampf längst wieder aufgerichteten Etagenbetten wirkten wie Metallskelette. Sie warfen lange Schatten in den Raum.

Lanzo konzentrierte sich auf die Rückseite des Saals, die mit der Dunkelheit verschmolz. Ama'Ru entdeckte er nicht.

Klack-Klack-Klack-Klack-Klack

Lanzo zuckte zusammen. Die Schritte kamen näher, aber noch immer sah er niemanden, nicht einmal einen Schatten. Er wünschte, Arnest wäre bei ihm gewesen, um ihm den Rücken freizuhalten, aber er war allein. Kipling war als Einziger mit ihm an Bord geblieben und in einer solchen Situation war er so nützlich wie …

Klack-Klack-Klack-Klack-Klack

Noch näher als beim letzten Mal. *Raus hier*, dachte Lanzo. Er kam hoch und wich zurück, die Waffe im Anschlag. In der Dunkelheit vor ihm schienen Schatten zu wabern. Nur das Summen der Klimaanlage durchbrach die Stille.

Lanzo atmete erst auf, als er die Tür zum Schlafsaal mit einem Druck auf das Touchpad schloss. Er steckte die Pistole ein und zog sein Pad heraus. Umständlich tippte er mit einer Hand.

›Kipling, verriegle die Fahrstuhltüren zur Brücke.‹

Kipling: ›Warum?‹

›Mach es!‹

Lanzo wartete die Antwort nicht ab. Nach einem letzten Blick auf die Tür drehte er sich um und ging zurück zur Kreuzung. Er wusste nicht, was Ama'Ru im Schlafsaal machte und weshalb sie ihn ignorierte, aber sie würde es ihm sagen, wenn sie herauskam. Und wenn er sie dazu zwingen musste.

Lanzo zog seine Waffe und wartete.

10

Arnests frisches schwarzes Hemd stank nach Schweiß. Es klebte an seinem Rücken und hing schwer von seinen Schultern. Er hatte kaum etwas gegessen, trotzdem war er nicht hungrig.

Bodyguard. Was für ein Scheiß, dachte er, während er mit den anderen zurück zur Schleuse ging. Die letzten drei Stunden waren die Hölle gewesen. Sie hatten zusammen mit Bob, Daniel und ein paar Leuten, deren Namen Arnest sofort wieder vergessen hatte, in einem einfach eingerichteten Konferenzsaal gegessen und frisch gezapftes Bier getrunken. Genauer gesagt hatten die anderen gegessen und getrunken, während Arnest sie beobachtet und auf das geringste Anzeichen von Gefahr geachtet hatte. Sogar Ama'Ru, deren Gottesanbeterin mit ihren Mandibeln Blätter zerschnitt und rohes Gemüse aß, hatte bemerkt, dass etwas mit ihm nicht stimmte. Ihre Frage hatte er natürlich ignoriert.

So weit kommt es noch, dass ich einer Jockey erzähle, wie's mir geht, hatte er gedacht.

Die Gespräche waren um die Reparaturen und das Leben auf der *Destination Moon* gekreist, und obwohl Arnest kaum zugehört hatte, war ihm aufgefallen, dass alle das Thema NG27 mieden. Er nahm an, dass das mit Ama'Rus Anwesenheit zusammenhing.

Feiglinge.

Das Essen war nur der Beginn seines Albtraums gewesen. Während es stattfand, hatten Bewohner der Station Tische und

Stühle aus dem Speisesaal geräumt und eine behelfsmäßige Bühne errichtet. Alte Mikrofone, die man an Stangen befestigt hatte, standen darauf, es gab Verstärker und viel zu kleine Lautsprecherboxen.

Eine Stunde lang hatte Trevor den brechend vollen, abgedunkelten Saal unterhalten, während Arnest vor der Bühne auf- und abgegangen war, die Hand nie mehr als fünf Zentimeter vom Griff seiner Pistole entfernt. In jeder Hand, die hochgerissen wurde, in jedem Pad, mit dem jemand Fotos machte, hatte er eine Waffe gesehen. Wenn er ehrlich mit sich selbst war, dann musste er zugeben, dass es ein Wunder war, dass er nach den ersten zehn Minuten noch nicht den halben Saal erschossen hatte.

Er hatte Lanzo vermisst. Der hätte ihm gesagt, was er richtig und was er falsch machte, doch Lanzo war nicht dort gewesen, und so hatte Arnest das selbst entscheiden müssen. Dass er nicht irgendeinen Fremden beschützte, sondern seinen besten Kumpel, hatte alles noch schwerer gemacht. Kein Wunder, dass ihm das Hemd am Körper klebte.

»Das war ein wirklich toller Abend«, sagte Rin, als sie durch den Wohntrakt gingen. Ihre Wangen waren gerötet und sie lachte auch mehr als sonst.

Ein Kackabend war das, dachte Arnest. Er hatte nicht einmal ›See You in Nashville‹ genießen können, dabei hatte Trevor es auf Publikumswunsch dreimal gespielt.

»Danke für die Einladung«, sagte Auckland. Auch er wirkte nicht mehr nüchtern. Das gesamte Konzert hatte er neben Ama'Ru gestanden, ebenso reglos und scheinbar unbeteiligt wie sie. Auf Arnest hatte es fast so gewirkt, als bewache Auckland die Jockey so wie er Trevor.

»Es war mir ein Vergnügen.« Bob rülpste. Er und Trevor bildeten das Ende der kleinen Gruppe und tranken Bier aus großen Einmachgläsern. Arnest blieb in ihrer Nähe. Der Wohntrakt war lang und es tauchten immer wieder Menschen auf, die Trevor die Hand schütteln oder sich mit ihm fotografieren lassen wollten.

Als sie wieder einmal stehen bleiben mussten, sagte Bob leise: »Wartet mal einen Moment.«

Arnest drehte sich zu den anderen um, die nichts bemerkten und weitergingen. Rin erzählte Auckland etwas, er hörte zu. Ama'Ru blieb dicht bei ihnen.

»Was'n los?«, fragte Trevor schwerfällig. Fast ein Dutzend Menschen hatten ihm Bier und Whisky ausgegeben, das hatte Spuren hinterlassen.

Bob deutete mit dem Kinn auf Ama'Ru. »Ihr seid hier jederzeit willkommen, wegen mir könntet ihr sogar hier einziehen, aber bringt sie bitte nie wieder auf mein Schiff.«

Trevor blinzelte. »Rin?«

»Bist du blöd?«, fragte Arnest gereizt. Er verstand auf einmal, wie Lanzo sich gefühlt haben musste, wenn er ihn betrunken aus irgendwelchen Bordellen geholt hatte. »Die Jockey.«

»Ach so.« Trevor trank einen Schluck Bier. »Hast du nich' gesagt, dass ihr euer eigenes Jockey-Problem habt, Bob?«

»Genau. Vier Warane. Die sind alle irgendwie miteinander verwandt, aber ihr wisst ja, wie kompliziert das bei Jockeys ist. Jedenfalls arbeiten sie seit ein paar Monaten als Mechaniker hier, weil sie mal Menschen kennenlernen wollen, oder so was in der Art. Sind keine schlechten Arbeiter, das muss man ihnen lassen.«

»Aber sie sind Jockeys«, sagte Trevor.

Bob nickte. »Was seit NG27 ein Problem ist. Wir konnten sie nicht mehr frei auf dem Schiff herumlaufen lassen, zu ihrer und unserer Sicherheit. Wer weiß schon, was in denen vorgeht.«

Wo er recht hat, dachte Arnest. »Ihr habt sie also eingesperrt. Gut für euch. Und was habt ihr jetzt mit denen vor?«

Trevor zog den Daumen über seine Kehle. »Das hätte ich mit denen vor. Scheiß Jockeys.«

»So sind wir hier nicht«, sagte Bob und trank einen Schluck Bier. »Wir lassen morgen darüber abstimmen. Wenn die Leute sie hierbehalten wollen, was ich nicht glaube, können sie bleiben, wenn nicht, kriegen sie eines von den kleinen Schiffen und wir sind sie los.«

»Eine Abstimmung?« Trevor stieß Arnest mit dem Ellenbogen an. »Warum machen wir das nich'? Dass Ama'Ru an Bord ist, betrifft uns doch alle.«

»Sag das John.« Arnest dachte an sein gescheitertes Meeting. »Ich glaub nich', dass er sich darauf einlässt.«

»Dann gibt's immer noch andere Möglichkeiten«, sagte Trevor, ohne auszuführen, was genau er damit meinte.

»Kommt ihr?«, rief Rin. Sie hatten die Schleuse erreicht. Die Tür war bereits geöffnet, das Licht darüber war auf Grün gesprungen.

»Ich will euch keine Flausen in den Kopf setzen«, sagte Bob rasch, bevor sie zu den anderen aufschlossen. »Jedes Schiff ist anders. Was bei uns funktioniert, muss bei euch nicht unbedingt sinnvoll sein. Sorgt nur dafür, dass die Jockey nicht mehr bei uns auftaucht. Ich hab heute schon genug Beschwerden gehört.«

»Geht klar«, sagte Arnest. ›Jedes Schiff ist anders.‹ Der Satz berührte etwas in ihm. *Aber wer entscheidet darüber, wie so ein Schiff ist? Wir alle oder …* Sein Blick fiel auf Auckland. … *Nur er?*

Sie verabschiedeten sich von Bob und betraten ihr eigenes Schiff. »Wie hat dir das Konzert gefallen, Ama'Ru?«, fragte Rin, als sie in den Gang zur Brücke einbogen.

»Wenn der meine Musik gefällt«, flüsterte Trevor Arnest ins Ohr, »spiele ich nie wieder was.«

»Es war interessant«, sagte Ama'Ru. »Wir kennen so etwas nicht.«

»Konzerte?«

»Nein, diese Art der Interaktion.«

Arnest verdrehte die Augen. Er hatte keine Ahnung, was sie

damit meinte, aber auf ihn wirkte es, als würde sie sich absichtlich kompliziert ausdrücken. Er wollte Trevor darauf ansprechen, doch im gleichen Moment entdeckte er seinen Bruder an der Tür zum nächsten Segment. Er hielt eine Pistole in der Hand.

»Was ist los?«, fragte Auckland, als sie ihn erreichten.

Lanzo sah Ama'Ru an. »War sie die ganze Zeit über bei euch?«

Auckland nickte.

»Bist du sicher?«

»Ja, ich bin sicher. Sag mir endlich, was hier los ist.«

Lanzo fuhr sich mit der Zunge über die Lippen, ein Zeichen für seine Nervosität. »Wenn sie die ganze Zeit bei euch war«, sagte er und zeigte auf den verschlossenen Schlafsaal, »dann ist, wer auch immer sich da hinten versteckt hat, nicht sie.«

»Was?«, fragte Rin irritiert.

»Wir haben einen Eindringling an Bord.«

Arnest zog seine Waffe.

11

Zischend öffnete sich die Tür. Das Licht sprang an.

Rin sah zwei Reihen mit dreistöckigen Etagenbetten und die tiefen Kratzer vorbeigeschrammter Kugeln in den Wänden. Die Leichen, blutgetränkten Matratzen und alten Laken hatten sie längst entfernt.

»Hier is' keiner«, sagte Trevor mit schwerer Zunge. Anstelle einer Waffe hielt er immer noch das Einmachglas voll Bier in der Hand. Er schien mit jeder Minute betrunkener zu werden.

»Lanzo, Arnest, durchsucht Klos und Küche«, sagte Auckland. Rin wünschte, sie hätte sich so nüchtern gefühlt wie er klang. Sie war an Alkohol nicht mehr gewöhnt. Die wenigen Gläser Bier, die sie getrunken hatte, beeinträchtigten sie. Zwischen ihr und ihrer Umgebung schien sich eine Schicht aus Watte zu befinden und die fröhliche Aufregung, die sie kurz zuvor noch gefühlt hatte, war Müdigkeit gewichen.

»Nichts«, rief Arnest aus der Küche. Wenig später meldete sich Lanzo. »Alles leer.«

Auckland steckte seine Waffe ein, als die beiden zurückkamen. »Und du hast wirklich jemanden hier drin gehört?«

Lanzo nickte. »Die Schritte klangen wie Ama'Rus. Ihr wisst schon, dieses Klack-Klack-Klack.«

»Weißt du was darüber?«, fragte Auckland.

»Wie sollte ich? Wir waren zusammen auf dem anderen Schiff«, sagte Ama'Ru.

»Das ist keine Antwort auf meine Frage.«

Die Gottesanbeterin streckte sich, bis sie Auckland fast um einen halben Meter überragte. »Dann stelle bessere Fragen. Zum Beispiel, wer sich Zugang zum Schiff verschafft haben könnte.«

Er wich nicht zurück. »Warum sollte ich dich das fragen?«

»Weil ich dann antworten könnte, ob dir der Zufall, dass ein Eindringling auf dem Schiff auftaucht, während ein Großteil seiner Besatzung abwesend ist, nicht seltsam erscheint.«

»Piraten?«, fragte Arnest.

»Ich hab mal einen Song über Piraten geschrieben«, sagte Trevor. Niemand beachtete ihn.

Lanzo schüttelte den Kopf. »Die *Destination Moon* ist kein Piratennest. Piraten würden keinen Frachtraum verschwenden, um Gemüse anzubauen. Außerdem haben sie all die Maschinen und Werkzeuge, die man braucht, um Schiffe zu reparieren. Damit lässt sich mehr und sicherer Geld verdienen als mit ein paar Überfällen im Monat.«

»Er hat recht.« Auckland ging an Ama'Ru vorbei und verließ den Schlafsaal. »Vielleicht haben die Kameras auf der Brücke etwas aufgezeichnet. Folgt mir. Ich will nicht, dass irgendjemand allein bleibt.«

»Wieso kommandiers' du eigentlich alle so rum?«, fragte Trevor, während Arnest ihn bereits mitzog.

Rin sah, wie Lanzo den Mund öffnete, aber sofort wieder schloss, ohne etwas zu sagen. Wahrscheinlich wollte er die Stimmung zwischen ihm und seinem Bruder nicht noch weiter verschlechtern.

»Du machst das richtig«, sagte sie leise zu ihm, als sie sich auf den Weg zur Brücke machten.

Lanzo verzog das Gesicht. »Wieso fällt Arnest auf so einen Idioten rein?«

»Das Konzert war echt gut.«

Er sah sie an. »Du riechst nach Bier. Bist du betrunken?«

»Ein bisschen.«

»Tolles Timing.«

Sie hätte beinahe darüber gelacht.

Auckland musste den Fahrstuhl mit seinem Ring bedienen, um die Sperrung, die Kipling eingegeben hatte, aufzuheben. Schweigend fuhren sie nach oben.

»Jemand ist an Bord«, sagte Lanzo, als Kipling aufsprang. »Wir wissen nicht wer, deshalb brauchen wir die Aufnahmen der Gangkameras. Fang mit der vor dem Schlafsaal an.«

»Okay«, sagte Kipling zögernd und setzte sich wieder. Nur Sekunden später öffnete sich ein Fenster auf der Bildschirmwand. Rin wurde schwindelig, als die Aufnahmen der Sicherheitskamera rückwärtszulaufen begannen. Rasch stützte sie sich an einer dunklen Konsole ab. Sie sah sich selbst mit den anderen zur Brücke gehen, ihr Treffen mit Lanzo, dann ihn allein im Gang stehen.

Als er rückwärts in den Schlafsaal lief und kurze Zeit später herauskam und im Gang verschwand, sagte Lanzo: »Jetzt wird's interessant.«

Nichts geschah. Kipling erhöhte die Geschwindigkeit der Aufnahmen und hielt sie erst an, als Arnest, Auckland und Trevor im Bild auftauchten. »Das ist die Rückkehr des Begrüßungskomitees. Soll ich weitermachen?«

»Nein.« Auckland fuhr sich mit der Hand durch die Haare. »Ich glaube nicht, dass wir dort noch etwas finden werden.«

»Ich habe mir die Schritte nicht eingebildet«, sagte Lanzo. »Dieses Klack-Klack kann man mit keinem Schiffsgeräusch verwechseln.«

»Probier mal die Kamera im Gang vor unseren Kabinen.« Arnest trat vor. Scharfer Schweißgeruch umgab ihn wie eine Aura. Rin hielt unwillkürlich den Atem an.

»Da sind ein paar komische Dinge passiert.«

»Stimmt.« Trevor setzte sich auf die Treppe und stellte sein Einmachglas neben sich ab. Es war fast leer. »Kann sein, dass einer in seiner Kabine war. Arnest war sauer auf mich, weil er dachte, dass ich seine Pistole angefasst hätte.«

»Ist das eine Metapher?«, murmelte Kipling, während er den Mitschnitt aufrief. Rin verkniff sich ein Grinsen.

»Nee, ’ne Glock«, sagte Arnest. »Geh mal ein paar Stunden zurück, kurz bevor wir zur *Moon* gegangen sind. Da habe ich auch Schritte ge— Stopp!«

Kipling berührte das Display. Die Aufnahme fror ein. Unmittelbar vor der Kamera hing etwas Schwarzes, Glänzendes. Es war zu nah für das Objektiv, aber Rin glaubte, in dem verschwommenen Umriss Schuppen oder etwas ähnliches zu erkennen.

»Was ist das?«, fragte sie.

Niemand antwortete. Kipling ließ die Aufnahme zuerst zurück, dann in Zeitlupe vorlaufen. Trotzdem sah man den Umriss nur eine Sekunde lang, bevor er verschwand. Unmittelbar darauf trat Arnest aus seiner Kabine und sah sich um.

»Und du hast wirklich nichts bemerkt?«, fragte ihn Lanzo.

Arnest schüttelte den Kopf. »Ich schwör dir, da war niemand. Ich bin doch nicht blind.«

»Nein, du hast nur nicht aufgesehen«, sagte Auckland. Er machte einen Schritt nach vorn und zeigte auf den Umriss. »Die Kamera befindet sich über der Tür zum nächsten Segment. Was immer so vor ihr auftauchte, kann nicht über den Boden gelaufen sein. Es hing an der Decke.«

Er sah Ama’Ru an. Sie erwiderte seinen Blick schweigend.

»Ein scheiß Jockey.« Trevor klang angewidert. »Das war so klar.«

Ama’Ru fuhr herum. Alle an Bord, auch Rin, griffen nach ihren Waffen.

»Lass ihn in Ruhe!«, brüllte Arnest.

Ein Knall. Krachend landete ein Metallgitter vor Ama’Ru am Boden. Sie sprang zurück. Im gleichen Moment fiel etwas von der Decke. Es war länger als ein Mensch und bedeckt von einem schwarzen Panzer. Seine Arme endeten in übergroßen, breiten Scheren. Rin sah einen eingerollten Schwanz, der in einem unterarmlangen Dorn endete. Federnd kam das Wesen auf vier dünnen Beinen auf und katapultierte sich nach vorn, Auckland entgegen, der seine Waffe auf es richtete. Ama'Ru wurde zur Seite gestoßen, Auckland schoss, doch die Kugel prallte von dem schwarzen, feucht glänzenden Panzer ab und heulte über die Brücke.

»Nicht schießen!«, schrie Lanzo.

Das Wesen traf Auckland mit einer seiner Scheren am Kopf. Er sackte zusammen, es packte ihn und sprang aus dem Stand meterhoch in die Luft. Noch im Sprung drehte es sich, berührte mit dürren Beinen die Decke und verschwand *klack-klack-klack* im Lüftungsschacht.

»Mein Gott ...«, sagte Kipling.

Rin stieß den Atem aus. Alles war so schnell gegangen, dass sie nicht einmal ihre Pistole komplett aus dem Holster hatte ziehen können.

Lanzo fing sich als erster. »Kipling, Türen und Schotten dicht!«, befahl er. »Die verriegeln auch die Lüftungsschächte.«

»Erledigt.«

Ein Rumpeln und Dröhnen hallte über die Brücke. Rin spürte, wie der Boden unter ihren Füßen vibrierte.

Arnest stürmte mit der Waffe in der Hand auf Ama'Ru zu, die sich gerade aufrichtete. »Weißt du was davon?«, schrie er sie an.

»Nein.« Sie bewegte sich nicht, sah ihn nur ruhig an. »Ich weiß nichts.«

»Lass sie in Ruhe«, sagte Lanzo. »Kipling, wir brauchen einen Lageplan der Luftschächte. Rin, schalte die Sensoren ein, während er sucht. Ich will wissen, wo Auckland ist.«

Sie rutschte in den Sitz vor der Konsole und aktivierte sie, indem sie über das Display strich. Lanzo verschränkte die Arme hinter dem Rücken. Er wirkte konzentriert und schien zu wissen, was er tat, fast so, als hätte er nur auf eine solche Gelegenheit gewartet.

Mit zitternden Fingern griff Rin auf die Menüs zu. Alkohol und Adrenalin putschten sie auf. Sie fluchte, als sie sah, dass der Befehl, den sie gesucht hatte, grau unterlegt war. »Ich habe nicht die Freigabe, um mir die Positionen aller an Bord anzeigen zu lassen.«

Lanzo zog sich das Menü in sein Display. »Ich auch nicht. Kipling?«

Kopfschütteln antwortete ihm.

Oh John, dachte Rin. *Dein Misstrauen bringt dich noch um.*

»Okay.« Lanzo leckte sich über die Lippen. »Sag mir die Anzahl der Lebewesen an Bord.«

Sie tippte auf den entsprechenden Befehl und hob überrascht die Augenbrauen. »Sieben. Aber das kann nicht sein. Wir haben den Jockey doch alle gesehen.«

»Er benutzt ein Gerät, um sich vor den Sensoren abzuschirmen«, sagte Ama'Ru.

Arnest hob seine Waffe. »Dann weißt du also doch was.«

»Nur das, was jedes Kind bei uns weiß. Die Technik ist fast ein Jahrhundert alt.« Sie neigte den Kopf. »Wir haben nicht alles mit euch geteilt.«

Lanzo stand von seiner Konsole auf. »Wenigstens wissen wir jetzt, dass Auckland noch lebt. Kipling, was ist mit dem Lageplan?«

»Den kopiere ich gerade auf eure Pads.«

»Gut, dann los.« Lanzo lief zum Fahrstuhl. »Wir bleiben zusammen. Arnest, du passt auf Trevor auf, Rin, du auf Ama'Ru.«

Niemand widersprach.

Im Fahrstuhl zog Rin ihr Pad hervor. Der Luftschacht, den das Wesen genommen hatte, war blau markiert worden. Er führte von der Brücke über die Kantine, dann durch einen Gang bis in den Frachtraum.

»Er kann nicht weit gekommen sein«, sagte sie, als sich die Türen öffneten. »Wir haben die Schotten zu schnell geschlossen.«

Lanzo zog seine Waffe. »Umso vorsichtiger sollten wir sein. Schießt auf den Jockey, nicht das Tier. Die Kugeln prallen von der Panzerung ab.«

»Ich habe keinen Jockey gesehen«, sagte Arnest.

Rin hatte ebenfalls keinen gesehen, aber er musste da sein. Kein Tier ohne Jockey.

»Wir werden ihn schon finden«, sagte Lanzo leise. Rin war sich nicht sicher, ob er Auckland oder den Jockey meinte.

Die Kantine lag leer und hell erleuchtet vor ihnen. Lanzo ging voran, führte sie von einem Raumtrenner, den er als Deckung benutzte, zum nächsten. So wie alle anderen warf er immer wieder einen Blick nach oben, doch auch an der Decke sahen sie niemanden.

Rin ließ Ama'Ru nicht aus den Augen. Die Jockey blieb dicht neben ihr, die Mandibeln ihrer Gottesanbeterin öffneten und schlossen sich lautlos.

»Warum tut sie das?«, fragte Rin leise.

»Es ist eine Angewohnheit«, sagte Ama'Ru. Es klang ausweichend.

»Warum?«

Vor ihr drehte Lanzo den Kopf und legte seinen Zeigefinger auf die Lippen. Dann stand er auf und lief geduckt an der langen Buffettheke entlang. Ama'Ru wollte ihm folgen, aber Rim hielt sie am Arm fest. Es überraschte sie, wie warm sich die Gottesanbeterin anfühlte.

»Warum?«, flüsterte sie.

Ama'Ru zögerte, dann seufzte sie. »Weil sie Blut riecht.«

Rins Mund wurde trocken.

Lanzo hob die Faust. Trevor wäre beinahe gegen Arnest geprallt, fing sich aber im letzten Moment und fluchte leise. Er trug immer noch sein Banjo auf dem Rücken, aber zumindest hatte er das Einmachglas auf der Brücke zurückgelassen.

»Ich sehe ihn«, sagte Lanzo leise.

Rin richtete sich auf und blickte über seine Schulter. Sie hatten fast das Ende der Kantine erreicht. Auckland lag reglos neben einem umgestürzten Stuhl. Er drehte ihnen den Rücken zu. Die Tür vor ihm stand offen.

»Vorsicht.« Lanzo sah erneut nach oben. »Das könnte eine Falle sein.«

»Quatsch.« Arnest drängte sich an ihm vorbei und ging auf Auckland zu. Rin folgte ihm, ohne nachzudenken. »Der Arsch ist abgehauen.«

»Hattet ihr nicht alles verriegelt?«, fragte Trevor. »Wieso ist die Tür offen?«

»Er muss Aucklands Ring haben«, sagte Lanzo. Arnest ging neben Auckland in die Hocke und drehte ihn auf den Rücken. Die graue Uniform, die er trug, war voller Blut, aber seine Augenlider flatterten, so als käme er zu sich.

Rin trat näher heran. »Ich dachte, die Ringe sind auf die DNA ihrer Träger verschlüsselt.«

»Sind sie.« Arnest griff über Auckland hinweg und hob dessen linken Arm. Rin presste sich unwillkürlich die Hand auf den Mund, als sie die blutüberströmte Hand sah und das rhythmische Tropfen hörte. Dort wo sich Aucklands Ringfinger befunden hatte, sprudelte Blut.

»Das Arschloch hat den Ring und die DNA«, sagte Arnest.

Trevor übergab sich.

12

»Ama'Ru, Rin, bringt ihn auf die Brücke«, sagte Lanzo. Er stand bereits im Gang, die Waffe gezogen, die Mündung nach unten gerichtet. Auckland hing benommen zwischen Ama'Ru und Rin. Seine Augen waren geöffnet, aber sein Blick unstet. Es würde wohl noch ein paar Minuten dauern, bis er begriff, was geschehen war.

»Alle anderen kommen mit mir«, fuhr er fort. »Der Eindringling hat den Ring, er kann überall sein. Wir können nur hoffen, dass er sich nicht hinter irgendeiner Tür versteckt, für die wir keine Freigabe haben.«

»Was für eine Scheiße«, sagte Arnest erwartungsgemäß. Trevor nickte. Kipling starrte in seine V-Specs und reagierte nicht.

Lanzo stieß ihn an. »Was machst du da?«

»Ich suche nach einer Möglichkeit, den Ring abzuschalten, aber ich kann nichts finden.«

»Dann komm. Wir verlieren hier nur Zeit.«

Lanzo ging voran. Die ersten Türen waren unverschlossen und obwohl er nicht glaubte, dass der Jockey sich hinter einer versteckte, öffnete er jede einzelne. Seine Gedanken kreisten um das, was geschehen war. Der Jockey hatte gezielt Auckland angegriffen und ebenso gezielt dessen Ring gestohlen, als die verschlossenen Schotten ihn am Weiterkommen hinderten. Nur den Grund dafür verstand Lanzo nicht. Wieso schlich jemand stundenlang, vielleicht sogar noch länger, durch ein Schiff, durchsuchte Kabinen und verhielt sich dabei so vorsichtig, dass niemand ihn bemerkte, nur um kurze Zeit später einen offenen Angriff zu riskieren?

Das ergibt doch keinen Sinn, dachte er.

»Zehn Goldcoins darauf, dass der Arsch den Frachtraum ausräumen wollte«, sagte Arnest hinter ihm. Er schien sich die gleichen Gedanken gemacht zu haben, war aber zu einem wesentlich einfacheren Ergebnis gekommen.

»Ich halte dagegen.« Kipling konzentrierte sich immer noch stärker auf seine V-Specs als seine Umgebung. Lanzo befürchtete, dass er auf ihn ebenso aufpassen musste wie Arnest auf den langsam nüchterner werdenden Trevor.

»Ein Jockey-Pirat, der aussieht wie ein Skorpion«, fuhr Kipling fort, »hätte im ganzen Netz Kreise gezogen, aber ich finde hier nichts.«

»Vielleicht hat er bis jetzt all seine Opfer umgebracht«, sagte Trevor. »Dann hätte niemand was erzählen können.«

Lanzo sah, wie Kipling schluckte. Das hatte er anscheinend nicht bedacht.

Vor der Tür zum Frachtraum blieben sie stehen. »Seid vorsichtig«, sagte Lanzo. »Da drin gibt es tausend Verstecke und noch mehr Möglichkeiten, jemanden umzubringen.«

Es knackte laut, dann drang Aucklands Stimme aus den Lautsprechern. Sie zitterte. »Der Jockey ist im Frachtraum. Ich glaube nicht, dass der Ring noch funktioniert. Er bemerkt, wenn er von seinem Träger … getrennt wird. Ihr müsst den Jockey unter dem Bauch des Skorpions töten. Das ist seine einzige Schwachstelle.«

Lanzo sah Kipling an, aber der bewegte bereits die Finger. »Ich frage Rin, woher er das weiß.«

»Google«, sagte Auckland nach einem Moment. »Keine Sorge. Die Information ist korrekt.«

Kipling runzelte die Stirn. Lanzo überprüfte das Magazin seiner Waffe. »Wir gehen rein. Sag das Rin.«

Er legte die Hand auf das Touchpad an der Wand. »Und denkt dran. Der Skorpion kann über –«

Die Tür öffnete sich zischend. Scheren schnappten nur Millimeter von Lanzos Gesicht entfernt zu.

Lanzos Finger krümmte sich um den Abzug seiner Waffe, doch im letzten Moment ließ er ihn los. Der Gang war schmal, Querschläger zu gefährlich. *Das weiß der Skorpion.*

»Zurück!«, schrie Kipling.

Der Jockey drängte in den Gang hinein. Sein Körper war flach und vollständig gepanzert, die Knie seiner vier Beine standen so weit ab, dass sie beinahe die Wände auf beiden Seiten des Gangs berührten. Lanzo hörte, wie Trevor weglief. Seine Schritte klangen zu leicht, um zu Arnest zu passen. Kipling wich in einen der kleinen Räume, die sie durchsucht hatten, zurück. Unsicher hob er seine Pistole.

»Nicht schießen«, sagte Lanzo, aber hinter ihm wurde bereits eine Waffe durchgeladen.

»Blödsinn.«

Der Knall stach in sein Ohr. Er ließ sich instinktiv fallen, als die Kugel von dem Rücken des Skorpions abprallte und funkensprühend ein Regal im Frachtraum traf. Der Skorpion lief auf ihn zu, drehte sich dann aber plötzlich und krabbelte so schnell, dass Lanzo ihm kaum mit dem Blick folgen konnte, über die Wand. Der gepanzerte Schwanz rollte sich aus. Der Dorn an seiner Spitze funkelte im Licht.

Trevor, dachte Lanzo.

Arnest schien die Gefahr im gleichen Moment zu erkennen, denn er brüllte »Hinter dir!« durch den Gang. Lanzo kam auf die Beine und fuhr herum. Trevor war noch zwanzig, vielleicht dreißig Schritte von der Kantine entfernt, aber der Skorpion hatte ihn fast eingeholt. Arnest rannte ebenfalls los. Er wagte es nicht, ein zweites Mal zu schießen.

Der Skorpion drehte sich plötzlich. Seine Scheren schnappten nach Arnest, der sich im gleichen Moment nach vorn warf und über den Boden schlitterte. Mit einem knirschenden Geräusch schlossen sich die Scheren. In einer hing ein Stück von Arnests Hemd.

Der Schwanz des Skorpions schoss vor, wurde auf einmal so lang, dass die sich überlappende Panzerung nun nebeneinanderlag. Der Dorn raste auf Trevors Rücken zu.

Und traf.

Holz splitterte, Saiten rissen mit einem hohen, singenden Ton. Trevor stolperte unter dem Aufprall und stürzte. Der Schwanz zog sich wieder zusammen, verfing sich und riss ihn an dem breiten Tragegurt des Banjos mit sich. Lanzo sah kein Blut. Der Dorn hatte nur das Banjo getroffen.

Trevor schrie. Wild schlug er um sich, versuchte, nach etwas zu greifen, was ihn hätte aufhalten können, während der Skorpion sich erneut drehte und zur Decke hinauflief. Der gepanzerte Schwanz rollte sich ein und Trevor wurde vom Boden hochgezogen, das zertrümmerte Banjo immer noch auf dem Rücken.

Arnest wollte nach seinen Beinen greifen, doch der Skorpion schlug einen Haken und wich ihm aus. Er lief genau auf Lanzo zu.

»Hol ihn dir!«, brüllte Arnest. Er war bereits zu weit entfernt, um noch irgendetwas unternehmen zu können. Lanzo sah schwarze, von Knochenwülsten geschützte Augen, ein aufgerissenes schmales Maul und die sich unablässig öffnenden und schließenden Scheren über sich. Wie ein Pendel schwang Trevor hin und her. Er strampelte, sein Gesicht war blau angelaufen. Der Gurt würgte ihn.

Der Skorpion streckte die Scheren nach unten aus, schien zu ahnen, was Lanzo vorhatte. Der wich der linken mit einem Sprung zur Seite aus, doch die rechte schwang unerwartet zurück und traf ihn mit der Außenseite. Schlagartig wurde sein Arm taub.

Lanzo schrie, eher vor Wut als Schmerz. Er sprang hoch, als Trevors zappelnde Beine über ihm waren. Seine Fingerspitzen berührten die Sohle eines Cowboystiefels und glitten daran ab. Mit zwei Armen hätte er es vielleicht geschafft, noch einmal nachzugreifen, aber sein rechter hing nutzlos an seiner Seite. Es war Lanzo noch nicht einmal aufgefallen, dass er die Pistole fallen gelassen hatte.

Der Skorpion krabbelte immer schneller auf den Frachtraum zu. Trevos Gegenwehr ließ nach. Seine Hände krallten sich zwar noch in den Gurt um seinen Hals, aber die Bewegungen seiner Beine wurden müder.

Er stirbt, dachte Lanzo.

Nur noch wenige Meter trennten den Skorpion vom Frachtraum. Er wurde schneller, so als sähe er seinen Sieg bereits vor sich. Zwischen all den Regalen und Kisten konnte er einfach verschwinden. Sie würden vielleicht Tage brauchen, um ihn herauszuholen, immer der Gefahr ausgesetzt, dass er sie einen nach dem anderen tötete. Lanzo hatte seinen Gegner unterschätzt, das gestand er sich in diesem Moment ein.

Arnest rannte keuchend an Lanzo vorbei. Er hielt ihn nicht auf, obwohl er wusste, dass der Skorpion nicht mehr zu stoppen war. Arnest hätte ihm das eh nicht geglaubt.

Zischend schloss sich die Tür zum Frachtraum. Der Skorpion prallte mit einem lauten Knall dagegen. Chitin knirschte, die Spitze einer Schere brach ab. Mit der anderen versuchte er sich abzustützen, aber er war zu benommen und verlor den Halt. Schwer schlug er auf den Boden.

»Tut mir leid, dass es so lange gedauert hat«, sagte Kipling.

Arnest brüllte triumphierend, als er auf einmal den ungeschützten Bauch des Skorpions vor sich sah. Insektenbeine stachen in die Luft und Scheren stemmten sich gegen den Boden, als der Skorpion versuchte, sich zu drehen.

Mit beiden Beinen stieß Arnest sich ab. Der Skorpion, der

schon halb hochgekommen war, wurde zurückgeworfen. Zum ersten Mal sah Lanzo den Jockey an seiner Unterseite. Nur sein Kopf ragte zwischen den Schuppen der Panzerung hervor. Er schien in einer Art Chitintasche zu stecken. Arnest schlug ihm ins Gesicht.

»Bring ihn nicht um!«, rief Lanzo, während er seine Pistole mit der linken Hand aufhob. In seinen rechten Arm kehrte langsam das Gefühl zurück. Er kribbelte und schmerzte. »Wir müssen erfahren, weshalb er hier ist.«

Arnest schien ihn nicht zu hören. Er nahm den Kopf des Jockeys in beide Hände und riss daran, einmal, zweimal, dreimal. Der Skorpion bäumte sich auf und kreischte so schrill, dass Kipling sich die Hände auf die Ohren presste.

Der Jockey löste sich aus seiner Tasche. Die Nabelschnur, die ihn mit dem Skorpion verbunden hatte, riss. Eine gelbliche Flüssigkeit spritzte über den Boden und vermischte sich mit dunklem Blut, das aus der Knochentasche quoll.

Arnest schlug den Kopf des reglosen Jockeys gegen den Boden. Wie eine Puppe hing er in seinen Händen. Hinter ihm löste Trevor hustend den Gurt um seinen Hals. Lanzo lief an ihm vorbei, drehte seine Pistole und hieb den Griff Arnest in den Nacken.

Der sackte nach vorn und stöhnte. Der tote Jockey rutschte ihm aus den Händen und blieb liegen. Arnest schüttelte sich. Taumelnd kam er auf die Beine. Wut verwandelte sein Gesicht in eine Fratze.

»Ich war noch nicht fertig!«, brüllte er.

»Doch, das warst du.« Lanzo hielt seinen Blick. »Du warst fertig, verstanden?«

Arnest blinzelte. So schnell verschwand die Wut aus seinem Gesicht, dass Lanzo fast schon glaubte, er habe sie sich eingebildet.

»Ja«, sagte Arnest. »Du hast recht. Ich war fertig.«

Lanzo atmete tief durch.

13

»Es wird sich einiges ändern.«

Das war alles, was Auckland gesagt hatte, als Lanzo aufhörte, ihn anzuschreien. Er hatte Rin leid getan, als er dort in seiner blutigen Uniform auf der Treppe saß, das Headset auf den Schultern, die bandagierte Hand in die Armbeuge gestützt. Er hatte auf sie gewirkt wie jemand, der wusste, dass er die Kontrolle verloren hatte.

Das Display ihres Pads erhellte sich und sie drehte sich in ihrem Bett auf die Seite, um Kiplings neueste Nachricht zu lesen.

Kipling: ›Es wird sich einiges ändern. Das heißt doch nur, dass er bestimmen will, was sich ändert. Wir sollten alle darüber reden.‹

›Gib ihm Zeit‹, antwortete sie. *›Es war eine lange Nacht.‹*

Kipling: ›Für uns alle.‹

Einen Moment herrschte Stille. Rin glaubte bereits, dass er den Chat beendet hatte, dann meldete er sich doch noch einmal.

Kipling: ›Hat er den Skorpion gegoogelt?‹

›Kann sein. Er hatte sein Pad zusammen mit dem Headset aus der Kabine geholt.‹

Kipling: ›Aber du hast das nicht gesehen?‹

Sie versuchte, sich daran zu erinnern. *›Nein.‹*

Als er darauf nicht antworte, hängte sie an. *›Warum?‹*

Kipling: ›Weil ich den Skorpion seit einer Stunde google und nichts finde. Du glaubst doch nicht ernsthaft, dass sein Google-Fu besser ist als meines, oder?‹

Das glaubte Rin tatsächlich nicht, aber sie verstand nicht,

worauf er hinaus wollte. ›*Was willst du damit sagen?*‹

Kipling: ›Entweder ist er in einem anderen Internet als ich unterwegs oder er wusste bereits, was ein Skorpion ist. Aber wie kann das sein, wenn nicht mal das Internet diese Art Jockey kennt?‹

Kipling: ›Lügen über Lügen …‹

Sie dachte an den Anblick, den Auckland auf der Treppe geboten hatte. ›*Vielleicht wird sich das ja jetzt ändern.*‹

Kipling: ›Lol, bestimmt.‹

Rin war zu müde, um noch darauf zu antworten. Sie schob das Pad zur Seite, zog es aber seufzend wieder heran, als das Display aufleuchtete.

Kipling: ›Gute Nacht, Rin.‹

›Gute Nacht, John Boy.‹

Kipling: ›:)‹

Sie schloss die Augen. Ihre Lider waren schwer, aber ihre Gedanken leicht. Sie stiegen empor wie Luftblasen aus einem dunklen See. Wenn eine zerplatzte, tauchte eine andere auf. Irgendwann öffnete Rin die Augen und zog ihr Pad heran.

Und googelte.

14

Sie hatte nicht gewollt, dass das passierte, weder als sie ihm von ihrem Verdacht erzählte, noch als sie auf seine Fragen antwortete. Naiv antwortete, wenn sie ehrlich zu sich selbst war. Dass er einen Skorpion schicken würde, hatte sie nicht geahnt.

Ama'Ru sah zu, wie die *Andere* ihr Nest aufschüttelte und sich zurechtlegte. Es war warm und dunkel genug in der Kabine, nur der Boden gefiel *ihr* noch nicht. Doch auch dafür würden sie eine Lösung finden, wenn das überhaupt noch nötig war.

Man hatte sie unter Arrest gestellt. Ama'Ru verstand das, wäre sie ein Mensch auf diesem Schiff gewesen, hätte sie wohl ebenso reagiert. Doch das war nicht die Veränderung, die sie spürte und die die *Andere* dazu brachte, ihr Nest zum fünften Mal aufzuschütteln. Es war etwas, das sie erst in Worte fassen konnte, als sie die Schritte vor ihrer Tür hörte.

Die *Andere* richtete sich auf. Ama'Ru ließ sie gewähren.

Die Tür wurde geöffnet. Das helle Licht des Gangs fiel in die Kabine und blendete Ama'Ru. Von der Gestalt, die im Türrahmen stand, nahm sie nur eine dunkle Silhouette wahr, aber sie wusste, wer es war.

»Bei unserer ersten Begegnung«, sagte sie, »fragte ich dich, ob du gekommen seist, um mich zu töten. Du sagtest, dass du es nicht wüsstest.«

Sie machte eine Pause. Die *Andere* rieb ihre Hinterbeine zusammen. »Weißt du es jetzt?«

Die Gestalt trat ein. Die Tür schloss sich hinter ihr. Ama'Ru blickte in die Mündung einer Pistole.

»Ja«, sagte John Auckland.

TEIL 6

WER BIST DU, JOHN?

»Es gibt zwei Gründe, aus denen Menschen kämpfen: Weil sie etwas beschützen wollen (*Independence Day I* und *II*) oder weil sie nichts mehr zu verlieren haben (*Spartacus I* und *II 3D*). Wir haben im Sonnensystem gekämpft, um unsere Familien zu beschützen und unsere Welt zu retten. Das ist gescheitert. Noch lecken wir unsere Wunden wie ein Actionheld nach dem ersten verlorenen Kampf gegen den Bösen, aber schon bald, da bin ich mir sicher, werden wir uns umsehen und erkennen, dass wir nichts mehr zu verlieren haben. Dann werden wir einen Spartacus brauchen, jemanden, der uns aufrichtet und uns die Waffen für diesen neuen Kampf in die Hand gibt. Ich frage mich, woraus sie bestehen werden … aus Stahl, aus Feuer, aus Worten oder aus Bytes?«

– Nerdprediger Dan, *ASCII-Zeichen für die Ewigkeit*

1

4815162342: ›Und?‹

DetroitKid: ›Sieht gut aus.‹

4815162342: ›Du bist drin?‹

DetroitKid: ›Ich richte schon einen Porn-Server ein.‹

4815162342: ›LOL‹

4815162342: ›Lass das.‹

DetroitKid: ›War ’n Witz.‹

4815162342: ›Okay. Sorry.‹

4815162342: ›Meinst du, das Tool kann so raus?‹

DetroitKid: ›Hm. Wenn die Noobs das auch kapieren sollen, brauchst du ’ne nette GUI.‹

4815162342: ›Benutzeroberflächen sind nicht so mein Ding.‹

DetroitKid: ›Soll ich dir eine bauen?‹

4815162342: ›$$?‹

DetroitKid: ›Nee, 4 free. Du machst da was Geiles. Ist mir eine Ehre, dabei sein zu dürfen. Ich meld mich, wenn ich was hab, ok?‹

4815162342: ›Danke! Sag mal, und du musst nicht antworten, wenn du nicht willst, aber bist du ein Mensch oder ein Jockey?‹

DetroitKid: ›Ich bin ein Nerd.‹

DetroitKid: ›:)‹

Kipling lächelte und loggte sich aus. Tasha lachte ihn von einem Foto in der rechten oberen Ecke seines Displays an. Darunter befand sich ein Ordner mit all dem Code, den er für das Programm geschrieben hatte. Er hatte es ›Tasha’s Tool‹ genannt und schon bald würde die ganze Galaxis diesen Namen kennen.

Niemand wird dich je vergessen, dachte Kipling und löschte das Licht.

2

Ama'Ru löste ihren Blick von der Mündung der Pistole und sah Auckland an. Er war blass. Der Schmerz grub tiefe Linien in sein Gesicht. Die verletzte linke Hand drückte er gegen seine Brust. Dort, wo sich sein Ringfinger befunden hatte, war der Verband bereits durchgeblutet.

»Ich hatte mich gefragt, wann du kommen würdest«, sagte Ama'Ru. Sie spürte die Unruhe der *Anderen* und strich über ihren Hals.

»Du hast gewusst, dass ich es bin?«, fragte Auckland. Er stand vollkommen still, die Mündung seiner Pistole auf Ama'Rus Kopf gerichtet.

»Ich war mir sicher, dass es jemand auf diesem Schiff sein musste, deshalb habe ich auch –« Sie erschrak. Beinahe hätte sie seinen Namen verraten. Der Anblick der Pistolenmündung machte sie wohl doch nervöser, als sie gedacht hatte. »... einen Freund gewarnt.«

»Der den Skorpion schickte.«

»Ja. Ich wollte nicht, dass jemand verletzt wird, ich wollte nur überleben.«

»Wie wir alle.« Schweiß bildete sich auf Aucklands Stirn. Für einen Menschen musste es in der Kabine mit ihren fast fünfzig Grad Celsius unerträglich heiß sein. Sie fragte sich, ob sie das Gespräch so lange dehnen konnte, bis Hitze und Blutverlust Auckland niederzwingen würden. Vielleicht war das ihre einzige Chance.

»Der Skorpion hätte euch umbringen können, John. Das weißt du. Mein Freund muss ihm sehr klare Anweisungen gegeben haben, nur den Richtigen zu töten.«

»Was wird dein Freund tun, wenn er nicht zurückkommt?«

»Ich weiß es nicht.«

Auckland blinzelte sich den Schweiß aus den Augen. »Hat dein Freund auch einen Namen?«

»Ich werde ihn dir nicht sagen, wenn du das meinst.« Sie spürte, dass er das Interesse an der Unterhaltung verlor. Seine Schultern strafften sich, so als wolle er die Entscheidung, die er vor Betreten der Kabine getroffen hatte, nun endlich umsetzen. Die *Andere* spürte das ebenfalls. Sie spannte ihre Hinterbeine an, aber Ama'Ru zwang sie zur Ruhe.

»Du hast übrigens keinen Namen bei uns«, sagte sie, damit die Stille sich nicht in die Länge zog.

Er schien nicht zu verstehen, was sie meinte, also fügte sie hinzu: »Ihr gebt euren Mördern doch gerne Beinamen, oder? Todesengel? Schlächter? So etwas in der Art? Wir machen das nicht.«

»Ich bin kein Mörder.« Zum ersten Mal hörte sie Emotionen in seiner Stimme. Er war verärgert.

»Du tötest, also bist du ein Mörder. Wie viele sind es schon? Acht?«

»Elf, inklusive Onas'Ramun.«

Elf. Sie versuchte, ihr Entsetzen zu verbergen. »Dann haben wir wohl drei noch nicht gefunden.«

»Das werdet ihr auch nicht.« Er sagte das ohne Stolz. Ein Schweißtropfen lief über sein Gesicht und verschwand im Kragen seiner blutverschmierten Uniformjacke. »Ich verstehe euch nicht. Ihr wisst, dass ich hier draußen bin, aber ihr passt trotzdem nicht auf eure Leute auf.«

»Niemand weiß, wer deine Ziele sind.«

Auckland schüttelte den Kopf. »Deshalb hast du dich auch

auf einer Station mitten im Nichts versteckt. Die führende Expertin für menschliche Genetik als Ärztin in einem Slum.«

»Ich wollte den Menschen dort helfen«, sagte sie. Es war nur zum Teil gelogen.

»Du wolltest dir selbst helfen. Du wusstest, dass ich früher oder später nach dir suchen würde.« Sein Blick glitt über ihr Gesicht. »Und nun habe ich dich gefunden.«

Sie hörte die Endgültigkeit in seinen Worten. »Warte. Erkläre mir zuerst, warum –«

»Tue das nicht. Du machst es nur schlimmer für dich und für sie.« Er deutete mit dem Kinn auf die *Andere*.

Er hatte recht. Die *Andere* litt. Ama'Ru befürchtete, dass es ihre Angst war, die sie so würdelos um ihre Existenz betteln ließ. Sie streichelte den Kopf des Wesens, das sie ein Leben lang begleitet hatte und traf dann ihre eigene Entscheidung. Kein Betteln mehr, kein Feilschen. Sie war Hhalim. Sie würde den Tod mit der gleichen Akzeptanz begegnen wie dem Leben. »Töte sie zuerst, bitte.«

Auckland nickte. Er richtete die Pistole auf den Kopf der *Anderen*. Sie wollte ihre Scheren heben, um sich zu schützen, aber Ama'Ru zwang sie, so sanft es ging, ruhig stehen zu bleiben.

»Es wird nicht weh tun«, flüsterte sie.

Auckland atmete langsam aus. Ama'Ru sah Mitleid in seinen Augen, aber keine Zweifel. Er würde schießen, egal, was sie tat, egal, was sie sagte.

Sie schloss die Augen.

Brrr-Brrr.

Sie hörte das Brummen über ihren lauten, pochenden Herzschlag. Es war ein Geräusch, das ihr vertraut war, das Vibrieren eines Pads.

Ama'Ru öffnete die Augen. »Deins oder meins?«

Erst als die Frage heraus war, erkannte Ama'Ru, wie absurd sie klang.

»Meins«, sagte Auckland. Als er sich nicht bewegte, erkannte sie das Dilemma, in dem er sich befand. Mit der verletzten Hand konnte er das Pad nicht aus der Hosentasche ziehen, doch in der anderen hielt er die Pistole. Sie wegzustecken, während sich die Scheren der *Anderen* keine zwei Meter von ihm entfernt öffneten und schlossen, war unmöglich, aber Ama'Ru glaubte auch nicht, dass er schießen und dann seine Nachricht abrufen würde. So kaltschnäuzig war er nicht.

»Es tut mir leid«, sagte er. »Das hätte nicht passieren dürfen.«

Mit dem linken Ellenbogen drückte er den Türöffner. Rückwärts verließ er die Kabine, die Mündung weiterhin auf die *Andere* gerichtet. Die Tür schloss sich. Wenige Sekunden später, hörte Ama'Ru ihn »Hallo?« sagen.

Keine Nachricht also, ein Anruf. Das war ungewöhnlich. Wegen der Verschwendung von Bandbreite galt es als unhöflich, jemanden anzurufen. In den meisten Netzen wurden Audio- und Videokommunikationen schon nach wenigen Sekunden automatisch getrennt.

Die *Andere* richtete sich auf. »Gut so«, flüsterte Ama'Ru. Sie hatte ihrem Tod mit Fatalismus entgegengeblickt, aber nun sprang die Hoffnung der *Anderen* auf sie über und erfüllte sie mit prickelndem, wildem Lebenswillen.

»Er will uns töten? Dann soll er kämpfen.«

Sie hörte Aucklands Stimme. Er schien sich von ihr zu entfernen, denn sie wurde leiser. Ama'Ru konnte nicht verstehen, was er sagte.

Die *Andere* spannte die Hinterläufe an und öffnete beide Zangen. Ama'Ru hielt sich mit den Händen an ihren Schulterblättern fest. Eine Ewigkeit schien zu vergehen, bis sie endlich wieder Aucklands Schritte hörte.

Er öffnete die Tür. »Das –«

Die *Andere* stieß sich ab. Aucklands Augen weiteten sich, als er den langgstreckten Körper mit den klingenscharfen Zangen auf sich zuschießen sah. Ama'Ru rechnete damit, dass er zurückweichen würde, doch stattdessen warf er sich vor, unter den Zangen und Beinen der *Anderen* hindurch. Sie hörte das Rascheln, als er inmitten des zerrissenen Papiers landete und dann sein Keuchen.

Die *Andere* landete federnd. Sie musste sich erst aufrichten, bevor sie sich umdrehen konnte, aber so weit kam es nicht. Ein Bein knickte plötzlich zur Seite, als Auckland es unter ihrem Körper wegtrat, dann stürzte sie auch schon, und auf einmal war er auf dem Rücken der *Anderen* und presste Ama'Ru die Pistolenmündung in den Nacken.

Wie kann er so schnell sein?, dachte sie, noch während sie erstarrte.

»Das war dein Freund«, stieß er zwischen kurzen, schmerzerfüllten Atemzügen hervor. »Warum hast du nichts gesagt?«

Sie wusste sofort, was er meinte. »Weil du Beweise gefordert hättest und in den Dateien die Namen meiner Kollegen stehen. Ich wollte nicht, dass sie auf deiner Todesliste landen.«

Der Druck der Mündung verschwand. Auckland ließ sich vom Rücken der *Anderen* gleiten und steckte die Pistole ein. »Zeig mir die Dateien.«

Ama'Ru zögerte.

Auckland seufzte. »Dein namenloser Freund sagte, dass du sie mir zeigen würdest. Außerdem stehen die Namen deiner Kollegen sehr wahrscheinlich längst auf der Liste.«

»Wie viele Namen umfasst diese Liste denn?«

»Zweihundertsechsundzwanzig.«

226 … Sie konnte die Zahl kaum glauben. Hatten sich überhaupt so viele Wissenschaftler mit menschlicher Genetik befasst?

»Ja«, sagte sie, als sie sich wieder gefangen hatte. »Dann ist das sehr wahrscheinlich.«

Sie wollte ihr Pad aus dem Sattel ziehen, aber Auckland ging bereits zur Tür. »Komm mit in meine Kabine«, sagte er, ohne sich umzudrehen. »Du willst bestimmt nicht, dass ich hier umkippe. Nicht mehr jedenfalls.«

Ama'Ru wusste nicht, was sie darauf antworten sollte.

3

Es klopfte.

Trevor Reilly verließ das Bad und knöpfte sein Hemd zu. »Du bist früh dran«, rief er durch die geschlossene Tür. »Sekunde.«

Der Gurt des Banjos hatte dunkelrote Striemen auf seinem Hals hinterlassen. Seine Kehle schmerzte immer noch, doch zum Glück schienen seine Stimmbänder nicht betroffen zu sein. Er band sich ein Tuch um den Hals, das die Striemen verbarg, dann öffnete er die Tür. »Ich dachte, wir –«

Er unterbrach sich, als er sah, dass nicht Arnest vor ihm stand, sondern Lanzo.

Scheiße.

»Kann ich rein kommen?«

»Klar. Sicher. Komm rein.« Trevor machte einen Schritt zurück und ließ ihn eintreten. »Dein Bruder und ich wollen gleich zur *Destination Moon* und uns die Abstimmung über die Jockeys ansehen. Wir können von denen da drüben vielleicht noch was lernen, was unser eigenes Problem betrifft.«

Lanzo sah sich in der Kabine um. Trevor war ein ordentlicher Mensch. Die Kleidung, die er im Frachtraum gefunden hatte, war im Spind untergebracht, das Bett war gemacht, auf dem Schreibtisch lag nur sein Pad. Das zertrümmerte Banjo hatte er bereits weggeworfen.

»Du magst kein Chaos«, sagte Lanzo, ohne auf seine Worte einzugehen.

Trevor steckte die Hände in die Hosentaschen. »Ich bin jahrelang durch ganz Amerika getingelt. Wenn man in Hotelzimmern keine Ordnung hält, vergisst man die Hälfte. Willst du was trinken?«

Er redete zu viel und zu schnell, eine nervöse Angewohnheit, derer er sich zwar bewusst war, die er aber nicht in den Griff bekam.

»Ich weiß sehr genau, was du hier tust«, sagte Lanzo ansatzlos.

Trevor tat so, als verstünde er nicht, was er damit meinte. Nun, da er den Grund für Lanzos Besuch kannte, brauchte er ein paar Sekunden Zeit, um sich die passenden Antworten zurechtzulegen. »Leben?«

»Du versuchst, uns gegeneinander auszuspielen. Bei Rin bist du abgeblitzt, bei Arnest nicht. Du hetzt ihn gegen die Jockey auf und gegen mich, aber ich verstehe nicht, warum. Was hast du davon?«

»Du kannst mir glauben, dass ich Arnest nicht gegen dich aufhetzen musste. Das hast du ganz allein geschafft.«

Trevor bemerkte die plötzliche Unsicherheit in Lanzos Blick. *Das ist sein wunder Punkt*, dachte er. »Du behandelst ihn wie einen Idioten, dem man alles fünf Mal erklärt, der es aber dann trotzdem noch falsch macht. Aber er ist nicht so dumm wie du ihm einzureden versuchst.«

»Du kennst meinen Bruder nicht.«

»Vielleicht kenne ich ihn nur anders als du.« Die Unterhaltung begann, ihm Spaß zu machen. Nach nur wenigen Sätzen hatte Lanzo die Kontrolle darüber an Trevor abgegeben. Fünfzehn Jahre Bühnenerfahrung hatten ihn gelehrt, Menschen zu verstehen – und zu manipulieren.

»Wenn du möchtest, kann ich zwischen euch beiden vermitteln«, fuhr er fort. »Aber ehrlich gesagt, glaube ich, dass euch ein wenig Abstand guttun würde. Das ist nur der Eindruck von jemandem, der gerade erst anfängt, euch beide kennenzulernen.«

»Wirklich?«, fragte Lanzo. Er wirkte ebenso verunsichert wie nachdenklich. »Und was ist dein Eindruck von mir?«

»Dass du es gut meinst.« Trevor lehnte sich an den Schreibtisch und nahm die Hände aus den Taschen. Seine Nervosität war verschwunden. Selbstsicher erwiderte er Lanzos Blick. »Aber du benimmst dich wie sein Vater, nicht wie sein Bruder. Arnest braucht einen Kumpel, keinen Aufpasser, der ihm sagt, was er zu tun und zu lassen hat.«

»Und dieser Kumpel bist du.«

Trevor lächelte. »Ich hoffe es. Arnests Freundschaft bedeutet mir viel.«

»Schwachsinn«, sagte Lanzo so leise, dass Trevor im ersten Moment glaubte, er habe sich verhört. »Seine Freundschaft ist dir scheißegal. Du willst keinen Kumpel, sondern einen Schläger, jemanden, der deinen Hass auf die Jockeys teilt, vielleicht auch mal ein paar für dich umbringt, und dir alles Böse vom Leib hält, weil du selbst nicht dazu in der Lage bist.«

Lanzo machte einen Schritt auf ihn zu. In einem Blick lag eine solche Verachtung, dass Trevor plötzlich um sein Leben fürchtete. »Du bist ein Parasit. Du überlebst nur, weil du dich an andere hängst und ihnen irgendwie vorgaukelst, dass sie dich brauchen. Aber dich braucht niemand, Trevor, am allerwenigsten Arnest.«

Seine Stimme schnitt wie ein Messer durch all die Lügen und Rechtfertigungen, mit denen Trevor sich umgeben hatte. Er sah sein Spiegelbild in Lanzos Augen, verzerrt und jämmerlich. Trotzdem wandte er den Kopf nicht ab, denn er sah auch etwas anderes darin: einen Überlebenden.

»Du bist so verdammt überheblich«, sagte er. »Du kannst kämpfen, schießen, das Schiff fliegen, die Konsolen bedienen, und so weiter. Was kann ich? Banjo spielen und ein bisschen singen. Was glaubst du, wer als Erstes im All landen würde, wenn einmal die Vorräte knapp würden? Du? Arnest? Rin?«

Er machte eine Pause. Lanzo reagierte nicht. »Nenn mich ruhig Parasit, das ist mir egal, denn wenn ich mich nicht an jemand Stärkeres und Wichtigeres hänge und für ihn unverzichtbar werde, bringt man mich früher oder später um. Wir leben zwar in einer scheiß Welt, aber ich will so lange in ihr bleiben, wie es geht. Und ich bin bereit, alles dafür zu tun.«

Es tat gut, endlich die Wahrheit sagen zu können. Trevor verbrachte so viel Zeit damit, zu sein, was andere in ihm sehen wollten, dass er manchmal vergaß, wer er eigentlich war.

Lanzo musterte ihn eine Weile schweigend, dann sagte er: »Niemand wird mit diesen Fähigkeiten geboren. Man erlernt sie. Aber wahrscheinlich ist das schwieriger, als sich mit Lügen und Manipulationen durchzuschlagen.«

Ja, dachte Trevor. *Genauso ist es.*

Er öffnete den Mund, um wieder einmal zu lügen, hörte aber im gleichen Moment Schritte vor der Tür.

»Hey, Trevor«, rief Arnest von draußen herein. »Bist du fertig?«

»Moment.«

Lanzo trat in die Lücke zwischen Spind und Schreibtisch und legte den Zeigefinger auf die Lippen.

»Ich hab die Videos für dich hochgeladen«, fuhr Arnest fort. »Da ist eins dabei, das so krass is' … ich hab's bestimmt ein Dutzend mal gesehen.«

Trevor atmete tief durch. Er mochte den tumben, plumpen und manchmal ekligen Arnest, auch wenn Lanzo ihm das nicht glaubte. Es war erfrischend einfach, ihn zum Lachen zu bringen und kaum schwerer, ihn auf Ideen zu bringen, die er später für seine eigenen hielt.

Diese Abstimmung zum Beispiel, dachte Trevor, als er die Tür öffnete und die Kabine verließ, bevor Arnest eintreten konnte. Der runzelte die Stirn. »Wollen wir nich' erst ein Bier trinken?«

»Es ist neun Uhr morgens Schiffszeit«, sagte Trevor und zog die Tür hinter sich zu.

»Na und? Draußen ist es dunkel, also kann man Bier trinken.« Arnest schlug ihm so fest auf die Schulter, dass es schmerzte, aber Trevor zwang sich zu einem Lächeln.

»Später«, sagte er. »Vielleicht haben wir ja nach der Abstimmung was zu bereden.«

»So eine Abstimmung wäre auch was für uns, das hab ich auch schon gedacht. Und mach dir keine Sorgen da drüben. Ich pass auf dich auf.«

So einfach, dachte Trevor.

4

Langweilig.

Das war das einzige Wort, das Arnest einfiel, wenn er an die Abstimmung dachte. Er und Trevor saßen allein an einem Tisch ganz hinten im Speisesaal der *Destination Moon,* die anderen Zuschauer verteilten sich im Raum. Die Stühle und Bänke waren voller Menschen, einige standen sogar an der Wand und in der Tür. Anfangs hatte Arnest die Menge noch beobachtet, aber kaum jemand blickte in Trevors Richtung. Alle konzentrierten sich auf den frei geräumten Bereich vor der Essensausgabe. Dort saßen vier Jockeys, Warane, auf Stühlen, neben ihnen stand Bob Swanson und redete.

Und redete. Und redete.

Er hatte zuerst die Bewohner der *Destination Moon* begrüßt, dann Trevor und Arnest. Dann war er die Punkte der Tagesordnung durchgegangen. Anscheinend war die Abstimmung nur Teil einer größeren Versammlung, bei der über so interessante Themen wie Wasserverbrauch und einen Pilzbefall bei den Hanfpflanzen gesprochen wurde. Letzteres schien allen Sorgen zu bereiten.

Erst die Erwähnung der *Eliot* riss Arnest aus seinen Gedanken.

»Unsere Gäste von der *Eliot* dürfte es besonders freuen, dass die Reparaturen gut voranschreiten«, sagte Bob. »Wir sollten morgen im Laufe des Tages fertig werden, auch wenn wir es natürlich sehr bedauern, Trevor Reilly ziehen zu lassen.«

Die Zuschauer applaudierten. Trevor stand auf, verbeugte sich und winkte. Arnest beobachtete die Menge, bis sie sich wieder Bob zuwandte.

»Reiß dir doch eine Frau auf«, sagte Trevor leise.

»Hier?«

»Alle haben gesehen, dass du neben mir sitzt. Berühmtheit überträgt sich. Und wenn sie mich nicht haben können, nehmen sie eben dich.«

»Wirklich?« Arnest kam das merkwürdig vor, doch als er den Blick hob, sah er, dass ihn zwei junge Frauen interessiert musterten. Und ein junger Mann.

Er senkte den Blick. »Wenn das so leicht ist, dann reiß du doch eine auf.«

Trevor schüttelte den Kopf. »Mach ich nicht mehr«, sagte er. »Das gibt nur Ärger. Und bei gerade mal zwei Millionen Menschen hier draußen, kann ich es mir nicht leisten, auch nur einen Fan zu vergraulen. Aber du solltest es tun. Ist besser, als sich ständig Kiplings Filme anzusehen.«

»Vielleicht ein anderes Mal.«

»Bist du etwa schüchtern?«

»Nein, verdammt noch mal. Ich bin nich' schüchtern.« Arnest bemerkte erst, wie laut er gesprochen hatte, als sich einige Zuschauer vor ihm umdrehten. »Nur nich' in der Stimmung«, fügte er leiser hinzu.

»Aber kommen wir jetzt zum eigentlichen Anlass unserer Versammlung«, sagte Bob.

Na endlich.

Eine Windbö schien durch den Speisesaal zu wehen. Stoff raschelte, Stühle knarrten, in die Zuschauer kam Bewegung. Anscheinend hatten alle auf diesen Moment gewartet.

»Ich erkläre unseren Gästen kurz, wie so etwas normalerweise abläuft.«

Ist mir doch scheißegal, dachte Arnest mit zunehmender Frustration. *Ich will nur wissen, wie ihr abstimmt.*

»Es ist bei uns üblich, dass es ein fünfminütiges Streitgespräch zwischen einem Gegner des Antrags und einem Befürworter gibt.« Bob hob die Schultern. »Leider hat sich heute niemand gefunden, der bereit gewesen wäre, die Jockeys, um die es geht, zu vertreten.«

Die Zuschauer lachten. Die vier Warane senkten die Köpfe. Die Jockeys auf ihren Rücken wirkten jung.

»Ich wäre bereit dazu», sagte eine Stimme.

Ama'Ru?

Die Menschen, die im Türrahmen gestanden hatten, wichen zurück, als die Gottesanbeterin mit ihren seltsam steif wirkenden Schritten den Speisesaal betrat. Das Gelächter der Zuschauer verstummte und wurde zu einem verwirrt klingenden Raunen. Auch die Jockeys sahen einander an, doch dann richteten sie ihre Warane auf und drückten die Köpfe nach hinten, so als wollten sie Ama'Ru die Kehle darbieten.

»Das kann doch wohl nicht wahr sein«, sagte Trevor. »Die steht doch unter Arrest, oder?«

»Dachte ich auch.« Arnest zog sein Pad hervor und tippte auf einen der drei Kontakte in seiner Freundesleiste.

›*Sint auf der* Moon. *Amaru is hier??*‹

»Gäste haben bei uns kein Rederecht«, sagte Bob, als Ama'Ru neben ihm stehen blieb. Viele im Zuschauerraum nickten.

»Wäre es nicht besser, wenn die Argumente, die gegen die Abschiebung dieser vier sprechen, gehört würden?«

»Ja, aber –«

»Würde jemand außer mir sie vortragen?«

»Lass sie doch reden, Bob«, sagte jemand im Zuschauerraum. »Wir haben uns alle schon längst entschieden. Sie wird niemanden umstimmen.«

Der Applaus dauerte ebenso lange wie der, den Trevor bekommen hatte. Arnests Pad vibrierte.

Lanzo: ›Davon weiß ich nichts. Ich gebe es weiter.‹

»Also gut«, sagte Bob. Er sah zur Tür und nickte seinem Stellvertreter Daniel, der dort stand, zu. »Wenn du nichts dagegen hast.«

»Nein.«

»Dann fang an.«

Daniel trat vor und räusperte sich. Er war ein großer, schlaksig wirkender Mann, der zu kurze Jeans trug.

»NG27«, sagte er laut. »Das ist alles.«

Die Zuschauer applaudierten. Ama'Ru neigte den Kopf zur Seite. »Ich verstehe das Argument nicht.«

»Die Jockeys haben NG27 zerstört.« Daniel zeigte auf die vier Warane, die zusammengesunken auf ihren Stühlen saßen. »Das sind Jockeys. Wir wollen nicht, dass sie länger unter uns leben.«

Die Scheren der Gottesanbeterin öffneten und schlossen sich mit einem kratzenden Geräusch. Ama'Ru strich ihr über den Kopf. »Wenn ein rothaariger Mann dein Haus niederbrennt, jagst du dann alle rothaarigen Männer aus der Stadt?«

»Natürlich nicht.« Daniel verschränkte die Arme vor der Brust. »Das ist etwas völlig anderes.«

»Warum?«

Arnest versuchte, die Frage in seinen Gedanken zu beantworten, aber das fiel ihm schwer.

»Weil ein rothaariger Mann zur gleichen Spezies gehört wie ein schwarzhaariger oder blonder Mann. Ihr seid nicht die gleiche Spezies.«

Da hat er recht, dachte Arnest.

»Ich verstehe«, sagte Ama'Ru. »Wenn dich also ein Hund beißt, sind alle Hunde bissig.«

»Du weißt genau, dass der Vergleich hinkt.«

»Wieso? Ein Hund ist eine andere Spezies.«

Daniel drehte sich zu Bob um und breitete frustriert die Arme aus. »Sie dreht mir das Wort im Mund herum.«

Der sah jedoch nur kurz auf sein Pad. »Noch zwei Minuten.«

Ama'Ru wandte sich dem Publikum zu. »Haben die vier hier gute Arbeit geleistet?«

Kaum jemand reagierte. Nur ein paar Menschen nickten.

»Warum glaubt ihr denn nicht, dass alle, die aussehen wie sie, gute Arbeiter sind?«

»Weil«, fuhr Daniel sie laut an, »ein paar von ihnen NG27 zerstört haben!«

»Jetzt hat sie ihn«, sagte Trevor. Arnest verstand nicht, was er damit meinte.

Ama'Ru sah Daniel an. »Ein rothaariger Mann. Ein bissiger Hund. Ein paar von ihnen. Diese vier hatten nichts mit NG27 zu tun. Sie dafür zu bestrafen, ist absurd.«

Stille senkte sich über den Saal. Ama'Ru und Daniel schwiegen. Bob wartete, dann räusperte er sich. »Die Zeit ist abgelaufen. Wir kommen zur Abstimmung. Wer dafür ist, dass die Jockeys unser Schiff verlassen, hebt bitte jetzt die Hand.«

Hände schossen in die Höhe. Bob zählte sie durch. »Wer ist dagegen?«

Es überraschte Arnest, wie viele Zuschauer die Hand hoben. Es waren fast so viele wie die der Befürworter.

»Jetzt kannst du sehen, wie gefährlich sie sind«, sagte Trevor leise. »Diese verdammte Jockey hat keine fünf Minuten gebraucht, um etwas vollkommen Logisches ins Lächerliche zu ziehen. Man muss sehr gut aufpassen, sonst fällt man darauf herein.«

»Siebenundfünfzig dagegen, achtundsechzig dafür.« Bob wandte sich an die Jockeys. »Packt eure Sachen. Wir werden euch ein kleines Schiff zur Verfügung stellen, mit dem ihr zur nächsten Station fliegen könnt.«

Arnest hörte ihm kaum noch zu. Ama'Rus Worte hatten so vernünftig geklungen, dass er sie beinahe geglaubt hätte. Es war ihm unangenehm, dass erst Trevors Warnung ihm klargemacht hatte, wie dumm das gewesen war.

Beißende Hunde, rothaarige Männer, alles Schwachsinn, dachte er so vehement er konnte, um die letzten Zweifel zu vertreiben.

Sein Pad leuchtete auf und vibrierte.

Lanzo: ›Bringt Ama'Ru mit. Treffen auf der Brücke. Mir reicht's.‹

»Was ist?«, fragte Trevor. Er musste sein Grinsen bemerkt haben.

»Mein Bruder geht ab. Das will ich nicht verpassen.«

5

Zum zweiten Mal innerhalb von zehn Stunden schrie Lanzo Auckland an. Sie nahmen fast die gleichen Positionen ein wie in der Nacht zuvor, bemerkte Rin. Auckland saß auf der Treppe, Lanzo ging vor ihm auf und ab. Sie selbst lehnte neben Kipling an einer der Konsolen, Trevor, den sie am liebsten der Brücke verwiesen hätte, stand auf der anderen Seite. Wie so oft versuchte er, eine möglichst große Entfernung zu Ama'Ru einzuhalten, die neben dem Fahrstuhl hockte.

»Was meinst du eigentlich, wie lange wir uns noch verarschen lassen?«, fragte Lanzo wütend. »Gestern erst hast du großspurig verkündet, es würden sich Dinge ändern, und was ist das Erste, was heute morgen passiert? Ama'Ru, die wir in einer gemeinsamen Entscheidung unter Arrest gestellt hatten, taucht auf der *Moon* auf!«

»Ich wusste nichts davon«, sagte Auckland. Er trug saubere Kleidung und Rin sah, dass jemand seinen Verband gewechselt hatte.

Ama'Ru?, fragte sie sich. Das erschien ihr zwar unwahrscheinlich, aber sie bezweifelte, dass Lanzo, Kipling oder gar Arnest das getan hatten.

Lanzo blieb vor ihm stehen. »Du musst etwas davon gewusst haben, weil du der Einzige bist, der ihre scheiß Tür öffnen konnte!«

»Ein echter Agatha-Christie-Moment«, murmelte Kipling. Seine Finger bewegten sich unablässig und er wirkte abgelenkt.

Ama'Ru neigte den Kopf. »Er hat unsere Tür geöffnet, aber zu seiner Verteidigung sei gesagt, dass er uns umbringen, nicht befreien wollte.«

Lanzo fuhr herum. »Was?«

Auckland rieb sich die Augen. »Das wollte ich später ansprechen.«

»Entschuldige. Mir war nicht klar, dass du etwas vorbereitet hattest.«

Kipling nahm die V-Specs ab und hob die Hand. »Wieso wolltest du sie umbringen?«

»Und wieso stört sie das nicht?«, fügte Rin hinzu. Die ganze Situation erschien ihr grotesk. Sogar Arnest schüttelte den Kopf.

»Wir sind zu einer Übereinkunft gekommen«, sagte Ama'Ru. »Sie umfasst –«

Lanzo unterbrach sie. »Das klingt nach dem Ende einer Geschichte, die wir noch nicht gehört haben. Jemand sollte sie von Anfang an erzählen. Auckland?«

»Ja.« Auckland nickte. Seine Augen bewegten sich rasch, so als versuche er Erinnerungen zu sortieren und zu entscheiden, welche als Anfang dienen konnte. Doch er sagte nichts.

Rin kam ihm zu Hilfe. »Warum fangen wir nicht mit einer ganz grundsätzlichen Frage an: Wer bist du, John?«

Lanzo verschränkte die Arme vor der Brust, Kipling drehte die V-Specs zwischen den Fingern, Arnest beugte sich ebenso wie Trevor vor. Nur Ama'Ru wirkte unbeteiligt, aber vielleicht kannte sie die Antwort längst.

Auckland räusperte sich. »Ich –«

6

ZWÖLF MONATE ZUVOR

»Achtung!«

Die Männer und Frauen, die vor 3NJ94 standen, nahmen Haltung an. Von den sechshundert Soldaten, die er bei seiner Ankunft vorgefunden hatte, waren nicht viele übrig geblieben. Seit zwei Wochen hielten sie den kleinen Militärflughafen an der Küste Cornwalls, doch Zweidrittel von ihnen waren bereits gefallen, manche durch ihre eigene Hand.

Und sie ahnen nicht, dass die Männer, die ihnen befehlen, bis zum Tod auszuharren, keine Offiziere sind. Wir sind nicht einmal in der Army.

Vor dem Abflug aus San Francisco hatte man ihm den Namen Raymond Pearce gegeben und den Rang eines Colonels in der US Army, aber beides war gelogen. Offiziell trug er die Bezeichnung 3NJ94, die meisten nannten ihn NJ, er selbst erkannte sich weder in dem einen noch in dem anderen wieder.

Es war ein klarer, kalter Morgen. Mit dem ersten Vogelzwitschern wurde auch das Stöhnen und Knurren der Zombiehorde auf der anderen Seite des Zauns lauter. Nachts ließ es meistens nach, wahrscheinlich, weil die Toten die Lebenden schlechter sehen konnten.

»Guten Morgen«, sagte Colonel Pearce.

»Guten Morgen, Sir!«

Er betrachtete die Soldaten, die vor ihm auf dem Flugfeld standen und ihn aus blassen, übermüdeten Gesichtern ansahen. Keiner von ihnen hatte die Geschichte, die Colonel Raymond

Pearce, Major Doug McCollough und Captain Franklin J. Snyder erzählt hatten, angezweifelt. Aus London hatte man sie angeblich nach Cornwall geschickt, um die Evakuierung der Schutzzone zu leiten. In Wirklichkeit waren sie auf der Flucht zufällig in die Schutzzone geraten. Überprüfen konnte das keiner mehr. Telefonleitungen und Mobilfunknetze waren längst zusammengebrochen, Funksprüche blieben unbeantwortet. Nur das Internet funktionierte dank des Googlegates nahe Pluto gelegentlich noch, doch es war zu unzuverlässig und langsam, um irgendjemandem zu nützen.

Hinter Pearce knatterten Zelte im Wind. Knapp vierhundert Zivilisten lebten noch in ihnen, mehr als zweitausend waren bereits evakuiert worden. Die Soldaten hatte man in einem leeren Hangar untergebracht. Dort war es eng und laut, aber nicht dreckig. Pearce achtete auf Sauberkeit und Disziplin.

»Ich brauche zehn Freiwillige zur Leichenbergung«, sagte er.

Einige Soldaten verzogen das Gesicht, andere senkten den Blick, doch niemand murrte oder beschwerte sich. Die Leichenberge, die sich im Verlauf von manchmal wenigen Stunden ansammelten, mussten beseitigt werden, damit sie nicht irgendwann die Zäune eindrückten. Es war eine gefährliche, aber notwendige Arbeit.

Ein kräftig gebauter Sergeant namens Desmond Leys hob die Hand. »Werden Sie und der Major die Freiwilligen begleiten, Sir?«

Colonel Pearce nickte. »Selbstverständlich, Sergeant.«

Sofort traten Leys und eine Reihe anderer Soldaten vor. Es waren mehr als zehn.

»Danke«, sagte Pearce. »Bereiten Sie alles vor. Wir treffen uns in zehn Minuten am Tor. Wegtreten.«

»Ja, Sir!«

Pearce wandte sich ab und sah zum Tower hinauf. In dem quadratischen, komplett verglasten Raum saßen McCullough und Snyder, oder wie er sie genannt hatte, LB und CG. Die neuen Namen waren ihnen befohlen worden, also benutzten sie sie auch. Snyder war bei den Soldaten unbeliebt. Sie hielten ihn für arrogant, weil er nur das Nötigste mit ihnen sprach und einen Großteil seiner Zeit im Tower verbrachte. 3NJ94 wusste, dass das nicht stimmte. Der Mann, den er als CG kannte, war ein Einzelgänger, ein Beobachter, der in allem nach Mustern suchte und sie auch meistens fand. Er hatte nach der ersten Woche ausgerechnet, dass ihnen noch maximal zehn Tage blieben, bis der Flughafen fiel.

»Mehr und mehr Zombies, immer weniger Soldaten«, hatte er gesagt, als sie abends zu dritt im Tower zusammensaßen. »Ich habe alles genau berechnet. Wenn die Zahlen sich so weiterentwickeln, ist hier in spätestens zehn Tagen alles vorbei, wenn etwas schiefgeht, sogar noch früher. Wir sollten abhauen, so lange es noch möglich ist.«

Aber sie waren nicht abgehauen. Die US-Regierung hatte sie an die britische Regierung ausgeliehen, nur wenige Tage vor Ausbruch des Virus. Wochenlang hatten sie in London festgesessen und bei der Bekämpfung der Toten geholfen. Sie waren erst geflohen, als auch Westminster, die letzte Schutzzone der Stadt überrannt wurde.

Zum ersten Mal in unserem Leben standen wir unter keinem Befehl, dachte Pearce, während er McCullough zuwinkte. *Also schufen wir uns einen eigenen. Und den werden wir befolgen, so wie wir es immer getan haben.*

McCullough winkte zurück und verschwand vom Fenster. Der Wind trug das Knattern eines Hubschraubers zu Pearce herüber. Die Zivilisten, die für ihn eingeteilt waren, standen bereits neben der Landezone und warteten. Wenn sich das Wetter hielt, würden sie an diesem Tag über zweihundert evakuieren können.

»Geht's wieder raus?«, fragte McCullough, als er aus der Tür des Towers trat. Er war so groß wie Pearce, hatte aber die Figur eines Gewichthebers. Ebenso wie alle anderen Soldaten trug er Unterarm- und Wadenschützer aus schwarzem Metall. Seinen Helm hielt er in der Armbeuge.

»Sie fühlen sich wohler, wenn wir dabei sind«, sagte Pearce. »Das ist gut für die Moral.«

»Ich beschwere mich nicht. Alles ist besser als Snyder bei seinen Selbstgesprächen zuzuhören.«

Auch deshalb mochten die Soldaten Snyder nicht. Sie hielten ihn für verrückt. Pearce war sich nicht sicher, ob sie falschlagen.

Ein offener, rundum vergitterter Landrover hielt mit quietschenden Reifen neben ihm. Sergeant Leys sah ihn vom Fahrersitz an. »Colonel, Major. Wollen Sie mit mir fahren?«

»Ja.« Pearce öffnete die Beifahrertür und stieg auf den erhöht montieren Sitz. Ein Sturmgewehr lehnte daran. Er überprüfte das Magazin, während McCullough an ihm vorbei auf die kurze Ladefläche sprang. Dort hielten sich bereits zwei Corporals an der engmaschigen Vergitterung fest, eine junge Frau namens Christian und ein dunkelhaariger Mann namens Doyle. Die beiden waren ein Paar, dachten jedoch, dass niemand davon wusste. Jeder wusste es.

»Ein paar meiner Leute machen sich Sorgen, Sir«, sagte Leys, als er anfuhr.

Pearce schnallte sich am Sitz fest und legte das Gewehr über seine Knie. »Worüber?«

»Dass auf dem Schiff kein Platz mehr sein wird, wenn erst mal all die Zivilisten an Bord sind.«

Von den Hubschrauberpiloten hatten sie erfahren, dass die Menschen aus den Schutzzonen auf ein großes Kreuzfahrtschiff gebracht wurden, das vor der Küste ankerte. Angeblich bot es sechstausend Menschen Platz, aber niemand hatte ihnen verraten, wie viele Schutzzonen angeflogen wurden.

»Sie müssen sich keine Sorgen machen«, sagte Pearce. »So lange es das Virus gibt, kann niemand auf Soldaten verzichten.«

»So sehe ich das auch, Sir. Aber vielleicht sprechen Sie das noch mal an. Sie wissen ja, wie das mit Gerüchten ist.«

Ja, das weiß ich, dachte Pearce. Sieben Mal hatte das Projekt, in das er hineingeboren worden war, umziehen müssen, weil Gerüchte aufkamen. Sieben neue Städte, sieben neue Identitäten, sieben neue Lügen.

»Sie können auch ruhig die Antarktis erwähnen, Sir. Hat sich längst rumgesprochen.«

»Das dachte ich mir schon.« Kurz nach seiner Ankunft hatte er zum ersten Mal die Behauptung gehört, dass das Kreuzfahrtschiff in die Antarktis fahren würde, dem einzigen zombiefreien Kontinent der Welt. Ob das stimmte, wusste er nicht, aber alle, die ihn danach fragten, hatten sein Schweigen als Zustimmung verstanden.

Vor ihm tauchte das Tor auf. Zwei Landrover warteten dort bereits. Ein alter Bulldozer, der ebenso vergittert wie die Geländewagen war, rumpelte auf sie zu. Ein Fahrer und ein Schütze saßen darin. Beide rauchten.

Rechts und links des Tors standen Wachtürme, die mit Scharfschützen besetzt waren. Um Munition zu sparen, hatte Pearce ihnen die Anweisung gegeben, nur auf Zombies zu schießen, wenn die Menge vor den Zäunen zu groß wurde. Momentan zählte er knapp zwei Dutzend schlurfende, stolpernde Gestalten. Unablässig warfen sie sich gegen den Zaun. In vielen Gesichtern hatten die Stahlmaschen rote Muster erschaffen. Pearce sah nur wenige Leichen, aber alle trugen Uniform. Die Soldaten töteten ihresgleichen zuerst. Er hatte nichts dagegen.

Die Leichenbergung war längst zur Routine geworden. Es waren keine Befehle mehr nötig. Als zwei der Soldaten, die das Tor bewachten, Pearce und McCullough sahen, zogen sie Schlagstöcke aus dem Gürtel und hieben sie gegen den Zaun. Wie Blinde, die von einem Geräusch aufgeschreckt wurden, hoben die Zombies die Köpfe und legten sie schräg. Dann schwenkten sie schwerfällig herum und schlurften hinter dem Geräusch her. Der Anblick erinnerte Pearce an eine Prozession. Zwei Soldaten, die mit ernsten Gesichtern und lauten Trommelschlägen voranschritten, die Gläubigen, die ihnen hoffnungsvoll folgten. Nur ein Zombie blieb zurück, ein junger Mann, dessen lange blonde Haare sich in den Ästen eines Baumes verfangen hatten. Er stöhnte und streckte klauenartige Hände in Richtung der anderen Zombies aus, so als wolle er sie um Hilfe bitten.

Unsinn. Pearce verbat sich den Gedanken. Es war gefährlich, das Virus zu vermenschlichen, nur weil es menschliche Körper als Werkzeug benutzte. Es kannte weder Neid, noch Hoffnung, keine Liebe, keinen Hass. Da war nur noch Gier.

»Tor öffnen!«, rief Pearce.

Die Soldaten im Bulldozer, ein Private namens Vaughan und ein Corporal, den alle nur Sticky nannten, weil er so stark schwitzte, warfen ihre Zigaretten weg. Schwarze Abgase stiegen aus dem Auspuff, der über das Dach des Bulldozers hinausragte, in den Himmel. Vaughan zog an einem Hebel. Metallarme fuhren eine breite Schaufel aus und rasteten auf Hüfthöhe ein. Diese Praxis hatte sich bewährt. Zombies, die in den Weg des Bulldozers gerieten, wurden unter ihn geschleudert und von den breiten Reifen zermalmt.

Der Bulldozer setzte sich an die Spitze des kleinen Konvois, die Landrover folgten. Leys' Wagen bildete das Ende. Er hielt Abstand zum Rest des Konvois, damit Pearce' Sicht nicht von den anderen Wagen eingeschränkt wurde.

»Gut so, Sir?«

»Perfekt.« Pearce sah sich um, das Gewehr weiterhin auf den Knien liegend. Sie fuhren über einen schmalen Schotterweg, der den kompletten Flughafen umgab. Dahinter lag ein kleines Waldstück, das an einer Straße endete. Die Kaserne auf der anderen Seite der Straße war der Grund für die starke Zombiepräsenz. Von den sechstausend Soldaten, die dort einmal stationiert gewesen waren, hatten nur die auf dem Flughafen überlebt. Hinzu kamen Familienmitglieder und zivile Angestellte. Sorgen bereitete Pearce, dass er zunehmend Tote aus der nahe gelegenen Ortschaft zwischen ihnen sah. Es kam ihm so vor, als rotteten sich die Zombies zu einer Art Herde zusammen, ähnlich des ›Schwarms‹, der Tokio überrannt hatte.

Vielleicht ist die Antarktis tatsächlich unsere letzte Chance, dachte Pearce. *Oder das All.* Aber nur die Reichen konnten dorthin fliehen.

Die Zombies, die von den Soldaten in die entgegengesetzte Richtung gelockt worden waren, drehten sich nun um, angezogen vom Lärm der Motoren. Ein paar wankten weiter hinter den Soldaten her, die anderen blieben unschlüssig stehen. Pearce beachtete sie kaum. Sie waren zu weit entfernt, um ein Problem darzustellen.

Er sah auf, als der Transporthubschrauber über den Bäumen auftauchte und in der Luft verharrte. Die Piloten waren vorsichtig. Vor jeder Landung stellten sie sicher, dass der Flughafen noch nicht gefallen war. Zivilisten winkten ihnen zu. Keiner von ihnen hatte mehr als eine kleine Tasche dabei.

Pearce wandte sich ab, als der Hubschrauber landete und Dreck emporschleuderte. Lange Staubfahnen wehten über den Flughafen. Die Zivilisten schützten ihre Gesichter mit den Armen.

»Da ist es, Sir«, sagte Leys und deutete mit dem Kinn auf die Nordwestecke des Zauns. Am Vorabend, kurz vor Einbruch der Dunkelheit, hatte sich dort eine große Gruppe Zombies versammelt. So etwas geschah manchmal, war jedoch sogar für Snyder unvorhersehbar. Es fing mit zwei oder drei Zombies an, die sich an einer scheinbar willkürlich gewählten Stelle gegen den Zaun warfen. Durch den Lärm, den sie verursachten, kamen mehr und mehr hinzu – ein Teufelskreis, der bereits zwei Mal zu einem Durchbruch geführt hatte.

Die Wachen wussten mittlerweile, worauf sie zu achten und wann sie zu schießen hatten. Die kritische Masse, hatte Snyder erklärt, lag bei zehn Zombies. Doch der Leichenberg, den Pearce nun von seinem erhöhten Beifahrersitz sah, bestand aus mindestens zwei Dutzend Toten, was bedeutete, dass die Wachen zu spät reagiert hatten.

»Ich sehe es auch, Sir«, sagte Leys, bevor Pearce ihn darauf aufmerksam machen konnte. »Ich werde mich darum kümmern.«

Der Bulldozer erreichte die Stelle und senkte die Schaufel bis auf den Boden. Seitlich am Zaun entlang fuhr er auf den Leichenberg zu. Die drei Landrover blieben hinter ihm.

»Neun Uhr«, sagte McCullough ruhig. Sofort hielt Leys an.

Pearce löste seinen Gurt und stand auf. Zwei Tote wankten zwischen den Bäumen hervor, ein alter Mann, der einen blutigen Jogginganzug trug und ein rund zehnjähriges Mädchen. Pearce legte den Gewehrkolben an die Schulter, zielte kurz und schoss zweimal. Die großkalibrigen Kugeln rissen Köpfe auseinander. Die Körper sackten zusammen und verschwanden zwischen Sträuchern.

»Zu langsam«, sagte McCullough.

Pearce nickte. Er hatte einen Sekundenbruchteil gezögert, bevor er auf das Mädchen geschossen hatte. Natürlich war das McCullough nicht entgangen.

Leys warf einen Blick auf die Ladefläche. »Zu langsam? Sir, ich habe noch nie einen Scharfschützen erlebt, der so sauber und schnell arbeitet wie der Colonel.«

Weder McCullough noch Pearce kommentierten das.

Der Bulldozer schob den Leichenberg vor sich her. Einige der Toten rutschten von der Schaufel und blieben im Schotter liegen. Soldaten sprangen aus den Landrovern und warfen sie auf die Ladefläche. Auf der anderen Seite des Zauns stiegen Zivilisten in den Hubschrauber. Ein Mann, der Anzug und Aktenkoffer trug, sprang heraus und sprach mit einem der Soldaten.

Pearce wurde durch eine Bewegung in seinem Augenwinkel abgelenkt. Er fuhr herum, das Gewehr an die Schulter gelegt und schoss. Der Zombie, die hinter den anderen beiden aus dem Waldstück gekommen war, brach zusammen.

»Sechs Uhr«, sagte McCullough.

Pearce drehte sich zur Ladefläche. McCullough und beide Soldaten duckten sich. Drei Schüsse, drei reglos am Boden liegende Leichen.

Vor ihnen gabelte sich der Weg. Rechts führte er an der Nordseite des Flughafens entlang, links in den Wald hinein. Der Bulldozer bog nach links ab. Einige Leichen rutschten von der Schaufel und wurden rasch aufgesammelt.

»Läuft sehr gut, Sir«, sagte Leys.

Pearce nickte, ohne den Blick vom Wald zu nehmen. Der Weg war schmal und das Unterholz reichte fast bis an die Wagen heran. Das war der gefährlichste Abschnitt.

»Wenn nur der scheiß Hubschrauber endlich abheben würde», sagte Doyle hinter ihm. »Den Lärm hört man ja meilenweit.«

Der Hubschrauber benötigte tatsächlich länger als sonst, aber Pearce dachte nicht über die Gründe nach. Seine ganze Aufmerksamkeit galt dem Wald. Er sah die beiden Zombies, zwei junge Frauen, noch bevor McCullough »Drei Uhr« sagte. Sie wurden halb von Bäumen verdeckt und stolperten über Wurzeln und durch Unterholz.

Sein erster Schuss riss die Stirn einer Frau auseinander, sein zweiter ließ Holz splittern. Der dritte traf. Blut klatschte auf grüne Blätter und braune Baumrinde.

Pearce verzog das Gesicht und wartete auf McCulloughs Kommentar, aber der blieb aus. Anscheinend war der Schuss doch schwieriger gewesen, als er geglaubt hatte.

Der Bulldozer erreichte einen großen Schotterplatz, auf dem Wagen parkten, die wohl niemand mehr abholen würde. Die

Zivilisten, die auf der Basis arbeiteten, hatten ihn als Parkplatz genutzt, weil sie ihre Fahrzeuge nicht auf Armeegelände abstellen durften. Pearce sah Kleinwagen, hauptsächlich Elektroautos, und ein paar Motorräder. Weißer Vogelkot bedeckte Windschutzscheiben, Autodächer und Motorradsitze. In den Bäumen saßen Hunderte Krähen, am Himmel kreisten Möwen. Pearce hörte ihre Rufe trotz des Motorenlärms.

»Fütterungszeit«, sagte Leys neben ihm.

Der Bulldozer steuerte den Rand des Parkplatzes an. Krähen hüpften über die Leichenberge, die man dort zusammengeschoben hatte. Pearce sah weiße Knochen unter zerrissener Kleidung, leere Augenhöhlen und aufgerissenes Fleisch. Er hatte sich schon oft gefragt, weshalb die Krähen Leichen fraßen, aber Zombies, selbst wenn sie wehrlos am Boden lagen, ignorierten. Eine Antwort hatte er noch nicht darauf gefunden, aber er glaubte, dass es etwas mit dem Virus zu tun hatte.

Beißender, Übelkeit erregender Gestank ging von den Leichen aus. Pearce schloss ebenso wie alle anderen seinen Helm. Der Geruch nach Kunststoff und Metall überlagerte den Gestank zwar nicht, schwächte ihn aber wenigstens etwas ab.

Der Bulldozer schob die frischen Leichen zu den anderen. Krähen stiegen krächzend empor, andere, weniger schreckhafte flatterten von den Bäumen und gruben ihre Krallen in Stoff und Fleisch. Ursprünglich hatte man die Leichen auf den Schotterplatz gebracht, um sie zu verbrennen, aber die Offiziere, die mittlerweile entweder geflohen oder tot waren, hatten schnell erkannt, dass sie damit nur Benzin verschwenden würden. Und so war ein Berg nach dem anderen entstanden, weit genug vom Flughafen entfernt, dass man den Gestank nur wahrnahm, wenn der Wind besonders ungünstig stand.

Vaughan setzte zurück, brachte die Schaufel wieder in eine hüfthohe Position und fuhr an den Soldaten, die Leichen aus den Geländewagen zogen, vorbei. Er wirkte erleichtert. Auf dem Rückweg konnten sie deutlich schneller fahren und Pearce schätzte, dass sie kaum mehr als fünf Minuten bis zum Tor brauchen würden.

Nun wendeten auch die Geländewagen und setzten sich hinter den Bulldozer. Sie behielten die gleiche Reihenfolge bei und Leys ließ sich auch dieses Mal wieder leicht zurückfallen.

Zweige kratzten über die Türen des Landrovers. Schotter knirschte unter den großen Reifen. Je näher sie dem Flughafen kamen, desto lauter wurde das Knattern des Hubschraubers.

»Worauf wartet der?«, fragte McCullough. »So viele Zivilisten lassen wir doch gar nicht – Pearce!«

Er sah sie im gleichen Moment. Gesichter. Hunderte bleicher, zerfressener Gesichter zwischen Bäumen und Sträuchern.

»Wo zum Teufel kommen die her?«, schrie Corporal Christian, während sie nach ihrem Sturmgewehr griff. Die anderen schienen die Gefahr noch nicht bemerkt zu haben. Die Soldaten in den beiden Landrovern vor ihnen unterhielten sich. Leys schlug auf die Hupe und zeigte in den Wald, als die Männer und Frauen sich umdrehten.

Zombies stolperten aus dem Unterholz hervor. Einige mähte der Bulldozer nieder, andere streifte er nur. Sie wurden herumgerissen und wankten auf die Straße. Mit einem Druck seines Daumens stellte Pearce sein Gewehr von Einzelschüssen auf Dauerfeuer um. Die erste Salve brachte drei zu Fall. Der Landrover, auf den sie zugetaumelt waren, rumpelte über sie hinweg.

McCullough und die anderen schossen ebenfalls. Kugeln rissen Äste und Köpfe auseinander, bohrten sich in Körper und Baumstämme. Die fast mannshohen Reifen des Bulldozers zermalmten Zombies unter sich, die Fahrer der Landrover mussten bremsen, um nicht die Kontrolle über ihre Wagen zu verlieren, wenn sie über die Leichen rollten. Ihr Abstand zum Bulldozer wurde immer größer. Vaughan bemerkte das entweder nicht oder ignorierte es. Pearce kannte ihn nicht gut genug, um das zu beurteilen.

Ein Zombie tauchte plötzlich zwischen Bulldozer und Landrovern auf. Er war groß, sicherlich über zwei Meter und so breit wie die Wagen. Fettwulste quollen unter seinem zerrissenen Hemd hervor und er trug keine Hose. Pearce sah keine Verletzungen außer den Kratzern, die der Weg durch den Wald hinterlassen hatten. Er musste eines natürlichen Todes gestorben sein.

Der erste Landrover konnte nicht mehr ausweichen. Pearce hörte einen dumpfen, lauten Knall und sah, wie dem Zombie die Beine unter dem Körper weggerissen wurden. Doch er fiel nicht zurück, sondern nach vorn und landete auf der Motorhaube. Sein Kopf bohrte sich durch die Windschutzscheibe. Mit den Fäusten schlug er um sich.

Erschrocken riss der Fahrer das Steuer herum. Zähne schnappten über seinen Händen zu. Der Landrover brach aus und krachte ins Unterholz. Die beiden Soldaten, die auf der Ladefläche gestanden hatten, wurden gegen die Gitter und auf den Boden geworfen. Einer der beiden schrie laut und wurde plötzlich still.

Schieß ihm in den Kopf, dachte Pearce, als sich der andere, ein Private namens Taylor aufrichtete. Doch der wurde von dem Zombie, der nun mit aller Kraft versuchte, sich in den Innenraum zu schieben, abgelenkt. Der Fahrer presste sich in seinen Sitz und brüllte etwas, das wie ein Befehl klang. Was der Beifahrer tat, konnte Pearce nicht sehen, aber plötzlich verschwand der Kopf des Zombies hinter blutiger Gischt. Seine Arme sackten nach unten.

Leys hupte, als der Wagen vor ihm langsamer wurde. »Fahr!«, brüllte er. »Wir regeln das!«

Pearce glaubte nicht, dass jemand in dem Landrover ihn verstanden hatte, trotzdem gab der Fahrer Gas. Auf der Ladefläche des verunglückten Wagens ging Taylor neben seinem reglos am Boden liegenden Kameraden in die Hocke. Hinter Pearce schossen McCullough und die beiden Soldaten unablässig auf die Zombies, die aus dem Wald drängten. Mit jeder Sekunde wurden es mehr.

Taylor streckte die Hand aus, um den Puls des Mannes zu fühlen, den Pearce für tot hielt. Schotter spritzte, als Leys neben ihm abbremste.

»Weg da!«, brüllte er. Pearce öffnete die Tür und sprang von seinem erhöhten Beifahrersitz. Taylor wollte zurückweichen, doch im gleichen Moment krallten sich Finger in seinen Unterarm. Er schrie auf und tastete nach seiner Pistole. Das Holster war leer. Er musste sie beim Sturz verloren haben.

Pearce riss die Tür der Ladefläche auf. Milchigweiße Augen starrten ihn aus einem toten Gesicht an. Er schoss dem Zombie, der einmal Private Carter gewesen war, in den Kopf. Kugeln pfiffen an ihm vorbei. Er hörte, wie sie in Fleisch und Holz einschlugen.

Taylor streifte die Hand der Leiche ab. »Danke, Sir. Ich weiß nicht, wieso –«

Pearce ließ ihn nicht ausreden. »Kommen Sie.«

Die Fahrertür wurde aufgestoßen. Lance Corporal Davies stieg würgend aus. Dunkles Zombieblut bedeckten Gesicht, Arme und Brust, aber Pearce sah auch etwas anderes: rote Tropfen, die von seiner Hand in den Schotter fielen.

»Hat er sie gebissen, Davies?«, fragte er scharf.

»Nein, Sir. Ich hab mich bestimmt nur an der Windschutzscheibe geschnit…«

Ein dunkles Loch tauchte plötzlich in seiner Stirn auf. Sein Kopf wurde in den Nacken gerissen, dann brach Davies auch schon zusammen. Pearce fuhr herum.

»Du weißt, wie sie sind«, sagte McCullough, während er sein Gewehr nachlud.

Ja, dachte er, während er einstieg. Die Fähigkeit, sich selbst in den Gedanken seiner Opfer zu verharmlosen, war die perfideste Stärke des Virus.

Christian öffnete die Tür der Ladefläche und half Taylor und dem Beifahrer, dessen Namen Pearce nicht kannte, herauf. Leys gab Gas, noch bevor sie die Tür wieder geschlossen hatten. Es wurde eng, das konnte Pearce sehen. Dutzende Zombies brachen durch das Unterholz, manche standen bereits auf der Straße. Leys machte nicht den gleichen Fehler, den Davies begangen hatte. Obwohl sie den Anschluss an den Konvoi verloren hatten, fuhr er langsam und versuchte, den wenigen Zombies auszuweichen, die Pearce und McCullough verfehlten.

Hände griffen nach den Gittern, die den Landrover umgaben. Die meisten glitten an ihnen ab, doch einem Zombie gelang es, sich neben Pearce festzukrallen. Knurrend schlug er seine Zähne in das Metall. Pearce zertrümmerte seine Finger mit dem Gewehrkolben, bis er losließ und auf den Weg stürzte. Ihm ging die Munition aus.

»Das wird nicht hinhauen«, sagte McCullough hinter ihm plötzlich.

Im ersten Moment wusste Pearce nicht, was er meinte, doch dann folgte er McCulloughs Blick und fand den Bulldozer, der rund hundert Meter vor ihm die Weggabelung fast erreicht hatte. Dunkle Abgase stiegen in den Himmel, die Schaufel schleuderte Zombies mit solcher Wucht beiseite, dass manche durch die Luft flogen. Schotter spritzte empor und fiel wie Hagel auf die beiden Landrover hinter ihm.

Er fuhr viel zu schnell.

»So kriegt der die Kurve nie.« McCullough wirkte nicht nur ruhig, er war es. Ebenso wie Pearce neigte er dazu, sich von ›Stresssituationen emotional zu lösen‹, wie es einer der Psychologen einmal beschrieben hatte. Das war Teil ihrer Prägung.

Der Bulldozer raste auf die Kurve zu. Sein Fahrer, Vaughan, schien die Gefahr auf einmal zu erkennen, denn die Bremslichter leuchteten plötzlich auf. Der Bulldozer brach aus, drehte sich und eine Sekunde lang glaubte Pearce, dass er es schaffen würde. Doch dann schlingerte er. Die Schaufel richtete sich auf den Zaun und stieß schräg hinein. Metallzacken bohrten sich zwischen Stahlmaschen und zogen sie auf wie einen Reißverschluss. Mit seinem ganzen Gewicht traf der rutschende, schlingernde Bulldozer Zaunpfähle und riss sie aus ihrer Verankerung. Als er zum Stehen kam, hatte er mehr als zehn Meter Zaun zerstört.

Die beiden Landrover fuhren hinter dem Bulldozer auf das Gelände. Soldaten wie Zivilisten liefen herbei. Vaughan sprang aus dem Bulldozer und hielt sich die Hände vor das Gesicht. Jemand schlug nach ihm.

Die Zombies wandten sich von dem letzten Landrover ab und stolperten auf die große Lücke im Zaun zu. Leys fuhr schneller. Er sagte kein Wort, aber sein Mund war zusammengekniffen, die Augen schmal.

Er weiß, dass es vorbei ist, dachte Pearce.

Wenige Minuten später rasten sie über den Asphalt des Flughafens. Der Hubschrauber stand immer noch auf seinem Landeplatz. Durch die offenen Türen konnte Pearce die Passagiere sehen, die mit dem Piloten diskutierten. Der hob nur die Schultern und zeigte auf den Mann im Anzug. Snyder stand ebenfalls dort. Er hielt ein Pad in der Hand.

Leys wollte auf den Bulldozer zufahren, aber Pearce berührte seine Schulter. »Lassen Sie mich hier raus, Sergeant. Sie kümmern sich um den Zaun.«

»Ja, Sir.«

Der Landrover hielt an. Pearce stieg aus, McCullough folgte ihm. Soldaten liefen an ihnen vorbei. Niemand musste ihnen einen Befehl geben, sie wussten auch so, dass nur der Zaun zwischen ihnen und dem Tod stand.

»Wieso hebt der verdammte Hubschrauber nicht ab?«, fragte Pearce, als er vor Snyder stehen blieb. »Der Lärm lockt alle Zombies in der Umgebung an.«

»Weil Sie und Major McCullough noch nicht an Bord sind, Colonel«, sagte der Mann im Anzug, bevor Snyder antworten konnte. »Mein Name ist Pendergast und hier –« Er öffnete seinen Aktenkoffer und zog Pads heraus, die er Pearce und McCullough reichte. »… sind Ihre neuen Befehle. Sie können sie im Hubschrauber lesen.«

Pearce schüttelte den Kopf. »Ich gehe hier nicht weg. Ich werde meine Leute nicht im Stich lassen.«

»Du musst«, sagte Snyder. »Der Befehl kommt direkt von Brown.«

Er zögerte.

»Das sind nicht Ihre Leute.« Pendergast sah ihn an. Er war ein schmaler Mann mit langem Gesicht und schütterem Haar. »Sie sind kein Brite. Sie sind kein Colonel. Sie sind nicht einmal in der Armee. Dass Sie sich selbst diesen Befehl gegeben haben, war eine Spielerei. Nun haben Sie einen echten bekommen, also steigen Sie ein.«

Pearce hörte Schüsse hinter sich und laute Rufe. Pendergast hatte recht, das wusste er. Der Flughafen war verloren, hier auszuharren dumm und sinnlos. Aber er konnte nicht anders. Vielleicht war das Teil seiner Prägung, vielleicht seiner Gene oder seines Charakters. Das waren die Fragen, die er sich ständig stellte und auf die er nie eine Antwort fand.

»Wir müssen gehen«, sagte McCullough.

Pearce steckte das Pad in die Innentasche seiner Uniform und wandte sich ab. »Ich komme nach.«

Sie kämpften und eine Weile lang sah es so aus, als könnten sie es schaffen. Pearce hatte Waffen an die Zivilisten ausgeben lassen und mit ihrer Hilfe hielten sie die Zombies zurück. Lastwagen, deren Reifen man aufgestochen hatte, wurden zu Barrikaden, die die Lücke im Zaun ausfüllten. Doch irgendwann, lange nachdem der Hubschrauber abgehoben hatte, wurde ihm klar, dass nicht der Lärm die Zombies angelockt hatte. Sie waren die ersten Vorboten eines Schwarms gewesen.

Als der über den Flughafen hereinbrach, ging es ganz schnell. Pearce konnte später nicht mehr sagen, wie er von den anderen Flüchtlingen getrennt wurde, doch irgendwann stand er allein auf einer schmalen Küstenstraße und lauschte dem Rauschen des Meers.

Es war Nacht. Er brach in einen alten Bauwagen am Strand ein, zog das Pad heraus und las seine Befehle. Am nächsten Morgen machte 3NJ94 sich auf die Suche nach einem Boot.

7

»Ich bin –«, sagte Auckland zögernd. »… ein Prototyp, ein Experiment und theoretisch Besitz von BetterLifeSolutions. Fragt mich, was ihr wollt.«

Seine Hand pochte im Rhythmus seines Herzschlags, eine ständige Erinnerung an den Fehler, den er begangen hatte.

Zumindest an einen von ihnen, dachte er.

Es wurde still auf der Brücke. Ama'Ru sah ihn als Einzige an. Noch nie hatte er mit jemandem außerhalb von BLS über sich selbst gesprochen und er bereute bereits, mit dieser Regel gebrochen zu haben. ›*Wir sind etwas Künstliches*‹, hatte Snyder einmal gesagt. ›*Niemand, der das weiß, kann mit uns normal umgehen.*‹ Er hatte das für Unsinn gehalten, doch nun sah er in den gesenkten Blicken der anderen, dass es die Wahrheit war.

Arnest kratzte sich ein Kopf. »Du bist ein Roboter?«

Auckland sah ihn sprachlos an. Er hatte mit vielen Fragen gerechnet, aber nicht mit dieser.

»Genau«, sagte Kipling rasch. Seine Mundwinkel zuckten. »Mit eingebautem WLAN, einem Kühlschrank und –«

Lanzo unterbrach ihn. »Ich glaube nicht, dass das so gemeint war.«

»Ich bin ein Mensch.« Auckland räusperte sich. »Nur genetisch modifiziert. Verbesserte Reflexe, höhere Stresstoleranz, beschleunigte Heilung und so weiter. Man könnte es so sagen: BLS hat eine neue Firmware aufgespielt.«

Kipling lächelte. »Haben sie den Bug beseitigt, bei dem man

in ein Zimmer geht und auf einmal nicht mehr weiß, was man dort eigentlich wollte?«

»Leider nicht. Vielleicht beim nächsten Upgrade.«

Es überraschte Auckland nicht, dass Kipling am besten mit der neuen Situation umging. Jemand, der sich Chips in die Fingerspitzen implantieren ließ und mehr Zeit in der virtuellen als in der physischen Realität verbrachte, akzeptierte Künstlichkeit bereits als Normalität.

Lanzo hingegen musterte ihn wie einen Fremden.

»Wieso wurdest du modifiziert?«, fragte er schärfer als nötig.

»Um potenziellen Investoren zu zeigen, welche Möglichkeiten die moderne Genetik birgt«, sagte Auckland. »BLS hatte sich das Ziel gesetzt, Armeen aus modifizierten Soldaten zu erschaffen und meistbietend zu verkaufen. Großbritannien war interessiert, deshalb schickten sie mich und zwei andere dorthin. Sozusagen als Muster.«

»Diese Personen waren auch modifiziert?«

Auckland versuchte, Lanzos Tonfall zu ignorieren. »Ja.«

»Wie viele wurden insge…«

»Es reicht«, sagte Rin plötzlich. »Das ist kein Verhör, Lanzo.«

»Schon gut.« Auckland sah sie an. »Er will nur herausfinden, mit wem er die letzten Wochen auf einem Schiff verbracht hat.«

»Er könnte es in einem anderen Ton herausfinden.«

»Oder er könnte aufhören, zu fragen«, sagte Kipling, »und John-117 hier einfach erzählen lassen.«

Auckland verstand die Anspielung nicht, aber er ergriff die Gelegenheit, die Kipling ihm bot. »Die erste Serie, zu der ich auch gehöre, bestand aus fünfzig Exemplaren. Es gab noch eine zweite, deutlich größere und stärker modifizierte Serie, aber soweit ich weiß, wurde sie vor Ausbruch des Virus nicht mehr fertiggestellt.«

»Serie?«, fragte Rin. »Exemplare? Fertiggestellt? Du sprichst doch immer noch über Menschen, oder?«

Er stutzte. Der Jargon von BetterLifeSolutions war ihm so vertraut, dass er die Bedeutung der Worte, die er benutzte, noch nie hinterfragt hatte. Doch so wie Rin sie aussprach – wie etwas, das man mit spitzen Fingern vom Boden aufhob und leicht angewidert betrachtete – klangen sie auf einmal kalt und abwertend.

Dehumanisierend, dachte er. »Ich meinte, dass die zweite … Gruppe noch nicht ausge– erwachsen war, als das Virus ausbrach. Ich weiß nicht, was aus ihr geworden ist. Gruppe eins wurde vollständig evakuiert. Zu den beiden Männern, mit denen ich in England war, McCullough und Snyder, habe ich seit der Evakuierung keinen Kontakt mehr. Mir wurde befohlen, mich mit den anderen siebenundvierzig zu treffen.«

»Zu welchem Zweck?«, fragte Lanzo und dann nach einem Moment: »Bitte.«

»Um zweihundertsechsundzwanzig an der Erschaffung und Distribution des Virus beteiligte Jockeys zu eliminieren.«

»*Angeblich* beteiligte«, sagte Ama'Ru.

»Also stammt das Virus von den Jockeys.« Trevor schlug mit der Faust auf die Konsole neben sich. »All die Jockey-Liebhaber haben das geleugnet, aber ich hab' von Anfang gewusst, dass es stimmt.«

Er sah auf. Auckland gefiel das Flackern in seinem Blick nicht. »Wie viele von den Arschlöchern hast du gekillt?«

»Elf.«

»Geil. Wenn's nach mir geht, musst du bei zweihundertsechsundzwanzig nicht Schluss machen.«

Auckland ging nicht darauf ein. »Es gibt neue Ent…«

»Moment«, unterbrach ihn Kipling. »Hast du Onas'Ramun erschossen?«

»Ja.«

Emotionen zogen wie Wolken über Kiplings Gesicht. »Du hast all das in Bewegung gesetzt. Den Aufstand auf NG27, die Zerstörung, Tashas Tod und –«

Er ließ den Satz unvollendet in der Luft hängen. »Jede Tat hat Konsequenzen«, sagte er stattdessen.

Auckland nickte. Er hatte selbst oft darüber nachgedacht, was geschah, wenn er den Abzug betätigte und die Kugel auf ihre Reise schickte. Er löschte nicht nur ein Leben aus, er erschuf ein Loch in einem ihm unbekannten Konstrukt, das viel mehr umfasste als nur das Leben eines Individuums. Wie viele Löcher waren nötig, bevor es in sich zusammenstürzte? Bewies NG27 möglicherweise sogar, dass dies schon geschehen war?

Kipling sah ihn an, als erwarte er etwas, vielleicht eine Entschuldigung.

Auckland erwiderte seinen Blick und schwieg.

Lanzo durchbrach die Stille. »Von wem hat du die Liste bekommen?«

»Von einem Mann mit dem Codenamen Brown.« Auckland lächelte knapp. »Wir nannten ihn heimlich ›Doc Brown‹.«

»Warum?«, fragte Arnest.

»Ich schick dir den Link«, sagte Kipling. Er hatte seine V-Specs wieder aufgesetzt, aber seine Hände steckten in den Hosentaschen.

»Mir auch, bitte«, sagte Ama'Ru.

Kipling nickte.

»Den Befehlen von Doc Brown«, fuhr Auckland fort, »wurde nicht widersprochen. Er hatte Zugang zu Informationen, die es ihm erlaubten, das ganze Bild zusammenzusetzen, während alle anderen nur einzelne Puzzlestücke sahen. Bei unseren Testmissionen erhielten wir oft Anweisungen, die keinen Sinn zu ergeben schienen, sich aber nachher als essenziell herausstellten. Und er achtete auf uns.«

Vor seinem geistigen Auge sah er die Wände eines Erdlochs. »Als ich während einer Mission gefangen genommen wurde, schickte er alle neunundvierzig, um mich zu befreien. Er hat keinen von uns je im Stich gelassen. Wir sahen zu ihm auf wie zu einem Vater.«

»Seid ihr ihm je begegnet?«, fragte Rin.

»Nein, aber er hat überlebt. Ich bekomme Missions-Updates von ihm.«

Knapp eine Stunde zuvor hatte er noch eine Nachricht an Brown gesendet und ihn über das informiert, was er von Ama'Ru und ihrem ›Freund‹ erfahren hatte. Er wartete noch auf die Bestätigung.

»Weißt du, wo er ist?«, fragte Kipling.

Auckland schüttelte den Kopf. Er wusste weder, wo sich Brown aufhielt, noch wer er war. Sie hatten früher oft über ihn spekuliert, sich gefragt, ob er ein General war oder ein Geheimdienstchef, vielleicht sogar der US-Präsident. Snyder hatte vermutet, es handele sich bei ihm um mehrere Personen, aber das bezweifelte Auckland. Die Nachrichten, die er von Brown erhielt, waren stets im gleichen autoritär-väterlichen Stil verfasst.

»Du hast eben erwähnt«, sagte Lanzo, »dass du den Befehl hattest, dich mit den anderen siebenundvierzig … Modifizierten zu treffen. Da das nicht passiert ist, müssten sie –«

»Es ist passiert«, unterbrach ihn Auckland. Sein Mund war trocken. Er schob es auf die Antibiotika und räusperte sich. »Ich habe sie getroffen.«

»Und wo sind sie?«

»Unten.«

Lanzo blinzelte überrascht. Arnest runzelte die Stirn. Kipling stieß den Atem aus.

»Sie sind die Zombies in Frachtraum eins«, sagte Rin langsam.

Auckland nickte.

8

Genetisch modifizierte Zombies.

Kipling zwang sich, nicht zu lachen. Die Vorstellung erschien ihm ebenso albern wie Angst einflößend.

»Ich sollte mich mit ihnen hier auf der *Eliot* treffen«, sagte Auckland, »aber als ich eintraf, lebte an Bord bereits niemand mehr.«

»Wie sind sie in den Frachtraum gekommen?«, fragte Lanzo. Sein Verhalten gegenüber Auckland hatte sich in den letzten Minuten völlig verändert. Er musterte ihn wie einen Fremden, nein, wie etwas Fremdes. Kipling verstand weder das Misstrauen, das er zeigte, noch Rins plötzliche Zurückhaltung. Spielte es denn wirklich eine Rolle, ob jemand geboren oder erzeugt worden war? Ein paar Modifikationen änderten nichts daran, dass Auckland ein Mensch war.

»Ich weiß es nicht«, sagte Auckland. »Vermutlich haben sie sich dort eingeschlossen, als das Virus ausbrach. Entweder, um keine Gefahr für andere darzustellen oder weil sie glaubten, gegen das Virus immun zu sein und das Chaos aussitzen wollten. Das Gerücht, dass uns bestimmte Krankheiten nichts anhaben könnten, kursierte bereits seit Langem, aber ich glaube nicht daran. BLS hätte damit angegeben.«

BLS. Kipling googelte seit einigen Minuten, hatte aber weder eine offizielle Seite noch Nachrichten zu BetterLifeSolutions gefunden. Nur auf einer alten Verschwörungsseite, die seit Omega nicht mehr aktualisiert worden war, hatte er einen Artikel entdeckt, dessen Autor BLS mit illegalen Genexperimenten an Embryonen in Verbindung brachte. In einem anderen Artikel behauptete er allerdings, das Innere der Erde wäre hohl und von Echsen bewohnt, die heimlich die Geschicke der Menschheit lenkten.

Du lagst zu fünfzig Prozent richtig, dachte Kipling. Er hinterließ einen entsprechenden Kommentar, obwohl er nicht glaubte, dass der Autor ihn jemals lesen würde.

»Die Zombies müssen weg«, sagte Arnest. Er nahm die neue Situation mit dem ihm eigenen Fatalismus hin. Es hätte ihn wohl auch nicht gestört, wenn Auckland tatsächlich ein Roboter gewesen wäre.

Auckland zupfte an dem Verband um seine Hand. »Das wird nicht einfach. Diese Zombies dürften schneller und stärker als andere sein, um bis zu zwanzig Prozent, nehme ich an.«

Arnest grinste. »Hast du Angst?«

»Er hat keine Angst«, sagte Ama'Ru. Die Gottesanbeterin wippte auf ihren Hinterbeinen auf und ab. »Er ist sentimental. Das waren einmal seine Brüder, und jetzt soll er sie umbringen.«

»Und wessen Fehler ist das wohl?« Trevor sah nicht Ama'Ru an, sondern die Menschen auf der Brücke. Er erwartete keine Antwort auf seine Frage. »Diese scheiß Jockeys bringen uns nichts als Leid und Schmerz.«

Und galaxisweites Internet, dachte Kipling, ohne es auszusprechen. Vieles von dem, was Trevor sagte, stimmte, Kipling mochte nur nicht, wie er es sagte. Das hatte er Trevor auch erklärt, als Arnest ihn in seine Kabine gezogen hatte. *›Ja, ich hasse die Jockeys ebenso wie ihr.‹ ›Nein, ich werde euch nicht helfen. Ich habe ein eigenes Projekt.‹* Weder Arnest noch Trevor hatte das gepasst, und Kipling fragte sich, ob sie nur nach Verbündeten gesucht hatten oder bereits einen konkreten Plan verfolgten, für den sie Mitstreiter benötigten.

»Du verzerrst die Realität«, sagte Ama'Ru.

Trevor fuhr wütend herum. »Ich schwöre dir, wenn du noch einmal dein Maul auf –«

»Schluss!« Auckland stand auf. »Wir werden vernünftig miteinander umgehen, Menschen und Jockeys. Ist das klar?«

Trevor schwieg, ein größeres Zugeständnis als Kipling erwartet hatte.

»Ich will, dass wir abstimmen so wie auf der *Destination Moon*«, sagte Arnest.

Auckland nickte. »Das werden wir.«

Kipling bemerkte aus den Augenwinkeln, wie Rin aufsah. »Du lässt *uns* etwas entscheiden?«, fragte sie.

Er verkniff sich ein Lächeln, als er den Sarkasmus in ihrer Stimme hörte.

Auckland ging darüber hinweg. »Gelegentlich lerne ich aus meinen Fehlern«, sagte er mit einem Blick auf seine bandagierte Hand. »Ich hätte euch nicht ausschließen sollen, weder aus Teilen des Schiffes, noch aus den Entscheidungsprozessen.«

Seine Worte klangen steif, so als habe er sie auswendig gelernt. »Ihr könnt die Ringe ablegen, sie sind nicht länger nötig. Ab sofort habt ihr die Berechtigung, jeden Raum auf diesem Schiff zu betreten, sogar Frachtraum eins, für den Fall, dass ihr uns alle umbringen wollt. Und ihr könnt eure Kabinen abschließen.«

Rin hob die Augenbrauen. »Das ging vorher nicht?«

»Nein, es sah nur so aus. Eine von vielen, im Nachhinein sinnlosen Vorkehrungen.«

Selbst Kipling hatte das nicht gewusst. *Vielleicht ist Misstrauen Teil seiner genetischen Modifikationen*, dachte er.

»Was ist mit mir?«, fragte Trevor.

»Du hast die gleichen Berechtigungen wie alle anderen.«

»Sie etwa auch?«

Es war klar, wen Trevor damit meinte, auch wenn er Ama'Ru nicht ansah. Als Auckland nickte, stieß er den Atem aus. »Das ist Irrsinn. Gestern Abend haben wir sie noch in ihre Kabine eingesperrt, und jetzt darf sie sich im ganzen Schiff herumtreiben?«

»So ist es.«

»Apropos Ama'Ru«, sagte Kipling. »Steht ihr Name auf der Liste?«

»Ja.«

»Und wieso hast du sie dann nicht umgebracht?« Er sah Ama'Ru an. »Ist nicht persönlich gemeint.«

Sie neigte den Kopf und hob die Mundwinkel. Es wirkte, als wolle sie die Zähne fletschen, aber sie versuchte wohl, ein menschliches Lächeln zu imitieren.

»Weil sich etwas verändert hat«, sagte Auckland ausweichend.

Damit endet die Offenheit wohl für heute, dachte Kipling. Laut sagte er: »Und was jetzt?«

»Wir kümmern uns um etwas, das ich schon viel zu lange aufgeschoben habe.«

»Frachtraum eins?«, fragte Lanzo.

Arnest sprang auf, bevor jemand etwas sagen konnte. »Na endlich! Lasst uns Zombies abschlachten.«

Auckland senkte den Blick.

9

»Was ist mit deiner Hand passiert?«, fragte Bob Swanson.

»Wir wurden angegriffen.« Auckland blieb vor dem Schreibtisch stehen. »Ist eine lange Geschichte.«

Eigentlich nicht, dachte Lanzo. *Es ist nur eine Geschichte ohne Ende.*

Er war fest davon überzeugt, dass der Angriff des Skorpions, Ama'Ru und Aucklands abgebrochener Mordversuch an der Jockey zusammenhingen. Nur wie, konnte er noch nicht sagen.

»Setzt euch«, sagte Bob und zeigte auf zwei unterschiedliche Stühle, einen aus Plastik, einen aus Holz, die vor dem Schreibtisch standen. Sie befanden sich in seinem kleinen, spartanisch eingerichteten Büro. An einer Wand hing ein gerahmtes Bild, das eine verschneite Waldlandschaft zeigte. Lanzos Blick blieb unwillkürlich daran hängen. Er betrachtete den blauen Himmel und den weißen Schnee, unter dem sich die Äste von Nadelbäumen bogen. Tierspuren zogen sich vom linken unteren Rand des Bildes bis zum Horizont rechts oben.

»Wenn es um die Reparaturen geht«, sagte Bob. »Ich hatte eurem Kumpel schon erklärt, dass wir bald fertig sein werden.«

»Ich weiß. Vielen Dank. Das war sehr gute Arbeit.« Auckland setzte sich neben Lanzo. »Es geht um etwas anderes, bei dem wir auch eure Hilfe gebrauchen könnten.«

Er zögerte. »Wir haben ein Zombieproblem auf der *Eliot*.«

Die Freundlichkeit verschwand schlagartig aus Bobs Gesicht. Er strich mit den Fingern über die Tischplatte und Lanzo sah, dass sich eine Konsole in dem primitiv aussehenden Schreibtisch befand.

»Daniel, komm mal in mein Büro«, sagte Bob. Dann lehnte er sich zurück. Die Stuhllehne knarrte. »Ihr habt mein Vertrauen missbraucht. Sobald ihr wieder an Bord der *Eliot* seid, werde ich die Schleusen schließen. Wir werden die Reparaturen beenden, aber niemand von uns wird euer Schiff mehr betreten.«

»Was ist los?«, fragte Daniel. Durch die offen stehende Tür betrat er das Büro.

»Sie haben Zombies an Bord.«

»Was?«

Lanzo hob die Hand. »Sie befinden sich in einem hermetisch abgeriegelten Raum und können nicht heraus. Weder für euch noch für uns besteht irgendeine Gefahr.«

»Wenn du wüsstest, wie oft ich das schon gehört habe.« Daniel verzog das Gesicht. »Wir haben seit zweiundachtzig Tagen keinen Zombiefall mehr auf der *Moon* gehabt. Warum? Weil wir so eine Scheiße nicht glauben.«

»Ob ihr das glaubt oder nicht, spielt keine Rolle«, sagte Auckland. »Wir haben das Problem nicht erwähnt, um darüber zu diskutieren, sondern um es zu lösen. In dem Frachtraum stehen rund vier Dutzend Zombies. Ich weiß das, weil es dort Kameras gibt und ich sie gezählt habe.«

»Vier Dutzend –« Bob warf Daniel einen kurzen Blick zu. »Das ist kein Problem, das ist eine verdammte Epidemie.«

»Mit der wir nicht allein fertigwerden«, sagte Lanzo. Ursprünglich hatte Auckland allein zur *Moon* gehen wollen, aber er hatte darauf bestanden, mitzukommen. ›Zusammen werden wir eine größere Autorität ausstrahlen‹, hatte er gesagt, auch wenn es ihm darum in Wirklichkeit nicht gegangen war.

»Zuerst lügt ihr uns an, dann wollt ihr unsere Hilfe.« Daniel schüttelte den Kopf. »Das –«

»Wir haben nicht gelogen«, unterbrach ihn Auckland. »Ihr

habt nur nicht gefragt.«

Bob setzte zu einer Antwort an, aber Auckland redete weiter. »Wir brauchen Leute, die sich mit Waffen auskennen, und zwar alle, die ihr entbehren könnt. Die Zombies, um die es geht, sind wahrscheinlich etwas schneller als andere. Darauf sollten sich die Leute einstellen. Nein, ich weiß nicht, warum das so ist. Ich habe es nur beobachtet.«

Er belügt sie mit der gleichen Leichtigkeit wie uns, dachte Lanzo. Zum wiederholten Male fragte er sich, ob Aucklands ›Enthüllungen‹ über sich selbst und seine Mission sie der Wahrheit wirklich näher gebracht hatten oder ob sie nur in ein weiteres Lügengeflecht geraten waren.

»Wenn ihr uns helft«, fuhr Auckland fort, »verdopple ich den Preis für die Reparaturen.«

Langsam kehrte die Freundlichkeit in Bobs Gesicht zurück. »Das Doppelte«, sagte er nachdenklich. Wieder ein kurzer Blickwechsel zwischen ihm und Daniel. »Okay. Aber für jeden meiner Leute, der auf deinem Schiff stirbt, will ich fünftausend Goldcoins.«

Lanzo zog scharf die Luft ein. »Das ist viel zu –«

»Einverstanden.« Auckland stand auf und streckte die Hand aus. Bob erhob sich ebenfalls, lächelte und schlug ein.

»Einverstanden. Ich werde euch meine Leute innerhalb der nächsten Stunde schicken.«

Als sie das Büro verließen, bemerkte Lanzo, dass Daniel ihnen missmutig hinterhersah. Vielleicht fühlte er sich hintergangen, vielleicht hatte er auch nur erkannt, dass Auckland jeden Preis gezahlt hätte, um das Problem, das er so lange vor sich hergeschoben hatte, zu lösen.

Sie gingen die Treppe hinunter, durch die Halle mit den Beeten und betraten den Wohntrakt. Menschen begrüßten sie, nicht wenige erkundigten sich nach Aucklands Verletzung. Sie waren freundlich und offen, und einen Moment lang beneidete

Lanzo sie um die Gemeinschaft, die sie auf diesem Schiff gefunden hatten. Auf der *Eliot* war das anders. Er wusste nicht einmal, ob er seinem eigenen Bruder noch trauen konnte.

Kurz vor der Schleuse blieb Auckland stehen. »Willst du mit mir über etwas reden?«

Lanzo verhielt sich instinktiv ablehnend, obwohl er genau wusste, worum es ging. »Nein.«

Zwei Mechaniker in blauen Overalls kamen ihnen entgegen und nickten freundlich. Sie nickten zurück. Auckland wartete, bis sie außer Hörweite waren.

»Es hat sich nichts geändert«, sagte er dann. »Ich bin der gleiche Mensch wie zuvor.«

Lanzo drängte sich an ihm vorbei und schlug auf den Knopf, der die Schleuse aktivierte. »Du hast recht. Es hat sich nichts geändert. Ich kannte dich vorher nicht und ich kenne dich auch jetzt nicht.«

Das Licht über der Schleuse leuchtete grün. Lanzo öffnete die Tür und wollte eintreten, aber Auckland hielt ihn zurück.

»Die Gerüchte, die du gehört hast, sind falsch«, sagte er.

»Welche Gerüchte?«, fragte Lanzo zurück, aber er hörte die Lüge in seiner eigenen Stimme. Er war überrumpelt worden.

Sie wechselten kein weiteres Wort, bis sie die Brücke erreichten. Lanzo dachte an die Gerüchte, die, genau wie Auckland gesagt hatte, in den Kasernen und Bars kursiert hatten. Soldaten, die immer in kleinen Gruppen auftraten, die schneller und stärker als andere waren, die sich dem Feind scheinbar furchtlos entgegenstellten.

Soldaten, von denen zumindest einer seinen gesamten Schlafsaal und die Hälfte der Wachen in den Gängen abgeschlachtet hatte, bevor er selbst im Kugelhagel starb.

›Kill Switch‹ hatte das der Sergeant genannt, der Lanzo davon erzählte. Ein Schalter, der, wenn er durch einen geheimen Befehl umgelegt wurde, einen Mann wie Auckland in eine

Mordmaschine verwandelte, die tötete und tötete und tötete, bis sie jemand stoppte.

Nein, ich kenne dich nicht, dachte Lanzo. *Und vielleicht kennst du dich selbst nicht.*

10

»Sind die nicht ein bisschen …« Kipling zögerte und wandte den Kopf von dem Bullauge in der Schleuse ab. »… alt?«

Rin nickte. Bis auf Daniel war keiner der fünf Männer, die in der Schleuse warteten, unter sechzig. Rin sah Bierbäuche und weißes Haar, faltige Gesichter und Glatzen. »Und es sind auch nicht gerade viele.«

Auckland zog wortlos sein Pad aus der Hosentasche. Er legte es in die linke Armbeuge und versuchte umständlich, es mit einer Hand zu bedienen. Nach einem Moment fluchte er frustriert und sah Kipling an.

»Kontaktiere Bob für mich«, sagte er. »Frag ihn, ob das ein Witz sein soll.«

Kipling nahm ihm das Pad aus der Hand und tippte rasch einige Worte. Einen Moment später hob er den Kopf. »Bob sagt ›Nein, kein Witz.‹ Soll ich ihm ein Fragezeichen zurückschicken?«

Auckland nickte.

Dieses Mal dauerte es länger, bis eine Antwort kam. »›Du hast um Leute gebeten, die ich entbehren kann und die mit Waffen umgehen können‹«, las Kipling vor. »›Bitte sehr. Fünf ehemalige Soldaten, mehr kann ich dir nicht geben. Wir sind eine kleine Gemeinschaft. Jeder Tod reißt eine Lücke.‹ Mehr hat er nicht geschrieben.«

Die Männer in der Schleuse wurden ungeduldig. Einer klopfte gegen das Bullauge. »Hallo?«

Auckland ließ sich von Kipling das Pad zurückgeben und steckte es in die Hosentasche. Bobs Worte mussten etwas in ihm berührt haben, denn er wirkte nicht mehr verärgert.

»Lasst sie rein«, sagte er ruhig.

Rin öffnete die Schleuse – und zuckte zusammen, als der alte Mann, der gegen das Bullauge geklopft hatte, plötzlich salutierte.

»Sergeant Major Perkins, Ma'am, United States Marines!«, brüllte er. Leiser fügte er hinzu: »Im Ruhestand.«

»Willkommen an Bord, Sergeant Major.« Rin gab den Weg frei. Perkins trat ein und bis auf Daniel folgten ihm die anderen Männer.

»Du nicht, Daniel?«, fragte Kipling.

»Nein, ich will nur die Regeln noch mal klarmachen. Sobald ich die Schleuse geschlossen habe, werdet ihr ablegen und einen Abstand von mindestens einhundert Meilen zur *Destination Moon* einnehmen. Den haltet ihr, bis meine Männer melden, dass das Problem gelöst wurde. Verstanden?«

Auckland nickte.

Daniel wandte sich ab und ging zu seiner Seite der Schleuse, doch bevor er sie schloss, drehte er sich noch einmal um. »Viel Glück.«

»Danke.« Auckland schloss die Schleuse der *Eliot* und sah Rin an. »Wir werden tun, was er sagt.«

»Okay.« Sie erwiderte seinen Blick, nicht zu kurz, wie sie hoffte, und nicht zu lang. Sie wollte nicht, dass er glaubte, sie würde ihn anstarren. Schließlich hatte sich nichts geändert, also konnten sie normal miteinander umgehen. Doch je mehr sie sich zur Normalität zwingen wollte, desto schwerer fiel es ihr. Es kam ihr so vor, als beobachte sie sich selbst dabei, wie sie versuchte, Rin zu spielen, die sich so wie immer mit Auckland unterhielt.

Warum ist das so schwierig?, fragte sie sich. Vielleicht, weil es ihm sichtlich unangenehm gewesen war, über seine Herkunft zu sprechen. Vielleicht auch wegen der kalten, distanzierten Worte, die er benutzt hatte, um sich und die anderen, die wie er waren, zu beschreiben. Sie wollte ihn wissen lassen, dass sie in ihm einen Menschen sah und kein Experiment, deshalb verkrampfte sie sich.

All das war Rin klar, sie konnte nur nichts dagegen tun.

»Alles in Ordnung?«, fragte Auckland.

»Ja klar«, antwortete sie zu schnell.

Erleichtert bemerkte sie, dass sie die Brücke fast erreicht hatten. Sie drängten sich mit den fünf Männern in den Fahrstuhl und fuhren nach oben.

»Was wollen die denn hier?«, fragte Arnest, als sie die Brücke betraten. Trevor lehnte neben ihm an der Konsole, was Rin nicht gefiel. Die beiden waren unzertrennlich geworden. Lanzo hielt sich auf der anderen Seite der Brücke auf, Ama'Ru war nicht zu sehen.

»Das«, sagte Kipling, »sind die Männer, die uns Bob so großzügig überlassen hat, um unser Zombieproblem zu lösen.«

Rin ging an ihm vorbei zur Pilotenkonsole vor der Bildschirmwand und setzte sich. Mit wenigen Handbewegungen löste sie die *Eliot* von der *Moon*. Ein kurzer Schub, dann glitt die *Moon* in die Schwärze.

»Das ist jetzt Verarsche, oder?«

»Nein, Junge«, sagte Perkins. »Wir wissen, wie das aussieht. Wir sind weder blöd noch blind.«

Er zögerte. »Außer Louis, wenn er seine Brille vergessen hat.«

Ein hagerer Mann, dessen Augen hinter dicken Brillengläsern riesig wirkten, winkte.

»Aber wir sind alles, was ihr kriegt«, fuhr Perkins fort, »also macht das Beste draus.«

»Ja, Sir«, sagte Lanzo. Es klang so, als würde er es ernst meinen, was Rin überraschte.

»Was ist Plan?«, fragte ein Mann namens Sergej in gebrochenem Englisch.

Auckland trat vor und verschob einige Icons auf seiner Konsole. Die sich langsam von der *Eliot* entfernende *Moon* verschwand von den Bildschirmen, die sich teilten und nun einen Gang zeigten und einen Raum so gewaltig wie eine Kathedrale.

Auckland zog die Aufnahme des Gangs groß. »Das«, sagte er, »ist der Korridor, der vom Aufzug zu einem der Nebeneingänge von Frachtraum Eins führt. Ich habe ihn ausgesucht, weil er mit zwölf Metern der längste ist und zu einer relativ schmalen Tür führt. Nachteil: Der Gang ist ebenfalls schmal.«

Er setzte sich und griff nach einem Röhrchen mit Schmerztabletten, das in seiner Jackentasche steckte. »Wo ist Ama'Ru?«, fragte er.

»In ihrer Kabine«, sagte Trevor. »Wo sie hingehört.«

»Wir haben unsere Jockeys rausgeworfen.« Louis schien nicht stolz darauf zu sein, was Arnest jedoch entging.

»Wir sind noch dabei«, sagte er.

Auckland stellte das Röhrchen an den Rand seiner Konsole und berührte den Touchscreen. »Auckland hier. Komm auf die Brücke.«

Er wartete ihre Antwort nicht ab, sondern schaltete das Interkom aus und zog das zweite Bild groß. Über die ganze Wand verteilt wirkte der Frachtraum noch beeindruckender als zuvor. Er war nicht höher als sein kleineres Gegenstück eine Ebene höher, nur wesentlich länger und breiter. Ein Großteil des Raums wurde von Regalen eingenommen, zwischen denen mit Zahlen und bunten Streifen versehene Gänge entlangführten. An den Wänden stapelten sich Kisten und Fässer, die von Netzen, Stahlseilen und breiten Gurten gehalten wurden.

»Die Kamera befindet sich über der Tür«, sagte Auckland, während er versuchte, mit dem Daumen den Deckel des Tablettenröhrchens nach oben zu schieben. »Was ihr seht, sind also die Gegner, die uns als Erstes erwarten.«

Rin sah zwei Leichen, die in Pfützen aus getrocknetem Blut

am Boden lagen. Mehrere Zombies standen in ihrer Nähe, ein weiterer unmittelbar vor der Tür. Sie zählte insgesamt sieben.

»Gibt es weitere Kameras?«, fragte ein Mann mit faltigem Gesicht und kränklich aussehender Haut, der Paul hieß.

»Ja.« Auckland gab den Versuch, das Röhrchen zu öffnen, auf und scrollte durch die Bilder, die im Frachtraum aufgenommen wurden. Sie alle zeigten ähnliche Szenen. Gänge, Regale, vereinzelte Zombies.

»Die größte Gruppe steht vor der Tür«, sagte Auckland und griff erneut nach den Tabletten. Sein Daumen glitt am Rand des Deckels ab. »Mit der werden wir uns als Erstes beschäftigen. Diese Zombies sind schneller als normale, aber bei Weitem nicht so schnell wie ein Mensch. Wir müssen uns also keine Sorgen machen, dass sie uns überrennen.«

Er drückte den Deckel gegen die Kante seiner Konsole.

»Meine Fresse, sag doch was. Das macht einen ja wahnsinnig.« Arnest stand auf, nahm ihm das Tablettenröhrchen aus der Hand und riss den Deckel ab. Mit einem Knall stellte er es auf das Display. »So.«

Aucklands Mundwinkel zuckten, als er nach den Tabletten griff. »Danke.«

Selbst Arnest geht normaler mit ihm um als ich, dachte Rin.

Die Fahrstuhltüren öffneten sich und die Gottesanbeterin stakste herein. Ein Mann namens Alessandro wich erschrocken zurück.

»Jesus –«, stieß er hervor.

»Ama'Ru«, sagte die Jockey freundlich. Dann wandte sie sich an Auckland. »Was soll ich hier, John?«

Er klopfte auf die Pistole, die in einem Holster von seiner Hüfte hing. »Weißt du, wie die funktionieren?«

»Theoretisch.«

»Das muss reichen.«

Trevor sah ihn an, als habe er den Verstand verloren. »Du

willst dieser Jockey eine geladene Waffe in die Hand geben?«

»Sie wird mir eine geladene Waffe in die Hand geben.« Auckland zerkaute einige Tabletten, bevor er fortfuhr. »Ich kann schießen, aber ich brauche jemanden, der für mich nachlädt. Das wird Ama'Ru erledigen, wenn sie das möchte.«

Er sah die Jockey kurz an, die nicht widersprach. »Du, Trevor, wirst von hier oben die Tür kontrollieren. Ich will nicht mehr als fünf Zombies gleichzeitig in diesem Gang sehen. Kriegst du das hin?«

»Ja.«

»Gut.« Auckland stand auf. »Wir werden Reihen bilden und uns zum Nachladen abwechseln, sonst stehen wir uns nur gegenseitig im Weg. Irgendwelche Fragen?«

Arnest überprüfte bereits das Magazin seiner Pistolen. »Nee, keine Fragen.« Er sah Lanzo an. »Ich würd' sagen, du, ich und der Roboter in der ersten Reihe. Okay?«

Rin verschluckte sich.

11

Es war ein Witz gewesen, ein dummer Witz, aber niemand wollte ihm das glauben.

Für wie blöd halten die mich eigentlich?, dachte Arnest, als er neben Auckland und Lanzo auf die Knie ging. Hinter ihm nahmen Rin, Kipling und Perkins ihre Plätze ein. Die anderen warteten mit geladenen Waffen. Ama'Ru blieb ein wenig zurück. Sie hielt eine geladene Glock in der einen Hand und einen Gürtel mit mehreren Magazinen in der anderen.

»Alle bereit?«, fragte Auckland. Als niemand widersprach, drehte er den Kopf. »Gib das Signal, Rin.«

Sie sah zur Kamera und winkte mit ihrer Waffe. Nur eine Sekunde später öffnete sich die Tür zu Frachtraum eins. Ein Schuss. Der Kopf des Zombies, der unmittelbar dahinter gestanden hatte, explodierte.

Arnest warf Auckland aus den Augenwinkeln einen kurzen Blick zu. *Nicht schlecht.* Die Zombies, die rund um die Leichen gestanden hatten, schwangen nun langsam herum. Arnest hörte ihre Gelenke bis in den Gang hinein knacken. Sie mussten seit Monaten reglos dort verharrt haben. Er schoss zwei Mal, zwei Körper wurden herumgerissen und sackten zusammen. Der dritte fiel durch Aucklands Kugel.

Aus dem toten Winkel neben der Tür stolperte ein Zombie in den Gang. Er bewegte sich steif und ungelenk, aber er ging mehr als er schlurfte. Arnest und Auckland schossen gleichzeitig. Der Mann wurde gegen die Wand geschleudert und hinterließ blutige Schlieren, als er an ihr nach unten sackte.

»Ich glaube, wir können nach Hause gehen, Jungs«, sagte Perkins. »Die haben das hier im Griff.«

»Beschwöre es nicht.« Alessandro sprach mit einem starken spanischen Akzent.

Arnest drehte sich zu ihm um. »Wo kommst du her?«

»Guatemala.«

»Cool. Da habe ich mal gekämpft.«

Neben ihm erschoss Auckland einen einzelnen Zombie, der in den Gang getreten war.

»Wirklich?«, fragte Alessandro. »Für oder gegen die Regierung?«

Arnest runzelte die Stirn. »Wer von denen hatte noch mal die blauen Uniformen an?«

»Achtung, Gruppe«, sagte Auckland. Arnest drehte den Kopf zur Tür. Der Lärm hatte eine ganze Reihe Zombies angelockt, die nun zwischen den Regalen hervorstolperten, die Arme ausgestreckt und mit erhobenen Köpfen. Arnest zählte zehn.

Krieg das hin, Trevor, dachte er. Zwar würden sie auch zehn Zombies problemlos erledigen, aber Trevor sollte zumindest zeigen, dass er einen Befehl befolgen konnte. Arnest verstand zwar nicht genau, warum, aber er hatte den Eindruck, dass Trevor nicht sonderlich beliebt bei den anderen war. Selbst Kipling, der mehr Grund zum Hass auf die Jockeys hatte als die meisten, hatte ihn abblitzen lassen.

Hinter ihm knallte es kurz. Ein Loch tauchte in der Stirn des vordersten Zombies auf. Er sackte zusammen und wurde zum Hindernis für die nachfolgenden, die über ihn stolperten.

»Kaliber Zweiundzwanzig«, sagte Perkins. »Gleiches Ergebnis, weniger Sauerei.«

Arnest fing an, ihn zu mögen.

Drei, dann vier Zombies quetschten sich durch die Tür. Ihre Bewegungen wirkten koordinierter als zuvor, so als würde ihr

Körper nach der langen Starre erst langsam erwachen.

Eine kleine Lücke entstand hinter ihnen. Zischend schloss sich die Tür.

Gut gemacht, Trevor, dachte Arnest. Schüsse hallten durch den Gang, kurze, kontrollierte Feuerstöße, bei denen kaum Munition verschwendet wurde. Trevor öffnete und schloss die Tür in regelmäßigen Abständen und ließ immer zwei oder drei Zombies durch. Nur wenige von ihnen fielen mit mehr als zwei Kugeln im Körper. Nach einigen Minuten zählte Arnest die Leichen, die vor und hinter der Tür lagen, durch. Neunzehn. Es lief gut.

Auckland reichte seine Waffe zum Nachladen nach hinten und sah hinauf zur Kamera. Die Tür blieb geschlossen, obwohl der letzte Zombie, der sich im Gang aufgehalten hatte, längst am Boden lag.

»Worauf wartet er denn?«, fragte jetzt auch Lanzo.

Arnests Pad vibrierte. Er zog es aus der Seitentasche seiner Hose und berührte das Nachrichten-Icon. »Das kommt von Trevor«, sagte er.

Kipling beugte sich vor, um über seine Schulter mitzulesen. »Was will er?«

Arnest überflog die Zeilen. Trevor fasste sich nicht gerade kurz. »Er schreibt, dass die anderen Zombies entweder feststecken oder zu blöd sind, die Tür zu finden.«

»Scheiße«, sagte Lanzo. »Da drin sind noch über die Hälfte.«

»Trevor hat doch Zugriff auf die Überwachungskameras, oder?«, fragte Perkins. »Kann er die Bilder nicht einfach an eure Pads senden? Dann wüssten wir wenigstens, wo die Zombies stehen.«

Kipling schüttelte den Kopf. »Die Datenmengen sind viel zu groß. Aber er soll uns warnen, wenn wir einer größeren Gruppe in die Arme laufen. Sagst du ihm das, Arnest?«

Arnest seufzte und tippte mit zwei Fingern langsam die Antwort ein. ›*Sag uns Bescheit, wenn wir Ärger kriehgen, okay?*‹

›*Ich werde noch mehr tun. Lass dein Pad nicht aus den Augen. :)*‹

»Er sagt ›Okay‹«, log Arnest. Er stellte sicher, dass er den Vibrationsalarm eingeschaltet hatte, bevor er sein Pad in die Hosentasche steckte. »Können wir jetzt endlich weitermachen?«

Auckland nickte. »Nur noch eines.« Er sah die Männer von der *Moon* an. »Ihr müsst nicht mitkommen. Da drinnen wird es wesentlich gefährlicher als hier draußen. Niemand wird euch einen Vorwurf machen, wenn ihr hierbleibt.«

»Wir sind Soldaten.« Perkins straffte sich. »Und wir haben einen Job zu –«

»Ich würde gern hierbleiben«, sagte Paul. Nervös spielte er mit dem Reißverschluss seiner Jacke. »Wenn das in Ordnung ist.«

Perkins öffnete den Mund, aber Auckland legte ihm die Hand auf den Arm. »Es ist in Ordnung.«

Alessandro hob die Hand. »Dann schließe ich mich an. Ich dachte, ich könnte das noch, aber ich hab mir gerade schon fast in die Hose gemacht. Und die Vorstellung, da rein zu gehen –«

Er sprach den Satz nicht zu Ende.

»Sonst noch wer?«, fragte Perkins. Das Verhalten der beiden schien ihm peinlich zu sein.

Louis und Sergej schüttelten den Kopf.

»Gut. Dann bleiben Paul und Alessandro hier und bewachen die Tür.« Auckland wandte sich ab. »Bringen wir es hinter uns.«

Ama'Ru lud ungeschickt seine leer geschossene Waffe nach und schloss sich ihm an. Arnest achtete darauf, nicht vor sie zu geraten. Er wollte keine bewaffnete Jockey im Rücken haben.

Lanzo tauchte neben ihm auf. »Wir bleiben zusammen, okay?«

Arnest hob die Schultern und dachte an Trevors Worte. »Mal sehen.«

12

Zischend schloss sich die Tür hinter ihnen. Obwohl der Frachtraum so groß war, dass selbst der Verwesungsgestank von Leichen und Zombies verwehte, fühlte Kipling sich eingesperrt.

»Wir teilen uns auf«, sagte Auckland. Auf Kiplings Liste der meistgehassten Aussagen stand dieser Satz auf Platz zwei, nur noch übertroffen von ›Die Verbindung zum Internet konnte nicht hergestellt werden‹.

»Muss das sein?«, fragte er. »So was geht doch nie gut aus.«

»Wir sind hier nicht in einem Horrorfilm.« Arnest überprüfte zum mindestens dritten Mal seine Pistolen.

»Mein ganzes Leben ist ein Horrorfilm.«

Rin lächelte. »Ich kann ja bei dir bleiben, wenn dich das beruhigt.«

»Es würde mich beruhigen, wenn jemand bei mir bleibt, der *besser* mit Waffen umgehen kann als ich.« Kipling dachte an die Pistole in seinem Holster. Er hatte noch keine einzige Kugel abgefeuert. Wann immer er nach genauem Zielen abdrücken wollte, hatten die Zombies bereits tot am Boden gelegen.

Auckland nahm Ama'Ru die geladene Waffe aus der Hand. »Gut, dann wird Arnest zur Beruhigung bei Kipling bleiben, Ama'Ru bleibt bei mir, Lanzo bei Rin. Perkins, du bleibst mit deinen Leuten hier stehen und hältst uns den Rücken frei.«

»Können nicht alle bei allen bleiben?«, probierte es Kipling noch einmal, aber Lanzo schüttelte den Kopf.

»Einige dieser Gänge sind so schmal, dass wir uns nur gegenseitig im Weg stehen würden. Ich hab' schon genug Leute durch Friendly Fire sterben sehen.«

Kipling seufzte leise. Er wusste, dass Lanzo recht hatte, aber ihm gefiel der Plan trotzdem nicht. Arnest klopfte ihm auf die Schulter, ausnahmsweise nicht so fest, dass Kipling nach vorn stolperte. »Ich pass' schon auf dich auf.«

Kipling zwang sich zu einem Lächeln.

Von dem breiten, mit einem blauen Streifen gekennzeichneten Hauptweg führten Dutzende schmalere zwischen den meterhohen Regalen hindurch. Es gab Verästelungen, Freiflächen, Sackgassen und Wendepunkte für Gabelstapler. An Schienen angebrachte Greifarme hingen unter der Decke.

Sie teilten den Raum in Sektoren ein und begannen mit der Suche. Kipling blieb hinter Arnest, der mit zwei gezogenen, großkalibrigen Waffen in der Hand den ersten Gang betrat. An den Regalen hingen kleine Touchscreens, auf denen man Übersichtskarten und Warenbestände abrufen konnte.

Eine Leiche lag im Gang. Ebenso wie all die anderen Zombies, denen sie bisher im Frachtraum begegnet waren, trug sie Jeans und T-Shirt. Auf Kipling wirkte das fast wie eine Uniform. Ihr Gesicht sah aus, als wäre es explodiert, der Rumpf in einer Pfütze aus getrocknetem schwarzem Blut. In einer Hand hielt sie eine Pistole.

Arnest stieg über ihre Beine hinweg und ging weiter. Es war hell im Frachtraum und man konnte bis zur Wand sehen, die das Ende des Gangs bildete. Nichts wankte ihnen entgegen.

Es summte leise. Arnest blieb stehen, zog sein Pad aus der Tasche und warf einen kurzen Blick darauf. Dann steckte er es wieder ein.

»Was Wichtiges?«, fragte Kipling.

»Nein.«

»›Singles in deiner Nähe‹?«

»So ungefähr.«

Das war einer der wenigen irdischen Spam-Bots, die immer noch funktionierten, aber da sich IP-Adressen nicht mehr geographischen Regionen der Erde zuordnen ließen, waren die Suchergebnisse entsprechend eigen. Kipling hatte sich Nigerianerinnen angesehen, die ›nur ein paar Straßen entfernt‹ bereits auf ihn warteten und Russinnen, die sich mit ihm ›auf einen Kaffee und vielleicht auch mehr‹ treffen wollten. Diese Anzeigen an Bord eines Raumschiffs Lichtjahre entfernt von Nigeria und Russland zu lesen, verstörte ihn manchmal, rief gelegentlich jedoch auch eine unstillbare Sentimentalität hervor. Er kannte nur wenige, die diesen Bot auf ihre Spam-Liste gesetzt hatten. Manche glaubten sogar, es handele sich nicht um Spam, sondern um Kunst oder ein Experiment.

Kipling zuckte zusammen, als irgendwo ein Schuss fiel. Das Geräusch brach sich an den Wänden und den Regalen. Er konnte nicht erkennen, woher es kam.

»Da hat einer den ersten Zombie gekillt«, sagte Arnest. »Das wollte ich eigentlich schaffen.«

»Sind noch genug übrig.«

»Hm.« Arnest sah in eine Abzweigung hinein und ging weiter. »Findest du, dass er schneller is' als ich?«

»Wer?«

»Auckland.«

»Der Roboter?« Kipling grinste, aber Arnest rollte mit den Augen.

»Wie lange soll mir die Scheiße denn noch nachhängen? Das war ein Witz. Also, glaubst du jetzt, dass er schneller ist als ich oder nich'?«

Kipling wünschte, Arnest würde sich stärker auf seine Umgebung konzentrieren. »Keine Ahnung«, sagte er. »Ihr seid beide so schnell, dass ich keinen Unterschied sehe.«

In Wirklichkeit hatte er sich noch nie mit der Frage beschäftigt und hatte das auch nicht vor.

»Ich auch nich'.« Arnest blieb an der nächsten Abzweigung stehen. »Aber –«

Etwas stöhnte. Er fuhr herum und schoss zweimal kurz hintereinander. »Das waren Nummer zwei und drei«, sagte er. »Notierst du dir das?«

Eine gute Idee, dachte Kipling überrascht. So würden sie zumindest ungefähr wissen, wie viele Zombies getötet worden waren.

»Ich mache zwei Listen«, sagte er. »Eine mit bewiesenen und eine mit unbewiesenen Kills.«

Arnest zuckte mit den Schultern. »Mir egal. Hauptsache, ich kann am Ende meine Kills mit denen von Auckland vergleichen.«

So viel zum Thema ›Gute Idee‹. Kipling erstellte die Listen trotzdem. »Das waren seine Freunde. Ich glaube nicht, dass er damit angeben will, wie viele er von ihnen erschossen hat.«

»So'n Quatsch. Die sind doch schon seit Monaten Zombies.«

Da war sie wieder, dachte Kipling, Arnests bewundernswerte Fähigkeit, die Lebenden und die Toten so strikt voneinander zu trennen, dass er ohne Skrupel handeln konnte. Was er tat, war richtig, aber Kipling kannte niemanden, der diese Unterscheidung so perfekt vollzog.

Arnest zog erneut sein Pad heraus und las, was darauf stand.

»Online Casino?«, tippte Kipling.

»Nee.« Arnest steckte es ein.

»Wartest du auf irgendwas? Du checkst dein Pad sonst doch nur alle paar Tage.«

Er erhielt keine Antwort darauf. Arnest fielen Lügen und Ausreden schwer. Wenn er sich ertappt fühlte, schwieg er meistens, so wie jetzt auch. Irgendetwas, das er geheim halten wollte, befand sich auf diesem Pad.

Ich sehe mir das später mal an, dachte er.

Sie erreichten das Ende des Gangs und kehrten um. Kipling

versah den Touchscreen am ersten Regal mit einer entsprechenden Notiz, damit niemand den Gang versehentlich zweimal durchsuchte. Sie hatten die Sektionen wie bei einer Treibjagd aufgeteilt. Die Zombies konnten nicht unbemerkt in ihren Rücken gelangen.

Sie betraten den Gang, zu dem die Abzweigungen geführt hatten. Irgendwo fiel erneut ein Schuss. Kipling setzte ihn auf die Liste ›Unbewiesene Kills‹.

Vor ihnen türmten sich Barrikaden auf. Jemand hatte Kisten aus den Regalen gezogen und sie aufeinander gestapelt. Drei Leichen lagen davor auf dem Boden. Alle drei waren mit jeweils einem Kopfschuss getötet worden.

»Meinst du, dass der Schütze noch hinter den Barrikaden ist?«, fragte Kipling. Es machte ihn nervös, dass er nicht über die Kisten hinwegblicken konnte, aber sie waren zu hoch gestapelt.

Arnest steckte seine Waffen ein und kletterte geschickt an einem der Regale nach oben. »Ich sehe mir das mal an. Bleib hier.«

»Hey!« Kipling wollte ihn aufhalten, aber im gleichen Moment schob sich ein Chatfenster in seinem Display nach vorn. Es gehörte zu seinem zweiten Account.

DetroitKid: ›Ich bin fertig. Sieh's dir mal an. Wenn's dir gefällt, lade ich es so hoch, okay?‹

›Moment. Ich bin gerade beschäftigt.‹

Kipling hörte Schüsse, zuerst zwei kurz hintereinander, dann einen dritten. Sie waren zu weit entfernt, um von Arnest zu stammen.

DetroitKid: ›Okay, aber warte nicht zu lange. Nachher patchen sie die Exploits noch und dann wäre die ganze Arbeit umsonst gewesen. :(‹

Er sprach eine Befürchtung an, die auch Kipling hatte. Es gab genügend Hacker, die Programme nach Schwachstellen durchsuchten, nur um diese Informationen anschließend den Herstellern zu verkaufen. Früher oder später würde einer von ihnen die gleiche Entdeckung machen wie Kipling.

Arnest war hinter den Barrikaden verschwunden, aber Kipling hörte weder Schüsse noch Kampfgeräusche. Wahrscheinlich durchsuchte er den Rest des Gangs allein.

›Ich seh's mir jetzt an. Warte ein paar Minuten.‹

DetroitKid: ›Cool!‹

DetroitKid: ›:)‹

Kipling öffnete den Anhang der ersten Nachricht. ›Tashas_Tool_GUI‹ hatte DetroitKid das Programm genannt. Er tippte darauf und wartete einige Sekunden, bis es sich öffnete. Midi-Musik, wie aus einem Spiel aus den 1990ern, erklang. Rasch schaltete er den Ton ab. Der Titel ›Tasha's Tool‹ erschien in einem blinkenden Kasten, dann tauchte ein kleines Männchen mit einer kaum erkennbaren Baseballkappe auf und führte den User durch die Optionen.

8-Bit-SuperMario-Optik, dachte Kipling lächelnd, während er mit einem Auge seine Umgebung beobachtete. *DetroitKid steht auf die Klassiker.*

Sein Verdacht, dass es sich bei ihm um einen Jockey handelte, wurde stärker.

Kipling zuckte zusammen, als eine weibliche Stimme einen Schrei ausstieß. War das Rin?

»Arnest, hast du das gehört?«

Keine Antwort. Kipling scrollte durch die Optionen, stellte sicher, dass die Verlinkungen stimmten und öffnete den Chat.

»Arnest?«, rief er, während er seine Antwort an DetroitKid tippte.

›Sieht geil aus. Alles funktioniert. Raus damit!‹

Er glaubte, etwas auf der anderen Seite des Regals stöhnen zu hören. Nervös tastete er nach seiner Pistole.

DetroitKid: ›Bist du sicher? Das ging echt schnell. Hast du wirklich alles überprüft, auch die Optionen für Fortgeschrittene?‹

Das hatte Kipling nicht, aber da er das Programm ohne Benutzeroberfläche oft genug getestet hatte, hielt er das für unproblematisch.

›Ich bin sicher. Hau es raus. :)‹

DetroitKid: ›Wir werden die Welt verändern.‹

›Mindestens. :)‹

Kipling schaltete das Chatfenster ab, als er sah, dass DetroitKid offline gegangen war. Tief atmete er durch und versuchte, sich auf das zu konzentrieren, was um ihn herum geschah, nicht irgendwo weit entfernt in der Galaxis.

»Arnest?«

Wieder antwortete ihm Stille und dann nach einem Moment ein Stöhnen von der anderen Seite des Regals. Es knallte dumpf. Unwillkürlich stellte sich Kipling vor, wie ein toter Körper sich gegen Kisten warf.

Scheiß drauf, dachte er. *Ich bleib' allein nicht hier.*

Über Regalböden und versetzt eingeräumte Kisten kletterte er nach oben, bis er die andere Seite der Barrikaden sehen konnte. Dort lag eine Leiche am Boden. Sie hielt ein Gewehr in beiden Händen. Der Lauf war auf einen Kopf gerichtet, dessen Schädeldecke fehlte. Hinter ihr erstreckte sich ein langer, leerer Gang. Arnest war nicht zu sehen. Wahrscheinlich glaubte er, allein mehr ›Kills‹ sammeln zu können.

Du Arschloch, dachte Kipling.

Er kletterte wieder nach unten, sprang auf den Boden und lauschte auf die Geräusche von der anderen Seite des Regals. Das dumpfe Knallen kehrte zurück, lauter und schneller als zuvor. Das war nicht nur ein Zombie, das waren mehrere.

Ganz ruhig, dachte Kipling. Perkins und seine Leute warteten im Hauptgang. Er musste nur zu ihnen zurückkehren, das war alles. Arnest wusste das, deshalb hatte er ihn allein gelassen.

Ich bin nicht in Gefahr. Trotzdem zog er seine Waffe, bevor er sich umdrehte und auf den nicht einmal zehn Meter entfernten Hauptgang zulief.

Plötzlich schrie jemand eine Warnung. Schüsse hallten durch den Frachtraum, ein Dutzend oder mehr. Dann sah Kipling, wie Perkins und seine Männer mit gezogenen Waffen an seinem Gang vorbeiliefen.

»Perkins!«, rief er, aber seine Stimme ging im Lärm der Schüsse unter.

Er lief schneller. Ein Schatten fiel in den Gang. Eine Gestalt wankte um die Ecke, dann eine zweite und dritte.

Abrupt blieb Kipling stehen.

13

Im Schneidersitz saß Arnest hoch oben auf einem der Regale und lauschte dem Chaos, das sich unter ihm abspielte. Er hörte Rufe, Poltern und donnernde Schüsse.

Trevor: ›Du musst nur abwarten, wenn du nichts tun willst.‹

Das Pad lag auf seinen Knien. Arnest las die Nachrichten, ohne zu antworten.

Trevor: ›Ich habe sie an Stellen geführt, die voller Zombies sind, so wie ich dich zu den Barrikaden geführt habe. Du hättest Kiplings Gesicht sehen sollen, als er merkte, dass du weg bist. Der lacht nie wieder über dich.‹

Arnest hob den Kopf. Von seiner Position aus konnte er Auckland und Ama'Ru sehen, die an einer Kreuzung standen. Zombies näherten sich ihnen von vier Seiten. Sie bewegten sich nicht schneller als Spaziergänger, aber in den verwinkelten Gängen war das trotzdem zu schnell für nur einen Schützen. Auckland konnte erst schießen, wenn sie nur noch wenige Meter entfernt waren und er wurde durch Ama'Ru aufgehalten, die seine Waffe ständig nachladen musste. Die Entfernung zwischen Zombies und Lebenden wurde zusehends kleiner.

Ein paar Minuten noch, dachte Arnest, *dann ist es vorbei.*

Er hörte, wie Auckland auf Ama'Ru einredete, ohne die Worte zu verstehen. Wahrscheinlich sagte er ihr, sie solle über die Regale fliehen, aber sie schien ihn zu ignorieren.

Trevor: ›Willst du die Jockey-Schlampe umbringen? Hast ja lange genug darauf gewartet.‹

Arnest tippte seine Antwort langsam ein. *›Die is eh gleich tod.‹*

Trevor: ›Stimmt schon. Ich dachte nur, dass du vielleicht selbst die Genugtuung haben willst. Du kannst stolz auf dich sein, Arnest. Du und ich, wir haben ihr als Einzige widerstanden. Hast ja gesehen, wie schnell sie die Leute auf dem Schiff um ihren Finger gewickelt hat.‹

›Ja.‹

Trevor: ›Ist alles in Ordnung?‹

Arnest zögerte, bevor er seine Antwort eintippte. *›Was is mit meihnem Bruder?‹*

Trevor: ›Was soll mit ihm sein? Er hat dich wie Dreck behandelt. Du schuldest ihm nichts. Du schuldest niemandem etwas.‹

›Ich weiß.‹

Trevor: ›Dann freu dich doch auf dein neues Leben. Du wirst frei sein. Wir werden dieses geile Schiff haben und wenn wir die Fracht verkauft haben, mehr Geld, als wir uns je erträumt hätten. Und weißt du, was wir damit starten werden? Einen Kreuzzug gegen die verdammten Jockeys.‹

Trevor: ›Du weißt doch, was ein Kreuzzug ist, oder?‹

Er hängte einen Link zu Wikipedia an.

Arnest starrte auf den Link. Eine blau unterlegte Zeile mit ein paar Buchstaben und Zahlen, mehr nicht, aber sie reichte aus, um eine Erkenntnis so plötzlich in ihm aufblitzen zu lassen, dass er den Atem ausstieß.

Er hält mich für blöd.

Ihm fielen all die schlechten Witze ein, über die Trevor gelacht hatte, obwohl er selbst sie nicht komisch fand, all die Gespräche über Jockeys, die irgendwie immer mit Lästereien über seinen Bruder geendet hatten, all die Boshaftigkeiten und Nadelstiche.

Wie konnte ich das nicht merken? Die Antwort darauf war erschreckend einfach. *Weil ich blöd war.*

»Aber nicht mehr«, sagte er, legte das Pad beiseite, ohne zu antworten und stand auf.

»Hau endlich ab!«, brüllte Auckland unter ihm, und einen Moment lang glaubte Arnest, es ginge um Trevor. Doch dann erkannte er, dass Ama'Ru gemeint war, deren Gottesanbeterin nun dem ersten Zombie, der ihr entgegenwankte, die Scheren ins Gesicht hieb.

Arnest stellte sich breitbeinig hin, zog eine seiner Pistolen, nahm sie in beide Hände und zielte. Sechs Schüsse gab er in kurzen Abständen ab, sechs Zombies fielen. Nur vier blieben übrig. Er war sich sicher, dass Auckland und Ama'Ru keine Probleme mit ihnen haben würden.

Mit einem Satz landete Arnest auf dem nächsten Regal und kletterte an ihm nach unten. Die Scham, die er fühlte, ging tief und er wusste, dass er es sich niemals verzeihen würde, wenn Rin, Lanzo oder Kipling etwas geschah. Sie hielten ihn vielleicht auch für blöd, aber wenigstens sagten sie ihm, wenn er sich wie ein Idiot benahm. Und sie lachten nie über seine schlechten Witze.

Arnest bog um eine Ecke, starrte plötzlich in die Mündung eines Gewehrs und ließ sich fallen. Mit einem Knall schlug die Kugel über ihm in eine Kiste. Holzsplitter prasselten auf seinen Rücken.

»Scheiße, Junge, wo kommst du denn her?«, stieß Perkins hervor. »Ist dir was passiert?«

»Nein.« Arnest kam hoch. »Wo sind die anderen?«

»Die Asiatin … wie heißt sie noch gleich?«

»Rin.«

»Ja, die ist bei uns, aber sie wurde von Lanzo getrennt. Das war irgendwo da hinten.« Er zeigte tiefer in das Labyrinth aus Gängen hinein.

»Ich kümmere mich um meinen Bruder. Holt ihr Kipling raus. Der war eben in Gang 3F.«

Arnest wartete nicht auf eine Antwort, sondern kletterte wieder an dem Regal nach oben und lief darauf entlang in die Richtung, die Perkins ihm gezeigt hatte.

»Arnest!«

Kiplings Stimme. Er fuhr herum und lachte erleichtert, als er Kipling auf einem Regal auf der anderen Seite des Hauptgangs stehen sah.

»Perkins ist auf dem Weg zu dir«, rief er zurück. »Bleib da oben!«

»Du bist ein Arschloch!«

»Ich weiß.« Arnest winkte, dann wandte er sich ab und lief weiter. Hinter ihm wurden die Schüsse seltener. Er nutzte einen Moment der Stille, um nach seinem Bruder zu rufen.

»Lanzo!«

»Hier.« Die Stimme klang atemlos und gepresst. Arnest sprang über einen Gang auf ein weiteres Regal und blieb stehen.

»Wo?«

»Hier unten.« Ein keuchender Atemzug und ein dumpfes Klatschen. Etwas stöhnte. »Ich kann dich sehen.«

Und dann sah Arnest ihn auch. Lanzo stand in einer Sackgasse. Seine Pistole lag einige Schritte entfernt, in den Händen hielt er eine Metallstange, mit der er zwei Zombies zurücktrieb. Ein dritter lag tot am Boden.

Arnest zog seine Pistole, zielte und ließ sie sinken. Der Winkel war ungünstig und das Kaliber, das er benutzte, so groß, dass die Kugeln vielleicht nicht nur die Zombies, sondern auch seinen Bruder getroffen hätten.

Er steckte sie wieder ein und kletterte nach unten. »Ich komme.«

Schweiß stand Lanzo auf der Stirn, seine Arme zitterten. Die Metallstange sah schwer aus, aber es war die einzige Waffe, die er hatte. Als Arnest zu Boden sprang, warf sich einer der beiden Zombies plötzlich mit ausgestreckten Armen nach vorn. Lanzo hämmerte ihm die Stange in die Rippen, doch Hände krallten sich in seine Jacke und rissen ihn mit, als der Zombie zurückgeworfen wurde. Der zweite prallte gegen ihn. Lanzo taumelte und verlor das Gleichgewicht.

Arnest schoss. Der Zombie, der sich über seinen Bruder gebeugt hatte, wurde nach hinten geschleudert. Das Loch in seinem Kopf war groß wie eine Faust.

Lanzo schlug dem zweiten Zombie die Stange gegen die Schläfe. Es knackte laut, aber der Mann, der die gleiche Uniform aus Jeans und T-Shirt trug wie alle anderen, ging nicht zu Boden. Ein zweiter Schlag, ein dritter. Arnest steckte seine Waffe ein. Er sah, dass sein Bruder keine Hilfe mehr benötigte.

Ein halbes Dutzend weiterer Schläge, dann endlich lag der Zombie reglos da.

Lanzo setzte sich schwer atmend auf. »Rin?«

»Alles in Ordnung. Niemandem ist etwas passiert.« Arnest reichte Lanzo die Hand und zog ihn hoch. »Es tut mir leid.«

Lanzo sah ihn an. »Was?«

»Dass ich so blöd bin. Trevor wollte euch umbringen und ich hätte das beinahe mitgemacht.«

»Das war schon ganz schön blöd«, sagte Lanzo in einem Tonfall, der Arnest zum Lachen brachte.

Dann kratzte er sich am Kopf. »Ich hoffe, dass die anderen das auch so locker nehmen, sonst kann ich meine Sachen packen.«

Lanzo hob seine Pistole vom Boden auf und steckte sie ein. »Die anderen müssen nichts davon erfahren. Das ist eine Familienangelegenheit, richtig?«

Arnest zögerte einen Moment, bevor er nickte. Lanzo klopfte ihm auf die Schulter und gemeinsam gingen sie zurück in den Hauptgang, wo die anderen sie bereits erwarteten. Eine Stunde lang durchsuchten sie den Frachtraum, aber sie fanden nur noch zwei Zombies, die sich in einem Netz an der Wand verfangen hatten.

»Damit sind es siebenundvierzig«, sagte Kipling, als sie mit

Löchern in den Köpfen zusammensackten. »Das war's.«

Perkins schulterte sein Gewehr. »Und es war verdammt knapper als ich gedacht hätte. Kam mir fast so vor, als hätten die Zombies absichtlich auf uns gewartet.«

»Nein«, sagte Lanzo. »Das war nur Pech.«

»Genau.« Arnest nickte. Er legte die Hand auf den Türöffner und sah zu, wie die Anderen den Frachtraum verließen. Aufräumen würden sie später. Es gab wichtigere Dinge zu erledigen.

Arnest folgte seinem Bruder nach draußen in den Gang. Er wollte die Tür bereits hinter sich schließen, als er bemerkte, dass Auckland sich noch im Frachtraum aufhielt. Er ging langsam zwischen den Leichen hindurch, so als würde er etwas suchen.

»Kommst du?«, rief Arnest.

Auckland reagierte nicht. Lanzo legte die Hand auf das Touchpad und schloss die Tür.

»Lass ihn.«

14

»Ich will eine Abstimmung«, sagte Arnest, so wie sie abgesprochen hatten. Crew und Gäste hatten sich auf der Brücke versammelt. Die *Destination Moon* hing vor ihnen auf der Bildschirmwand. Sie hatten Perkins und seine Leute dorthin zurückgebracht und warteten nun auf das Ende der Reparaturen.

Arnest zeigte auf Ama'Ru, die am Rand der Brücke stand. Die Gottesanbeterin rieb ihre Hinterbeine lautlos gegeneinander. Aus den Augenwinkeln sah Lanzo, dass Trevor Arnest musterte. Er wirkte nervös.

»Wenn es sein muss«, sagte Auckland. Er hatte die Brücke gerade erst betreten und blieb nun mit etwas, das Lanzo für eine demonstrative Geste hielt, neben Ama'Ru stehen.

»Dann«, fuhr er fort, »werde ich für sie sprechen.«

»Diese ganze Scheiße brauchen wir nicht.« Arnest winkte ab. »Hand hoch, Jockey raus, fertig.«

»Ihr könnt nicht über etwas abstimmen, wenn ihr das Ausmaß eurer Entscheidung nicht versteht«, sagte Auckland. »Ihr braucht Informationen.«

»Was für Informationen?«, fragte Rin.

»Fallt nicht auf diese Tricks rein.« Trevor stand auf und ging zu Arnest. Dessen Worte schienen ihn davon überzeugt zu haben, dass sie noch auf der gleichen Seite standen.

»Was für Informationen?«, wiederholte Rin.

Auckland nickte Ama'Ru zu. Sie ließ die Gottesanbeterin vortreten. »Ich gehöre zu einer Gruppe von Wissenschaftlern und Ärzten, die an einem Wirkstoff gegen das Virus arbeitet«, sagte sie. »Wir –«

»Du lügst!«, brüllte Trevor so laut, dass Ama'Ru zusammenzuckte. »Ihr habt das scheiß Virus doch erschaffen!«

»Das ist nicht gelogen«, sagte Ama'Ru. »John kennt die Beweise für meine Behauptung.«

Lanzo sah ihn an. »Stimmt das?«

Auckland nickte. »Ja. Und sie möchte auf der *Eliot* weiter an dem Wirkstoff arbeiten. Das Schiff ist groß genug. Ich sehe keinen Grund, ihr das zu untersagen.«

»Warum hier?«, fragte Kipling.

»Darüber werde ich nicht sprechen.«

Lanzo hob die Augenbrauen. Das war eine fast schon unverschämte Antwort, aber er kommentierte sie nicht.

»Dieser Wirkstoff«, sagte Rin nach einem Moment. »Wie weit seid ihr damit?«

Ama'Ru sah sie an. »Weiter als alle, die auf der Erde daran gearbeitet haben, aber noch weit von etwas entfernt, das man als Durchbruch bezeichnen könnte.«

Lanzo spürte Arnests Blick und nickte.

»Können wir jetzt endlich diese scheiß Abstimmung hinter uns bringen?«

Auckland zuckte mit den Schultern. »Es ist alles gesagt, denke ich.«

»Wenigstens etwas.« Arnest stieg auf einen Stuhl. »Okay, erst mal alle, die dafür sind, dass Ama'Ru geht.«

Er hob die Hand, Trevor ebenfalls, aber niemand sonst.

»Und wer ist dafür, dass sie bleibt?«

Alle anderen hoben die Hand, sogar Kipling. Lanzo fragte sich, ob er das auch getan hätte, wenn er von Ama'Rus Arbeit an dem Wirkstoff nichts gewusst hätte.

»Ihr wählt euch vielleicht eine Scheiße zusammen.« Arnest atmete tief durch. »Okay, dann bleibt sie eben.«

Ama'Ru neigte den Kopf.

»Ihr werdet das bereuen«, sagte Trevor. »Aber dann –«

»Die Abstimmung ist noch nicht vorbei«, sagte Arnest scharf. Trevor schloss überrascht den Mund. »Wir haben zwei Gäste hier, und wir können ja nich' nur über einen abstimmen. Also, wer is' dafür, dass der Countrysänger bleibt?«

»Was?«, stieß Trevor hervor.

»Wer is' dafür?«

Keine einzige Hand hob sich. Lanzo sah, wie mühsam sich Arnest ein Grinsen verkniff.

»Dann können wir ja auf den Rest der Abstimmung verzichten«, sagte er. »Pack deine Sachen.«

Trevor stand nur stumm da. Er schien in sich zusammenzusinken. Sein Fransenhemd wirkte auf einmal lächerlich, er selbst klein und traurig.

»Arnest …«, setzte er an, doch der verschränkte nur die Arme vor der Brust. Ohne ein weiteres Wort verließ Trevor die Brücke.

Als sich die Fahrstuhltüren hinter ihm schlossen, hob Kipling die Hand. »Kann mir jemand erklären, was hier gerade passiert ist?«

15

»Die Leute hier sind schon ganz aufgeregt.« Bob Swanson lächelte. »Der große Trevor Reilly zieht zu uns auf die *Moon*. Das ist eine wunderbare Überraschung.«

»Mir hat es hier so gut gefallen, da musste ich einfach fragen, ob ich bleiben darf«, sagte Trevor.

Schleimer, dachte Arnest, als er seine Koffer, dessen Inhalt aus dem Frachtraum der *Eliot* stammte, abstellte. Doch ein Teil von ihm bewunderte Trevor für die Anpassungsfähigkeit, die er bewies. Obwohl er gescheitert war, gab er sich charmant und freundlich.

»Ich werde dich in Ruhe auspacken lassen«, sagte Bob. »Es würde mich sehr freuen, wenn du nachher mit mir und Daniel zu Abend essen würdest.«

»Es wird mir ein Vergnügen sein.«

Erst als die Tür sich hinter Bob schloss, fuhr Trevor herum. Der Charme wich aus seinem Gesicht, auf einmal wirkte er verbittert und hart. »Warum?«

»Weil du ein Arschloch bist.«

Trevor ignorierte die Antwort. »Weißt du eigentlich, was du an meiner Seite hättest erreichen können? Du hättest in diesem scheiß Frachtraum einfach nur nichts tun müssen, aber selbst dazu warst du zu blöd.«

Er hievte den Koffer auf sein Bett und zog den Reißverschluss auf. »Warum, Arnest? Warum konntest du nicht einmal tun, was man dir sagt?«

Weil jeder, der mir seit dieser ganzen Scheiße noch irgendwas bedeutet, in diesem Frachtraum war, dachte Arnest, doch das sagte er nicht.

Trevor packte V-Specs aus und Dutzende von originalverschweißten Pads. »Ich werde wieder ganz von vorn anfangen müssen«, sagte er währenddessen. »Aber du kennst mich. Ich falle auf die Füße und wenn ihr das nächste Mal die *Moon* besucht, sitzt vielleicht schon ein ganz anderer in dem Büro da oben.«

Er hielt kurz inne. »Glaubst du, dass Bob schwul ist? Schwule stehen auf mich, manchmal sogar Lesben. Das ist der Reilly-Charme, der liegt in der Familie.«

Arnest starrte auf Trevors Rücken. Die Fransen seines weißen Hemdes bewegten sich in der Brise des Klimasystems.

»Ja, ich denke, dass Bob hier mein Ziel sein wird«, fuhr Trevor fort, ohne sich umzudrehen. »Und du wirst noch bereuen, dass du meine Hand weggeschlagen hast, als ich sie dir reichen wollte.«

»Das werde ich nicht«, sagte Arnest. Mit einem Schritt war er bei Trevor, packte ihn bei den Haaren und riss seinen Kopf nach hinten. Das Messer, das er noch auf der *Eliot* in den Ärmel seiner Jacke geschoben hatte, rutschte in seine Hand. Er rammte es tief in Trevors Kehle, bevor der Schrei, der sich in dessen Lunge sammelte, sich lösen konnte.

Trevor zuckte in seinem Griff, als das Messer Adern, Knorpel und dann Knochen durchtrennte. Blut spritzte in wilden Mustern über den Koffer, die Plastikverpackungen, das Bett und die Wand. Erst, als der Körper erschlaffte, ließ Arnest ihn los. Mit einem dumpfen Geräusch fiel er zu Boden.

Arnest wischte den Griff des Messers sorgfältig an Trevors Fransenhemd ab und legte es neben die Leiche. Gebrochene Augen starrten ihn an. Arnests Finger schwebten einen Moment lang über ihnen. Er fühlte das Bedürfnis, sie zu schließen, doch er schüttelte es ab und richtete sich auf.

»Und dein Song ist scheiße«, sagte er, bevor er den Raum verließ. Hinter ihm schloss sich die Tür.

16

Er erinnerte sich vor allem an den Geruch.

Auckland drehte sich auf den Rücken und starrte in die Dunkelheit. Der Schmerz in seiner Hand hielt ihn ebenso wach wie die Gesichter der Männer, die im Frachtraum vor ihm gelegen hatten. Nur ein Zufall hatte verhindert, dass seines darunter war. Hätte Brown einen anderen ausgesucht …

Er schob den Gedanken beiseite und kehrte zu seinen Erinnerungen zurück. Der Verband, den er trug, roch nach Desinfektionsmitteln und Blut. Es war der Geruch der Flure, durch die sie als Kinder nachts barfuß gelaufen waren, wenn sie glaubten, dass die Wachen schliefen, was sie natürlich nie taten. Es war der Geruch in den Wartezimmern der Ärzte, in denen sie auf viel zu großen Stühlen saßen und die Beine baumeln ließen. Wie oft hatten sie darüber gesprochen, wie ›geil‹ alles sein würde, wenn sie endlich so groß waren, dass ihre Füße den kalten, schwarz gefliesten Boden berührten. Dann würden sie Piloten sein, Wissenschaftler und vielleicht sogar Cowboys. Doch geworden waren sie Besitz.

Einhundertsiebenundzwanzig Patente befanden sich in ihren Körpern, jedes wertvoller als die Summen, die ein Pilot, Wissenschaftler – oder Cowboy – in seinem ganzen Leben verdienen konnte. Nichts, das so wertvoll war, konnte jemals freigelassen werden. Und so wurden sie getestet, bewertet, untersucht, bewacht und beworben.

Bis das Virus kam.

Er hat uns befreit, dachte Auckland.

Das Summen des Pads auf dem Tisch neben seinem Bett riss ihn aus seinen Gedanken. Er richtete sich auf und griff danach. Schon nach seiner Unterhaltung mit Ama'Ru hatte er Brown über alles informiert und um neue Befehle gebeten. Es wunderte ihn nicht, dass die Antwort so lange auf sich hatte warten lassen. Die Aussicht auf einen Wirkstoff gegen das Virus musste große Kreise gezogen haben.

Auckland schaltete das Display mit einem Daumendruck ein. Das Nachrichtenfenster war bereits geöffnet, nur wenige Worte standen darauf:

›Einwand unerheblich. Mission fortsetzen. – Brown‹

Auckland ließ das Pad sinken. Nach einem Moment schaltete sich das Display ab.

17

Ein kurzes Piepen riss Kipling aus einem unruhigen Schlaf. Er fuhr hoch und wollte nach seinen V-Specs greifen, doch seine Hand fiel ins Leere. Erst dann erkannte er, dass er sie immer noch trug. Er setzte sich auf und blinzelte, bis sich das Display scharf stellte.

Ein Chatfenster schob sich in den Vordergrund.

DetroitKid: ›Scheiße, scheiße, scheiße!‹

Darauf folgte eine Reihe von YouTube-Links, mindestens ein Dutzend. Kipling gähnte und rieb sich die Augen, bevor er das erste anklickte. Es trug den Titel ›Tasha's Tool – TFD‹ und zeigte dunkles Weltall, in dem nach einigen Sekunden kurz ein Licht aufblitzte.

Er klickte das nächste an. Es trug den gleichen Titel und zeigte eine ähnliche Szene, nur dass dieses Mal das Licht von etwas begleitet wurde, das wie Feuerwerk aussah.

Kipling klickte sich durch vier weitere Videos durch, bis er das Chatfenster öffnete.

›Was schickst du mir da eigentlich?‹

Nur wenige Sekunden später kam die Antwort.

DetroitKid: ›Wieso hast du mir nicht gesagt, dass das geht??‹

DetroitKid: ›Ich dachte, wir machen nur Scheiß. :(((‹

Kiplings Mund wurde trocken. Sein Herz schlug schneller. *›Was sind das für Videos?‹*

Anstatt einer Antwort schickte ihm DetroitKid nur einen weiteren YouTube-Link. Auch dieses Video trug den Titel ›Tasha's

Tool – TFD‹, aber anstelle eines Lichtblitzes sah Kipling, wie sich eines der schlanken neuen Jockey-Schiffe einer Raumstation näherte. Das Bild wackelte so stark, dass er die Umrisse eines Fensters erkennen konnte. Anscheinend hatte jemand im Inneren der Station das Schiff gefilmt. Er hörte Hintergrundgeräusche, die nach einer Bar oder einem Restaurant klangen.

»Drei … zwei … eins«, sagte eine jugendlich klingende Stimme.

Das Schiff hielt an. Schlagartig gingen die Lichter im Inneren aus. Die hintere Sektion, dort, wo sich der Bubble-Antrieb befand, begann rot zu glühen. Teile der Panzerung platzten ab und trudelten in die Schwärze des Alls, und dann, so unerwartet, dass Kipling zurückwich und sich den Kopf an der Wand stieß, explodierte das Raumschiff.

Minutenlang fing die Kamera den brennenden Rumpf ein, immer wieder unterbrochen durch kurze Einblendungen von ›LOL‹, ›Tasha's Tool‹ und ›TFD!!!!‹.

DetroitKid: ›Wieso hast du nichts gesagt?‹

Kipling atmete tief durch. Ihm war so übel, dass er würgte.

›Weil ich es nicht wusste.‹

Er brauchte drei Versuche, bis seine zitternden Finger die Worte korrekt tippten. Er schickte sie ab und rief den Quellcode des Programms auf, das er geschrieben und für das DetroitKid eine Benutzeroberfläche erstellt hatte. Dank einiger Schwachstellen in verschiedenen Betriebssystemen der Jockeys konnte der User auf Systemdateien zugreifen und sie verändern. Kipling hatte Optionen erstellt, mit denen sich die Lufttemperatur und Luftfeuchtigkeit verändern ließen, mit denen man die Schwerkraft anpassen und Antriebe auf Minimalgeschwindigkeit herunterfahren konnte. ›Ziviler Ungehorsam‹ auf binärer Ebene, das war sein Ansatz gewesen, eine Folter der tausend Schnitte, die die Jockeys hätte zwingen sollen, in Menschen mehr zu sehen als Abschaum, der ihre Stationen verschmutzte.

Ich wollte doch niemanden umbringen, dachte er. Doch genau das hatte er getan – das erkannte er, als er sich den Code ansah, den DetroitKid seinem Programm hinzugefügt hatte. Unter ›Fortgeschrittene Optionen‹ ließen sich alle Werte ändern, auch die, die Kipling als Maximum und Minimum definiert hatte. Man konnte die Temperatur an Bord eines Schiffs nicht mehr nur zwischen null Grad und vierzig Grad verändern, sondern zwischen minus hundert und plus tausend. Wer wollte, konnte jedes Schiff der Jockeys in eine Todesfalle verwandeln.

Und wenn Kipling sich die wachsende Liste von YouTube-Links ansah, die DetroitKid ihm schickte, dann wollten das viele.

Er zwang seine zitternden Finger dazu, noch eine Frage zu stellen. *›Was heißt TFD?‹*

DetroitKid: ›Total Fucking Destruction.‹

DetroitKid: ›Was machen wir denn jetzt???‹

Kipling wollte ihm antworten, aber heiße Galle stieg ihm plötzlich bis in die Kehle. Er riss sich die V-Specs herunter, stolperte ins Bad und übergab sich.

Total Fucking Destruction.

DIE AUTORIN

Claudia Kern sah *Star Trek* mit vier, *Dawn of the Dead* mit zwölf und ihre erste Webseite mit zwanzig. Nach einigen Umwegen über die Heftromanserien *Maddrax* und *Professor Zamorra*, eine Fantasy-Trilogie und zwei historische Romane hat sie diese Erfahrungen nun endlich in *Homo Sapiens 404* verarbeitet.

Ihre Kolumnen und Kritiken erscheinen im Magazin *Geek!*, auf *www.robotsanddragons.de* und auf *claudia-kern.com*.

Das große Science-Fiction-Abenteuer:
Perry Rhodan
NEO
Nr. 82
Perry Rhodan
NEO
Rainer Schorm
Scherben der Vergangenheit
Nr. 83
Perry Rhodan
NEO
Alexander Huiskes
Callibsos Fährte
ALLE 14 TAGE NEU AM KIOSK!
PERRY RHODAN NEO
Als Taschenbuch am Kiosk, als Hörbuch im Download und als E-Book auf allen digitalen Endgeräten.
AUCH ALS E-BOOK
Weitere Informationen unter:
www.perry-rhodan.net
www.perry-rhodan.net/facebook